U0362067

博雅

欧丽娟讲红楼梦

欧丽娟◉著

北京大学出版社
PEKING UNIVERSITY PRESS

图书在版编目（CIP）数据

大观红楼：欧丽娟讲红楼梦. 2 / 欧丽娟著. —北京：北京大学出版社，2017. 8

ISBN 978-7-301-28363-9

Ⅰ. ①大… Ⅱ. ①欧… Ⅲ. ①《红楼梦》研究 Ⅳ. ① I207.411

中国版本图书馆 CIP 数据核字（2017）第 120987 号

本书简体中文版由台湾大学出版中心授权出版

书　　名	大观红楼 2：欧丽娟讲红楼梦 DA GUAN HONGLOU 2
著作责任者	欧丽娟 著
责任编辑	吴 敏
标准书号	ISBN 978-7-301-28363-9
出版发行	北京大学出版社
地　　址	北京市海淀区成府路 205 号　100871
网　　址	http://www.pup.cn　新浪微博 @ 北京大学出版社
电子邮箱	编辑部 wsz@pup.cn　总编室 zpup@pup.cn
电　　话	邮购部 010-62752015　发行部 010-62750672 编辑部 010-62757065
印 刷 者	北京中科印刷有限公司
经 销 者	新华书店
	880 毫米 × 1230 毫米　A5　18.25 印张　392 千字 2017 年 8 月第 1 版　2024 年 8 月第 11 次印刷
定　　价	69.00 元

开卷语

阿根廷诗人博尔赫斯（Jorge Luis Borges, 1899—1986）在晚年回望他的第一本诗集时说，那个年轻诗人向往“黄昏、郊区和悲伤”，而如今他喜欢的是“清晨、城市和宁静”。

《红楼梦》所刻画的，不只是年轻诗人向往的黄昏、郊区和悲伤。在弥漫于大观园中的夕阳、哀凄之外，更展演出老诗人所喜爱的清晨、城市和宁静——荣国府当家的已婚女性们，在贵族道德责任感（sense of noblesse oblige）的涵养之下，以莎士比亚（William Shakespeare, 1564—1616）所说的“有才者虚怀若谷，有力者耻于伤人”，成为羽翼众生的慈悲母神；连来自乡野的刘姥姥，也都反映出城市历练过的机智世故，才能有履险如夷、不为繁华所惑的淡定自如。

从“为赋新词强说愁”到“识尽愁滋味”，《红楼梦》中的母神们，吟诵的是老诗人所喜爱的清晨、城市和宁静，其中蕴含着生命的炉火纯青，而火种便来自于淳厚的文化与善良的天性。

那淳厚的文化去今已远，但音乐家马勒（Gustav Mahler, 1860—1911）告诉我们：“传统不是对灰烬的膜拜，而是薪火的相传。”重新回顾这些在传统文化中所培养成就的母神们，依然可见薪火的光辉闪烁。

目 录

编辑体例

一、本书的分析乃以《红楼梦》前八十回为主要范围，相关之引文皆依据台北里仁书局出版、由冯其庸等学者撰定的《红楼梦校注》。此书前八十回以甲戌本、庚辰本为底本，后四十回以程甲本补足，是学界公认为最接近曹雪芹创作原貌的最佳版本；而考证、索隐、探佚等论题，与本书专注于文本之路径有别，为免枝节歧出造成失焦，故论述时多不涉及。

二、各处所引述的脂砚斋批语，都出自陈庆浩《新编石头记脂砚斋评语辑校（增订本）》（台北：联经出版公司，1986），行文时仅标示回数，以清版面，读者可自行覆按版本与页码。

三、凡引述唐诗者，皆出自《全唐诗》（北京：中华书局，1990），书中仅随文标示卷数，不逐一注明页码。

四、全书中黑体及楷体加粗者，皆为笔者所强调。

绪　言

《红楼梦》诞生于中华帝制晚期的文化高峰，神话则是远古时代辗转流传下来的原始心灵孑遗，但在曹雪芹笔下巧妙融合为一，神话的原型内涵与小说中复杂的存在现实紧密联结，既反映出人性亘古常存的心理意识，也打开了传统伦理文化的深微奥妙。

从人性亘古常存的心理意识而言，神话乃是人类丰富又复杂的内在结晶以及独特表达，神话的本质并不只是初民的荒诞迷信，也不是神话学的研究专利。古尔灵（Wilfred L. Guerin）等引述了一些文学批评家的说法，很可以帮助我们掌握到神话的精髓，他指出：

> 正如马克·肖勒（Mark Schorer, 1908—1977）在《威廉·布莱克的政治远见》一书中所说的，“神话是一切之本，它戏剧性地表现了我们隐藏最深的本能生活和宇宙中人类的原始认识；它具有许多想像构造力，而所有独特的思想和见解都基于这些构造力”。按照艾伦·W. 瓦茨（Alan W. Watts, 1915—1973）在《神话与基督教仪式》中的观点，“若要给神话下一定义，可以说它是这样一类故事的复合体，这类故事由于种种原因被人们视为宇宙及人类生活内在意义的表露——毫无

疑问，其中既含有事实也含有幻想”。而乔治·惠利（George Whalley, 1915—1983）在他的《作诗的过程》中宣称：

> （神话）是一种超越科学的直接玄学陈述。它以具有连贯结构的象征或叙述体现了对现实的幻想。它是关于人类存在的浓缩的描述，试图以结构上的忠实来表现现实，并一笔勾勒出构成人类现实的那些显著的根本的关系。……神话并不是一种含混不清、拐弯抹角或详尽细致地表达现实的方法——它是独一无二的方法。

从本质上说，神话具有集体和公共的性质，可以把一个部落或民族结合于共同的心理和精神活力。在爱伦·塔特（Allen Tate, 1899—1979）编的《诗歌的语言》一书中，菲力浦·惠尔赖特（Philip E. Wheelwright, 1901—1970）阐述道：“神话表现了一种深刻的一致性——不仅仅是智力层面上的一致性……而且是感情、行动乃至整个生活方面的一致性。”因此，古尔灵总结道：神话其实是“无时不在、无处不有。它是人类社会中到处存在的一种动力因素；它超越时间，把过去（传统的信仰模式）和现在（当代价值）连结在一起，并走向未来（对精神和文化的渴望）”[①]。

毋宁说，神话是对现实界的另类解释，是人类心灵的深层反映，是社会现象的独特状态，被称为“人类集体的梦”，实际上神

① 〔美〕威尔弗雷德·L. 古尔灵（Wilfred L. Guerin）等著，姚锦清等译：《文学批评方法手册》（沈阳：春风文艺出版社，1988），页 214—216。

话的思维和意象仍然存活于后代人们的心灵中，文学家本身以及文学作品也不例外，因此，研究文学中的神话构成了一种文学批评方法，可以帮助我们更深入了解作品的深层意蕴。对于《红楼梦》这部得力于神话题材的小说，神话学自当提供了一条绝佳入径。

更何况，小说与神话固然在《红楼梦》中妙合无垠、浑然天成，但这两者的结合关系并不是《红楼梦》所独有，甚至必须说，小说与神话的结合是明清小说的共同特征，也是整部中国文学史源流相承的有机体现。浦安迪（Andrew H. Plaks）已经饶富洞察力地指出：

> 另一个久为学术界忽略的角落，即所谓中国叙事文体中的“原型”（archetype）问题。原型与神话密切相连。二十多年前，我根据原型批评的理论，研究中国的古代神话的时候，发现保存在先秦两汉的古籍中的古神话，一方面与西方神话大异其趣，另一方面则**保存了大量重要的文化密码，与后来的叙事文发展息息相关，甚至一直影响到明清奇书文体的整体结构设计**，真可谓无远弗届。我们一定要结合神话和原型批评的方法，来讨论中国的史文在中国文化里所占有的特殊地位，才能试图为中国叙事文提出一条“**神话—史文—明清奇书文体**”的发展途径，而与西方“epic-romance-novel”的演变路线遥相对映，进而在比较文学的意义上，提出一项严肃而有趣的对比研究课题。[①]

① 〔美〕浦安迪：《中国叙事学》（北京：北京大学出版社，1996），页32—33。

《红楼梦》作为“明清奇书文体”中的一部杰作，确实也深刻回应了古神话的文化密码，不但神话故事明显可稽而且开宗明义，开篇第一回便安排了“女娲补天”的远古神话，为贾宝玉的先天禀赋与贾府的末世处境给予隐喻式的解释；接着，同在第一回的“神瑛、绛珠”故事以及第五回的太虚幻境与警幻仙姑，则是吸收了仙话的广义神话，除为贾宝玉和林黛玉的前身因缘与天赋的人格特质提出隐喻式的解释之外，更形成了全书的整体结构设计，在在蕴藏了与神话密切相联的原型内涵，是研究《红楼梦》时必然会面临的课题。以神话—原型批评的角度深入阐析，也必能带来不同的认识。

单单从小说中的神话来看，一般而言，小说家对神话的运用至少可以涉及两个层次的问题：

一个是直接使用了神话题材，透过挪借吸纳并回应其中的种种意涵，女娲补天、神瑛与绛珠、太虚幻境与警幻仙姑等即属此类。就此，我们必须回归传统文化与文献脉络，才能取得较确切的定位。

另一个是间接触及神话意识，经由代代相传的文化积淀而承袭了普遍的人类心理原型，这是隐含在小说情节中的潜在部分。由于“从一般意义上来讲，神话具有普遍性。此外，我们在许多不同的神话中可以找到相似的主题，而且尽管有些民族在时空上相距甚远，但在他们的神话里反覆出现的意象却往往具有共同的含义，或更确切地说，都趋于引起类似的心理反应和起到相似的文化作用，我们称这样的主题和形象为原型。简言之，原型是具有普遍意义的象征”[①]。据此，我们可以借助西方理论的相关阐述，以获得更深刻的理解。

在《红楼梦》中，以上两者皆具且彼此紧密相联，因此可以一并进行讨论。其次，《红楼梦》既致力于“为闺阁昭传”，自然就会与“女性”息息相关，包括女性意识、女性价值、女性形态、女性生活，其中，女性生活是具体可见的，也是小说中最细腻展演的血肉，而由此所呈现出的女性形态也最是传神可感；至于女性意识、女性价值观这类思想层面乃至潜意识层面，就不是那么容易可以从表面判读出来的。

就与女性意识、女性价值、女性形态、女性生活有关的神话意涵而言，可以粗略地分为“少女崇拜”与“母神崇拜”这两类。其中，“少女崇拜”既直接使用了神话题材，包括绛珠仙草、太虚幻境等等，于神话构成上更化身为众多金钗，映现于每一页书扉的字里行间，展演出全书的主要图景。相较而言，有关母神崇拜的神话题材与神话意识都显得暗弱许多，虽然有女娲补天的醒目领军而勉强让人注意到母神的价值，然而，在强高音的“少女崇拜”下，“母神崇拜”意识便消退到视而不见的背景。如此一来，就造成了理解《红楼梦》女性意识的重大偏失。

事实是，“少女崇拜”只是女性形态中的一种表述，不足以涵括完整的女性意识与女性价值；何况“少女崇拜”究竟是对女性的

① 〔美〕威尔弗雷德·L. 古尔灵等著，姚锦清等译：《文学批评方法手册》，页216。

提升或贬低，都还是一个大可斟酌的严肃问题（请见本书第一章的说明）。除此之外，还有同等重要甚至更为重要的“母神崇拜”，这才构成了“女性意识”较完整的内容。从小说文本来看，“母神人物”的确才是整部小说的序幕与基本结构，一般以为“女娲补天”是专为贾宝玉的天赋人格特质所提供的隐喻式解释，但其实并非如此简单，这个著名的神话并不只是专为宝玉个人而设的，其象征意义也绝不限于那一颗无用的畸零石。既然“母神崇拜”本就是神话的核心内容之一，女娲先于、也高于那颗畸零石，是一切故事发展的动因，因此由女娲所体现的母神崇拜意识，无论是在形式上或实质上都比宝玉这颗畸零石的少女崇拜更加重要，构成了《红楼梦》的深层意蕴。

就“母神崇拜”作为神话或宗教信仰的核心内容而言，母神的力量主要来自于孕育生命的神圣性，乔瑟夫·坎贝尔（Joseph Campbell, 1904—1987）阐述道：

> 女人的生育就好像大地孕育植物一样。女人滋养孩子也像植物一样。所以女人与大地一样神奇。……因此赋予并滋养生命形体的能量，一旦被人格化时，便会以女性的形象出现。……一切都在女性之内，所以众神就是她的孩子。你所能想到、所能看到的每件事物，都是造物女神的产物。[1]

---

① 〔美〕乔瑟夫·坎贝尔、〔美〕莫比尔著，朱侃如译：《神话》（台北：立绪文化公司，1995），页287—288。

这样一位创造万有的母性神，从分析心理学来说，如埃利希·诺伊曼（Erich Neumann, 1905—1960）所指出的，“大母神”（the Great Mother）的原始意象或原型，“并非存在于空间和时间之中的任何具体形象，而是在人类心理中起作用的一种内在意象。在人类的神话和艺术作品中的各种大女神（the Great Goddess）形象里，可以发现这种心理现象的象征性表达”①。而此一具有“塑造事物的潜能”的女性力量，随着石器时代的雕塑品展现为女神，这些女神塑像已存在了两万年或一万两千年，都堪称为已知最古老的祭礼作品和艺术作品。②由此说来，或译“原母神”的“大母神”是父系社会出现以前人类所崇奉的最大神灵，大母神崇拜则是人类最早的宗教崇拜形式，以至“人类学家和宗教史学家认为，大母神是后代一切女神的终极原型，甚至可能是一切神的终极原型。换句话说，大母神是女神崇拜的最初形态，从这单一的母神原型中逐渐分化和派生出职能各异的众女神及男神”③。作为“时间”范畴上从无到有的太初之母（primordial mother），与“空间”范畴上地负海涵的大地之母（earth mother），大母神因而代表了创造、保护、丰饶、温暖、繁衍的崇拜对象，两万年以来不断地体现于各式各样的人类作品中。

---

① 〔德〕埃利希·诺伊曼著，李以洪译：《大母神——原型分析》（北京：东方出版社，1998），页3。

② 〔德〕埃利希·诺伊曼著，李以洪译：《大母神——原型分析》，页92。

③ 萧兵、叶舒宪：《老子的文化解读——性与神话学之研究》（武汉：湖北人民出版社，1994），页172。

中国最伟大的小说《红楼梦》亦然，其中的女娲同样被赋予高度而丰富的指涉能量，而此一神话人物的母神意涵也最受到学界的阐发。不过，若从全书的情节内容与整体结构而言，“母神崇拜”的对象并不只是女娲一位而已，她和其他的母神级角色共同建构了完整的叙述框架，是小说中多彩多姿的青春叙事赖以铺展的大前提；尤其是“母神崇拜”补足了“少女崇拜”的缺陷，让女性的生命史更完备，也让女性形态、女性生活、女性心灵都更周全。可以说，“母神人物”独立于金钗之外，本身就成为一个完整的范畴，更是《红楼梦》整体女性意识不可或缺的环节。

《红楼梦》中的那些少女都是会长大的，也其实正在长大中，读者更必然要长大。长大以后的读者当然可以一直用重温的心态读《红楼梦》，反复只看自己喜欢的部分，以满足内在那个并没有一起跟着长大的少女之心。但是，不仅小说中的少女们有其未来要面对，不可能停留在青春的原地，如林黛玉就已经有所成长变化[①]，只是读者视而不见；在现实人生里，女性读者更必须面对和承担成年人的角色职能，如何把这些角色扮演完善，让人生绽放出更强大的能量而实践更丰富的可能，是小说中金钗要面对的问题，也是读者应该思考的问题。而小说家其实已经在小说里提出了范本，帮助我们了解金钗们的现在是如此闪烁动人，但其实那是母神们的恩

---

① 周蕙：《林黛玉别论》，《文学遗产》1988 年第 3 期（1988 年 6 月），页 86—94。至于详细论证，可参欧丽娟：《林黛玉立体论——“变 / 正”、“我 / 群”的性格转化》，《汉学研究》第 20 卷第 1 期（2002 年 6 月），页 221—252，收入《红楼梦人物立体论》（台北：里仁书局，2006），页 49—118。

赐；而金钗们的未来可以是更充盈的人生，如同那些母神们一般。

因此，我们必须像重视金钗们一样地关注她们，为了更了解《红楼梦》，也为了更了解人类存在的丰富景观与生命实践的多元方向。

这些“母神人物”至少包括女娲—警幻仙姑—贾母—王夫人—元妃—刘姥姥，六者之间乃是环环相扣：从神界到俗界，形成一个大体的架构；再从功能性质、年龄辈分来掌握，就更可以看出这六个女性人物组成一个循环递接的完整系统。也就是故事从神界说起，女娲救世之后，就把任务移交给警幻，进行人物命运的安排与执行，接着进入俗界；而在俗界的故事中，贾府这个百年世家四代同堂，闺阁世界自然是由每一代的女家长传承接力所主导，贾母—王夫人—元妃便是荣国府中拥有理家大权的三代女性。到了最终时刻，当贾府败落后，出面发挥拯救功能的则是刘姥姥，恰好与最初的女娲首尾呼应。

这六个人物之间隐隐然存在着一定的因果关系，更绝对具有密切相关的理路可寻。即使贾元春被归于“正册十二钗”中，形式上与其他同辈的女性平列，但实质上她是以高于母权的皇权取得更大的支配力，将贾母、王夫人的家长职能发挥得更彻底，足以臻及母神的地位，放在母神系列里比置诸金钗群中更为恰当。本书将找出这些人物关联的理路，让她们所构成的整体的叙事骨架更清晰地呈现出来。

如果说，神话能引领人“超越理性的极限而高飞至洞察的高度”[1]，那么，探索《红楼梦》中的母神人物与母神意涵，也应该可以引领我们打开另一个视角，提升洞察的高度，帮助我们了解金钗的现在——那是母神们的恩赐，以及金钗的未来——可以更充盈的人生。

① 〔荷〕约翰·赫伊津哈（Johan Huizinga）著，多人译：《游戏的人》（杭州：中国美术学院出版社，1997），页143。

第一章
总论：超越少女崇拜

"死珠"和"鱼眼睛"绝非女性成长的宿命，而可以转化为慈悲与智慧的大母神。母神崇拜是与少女崇拜并存于《红楼梦》中的女性意识，是女性的更高展望。

女性占有世界一半人口，是支撑人类文明的一大支柱，却往往在以战争和政治为主的历史上销声匿迹，以致"历史"这个语词的英文 history 一词，被嘲讽为男性的"他的故事"（his-story）；又或者在文学作品中以刻板形象出现，不是纯洁可爱就是邪恶可怕，所谓的美梦中之女神／噩梦中之女巫、温柔美丽之百合（Lily）／艳丽带刺之玫瑰（Rose）[①]，就是对文学中常见的女性刻板形象的比喻，从而可以整理出一边是"天使"（the Virgin, the Saint, the Pale Lady, the Marriageable Young Lady），另一边是"魔女"（the Femme

---

① Leslie Fiedler, *Love and Death in the American Novel* (New York: Stein and Day, 1966). 百合／玫瑰之女性象征代码为接下来的许多性别研究者所援用，如凯特·米利特（Kate Millett）所著，迄今已成女性主义文学研究经典的《性政治》（*Sexual Politics*）的第 3 章与第 5 章中即可得见。

Fatale, the Temptress, the Vamp, the Dark Lady, the Whore）的女性对照组[1]，可见天使与魔女的两极化女性形象严重地简化了真实女性生命的丰富可能。

当然，也有一些大人物给予女性高度的赞扬，认为女性的特质包括了接纳性、感性、非暴力性和温柔等，这些显然与男性宰制、侵略和剥削的特质相反。伟大的文学家歌德（Johann Wolfgang von Goethe, 1749—1832），在其巨著《浮士德》的最终一段所高声礼赞的："永恒的女性，引领人类飞升。"

至于《红楼梦》，确确实实是一部以女性为主体的小说，作者开宗明义就坦言其创作宗旨："今风尘碌碌，一事无成，忽念及当日所有之女子，一一细考较去，觉其行止见识，皆出于我之上。何我堂堂须眉，诚不若彼裙钗哉?"在愧则有余、悔又无益的无可奈何之下，将自己终身"一技无成、半生潦倒之罪，编述一集，以告天下人：我之罪固不免，然闺阁中本自历历有人，万不可因我之不肖，自护己短，一并使其泯灭也"。这是作者的深情自白，也是《红楼梦》这部作品的核心精神所在。换句话说，如果没有这些女子，也就没有《红楼梦》的创作动力，"女性崇拜"可以确定是《红楼梦》的创作宗旨之一。

然而我们应该追问的是，怎样才是足以引领人类飞升的"永恒的女性"？被曹雪芹低头礼赞的闺阁女子，具有哪些重要的特质，以致他要呕心沥血、耗费百万文字历历刻画，为她们打造永恒的塑

---

① Robert Rogers, *A Psychoanalytic Study of the Double in Literature* (Detroit: Wayne State University Press, 1970), p. 127.

像？对于这个问题的答案，一般很容易就以贾宝玉的角度，回答是“清新纯净”的青春少女，她们绽放如花的美丽与纯净似水的性灵，正是让人在红楼中低回流连的梦境。

只不过，这恐怕并不是一切的、终极的答案。我们还必须进一步探问的是，那是“谁的”少女崇拜，又是“怎样的”少女崇拜？这些都是值得、也应该进一步思考的问题。

一、“谁的”少女崇拜

确实，“女儿是水作的骨肉”“女孩儿未出嫁，是颗无价之宝珠”，已经是《红楼梦》中最令人耳熟能详的箴言，所谓的“女儿”，就是“女孩”的意思，对应于今天所称的“少女”。这种“女儿”具有两个基本条件，一个是年轻，一个则是未婚，精确地说，就是青春期的未婚少女，例如《红楼梦》第四十九回所提到的：“此时大观园中比先更热闹了多少。李纨为首，余者迎春、探春、惜春、宝钗、黛玉、湘云、李纹、李绮、宝琴、邢岫烟，再添上凤姐儿和宝玉，一共十三人。叙起年庚，除李纨年纪最长，他十二个人皆不过十五六七岁。”这些“不过十五六七岁”的少女们，美丽、纯洁与自然，就是贾宝玉之所以颂赞女儿的地方。

从整部小说的爬梳，可以看到宝玉表达对女儿的颂赞者，一共有五个地方；而对女儿的颂赞方式，又可以分为两种，就表达的强度与次数，堪称是平分秋色：

一种是将女儿和男性相比较，以突显女儿的优越。这是最著名的一种，也都集中在前面的章回里。

首先是第二回冷子兴转述贾宝玉的童言童语，说："女儿是水作的骨肉，男人是泥作的骨肉。我见了女儿，我便清爽；见了男子，便觉浊臭逼人。"

接着第二十回则是作者侧写宝玉的心中独白，说道："他便料定，原来天生人为万物之灵，凡山川日月之精秀，只钟于女儿，须眉男子不过是些渣滓浊沫而已。因有这个呆念在心，把一切男子都看成混沌浊物，可有可无。"

另外则是以反面的手法表达，第三十六回写宝玉在宝钗辈有时见机导劝时，反生起气来，只说："好好的一个清净洁白女儿，也学的钓名沽誉，入了国贼禄鬼之流。这总是前人无故生事，立言竖辞，原为导后世的须眉浊物。不想我生不幸，亦且琼闺绣阁中亦染此风，真真有负天地钟灵毓秀之德！"

至于第四十九回宝玉见了李纹、李绮、宝琴、邢岫烟等人之后，惊叹道："你们成日家只说宝姐姐是绝色的人物，你们如今瞧瞧他这妹子，更有大嫂嫂这两个妹子，我竟形容不出了。老天，老天，你有多少精华灵秀，生出这些人上之人来！"一面说，一面自笑自叹。在这段话中，虽然同样用了"精华灵秀"作为优美女儿的禀赋，却没有与男性作比较，仅仅是附志参考。

前面所引述的三段文本，就是一般以为曹雪芹是弘扬女性、主张"女尊男卑"的根据所在。

另一种对女儿的颂赞方式，则是把女儿和结婚后的成年女人作比较，而这一种都集中在后面的章回里。例如，第五十九回透过怡红院的小丫头春燕转述说：

> 女孩儿未出嫁，是颗无价之宝珠；出了嫁，不知怎么就变出许多的不好的毛病来，虽是颗珠子，却没有光彩宝色，是颗死珠了；再老了，更变的不是珠子，竟是鱼眼睛了。分明一个人，怎么变出三样来？

这就构成了著名的“女性价值毁灭三部曲”，也就是说，女性会随着年龄的逐渐增长与婚姻的潜移默化，由女儿褪色成为没有光彩的“死珠”，在量变过程的最后阶段更严重质变，沦为鱼目混珠的“鱼眼睛”。而到了鱼眼睛的阶段，女性简直被视为可怕的恐怖分子，充满了杀伤力与破坏性，令人深恶痛绝，必须口诛笔伐。果不其然，第七十七回就由宝玉本人亲口直接而清楚地表达，当抄检大观园后，司棋被撵逐出去，在出园的过程中恰巧遇到宝玉，于是把握机会停下脚步，恳求宝玉去向王夫人求情开恩，但负责押解她的管家大娘不肯拖延行程浪费时间，强拉着她一径离去。心中万般不舍的宝玉恨得只瞪着她们，又怕她们去告状，看看已经去远听不到了，方指着恨道：

> “奇怪，奇怪，怎么**这些人只一嫁了汉子，染了男人的气味，就这样混账起来，比男人更可杀了！**”守园门的婆子听了，也不禁好笑起来，因问道：“这样说，**凡女儿个个是好的了，女人个个是坏的了**？”宝玉点头道：“不错，不错！”

这近乎咬言切齿的断定，因为符合全书各处的类似说法，似乎更加确立了“女儿”与“女人”是彼此互斥不相容的对立关系，所以“少女崇拜”往往被视为《红楼梦》的宗旨；而相对地，已婚的成年妇女就被当作负面对照，沦为污浊的男性世界的帮凶。

整体看来，“女儿”的价值位阶至高无上，同时凌驾于男性和女人之上，一枝独秀，无庸置疑。然而，我们应该追问的是，这些一致的意见是否就可以等同于《红楼梦》的宗旨，或曹雪芹的主张？“少女崇拜”本身是否就是全然正面的女性意识？

就《红楼梦》的宗旨而言，让我们再仔细地观察思考：上面引述的那五段话都是贾宝玉的意见表示，是他个人的独家之言。而叙事理论已经告诉我们，贾宝玉虽然是小说的主角，却不是整个世界的主角，也未必是小说家的代言人，即使曹雪芹深刻地了解他、同情他，却并不等于完全赞同他；这一点我们在《大观红楼 1》中已经借由复调理论说明过。

其次，小说家与他笔下主人公的关系，还可以是一种自省式的忏悔，也就是说，小说家以他现在的眼光去回顾年少的自我，在不同的年龄所带来的距离下，反倒产生了较宽阔的视野看出当时的幼稚偏执。从这一点来说，小说家所写的，可以是“当时年少春衫薄”的故事，有依恋，也有感慨，有激赏，也有嘲讽，但那只是小说家思想的一部分，甚至只是“过去”的思想的一部分。

试看第六十二回，连最不食人间烟火的林黛玉，都赞同探春整顿大观园以兴利除弊，认为：“要这样才好，咱们家里也太花费了。我虽不管事，心里每常闲了，替你们一算计，出的多进的少，如今若不省俭，必致后手不接。”但宝玉仍然充满天真的信心，笑道：“凭他怎么后手不接，也短不了咱们两个人的。”所谓覆巢之下无完卵，宝玉如此反应，其实是无知而不是纯真。也因为这样的天真无知，于是第七十一回宝玉又当面对探春说：“谁都像三妹妹好多心。事事我常劝你，总别听那些俗语，想那俗事，只管安富尊荣才是。”恰恰自曝为第二回冷子兴演说荣国府时所说“主仆上下，安富尊荣者尽多，运筹谋画者无一”的“安富尊荣者”之一，这又完全流于自我中心与自私任性。试想：如果没有别人如凤姐、探春的苦心谋画与力挽狂澜，尽量维持全家生活的安稳状态，这位少爷又怎能安富尊荣，无所短缺？因此曹雪芹才会在第十三回的回末诗中，以“金紫万千谁治国，裙钗一二可齐家”来赞美这些才干卓绝的女性，而贬低那些不用心治国、也无力齐家的冠带男子，包括宝玉在内，同时也包含“少年曹雪芹”在内。因而曹雪芹自己在成人后，才会以小说创作自我救赎，并对过去“背父兄教育之恩，负师友规谈之德，以至今日一技无成、半生潦倒之罪”进行告解自忏。

所以应该说，小说家把宝玉的少女崇拜心理写得如此传神而塑造出一种代表性，正是尽到了小说家的任务，把人类在各种生命处境、各个人生阶段中的各种心理内涵深刻而优美地刻画出来，却并不是以某个被刻画得生动深刻的思想感受为绝对的唯一价值。就此而言，身为作品中的角色之一，贾宝玉和其他所有的人物一样，都无法垄断唯一的真理，更远远不能统摄整部作品的全部意涵。

必须说，宝玉的少女崇拜虽然十分鲜明，却也十分偏执，而《红楼梦》的女性意识绝不是如此单一。如果我们再一次仔细考察小说开宗明义的作者自序，就会发现，事实上曹雪芹所低头抱愧而欲为她们作传的女性，并不等于贾宝玉所青睐的“女儿”，而是包括王熙凤之类已嫁作人妇的“女人”。那段话说的是：

> 今风尘碌碌，一事无成，忽念及当日所有之女子，一一细考较去，觉其行止见识，皆出于我之上。何我堂堂须眉，诚不若彼裙钗哉？

这些令小说家相形见绌，因此让他用潦倒的后半生痛自忏悔的闺阁裙钗，完全不限定在未婚的青春少女，并且她们出乎其上的“行止见识”，显然也不尽都是美丽、纯洁与自然之类的青春特色。

由此就已经足以看出，《红楼梦》的女性意识是多元而复杂的，绝非“女清男浊”“女尊男卑”的一般简化论所能涵括。用“少女崇拜”来看待《红楼梦》，不仅限制了小说的丰富意涵，同时也会反过来限制读者对生命意义的思考与开展。且让我们用心聆听文本中的其他声音，也许会发现，在弘扬女性的主旋律之下，还隐藏着不为人所觉察的低频伴奏，那就是会让很多人大吃一惊的“女性歧视”。

二、“少女崇拜”的局限

以下，我们要从几个方面切入，逐一推敲“少女崇拜”的思维具有哪些不容易觉察的局限。

（一）贾宝玉的不对等比较

首先可以注意到，第二回贾宝玉所谓："女儿是水作的骨肉，男人是泥作的骨肉。我见了女儿，我便清爽；见了男子，便觉浊臭逼人。"其表述方式是一种逻辑上的不对等比较，因此是没有论证效力的，也无法达到弘扬女儿的目的。

试看在这段比较的语句中，"女儿"是未成年的少女，还没有其他社会身份与相应的责任，"男人"则是成年男性，已经承担了多种社会职能，两者分别处于不同的年龄层与人生阶段，并不具备进行比较时所必需的等同基础。从逻辑上来说，"女儿"与"男儿"、"女人"与"男人"之间才有比较的意义，比较的结果也才有真正的价值；而"女儿"与"男人"的对比，就好像把苹果和橘子或大学生和小学生作对照，两者之间必然有所不同，却不必然可以用来定出高下。尤其是大学生和小学生的例子最明显，将两者作比较时，必然可以得出大学生的心思比较复杂，小学生的想法比较单纯的差异，而全然无法以此推论小学生的心灵比较崇高；同样地，"女儿"与"男人"的对照根本是没有意义的一种比较，因为"女儿"是未出嫁的少女，由于年龄以及经验的关系，当然会比已经进入世界的"男人"更单纯，这是人生阶段性的差异使然，并不是本质上的优劣。所以说，"女儿"与"男人"的对照根本是没有意义的比较，主要是一种感性的修辞策略，借由直接的语感来强化其主观好恶，可以说是一种情绪化的发泄。

有趣的是，如果用贾宝玉自己的认识论来重新进行"对等比较"，就更可以清楚看到宝玉的逻辑错误——第七十七回宝玉分明定义说："女人个个是坏的"，"只一嫁了汉子，染了男人的气味，就这样混账起来，比男人更可杀了!"这么一来，污泥做的男人虽然"浊臭逼人"，却还比女人更可爱，并不是最恶劣的人种。所以我们才会说，这一段名言其实并没有理论上的效力，也不具备贬低男人的功用，充其量，它只是感性地、情绪性地表达对少女的主观热爱而已。

就此而言，或许参照历史上以"真率"著称的陶渊明，能够帮助我们更了解贾宝玉这个信念所隐含的问题。实际上，对陶渊明诗文中有关"真"字的例文加以考察，可以发现："他所谓的'真'并非是出于哲学思考的精确概念，而是带有情绪性的理念……是身心完全保持着太古时代那种纯粹素朴的自然性的境界。一个人只有从现实社会中完全脱出才有可能进入这种境界而获得个人的'完全自由'"，因此，这种超现实的浪漫化理想"决定了渊明在追求它时必定只能以某种不彻底的方式进行，并且在某种情况下也许不宜固执实行"，而这也是陶渊明在决定隐遁之初就已经大体预料到的。[①] 如果连陶渊明的"真"都只是一种带有情绪性的理念，是在概念上和实践上都打了折扣的方式下加以宣扬，则贾宝玉对"女儿"的信念就更是如此。

因此，当我们要讨论《红楼梦》的女性意识时，其实并不应该拿这一段逻辑错误、以情绪为实质的话语当作一个确切的命题，更

---

① 〔日〕冈村繁著，陆晓光、笠征译：《陶渊明李白新论》（上海：上海古籍出版社，2002），页 107—108。

不能把它当作真理。

（二）清新的性灵

进一步来说，宝玉对少女的主观热爱，使他认定“山川日月之精秀只钟于女儿”，并具体呈现为少女所特有的美丽、清新、纯真、洁净、自然、纤巧，这也是整部小说极力渲染的焦点之一。

然则这样的意见，其实并非贾宝玉的独创，而是曹雪芹在明清历史环境下的文化挪用，从先前的文人手中借过来的。学者追踪此一说辞的渊源，发现它最早见于南宋庞元英的《谈薮》，出现在陆象山与其弟子谢希孟的对话里，并以多种不同形式构成了复杂的历史发展。[①] 从明朝末年开始，文人已经常常提出“山川日月之精秀只钟于女子”之类的说法，例如，明末著名学者葛征奇说：

> 非以天地灵秀之气，不钟于男子；若将宇宙文字之场，应属乎妇人。[②]

又，《红蕉集》（清初精刊本）的编者邹漪同样表示道：“乾坤清淑之

---

① 《谈薮》载：谢希孟在临安狎娼，受责于陆象山，他日又为娼造鸳鸯楼，所写楼记的首句云：“自逊、抗、机、云之死，英灵之气，不钟于世之男子，而钟于妇人。”以暗讽象山。详参廖仲安：《〈红楼梦〉思想溯源一例——“天地间灵淑之气只钟于女子”一语的出处和源流》，《反刍集》（北京：北京师范学院出版社，1986），页210—213。

② （明）江元祚编：《续玉台文苑》，（明）葛征奇：“序”，胡文楷编著：《历代妇女著作考（增订本）》（上海：上海古籍出版社，1985），附录二，页887。

气不钟男子，而钟妇人。”[①] 这些现象确实呈现出现代学者的考察，在 17 世纪早期，通过男性文人的眼光，可以看到对年轻女子的纯洁无邪突然爆发出的激情和迷恋[②]，天地、乾坤、海内的灵秀清淑之气都汇集于女性身上，并延伸到女性的诗文创作上。

从创作的角度而言，主张女性的作品也具有天地的灵秀清淑之气，可以说是明清文人的一大发明，是他们用来抬高女性作品价值的策略之一。根据学者的研究，这个明清文人比较具备创新性的策略，就是强调女性是最富有诗人气质的性别，因为他们认为女性本身具有一种男性文人日渐缺乏的“清”的特质，“清”被说成是一种天地的灵秀之气，也是女性诗歌优越的主要原因，后来这种把“清”视为女性之属性的言论，慢慢地成为明清文学评论中的主流。那么，“清”为何会成为女性诗歌的特点呢？这是因为一般妇女缺乏写作吟诗的严格训练，反而使她们保持了“清”的本质；再加上所处的现实社会领域的局限性，使她们更加接近自然并拥有情感上的单纯——那就是所谓的“真”。这种具有真善美的品质无疑成了女性诗境的特征，也使得女性作品成了男性文人的楷模。[③] 换句话

---

① （清）邹漪编：《红蕉集·序》，胡文楷编著：《历代妇女著作考（增订本）》，附录二，页 897。

② 关于当时的男性文人对“年轻（女）诗人之死”的“病态的迷恋”，如 Dorothy Ko, *Teachers of the Inner Chambers: Women and Culture in Seventeenth-Century China* (Stanford: Stanford University Press, 1994), p. 99。中译见〔美〕高彦颐著，李志生译：《闺塾师——明末清初江南的才女文化》（南京：江苏人民出版社，2005）。

③ 孙康宜：《明清文人的经典论和女性观》，《文学经典的挑战》（南昌：百花洲文艺出版社，2002），页 88。

说，女性之所以成为山川日月之精秀所钟，而她们的诗文作品能够展现出“清真”的性灵特质，主要是来自于她们的低社会化，以及与现实世界的高度隔绝，因此才葆有一种顺其自然的单纯，这就是女性及其诗文的价值所在。

贾宝玉所谓的“山川日月之精秀只钟于女儿”不仅继承了明清文化的这个脉络，甚至在年龄范围上将明清文人所涉及的“妇女”，更加收窄到未婚的年轻少女，也就是所谓的“女儿”，形成所谓的“山川日月之精秀只钟于女儿”，这是对文化潮流既继承又改造的差别所在。但是如果不停留在表象而进一步思考，就会发现：主张或强调天地灵秀的性别专属，无论是妇女还是少女，虽然在表面上与自觉意图上都是在赞扬女性特质，但背后所隐含的其实仍然还是男权思考之下的女性歧视。

首先，女性创作因为缺乏严格的专业训练与广大的生活历练，固然比较容易表现出清真自然的风格特点，近于性灵派的诗学追求，这也恰恰是性灵派大将袁枚如此弘扬女性创作并广收女弟子一起唱和的原因；但这种风格特点却也反过来大大束缚了作品内容的深度与广度，失于单薄、浅显、狭隘、柔弱、纤细、琐碎。与曹雪芹约略同时代的章学诚（1738—1801）早已归纳道：

> 唐宋以还，妇才之可见者，不过春闺秋怨，花草荣凋，短什小篇，传其高秀。[①]

---

① （清）章学诚著，叶瑛校注：《文史通义校注》（台北：里仁书局，1984），页534。

而这一点，其实明清的才女作家们也是有所自觉，并为之感到遗憾的，例如梁孟昭谓：

> 我辈闺阁诗，较风人墨客为难。诗人肆意山水，阅历既多，指斥事情，诵言无忌，故其发之声歌，多奇杰浩博之气。至闺阁则不然：足不逾阃阈，见不出乡邦，纵有所得，亦须有体，辞章放达，则伤大雅。……即讽咏性情，亦不得恣意直言，必以绵缓蕴藉出之，然此又易流于弱。诗家以李、杜为极，李之轻脱奔放，杜之奇郁悲壮，是岂闺阁所宜耶？[①]

于是乎，这些才女至多只能跻身为“小家”“名家”，绝无法成为杜甫之类的“大家”[②]，从文学成就来说，不能不说是有限的。而吊诡的是，将这种受限之下所形成的风格特点定义为女性的本然作风，形同迫使女性自足于这类“春闺秋怨，花草荣凋”的书写表达，于是女作家就更难以突破既有的限制了。

就此而言，汉学家高彦颐（Dorothy Ko）曾经提出非常发人深省的解释，她指出：自明末清初以来男性文人所建构的“好诗＝清

---

① （明）梁孟昭：《寄弟》，引自王秀琴编集、胡文楷选订：《历代名媛文苑简编》（上海：商务印书馆，1947），页45。

② “小家”之无足轻重自毋庸多说，至于“名家”与“大家”之间的差异，诗评家胡应麟曾作过一番诠释：“偏精独诣，名家也；具范兼镕，大家也。”“清新、秀逸、冲远、和平、流丽、精工、庄严、奇峭，名家所擅，大家之所兼也。浩瀚、汪洋、错综、变幻、浑雄、豪宕、闳廓、沉深，大家所长，名家之所短也。”（明）胡应麟：《诗薮》（台北：正生书局，1973），页177。

物＝女人”的方程式，虽然使得才女的才华受到肯定，却也让女性更加被等同于阴柔、情绪化和隐闭的异性，而其实更巩固了儒家的社会性别体系。[①] 康无为（Harold Kahn, 1956— ）甚至认为，袁枚之流的鉴赏家也许可以被称为“文学恋童狂”(literary pedophiles)。[②] 更关键的是，这种清真自然的特质并不能涵括所有的、重要的文化价值，也远远不足以达到“尽性”的人格最高境界，而成为“完善的人”，因为“尽性”是以达到人的所有特征和性情的和谐为标准来定义的。[③] 然而清新纯真的少女，却是在“男孩必须‘雕凿’成形，而女性就是‘自然’”[④] 的差别对待心理之下所造就的，作为“前妇女”阶段的女儿，就更是如此，左思、杜甫等等诗人笔下的“娇女”，都是在顺其自然、不加铸造的情况下所呈现的（见下文）。如此一来，少女实际上远远无法涵盖人的所有特征和性情的和谐，也无法达到“完善的人”的人格标准，一旦对这种少女之美给予过度的尊崇与褒扬，就会更让女性落入“不完善的人”的境地。

如果这种解释可以成立的话，那么，贾宝玉的“山川日月之

---

① 参〔美〕高彦颐著，李志生译：《闺塾师——明末清初江南的才女文化》，页62—71。

② 私人通讯，1895年3月28日。引自〔美〕曼素恩（Susan Mann）著，杨雅婷译：《兰闺宝录：晚明至盛清时的中国妇女》（台北：左岸文化出版社，2005），页213。

③ 〔美〕安乐哲（Roger T. Ames）著，张燕华译：《中国的性别歧视观》，《和而不同：比较哲学与中西会通》（北京：北京大学出版社，2002），页157、179—180。

④ 语出英国文学批评家罗斯金（John Ruskin, 1819—1900）所言，参〔美〕凯特·米利特（Kate Millett）著，宋文伟译：《性政治》（南京：江苏人民出版社，2000），页122。

精秀只钟于女儿”就更加令人质疑了。因为他把本来女性终其一生都可以享有的“山川日月之精秀”加以剥夺，只限定在十几岁的青春少女身上，只要一脱离青春期，女性连这种单薄的诗人特质都丧失殆尽，果然与“女人个个是坏的”这个认定相一致，而女性的价值就更加局限，并且有价值的时间也更短了，竟然只有仅仅几年而已。因此，宝玉所高唱的“女儿崇拜”，表面上虽然是对少女的揄扬推崇，以颠覆男尊女卑的女性歧视；但如果不被这个表象所蒙蔽，就可以发现其中所隐含的反倒是一种父权意识形态，对女性价值的提高不但是软弱无力，甚至还适得其反。

必须说，“好诗＝清物＝女人（＝女儿）”的对等关系，使得女性可爱而不可敬，灵秀而不灵智，单薄而不丰富，轻盈而不厚实，严重限缩了女性生命的开展幅度与深度。而这样一种严重受限的性别意识，当然是一种女性歧视，并且非常清楚地在《红楼梦》的文本中表露出来，只是向来一直被读者粗心地忽略了。由于这个认识完全颠覆了我们所以为的《红楼梦》是一部“女尊男卑”的小说，所以有必要在此多做一点解释。

我们要进一步从创作者——也就是曹雪芹本身的作者层面加以考察，看看他的女性意识是否也和贾宝玉一样，在赞扬女性的宗旨之下，仍不自觉地存在着不同的面向。

（三）褊狭的人格

第一回记载林黛玉之来历的一大段描述，是我们破解《红楼梦》的女性意识的重要文献，作者说道：

> 西方灵河岸上三生石畔，有绛珠草一株，时有赤瑕宫神瑛侍者，日以甘露灌溉，这绛珠草始得久延岁月。后来既受天地精华，复得雨露滋养，遂得脱却草胎木质，**得换人形，仅修成个女体**，终日游于离恨天外，饥则食蜜青（案："蜜青"谐音"秘情"）果为膳，渴则饮灌愁海水为汤。只因尚未酬报灌溉之德，故其五内便郁结着一段缠绵不尽之意。……那绛珠仙子道："他是甘露之惠，我并无此水可还。他既下世为人，我也去下世为人，但把我一生所有的眼泪还他，也偿还得过他了。"

其中，"得换人形，仅修成个女体"之说，清楚揭示了女性为次等人类（所谓"第二性"）的性别价值观，"仅"这个字代表的是一种不够好、次一等，因此带有遗憾的意思，训诂学明白地定义说，"仅，犹劣也"[①]，"材（案：即才、只）能也"[②]，显示"女性"被视为低于男性的次级品。而这在小说中并不是孤例。

在前两回中，小说家就一再地表现出这种"仅修成个女体"的次等性别意识，首先是第一回中，甄士隐"禀性恬淡，不以功名为念，每日只以观花修竹、酌酒吟诗为乐，倒是神仙一流人品。只是一件不足：如今年已半百，膝下无儿，**只有一女**，乳名唤作英莲"，从这段话明白可见，对甄士隐的"神仙一流人品"而言，破

① （汉）何休注：《春秋公羊传》，卷4"桓公·三年"，《十三经注疏》（台北：艺文印书馆，1982），页50。

② （东汉）许慎著，（清）段玉裁注：《说文解字注》（上海：上海古籍出版社，1981），"八篇上"，页374。

坏了他的人生完满的就是“膝下无儿，只有一女”，这个唯一的女儿虽然在绝无仅有的情况下成为掌上明珠，但终究不能弥补人生缺憾，女儿也就等于“不足”。

同样地，第二回林如海因“夫妻无子”，故让独生女黛玉“读书识得几个字，不过假充养子之意，聊解膝下荒凉之叹”，这种“不过假充”“聊解”等所蕴含的退而求其次的勉强式功能，在在都与“仅修成个女体”的“仅”字相呼应，而清楚反映了《列子·天瑞篇》所说的“男女之别，男尊女卑，故以男为贵”[①]的性别判准。此外，在娶妾的问题上，当贾母开玩笑说要让鸳鸯给王熙凤带去时，凤姐的说法也是：“等着修了这辈子，来生托生男人，我再要罢。”（第四十六回）很显然，“来生托生男人”是“修了这辈子”之后的进阶境界，也是女性在生命轮回炼中更上一层楼的目标，达到这个性别条件后就具有纳妾的资格，仍然是男尊女卑的意识表述。

这种把女儿用来“聊解膝下荒凉之叹”的心态，过去的男性文人也都有一致的表述，例如陶渊明，他也曾说过“弱女虽非男，慰情良胜无”（《和刘柴桑》），清楚反映出对父亲而言，女儿的存在是本能性的而非文明性的，她们所提供的乃是自然世界里“慰情”的感性功能，并不是人文世界中道德才学的人格实践；虽有舐犊情深的温暖，却缺乏培育教化的陶冶训勉，由此反映出一种以情感为基础——甚至更精确地说，以情感为主体的父女关系。可见在中国传统社会意识中，女性的客观地位确实无法承担家国发展的文明责

① 列子著，杨伯峻集释：《列子集释》（北京：中华书局，1997），页22。

任，尤其是女儿，虽然以其娇弱可爱、天真活泼成为双亲的情感慰藉，却终究不被视为文明的承担者，而是父母亲紧拥在怀抱里真实贴近的温暖，因此可以长葆天真活泼的可爱。唐诗里描写了小女孩的诗句，有很大一部分就是着墨在小女孩天真活泼的可爱表现，例如杜甫的名作《北征》诗中所说“学母无不为，晓妆随手抹。移时施朱铅，狼藉画眉阔”，就是这一类作品中的代表。[①] 而《红楼梦》第一回所描写的：“奶母正抱了英莲走来。士隐见女儿越发生得粉妆玉琢，乖觉可喜，便伸手接来，抱在怀内，逗他顽耍一回，又带至街前，看那过会的热闹。”也正是对传统亲子文化的继承与回应。

三岁女娃当然会长大。只是，既然女性终究不被视为文明的承担者与开拓者，因此，随着年龄的增长，这样的可爱小女孩虽然逐渐长大了，也仍然不必像男孩子一样受到严格的教育，或者说她们所受的教育仍然是用来支持以男性为主的社会结构，形成所谓的“三从四德”。这就清楚反映在《红楼梦》中几位以妇德见长的金钗们，无论是李纨的父亲主张“女子无才便有德”，故“生了李氏时，便不十分令其读书，只不过将些《女四书》《列女传》《贤媛集》等三四种书，使他认得几个字，记得前朝这几个贤女便罢了，却只以纺绩井臼为要”（第四回），还是薛宝钗好几次对于“女子无才便是

① 详参欧丽娟：《杜甫诗中的女儿形象与女性教育观》，《汉学研究》第22卷第2期（2004年12月），页61—94；《唐诗中的女儿形象与女性教育观》，《清华学报》新37卷第1期（2007年6月），页227—274。二文皆收入《唐代诗歌与性别研究——以杜甫为中心》（台北：里仁书局，2008），页89—138、307—377。

德”的宣示[①]，都是这一个性别文化传统的如实表达。

当然，单单就以上所说的这个情况而言，还未必能判断《红楼梦》具有性别偏见，因为那可以只是对女性的客观现状的如实反映，是小说人物在他们的生活环境中所必然产生的“社会意识”。曹雪芹作为一个文学家，既然有意识地描绘他所熟悉的社会现状，则男尊女卑作为当时牢不可破的社会事实，可以说是写实作品的必然内容；而且，从作者自觉地加以深入刻画来说，也可以视为一种对性别不平等的同情乃至抗议，于是很多人从第一回作者自序的“忽念及当日所有之女子，一一细考较去，觉其行止见识，皆出于我之上。何我堂堂须眉，诚不若彼裙钗哉?”以及宝玉不断自贬为“浊物”的男性否定，而推论曹雪芹是一位反对男尊女卑，主张男女平权甚至女尊男卑的超时代作家，为女性所受到的不平等待遇发出不平之鸣。

应该要郑重地指出，固然曹雪芹确实十分悲悯女性的卑属待遇，也为她们的不幸感同身受、血泪交织，但他毕竟是在那个源远流长的传统文化中孕育生长起来的男性文人，在理性上可以对某些具体而切身的悲惨现象给予同情与抗议，但在基本认知上，“男尊女卑”依然是牢不可破的意识形态，因此在叙写小说时，也会不自觉地将其无意识中所潜伏的男尊女卑的性别意识暗透出来。而这就

---

① 宝钗曾说：“究竟这也算不得什么，还是纺绩针凿是你我的本等”（第三十七回），“作诗写字等事，原不是你我分内之事”（第四十二回），又谓：“一个女孩儿家，只管拿着诗作正经事讲起来，叫有学问的人听了，反笑话说不守本分的。”（第四十九回）最完整的说法是：“自古道‘女子无才便是德’，总以贞静为主，女工还是第二件。其余诗词，不过是闺中游戏，原可以会可以不会。”（第六十四回）

要再回到第一回，从记述林黛玉的先天来历时所说的“得换人形，仅修成个女体”这句话谈起。

除了前面所提到的，“仅”字传达出一种“较低劣”的意思之外，“得换人形，仅修成个女体”的说法，还隐含了“转身”这个佛教经典中非常普遍的主题。佛教思想认为，人类是生命轮回中的最高形式，从绛珠草虽然是仙界的仙草，仍然必须“受天地精华，复得雨露滋养，遂得**脱却草胎木质，得换人形**”，可见“人形”是“草胎木质”进化的更高层次，显然即使是身在仙界，单单只是“生命形式”的差异，这株绛珠草就已经低于神瑛侍者一等，无怪乎黛玉也以“我们不过是草木之人”（第二十八回）自贬自嘲。更进一步来看，“人类”虽然是其他物种的最高级进阶版，是万物努力进化的终极目标，但是人类之中还是有男身与女身之分，且男身高于女身。因此，绛珠草虽然在修炼后“得换人形”，已经提高一个层级，却又“仅修成个女体”——也就是道行还不够高深，品质还不够精粹，所以只能达到“女体”的次等境界。

这固然符合儒道男尊女卑的性别观念与人类中心的物种观念，如《列子·天瑞》篇中，“天生万物，唯人为贵；而吾得为人，是一乐也。男女之别，男尊女卑，故以男为贵；吾既得为男矣，是二乐也。”[①] 但

---

① 杨伯峻集释：《列子集释》，卷1，页22。就此而言，西方文化亦有异曲同工之妙，如早在希腊时代，泰勒斯（一说为苏格拉底）即为“以下三件事”而向命运女神表示感谢：“第一，生下来是人不是野兽；第二，生下来是男不是女；第三，生下来是希腊人，而不是其他民族。”见迪奥格奈斯·拉埃尔提奥斯：《希腊哲学者列传》，转引自〔日〕川合康三著，蔡毅译：《中国的自传文学》（北京：中央编译出版社，1999），页95。

更可能是融合了佛教思想。从佛教思想的角度而言，女性生命乃是出于“少修五百年而业障较重”的匮乏不足所致，因此产生“女身不能成佛”的性别价值判断，如《佛说超日明三昧经》即云：“不可女身得成佛道也。所以者何？女有‘三事隔’‘五事碍’。”[①]这种几乎是本质上的缺失，使得“女身”成为佛教徒修行中所要努力跨越的一个障碍，如唐代敦煌的《佛说阿弥陀经》说明晨起跪佛前念咒的功用，就是：“灭四重、五逆等罪，现身不为诸横所恼，命终生无量寿国，永离女身。”[②]也因此，“女身”也变成了一种罪孽或堕落的象征，《佛说大乘金刚经论》就记载文殊菩萨问佛：“修何福业，长得男子？”世尊曰：“恭敬三宝，孝养二亲，常行十善，受持五戒，心行公道，志慕贤良，修此善根，常得男子。三劫不修，便堕女身。五百年中，为人一次，或有转身换身。……男身具七宝，女身有五漏……是名女人五漏之体。”[③]“女身”既然是一种罪孽或堕落的象征，在修行不足时受苦受难，于是也可以用来作为对犯罪者的惩罚，例如唐传奇小说《红线传》中，主角就是因罪而从前世的男人沦谪为今生的女身，而元杂剧《马丹阳度脱刘行首》第一折中，王重阳在引度刘倩娇时所说：“可下人间托生做女子，还了五世宿债，然后方可度你成道。”都是以化身女

① （西晋）聂承远译：《佛说超日明三昧经》卷下，《大藏经》第15册（台北：新文丰出版公司，1995），页541。

② 许国霖：《敦煌石室写经题记》上辑，《敦煌丛刊初集》第10册（台北：新文丰出版公司，1985），页23。

③ （后赵）天竺僧佛图澄译：《佛说大乘金刚经论》（南投：正觉禅寺，1989），页34—35。

人受苦牺牲进行赎罪补过，显然与佛教以“女身”为罪恶的观念相符。

就在佛教各部派都接受女人是不净的想法中，部派之一的一切有部则提出“转身论”（transformation of the body）的女人观，以鼓励女人努力修行，他们相信，女人修行之后便能“转身成男子”，再由“男子身成佛”[①]，所以还有《佛说转女身经》这部经书。戴安娜·M. 保尔（Diana M. Paul）分析大乘经典中的女性形象时，也发现有些经典根本反对女性可以成佛，净土系的佛国中不现女身，便是一例，至于能够转身证道的女菩萨都是属于位阶较低的。[②]

就此来说，林黛玉的“仅修成个女体”已经清楚地带有佛教的性别歧视观，并且不只如此，进一步来说，“仅修成个女体”也导致女性是注定无法超脱的苦海沉沦者，终身深陷于贪嗔痴三毒种种烦恼中。

既然女性是因为“三劫不修”、背负前世宿债、缺乏福业所造成的，所以她的生命必然要受苦牺牲，以进行赎罪，以致女性的性格中纠结了深重的烦恼无以超脱，也就是所谓的“女人身过”。如《佛说转女身经》所言：“若有女人，能如实观女人身过者，生厌离心，速离女身疾成男子。女人身过者，所谓欲瞋痴心并余烦恼，重

---

① 古正美：《佛教与女性歧视》，《当代》第 11 期（1987 年 3 月），页 30。

② Diana M. Paul, *Women in Buddhism: Image of the Feminine in the Mahāyāna Tradition* (Berkeley: University of California Press, 1985). 参李玉珍：《佛学之女性研究——近二十年英文著作简介》，《新史学》第 7 卷第 4 期（1996 年 12 月），页 199—222，该译介见页 201。

于男子。”[①] 而“欲瞋痴心并余烦恼”果然正都是林黛玉的生命核心，其远超乎常人的多心、敏感、嗔怒、小性儿，甚至在极度不安全感之下，有时还流于无理取闹，例如第二十二回描写道：

> 林黛玉冷笑道：“问的我倒好，我也不知为什么原故。我原是给你们取笑的，——拿我比戏子取笑。”宝玉道：“我并没有比你，我并没笑，为什么恼我呢?”黛玉道：“你还要比？你还要笑？你不比不笑，比人比了笑了的还利害呢!”宝玉听说，无可分辩，不则一声。

客观说来，宝玉的万般不是、怎么做都错，其实都只是来自黛玉的欲加之罪，这种过度的多心、小性儿，已经难免“唯女子与小人为难养也，近之则不孙，远之则怨”（《论语・阳货》）的程度了，因此脂砚斋虽然对黛玉多所赞美与怜惜，却也没有否认这一点，明白说“此是黛玉缺处”。[②] 而这些也与她在仙界时，“五内便郁结着一段缠绵不尽之意”的存在特质一以贯之，在在都证成了“仅修成

---

① （刘宋）罽宾三藏法师昙摩蜜多译：《佛说转女身经》，《大藏经》第 14 册，页 919。这是西夏仁宗皇后罗氏所赞助的佛经版画之一，于 1195 年刊印时就高达九万三千本，可见其风行程度，参 Anne Saliceti-Collins, “Xi Xia Buddhist Woodlock Prints Excavated in Khara Khoto: A Case Study of Transculturation in East Asia, Eleventh-Thirteenth Centuries”(MA thesis, University of Washington, 2007), p. 118。

② 见第五回夹批，页 115。虽然直接针对的是“便是那些小丫头子们，亦多喜与宝钗去顽笑，因此黛玉心中便有些悒郁不忿之意”，但这种由嫉妒计较所产生的心理反应，本质是一样的，也普遍存在于黛玉前期的性格表现中。

个女体”的佛教性别寓涵。

被视为“身过”的女性，在《红楼梦》中也确实没有一个超脱解离的案例，因此可以说，女性是超越界或形上智慧的绝缘体；然而比较起来，《红楼梦》中的男性却拥有超脱的机会，并且获得悟道的成果，从一僧一道的性别分工，以及分别度脱的成败，最是清楚反映了这一点。也就是道士所负责度化的男性，除了贾瑞是执迷不悟、咎由自取之外，甄士隐与柳湘莲都豁然解脱，飘然出家，甄士隐还即席作了《好了歌注》，是为道士《好了歌》的详注版；然而和尚所负责的甄英莲、林黛玉、薛宝钗，则都是终身受苦的命运，参照第二回写贾雨村遇见一位“既聋且昏，齿落舌钝”的龙钟老僧，也就是证道之后的大彻大悟者时，脂砚斋所批云：

> 毕竟雨村还是俗眼，只能识得阿凤宝玉黛玉等未觉之先，却不识得既证之后。（第二回眉批）

相较于“既证之后”的老僧、“未来将觉”的宝玉，凤姐、黛玉等则都属于终其一生的“未觉”者，完全符合太虚幻境的两边配殿所题的匾额对联，所谓“痴情司”“结怨司”“朝啼司”“夜哭司”[①]“春

① 在本书所使用的版本里，“夜哭司”原作“夜怨司”。虽然这是以庚辰本为底本的文字，有其权威性，但因“夜怨司”与“结怨司”的“怨”字重复，在总共只有六个司、六个名称上出现用字重复，并不精审，反倒不如其他版本作“夜哭司”较佳，一方面能呈现出字面上的不同差异而有错落变化，另一方面“夜哭”也能与“朝啼司”的“朝啼”相对仗，犹如“痴情”与“结怨”、“春感”与“秋悲”两两对仗，都更精致得多。

感司”“秋悲司”。换句话说，太虚幻境所主掌的女性们，面临的都是“痴情”“结怨”“朝啼”“夜哭”“感春”“悲秋”的“未觉”人生，这岂不是和林黛玉同出一辙？

固然从历史的现实角度来说，这样的处境是女性的非战之罪，不是她们的本质所造成；但是，佛教对这种处境的解释，却使得女性的苦难磨折变成了女性的本质，乃至无法改变的宿命。《红楼梦》其实也接受了这一点。让我们再考察小说中的另一个安排，就会更加清楚。

同样都是来自太虚幻境的神品圣物，与女性有关的，是“群芳髓”“千红一窟”“万艳同杯”以及薛宝钗服用的“冷香丸”（见本书第三章），但其实还有唯一与男性有关的特制品，那就是第十二回当贾瑞即将因为纵欲而死之际，专渡男性的道士及时赶到，送来救命的那一面“风月宝鉴”。道士递予贾瑞时特别交代：

> 这物出自太虚幻境空灵殿上，警幻仙子所制，专治邪思妄动之症，有济世保生之功。所以带他到世上，单与那些聪明杰俊、风雅王孙等看照。千万不可照正面，只照他的背面，要紧，要紧！三日后吾来收取，管叫你好了。

可见太虚幻境并不是纯粹的女儿世界，单管女儿的命运，警幻仙子还特制一面“单与那些聪明杰俊、风雅王孙等看照”的男性万灵丹。只不过在道士离开后，贾瑞“拿起‘风月鉴’来，向反面一照，只见一个骷髅立在里面，唬得贾瑞连忙掩了，骂：‘道士混帐，如何吓我！——我倒再照照正面是什么。’想着，又将正面一照，只见凤姐站在里面招手叫他。贾瑞心中一喜，荡悠悠的觉得进了镜子，与凤姐云雨一番”，于是，执迷不悟的贾瑞违背了道士的叮咛，在抗拒不了诱惑的情况下不断照正面，终于脱精而死，其惨烈程度几乎可以和《金瓶梅》中的西门庆相比。

事实上，这面镜子的疗救方式正是佛教的“白骨观”[①]，透过反面的骷髅来逼显感官的虚妄，以破除对无常幻象的沉迷。固然从结果来看，道士的努力是白费了，贾瑞完全辜负了这一个起死回生的机会，可以说是死于咎由自取；不过值得注意的是，道士清楚地表示，这个机会只提供给男性，风月宝鉴“只”针对男性才发挥启悟作用（“单与那些聪明杰俊、风雅王孙等看照”），就已经明确地把女性排除在外，因而它的“济世保生之功”也专属于男性所有。这岂非又是一种清楚的性别歧视？

执掌命运的仙姑，给女性的是眼泪的苦海，给男性的则是“济世”的功业与“保生”的救赎，可见仙界女儿国都免不了男女不同的差别待遇，则人世间的女子们，又何尝能有超脱的一天？

果然，第二十二回宝玉参禅的一段故事，也证明了这一点。宝玉自以为解悟，作出一首偈语之后又填了一支《寄生草》，对自己

---

① 简言之，“白骨观”是从观想自身由某一点（如脚拇指）逐渐开始腐烂，直到全身腐烂，以至于成为一具白骨。接着观想对方乃至于周遭的人皆成为白骨，最后发动内火，把所有的白骨都化为灰烬，达到所谓“火光三昧大定”的解脱之境。相传为鸠摩罗什（344—413）所译的《禅秘要法经》中，有大量关于修习“白骨观”的指导。

的潇洒开脱还洋洋自得（其实单就这一点来看，宝玉便根本没有解脱，因此仍会把“解脱”当作一种成就或价值而产生虚荣心）。没想到接着被黛玉以打禅机的方式加以质问，竟然为之哑口无言而不能回答，宝钗随之又比出“语录”来，引述神秀与惠能关于菩提树与明镜台的不同解悟，表现出这方面的更高素养，因而打消了宝玉禅修的念头。这时，宝玉心中所翻转的思绪是：“此皆素不见他们能者……原来他们比我的知觉在先，尚未解悟，我如今何必自寻苦恼。”可见这两位金钗的悟性其实比宝玉还高，连平常并不擅长的禅悟资质都超过宝玉，轻易就把宝玉压倒。但即使如此，知觉在先的钗、黛二人不仅此时“尚未解悟”，其实是终其一生都未曾解悟，等于是彼岸智慧的绝缘体，这正间接说明了风月宝鉴之所以“单与那些聪明杰俊、风雅王孙等看照”的原因。

如此一来，将“济世保生”，也就是承担家国的文明责任，以及追求存在的圆满乃至超越性的智慧境界都限定在男性身上，也注定使女性“灵秀而不灵智”，依然只能是一种对男性世界的补充与平衡，而欠缺独立自足的主体性。

在这里，可以看到曹雪芹仍然是一位传统知识分子，海纳百川，吸收了儒释道各家的基本思想价值观，也转借佛家的性别论述而强化了儒家对男女有别的看法，这其实是我们一直忽略的地方。

（四）致命的爱情

“仅修成个女体”这样一种先天修炼不足的性别，注定了林黛玉被规定为终身无法超脱的心灵格局与褊狭的人格情态，只能陷溺在“欲瞋痴心并余烦恼”之中，也就直接决定了她的爱情特质，这就是所谓“其五内便郁结着一段缠绵不尽之意”，以及入世之后必须还泪至死的宿命的真正意义。

爱情是人类极为深沉的心理需要之一，渴望找到灵魂的契合与共鸣几乎是与生俱来的本能，从“青少年”这个蜕变为成年人的阶段开始，就成为人们一生的寻觅。特别是在青春期这个阶段，“爱情”可以说是一种最强烈的召唤，也启动了最大的心理能量；再加上较少现实因素的考虑，青春情怀往往热烈又单纯，为人生烙下终生难忘的鲜明印记。

爱是什么呢？这实在是一个难以定义的问题，在这里也不需要做专业探讨，而是透过《红楼梦》中最鲜明的宝、黛之恋，来反省有关女性建构的一些问题。

首先，无论是哪一种爱，也姑且不管爱会因为个别的具体情况而产生各种变异，在理想上，爱应该对当事人带来什么影响？是受苦牺牲的债务，还是令人惊喜的礼物？对不同的文化而言，这个问题的答案也会截然不同。例如可以将爱认知为不应造成负担，既然选择爱一个人，就要爱得自由自在；而在爱之中“自由自在”的，既是给出爱的施予者，也包括被爱的接受者，双方都在爱之中自由呼吸，领略到丰盈与美好。然而要做到这一点，就必须具有成熟的人格，足够宽广稳定，以至在给予爱的同时能够不让爱成为彼此的沉重负担与束缚。

以此衡量林黛玉的爱情，却并非如此，爱对她而言不但是一种沉重的负担，导致心灵的煎熬与终身的束缚，甚至要以付出生命为代价。如此一来，这朵阆苑仙葩所依傍植根生长的西方灵河，自也隐含了佛教中所譬喻的“爱河”之义，意指：“爱欲溺人，譬之为河。又贪爱之心，执着于物而不离，如水浸染于物，故以河水譬之。”[①]因而，“众生迷心，受五蕴体。溺于爱河，中随风浪，漂入苦海，不得解脱，徒悲伤也”[②]。而绛珠仙草入世化身为林黛玉后，泪尽而逝的生命历程便是《楞严经》所说“爱河干枯，令汝解脱”的形象化表现。所以，不但脂批说：“爱何〔河〕之深无底，何可泛滥，一溺其中，非死不止。”（第三十五回回末总评）传统评点家亦有“绛珠幻影，黛玉前身，源竭爱河”[③]之说，可见林黛玉式的爱情是一种至死不休的陷溺，从佛教的思想来说，也是一种永远无法解脱苦海以到达彼岸的终身凌迟。

这也许很符合中国人对于亲子、爱侣之类紧密纠缠的人际关系的认知，《红楼梦》也是采这样的看法，因此小说第五回中就不断提到“风月之债”以及“欠命的，命已还；欠泪的，泪已尽”，“欠债”的比喻说明了在这个文化中，情爱所产生的无法解释、却也无法解脱的沉重负担。不过，值得我们进一步思考的是，曹雪芹将这种“欠债还命”的爱情形态，都放在林黛玉以及众金钗身上，连泼辣刚烈的尤三姐都是“以死报此痴情”（第六十六回），这是否又说

---

① 丁福保编：《佛学大辞典》（台北：新文丰出版公司，1992），页2352。

② （清）续法：《般若心经事观解·序》，《频伽大藏经》第123册（北京：九州图书出版社，2000），页722。

③ （清）华阳仙裔：《金玉缘·序》，一粟编：《红楼梦资料汇编》（北京：中华书局，1964年初版，2004年重印），卷2，页42。

明了一点，那就是对缺乏人生阅历、身心都还处于不成熟阶段的少女而言，爱情并无法以健全的内涵给予正面的力量，反而会带来伤害，甚至足以致命？

由癞头和尚所谓的：“既舍不得他，只怕他的病一生也不能好的了。若要好时，除非从此以后总不许见哭声；除父母之外，凡有外姓亲友之人，一概不见，方可平安了此一世。”（第三回）可知林黛玉的爱情具有高度的致命性，以至必须透过出家之类脱离社会、与世隔绝的“去性”方式才能消解——这固然可以浪漫化地解释为“为爱情付出生命”，然而，从作者对林黛玉的“致命性”爱情还设计出离恨如天、灌愁如海的先天“秘情”，以及“终身还泪”之神话作为补充，因而“爱情”直接关联于“眼泪”与“死亡”，成为三面一体的共构表述，都隐隐然暗示着不够健全成熟的爱情，导致了西蒙·波伏娃（Simone de Beauvoir, 1908—1986）所谓的“以弱者的态度去体验爱情所产生的生命的危机”，并且最后是以不毛的地狱作为解脱之地。波伏娃在《第二性》中犀利地指出：

> 将来有一天女人很可能不是用她的弱点去爱，而是用她的力量去爱，不是逃避自我，而是发现自我，不是贬低自我，而是表现自我——**到了那一天，爱情无论对男人还是对她，都将成为生命之源，而不是成为致命的危险之源**。**在那一天到来之前，爱情是以最动人形式表现的祸根**，它沉重地压在被束缚于女性世界的女人的头上，而女人则是不健全

的，对自己无能为力的。[1]

从这个角度而言，虽然林黛玉的眼泪洋溢着诗性感伤，其泪尽而逝的先天规定也充满了悲剧之美，却无法由此转化出“生命的泉源”，带来丰盈、喜悦的成熟之爱，乃至以死亡作为最终的解脱；反倒是贾宝玉前身之神瑛侍者能以甘露灌注弱小生命，为它续命延年，正如《西游记》第二十六回中，观音菩萨以杨枝蘸取净瓶中的甘露救活了被推倒的人参果树，神瑛侍者的甘露可以说是名副其实的“生命的泉源”。相较之下，受到甘露滋养的林黛玉，那由甘露转化出来的爱情，对她而言则是一种“生命的危机”，是生命中无法承受之重，两者实在成为鲜明的对比。

分析这个故事所蕴含的两性关系，我们可以发现，其中存在着“男性／给予／强者／泉源”与“女性／接受／弱者／危机”的性别差异，也就是男性是能够给予泉源的强者，拥有丰沛的力量；而女性则是柔弱的接受者，并且面对的是生命的危机。所以必须承认，绛珠仙草的神话恰恰反映了男尊女卑的文化事实，也巩固了既有的性别结构。这恐怕是《红楼梦》的性别论述中最独特奥妙的深沉内涵。

因此，虽然绛珠还泪的神话极为浪漫凄美，令无数的读者感动不已，甚至把它当作是至情的表现，但殊不知，其中所蕴含的性别

---

① 〔法〕西蒙·波伏娃著，陶铁柱译：《第二性》（北京：中国书籍出版社，1998），页 756。

意识其实是一种对女性的偏见，值得我们换一个角度重新加以省思。

当然，这和《红楼梦》处处表彰女性的现象并不冲突，其实是可以并存的，有如人本来就同时具有“意识”（consciousness）与“潜意识”（sub-consciousness）一样。可以说，“女尊男卑”是小说家在意识层面上的价值观，致力于表达对女性的同情与赞美，因此形成书写的主调；但作为一个传统文化中的知识分子，曹雪芹无可避免地也不能完全免除主流的性别意识，并内化成为他的性别价值观的一部分，而不自觉地在字里行间表露出来，下笔时也就连带影响了女性人物的塑造。这是读者应该理解并包容，却不能忽略或回护的地方。

（五）“婴儿女神”

让我们回过头来，再探索“女儿是水作的骨肉，使人清爽”的正面表述中所隐含的另一种负面的女性意识。

前面已经提过，“女儿是水作的骨肉”这句话意谓着：未成年的青春少女具有清新的性灵，并且美丽、纯真、洁净、自然、纤巧，是“山川日月精秀之所钟”，宝玉也是用这些特点来贬低男性的。但是，应该注意到，这种女性之美固然有其价值，但却不应该是女性的“全部”价值或“唯一”价值，否则就是对女性生命的严重限缩；尤其是这种近似于“屋内天使”（the Angel in the House）[①]、美梦中

---

① “屋内天使”本为1854年Coventry Patmore为其妻子Emily所写的颂诗，认为其妻之纯洁乖顺可为女性的典范。

之女神、温柔美丽之百合之类刻板化的女性形象，虽然是男性所讴歌赞美的典型，但作为两极化的纯化类型，所反映的正是简单而偏颇的“男性的想象模式”，反倒是对女性的失真投射。

如同丰子恺在缅怀儿童未经世事的纯真之美，并感叹童年乐园必然会在成长后失落的同时，也不否认它具有“贫乏低小”的缺憾，承认道：

> 所谓“儿童的天国”“儿童的乐园”，其实贫乏而低小得很，只值得颠倒困疲的浮世苦者的艳羡而已，又何足挂齿？[①]

换句话说，纯美之童真事实上必然也兼具“贫乏低小”的性质，而往往成为那些社会适应不良者的怀乡症候群。移诸宝玉对少女之美的偏执，也同样适用。

以第三十六回写宝玉对宝钗等有时见机导劝而生气批评的言论为例，宝玉说：“好好的一个清净洁白女儿，也学的钓名沽誉，入了国贼禄鬼之流。这总是前人无故生事，立言竖辞，原为导后世的须眉浊物。不想我生不幸，亦且琼闺绣阁中亦染此风，真真有负天地钟灵毓秀之德！”但如此一来，“清净洁白女儿”虽然是“天地钟灵毓秀”，却不能与文明的发展、现实界的提升乃至乾坤的扭转有所关联，否则便是遭到污染而辜负此一灵秀之德。也正因为如此，

---

① 丰子恺：《阿难》，杨牧编：《丰子恺选集 I》（台北：洪范书店，1984），页 15。

他对探春的理家和整顿大观园就表示不以为然，或者对黛玉说道："你不知道呢。你病着时，他干了好几件事。这园子也分了人管，如今多掐一草也不能了。又蠲了几件事，单拿我和凤姐姐作筏子禁别人。最是心里有算计的人，岂只乖而已。"（第六十二回）更当面对探春说道："谁都像三妹妹好多心。事事我常劝你，总别听那些俗语，想那俗事，只管安富尊荣才是。比不得我们没这清福，该应浊闹的。"（第七十一回）

然则，如果"清净洁白女儿"只能关在琼闺绣阁中不问世事，那么，挺身而出补天济世的女娲又是何许人也？第十三回回末诗"裙钗一二可齐家"所赞美的王熙凤和贾探春，又岂真的是"有负天地钟灵毓秀之德"？这些救亡图存的女性在人世中塑立了一种辉煌类型，显然远远超出"清新自然"的范围，对家族的贡献更大大超乎宝玉之上，因此脂砚斋也清楚表示：

> 余为宝玉肯效凤姐一点余风，亦可继荣宁之盛，诸公当为如何？（第二十回批语）

只是，宝玉那一番"女性价值毁灭三部曲"却偏执地只承认青春少女之美，否定女性人生的其他阶段以及其他类型的多样化价值，这种心态，如果从女性主义的角度来看，似乎便符合了凯特·米利特（Kate Millett, 1934— ）所批判的"完美女人必须是个可爱的青春前期的姑娘"（society's perfect woman must be a cute preadolescent），并讥讽地称这种完美女性其实是一种"婴儿女神"

(baby-goddess)[①]，所以这种少女崇拜其实正是不自觉地折射出父权社会所潜藏的性别歧视。因为以柔弱纯真之少女原型为完美女性的神话理想所制造出的美丽单纯、纤细无力的女性形象，势必限制了真实女性的成长与发展，也削减了女性人格的厚度与丰富度，无法企及真正的、宏大的世界。

值得省思的是，宝玉以及所有的少女都清楚知道，女孩子是必然要出嫁的，婚姻是她们无可回避的未来，因此对于变成“死珠”和“鱼眼睛”充满了恐惧感，却只能徒劳感伤而无能为力。如宝玉在前去看望黛玉的途中，从沁芳桥一带堤上走来，曾对着杏花树深深感叹：

> 只见柳垂金线，桃吐丹霞，山石之后，一株大杏树，花已全落，叶稠阴翠，上面已结了豆子大小的许多小杏。宝玉因想道：“能病了几天，竟把杏花辜负了！不觉倒‘绿叶成荫子满枝’了！”因此仰望杏子不舍。又想起邢岫烟已择了夫婿一事，虽说是男女大事，不可不行，但未免又少了一个好女儿。不过两年，便也要“绿叶成荫子满枝”了。再过几日，这杏树子落枝空，再几年，岫烟未免乌发如银，红颜似槁了，因此不免伤心，只管对杏流泪叹息。（第五十八回）

人生何其短暂，青春更是何其匆促，短短几年之后就要面临人生的

---

① Kate Millett, *Sexual Politics* (London: Virago Press, 1977), p. 143. 中译参〔美〕凯特·米利特著，宋文伟译：《性政治》，页 177。

正式演出，既然宝玉视之为女性价值的沦落，又完全无法避免年龄的增长以及婚姻的宿命，则唯一一种消极的抗拒方式，就是以“早夭”拒绝成长，拒绝青春凋谢，从而永远留在天真无忧的乐园里。

第二十三回有一段叙述，可以说就是这一种心态的象征性表达。当时众钗们刚刚搬进大观园居住，宝玉在树下翻看偷渡进来的《会真记》（即《西厢记》）：

> 只见一阵风过，把树头上桃花吹下一大半来，落的满身满书满地皆是。宝玉要抖将下来，恐怕脚步践踏了，只得兜了那花瓣，来至池边，抖在池内。那花瓣浮在水面，飘飘荡荡，竟流出沁芳闸去了。回来只见地下还有许多，宝玉正踟蹰间，只听背后有人说道：“你在这里作什么？”宝玉一回头，却是林黛玉来了，肩上担着花锄，锄上挂着花囊，手内拿着花帚。宝玉笑道：“好，好，来把这个花扫起来，撂在那水里。我才撂了好些在那里呢。”林黛玉道：“撂在水里不好。你看这里的水干净，只一流出去，有人家的地方脏的臭的混倒，仍旧把花遭塌了。那畸角上我有一个花冢，如今把他扫了，装在这绢袋里，拿土埋上，日久不过随土化了，岂不干净。”宝玉听了喜不自禁，笑道：“待我放下书，帮你来收拾。”

从这段话可见，沁芳溪这条青春之泉终究是要流出大观园的，而一出园子，到了外面的世俗世界，“有人家的地方脏的臭的混倒，仍旧把花遭塌了”，无论是水或是花，都仍然不免于污染灭顶的下场。这也再度呼应并强化大观园的有限性与非封闭性，女儿犹如花朵般只能受到短暂的庇护，终究还是要离开此时此地，落入现实世界的失乐园中。既然女儿乐园终有覆灭之日，则坚持留在青春乐园里的唯一方式，就是以提早死亡来拒绝进入现实世界。就此可以说，林黛玉的“葬花冢”有如青春的防腐剂，是少女的永恒化，以年少早逝来达到乐园的不朽。

然而，为了保持纯净而夭亡，以年少早逝留驻于青春乐园中，这真的是女性的最佳选择或是唯一道路？活着走出青春乐园的女子，只能注定变成“比男人更可杀”的“鱼眼睛”？“女儿”出嫁后变成了“女人”，果真“个个是坏的”吗？

事实是，就和“至情”完全不必以“死”来证明，而以“死”所达到的更大多不是“至情”而只是“激情”一样，女性的存在价值也不必以“清新纯洁”作为唯一的评量，“少女”也绝非女性价值的最高形态。那些活着走出青春乐园的女子并非“个个是坏的”，从小说文本来看，变成“死珠”和“鱼眼睛”绝对不是女性成长轨道上必然的宿命，而是可以转化为慈悲与智慧的大母神。

遗憾的是，小说家并没有清楚地告诉我们，女性的人生如何从“水作的骨肉”不落入“死珠”和“鱼眼睛”的魔咒，而能蜕变为“大母神”，但《红楼梦》中确实清晰而深刻地展示了女性另一种更伟大的可能，也就是成为包容、坚毅、付出的力量。这种母神崇拜是与少女崇拜并存于小说中的另一种女性意识，是女性的更高展望。

三、不是“鱼眼睛”：女性的更高展望

所谓的“大母神”（the Great Mother），又称“大女神”（the Great Goddess），属于人类心理中母亲原型的展现。无论是远古神话传说，还是尘世的现实世界，从古到今人类历史与文化想象中，处处都烙印着大母神的踪迹。

心理学家荣格（Carl G. Jung, 1875—1961）对于母亲原型的探索，花了相当多的时间及篇幅，而他的弟子埃利希·诺伊曼（Erich Neumann）在 1972 年出版的《大母神——原型分析》这部书，更对母亲原型作了详尽的讨论。此书指出，大母神崇拜是人类最早的宗教崇拜形式，她是父系社会出现以前人类所信奉的大神灵，比现在我们所知道的天父神大约还要早两万年左右，而且她是后代一切女神的初型；人类学家马丽加·金芭塔丝（Marija Gimbutas, 1921—1994）更推而扩之地说，大母神是“一切生命——包括人类、动物和植物——的源头”[1]。而这都可以从地下考古资料得到证明。

从 20 世纪以来，在现今世界各地持续发现的女性躯体的原始雕塑，她们的共同特征便是肥硕丰满的宽厚体型。最著名的是 1908 年由考古学家约瑟夫·松鲍蒂（Josef Szombathy, 1853—1943）在奥地利的 Willendorf 附近一处旧石器时代遗址所发现的母神石雕，

① 〔美〕马丽加·金芭塔丝著，〔美〕德克斯特（M. R. Dexter）主编，叶舒宪等译：《活着的女神》（桂林：广西师范大学出版社，2008），页 11。

大约制作于公元前三万年左右，被称为 The Venus of Willendorf[①]，其造型如右页图。

之后又出土多个类似的雕像，可见原始石器时代已经出现庞大的、长年怀孕的大母神。学者们称这些雕像为“史前维纳斯”（the Paleolithic Venus figurines, prehistoric Venus），并相信她们就是大母神信仰的对象化表现。除此之外，中美洲的墨西哥也曾发现相似的女性雕像，表现出母神崇拜的征兆[②]；而近年在中国境内都挖掘出类似“史前维纳斯”的女神像，也证实了中国史前新石器时代曾盛行过母神崇拜[③]。

金芭塔丝又认为，“对古欧洲居住遗址地下或附近发掘出来的遗骨的分析，可以让我们认识到两点，这对于理解古欧洲社会和宗教体制至关重要。首先，这些遗骨几乎全都是女性，其次，这些女性通常都是老年人。这些证据提供了关于母系文化的线索，在这种文化中，女人担任家庭乃至更大的氏族的首领。一位被视为家族祖先的老年妇女能够给整个家族带来佑护，以保证子孙的繁衍、家族的绵延，因此，她就获得了埋葬于家族住地或神庙之下

① Camille Paglia, *Sexual Personae: Art and Decadence from Nefertiti to Emily Dickinson* (New Haven: Yale University Press, 1990), pp. 54-55.

② 见朱狄：《原始文化研究：对审美发生问题的思考》（北京：三联书店，1988），页 489。

③ 参看郭大顺、张克举：《辽宁省喀左县东山嘴红山文化建筑群址发掘简报》，《文物》1984 年第 11 期，页 1—11；方殿春、魏凡：《辽宁牛河梁红山文化“女神庙”与积石冢群发掘简报》，《文物》1986 年第 8 期，页 1—17。

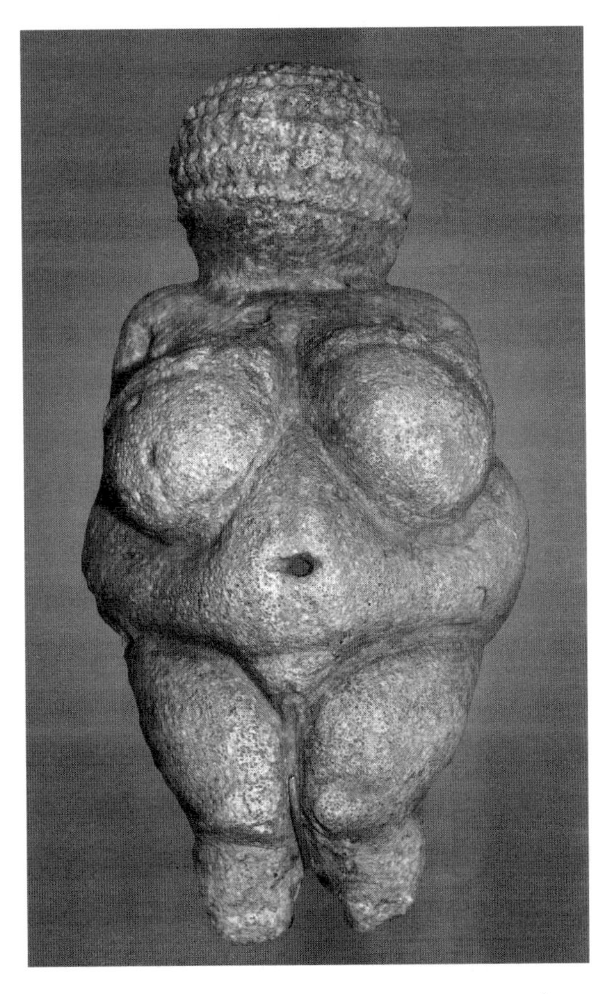

（出处：Public domain, via Wikipedia Commons）

的殊荣"[①]。于是她得出这样一个结论，在父系社会一神信仰之前，新石器时代的欧洲就出现了一种具备所有母神崇拜特色的文化现象，这个时期被称为马格达林期（Magdalenian phase），它大约在一万七千年之前就出现了。

虽然金芭塔丝的论点并不是没有引起争议，但她的努力诚然可以开展出女神文明的另一种视野。

（一）地母崇拜

母神固然是生命的来源，因此以凸显的巨大腹部象征饱满丰沛的孕育能力，并加上硕乳、肥臀等和生殖有关的种种形象加以表征。此外，世界上拥有最无限的丰沛生机的，就是与天空一样宽广的大地，因此，"大地母亲"（Earth-Mother）也是一个极为重要而普遍的原始意象。[②]

地母被设想为孕育和生出宇宙万物的巨大容器，人类的母亲模仿和重复生命在大地的子宫孕育的行为，胎儿和出生，等同于重复着宇宙创生人类的行为，女性的生产也就是微型的宇宙生产。[③]希腊神话中就有一位大地女神"盖娅"（Gaia），她是最古老的创世神之一，也是能创造生命的原始自然力之一，非常崇高神圣。

---

① 〔美〕马丽加·金芭塔丝著，叶舒宪等译：《活着的女神》，页 121。

② 有关遍布世界各地的地母信仰，可参 Mircea Eliade, *Patterns in Comparative Religion*, trans., Rosemary Sheed (New York: Sheed & Ward, 1958), pp. 332-341。

③ 叶舒宪：《西方文化寻根中的"女神复兴"——从"盖娅假说"到"女神文明"》，《文艺理论与批评》第 4 期（北京：中国艺术研究院，2002），页 28—29。

既然包含人类在内的一切生命，都被认为是来自大地之母的孕育创生，并受到母亲大地的滋养，于是，在永生神话中，“回归母体”（regressus ad uterum）便成为传播最广的主题，也就是返回创造的本源或象征生命之源的子宫。由于生命结束后必须回归尘土，因此死亡就带有回返生命本源的象征，丧葬习俗所表现的“回归母体”的象征，最为明显可见。

当然，“回归母体”的地母崇拜并不是初民的专利，也不单单存在于丧葬活动上。作为一种基本的心理反应，事实上一直到今天，“回归母体”主题都还普遍存在于各种文化艺术中，并且以形形色色的许多变化，巧妙表达出人们寻求保护抚慰以及疗伤止痛的心理需要。因此可以说，只要人类文化存在着一天，这种“回归母体”的主题就不会消失，诉说着人们心中永恒的渴望。曹雪芹在《红楼梦》中，也曾透过几种特殊而奥妙的方式加以传达，在接下来的各个篇章里，将会就相关处一一加以提醒说明。

（二）母亲原型

文化人类学和神话学的研究都显示，以农耕生产为主的民族，几乎都有关于丰产大母神（地母）的神话，除了前文所说以外，从命名也可以看到母权崇拜之踪迹，例如西洋文明是在尼罗河、底格里斯河、幼发拉底河、印度河及后来的恒河等流域产生的，这些地区都是崇奉女神的世界，恒河即是个女神的名字。[1] 而以“会意”

---

① 〔美〕乔瑟夫·坎贝尔、〔美〕莫比尔著，朱侃如译：《神话》，页290。

为造字法则之一的中国文字，更透过特殊形式保存了母权的影子，例如："远古所传诸姓以女子为基准，故许多著名姓字皆从女，如姬、姜、嬴、姒、妫、妘、婤、姶、妚、嫪之类，这似乎隐约反映着一个知母不知父的时代。"[①] 其中，神农姓姜、黄帝与周王族姓姬、秦王族为嬴姓，是较为人所知悉的，除上述例子外，另还有虞舜姓姚、以及有娀氏等等，可见其普遍性，因此这被认为或许是古老的母系社会的文化孑遗。[②]

当然，母系社会基本上已从人类的世界中消失了，但母神崇拜意识与母亲原型却仍然是人类心理的基本内容，直到今天都还具有传承的活力，诸如中国民间信仰中最有影响力的四位大女神——女娲、西王母、观音和天后，都依然是无数子民的心灵依靠。

其中，女娲是《红楼梦》的第一母神，其重要性不言可喻，下一章将会专题说明；至于西王母，可以说是中国女神中一位永恒的母性神，到了六朝时期，她作为主管一切灵界女仙的母神，属于护佑者、养育者的母亲原型。有趣的是，中国最伟大的诗人杜甫，在盛唐玄宗朝的特殊历史背景下，还特别以西王母类比于杨贵妃，天上人间相互定义，在他笔下出现王母意象的七篇作品中，有六篇都是让西王母担任杨贵妃的神界代言人，而杨贵妃则是西王母的俗界分身，两人共同体现了美丽、权力的最高境界[③]，可以说是母神颂

---

① 叶舒宪：《高唐神女与维纳斯：中西文化中的爱与美主题》，页 132。

② 参段石羽：《汉字中的中国古代哲学思想》（乌鲁木齐：新疆人民出版社，2006），页 9—10。

③ 详参欧丽娟：《论杜甫诗中的女性神话》，收入《唐代诗歌与性别研究——以杜甫为中心》，页 250—258。

歌的华贵变奏。

大母神、母亲原型的现实化，就是直接与每一个个体切身相关的母亲。司马迁曾透过屈原的感受说道："夫天者，人之始也；父母者，人之本也。人穷则反本，故劳苦倦极，未尝不呼天也；疾痛惨怛，未尝不呼父母也。"[①] 当人们在绝望困境中撑不下去的时候，心中所渴望归返的"根本"是天、是父母，也就是生命的源头。这就清楚表明了，作为一种心理意象，父母亲都是寻求慰藉与拯救的对象，但比起父亲来，母亲既然给予生命，也更可以拯救生命，受苦的人可以回到她的怀抱里，重新被温暖平静的羊水所包覆，不再动荡，只有安息。

正如荣格所说，人类集体潜意识中比较常见的是母亲原型，相对于象征权威、力量和尊严的父亲原型，母亲原型则代表保护、慈养、仁爱和救助，体现着母亲的关爱和承担，抚育子代成长并结出硕果。她体现着母亲的关爱和理解、女性不可抗拒的权威、理性难以企及的睿智和精神的升华。[②] 而这些，也确确实实体现在《红楼梦》中的母亲身上，因此，宝玉所宣称的女性"只一嫁了汉子，染了男人的气味，就这样混账起来，比男人更可杀了！"只不过是他自己以偏概全的成见而已。

---

① （西汉）司马迁撰，（宋）裴骃集解，（唐）司马贞索隐，（唐）张守节正义：《史记》（北京：中华书局，1982），页 2482。

② Carl G. Jung, *The Collected Works of C. G. Jung* (Princeton: Princeton University Press, 1967), Volumn 9. Part I, p. 82.

四、母神系统

众金钗虽然是《红楼梦》的血肉，处处散发着女儿的芳香，但从全书的整体结构来看，母神人物才是支撑故事的骨架。

大母神作为原型女性的原始形态，其形象是“伟大”和“母亲”的象征性结合。埃利希·诺伊曼指出：

> 当分析心理学谈到大母神原始意象或原型（the primordial image or archetype）时，它所说的并非存在于空间和时间之中的任何具体形象，而是在人类心理中起作用的一种内在意象。在人类的神话和艺术作品中的各种大女神（the Great Goddess）形象里，可以发现这种心理现象的象征性表达。①

而《红楼梦》正是一部体现出大女神形象以及心理现象的艺术作品，整部《红楼梦》中，虽然是以少年男女为叙写重心，然而，支撑着青春叙事的力量却是隐身幕后、不时现身的母性人物。在故事篇幅的比重上，她们是配角；但作为力量的来源，却是赐给青春光彩的灵魂，她们是不折不扣的救世之神与命运之神。

整体而言，《红楼梦》中这些母性人物存在于神界，也出现于俗界，神界的超现实力量到了人间，则是透过合情合理的伦常规范来施展，同样都体现了“伟大母亲”的象征意义。从功能性质、年

---

① 〔德〕埃利希·诺伊曼著，李以洪译：《大母神——原型分析》，页3。

龄辈分来掌握，至少有六个女性人物构成了一个循环递接、环环相扣的完整系统，这其实也是《红楼梦》叙事的真正架构。而此一贯透了神界与俗界，在神俗二界所分化而形成的母神系列，可以简化列表如下：

神　界		俗　界	
女娲 ——→	警幻仙子 ～	贾母＋王夫人＋元妃 ——→	刘姥姥
（救世之神）	（命运之神）	（命运之神）	（救世之神）[①]

在这个系列里，本书有别于一般对青春少女的歌颂，转而阐发《红楼梦》中具有母亲原型意涵的母神人物。因为如果没有她们，小说中那些美丽动人的女儿们会失去更多的光彩，而小说家其实深刻地了解这一点，因此对这些由女儿成长为母神的女性人物也给予庄严的礼赞。她们虽然不再清新、美丽、自然、纯洁，却具有超出于清新、美丽、自然、纯洁之上的更宏伟的力量，在和平的时空里抚育，给予温暖、保护、丰饶；也在破坏中重建，在伤害后修补，在灭绝时复生。她们慷慨付出的慈悲与智慧，是“婴儿女神”更宽广的未来，是成长的更高展望。

因此，我们必须像重视金钗们一样地关注她们，为了更了解《红楼梦》，也为了更了解人类存在的丰富景观与生命实践的多元方向。而女性和男性一样，她们的生命应该如同世界一样宽广。

---

①　本表系据梅新林之说增补，见《红楼梦哲学精神：石头的生命循环与悲剧指归》（上海：学林出版社，1997），页178—191。

第二章
女娲：创世与救世的复合之神

女娲的补天行动并未成就永恒的太平治世，在由治而乱的崩坏过程中，开展了贾府的人间故事。其中既有“末世”的绝望，也呈现出“末世”的悲壮。

《红楼梦》的故事是由女娲补天担纲揭开序幕的。当曹雪芹在多年的追悼缅怀以后，于脑海里翻搅着无数人事物的一片庞大的混沌中，开始提笔蘸墨写下第一个字时，就是女娲补天让所有思路有了清晰的纲领，第一回的第一段清楚交代了这部非凡小说的根源：

> 列位看官：你道此书从何而来？说起根由虽近荒唐，细按则深有趣味。待在下将此来历注明，方使阅者了然不惑。原来女娲氏炼石补天之时，于大荒山无稽崖炼成高经十二丈、方经二十四丈顽石三万六千五百零一块。娲皇氏只用了三万六千五百块，只单单剩了一块未用，便弃在此山青埂峰下。

女娲炼石补天的功业延续到了人间，随之启动了无数悲欢交集的动人故事。从而《红楼梦》的母神系统也是由神界领先展开，补天的女娲正是《红楼梦》的第一位大母神。

由神话奠立根基，成为小说中所铺陈的现实界种种人事物的意义来源，这种做法并不是非理性的迷信，而是一种文化艺术的深沉表现。犹如波兰人类学家马林诺夫斯基（Bronislaw Kaspar Malinowski, 1884—1942）所指出的：

> （神话）乃是合乎实际的保状、证书，而且常是向导。……文化事实是纪念碑，神话便在碑里得到具体表现；神话也是产生道德规律、社会组合、仪式或风俗的真正原因。[①]

从这个诠释而言，神话并不是荒诞的无稽之谈，相反地，它是文化的纪念碑，记录了自古以来人们对人世间的道德规律、社会组织、风俗仪式的深刻认识与特殊解释，并且其中的思维与认知仍然活生生地潜存于后代人们的意识里，文学家更是刻意加以运用，增加小说内涵的时间深度，而产生一种源远流长的永恒性与宿命感。

《红楼梦》正是积极利用古代中国神话的章回小说之一。作为《红楼梦》大叙事的开幕式，女娲补天的神话意涵自是全书之一大血脉，隐含着深刻的象征意义。可以说，理解小说家如何将女娲补天的神话内容融入小说情节，也有助于掌握《红楼梦》的奇想妙思。

---

① 〔波兰〕马林诺夫斯基著，李安宅编译：《巫术科学宗教与神话》（上海：上海文艺出版社，1988），页132。

一、“创世”与“救世”之神的复合

首先应该认识到，女娲的母神内涵，兼具了“创世”与“救世”之神的复合功能。以“创世”的功能而言，并不是盘古式的开天辟地，而是如同所有的始女神一样，是一切生命、也是一切神祇的创造者。这一点在中国最古老的神话典籍中就有所记载，《山海经·大荒西经》说：

> 有国名曰淑士，颛顼之子。**有神十人，名曰女娲之肠，化为神**，处栗广之野，横道而处。

其中的“有神十人，名曰女娲之肠，化为神”这几句话，据东晋郭璞所说，是指：“女娲，古神女而帝者……其腹化为此神。”[①] 很显然，女娲是神的母亲，是众神之神，这正符合了始母神的定义。

这位伟大的始母神不仅开创了神的世界，也如同金芭塔丝所说的，是“一切生命——包括人类、动物和植物——的源头”[②]，尤其是女娲抟土造人的神话，使她成为中国最伟大、最崇高的大母神，是华夏这一农业民族的神圣始祖，而她的远古造型也充分体现了使生命从无到有的独特创造力。

---

① 参〔晋〕郭璞注，袁珂校注：《山海经校注·大荒西经》（上海：上海古籍出版社，1980），页388—389。

② 〔美〕马丽加·金芭塔丝著，叶舒宪等译：《活着的女神》，页11。

（一）“人面蛇身”

就女娲之母神建构的形象与意义而言，最为大家所熟悉的造型，就是“人面蛇身”。由《楚辞·天问》王逸注云：“传言女娲人头蛇身，一日七十化。”[①]配合《山海经·大荒西经》郭璞注：“女娲，古神女而帝者，人面蛇身，一日中七十变，其腹化为此神。”其“一日七十化”的化育创生之功，都透过“人面蛇身”的混合造型呈现出来。

首先，此一人类与动物形体交融、重组而共存于一身中的怪异现象，本身就是一种高度生命力的创造性想象，初民相信如此一来就能使动物的力量与人的力量相结合。此一思维方式同样出现在15世纪末的欧洲，考古所发现的这种罗马装饰图案中，将人、动物、植物的各种成分精巧地交织、组合在一起，随后更在欧洲艺术史上逐渐发展成一种综合性的怪诞绘画风格。对巴赫金而言，这种怪诞风格大胆打破了生命的界限与习见的静止感，因为这些形体互相转化、仿佛彼此产生，展现出异类存在之间流动生发的变换过程。[②]而这种流转相生、彼此同化的动态生命形式，更透过“蛇”此一特定动物所具有的蜕皮重生、多产等生理特性及其所衍生的象征意义，而获得强化与充分传达。

---

① 参（宋）洪兴祖：《楚辞补注》（台北：大安出版社，1984），卷3，页104。《淮南子·说林训》则言：“黄帝生阴阳，上骈生耳目，桑林生臂手，此女娲所以七十化也。”

② 参〔俄〕巴赫金著，李兆林等译：《弗朗索瓦·拉伯雷的创作与中世纪和文艺复兴时期的民间文化》，收入《巴赫金全集》第6卷，页38。

蛇可以说是神话中最常见的动物之一，若探究蛇具有怎样的生物特性，使初民透过神话给予象喻化的运用，则第一个可能原因即是“多产”，本就是传达母性丰饶的一个特点，因此多产与分娩的特性，更使得蛇被当作生殖器来崇拜，而“常与大地母亲联系在一起”。[①] 其次，以蜕皮重生的特性而言，神话学大师乔瑟夫·坎贝尔就举出蛇蜕皮的实例来说明死亡与重生的相对与和谐，他说，“有时候蛇的形象是咬着自己的尾巴形成一个圆圈。那是生命的形象。生命代代接续散发光芒，为了不断的再生。”[②]

另外，金芭塔丝则透过其考古人类学研究，从“两栖”这个角度推论道：“蛇既能栖息于陆地又能生活在水中。冬天，它们在土中冬眠，春天，又重回地上。除此之外，它们还能周期性地蜕皮，这就更加强化了它们作为再生象征的功能。人们因而认为蛇在春季能带来生命。它们还被视为已故祖先的显灵。”[③] 因此，“奥林匹亚之前的赫尔墨斯神（Hermes）也与阳具和蛇相关，用来刺激植物生长和动物多产。……作为一个神人同形的神，他携带着一个蛇杖（Kerykeion）—— 一根缠绕着蛇的魔杖。……另一个与蛇有关的男神是希腊的阿斯克勒皮俄斯（Asklepios）——拯救和治疗之神。他的魔法工具上缠绕着蛇……阿斯克勒皮俄斯的蛇是用来治疗的，

① 〔英〕米兰达·布鲁斯－米特福德（Miranda Bruce-Mitford）等著，周继岚译：《符号与象征》（北京：三联书店，2010），页 67。

② 〔美〕乔瑟夫·坎贝尔、〔美〕莫比尔著，朱侃如译：《神话》，页 77。

③ 〔美〕马丽加·金芭塔丝著，叶舒宪等译：《活着的女神》，页 15。

而赫尔墨斯的蛇则是用来催眠和唤醒的。”[①] 这就解释了蛇作为西方医学之代表动物的原因，正是由拯救与治疗这类与“重生”相联系甚至应该说由“重生”衍生而来的功能所致。

整体而言，蛇具有宇宙力量、神圣、再生、丰沃与女性原则的象征[②]，这便是神话中女娲造型的取义所在。

（二）女娲之“肠”

除上述之外，这里要提出另一个似乎还没有被注意到的特点，那就是蛇的形状与“肠”近似，而肠又与生殖作用高度相关；最重要的是，肠也和女娲的形象构成有所关联。

这一点，《山海经·大荒西经》的记载就已经有了微妙触及，其中由女娲所创化出来的十个神子，正是“名曰女娲之肠”。何以称为“女娲之肠”？有人认为这是一种“尸体化生”的观念反映。[③] 但是，所谓的“尸体化生”是要以死亡为前提，如盘古的化生日月星辰与山河草木。

然而原始神话中并没有提到女娲已死，所以这个解释应该不能成立。回到《山海经》的权威注家郭璞所言：“其腹化为此神。”可见是把“肠”等同于“腹”来看待，意谓“名曰女娲之肠”的十个

---

① 〔美〕马丽加·金芭塔丝著，叶舒宪等译：《活着的女神》，页 173。

② Ad de Vries, *Dictionary of Symboles and Imagery* (Amsterdam and London: North-Holland Publishing Company, 1974), pp. 411-414.

③ 彭友琴：《从女娲图像看男权社会中的女神形象》，贺云翱主编：《女性考古与女性遗产》（南京：南京大学出版社，2011），页 163。

神子是来自女娲的肚腹。对古人而言，“肠”是肚腹中最主要、也最容易观察到的器官，所谓“肚破肠流”，对于有人类就有战争、有战争就有杀戮、有杀戮就有躯体破损的历史来说，将肚腹与肠子相等同，可以说是自然而然。《红楼梦》对此也提供了一个例证：第四十回在刘姥姥的爆破性演出时，众人笑到失控走样，其中，“惜春离了坐位，拉着他奶母叫揉一揉肠子”，这其实就是笑得“肚子痛”的反应，“揉一揉肠子”即是“揉一揉肚子”，“肠子”正等同于“肚腹”。

然而，毕竟“肠”与“腹”是不同的，郭璞的解释仍嫌太过笼统。我们认为，“有神十人”何以称为“女娲之肠”的原因，应该从另一个角度来解释：从孕生的角度来说，“女娲之肠”的“肠”就是指这十个神子的来源所在，而“肠”不仅是腹部的代名词，更是具体地指涉腹部的生殖器官，类同于子宫。必须说，“女娲之肠”的说法比郭璞所说的“其腹化为此神”更具体、更传神，东晋的郭璞虽然是后出的解释，却反倒比原始记载显得模糊而笼统。亦即，“肚腹＝肠子＝子宫”的联想推演，以至将腹中胎儿与腹中之肠联想在一起，应该是顺理成章的。

这种顺理成章的观察联想，到了妇科知识已经非常完备的清代依然存在，《红楼梦》自己就提供了一个绝佳的例证。第六十回描写赵姨娘为了维护身为生母的尊严，宣告她不怕自己的亲生女儿探春时，所高喊的就是：

> 我肠子爬出来的，我再怕不成！

赵姨娘用以表达探春为其身之所出的亲生女儿，乃是以“肠子爬出来”比喻分娩动作，足见“肠”确实具有明确的生殖意义。且《红楼梦》并不是单一的孤例，参照元代关汉卿《邓夫人苦痛哭存孝》这部杂剧，第二折也出现类似用法，剧中刘夫人引述宋元时的民间俗语云：“亲儿落马撞杀了，亲娘如何不疼？可不道‘肠里出来肠里热’？我也顾不得的，我看孩儿去也。”[①] 同样也是把亲生儿子称为“肠里出来肠里热”，肠的生殖义更为明确。可见从宋元到清代，清楚反映了神话思维仍然活生生地保留在历史文明的社会里。

推考“肠”与生殖作用高度关联甚至直接成为生殖器官的原因，一方面固然是基于与腹部的关联相通，其萦绕填充腹部的位置与体积，足以造成“肚破肠流”的现象，而由此形成“肠—腹—胎儿”的连动式推理；另一方面，肠的细长条状也是人体内各种脏器中与“蛇”最为近似的，蛇的神话意涵可透过形象联想而强化“肠”的生殖象征，回应了蛇的再生神话意涵；甚至“肠”在形象与功能上更与女性的“产道”如出一辙，《黄帝内经》所谓：“大肠者，传道之官，变化出焉……小肠者，受盛之官，化物出焉。”[②] 可见“肠”与“产道”都具备了“传导运送”与“变化出物”的现象，因而连类并比，肠的生殖象征就此发展出来。这应该也是传统

---

① 徐征等编：《全元曲》（石家庄：河北教育出版社，1998年三版），第1卷，页19。

② （唐）王冰次注：《黄帝内经素问补注释文》，卷8《灵兰秘典论篇》，张继禹主编：《中华道藏》（北京：华夏出版社，2004），第20册，页48。

中医将女子胞宫及阴道壁概称为“子肠”[①]，产后子宫脱出又名“子肠不收”[②]的原因所在。

值得注意的是，在妇科医学已经发展成熟的盛清时期，赵姨娘依然直接将“肠”视为生殖器官，喊出“我肠子爬出来的”以为母子血缘的形象化表述，诚属从神话时代进入历史时代后，遭到文明压抑之神话思维仍然伏潜于民间话语的遗迹，是对神话时代“女娲之肠”的直接回响，更是《红楼梦》承袭女娲神话之母神内涵的清晰印证。

（三）女娲与“女蛙”

有关女娲的形象与意义，前面所提到的蛇身可以说是众所周知，蛇的文化象征，例如多产、重生等等，也早已获得了充分的阐发；至于她和“肠”的关联，则还没有受到注意，我们提醒这一点并提供了解释，更证明了女娲确实一直是“活着的女神”之一。而无论是众所周知的蛇身，还是“肠”这个脏器的崭新补充，都是信而有征的，具有文献上的凭据；另外，似乎还可以从另一个范畴切入，以更加扩大女娲的母神意涵，那就是透过地下考古文物的佐证，可知女娲的形象与意义应该也与“青蛙（蟾蜍）”有所关联。

---

① 如云：“所谓子户者，即子宫也，即玉房之中也，俗名子肠，居直肠之前，膀胱之后。”见（明）张介宾：《类经附翼》，卷3《求正录》，收入《类经图翼》（台北：新文丰出版公司，1994），页270。

② 见（明）李时珍：《本草纲目》，卷17上；（明）缪希雍：《神农本草经疏》，卷11“草部下品之下”；（明）朱橚主持：《普济方》卷326“妇人诸疾门”、卷357“产难门”等等。

首先，“娲”与“蛙”发音相近[1]，在古代文字之间往往一音之转的常态下，两者具有等同关系是大有可能的；尤其是“青蛙（蟾蜍）”本身具有水栖、多产、变形重生等等的生物特性，于上古时代也产生了母性象征，成为母神崇拜的造型之一。

埃尔文谈到女娲时，认为女娲是一位女性的创造神，又是文化英雄，她使这个蛮荒的自然变得稳定与有秩序；她的人首蛇身形象，显示出“阴”的性质而与地、水和穴相联。[2]其中由蛇而水，与蛇相联系的“水”同样与女神和生殖密切相关，其间包含着深刻的宇宙论蕴涵，所谓：“女神生育出新生命这个事实可以解释她的形象身上的各种水的象征，诸如网、溪流和平行线。新的生命源自神秘的水域——类似于子宫中的羊水。网的象征从新石器时代起一直贯穿有史时期，似乎同这种神秘的孕育生命的液体有着特殊关联。这种网状象征始终反覆出现在小雕像和陶器上，呈现为正方形、椭圆形、圆形、菱形、囊状、三角形（生殖三角区）以及带形，还常常与蛇、熊、蛙、鱼、牛头和山羊头相伴随。”[3]

从这段描述中，又可以看到由水延伸出去，与水紧密相关的动

---

① 在现代语言中是完全同音，但以上古音而言则是相近，“娲”属歌部，“蛙”则归入佳部，参董同龢：《上古音韵表稿》（台北：中央研究院历史语言研究所，1991），表10·1、表12·2。两字在中古206韵中则皆入佳韵（娲，古蛙切；蛙，乌娲切）或麻韵（娲，古华切；蛙，乌瓜切），同韵不同声母。

② Lee Irwin, “Divinity and Salvation: The Great Goddesses of China,” *Asian Folklore Studies*, Vol. 49, 1990: 53-68. NanZan University, Nagoya, Japan. 引自杨利慧：《女娲的神话与信仰》（北京：中国社会科学出版社，1997），页20。

③ 〔美〕马丽加·金芭塔丝著，叶舒宪等译：《活着的女神》，页11—12。

物如“鱼”与“蛙”也都是与再生有关的神话意象。新石器时代考古专家金芭塔丝即指出：

> 鱼和蛙对于再生象征的重要意义来源于它们的水栖环境。它们的栖息地类似于子宫羊膜液体这一使再生得以发生的含水的环境。蛙和蟾蜍在每年春天的定期出现，以及它们与人类胎儿的极度相似都进一步强化了它们与再生的联系。

这段话有两个重点，其一，鱼、蛙的水栖环境直接涉及神秘的孕育生命的液体，因而产生再生的象征，这都和蛇一样，难怪母神可以分别与这两种动物相关；其次，最特别的是，正如“那些把鱼绘在女神身体之内的瓶画中，鱼代表着女神那赐予生命的子宫”一样，蛙类不但与人类胎儿极度相似，也与女阴乃至人类分娩姿势的形象近似，由此还形成了主管生殖和再生的“蛙女神”崇拜。因此，“在一个很大的时间跨度内，蛙或蟾蜍的形象，还有露出女阴的蛙形女性不仅出现在新石器时期的欧洲和安纳托利亚地区，而且出现在近东、中国和美洲。埃及和近东的某些紧密相关的蛙神形象有助于解释这位女神的功能。古埃及人尊崇青蛙为赫克特（Heket）女神，认为她是一切存在之始母。在前王朝的早期（约公元前3100年），她被描绘成一个长有青蛙头的女性，或者化身为青蛙或蟾蜍。‘蛙’是她的象形符号。赫克特掌管着生殖力和死后的再生”[①]。另外在

① 此段可参见〔美〕马丽加·金芭塔丝著，叶舒宪等译：《活着的女神》，第1章、第2章，依序见页28—29、32、49—50。

《女神的语言》一书中，金芭塔丝对网纹、圆圈纹为子宫象征，蛙—蟾蜍形象为再生母神象征也有透辟的分析。[1] 于是我们可以看到，墨西哥人的大女神月亮，是所有水的掌管者，她的化身是只大青蛙[2]，在在可见母神与青蛙或蟾蜍的紧密关联。

就青蛙或蟾蜍在古文化中所蕴含的生殖象征而言，这个现象也是世界性的，从中华地区的地下文物来看，考古研究的成果也直接证实了此一说法。如赵国华认为："蛙纹（蟾蜍纹）是中国母系氏族文化遗存中的第二种基本纹样。它比鱼纹出现稍晚，分布更为广泛。"并主张这个现象不只是从繁殖力的角度所致，而是从形象的类比联想着眼，"蛙被原始先民用以象征女性的生殖器官——怀胎的子宫（肚子）。……由对外生殖器女阴的崇拜，发展出对怀胎子宫的崇拜，这是人类对女性的生育功能和繁殖过程认识的一次深化。母系氏族社会文化遗存中彩陶纹样的鱼先蛙后，正是人类生殖崇拜这第一个进程的写照。"[3]

在这样的基础上，女娲与青蛙的结合便顺理成章，地下考古文物也对女娲与青蛙的结合提供了线索。于四川简阳县所出土的东汉画像石棺上的交尾图中，有"伏希""女娃"的榜题，可见"女娲"可以写作"女娃"，字形已经非常近似于"女蛙"。如此一来，"娲"

---

① M. Gimbutas, *The Language of the Goddess* (San Francisco: Haper & Row, 1989), p. 206, 253.

② 石沈、孙其刚：《月蟾神话的萨满巫术意义》，《民间文学论坛》1988 年第 5 期，页 22。

③ 赵国华：《生殖文化崇拜论》（天津：南开大学出版社，1996），页 180。

与“蛙”不但发音相近，连字形都高度雷同，彼此等同的可能性更加提高。此外，于 1991 年 12 月在敦煌佛爷庙墓群中发现了两块很特殊的浮雕砖，37 厘米见方的砖面上，是西晋时期的伏羲图与女娲图，目前收藏在敦煌博物馆。其中的女娲图，除了仍有蛇尾的特征之外，在胸腹之处的大圆盘上又有一只巨型蟾蜍，明确呈现了女娲与两栖蛙类的关联，这就几乎可以把“女娲”等同于“女蛙”，是非常珍贵的证据，见下图。

（敦煌市文物管理局提供）

可以说，这种女娲与蛙类动物的形象上的关联，就和女娲的蛇身一样，其实并非偶然。因为青蛙或蟾蜍在古文化中本来就蕴含了生殖的象征意涵，而生殖又属于母神的主要功能，于是顺理成章地构成“女娲／女蛙”的连结。[①] 因此，透过“蛙”来诠释“女娲”的母神意涵，应该是一种可行的方式，其结果也是严肃而深具意义的。

总结来说，“女娲／女蛙”的音近、义同、形似，喻示了女娲的“蛙”原始崇拜内涵，“女娲”这位古老的中国大母神以“蛇”之身、以“蛙”之名，恰恰与出现于新石器时期的欧洲神庙中主管生殖和再生的蛙女神，于东西方遥遥对映，共同证成了“女娲／女蛙”的生殖神话。

（四）女娲与伏羲“交尾图”

女娲这一类“首出御世”具有繁衍创造能力的大母神，原初都是单性繁殖的，也就是她们本身就完全可以进行生殖，独揽化育生命的掌控权。这种单性繁殖的现象，传统中国称之为“孤雌纯坤”，其实也反映了初民对生殖机能的认知程度。

例如，法国人类学家和史前考古学家安德烈·勒鲁伊—古朗（André Leroi-Gourhan, 1911—1986）在《史前艺术的宝藏》一书中，至少为六十五个以上的原始初民洞穴中的艺术形象和符号编制了详细的目录，从中发现了“在旧石器时代艺术中并没有一种交配的场

---

① 亦可参叶舒宪：《千面女神——性别神话象征史》（上海：上海社科院出版社，2004），其中的“女蛙与女娲”一章，探讨马家窑彩陶上的蛙人形图像。

面”[1]，另一位法国学者伊丽莎白·巴丹特尔（Élisabeth Badinter, 1944— ）就此进一步说道：勒鲁伊—古朗“常提醒我们注意当时的艺术中缺少表现性行为的作品，没有起码的生育交配，不见任何色情标志。这是不是说生育权为女性严格把持着呢？也许男人也猜想自己参与了生育，但当时生物意义上的父亲概念毕竟十分模糊，不像母亲那样显而易见。因此，不能排除当时的人们认为人类的生育是一种孤雌繁殖，从而承认女性有创造生命的神奇力量。”[2]这种说法同样可以印证于古埃及女神——诸神之母伊基达的神话，她不但自己生育了自己，还是一位独立的处女神，用不着男性的参与便可怀孕[3]，可见当时生物意义上的父亲概念十分模糊，隐含着一种孤雌繁殖的生育观。

不过，随着历史的演化，情况就有了很大的不同，甚至是大幅的翻转。原本男性神祇最多只是担任大母神的配偶，但因男权社会的出现，男性神一跃而成为生命传承的主轴，女娲神话到了后来便与伏羲神话相结合，形成“兄妹婚”类型，尤其是在汉代的石刻画像与砖画中，已经普遍可见人面蛇身的女娲、伏羲交尾图，并且透过“伏羲居左捧日，女娲居右捧月”的方位，具体显示了当时“男左女右”的尊卑观念，呈现出对男性生殖机能的新体认，甚至取代

① 引自朱狄：《原始文化研究：对审美发生问题的思考》，页358—366，引文见页362。

② 〔法〕伊丽莎白·巴丹特尔著，陈伏保等译：《男女论》（长沙：湖南文艺出版社，1988），页31。

③ 参考宋兆麟：《生育神与性巫术研究》（北京：文物出版社，1990），页12。

了女性的重要性。

从性别的角度来说，女娲、伏羲交尾图使得原本“首出御世”的女娲圣王从孤雌纯坤的大母神被削减为附属性的配偶神，丧失其主宰生命的伟大独创力量，所谓“婚姻的缔结往往标志着古老女性独立神地位的沉沦。女娲同伏羲结成的夫妻关系，是女娲原初至尊的始母神地位有所降低的较早的体现”[①]，这也反映了学者们所考察的由母系社会到父系社会的转变模式。

从人类整体发展的大历史而言，固然这是代表了母神地位的降低，独创的大能被男神均分而遭到削弱，母神雌伏，成为男神的附属，可以说是母神的普世悲歌，是女神文明的重大失落。因此不久前曾有一段时间，许多人感叹女神力量不再，而由男性所主宰的历史则充满竞争、杀戮、破坏，乃至造成两次世界大战，西方社会乃兴起了一股“女神复兴”的思潮，希望借女神的回归可以平衡甚至重新改造阳刚尚武的男性文明所带来的伤害。[②]

但是，在感叹的同时我们也应该注意到，即使从母系社会进入了父系社会，在以男权为中心的宗法制度下女性依然可能获得权力，母神犹能拥有发挥的余地，虽然整体上不可与早期同日而语，但局部地说，仍是原始大母神的具体而微。尤其是，因为中国传统文化独尊儒家思想，而儒家又特别注重孝道的缘故，使得

① 杨利慧：《女娲的神话与信仰》，页 194。

② 可参叶舒宪：《西方文化寻根中的“女神复兴”——从“盖娅假说”到“女神文明”》，《文艺理论与批评》第 4 期，页 28—29；《略论当代“女神文明”的复兴》，《江苏行政学院学报》2005 年第 1 期，页 21—26。

母权也为之高张，这在《红楼梦》中的贾母身上可以得到绝佳的印证，而贾母、王夫人、元妃会放在本书的母神系列中，正是出于这个原因。

接下来，我们要从“女娲”本身离开，去探索女娲神话的其他构成要素，以及它们所蕴含的重要意义，这些又是如何被曹雪芹善加利用，而丰富并深化了《红楼梦》的内涵。首先，便从女娲用来补天的石头谈起。

二、“造人”与“炼石”：补天之“石”的意义

女娲造神也造人，从上述“女娲之肠”的记载来看，造神的方式与人类的孕育十分近似，似乎是采取直系传承以达到神性基因的保证。而女娲的“一日七十化”或“一日中七十变”，指的是一天是化生出七十种生物，如此高度的产能才能演化出丰饶缤纷的万物世界。但女娲是如何“化”或“变”出形形色色的众多生命，神话中似乎没有涉及，唯独在“造人”的部分比较具体，因此也显得特别。

《淮南子·说林训》中所说的“抟土造人”，是我们从小就耳熟能详的人类起源的故事。然而可以先注意到，“抟土造人”还有一个后出的版本，汉代应劭《风俗通》提到：

> 天地开辟，未有人民，女娲抟黄土作人。剧务力不暇供，乃引绳于緪泥中，举以为人。故富贵者，黄土人也；贫贱凡

庸者，絙人也。[1]

从较后出的泥水化人而言，近乎洒豆成兵的快速大量生产，与先前“抟黄土作人”时慢工出细活的精制手工业相比，就有了品质上的落差。这被用来解释人类为什么会有贵贱之别的原因，也当然是有了阶级意识之后的产物，但既然直到一百多年前，中国数千年历史中的人们本来就活在由阶级所构成的社会里，贵贱之别是他们建构文化乃至认知世界的基础，那么，这种阶级意识便是我们在理解古典文化时所必须接受并承认其合理性的。

从这里可以进一步注意到，女娲用黄土、泥水来造人，但用来补天的却是炼造过的石头。而不同的材质是否也与阶级意识有关呢？我们的答案是肯定的，这确实又与人类的品质与价值相关，也正是《红楼梦》的取材重点之一。

在《红楼梦》中，石头作为主角贾宝玉的前身，女娲最主要的创造是在“炼石”上。一般都以为女娲所炼的“石”是顽石，在诠释《红楼梦》的时候，也因此将石头所化的贾宝玉视为自然本真的代表，而与人为的文明相对抗，进而发展出“越名教而任自然”之类“反封建礼教”的情、礼二元对立说。但若回归到《红楼梦》所聚焦叙写的特定阶级，以及由此所涵育的生活惯习与意识形态，其实应该要采取另一个不同甚至是相反的思考。于此要特别指出，“石

① （宋）李昉等奉敕纂：《太平御览》（台北：新兴书局，1959），卷 78“皇王部三”，页 472。

头”比“黄土”“泥水”更高等级，“炼石”也比“抟土”更费工夫，而经过炼造的石也不可能是天然的顽石。并且女娲不只是借“炼石”来造人而已，因为造人已经透过抟土和絙泥而完成了；“炼石”的目的是为了补天，而这又是她“抟土”造出的人，也就是一般的“富贵者”所做不到的。因此补天之“石”所对应的，绝对是非常特别的一种人，它们并不能用纯乎自然的顽石来理解。

（一）炼石：玉石的贵族血统

女娲虽有补天之大能，却无法只手撑持广阔无垠的天空，还必须创造工具、培养人才，形成一个庞大的支应体系。而她用以“补天”的，是石头，它们像铆钉一样，弥补破洞、黏合错榫，让天空恢复平整，使世界平顺运转，这也就是满天繁多难数却稳固有序的星辰。然则，应该仔细推敲的是，这些“补天石”究竟是怎样的石头？

如果从“顽石”的认知角度来说，一般都以石头的自然原始特性以及初民的石头崇拜心理来发挥其象征意义，但这些石头虽然参与了人类的历史文明，本身却还是原始的质地，是否可以用来涵盖贾宝玉前身之补天石的所有意义，实大有斟酌的余地。必须注意到，作为贾宝玉前身的补天石虽然是畸零的剩余物，但其本质却早已不是原始自然的石头，称之为“顽石”实际上是名实不符的。试看无论是原初神话或《红楼梦》的挪用，那颗石头与其他派上补天用场的所有石头一样，都是女娲炼造之后的产物，《淮南子·览冥训》的“女娲炼五色石以补苍天”与《列子·汤问》篇的“昔者女娲氏练五色石以补其阙”，说的都是“五色石”，也就是文采优美的精致石头。就传统所认为的“美石为玉”而言，这些石头其实已经属于半玉；再从第一回所说的“此石自经煅炼之后，灵性已通”，则女娲炼造的这些石头更是通灵之物，具有灵性、心智、精神性等等内在素质，有凡心可以打动，还能够“口吐人言”，向僧道表达恳求携带入世之渴望，这就十分合乎《文心雕龙·原道》所说：

> 惟人参之，**性灵所钟**，是谓三才，为五行之秀，实天地之心。**心生而言立**，言立而文明，自然之道也。[①]

如此一来，这又具备了玉的另一半条件，也就是文化意识。而文采优美再加上具有灵性，其实就是真正的玉了。

何况，在石头幻形入世、化身为人的过程里还有一个步骤，那便是以“神瑛侍者”为中介，并且发生了灌溉绛珠仙草的浪漫故事，这也隐微地透露石、玉一体的内在消息：其中所谓的“神”字作为对立于“俗”界的超越意义自不待言，而所谓的“瑛”字就殊堪玩味了，《说文解字》对瑛字的解释是“玉光也”[②]，《玉篇》则说：“瑛，美石，似玉……玉光也，水精谓之玉瑛也。”[③]可见瑛与玉根本就出于同一个范畴，彼此十分近似，而且可以连“玉瑛”二字为一词，作为水晶之别称，无怪乎脂砚斋对“神瑛侍者”批云：“单点玉字

① （梁）刘勰著，周振甫注释：《文心雕龙注释》（台北：里仁书局，1984），页1。
② （东汉）许慎著，（清）段玉裁注：《说文解字注》，页11。
③ （梁）顾野王：《玉篇》（台北：台湾中华书局，1982），卷1，页8。

二（也）。”在在可证还在神界的层次时，石头就已经不是素朴之野物，而是经过锻炼、美质已具的玉石了。

如此一来，石头兼具五色之美与通灵之性，其实已经完完全全等于“玉”，其关系如下表：

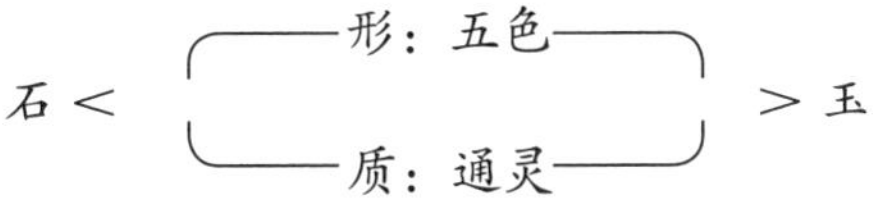

形：五色
石 <　　　　　　　> 玉
质：通灵

除外在的五色之美与内在的通灵之性外，玉与石的一体还表现在“至坚”的特质上。第二十二回黛玉借“宝玉”之名所打的禅机，就透露出这一点：

> 宝玉，我问你：至贵者是“宝”，至坚者是“玉”，尔有何贵？尔有何坚？

在这段话里，“宝”和“玉”是分开来说的，彼此的定义并不相同，只有“宝”才是“世俗价值”的体现者，所以称为“至贵者”；而“玉”则是非世俗价值的精神性，一种“精神品质”的表征，因此属于“至坚者”，这就完全等同于传统文化中对“石”的定义。如《吕氏春秋·季冬纪·诚廉》篇所谓的“石可破也，而不可夺坚；丹可磨也，而不可夺赤。坚与赤，性之有也。性也者，所受于天也，非择取而为之也”[①]，以及《淮南子·说林训》所说的“石生而坚”[②]，可

① 陈奇猷校释：《吕氏春秋校释》（台北：华正书局，1985），卷12，页633。

② 何宁集释：《淮南子集释》（北京：中华书局，2010），卷17，页1216。

见“至坚”者是石也是玉，“至坚”是玉、石天赋的共通特性。

由此更证明了曹雪芹对宝玉的设计确实是石、玉一体的，两者之间并不存在“自然”与“文明”、“真”与“假”的对立，而应该直接称为“玉石”。其中所反映的并不是原始的石头崇拜，而是华夏文明特有的玉石崇拜，并且承袭了持续不断、绵延深厚的玉石神话信仰传统。

叶舒宪指出，《山海经》记载了140多座玉山和各种关于玉石的神话、仪式，其中最形象鲜明的就是黄帝食玉、种玉的神话。从考古证据来看，玉石器物的出现时间要早到距今八千年，史前期的华夏各地已经流行玉圭之用，自公元前5500年唯玉为尊的红山文化，到铜石并用的龙山文化、二里头文化和殷商文明，大约在公元前2000年以后，金玉合璧的新崇拜传统才得以形成。西周王权旁落后，旨在恢复周礼权威的儒家玉德观，也是从商周以来的帝王用玉制度的神圣传统基础上发展而来的。儒家的君子观和传统的神玉信仰相结合，有了“君子比德于玉”的新经典性教义，最终赋予美玉以道德化、人格化的内涵，使得玉成为仁义道德的特殊符号载体，成为充分体现形而上意义的形而下器物，奠定后世华夏玉文化和玉石美学的主调。必须说，玉石尤其是美玉，不仅是最早的宝物和圣物，而且还是最早的美的符号表征，造就了华夏文明的玉石神话编码和玉石审美实践。[①]

因此，当石头幻形入世之际，“那僧便念咒书符，大展幻术，将一块大石登时变成一块鲜明莹洁的美玉，且又缩成扇坠大小的

---

① 本段详参叶舒宪、唐启翠：《玉石神话信仰：文明探源新视野——叶舒宪先生访谈录》，《社会科学家》（2011年11月），页3—7。

可佩可拿”（第一回），这时其具体形貌是“五彩晶莹”（第二回）、“大如雀卵，灿若明霞，莹润如酥，五色花纹缠护”（第八回），与缩小前相比，其实只是量体上的由大缩小，至于从“五色”到“五彩”“五色花纹缠护”的性质与形态，却是一以贯之的。脂批提点“大如雀卵，灿若明霞，莹润如酥，五色花纹缠护”这四句一一所指涉的乃是“体”“色”“质”“文”，更足以为证。兹列出对照如下，以醒眉目：

大如雀卵——体
灿若明霞——色
莹润如酥——质
五色花纹缠护——文

所谓的“色”，指仪表装饰的范畴，而“文”者，即文化、文明之意，配合“体”与“质”，正构成文质彬彬、里外俱美的整体；甚且原本被用来关涉天然本性的“质”，所对应的也是“莹润如酥”，绝不是一般石头的粗糙乖张。由此必须说，入世前的畸零石并不等于自然纯真素朴，入世后的通灵玉也不代表人为虚假矫饰，贾宝玉自前身到今世一直都是“玉石”的属性，是同一本质的两世直系延续。因而与其说《红楼梦》是“石头崇拜”，不如说是“玉石崇拜”。

就这一点来说，如果进一步思考“玉石”在古代文化中的贵族意义，更可以清楚认识到，贾宝玉衔玉而诞的特殊出生，是他之所以能降生于贵族世家的必要条件。

在考古中大量发现于权贵者之墓葬中的玉器，本身就意味着玉器已经成为权势、财富、等级身份等的象征物，与上层社会的交往活动有关，并对后世礼制的定型化产生过重要影响[1]，而东周时也以各种玉饰象征着贵族的品格与情操及修养，乃为贵族所看重，如《诗经·大雅·荡之什》云："白圭之玷，尚可磨也；斯言之玷，不可为也。"即是用制玉比喻贵族的道德修养，要求贵族要像玉一样质地纯洁，无污点无瑕疵；又《礼记·玉藻》言："古之君子必佩玉。"

更进一步来看，因玉石的珍贵意义辗转象征某一尊贵地位与阶层，通过神权政治又转化为王权象征，如《诗经·大雅·棫朴》云："追琢其章，金玉其相。勉勉我王，纲纪四方。"《毛诗注疏》卷十四之二则说道："天子玉瑧，玉是物之至贵者也。"[2]可见玉的尊贵性归根结柢与皇室不无关系，故又有"白玉为皇"一语，指陈皇帝与玉石在地位意义上的链结。由神器而王器，此一情况，正是从史前的"巫玉"阶段过渡到文明的"王玉"阶段，演变的进程使得玉成为彰显帝王美德的符号物。[3]

在这样的文化背景之下，宝玉所在的世界自必非一般泛泛之家，而始终与"礼器"的仪式作用与世俗权力相结合，如此便非贵族世家不可。这就清楚解释了畸零玉石之所以能够"到那昌明隆盛之邦，诗礼簪缨之族，花柳繁华地，温柔富贵乡去安身乐业"，其

---

① 详参张苹：《从美石到礼玉——史前玉器的符号象征系统与礼仪文化进程研究》(成都：巴蜀书社，2011)，页93—94。

② (汉)毛亨传，(汉)郑玄笺，(唐)孔颖达疏：《毛诗注疏》，《十三经注疏》，卷十四之二，页479。

③ 详参叶舒宪：《玉石神话信仰与文明起源》，《政大中文学报》第15期，页45。

实是有着此一相应条件的。

何况，在第二回“冷子兴演说荣国府”一段中，透过贾雨村对贾宝玉所代表的“情痴情种”所作的性格分析，除了指出正邪二气的先天特质外，后天的“公侯富贵之家”同样是不可或缺的必要条件，所谓：

> **使男女偶秉此气而生者**，在上则不能成仁人君子，下亦不能为大凶大恶。置之于万万人中，其聪俊灵秀之气，则在万万人之上；其乖僻邪谬不近人情之态，又在万万人之下。**若生于公侯富贵之家，则为情痴情种**；若生于诗书清贫之族，则为逸士高人；纵再偶生于薄祚寒门，断不能为走卒健仆，甘遭庸人驱制驾驭，必为奇优名倡。

只有在“公侯富贵之家”的后天环境中，正邪二气才会被具体化为“情痴情种”，而有别于在“诗书清贫之族”“薄祚寒门”等其他环境所产生的“逸士高人”“奇优名倡”。具言之，这颗在神界“无才补天”而“落堕情根”的玉石，到了俗界之后也是在“公侯富贵之家”中才完成“情痴情种”的人格类型，可见这颗玉石确实是贵族血统的隐喻。

换句话说，《红楼梦》所写的是贵族的故事，包括只有在“公侯富贵之家”才能塑造出来的“情痴情种”的故事。贾宝玉的“宝玉”并不只是用来象征财富的世俗价值，其实还是一种贵族身份的标志，并且与“补天”任务密切相关。

“石头”,《程甲本红楼梦》,中国国家图书馆藏品。

（二）畸零玉石：补天无望的病态人格

原始女娲神话中，只提及女娲以其所炼造的五色石补天，并没有涉及数目、形体与分布等具体状况；然而，《红楼梦》却依照自身的需要而添枝加叶，开篇便清楚地加以量化说明，指出：

> 原来女娲氏炼石补天之时，于大荒山无稽崖炼成高经十二丈、方经二十四丈顽石三万六千五百零一块。娲皇氏只用了三万六千五百块，只单单剩了一块未用，便弃在此山青埂峰下。谁知此石自经煅炼之后，灵性已通，因见众石俱得补天，独自己无材不堪入选，遂自怨自叹，日夜悲号惭愧。（第一回）

宝玉前身的这颗相配于贵族的玉石，是三万六千五百零一块补天石中唯一剩余的一块，由此又暗示一种“畸零”——不完整的、剩余的，以致被抛弃在“青埂峰”下——即脂批所谓的“落堕情根，故无补天之用”。就此，一般多是从“以情为根”来解释宝玉耽于温柔乡的情痴之美，如警幻所谓的“独为我闺阁增光，见弃于世道”（第五回），因之从道家“畸于人而侔于天”（《庄子·大宗师》）的角度，赞扬此一畸零处境乃是“逍遥”理想的落实，甚至将其不羁性格赋予叛逆者的意涵。这一点诚有其道理，从《庄子》一书中多以“畸人”作为体道的代表，宣扬“无用之为大用”的人生哲理，确实也是石头神话的一个重要意义，所以小说中一再提到贾宝玉的闲暇无事，诸如“第一个宝玉是极无事最闲暇的”（第十九回），宝钗更对宝玉说：

天下难得的是富贵，又难得的是闲散，这两样再不能兼有，不想你兼有了，就叫你“富贵闲人”也罢了。（第三十七回）

因此才能有大量的心力为女儿服务，完成“情痴情种”的重要特质。但因为这一思想意涵发挥者众，已属人所共知，所以此处不再赘言。

从另外的角度来看，实际上还有其他一样重要甚至更为重要的象征意义值得开掘，那就是因应于玉石的社会文化意涵所展开的思考，而这可能更切合《红楼梦》的历史环境与家世背景。

清代的二知道人所谓：“女娲所弃之石，谅因其炼之未就也。”[①]已经触及贾宝玉并不是能够承担救世责任的瑕疵品，在邪气的杂染侵扰之下，损害了完整的正气，而不能实践为建构宏大世界的“大仁者”，因此不能厕身于满空的星辰之间，完成补天的任务，这也正是神瑛侍者所住的是“赤瑕宫”的原因。“瑕”字是瑕疵的意思，脂砚斋又说他的玉是“有病”（第一回眉批）与“原非大观”（第十九回批语），因此才会陷溺于温柔乡的风月情债中，无益于正统的世道家业，这应该才是“正邪两赋”的真正意义所在。就此而言，与现代读者以个人主义褒扬贾宝玉“正邪两赋”的思维方向恰恰相反。

若以神话学的隐喻而言，“补天石”的锻造与目的本就意味着“脱母入父”“由自然到文明”的过程，如埃利希·诺伊曼所言，“逐

---

① （清）二知道人：《红楼梦说梦》，一粟编：《红楼梦资料汇编》，卷3，页89。

渐放弃母性原型世界，同父亲原型相妥协、相认同，变成循规蹈矩的父权社会中的一成员，现存秩序的维护者”①，也就是从母亲怀中那种没有责任、无忧无虑的生活——在那种生活里还保存着许多动物时代朦胧的记忆，当时没有“你应该”“你不能”的清规戒律，一切都自然而然地发生，让人随心所欲②——进入到文明与责任的“象征秩序”③之中，承担着种种把人从美妙和谐的动物本性中分离出来的蛮横法规，故第二十五回和尚对宝玉前身所描述的即是：“天不拘兮地不羁，心头无喜亦无悲；却因锻炼通灵后，便向人间觅是非。”玉石锻炼通灵前的“天不拘兮地不羁，心头无喜亦无悲”正对应于母性空间的特质。但微妙的是，贾宝玉这颗“补天石”所展开的“脱母入父”的过程竟横遭中断而并未完成，甚且在前往最终目的之中途，即以“被弃”的方式暂时停留在一种“非母非父”的中介地带，既已失去自然母亲的庇护，无法回归锻炼之前浑沌的母性空间（chora），锻炼通灵后却又徘徊于父亲的文明事业之外，因而陷入一种进退失据的茫惑状态，以致其所暂居之“赤瑕宫”的“瑕”字即表明“玉有病”④的不健全性质。故其“日夜悲号惭愧”的自

① 见萧兵、叶舒宪：《老子的文化解读——性与神话学之研究》，页192。

② Carl G. Jung, *The Collected Work of C. G. Jung* (Princeton: Princeton University Press, 1967), Volume 9. Part 5, p. 235. 引自杨瑞：《〈聊斋志异〉中的母亲原型》，《文史哲》1997年第1期，页90。

③ 依拉康（Jacques Lacan）的理论，“象征秩序”实际上就是父权制的性别和社会文化秩序，以菲勒斯（phallus）为中心，受父亲的法律（the Law of the Father）的支配。参张岩冰：《女权主义文论》（济南：山东教育出版社，1998），页115。

④ 脂砚斋并认为“以此命名恰极”，见第一回眉批，页18。

责与“便向人间觅是非”的另寻出路，未尝不是暧昧失据的身份认同所致。

而这样一颗剩余无用又瑕疵有病的玉石，所降生的却又是一个即将毁灭的末世家族，就更突显其无补于救世的羞惭愧悔，而敷衍出“落了片白茫茫大地真干净”的一部悲剧故事。因此，整部小说中乃处处透显出畸零弃石“无才补天”的自忏。

若从“补天”的角度来看，后世所谓的“补天”，当然不是最原始的救世想象。在人文传统的象征用法里，“补天”意指对大我的群体世界进行安顿，所补的“天”、所救的“世”即为广大人群生活所寄的社会秩序，以儒家的理想来说就是经世济民，以贵族世家来说便是永保无虞，一旦有所违失，便是知识分子人生价值的本质性否定。先就儒家经世济民的理想而言，早已因此一理想的失落而形成一种“士不遇”的书写主题[①]，也产生了苏轼、辛弃疾等以“补天石被弃”自喻的历史悲愤。[②]而从曹雪芹的家学渊源来看，其祖父曹寅的作品中也清楚出现了同一典故的运用，特别是《巫峡石歌》所云：

> 巫峡石，黝且斓，周老囊中携一片，状如猛士剖余

---

① 自宋玉《九辩》之后，陆续有董仲舒《士不遇赋》、司马迁《悲士不遇赋》、陶渊明《感士不遇赋》等，篇名尤其显豁其义。

② 如苏轼《儋耳山》的“君看道旁石，尽是补天余”、辛弃疾《归朝欢》的“补天又笑女娲忙，却将此石头闲处”，参刘上生：《走近曹雪芹——《红楼梦》心理新诠》（长沙：湖南师范大学出版社，1997），页147。

> 肝。……娲皇采炼古所遗，廉角磨礲用不得。……嗟哉石，顽而矿，砺刃不发硎，系舂不举踵。砑光何堪日一番，抱山泣亦徒湩湩。[①]

足见此一女娲石的新发展，从宋代以来就已经是众多文人所熟悉而有所共鸣的历史典故，曹寅的书写正是其中之一。而第四十二回“蘅芜君兰言解疑癖”中，针对宝钗所谓“男人们读书明理，辅国治民，这便好了”，脂砚斋亦夹批云：

> 作者一片苦心，代佛说法，代圣讲道，看书者不可轻忽。

则宝玉既然否定经济仕途，已是第一层次上的无才补天；再就贵族世家的永保无虞来看，也同样因为沉溺于温柔乡而荒失了家族继承人的责任，又增加第二层次的无才补天，诚所谓“于国于家无望”（第三回），因此加倍愧悔自责。

于是，曹雪芹乃透过畸零玉石的安排，来暗示宝玉双重绝缘于补天事业的重大失败。脂砚斋即指出，“娲皇氏只用了三万六千五百块”乃是“合周天之数”，至于“顽石三万六千五百零一块”的用意，则是：“数足，偏遗我，‘不堪入选’句中透出心眼。”并认为“无材补天，幻形入世”这八字“便是作者一生惭恨”，

---

① （清）曹寅：《楝亭集·诗钞》，卷8，收入（清）曹寅著，胡绍棠笺注：《楝亭集笺注》（北京：北京图书馆出版社，2007），页359。

“无材可去补苍天”一句乃是“书之本旨”，而“枉入红尘许多年”一句则是“惭愧之言，呜咽如闻”。这就是宝玉此一有病的玉石无才补天的重要意义。

三、“救世”之神的奋斗

至于宝玉所降生的贾府末世背景，事实上也与女娲补天的故事环节相对应。试看远古神话中，女娲除创世之外，还兼具了救世的功能。然则何须救世？就是因为面临末世。而这也是《红楼梦》之所以运用“补天”神话的重点之一。

就神话渊源来说，检视古代文献中所保留的远古记录，比较对勘之后就能发现，末世背景是塑造女娲之大母神形象的必要条件。如《淮南子·览冥训》描述道：

> 往古之时，四极废，九州裂，天不兼覆，地不周载，火爁炎而不灭，水浩洋而不息，猛兽食颛民，鸷鸟攫老弱。于是女娲炼五色石以补苍天，断鳌足以立四极，杀黑龙以济冀州，积芦灰以止淫水。[①]

又《列子·汤问》篇记载：

① （西汉）刘安原著，（东汉）高诱注，刘文典撰：《淮南鸿烈集解》（北京：中华书局，2010），上册，卷6，页206—207。

> 然则天地亦物也。物有不足，故昔者女娲氏练五色石以补其阙；断鳌之足以立四极。其后共工氏与颛顼争为帝，怒而触不周之山，折天柱，绝地维；故天倾西北，日月辰星就焉；地不满东南，故百川水潦归焉。[①]

可见女娲的“补天”，是在两个乱世中所展开的救世行动，因为必须先有世界崩坏才有补天的需要，由此女娲又成为“救世之神”，展现出扭转乾坤、力挽狂澜的伟大力量。然而补天之后却又发生共工与颛顼争帝的大破坏，导致“折天柱，绝地维”的失序，留下“天倾西北，地不满东南”的残缺遗迹，从神话的记述看来，此后并没有获得填补校正，回到天柱地维四平八稳的均衡状态。

值得注意的是，“地不满东南”的倾颓遗迹，是神话世界遗留下来的残局，却是小说家为全书所设定的故事起点，第一回说“且看石上是何故事。按那石上书云：当日地陷东南，这东南一隅有处曰姑苏，有城曰阊门者，最是红尘中一二等富贵风流之地”，由此而揭开石头记的序幕。据之可见，贾府内部面临崩溃瓦解的讯号，一开始就直接与神话中的“末世”背景息息相关。

因此吊诡地说，女娲的补天行动并未底定永恒的太平治世，由乱而治之后，又面临由治而乱的另一个崩坏过程；正是在这个由治而乱的崩坏过程中，开展了贾府的人间故事，其中既有着“末世”的绝望与无才补天的自我忏悔，却也呈现出“末世”的悲壮。这是

① 杨伯峻集释：《列子集释》，卷 5，页 150—151。

《红楼梦》的末世书写最发人深省的地方。

（一）末世的绝望：世袭制度中的随代降等承袭

对一个百年的簪缨世家来说，“末世”代表了家族的终结。但贵族世家的末世究竟是何光景？曹雪芹对末世的绝望与悲恸又是基于哪些原因？用生活运作混乱失序、亲人之间猜忌不合、奢靡挥霍以致经济短绌等等空泛的说法加以解释，是一种常见的想当然耳，并不切合《红楼梦》的真正指涉。其实贾府的“末世”早在第一回描述贾雨村的身世状况时即埋下伏笔，并取得明确定义，所谓：

> 也是诗书仕宦之族，因他生于末世，父母祖宗根基已尽，人口衰丧，只剩得他一身一口，在家乡无益，因进京求取功名，再整基业。

其中正提供了对“末世”的具体定义——就“诗书仕宦之族”的类型而言，一是“父母祖宗根基已尽”，指历代累积的家产丧失殆尽，失去所有的经济依靠，难以糊口维生；二是“人口衰丧，只剩得他一身一口”，举目无亲，萧疏冷落，毫无亲人依傍，因此导致“在家乡无益”，转而远赴异乡寻求其他出路。贾雨村与贾府同宗同谱，这正是“落了片白茫茫大地”的预演写真。

然而，对于贾家为何会落入末世，而且是一种命中注定式的败落，一般用“抄家”来作为这个问题的答案，是远远不够充分的，因为遇到一些情节就无法提供适切的解释效力，因此在这里必须特别多作说明。

从第五回宁荣二公所说的“吾家运数合终”“吾家自国朝定鼎以来，功名奕世，富贵传流，虽历百年，奈运终数尽，不可挽回者”，以及第十三回秦可卿死前托梦于王熙凤时，不断引述“月满则亏，水满则溢”“登高必跌重”之类的俗语，而切切传授“常保永全”之道，以预备“筹画下将来衰时的世业”，可以说，末世的挽歌自始至终都回荡在小说的字里行间。一般都以为，贾府败落的主要原因是抄家，而抄家前的末世艰难则是出于过度奢华挥霍，以致加快了败落的速度。但其实并非如此。当然，抄家确实是一个重要因素，也是小说家清楚表示过的，从创作的后设角度而言，自然可以把突如其来的抄家当作一种先知的预告，以塑造出一种宿命感；但重点在于，既然抄家是突如其来的，事先难以预料，那么何以在抄家来临前，贾府长期以来就面临了“外面的架子虽未甚倒，内囊却也尽上来了”（第二回）如此艰难的处境？这真的是“过度奢华挥霍”所造成的吗？就算是“坐吃山空”，他们所依靠的“山”又是什么？

必须指出，贾家命中注定式的败落，除了抄家，其实还有另一个可能更为关键的重大原因，并且是这个原因而不是抄家，才导致了外强中干的窘困处境。那便是清朝爵位世袭中的随代降等承袭制度。

首先，且让我们思考一个问题，也就是：以贾府这种国公勋爵的世家大族，各种排场本来就有一定的高规格，如姚燮所谓的“开大门楣，不能做小家举止”[①]，这既是一种身份等级的相应配备，也是对朝廷社会的一种负责表现，即所谓的“大家体统”——一种范伯伦（Thorstein B. Veblen, 1857—1929）所谓的“尊贵者的义务”（法语称为 Nobles Oblige，英语称为 Obligation of the Noble），亦即尊贵者所需尽的义务，这个阶级看似有权可以为所欲为，也拥有庞大的财富可供挥霍，但其实是阶级限制所致，并非只是享受乐趣，而他们也必须受到社会的监视与控制。[②] 所以第五十五回中，王熙凤提到她理家的为难是“多省俭了，外人又笑话”，正是因为此故。

然则，这种平民看来奢靡挥霍的排场，何以在贾母、王夫人那两辈并没有造成财务上的大问题，到了王熙凤等玉字辈的这一代，却出现“出的多，进的少”这样巨大的财务缺口呢？固然这一代有元妃省亲所带来的沉重负担，但那仍然是偶发的事件，并不是贾府的财务来源发生结构性的问题，而小说中并没有对财务上的结构性问题加以说明，是因为作者与当时的读者都知道，身为现代读者的我们却并不知道。个中缘由正如法国哲学家萨特（Jean-Paul Sartre, 1905—1980）所指出的：“阅读也是一样：同一个时期，同一个团体里的人，由于他们经历过同样的事件，提出或避免过同样的问题，所以就具有同样的感觉；他们具有同样的谋划，他们之间具有同样的传统。那就是一个作家不必写得太多的理由；他们之间有许

---

① （清）姚燮：《读红楼梦纲领》，一粟编：《红楼梦资料汇编》，卷 3，页 166。

② 〔美〕范伯伦著，李华夏译：《有闲阶级论：一种制度的经济研究》（台北：左岸文化出版社，2007）。此处参考〔日〕加藤秀俊著，彭德中译：《余暇社会学：探讨大众休闲生活的衍变与趋向》（台北：远流出版公司，1989），页 17—19。

多大家都知道的关键字眼。”[①] 实际上，《红楼梦》中也清楚提到贾府的经济来源发生了结构性问题，只要我们对清代的历史制度有所了解，就可以在文本中处处发现这个结构性的问题是什么。

清朝世袭制度中的随代降等承袭，就是造成贾府在财务上“出的多，进的少”的结构性因素，并且不只是冲击到财务层面而已，它更是贾府即使没有抄家，也必然会败落的关键因素。

简单地说，清初之际，当顺治帝入关以后，爵位的授予是依据王公攻城略地的战功，世职是透过军功获得，其中功劳最大的，特别恩赏“世袭罔替”，也就是在世袭过程中每一代子孙都一直保有同等的爵位，共有以礼亲王为首的八大家亲王，包括六家亲王府和两家郡王府，后世称为八大家铁帽子王，都赐有大型府第[②]。这在《红楼梦》里也有所反映，第十四回所说的“这四王，当日惟北静王功高，及今子孙犹袭王爵”，“犹袭王爵”的北静郡王正是“世袭罔替”之投射。

但是，“世袭罔替”的王公勋爵极为少数，除了八位铁帽子王之外，清朝一般亲王子孙的世袭爵位都是降一等承袭，由“亲王⟶郡王⟶世子⟶贝勒⟶贝子⟶国公”一路递降，[③] 最

---

① 〔法〕沙特著，刘大悲译：《沙特文学论》（台北：志文出版社，1980），页93。

② （清）昭梿撰，何英芳点校：《啸亭杂录》（北京：中华书局，1980），卷10，页329。金寄水、周沙尘：《王府生活实录》（北京：中国青年出版社，1988），页10。

③ 参金寄水、周沙尘：《王府生活实录》，页14。

后变成闲散宗室的身份，而其收入比起王公差距甚大，可谓天壤之别："王公的经济来源包括俸饷、地租，和商业活动等；闲散宗室只领俸饷一项，其收入与兵丁无异","朝廷且禁止他们从事工商业的活动。所以闲散宗室维生之道主要是政府所给的钱两，或者祖宗遗产收取地租"，这类闲散宗室在皇族中约占 94% 左右。[①]

除皇族宗室之外，清朝廷对旗人异姓功臣、贵戚也封以世爵，即所谓"八旗世爵"，其中公、侯、伯为"超品"，位在正一品以上，各分为三等。[②] 贾府的宁荣二公便是出于九死一生的出兵征战而挣得世职爵位，以异姓功臣受封成为"八旗世爵"，而且是九等爵位中最高的"公"，第十四回提到"一等宁国公"，正是功臣外戚世爵中最高的一等公，是为这一世爵的反映。

既然清朝的皇族宗室只有八大家、后来增到十三家的亲王可以隔代不降爵，其他一般的世袭爵位全部是降等承袭，那么，非爱新觉罗氏的异姓功臣所封的八旗世爵更全部都只能降等承袭，"国公"等级的贾家也不例外。第三回记述林如海对贾雨村道："若论舍亲，与尊兄犹系同谱，乃荣公之孙：大内兄现袭一等将军，名赦，字恩侯。"则"一等荣国公"世袭到了第三代贾赦，已是"一等将军"了。再加上第十三回写宁府贾蓉的履历道："江南江宁府江宁县监生贾蓉，年二十岁。曾祖，原任京营节度使世袭一等神威将军贾代

① 引文见赖惠敏：《天潢贵胄——清皇族的阶层结构与经济生活》（台北："中央研究院"近代史研究所，1997），页 18、267。

② 参刘小萌：《清代北京旗人社会》（北京：中国社会科学出版社，2008），页 21—22。

化；祖，乙卯科进士贾敬；父，世袭三品爵威烈将军贾珍。”可知宁府的世袭乃是：“一等宁国公”贾演——>“一等神威将军”贾代化——>“三品爵威烈将军”贾珍，也可以见出随代降等的轨迹。甚且并不只是贾府而已，与宁荣二公并称“八公”的其他六家，也反映了类似的状况，第十四回透过秦可卿的丧礼过程描写得很详细，与宁荣二公合称“八公”的六家中，前来送殡的有五家，除了没有提到的缮国公（其孙石光珠）之外，这五公的爵位变化和贾家是同步的。事实上，林黛玉的娘家也是如此，作为门当户对而足以与贾府联姻的诗书大族，第二回交代林黛玉的家世背景时，说其父亲“林如海姓林名海，表字如海，乃是前科的探花，今已升至兰台寺大夫。……原来这林如海之祖，曾袭过列侯，今到如海，业经五世。起初时，只封袭三世，因当今隆恩盛德，远迈前代，额外加恩，至如海之父，又袭了一代；至如海，便从科第出身”，清楚说明了世袭仅仅数代即告终绝，必须转由科举之路才能延续家业，保有世家的规模，这正是降等承袭制度的绝佳体现，也是贾府所面临的命运。

一旦降等，各种财源就会相应地缩减，所谓的每况愈下。历史学的考察已指出，“功臣外戚世爵中最高的一等公，岁俸银七百两，米三百五十石，以下递减至云骑尉，岁支银八十两，米四十石。八旗官员中最高的都统，岁俸银一百八十两，米九十石，最低的骁骑校岁俸银六十两，米三十石”[①]，可见一等公所领的岁俸银七百

① 刘小萌：《清代北京旗人社会》，页22。

两、米三百五十石只能算是小宗，无法和其他来自庄田和房租地税的收入相比，却也一样是随代递减，因此越后代的子孙就必须越俭省，才能收支平衡。由秦可卿临终前托梦给王熙凤时，建议道："依我定见，趁今日富贵，将祖茔附近多置田庄房舍地亩，以备祭祀供给之费皆出自此处，将家塾亦设于此。合同族中长幼，大家定了则例，日后按房掌管这一年的地亩、钱粮、祭祀、供给之事。如此周流，又无争竞，亦不有典卖诸弊。便是有了罪，凡物可入官，这祭祀产业连官也不入的。便败落下来，子孙回家读书务农，也有个退步，祭祀又可永继。"（第十三回）所未雨绸缪的，正是失去爵位后依靠"祖宗遗产收取地租"，乃至抄家后"子孙回家读书务农"的写实反映。

可是，贾府并没有做到省俭与置产这两点。就收支平衡而必须省俭来看，连最不食人间烟火的黛玉都观察到："咱们家里也太花费了。我虽不管事，心里每常闲了，替你们一算计，出的多进的少，如今若不省俭，必致后手不接。"（第六十二回）这段话有如翻版般地出现在王熙凤的话语中，而且把造成这个结果的原因说得更具体、更明确，她说：

> 家里出去的多，进来的少。**凡百大小事仍是照着老祖宗手里的规矩，却一年进的产业又不及先时**。多省俭了，外人又笑话，老太太、太太也受委屈，家下人也抱怨刻薄；**若不趁早儿料理省俭之计，再几年就都赔尽了**。（第五十五回）

可见“日用排场费用”之所以会造成问题，必须靠省俭来因应，真正的原因并不是一般所谓的奢靡，因为这在前两三代并不成为家计问题；关键在于到了宝玉这一代时，其收支比例严重地不足以支应原本规模——所谓“凡百大小事仍是照着老祖宗手里的规矩”，清楚说明了“日用排场费用”的开销仍比照贾母时期，但这时“一年进的产业又不及先时”，才导致“出的多进的少”的财务缺口。换句话说，“出的多”是因为延续贾母那一代的等级规模，“进的少”则来自于随代降等袭爵后的收入缩减，以致入不敷出的窘迫；然而若是将省俭的措施雷厉风行，以达到收支平衡，贾母、王夫人等受过大荣华富贵的长辈便要受委屈，绝非子孙的孝养之道，这便是贾府所面临的道德上的难题，也是王熙凤理家的为难所在。

（二）末世的悲壮：孝道的坚持

从这个角度来说，贾府的庞大支出并不完全都是因为道德出了问题，吊诡的是，其中反倒有一个原因是为了崇高的道德要求，也就是对孝道的坚持，才使得入不敷出的窘境更难以改变。如此一来，“末世”就不是对贵族的讽刺，更没有抨击，而是包含对贵族的怜惜；末世图景也并不是全然的灰暗，却依然绽放出另一种光辉，展现的是末世的悲壮。这岂不令人对真相乃至真理的复杂更加敬畏？

就末世的光辉与悲壮而言，在第五回宝玉神游太虚幻境时，于十二金钗的人物图谶中，与王熙凤、贾探春这两位救世女性有关的判词里不约而同地出现“末世”一词，绝非偶然：

凡鸟偏从末世来，都知爱慕此生才。（王熙凤）

才自精明志自高，生于末世运偏消。（贾探春）

可见这两位女性的性格特质与生命风采，都与贾府的末世背景息息相关；尤其是王熙凤的图谶上还画着“一片冰山，上面有一只雌凤”，冷硬危殆的“冰山”就是“末世”的形象化比喻，可见王熙凤更是贾府末世的最大功臣。而从这两段判词中，“末世”都与“才”相连结，恰恰正是“无才补天”的反面表述，也就是相对于宝玉的“于国于家无望”，末世的乌云阴霾则突显了两位女性力挽狂澜的晶华光辉，巾帼不让须眉，因此第十三回以回末诗“金紫万千谁治国，裙钗一二可齐家”来赞美她们。

对于传统知识分子“齐家、治国、平天下”这一最高理想的同心圆结构而言，“齐家”与“治国”分享了相同的本质，“裙钗一二可齐家”恰恰为女娲补天所蕴含的治世理想镶上金边，将末世的悲伤化为救世的悲壮。无形中，王熙凤、贾探春这两位金钗也分润了女娲的救世内涵，塑立了女性在人世中的一种辉煌类型。女娲补天的神话就在这里提供了女性实践自我的一种方式，在磨难中坚毅，在动荡里镇定，在恐惧时勇敢，既可爱也可敬，成为完善这个世界的坚毅力量。

第三章
警幻仙姑：爱与美的悲剧命运之神

主管爱与美的警幻并未帮助她的子民躲过现实生活的枪林弹雨，相反地，在她麾下的所有女子都被判处了无期徒刑，乃至死刑，在她的监管之下一一走上悲剧之途。

当救世的补天女娲恢复世界的运作秩序之后，旋即退位消失，仅仅在第一回昙花一现。接下来属于人间悲欢离合爱恨生死的故事，便转交给警幻仙姑这位命运之神来主掌。

警幻仙姑是怎样的一位女神？从女娲到警幻的意义是什么？警幻又是如何执行她的职权？这些都是可以深入了解的问题。

一、爱与美的神女谱系

（一）从母神到女仙

首先，从女娲移位到警幻仙姑，并不是为了配合叙事需要所作的跳接，而是两者之间原就有其本质上的贯通处，彼此的关系是承接而不是跳接。

从神格而言，女娲之所以与蛙类连结，除形象上的近似联想之外，另一个重要原因就是来自“水”的创生力量。而在古代神话传说中，同样与水相关并体现了阴性原则的月亮也与青蛙结合在一起，至晚在战国时期便出现了月中蟾蜍之说。如《楚辞·天问》云：“夜光何德，死则又育？厥利维何，而顾菟（即蟾蜍）在腹。”[①]西汉《淮南子·精神训》也说“月中有蟾蜍”[②]，乃至进一步产生“羿请不死之药于西王母，羿妻姮娥窃之奔月，托身于月，是为蟾蜍，而为月精”[③]的情节融合。

和女娲出于同一月神的嫦娥，在《红楼梦》里也确实与警幻具有互动相交的情谊。第七回描写宝钗回答周瑞家的问题时，提到和尚给了冷香丸的配方，又给了一包药引子，“异香异气的，不知是那里弄了来的”，脂砚斋对这几句评道：

> 卿不知从“那里弄来”，余则深知是从放春山采来，以灌愁海水和成，烦广寒玉兔捣碎，在太虚幻境空灵殿上炮制配合者也。

---

① （宋）洪兴祖：《楚辞补注》，卷3，页88。“顾菟”当即为“蟾蜍”之义，为一语音同之转，参闻一多：《天问释天》，《闻一多全集》（台北：里仁书局，2002），第2册，页329—332。

② 刘文典撰：《淮南鸿烈集解》，卷7，页221。

③ （唐）徐坚等辑，韩放主校点：《初学记》（北京：京华出版社，2000），卷1引《淮南子》，页7。

如果把脂批视为文本的延伸与补充，那么警幻找来了广寒月宫的玉兔帮忙捣制冷香丸的药引子，警幻仙姑和嫦娥就是可以互通有无的邻居或朋友，月宫中善于捣药的玉兔因此而出借；甚至可以说，警幻既能“烦广寒玉兔捣碎，在太虚幻境空灵殿上炮制配合”，她身上就带有嫦娥的影子，具有驱遣玉兔工作的权力，而太虚幻境也未始不是月宫的延伸，两者之间于是产生了若干叠合。如此一来，透过这些神话的相关连结与融合改造，女娲和警幻便在嫦娥的中介下形成了互通的一体性，所以说双方的关系是承接而不是跳接。

当然，在更多的方面，警幻和女娲还是截然不同，因此一分为二，各有不同的执掌。女娲是众神的母亲，更是一切万物的创造者，相对而言，警幻并没有这样的创造力，她是在人世与神国被创造完成后的管理者或主导者。从名字上说，顾名思义，她以“仙姑”，也就是较年长而有权力的女神，成为仙境一切女仙的领袖；并且不止如此，警幻还主管人间所有优秀的、特殊的重要女子，所以与其称她是“警幻仙子”，不如称她为“警幻仙姑”，更能显示一种年龄所带来的权力与智慧。

尤其是，这位仙姑的智慧就是“警幻”，意谓着指点迷津，警示人世间的虚妄不实，让人们从幻觉幻象中警醒，这其实是融合了佛教、道教的思想与语词。其次，这位“警幻仙姑”是一位仙界的女神，而“神”与“仙”有所不同，“神”是一种超越性的神圣存在，具有超现实的力量；“仙”则是由人变化而成，与人类密切关联。这是来自中国仙道传统的一种特殊概念。

中国仙道传统中的“仙”字原作“僊”，如《说文解字》说：

"僊，长生僊去。"又说："仚，人在山上貌，从人山。"《释名·释长幼》也说："老而不死曰仙，仙，迁也，迁入山也，故其制字人旁作山也。"[①] 照这些说法，"僊"这个古字就不只是形声字，而且还是会意字，指人迁移到山中，成为永恒不死的仙人，所以《说文解字》又说："真，僊人变形而登天也。"[②] 在种种训诂材料的支持下，闻一多就从字源角度提出神仙与山岳之关系，认为仙人即居于神山之人。[③]

这些说法都指出，"仙"是由人变化而成，与人类具有某一种连贯性。或许就是因为如此，更使得警幻仙姑作为人的命运之神具有概念性的连结。

这位较年长、具有权力的女神，就成为仙境一切女仙的领袖；并且不止如此，警幻还主管人间所有优秀的、特殊的重要女子，就这一点来说，警幻与比女娲晚出的西王母较为近似。西王母到了六朝时期，也已经是主管一切灵界女仙的母神，并且成为早夭女子得道者的养育、掌领之母，影响深远。唐末杜光庭记载，时称金母元君的西王母，其职司是："母养群品，天上、天下、三界、十方女

---

① （东汉）刘熙撰：《释名》，《四部丛刊正编》（台北：台湾商务印书馆，1967），卷 3，页 21a，总页 14。

② 以上分见（东汉）许慎著，（清）段玉裁注：《说文解字注》，页 383—384。

③ 闻一多：《神仙考》，《神话与诗》（上海：上海人民出版社，2006），页 134。关于仙山与仙人的关系，另亦可参杜而未：《昆仑文化与不死观念》（台北：学生书局，1985）。

子之登仙得道者，咸所隶焉。”[①] 此外在造型上，这两位仙界的命运之神又有着耐人寻味的离合关系。这是因为西王母经历了漫长的演化过程，历史上西王母形象蜕变的轨迹，正是《红楼梦》中女娲蜕变为警幻的过程，也就是从救世母神的坚毅豪壮，一变而为命运之神的旖旎妩媚。

先以西王母来看。俄国汉学家李福清（Boris Lyvovich Riftin, 1932—2012）仔细考察了伏羲、女娲的肖像描写，以之证明古代中国艺术中，神话人物图像的发展是从兽形到人兽共体，逐渐递至全然人化的运动过程。[②] 这也正是西王母的写照，她最初的原始形象就和女娲一样，是人兽混合一体，在保存了中国最古老神话的《山海经》中，《西山经》有如下的记载：

> 玉山，是西王母所居也。西王母其状如人，豹尾虎齿而善啸，蓬发戴胜，是司天之厉及五残。

《大荒西经》道：

> 西海之南，流沙之滨，赤水之后，黑水之前，有大山，名曰昆仑之丘。有神——人面虎身，有文有尾，皆白——处之。

---

① （唐）杜光庭：《墉城集仙录》，卷 1，张继禹主编：《中华道藏》第 45 册，页 196。

② 〔俄〕李福清：《从神话到章回小说：中国文学中人物形象的演变》（莫斯科：科学出版社，1979）。

其下有弱水之渊环之，其外有炎火之山，投物辄然。有人，戴胜，虎齿，有豹尾，穴处，名曰西王母，此山万物尽有。

同样具有戴胜（指头戴玉琢之华胜，一种发饰）、虎齿、豹尾的形象特征，比起女娲的蛇身，这样的造型更是蛮荒得多。不过，到了魏晋时期，西王母已经摇身一变，成为风姿绰约的中年美妇人，《汉武帝内传》中的描述是："可年三十许，修短得中，天姿掩蔼，容颜绝世，真灵人也。"唐代诗人更是歌咏道："君看西王母，千载美容颜"（储光羲《田家杂兴八首》之四）、"王母何窈眇，玉质清且柔"（刘复《游仙》），可见其绝色姿貌，也定型为后世思慕遥想的西王母形象。

得配如此天仙的住居之地，必然是美轮美奂，就文献上来看，西王母所住的地方有瑶池、瑶台、群玉山，最早的是《山海经·西山经》所载："玉山，是西王母所居也。"郭璞注云："此山多玉石，因以名云。《穆天子传》谓之群玉之山。"已奠定仙境的雏形；而较知名的则是昆仑山上的瑶池，提到该处仙境的唐诗有李白《飞龙引二首》之二的"下视瑶池见王母"、杜甫《秋兴八首》之五的"西望瑶池降王母"、白居易《新乐府·八骏图》的"瑶池西赴王母宴"、柳泌《玉清行》的"王母来瑶池"、皮日休《行次野梅》的"好临王母瑶池发"、李群玉《穆天》的"但听西王母，瑶池吟白云"等等，都恰与旖旎蹁跹的女神相互辉映。

整体以观之，到了这一个形象转变的阶段，西王母就和警幻十分贴近了。就此而言，西王母可以算是警幻仙姑的一位前导或先行意象。

（二）神女的谱系

正如西王母逐渐美化一样，从女娲到警幻也是完全脱去动物元素，将西王母“年三十许，容颜绝世”的具体描写移诸警幻仙姑身上时，《红楼梦》更不吝笔墨地给予大量的渲染，就这一点来说，警幻的造型与功能还有其他的文化来源。

我们首先注意到，这位被宝玉称为“神仙姐姐”的仙姑，长得“蹁跹袅娜，端的与人不同”，作者还特别用中国传统文学类型中最华丽铺陈的辞赋，写了一段锦绣文字，以衬托她的极端美丽。第五回中有赋为证：

> 方离柳坞，乍出花房。但行处，鸟惊庭树；将到时，影度回廊。仙袂乍飘兮，闻麝兰之馥郁；荷衣欲动兮，听环佩之铿锵。**靥笑春桃兮，云堆翠髻；唇绽樱颗兮，榴齿含香。纤腰之楚楚兮，回风舞雪**；珠翠之辉辉兮，满额鹅黄。出没花间兮，宜嗔宜喜；徘徊池上兮，若飞若扬。蛾眉颦笑兮，将言而未语；莲步乍移兮，待止而欲行。羡彼之良质兮，冰清玉润；慕彼之华服兮，闪灼文章。爱彼之貌容兮，香培玉琢；美彼之态度兮，凤翥龙翔。其素若何，春梅绽雪。其洁若何，秋菊被霜。其静若何，松生空谷。其艳若何，霞映澄塘。其文若何，龙游曲沼。其神若何，月射寒江。应惭西子，实愧王嫱。奇矣

> 哉，生于孰地，来自何方；信矣乎，**瑶池不二，紫府无双**。**果何人哉**？**如斯之美也**！

因此，偏好美少女的宝玉在梦中神游太虚幻境时，一见之下才会喜得忙上来作揖，并且称之为“神仙姐姐”，其中的“瑶池不二”这句话，也再度证明警幻仙姑确实带有西王母的化身投影。而这一大段文字，可以说是屈原《九歌》、宋玉《神女赋》、曹植《洛神赋》等等的嫡传，其中也的确处处运用这些女神篇章的典故意象甚至文辞句式，故王希廉便说：“警幻仙一赋，不亚于巫女、洛神。”[①]所隐含的讯息，正是从母神到女仙的质变，也正是由救世之神到命运之神的递换。

例如，其中所谓的“出没花间兮，宜嗔宜喜”“蛾眉颦笑兮，将言而未语”，隐隐然就是《九歌》中那位“既含睇兮又宜笑，子慕予兮善窈窕”的美丽山鬼；而最后所赞叹的“果何人哉？如斯之美也”，也等于是宋玉《神女赋》所说的：“茂矣美矣，诸好备矣。盛矣丽矣，难测究矣。”由此可见，这一类源远流长的神女谱系正是警幻仙姑的血脉来源，理解这些神女的形象与意义，就可以把握警幻仙姑的形象与意义。

首先，从这类神女最初的奠定者而言，《神女赋》中的巫山神

---

① 冯其庸纂校订定，陈其欣助纂：《八家评批红楼梦》（北京：文化艺术出版社，1991），上册，页133。

女，原型即是楚地掌管生育繁衍的高禖女神[①]，然后逐渐衍生成一个糅合了多重原型、具有多重神性的神话人物[②]，兼有生殖女神（先妣、高禖）、爱欲女神（瑶姬）和自然女神（巫山之神、云神）多种神格，具备了生殖、爱欲及自然三种女神之神格，从而在文学形象的意义上，也就具备了相应的性格特征，集情欲、神圣、美丽三者于一身[③]，甚至应该说，原本的性爱女神已经被消解，而转变为精神化、艺术化的美神。[④]

至于曹植的《洛神赋》，既然一开始就表明是因为“感宋玉对楚王神女之事，遂作斯赋”，本身就是宋玉《高唐赋》《神女赋》的直接继承人，所以洛神的踪影也进入警幻的造型里，《洛神赋》中最著名的一段“其形也，翩若惊鸿，婉若游龙。荣曜秋菊，华茂春松。仿佛兮若轻云之蔽月，飘飘兮若流风之回雪”，也部分地投射在“徘徊池上兮，若飞若扬”这两句上。更不用说，这些神女赋都大量铺陈了种种精美妆扮与华丽服饰，把女性的形象之美刻画到极致，也赞扬到极致，其意义正如西蒙·波伏娃所说：“装饰性服饰所起的作用十分复杂，在某些原始人当中它有一种宗教的含义，但

---

① 谢聪辉：《瑶姬神话传说与人神之恋》，《国立编译馆馆刊》第23卷第1期（1994年6月），页13。

② 张君：《论高唐神女的原型与神性》，《文艺研究》1992年第3期，页123—134。

③ 郭建勋：《论汉魏六朝“神女—美女”系列辞赋的象征性》，《湖南大学学报（社会科学版）》第16卷第5期（2002年9月），页67。

④ 参叶舒宪：《高唐神女与维纳斯：中西文化中的爱与美主题》，页319—327。

更常见的是意味着把女人变成偶像。”[1] 所以，《红楼梦》在警幻现身时所特意插入的这一段洋洋洒洒的辞赋，可以说是一篇继承源远流长的神女传统，融合其中要素所写成的《警幻仙姑赋》。

这篇骈丽铺排的传统美文，绝非一般所以为的多余的炫学式赘笔，据脂砚斋的说明是：

> 按此书凡例本无赞赋闲文，前有宝玉二词，今复见此一赋，何也？盖此二人乃通部大纲，不得不用此套。前词却是作者别有深意，故见其妙；此赋则不见长，然亦不可无者也。（第五回眉批）

足见警幻仙姑的重要性是与宝玉并列为小说的“通部大纲”，而这篇《警幻仙姑赋》就是用以衬托其地位的必要元素，实不可或缺。因此，警幻仙姑虽具有西王母统领群仙的崇高地位，但就造型与功能特质而言，比起转型后的西王母来，实际上更是山鬼女神、高唐神女、洛神宓妃的综合体，造型的辉煌动人，使她的美充满了创世母神所没有的感官诱惑力；而在功能上，她又是一位专司“古今情，风月债”的“爱神”，故脂批也说“警幻自是个多情种子”，这同样是继承了过去的神女赋而来的。试看《九歌》中的山鬼是一位恋爱中羞涩的山中女神，洛神宓妃则是才高八斗的才子曹子建所渴慕的恋人，至于高唐神女更不用说了，她的自荐枕席大胆突破了礼

① 〔法〕西蒙·波伏娃著，陶铁柱译：《第二性》，页185。

教之防，形成了“巫山云雨”之类的性爱成语，所以学者们认为，《高唐赋》是描写女性之感官诱惑力，带有色欲满足之倾向的艳情文学与梦幻文学的滥觞[①]，奠立了具有性爱色彩的“美人幻梦原型”[②]，而这都直接影响到了后代包括《洛神赋》在内的美人赋，这篇《警幻仙姑赋》也没有例外。因此，与其说警幻是女仙，不如说是“神女”更为精确而传神，而警幻就和历史传说上的山鬼女神、高唐神女、洛神宓妃等等，构成了“爱与美的神女谱系”。

并且，《警幻仙姑赋》也确实延续了这类以女色描写为主的神女赋中所形成的“邂逅女神”（The Meeting with the Goddess 或 Encountering the Goddess）的主题与传统。乔瑟夫・坎贝尔指出，“邂逅女神”是极为重要的神话原型，受启悟者在充满各种奇异考验和痛苦试炼中所面临的最动人的洗礼经历，乃是“与女神相会”，这也是英雄历险的终极表现。坎贝尔阐述道：

> 在神话的图像语言中，女人代表的是能被认识的全体。英雄则是去认识的人。随着英雄在人生缓慢启蒙过程中的逐渐进展，女神的形象也为他而经历一连串的变形：她绝不会比他伟大，但她总是能不断给予超过他所能了解的事物。她引诱、向导并命令他挣脱自己的脚镣。如果他能符合她的心意，则认识者与被认识者两造，就能从所有的局限中解放出来了。女人是带领达到感官历险崇高顶峰的向导。她被眼光浅薄的人贬低到

① 吴广平：《宋玉研究》（长沙：岳麓书社，2004），页 236—238。

② 参叶舒宪：《高唐神女与维纳斯：中西文化中的爱与美主题》，页 410—421。

> 次等的地位；她被无知的邪恶之眼诅咒为陈腐和丑陋。但她在有识之士的眼中得到了补偿。凡是能以她本来的面貌接受她，不过激并拥有她要求之仁慈与自信的英雄，就有可能成为她所创世界中的君王，亦即神的肉身。[①]

因此——

> 与女神（化身为每一位女性）相会，是英雄赢得爱［即慈悲，命运之爱（*amor fati*）］之恩赐的终极能力测试，而这爱就是令人愉悦、包藏永恒的生命本身。[②]

可以说，这些原型女性作为“美的极致，一切欲望的满足，英雄在两个世界中追求的福祉目标。在睡眠的深渊里，她是母亲、姊妹、情人与新娘……她是完满承诺的化身”[③]，由此而担当了对男性启悟的功能。这就完全符合了宁荣二公交托给警幻的任务，也就是“先以情欲声色等事警其痴顽，或能使彼跳出迷人圈子，然后入于正路”，充分解释了宝玉在梦中遇见警幻的关键原因。

---

① 〔美〕乔瑟夫·坎贝尔著，朱侃如译：《千面英雄》（台北：立绪文化公司，1997），页121。

② 〔美〕乔瑟夫·坎贝尔著，朱侃如译：《千面英雄》，页125。

③ 〔美〕乔瑟夫·坎贝尔著，朱侃如译：《千面英雄》，页116。此处中译据张汉良：《杨林故事系列的原型结构》，《中外文学》第3卷第11期（1975年4月）；收入《中国古典文学论丛·神话与小说之部》（台北：中外文学月刊社，1976），页269。

另外，就“爱与美的神女”这一点而言，警幻与她的妹妹兼美其实是二而一的关系，把兼美考虑进来一并观察，可以把警幻这位仙界女神的性质看得更清楚。

试看第五回警幻在用过各种方法都不能使宝玉开悟之后，最终的策略就是性爱。她对宝玉说道：

> “好色即淫，知情更淫。是以巫山之会，云雨之欢，皆由既悦其色、复恋其情所致也。吾所爱汝者，乃天下古今第一淫人也。……如尔则天分中生成一段痴情，吾辈推之为‘意淫’。‘意淫’二字，惟心会而不可口传，可神通而不可语达。汝今独得此二字，在闺阁中，固可为良友，然于世道中未免迂阔怪诡，百口嘲谤，万目睚眦。今既遇令祖宁荣二公剖腹深嘱，吾不忍君独为我闺阁增光，见弃于世道，是以特引前来，**醉以灵酒，沁以仙茗，警以妙曲，再将吾妹一人，乳名兼美字可卿者，许配于汝**。今夕良时，即可成姻。不过令汝领略此仙闺幻境之风光尚如此，何况尘境之情景哉？而今后万万解释，改悟前情，留意于孔孟之间，委身于经济之道。”说毕便秘授以云雨之事，推宝玉入房，将门掩上自去。

兼美是警幻之妹，“其鲜艳妩媚，有似乎宝钗，风流袅娜，则又如黛玉”，被警幻安排担任了宝玉性启蒙的导师，警幻对宝玉说：“将吾妹一人，乳名兼美字可卿者，许配于汝。今夕良时，即可成姻。”因此更符合神女的实质意涵。所以，警幻连带兼美这一对出现在宝玉梦中的神仙姐妹，可以说是具有性爱色彩的“美人幻梦原型”的体现，而警幻也才会是“司风月情债”的命运之神。

这就是《红楼梦》从女娲移位到警幻，从母神嬗变为女仙——或者更精确地说，是从母神嬗变到神女的意义所在。

不过，值得深思的是，从**女娲移位到警幻，从母神嬗变到神女**的意义，如果从另一个角度来看，或许也还是隐含了某种对女性的贬抑与歧视。

美国人类学家金芭塔丝就指出：从欧洲的历史文化发展来看，等级鲜明的希腊万神庙反映了希腊社会的结构，这一方面显示出当时已经由母系社会到父系社会的转变模式，男权代替了女性中心的力量主导了整个世界；另一方面则可以看到，新石器时代控制着生育、生命延续、死亡和重生的古欧洲女神们，到了古希腊时期便不同程度地变得更加色情化，失去了除了爱和性之外的所有能力，而仅仅服务于男神。[①] 埃利希·诺伊曼也透过文艺复兴时期一幅约 15 世纪的维纳斯画像，指出其中表现出明显的时代变迁，“随着父权制的发展，大女神已经变成了爱情女神，而女性权力已经降低为性的力量”[②]。

如果金芭塔丝与诺伊曼的这个观察可以成立，那么，太虚幻境中主管众多女仙、“司风月情债”的警幻仙姑，是否又是男权思维之下迎合男性需求的一种女性类型？值得我们继续思考。

---

① 〔美〕马丽加·金芭塔丝著，叶舒宪等译：《活着的女神》，页 175。

② 〔德〕埃利希·诺伊曼著，李以洪译：《大母神——原型分析》，页 145。

二、命运的罗盘

（一）与众不同的特殊女性

警幻的主要功能毕竟还是一位命运之神，如同西王母主管一切灵界女仙，并且成为早夭女子得道者的养育、掌领之母，警幻的命运之神功能也有异曲同工之妙。单单以小说主要舞台所在的金陵来说，警幻就清楚地对宝玉表示道："贵省女子固多，不过择其紧要者录之。"这种"择其紧要者录之"的情况可以类推于其他各省，足见能够登籍于仙界的女性，都非泛泛之辈。

这些登籍于仙界的女性，又有何特殊之处？首先，这些归属于太虚幻境的诸钗，包含贾宝玉在内，都带有"谪仙人"的意义。

一方面，《红楼梦》从佛、道二教思想都有所摹借，而似乎更得益于道教文学的影响，包括套用道教思想与修道观念影响下所形成的"历幻完劫"或"谪凡神话"的基本模式。[1] 例如，贾宝玉的前身神瑛侍者是"凡心偶炽，乘此昌明太平朝世，意欲下凡造历幻缘，已在警幻仙子案前挂了号"，此外，下凡的尚有"警幻仙子宫中"的"一干风流孽鬼"，既出自天庭仙宫，自是禀赋仙缘宿契之辈，故以"下世""落尘"的方向语词隐喻其谪降人间的身份变化，甚至贾宝玉、林黛玉亦能以生魂的形式被接引到仙界游玩，完全符

[1] 参李丰楙：《罪罚与解救：〈镜花缘〉的谪仙结构研究》，《中国文哲研究集刊》第7期（1995年9月），页114—121；余英时：《中国宗教的入世转向》，《中国近世宗教伦理与商人精神》（台北：联经出版公司，1987），上篇，页26—40。

合传统度脱戏剧中，被度者绝非单纯的一般凡人，特别是林黛玉之前身绛珠仙草另可归类于“植物而为仙者”型，整体上确实都反映了度脱剧中被度者“本为仙者”“有神仙之分者”“鬼妖物而为仙者”的出身来历。[①] 这也先天地解释了这些人物与众不同之独特性情与非常遭遇的原因。

另一方面，警幻所谓的“女子固多，不过择其紧要者录之……余者庸常之辈，则无册可录矣”，也呼应了第二回贾雨村那一段著名的正邪两赋说，所谓：

> 天地生人，除大仁大恶两种，余者皆无大异。若大仁者，则应运而生，大恶者，则应劫而生。运生世治，劫生世危。……清明灵秀，天地之正气，仁者之所秉也；残忍乖僻，天地之邪气，恶者之所秉也。

“大仁”“大恶”各自是一种完整而纯粹的人格类型，彼此天差地别，极端相反而对立，都是极少数的人。但除此之外，作者又提出了第三种人——他们当然不是作者所不关心的“余者皆无大异”的一般大众，而是由正气与邪气在特殊情况下所组合而成的特异者，这就是所谓的“正邪两赋”。贾雨村继续说道：

① 参赵幼民：《元杂剧中的度脱剧（上）》，《文学评论》第5集（台北：书评书目出版社，1978），页165。

> 今当运隆祚永之朝，太平无为之世，清明灵秀之气所秉者，上至朝廷，下及草野，比比皆是。所余之秀气，漫无所归，遂为甘露、为和风，洽然溉及四海。彼残忍乖僻之邪气，不能荡溢于光天化日之中，遂凝结充塞于深沟大壑之内，偶因风荡，或被云摧，略有摇动感发之意，一丝半缕误而泄出者，偶值灵秀之气适过，正不容邪，邪复妒正，两不相下，亦如风水雷电，地中既遇，既不能消，又不能让，必至搏击掀发后始尽。故其气亦必赋人，发泄一尽始散。使男女偶秉此气而生者，在上则不能成仁人君子，下亦不能为大凶大恶。置之于万万人中，其聪俊灵秀之气，则在万万人之上；其乖僻邪谬不近人情之态，又在万万人之下。若生于公侯富贵之家，则为情痴情种；若生于诗书清贫之族，则为逸士高人；纵再偶生于薄祚寒门，断不能为走卒健仆，甘遭庸人驱制驾驭，必为奇优名倡。

他们不是面目模糊的平庸大众，不是一般处处可见的凡常之人，因此也和“大仁”“大恶”一样罕见。从这一点来说，也可以再度印证前一章中所提到的，曹雪芹所关心的，主要是稀有的特殊人格，《红楼梦》所聚焦刻画的，是贵族世家中的某些特殊人物，写的也是他们非比寻常的故事。

这些非比寻常的人又有哪些呢？除了第五回宝玉神游太虚幻境时，从册簿中看到的诸多金钗之外，小说中其他地方所写到与太虚幻境有关的，还有尤二姐、尤三姐这一对姊妹。第六十六回尤三姐自刎而死之后，魂灵特来向柳湘莲告别，对柳湘莲泣诉道：“妾痴情待君五年矣。不期君果冷心冷面，妾以死报此痴情。妾今奉警幻之命，前往太虚幻境修注案中所有一干情鬼。妾不忍一别，故来一会，从此再不能相见矣。”说着便走。湘莲不舍，忙欲上来拉住问时，那尤三姐便说：“来自情天，去由情地。前生误被情惑，今既耻情而觉，与君两无干涉。”说毕，一阵香风，无踪无影去了。

到了第六十九回，尤三姐的魂灵来到了她的姐姐尤二姐身边，当时尤二姐正受到王熙凤等人的嫉妒折磨，已经到了濒死的地步，书中描写道：“那尤二姐原是个花为肠肚、雪作肌肤的人，如何经得这般磨折，不过受了一个月的暗气，便恹恹得了一病，四肢懒动，茶饭不进，渐次黄瘦下去。”此际妹妹尤三姐赶来拯救她，提供一个起死回生的计策，建议尤二姐“将此剑斩了那妒妇，一同归至警幻案下，听其发落。不然，你则白白的丧命，且无人怜惜”。当然，善良的尤二姐并没有接受这个献策，终于吞金而亡。从这两段情节可见，尤二姐、尤三姐这一对姊妹也属于太虚幻境，受到警幻仙姑的管辖，是这一群特殊女性中的一分子。她们的故事更丰富了《红楼梦》的女性叙事，也让“正邪两赋”的意义更多元，值得另外以专门的人物论加以探讨。

当然，除性格上的特殊禀赋之外，得以登籍于太虚幻境的必备条件还包括非凡的美貌，而且和先天的特殊禀赋同等重要。第六十五回中，尤三姐对二姐所说的“咱们金玉一般的人”，回应了第五回《红楼梦曲》的〔引子〕所言“演出这怀金悼玉的《红楼梦》”，“金玉”都是与美貌有关的喻词，一如薄命司两边的对联之一写的是“花容月貌为谁妍”，这样的花容月貌是少女们进入太虚幻境的前提之一，因此宝玉所见薄命司中的图谶，即多处点出图中主角乃是美人，诸如：迎春的“画着个恶狼，追扑一美女”、惜春的“一所古庙，里面有一美人在内看经独坐”、巧姐的“一座荒村野店，有一美人在那里纺绩”、李纨的“一盆茂兰，旁有一位凤冠霞帔的美人”、秦可卿的“高楼大厦，有一美人悬梁自缢”。如果这些较次要的女性都是美人，黛玉、宝钗等等便不言可喻，因此谶词虽未一一明言，却是不惮辞费之举了。

（二）太虚幻境：仙境与悲剧的集大成

这些美丽而特殊的年轻女子都来自于太虚幻境这个仙界家园，警幻是太虚幻境的女王，太虚幻境则是她支配众生的王国。

就整座专门为仙界女神与谪凡女性所打造的太虚幻境而言，其本身就已经是以悲剧为基地、以悲剧为材料所建构而成的一座庞大的悲剧城堡，虽然它确实是一个不折不扣的仙境，美丽而永恒。当宝玉梦中初来乍到时，所看到的就是：

> 朱栏白石，绿树清溪，真是人迹稀逢，飞尘不到。宝玉在梦中欢喜，想道：“这个去处有趣，我就在这里过一生，纵然失了家也愿意，强如天天被父母师傅打呢。”

这种一尘不染的自然园林，以及让人乐不思蜀的欣悦神往，都是非常典型的仙境表述。

如果进一步追究，所谓“仙境”只是一个空泛的概念，抽象而笼统，其中的景观其实都是由华丽的文字所传达的印象；并且最主要的是，仙境的环境会随着时代的差异，因应各种不同的文化想象而产生不同的形态，不能一概而论。中华文化源远流长，在传统神话传说中也确实逐渐形成了大约三种仙境类型：天上仙境、海外仙岛、人间仙窟。“天上仙境”出现的时间最早，先秦时期神话中的昆仑、玄圃等等，都属于这一类，作为与现实人间相反的对立面，它们是只能仰望却永远没办法企及的地方；而“海外仙岛”则是先秦战国时期所出现的东海三仙山，蓬莱、方丈、瀛洲是海市蜃楼的具体化，虽然在大海的波澜阻隔下仍然遥不可及，但是船舶可以稍稍提供一点到达的可能性。

至于“人间仙窟”出现的时间最晚，是六朝时期受到道教“地仙说”的影响所产生的，《抱朴子·论仙》认为：“上士举形升虚，谓之天仙。中士游于名山，谓之地仙。下士先死后蜕，谓之尸解仙。”[①] 在地仙说的观念里，仙人准备升上天庭为天仙前，会先留在人间，既可免于凡俗的纷扰与死亡的压力，又可自在地逍遥遨游于山林，故谓之地仙，而中国舆图大地上实有的名山就被视为仙人登天前的栖息地，并构成福地洞天的系统[②]，因此才发展出山中仙窟形态。当时的小说中，像刘晨、阮肇游天台山，袁相、根硕误入赤城山之类常见的游仙故事，便是在这样的背景下产生的。这些人间仙窟就位在人间大地上的名山洞府，也许不容易接

① 王明校释：《抱朴子内篇校释》（北京：中华书局，1985），页18。

② 见李丰楙：《郭璞〈游仙诗〉变创说之提出及其意义》，《忧与游：六朝隋唐游仙诗论集》（台北：学生书局，1996），页119。

近，但距离上并不遥远，偶尔会有因缘际会误入其中的男子，他们就如同受到祝福一般，往往得以遇到年轻貌美的女仙，也获得恋爱与婚姻，所谱写的山中传奇便出现更多的浪漫因素了。

从上述的简略说明可以看到，天上仙境、海外仙岛、人间仙窟这三种仙境形态呈现了前后的演化轨迹，在空间位置上则显示出一种由远而近的位移，也就是从高不可攀的天上，到平面延伸的海外，再到同一片土地中，仙境的坐落地点离人类是越来越近了。

在这个演化过程中，新的仙境是增加而不是取代既有的仙境，三种仙境类型是并存不悖的，例如到了汉代绘画中，就有不少描绘蓬莱、昆仑的仙山题材，并成为中国的一种传统而流传下来[①]，形成了文化上越来越丰富的想象资源。当仙境类型储备大全后，擅写美梦的曹雪芹就融会贯通，挪借化用时得心应手，全数吸收到小说中。有学者认为，《红楼梦》对这些仙境类型是以分别对应的方式加以吸收，亦即：

太虚幻境——天上仙宫

大观园——凡间仙窟

海外真真国——海外仙岛[②]

这个说法非常有道理，也确实可以成立，让我们看到《红楼梦》的精妙细腻。若更进一步就小说本身的仙境架构而言，普遍的看法认为，太虚幻境又是大观园的神圣蓝本，大观园是太虚幻境的人间投

① 赵声良：《敦煌壁画风景研究》（北京：中华书局，2005），页5—6。

② 参梅新林：《红楼梦哲学精神：石头的生命循环与悲剧指归》，页167。

影，宝玉一迁入大观园之后的心理反应是极乐无比，所谓“自进花园以来，心满意足，再无别项可生贪求之心”（第二十三回），与宝玉梦游太虚幻境时形成了一致的呼应；而这两个地方的入口都有一座宏伟壮丽的石牌，如太虚幻境的入口处石牌横建，上面书写“太虚幻境”四个大字，这和第十七回大观园的“正面现出一座玉石牌坊来”，上面题着“省亲别墅”四个大字直是如出一辙，而“省亲别墅”之前的原名就是“天仙宝镜”，更足以证明太虚幻境和大观园是天上人间的孪生仙境，彼此之间高度近似。因此不但脂砚斋指出：“大观园系玉兄与十二金钗太虚玄境，岂不（可）草索（率）。”（第十六回夹批）民国初年时，王梦阮也认为：“太虚幻境，与大观园是一是二，本难分晰。”[①]

我们在这里要提出另一种观察，也就是严格来看，太虚幻境本身的构设并不是单单对应于“天上仙境”这一类型而已，其实更是融会了天上仙境、海外仙岛、人间仙窟这三种的综合体。第五回警幻刚出场时的自我介绍中说得很清楚：

> 吾居离恨天之上，灌愁海之中，乃放春山遣香洞太虚幻境警幻仙姑是也。

其中所谓的“天之上”，对应的是天上仙境的超越空间，而“海之中”则明显是海外仙岛的地理概念，至于放春山遣香洞的“山洞”，也分

---

① 王梦阮、沈瓶庵：《红楼梦索隐》（北京：北京大学出版社，2011），第十七回，页209。

“宝玉”，《程甲本红楼梦》，中国国家图书馆藏品。

明是出于神仙洞府的形态，而且警幻的介绍顺序，又完全符合这三种仙境类型的历史发展过程，这实在是一个非常微妙的表述脉络，传递出**从天上到人间、从母神嬗变到神女**的意义。如此说来，太虚幻境的所在地，确实是天上仙境、海外仙岛、人间仙窟的集大成。

只不过，这种仙境的集大成并不只是各种仙境之美的完美综合，因为在太虚幻境的美丽外衣之下，包裹的是悲剧的核心。试看那是怎样的仙境、仙岛与仙窟：所谓“离恨天之上，灌愁海之中”的“放春山遣香洞”，清楚告诉我们，这个基地是建立在“离恨”“灌愁”“放春”“遣香”之上的——春天被放逐，芳香被遣散，青春女儿的美好与希望都面临破灭，于是充盈其中的就是满天的离恨与汪洋的哀愁。既然苍天不尽、碧海无垠，这恨与愁又该是如何巨大无边，让所有的女性无所逃于天地之间？如此的恨与愁就是太虚幻境的悲剧基地与悲剧材料，因此，太虚幻境的主殿宫门上横写的四个大字就是“孽海情天”，将幻境外围的“离恨天，灌愁海”收拢到殿堂里，于是悲剧登堂入室。

正因为悲剧是由外而内的彻底渗透，于是在太虚幻境这座庞大的悲剧城堡中，虽然仙子们“皆是荷袂蹁跹，羽衣飘舞，娇若春花，媚如秋月”，完全吻合天仙应有的绝色之美，但这些仙姑的姓名道号，却是“一名痴梦仙姑，一名钟情大士，一名引愁金女，一名度恨菩提”，可见她们根本仍然还是苦海的陷溺者，“痴梦”“钟情”意谓着连天上仙女都不能做到梦醒忘情，那么世间女子又如何能够超然解脱？难怪就有仙姑专门担任了悲剧的传导工作，所谓“引愁”“度恨”的名号，清楚说明了她们是负责把悲剧带到人间的使者："引"是引起、引发、引致、引导之义，自是毫无疑问；"度"则是"度日、度命"而非"度脱、度化"的度，"度恨"意谓"在恨之中度过""维持着恨"而非"超脱恨"的状态，与"引愁"互文同义，都属于"痴梦""钟情"的结果。参照主殿宫门两旁所书的一副对联："厚地高天，堪叹古今情不尽；痴男怨女，可怜风月债难偿"，以及殿内"薄命司"两边对联所写的"春恨秋悲皆自惹，花容月貌为谁妍"，更证明了"引愁""度恨"正是"春恨秋悲皆自惹"的互文用法，而揭示"红颜薄命"的集体规定，其中的"花容月貌"者注定要"自惹春恨秋悲"，终身沉沦在"痴梦""钟情"的迷妄中。再配合太虚幻境"男女分工"的现象（见下文），可知仙姑们道号中所谓的"痴梦""钟情""引愁""度恨"，实为悲剧女性的集体共名，是概括女性苦难的总象征。[①] 这和

① 一般思考这个问题时，多以贾宝玉为中心、就具体人事进行索隐，恐怕与太虚幻境的本质不合。如刘心武认为，四仙姑的名字有两层隐喻含义：一是暗喻贾宝玉（以及所有少男少女）都要经历的人生情感四阶段，即先是"痴然入梦，沉溺于青春期的无邪欢乐"，然后"一见钟情，坠入爱河"；接着又因"少年色嫩不坚牢"，以致引来愁闷，甚至在大苦闷中沉沦；最后是"度恨"，即渡过胡愁乱恨的心理危机，迎来"成熟期的一派澄明坚定"。二是四仙姑又对应于对宝玉的命运具有重大关键作用的四个女性：林黛玉、史湘云、薛宝钗、妙玉。分见《春梦随云散》（北京：人民文学出版社，2002），页 25—26，以及《刘心武揭秘〈红楼梦〉· 第二部》（北京：东方出版社，2005），页 14—27。此外，另有学者认为，四名仙姑的命名暗含了贾宝玉一生中具体的四次情爱历程（或曰变化）："痴梦"实指他的梦遇可卿，并引为千古情人；"钟情大士"则指他的同性恋倾向，主要以秦钟为代表；"引愁金女"则是"木石前盟"的爱情故事，以及随之而来的与"金玉良缘"的感情纠葛；"度恨菩提"则暗示他"情极之毒"后的"悬崖撒手"。见胡祖平：《太虚幻境四仙姑隐喻含义新论》，《红楼梦学刊》2005 年第 4 辑，页 204—214。

整座太虚幻境是为“警情”而建造[①]，正是完全合契的设计。

果不其然，红楼金钗中的两位代表人物，黛玉与宝钗，都直接与太虚幻境相关。第一回记载林黛玉的来历道：

> 有绛珠草一株……后来既受天地精华，复得雨露滋养，遂得脱却草胎木质，得换人形，仅修成个女体，终日**游于离恨天外**，饥则食蜜青果为膳，**渴则饮灌愁海水为汤**。只因尚未酬报灌溉之德，故其五内便郁结着一段缠绵不尽之意。恰近日这神瑛侍者凡心偶炽，乘此昌明太平朝世，意欲下凡造历幻缘，**已在警幻仙子案前挂了号**。警幻亦曾问及，灌溉之情未偿，趁此倒可了结的。

可见离恨天是黛玉的故乡，灌愁海水则是她维持生命的必需品，前往人间了结恩情债务时，也是到警幻案前挂的号。身为太虚幻境的资深居民，甚至入世为人后还可以回来叙旧，如幻境的仙子们所说：“姐姐曾说今日今时必有绛珠妹子的生魂前来游玩，故我等久待。”可见黛玉实为幻境中的女仙，是痴梦仙姑、钟情大士、引愁

---

① 见脂砚斋眉批云：“菩萨天尊皆因僧道而有，以点俗人，独不许幻造太虚幻境，以警情者乎”，页122。此所以透过第一回的甄士隐的昼寝与第五回贾宝玉的梦游，小说家一再提到“太虚幻境”牌坊两边的一幅对联：“假作真时真亦假，无为有处有还无”，从空间的规划来看，这比起转过牌坊后才是主殿宫门与殿内薄命司的两副“情孽”对联，属于更高、更本质、更具有统摄性的规范意义，是为“警情”的哲理性表述。

金女、度恨菩提的妹妹。

至于宝钗，身为“世俗人文主义”者，她是看起来最务实、也最人间性的一个儒家信徒了，然而她所服用的冷香丸，其药引子也是来自太虚幻境。据脂砚斋所说：

> 卿不知从那里弄来，余则深知是从放春山采来，以灌愁海水和成，烦广寒玉兔捣碎，在太虚幻境空灵殿上炮制配合者也。（第七回批语）

如此一来，她服用由灌愁海水和成的冷香丸，和林黛玉的前身“饮灌愁海水为汤”，岂非如出一辙？在红尘人世的性格分类里，这两个人也许有着本质上的明显差异，但从太虚幻境的角度而言，其实又根本是同路人，不但同样都有“放春”“灌愁”的悲剧来历，性格中也有异曲同工之处，未必是势不两立，因此学术界一直有关于“钗黛合一”的种种讨论，其中有一种说法就是黛玉在后期的成长变化下，性格特质逐渐趋近宝钗，双方在某种程度上成为一致。[①]这就更足以显示钗、黛二人的同质性。

至于其他的金钗们，除尤二姐、尤三姐这对姊妹之外，小说家并没有明确交代她们和警幻的关联，但既然被列入这座幻境的名册里，其间的隶属关系当然毋庸置疑。何况，警幻被称为“神仙姐

---

① 详参周蕙：《林黛玉别论》，《文学遗产》第3期（1988年6月），页86—94；欧丽娟：《林黛玉立体论——“变／正”“我／群”的性格转化》，《汉学研究》第20卷第1期，页221—252，收入《红楼梦人物立体论》，页49—118。

姐”，而黛玉被称为“神仙似的妹妹”（第三回），秦可卿说“我这屋子大约神仙也可以住得了”(第五回)，李纨在诗中歌颂元春为“神仙何幸下瑶台”（第十八回），惜春则被刘姥姥赞美“别是神仙托生的罢”（第四十回），其中除警幻之外，固然都是对女子美貌精秀的一般性欣赏用语，但也隐隐然呼应了全书预设的神话渊源，暗示这些金钗的不凡来历。而这些在人间受苦的女性，都在太虚幻境中有着一席之地，执行悲剧任务后，就会回返仙班，复归原位。

太虚幻境的建筑规划是一座主宫殿，进入二层门内，两边则有配殿，其中罗列着许多个房间，称为“司”。“司”这个字原本是主管、掌理之意，此处则是指“主管单位”，意指每一个房间都存放着某一类女性的档案资料。而每一司都涵盖了全天下的范围，即仙姑所言“此各司中皆贮的是普天之下所有的女子过去未来的簿册”，包括各省在内，例如宝玉进去参观的“薄命司”，一进入门来，“只见有十数个大橱，皆用封条封着。看那封条上，皆是各省的地名”，其中就包含了宝玉自己的故乡金陵，因此，虽然因为宝玉的个人关怀而只开了一个橱柜，其实举一可以反三，类推到其他全体。所以说，警幻仙姑确实是天下各种特殊女性的天上共主，而太虚幻境的配殿则通过分门别类，将天下所有的特殊女性广纳其中，形同一个庞大的档案资料库。

更精确地说，太虚幻境这座悲剧城堡中所收容安顿的都是不幸的女性。试看二层门内的两边配殿中用来安置女性的地方，分别是“痴情司”“结怨司”“朝啼司”“夜哭司”“春感司”“秋悲司”，各处名称上的“痴情”“结怨”“朝啼”“夜哭”“春感”“秋悲”，清楚指引了其中的女性是春夏秋冬循环不息、又朝朝暮暮夜以继日地悲哀哭泣。如此一来，悲剧不但是所有女性无所遁逃的集体命运，更是所有女性没有一刻能够卸下的重担，必须时时刻刻受到煎熬，这又该是何等惨烈的待遇！

所以说，宝玉虽然认定“山川日月之精秀只钟于女儿”，但同时也必须说，“山川日月之悲哀只钟于女儿”，因此，在薄命司后面的房间墙壁上，便悬着一副对联，写的正是：“幽微灵秀地，无可奈何天。”换言之，这个汇聚了“幽微灵秀”的地方，同时笼罩在整片“无可奈何”的天空下，而“无可奈何”就是灵秀女儿的天命，无所遁逃。

从而本质地说，太虚幻境不只是仙境的集大成，那只是表象而已；它还更是悲剧的集大成，一方面在空间上无边延伸，被离恨天、灌愁海、放春山、遣香洞所重重阻困，无法突围，另一方面又在时间上永恒延续，四季周流无一刻止息，的的确确是一座兼具美丽与哀愁的悲剧城堡。

（三）茶酒香：女性悲剧的象征物

在这一座悲剧城堡内部，还有各式各样对女性悲剧的暗示，从中透显出曹雪芹的各种巧思。

例如，警幻用来招待宝玉的茶、酒、香，可以说是三位一体的女性象征，而且是精华中的精华，呼应了簿册只选录“紧要者”的高标准。从出场的顺序来看，首先是嗅觉首当其冲，宝玉一进入房间中，就立刻闻到一缕幽香，竟不知其所焚何物。宝玉遂不禁相问，警幻冷笑道："此香尘世中既无，尔何能知！此香乃系诸名山胜境内初生异卉之精，合各种宝林珠树之油所制，名'群芳髓'。"显然，这并不是一般香炉里所点燃的香饼、香粉、线香之类，而相当于今天所提炼的精油，质地更精粹，香气也更浓郁，因此宝玉听了，自是羡慕不已。

接着大家入座后，小鬟捧上茶来，宝玉感到清香味异，纯美非常，因又问何名。警幻道："此茶出在放春山遣香洞，又以仙花灵叶上所带之宿露而烹，此茶名曰'千红一窟'。"然后是盛大的酒食筵席，宝玉因闻得此酒清香甘冽，异乎寻常，又不禁相问。警幻道："此酒乃以百花之蕊、万木之汁，加以麟髓之醅、凤乳之曲酿成，因名为'万艳同杯'。"宝玉称赏不迭。

这三种品物具有多重的功能，从名称上来看，脂砚斋已经提示其中透过谐音隐藏了悲剧的意义，"群芳髓"的"髓"谐音于"碎"，"千红一窟"的"窟"则和"哭"同音，"万艳同杯"的"杯"也是"悲"的同音字，于是它们暗示了"群芳""千红""万艳"——也就是所有的美好女子，都会面临"破碎""哭泣""悲哀"的命运。尤其是"千红一窟"的清茶，同样是"出在放春山遣香洞"，是太虚幻境的道地土产，更直接说明了它们与金钗们同一血脉的亲属关系。

更必须注意的是，"千红一窟（哭）"的茶与"万艳同杯（悲）"的酒两者皆以"水"为主成分，本就等同于以水为骨肉之女儿的化身；而"群芳髓（碎）"的香料，历来也都被用为美人的代名词，所谓的"软玉温香""国色天香"，都说明了美人在形貌之外的嗅觉譬喻，因此，不但黛玉曾被宝玉戏称为"香玉"（第十九回），众金钗之中也有一名为“香菱”者，“蕙香”也被视为“好名好姓”（第二十一回）。可以说，茶、酒、香这三者透过质地、视觉、味觉、嗅觉等全方位的感官之美把“少女”象喻化，与“群芳”“千红”“万艳”名实如一，所以确实是三位一体的女性象征。

此外，我们还应该注意到，这些悲剧象征物尚有一个流落人间的孪生品，那就是宝钗所服用的冷香丸。前面已经提到过，脂砚斋指出其药引子也是来自太虚幻境，所以必须说，“冷香”的意义，就和茶、酒、香的命名平行一致，“香”作为名词，等同于“群芳”“千红”“万艳”，也就是美好女性的代称；“冷”则是动词，是“碎”“哭”“悲”的另一种说法。因此，从命名方式与象征意涵而言，“冷香”正是“群芳髓（碎）”“千红一窟（哭）”“万艳同杯（悲）”的同义词。

茶、酒、香再加上冷香丸之后，女性集体悲剧的象征物才算完备，共同喻示了女性的集体悲剧命运。

（四）命运的簿册

每一位女性的悲剧宿命，都以神谕的方式登记在案，那就是警幻最先让宝玉过目的簿册。

当宝玉随警幻进入主宫殿的二层门内，见到两边配殿中的各司时，就引发了浓厚的兴趣，他向仙姑恳求道：“敢烦仙姑引我到那各司中游玩游玩，不知可使得？”仙姑道：“此各司中皆贮的是普天之下所有的女子过去未来的簿册，尔凡眼尘躯，未便先知的。”但因宝玉再四苦求，于是领他到薄命司中观览一番。

接下来的描写固然是每一位与贾府有关的女子的命运预告，但首先值得注意的是，一般说来，乐园中具有的是一种平等主义，因此享有不分贵贱高下的自由，然而太虚幻境却并非如此，它像人间世一样将金钗们分门别类，井然有序地安顿在自己的阶级位置上。每一司中的十数个大橱柜，呈现出太虚幻境对女性的一种认知系统，而这个认知系统和“封建”是分不开的，因为系统是由分类构成的，即使这些女性都是秀异特出之辈，但在太虚幻境中的分类依据，却完全是依照“贵贱等级”作为唯一标准，也就是人世间封建社会的身份伦理。试看其中一段描述：

> 宝玉问道：“何为‘金陵十二钗正册’?”警幻道：“即**贵省中十二冠首女子之册，故为‘正册’**。……贵省女子固多，不过择其紧要者录之。**下边二橱则又次之**。余者庸常之辈，则无册可录矣。”宝玉听说，再看下首二橱上，果然写着“金陵十二钗副册”，又一个写着“金陵十二钗又副册”。

由此已经可以见出，所谓的“正—副—又副”对应到空间上的“上—中—下”，也符合身份上的“上—中—下”。参照后面警幻对众神仙姊妹所说的：

> 先以彼家**上**、**中**、**下三等女子**之终身册籍，令彼熟玩，尚未觉悟。

再从警幻所定义的正册“即贵省中十二冠首女子之册”，此所谓“上等”的十二个人都是贵族女性，连很少出现的巧姐儿都在其中，这就很明显是以阶级身份而不是以对宝玉的重要性为划分原则，清楚说明了在各司之中，是依照身份上的贵贱等级决定橱柜的上下位置，以及各自的分册归属。

也是因为这个原因，晴雯、袭人都被归入“又副册”，而两人恰好都是“身为下贱”的女婢，此即所谓“下等”。香菱则属于“副册”，是原本出身良好、高高在上的千金，如脂砚斋所说的“香菱根基，原与正十二钗无异”（第一回夹批），却沦落为仆妾的特殊例子，介于贵贱之间，因此不属于“又副册”的女婢，但也无法上升到正册，只好放在两者之间不上不下的副册，此所谓“中等”。若将各册之分类情况与人物归属表列以观，将更为清晰：

正册 —— 上等 —— 薛宝钗、林黛玉、贾元春、贾探春、史湘云、妙玉、贾迎春、贾惜春、王熙凤、巧姐、李纨、秦可卿

副册 —— 中等 —— 甄英莲（香菱）

又副册 —— 下等 —— 晴雯、袭人

如此便显示出《红楼梦》对于礼法制度中的贵贱身份信守不渝，因此并没有依循贾宝玉的观点进行等级的安排，正合乎脂批所说的“礼法井井”（第三十八回批语）。这也可以看出曹雪芹并没有反封建的意图，相反地，即使在离开现实处境到了超越人世、可以不受社会法则管辖的仙界时，也依然遵守封建等级的排序，把这些他所热爱关怀的女子分为贵贱三等，这就是我们在《大观红楼 1》中，

主张《红楼梦》并不反封建礼教的另一个证明。

对于这“正—副—又副”的三册天书到底包含了哪些女子，一直是很多读者好奇探究的问题。小说中只对正册的十二位金钗有完整的交代，此外，第五回中也只看到副册的甄英莲(也就是香菱)，还有又副册的晴雯、袭人两个而已。如果从“正—副—又副”的三册就是“上—中—下”的三等，而脂砚斋对第一回的“炼成高经十二丈”“方经二十四丈”分别批道“总应十二钗”“照应副十二钗”，可见“十二”为一特定单位，每一等都包括十二个金钗，则太虚幻境薄命司中应该有三十六个女子。不过，第十八回脂砚斋的眉批又说：

> 树（前）处引十二钗总未的确，皆系漫拟也。至末回警幻情榜，方知正、副、再副及三〔四〕副芳讳。壬午季春，畸笏。

可见不只第五回有分册的图谶，曹雪芹在未完稿的末回还设置了一个“情榜”，把返回太虚幻境的女子们按“身份”的贵贱高下与“情”的浅深广狭加以排列，并且在分类上又增加“三副、四副”，总共五个等级。若依照正册有十二个女子的规划，那么全部就会有六十个女子。

当然，“情榜”的这个构想也是受到了传统文化与文学的影响，明清时代很流行这一类的榜单，根据学者们的研究，包括章回小说中《水浒传》的石碣“忠义榜”、《封神演义》的“封神榜”、《儒林外史》的“幽榜”、《镜花缘》的“无字碑”，以及冯梦龙的《情史》[①]，甚至社会风习上还有品评妓女的花榜、士大夫梦想的天界的科举所形成的“天榜”[②]，都可能是这个情榜的灵感来源。重要的是，无论这些女子位在何处，既然是“千红一窟（哭）”“万艳同杯（悲）”，她们都同样注定要面对悲剧。至于是怎样的悲剧，就分别透过个人的专属图谶一一给予暗示，这就是针对十五位女子、总共十四个图谶的功用。

所谓的图谶，就是有图、有文字，互相搭配，彼此补充；而图案其实也是文字的延伸，透过它所呈现的物品名称与状态描述作为线索，和文字一样都发挥符号的指引功能。也就是利用中文字单音单形的独特性，发展出不少暗示的手法，以下举几种来一窥其中奥妙：

1. 谐音法

这是最常见的一种，也应用在“群芳髓（碎）”“千红一窟（哭）”“万艳同杯（悲）”的命名上。此外，在个别人物的判词中，则有：

(1)“席”之于“袭”

这是袭人的图谶，图上“画着一簇鲜花，一床破席”，

---

① 参周汝昌：《红楼梦与中华文化》（台北：东大图书公司，2007），页238—241；周汝昌：《红楼小讲》（北京：中华书局，2007），第9讲，页40—42；〔日〕伊藤漱平：《金陵十二钗と‘红楼梦’十二支曲（觉书）》（《金陵十二钗与〈红楼梦〉十二支曲——札记》），《人文研究》第19卷第10分册（1968年3月），页7—20。

② 〔日〕合山究：《〈红楼梦〉与花》，《红楼梦学刊》2001年第2辑，页134。

其中利用同音的关系，以“席”暗示袭人的“袭”。于此要特别提醒的是，破席的“破”是用来呼应薄命司的“薄命”，绝不是用来贬低人格的，这是所有判词在制作上的统一原则，袭人的也不例外。所以判词中说她是“温柔和顺，似桂如兰”“堪羡优伶有福”，都是赞美袭人的人品贤淑，而“枉自温柔和顺，空云似桂如兰”的“枉自”“空云”都是指“公子无缘”，对宝玉没能与这样美好的袭人厮守终身表示惋惜，读者万万不可以自己的成见加以曲解。

(2)“玉带林”之于“林黛玉”

这是钗黛合一的共同图谶，图上“画着两株枯木，木上悬着一围玉带”，“玉带”颠倒过来就是“黛玉”的谐音；尤其判词中说“玉带林中挂”，“玉带林”三个字颠倒过来就是“林黛玉”，意思更清楚。

(3)“雪”之于“薛”

同样在钗黛合一的图谶上，图上又画了“一堆雪，雪下一股金簪”，判词也说“金簪雪里埋”，“雪”都是“薛”的谐音，暗示画主是薛宝钗。

(4)“弓”之于“宫”，“橼”之于“元”

这是元春的图谶，图上“画着一张弓，弓上挂着香橼”，暗示嫁入宫中的元春。

(5)“完”之于“纨”

这是李纨的图谶，判词中说“桃李春风结子完”，其中就隐藏了“李纨”名字的谐音。

(6)“秦”之于“情”

这是秦可卿的图谶，判词中说“情天情海幻情身，情既相逢必主淫”，四个情字都是“秦”的谐音，强化了秦可卿在“淫欲”上的命运特点。

2. 拆字法

也就是把几个字组装成为某个单一文字。

(1)“两地生孤木”之于“桂”

这是香菱的判词，所谓“自从两地生孤木，致使香魂返故乡”,“两地生孤木”意指一个木字再加上两个地，而“土地”是同义复词，“地”可以用“土”字代替，于是一个木再加上两个土，组合起来就成为桂花的“桂”字，所以在图上也“画着一株桂花”，可以加强组合时的正确性。判词的意思是自从夏金桂被薛蟠娶进门以后，香菱就会被折磨至死，就此一暗示来说，高鹗的续书是不符合曹雪芹原意的。

(2)“两株枯木”之于“林”

这是钗黛合一的共同图谶，图上“画着两株枯木，木上悬着一围玉带”，“两株枯木”暗示着两个孤立的“木”字，组合起来就是林黛玉的“林”字。

(3)“凡鸟”之于“凤”，“人木”之于“休”

这是王熙凤的图谶，图上画的“是一片冰山，上面有一只雌凤"，判词则说"凡鸟偏从末世来，都知爱慕此生才。一从二令三人木，哭向金陵事更哀"，"凡鸟"两个字合起来就是"凤"，"人木"合起来则是"休"，意思是王熙凤最后会被休，回到金陵娘家。

3. 别名法

(1)"晴雯"之于"霁月彩云"与"乌云浊雾"

在晴雯的图谶上，是"画着一幅画，又非人物，也无山水，不过是水墨滃染的满纸乌云浊雾而已"，判词上写的几行字迹，则是"霁月难逢，彩云易散"。其中，"霁月"的"霁"就是"晴"，指的都是雨雪停歇、天气放晴，所以有"雪霁天晴"这个成语；而"乌云浊雾"和"彩云"的云与雾，都是"雯"的别名，因为它们都属于水气的形状，也都从雨字的部首，可以看出它们的同类关系。于此必须特别补充的是，图上"又非人物，不过是水墨滃染的满纸乌云浊雾"的画面，当然不是批评晴雯污浊低劣、不是人，而是像袭人的"破席"一样，"乌""浊"和"破"都是"薄命"的象征用法，与人格评断无关。

(2)"香菱"之于"莲荷"

在香菱的图谶上，画的是"下面有一池沼，其中水涸泥干，莲枯藕败"，后面的判词则说："根并荷花一茎香，平生遭际实堪伤。"这是以近似律把同为水生植物的荷花、莲花、菱花彼此相关，也与香菱原名"甄英莲"等同。

(3)“宝钗”之于“金簪”

在钗黛合一的图谶上，包括图画上的“雪下一股金簪”，以及判词中的“金簪雪里埋”，“金簪”这个词都是“宝钗”的同义词，作为女性头发上的华贵首饰，“金簪”与“宝钗”具有别名的关系。

还有其他的暗示手法，都必须放在整个判词中，才能看出这些女子的完整命运，请参考《大观红楼 1》中的第六章“作者的塔罗牌：‘谶’的制作与运用”，这里就不一一说明了。

第五回太虚幻境中的这些人物图谶所暗示的悲剧命运，在整部小说中也不断地获得呼应，尤其是第二十二回的灯谜诗，等于是正册判词的直接补充。我们只说到“正册”，因为那是贾府家眷的聚会场合，只有千金小姐才是节庆的主角，所以没有正册之外身份的人物参与作诗。而几位金钗所作的灯谜，谜底的物件都带有不祥的性质，大家长贾政一一猜出谜底之后，心中不禁沉思道：“娘娘所作爆竹，此乃一响而散之物。迎春所作算盘，是打动乱如麻。探春所作风筝，乃飘飘浮荡之物。惜春所作海灯，一发清净孤独。今乃上元佳节，如何皆作此不祥之物为戏耶?”心内愈思愈闷，因在贾母之前，不敢形于色，只得仍勉强往下看去。只见后面写着七言律诗一首，却是宝钗所作，随即念道：

朝罢谁携两袖烟，琴边衾里总无缘。

晓筹不用鸡人报，五夜无烦侍女添。

焦首朝朝还暮暮，煎心日日复年年。

光阴荏苒须当惜，风雨阴晴任变迁。

贾政看完，心内自忖道："此物还倒有限。只是小小之人作此词句，更觉不祥，皆非永远福寿之辈。"想到此处，愈觉烦闷，大有悲戚之状，因而将适才的精神减去十分之八九，只是垂头沉思。随后奉贾母之命退出宴席回到房中，这些不祥之感仍挥之不去，只是思索，翻来覆去，竟难成寐，不由伤悲感慨，不在话下。

由此可见，如果把第五回的图谶和第二十二回的灯谜诗合观，就更能清楚掌握每一个重要女子的悲剧形态。

奇特的是，警幻这位主管爱与美的女神，并没有像大母神一样，帮助她的子民躲过现实生活的枪林弹雨，在这个多灾多难的尘世间好好活下去；相反地，在她麾下的所有女子都被判处了无期徒刑，乃至死刑，也在她的监管之下一一走上悲剧之途。而罪名是什么呢？恰恰正是她所赐给这些女子的"爱"与"美"——第五回《红楼梦曲》中〔好事终〕所说的"擅风情，秉月貌，便是败家的根本"，指的虽然是秦可卿，其实也可以扩大到大部分的世间女性，意谓着"美"是女性的原罪，而"爱"则为女性带来生命的危机，不但黛玉从前身到今世都与"眼泪"与"死亡"相伴，其他列名于簿册中的金钗们又何尝不是如此？尤二姐、尤三姐这对姊妹都因为绝色而受到男性的狎弄，最后也因为爱而惨遭丧命，更是典型。此外，妙玉是"到头来，依旧是风尘肮脏违心愿"，即使身为脱离红尘的出家人，美丽仍然为她带来了可怕的灾难；宝钗、李纨、湘云则是守寡度过漫漫一生，都属于"金簪雪里埋"；而年纪轻轻就面对死亡的，更是族繁不及备载，并且死亡方式林林总总，除了女儿痨之类的重病外，还包括上吊、自刎、投井、吞金、触柱，以及被虐致死，令人怵目惊心。

其中，惜春是唯一主动以出家避免了这些灾难的，但她的出家其实并非出于智慧的超脱，反而是因为小小年纪就看到太多“爱”与“美”所带来的不堪，所以厌恶“爱”与“美”的人生而选择了逃避与放弃，如同她在灯谜诗中所宣示的“不听菱歌听佛经”，“菱歌”指的正是乐府诗中写男女恋情的菱歌莲曲，而“出家”就是她拒绝长大的方法。就这一点来说，“惜春”的“惜”字不是“珍惜”“惋惜”的意思，而是“吝惜”——也就是对青春的否定，由此形成一种非常特殊的悲剧类型。[①]

造成这些女性悲剧的原因，当然还要加上贵族末世所导致的“树倒猢狲散”，覆巢之下无完卵的道理也促使这些载入簿册的紧要女性都列名于薄命司，《红楼梦曲》的终曲则是简要地总结所有的命运类型，道是：

〔收尾·飞鸟各投林〕为官的，家业凋零；富贵的，金银散尽；有恩的，死里逃生；无情的，分明报应。欠命的，命已还；欠泪的，泪已尽。冤冤相报实非轻，分离聚合皆前定。欲知命短问前生，老来富贵也真侥幸。看破的，遁入空门；痴迷

① 详参欧丽娟：《“无花空折枝”——〈红楼梦〉中的迎春、惜春探论》，《台大中文学报》第34期（2011年6月），页349—394。

的，枉送了性命。好一似食尽鸟投林，落了片白茫茫大地真干净！

这些金钗或死去或离散，各奔前途也各有缘法，一一落实个人的不同命运，只留下“落了片白茫茫大地真干净”，正是贾府的终末写真。

三、“性别分工”：男女大不同

前面提到，金钗分册时是固守阶级身份上的贵贱等差，而其中所隐含的传统封建观念，也同样反映在“男女有别”上。意思是，实际上除这些女子之外，警幻所管辖的对象也包含了若干男性，而且在两性兼具的情况下，又表现出明显的性别分工。

从前文所谈到的种种现象，已经清楚呈现出“女性”，即使是、尤其是优秀女性，所面对的都是悲剧的命运；而警幻对这些登记在案的金钗们的命运，则是以预告与照章执行的方式让悲剧逐步完成，其中没有人为努力的空间，也就没有扭转命运的机会，因此都是超越界与形上智慧的绝缘体。但对于与她有关的少数男性则全然并非如此，她给这些男性的是“启悟与解脱”，甚且在点化的过程中还会积极介入给予帮助，试图改变他们的命运。

正如第一章中所指出的，一僧一道的性别分工，以及分别度脱的成败，清楚反映了男女大不同：由和尚所负责的甄英莲、林黛玉、薛宝钗，都是终身受苦的命运，也与其他金钗一样，都列入太虚幻境的薄命司；但是，相对于女性，《红楼梦》中的男性却拥有超脱的机会，以及悟道的成果，因此由道士所负责度化的男性，除了贾瑞是执迷不悟、咎由自取之外，甄士隐与柳湘莲都大彻大悟，豁然解脱。值得注意的是，即使是人品低劣的贾瑞，也得到了警幻所给予的挽救命运的机会，第十二回描写贾瑞即将因为过度纵欲而丧命时，专渡男性的道士及时送来一面“风月宝鉴”，递予贾瑞道：“这物出自太虚幻境空灵殿上，警幻仙子所制，专治邪思妄动之症，有济世保生之功。所以带他到世上，单与那些聪明杰俊、风雅王孙等看照。”如果切实地遵照道士的嘱咐，“千万不可照正面，只照他的背面”，就百分之百能够达到疗治疾病并且拯救性命之功效，而贾瑞的命运也会完全改变。

在这里，我们可以追问两个问题，并试着给予合理的解答，第一，警幻所处理的命运对象，为什么会有这样的“性别分工”？在隐含的性别偏见中，关键应该是：男性是社会运作的主体，更是家族的继承人，责任重大，所牵涉到的不只是个人的悲喜祸福而已，因此必须从群体大我的需要来考量，以至所动员的力道也最强大，警幻乃介入其中。第二，事实上几乎所有的读者都会质疑，贾瑞算得上是“聪明杰俊、风雅王孙”吗？如果单单从他敲诈勒索、色欲熏心、乱伦妄想的低劣人格而言，当然是不算；然而，显然这并不是小说家的定义，因为曹雪芹说得很清楚，道士将那一面“单与那些聪明杰俊、风雅王孙等看照”的镜子交给了贾瑞，这就等于认定贾瑞为“聪明杰俊、风雅王孙”。所以，我们不能以自己的感觉认知为标准，更不可以用自己的感觉认知去质疑曹雪芹。好的读者应该缩小自己，才能尽量贴近作者的世界，我们也应该放弃自己的成见，认真揣摩作者的认知系统，如此一来，将会找到一个可能的答案，那就是：也许曹雪芹还是从家世背景、血统出身来定义“聪明杰俊、风雅王孙”的，“王孙”一词本来就是来自家世血统的用语。

那么，贾瑞是否可以算是“王孙”呢？第十二回说“贾瑞父母早亡，只有他祖父代儒教养。那代儒素日教训最严，不许贾瑞多走一步，生怕他在外吃酒赌钱，有误学业”，贾代儒是和宁荣二公之子贾代善、贾代化同为代字辈的堂兄弟，属于贾府先祖的近亲嫡派，因此其孙子贾瑞与宝玉同辈，本身也是取了玉字旁的祧名，是广义的贾家子孙，祖孙两人也直接受到贾府的庇荫资助。但是，他们并不是寄生虫，靠着血缘关系占贾家的便宜，如第十回所写的“贾璜夫妻守着些小的产业，又时常到宁荣二府里去请请安，又会奉承凤姐儿并尤氏，所以凤姐儿尤氏也时常资助资助他，方能如此度日”；相反地，贾代儒是以真才实学成为宗族子弟们的知识导师，甚至为世人所重，虽然寒素，却地位崇高，第八回指出“贾家塾中现今司塾的是贾代儒，乃当今之老儒，秦钟此去，学业料必进益，成名可望”，就此来看，小说家为贾代儒所取的“儒”这个名字，正是配合这一点而刻意设计的。

可惜的是，父母双亡的贾瑞似乎并没有遗传到优良的品质，或者有却未曾被开发出来；再加上隔代教养的关系，贾代儒对贾瑞的教育只有严厉而没有慈爱，爱之深更责之切，并没有给予了解、关怀与诱导而真正改变贾瑞的心志，以致贾瑞的心灵在高压之下更加扭曲变形，甚至低劣不堪。第九回说：“贾瑞最是个图便宜没行止的人，每在学中以公报私，勒索子弟们请他；后又附助着薛蟠图些银钱酒肉，一任薛蟠横行霸道，他不但不去管约，反助纣为虐讨好儿。”心灵品格可以说是形同糟粕，终于无可救药地葬送在自己的欲望深渊里，道士专程送来风月宝鉴的苦心也就完全白费。总归而言，曹雪芹确实是以“血统出身”为度化男性的标准之一，因此可以算入“王孙”却绝非“聪明杰俊”的贾瑞才能拥有起死回生的机会，更证明了封建阶级意识对于理解《红楼梦》之必要性。

当然，比起贾瑞这个冒牌王孙，无论是家世背景还是人格品质都完全称得上是“聪明杰俊、风雅王孙”，并且也真正受益于风月宝鉴的，是小说的男主角贾宝玉。而宝玉和其他金钗们一样，也明确地与太虚幻境相关，与警幻有着特殊的因缘，第一回清楚交代：

> 近日这神瑛侍者凡心偶炽，乘此昌明太平朝世，意欲下凡造历幻缘，已在警幻仙子案前挂了号。

如此便等于说宝玉也是来自太虚幻境的谪仙人，来到尘世与众金钗谱出各种悲欢故事。当然，这里会牵涉到“神瑛侍者”是否就是贾宝玉的争论，于此还是应该说明一下：从小说的结构与人物安排而言，“神瑛侍者”必须就是贾宝玉，之所以有人会有这种疑虑，是因为“神瑛侍者”与补天被弃的畸零玉石之间有一些小小的不一致，但这其实是无关紧要的细节出入；从小说叙事的整体结构而言，神瑛侍者势必是畸零玉石的另一化身，而叙事结构当然比小小的细节出入重要得多。

当此一畸零于天外的玉石欲下凡历劫之前，曾以自由之身至警幻仙姑处游玩，此时其身份一变而为神瑛侍者，如此始得以甘露之水对林黛玉之前身的绛珠仙草有灌溉之恩，最后才在警幻仙子前“挂了号”，由一僧一道引领至凡间受享繁华欢乐，并连带地引发绛珠仙草的入世以还泪偿恩，展开人间的另一段情缘。从整体的叙事结构而言，他们必须是同一的。唯有畸零玉石与神瑛侍者都是贾宝玉，才能与入世后的种种故事相符；更何况，人与玉石的合一可以有许多形式，不只是机械式的彼此等同，而可以是 1 + 1 = 1，且 1 + 1 的组合方式可以有许多形态，一并统摄于贾宝玉的整体人格内涵与个人命运上。

就此，应该仔细思考的是，绛珠仙草受恩于神瑛侍者，故欲以眼泪还他，而入世后的苦恋对象为贾宝玉，因此第五回《红楼梦曲》的〔终身误〕一阕说的是：“都道是金玉良姻，俺只念木石前盟。”第三十六回宝玉梦中喊骂的也是：“和尚道士的话如何信得？什么是金玉姻缘，我偏说是木石姻缘!”这就足以证明神瑛侍者与贾宝玉是二合一的。否则黛玉岂非还错了眼泪，白白枉死，而这一场爱情悲剧也就会沦为爱情闹剧了。

（一）家族继承人的命运

确定了这位“在警幻仙子案前挂了号”的神瑛侍者，便是下凡造历幻缘的贾宝玉，更证明警幻不但是众金钗的命运之神，同时也是担负了改变贾宝玉命运之责的女神。而贾宝玉的命运必须改变，正是因为贵族世家代代相传的永续目标，迫切需要一个能够延续家族生命的优秀继承人，宝玉就因此雀屏中选。

首先，第一回当那僧携带那颗畸零玉石“到那昌明隆盛之邦，诗礼簪缨之族，花柳繁华地，温柔富贵乡去安身乐业”时，脂批就指出这四句抽象指称分别隐伏了现实界的四个具体环境，而形成以下的对应关系：

昌明隆盛之邦——长安大都（天下荟萃的繁华京城）

诗礼簪缨之族——荣国府（富贵传流的百年世家）

花柳繁华地——大观园（人间仙窟）

温柔富贵乡——紫芸轩（怡红院）

所以说这是一个非比寻常的贵族世家，责任之重与传统之深，都不是一般中上阶级、更不是寻常的市井庶民所能想象的。因此，无论从家世背景还是人格品行等等任何一个角度来说，贾宝玉都是百分之百的“聪明杰俊、风雅王孙”。

在这样赫赫扬扬的家族中成长，不到十岁的贾宝玉在梦中回返前世故乡，于第五回神游太虚幻境，也再次遇到了美丽的仙姑警幻。对于这第二度的重逢，警幻清楚表示是刻意安排的，所谓“今忽与尔相逢，亦非偶然”，随后说得更明确，宝玉得以神游太虚幻境是出于宁荣二公所安排，并且具有攸关家业承续的严肃宗旨，可知其中大有深意。

该情节略谓：宝玉得以神游太虚幻境的契机，完全来自祖宗企望家道传承绵延无虞所采取的非常教育手段。透过引路使者警幻仙子的转述，我们知道她在要往荣府接绛珠（也就是林黛玉）生魂的路上，适从宁府所过，偶遇宁荣二公之灵，嘱托道：

> 吾家自国朝定鼎以来，功名奕世，富贵传流，虽历百年，奈运终数尽，不可挽回者。故遗之子孙虽多，竟无可以继业。其中惟嫡孙宝玉一人，禀性乖张，生情怪谲，虽聪明灵慧，略可望成，无奈吾家运数合终，恐无人规引入正。幸仙姑偶来，万望先以情欲声色等事警其痴顽，或能使彼跳出迷人圈子，然后入于正路，亦吾兄弟之幸矣。

故警幻乃发慈心引彼至此，“先以彼家上中下三等女子之终身册籍，令彼熟玩，尚未觉悟；故引彼再至此处，令其再历饮馔声色之幻，或冀将来一悟，亦未可知”。可见从家族的角度来说，宁荣二公之所以显灵委托警幻的原因，就是因为宝玉是唯一还有可能复兴家业的子弟，在“略可望成”的情况下必须作进一步的培育，以确保他能“入于正路”而“留意于孔孟之间，委身于经济之道”，全力担负起家族的重大使命，因此才专程安排了这一场特训。

可以说，宁荣二公把贾家的命运交给了警幻，也同时把宝玉的命运托付给警幻。然而，为什么是由仙姑来负责贾家与宝玉的双重命运呢？这实在是一个奥妙的问题，后面会多加解释。而在此，我们可以先指出，只有主管爱与美的女神，才最具有“以情欲声色等事警其痴顽”的条件，也最有能力打造出给“聪明杰俊、风雅王孙等看照”的那一面风月宝鉴，使那些陷溺不可自拔的王孙子弟得以“跳出迷人圈子”，这应该就是警幻作为宝玉等男性的命运之神的主要因素。至于被贾瑞错失的风月宝鉴，其实是以另一种形态出现在宝玉居住的怡红院中，也就是可以照出全身的那一面落地大镜子上，而且这面落地大镜更延伸为贾宝玉在富贵场温柔乡中虚实辩证、由迷而悟的整段历程，此所以第十二回脂砚斋的眉批说：风月宝鉴实“与红楼梦呼应”。“风月宝鉴”就是“红楼梦”。

换句话说，所谓的“风月宝鉴”是要透过风月之“迷”以求空破之“鉴”——透过对迷妄幻相的照亮以达到自我超越，仍然是归于启悟的宗旨，而贾瑞的白骨观只不过是一次简单的展现。在中国传统文化中，镜子早已不是单纯的日常用品而已，除了古镜可以治疗疾病，具有避恶染和惊鬼神以避邪祛灾的作用外，镜子以其“虚实并存相生”的特性，在中国传统哲学中早已被发展出对智慧的深刻譬喻，常可见取“镜”作为喻根，举其大端者，如《庄子·应帝王》所说的“至人之用心若镜”，慧能与神秀之间“心如明镜台”的诗偈，以及王阳明《传习录》的“圣人之心如明镜”等等说法，都可谓是“以镜喻心”说之各种不同展现。[①] 就此，饶具意义的是，佛教各种经典与论著以种种相当精致而复杂的譬喻来显现深奥的哲理，其中以“镜”喻空，是由于它容纳了有关“空”的种种复杂含义，因此更被佛教中人常常使用，他们认为，镜中反映的是假相幻象，照镜子的人“如同陷入虚假世界，为之发狂；其实这种幻相随其缘灭，

① 参 Julia Ching, “The Mirror Symbol Revisited: Confucian and Taoist Mysticism,” in Steven T. Katz, *Mysticism and Religious Traditions* (New York: Oxford University Press, 1983), pp. 226-246.

自然消失，镜中并无存相，终究永恒还是本原之‘空’”[①]。

如果风月宝鉴在贾瑞身上只是牛刀小试，以白骨观作一次简单的展现，那么在贾宝玉身上，这种对欲望幻象的破解过程就精微复杂得多，甚至构成了宝玉的人生主轴，也就是整部《红楼梦》所刻画描写的重心所在。

（二）度脱模式

让我们回到警幻仙姑身上，从第五回来看她如何运用“风月宝鉴”的启悟原理。

1.“劝百讽一”的道德劝戒

在受到宁荣二公“先以情欲声色等事警其痴顽，或能使彼跳出迷人圈子，然后入于正路”的嘱托后，警幻乃发慈心引领宝玉到太虚幻境，“先以彼家上中下三等女子之终身册籍，令彼熟玩，尚未觉悟；故引彼再至此处，令其再历饮馔声色之幻，或冀将来一悟”，而能够“改悟前情，留意于孔孟之间，委身于经济之道”。所谓的“经济”，是“经世济民”的简称，属于正统知识分子的重责大任与自我实践的崇高价值所在。

可以注意到，虽然两方的目的都是要让宝玉回归正路，不要沉沦于花花世界，但用来警醒宝玉使之觉悟的途径或手段，则是同中

---

① 参葛兆光：《中国思想史第一卷・七世纪前中国的知识、思想与信仰世界》（上海：复旦大学出版社，1999），页547。

有异：警幻是“先以彼家上中下三等女子之终身册籍，令彼熟玩”，然而对于簿册的有字天书，宝玉自然是如坠五里雾中，不知所云，因此觉得乏味，启悟功能并未奏效而宣告失败；接着警幻采取一种比用头脑思辨更直接的方式，那就是透过感官之旅，“令其再历饮馔声色之幻”，从饮食声色的欲望满足中取得解脱，于是与宁荣二公的方式殊途同归，走向了“欲望解脱”“以欲止欲”的奇特过程。

仔细考察宁荣二公与警幻仙姑所提供的感官之旅，分别是宁荣二公的“情欲声色”以及警幻的“饮馔声色”，总共包含了“饮馔”“声色”“情欲”这三种感官欲望的享乐项目。而果然，宝玉在神游太虚幻境的过程中，便是一一品尝这几种诱人的体验：“饮馔”是第一阶段，也就是口腹之欲的满足，而以“群芳髓”“千红一窟”“万艳同杯”这三种带有高度象征意义的嗅觉、味觉为代表；接下来在饮酒间，又有十二个舞女上场，经由警幻的指示，将新制《红楼梦》十二支仙曲演上来，载歌载舞，曼妙动听，这就属于视觉、听觉方面的“声色”部分。可惜宝玉对其中的种种悲剧暗示都无从领略，于是警幻提供了最后一种方式，也就是“情欲”的终极阶段。整个过程警幻概述得很清楚，依序是：“醉以灵酒，沁以仙茗，警以妙曲，再将吾妹一人，乳名兼美字可卿者，许配于汝。今夕良时，即可成姻”，目的是“不过令汝领略此仙闺幻境之风光尚如此，何况尘境之情景哉！而今后万万解释，改悟前情，留意于孔孟之间，委身于经济之道”，达到警幻破迷的开悟境界。

这样的做法虽然有着崇高神圣的目标，整个过程却有鼓励纵欲的嫌疑，与一般常理大不相同，结果是否能导向正途也更加无法保证，因此脂砚斋说："二公真无可奈何，开一觉世觉人之路也。"（第五回夹批）可见这真的是一种非比寻常的教育手段。而这种做法也并非《红楼梦》所独创，探本溯源，其实又是来自中国传统文化文学的集大成表现。

可以说，就"透过饮食声色的欲望满足以取得解脱"这样一种曲折而独特的启悟模式而言，至少吸收融合了两个源远流长的文学传统，其一是枚乘《七发》——汉赋史上最著名的作品之一。这篇赋中假设楚太子有病，吴客前去探望慰问，希望能疗治太子之病，但他认为"无药石针刺灸疗而已，可以要言妙道说而去之"，于是依序提出各种不同的感官享乐，用以刺激病恹恹的太子，希望其受到鼓舞而恢复活力。

吴客步步诱导太子改变生活方式，经过音乐、饮食、车马、游宴、田猎、观涛这六种享乐都无法奏效之后，最后便向太子引见方术之士，这位吴客压轴提出孔孟庄老等圣贤都信守遵奉的"天下要言妙道"，太子一听就振奋起来，扶着桌案起身，浑身出汗，竟因此霍然痊愈。

这篇辞赋在文学史上非常重要，因为它开启了一种道德劝戒的独特结构，也就是先以一般人最容易被打动的层面切入，大幅铺陈各式各样的感官享乐，所谓的"七发"就是指七窍所发的欲望，当诱惑享乐到达极致的时候再翻空一转，从更高的心灵层次与精神境界加以破除，而彻底豁免这些感官欲望的陷溺执着，所以刘勰《文心雕龙·杂文》说："枚乘摛艳，首制《七发》，腴辞云构，夸丽风骇。盖七窍所发，发乎嗜欲，始邪末正，所以戒膏粱之子也。"此一“始邪末正”模式，在汉代已经被称为“劝百讽一”“曲终奏雅”[1]，这是从比例上的极度不均衡而说的。也因此有人质疑，前面写了那么多的诱人乐事，最后再用单薄的道德言论来全盘推翻，是否真的可以发挥升华的劝戒效果？难怪扬雄认为这种做法风险很高，所带来的很可能是“劝而不止”[2]的反效果。

无论如何，对照宝玉在太虚幻境被招待了种种“饮馔声色”，目的却是“规引入正”，使他“跳出迷人圈子，然后入于正路”，这确实正是《七发》“发乎嗜欲，始邪末正”的写作程序，也同样都是要达到“戒膏粱之子”——也就是劝戒富贵子弟不要堕落的目标。由此可见，《红楼梦》的创作是建立在何其深远的文学传统上，曹雪芹就像所有的正统知识分子一样，对于传统经典文献娴熟在胸，左右逢源。

2. “空结情色”的叙事结构

除辞赋类的正统雅文学之外，明清时期开始兴盛的戏曲小说之类的俗文学，也进入文学史的视野中，滋养了创作的养料。宁荣二公和警幻用来点化宝玉的“先以情欲声色等事警其痴顽，或能使彼

---

① 太史公曰：“扬雄以为靡丽之赋，劝百风（讽）一，犹骋郑卫之声，曲终而奏雅，不已亏乎？”（西汉）司马迁：《史记》，卷117，页3073。

② 见《汉书·扬雄传》载：“雄以为赋者，将以风也，必推类而言，极丽靡之辞，闳侈巨衍，竞于使人不能加也，既乃归之于正，然览者已过矣。往时武帝好神仙，相如上《大人赋》，欲以风，帝反缥缥有陵云之志。繇是言之，赋劝而不止，明矣。”（东汉）班固：《汉书》（北京：中华书局，1995），卷87，页3575。

跳出迷人圈子，然后入于正路”的模式，还有着另一个来源，那就是明代戏曲小说所开展出来的“空结情色”的叙事结构，《金瓶梅》即为其中的代表作。

所谓“空结情色”，意指在“情色”的历程之后以“空”作结，最后的“空幻”会突显情色的虚妄，而情色的历程会促进“空幻”的体悟，终至达到悟道的境界。警幻所说的“令其再历饮馔声色之幻，或冀将来一悟”，正是这个结构与意义的反映。其中的逻辑，明代静啸斋主人《西游补答问》说得好：

> 悟通大道，必先空破情根；空破情根，必先走入情内；走入情内，见得世界情根之虚，然后走出情外，认得道根之实。[1]

又如清代刘廷玑就《金瓶梅》所说的：

> 欲要止淫，以淫说法；欲要破迷，引迷入悟。[2]

旨在透过“亲身体验”以产生领悟，因为生命的问题不是抽象的思辨所能解决的，道理容易懂更容易说，但世事是何等复杂难解，一旦亲身遭遇时，再高明奥妙的道理都不一定能帮助我们面对，如何实践运用也往往令人手足无措，常常是痛定思痛，然后才能有所领

---

① （明）董说：《西游补》（北京：文学古籍刊行社，1955），页1。

② （清）刘廷玑撰，张守谦点校：《在园杂志》（北京：中华书局，2005），卷2，第107条“历朝小说”，页84。

悟，也才产生面对的力量与超越的智慧。所谓的“爱过方知情重，醉过才知酒浓”，意思庶几近之。

经验可以带来智慧，虽然大多数的情况是徒劳无功，但确实只有通过亲身体验，从自我内在成长起来的体悟，才能解开生命的奥秘而获知答案，这时，人才会是自己真正的主人，出处进退的抉择才会有真正的力量。梦做得越深沉，醒得也越彻底，.那种虚无幻灭的悲空之感也最强烈，而使“跳出迷人圈子，然后入于正路”的最终目的成为可能。这就是这一类悟道模式之所以采取曲折路径，并且甘冒失败风险的原因。

3. “梦”的媒介

这种由迷而悟的过程与种种感受，特别和“梦”的本质相近，在梦境中可以尽情享乐，满足加官晋爵、飞黄腾达、娇妻美妾、锦衣玉食等等各种心理欲望；但在沉醉迷恋后豁然醒来，那万境归空的虚幻苍凉之感，又与悟道的境界相通。因此，“梦”一方面与感官情欲历历合一，一方面又在梦醒时分的终结时刻破除执迷，因此成为“空结情色”之类的悟道故事的最佳媒介。

进一步来看，从“梦”的本质而言，首先它是一种非理性的、潜意识的状态，古人对这一特点早就有所认识，诸如《尔雅·释训》说：

> 梦梦、訰訰，乱也。

郭璞注曰："皆闇乱。"邢昺又云："梦梦，昏昏之乱也。"[①]都是以昏、闇、乱之义训释梦。东汉许慎《说文解字》中也说：

> 梦，不明也。

段玉裁再补充说明道："许云不明者，由不明而乱也。"[②]从这些注解看来，都表现出与理性的、意识状态下的明晰性、条理性相悖的性质，而"不明"或"昏暗""混乱"正意谓着梦的本质。

对于梦境的这种不明、昏暗、混乱特性的原因，现代的精神分析已经给予破解，指出那正是梦的形成机制所造成，源自于潜意识特殊的表露途径。弗洛伊德（Sigmund Freud, 1856—1939）早已指出，梦本身代表着一种有违理性与日常生活的体验，能够使得人们潜藏在内心的欲望获得满足，它允许被压抑的本能冲动以在幻觉中实现的方式，于这些情境中获得实现。[③]这就是梦中往往可以邂逅女神、发生艳遇，却完全不受道德束缚的原因。也因此，从宋玉的高唐神女到宝玉的警幻仙姑，这些神女赋中的女神有很大的比例都是在梦境中出现，而有关梦的赋篇也可以翩然出现神女的倩影[④]，

---

① （东晋）郭璞注，（宋）邢昺疏：《尔雅注疏》，《十三经注疏》，卷4，页56。

② 见（东汉）许慎著，（清）段玉裁注：《说文解字注》，页315。

③ 参见（奥）西格蒙德·弗洛伊德著，汪凤炎等译：《精神分析新论》（台北：知书房出版社，2008），页51。

④ 另如徐干《喜梦赋》、缪袭《嘉梦赋》，都有如此的情节。见王德华：《唐前辞赋类型化特征与辞赋分体研究》（杭州：浙江大学出版社，2011），页184。

都是出于此故。

有趣的是，就“悟道”的模式与心理意义而言，被启悟者的启蒙阶段，其意义就是降入潜意识中，进入自己的心灵迷宫，找到性源能（Libido）或欲望深渊中的自我；作为试炼之路（The Road of Trials）的开展，也可以说是洗礼或遂愿阶段，它往往“密集在一个由梦幻、空想、如愿以偿及大自然潜藏力量所构成的‘下面’世界周围”，主人公经过“具有创造性的沉陷”，探身下界并寻求“某种形式的智慧或繁殖力”。[①] 这可以说是整个启悟过程中最丰富、最具象征意义的阶段，也恰恰是“梦境”的主要内容。

但梦境是会醒的，人终究必须回到由理性接管的世界，醒来后的回首怅惘，就呈现出梦的第二个特质：虚幻不实。从唐代的诗歌里，尤其是中晚唐时期，对于梦的这种虚幻感表达得既深刻又频繁，可以说是感慨万千，例如：

- 人生同大梦，梦与觉谁分。况此梦中梦，悠哉何足云。（白居易《和微之诗二十三首　和送刘道士游天台》）
- 壶中天地乾坤外，梦里身名旦暮间。（元稹《幽栖》）
- 浮生暂寄梦中梦，世事如闻风里风。（李群玉《自遣诗》）
- 已是梦中梦，更逢身外身。（澹交《写真》）

① 〔加〕诺思洛普·弗莱（Northrop Frye）著，吴持哲译：《神力的语言——“圣经与文学”研究续编》（北京：社会科学文献出版社，2004），依序见页258、317、260。

个人的身名、人生，乃至集体的家国、历史，都在梦的比喻里化为虚幻，其中甚至出现了“梦中梦”的体悟，等同于幻中幻、无中无，真是轻盈到没有重量、稀薄到并不存在，最令人唏嘘不已。

尤其是，作梦所需的真实时间很短，所以才会有“黄粱一梦”的故事和成语。唐代沈既济于《枕中记》这篇传奇小说中，描写卢生在邯郸旅店中梦入枕窍尽历一生的富贵荣华，醒来时厨灶上锅子里的黄粱仍未炊熟，推算起来不过半小时左右而已；而宝玉的神游太虚幻境，实际的时间甚至只有短短数秒，当时秦可卿在宝玉入睡前，吩咐小丫鬟们好生在廊檐下看着猫儿狗儿打架，但当宝玉到了梦醒时分，秦可卿仍在房外嘱咐小丫头们好生看着猫儿狗儿打架，忽听宝玉在梦中唤她的小名，因此才感到纳闷，可见作梦只在须臾之间。然则如此之短暂却容纳了无比丰富的经历，甚至可以涵括一生乃至家国历史，梦里梦外的极端反差便产生强大的震撼力，作为一种文学手法，于唐传奇中的悟道类小说早已加以使用而形成一种公式，如《枕中记》的“黄粱一梦”、《南柯太守传》的“南柯一梦”、《樱桃青衣》的精舍一梦，都是如此，也都可以溯及六朝《焦湖庙祝》所建立的雏形。

这种短暂却容纳丰富经历的特质，可以让人不必在走完一生的时候才获得解脱，因此可以说是达到启悟效果最经济的一种媒介：将内心的无数欲望、人生的种种追求都压缩在短时间的一场睡眠中，一旦从梦境醒来，便可以由虚幻不实感产生一种破除现实执迷的力量，于是成为“启悟”的最佳手法，也往往成为文学表现的一种绝佳隐喻。犹如晚明盘薖硕人对《西厢记》中《草桥惊梦》这一折所说的：

> 读《会真记》及白乐天所广《会真诗百韵》，俱是**始迷终悟，梦而觉也**。玩《西厢》至《草桥惊梦》，即可以悟：**以前情致，皆属梦境，河爱海欲，一朝拔而登岸无难者**。不然，即是书真导欲之媒，即已付之秦焰也可。[1]

"始迷终悟，梦而觉也"，意谓着从一开始做梦般的迷妄到梦醒后的觉悟，让人们在对比之下发现"以前情致，皆属梦境，河爱海欲，一朝拔而登岸无难者"，形成了以"梦"为喻的解脱模式，这也双双体现在《红楼梦》的书名和故事中。

（三）性启蒙

我们已经注意到，警幻这位主管爱与美的女神，用来启悟宝玉的感官欲望依序是"饮馔""声色""情欲"这三种，情欲作为最后的压轴，似乎比"饮馔""声色"更为重要，也许这是因为它的杀伤力最大，相对启悟的力道也最强，因此才会有"风月宝鉴"的制作与运用。于是宝玉被送至一香闺绣阁中，让融合了宝钗之鲜艳妩媚、黛玉之风流袅娜的兼美女神负担起实务层面，将警幻所秘授的云雨之术落实执行，宝玉的美梦也就走到巅峰。

必须说，这段情节安排并不是一般出于市场考虑所作的商业操

① （明）徐奋鹏：《盘薖硕人批本西厢记》（台北：广文书局，1982），页3。

作手法，也就是以刺激感官达到促销目的的“性消费”；而它所具有的极为严肃的意义，除了作为前面所说的“空结情色”的悟道结构之一外，还和人的“成长”密切相关，而且这一点是在中西方的文学文化中都可以看到的一种普遍基型。费德勒（Leslie A. Fiedler, 1917—2003）曾指出，在英美传统之外的欧洲文学，特别是德国、法国小说中，男主人公进入成年的启悟通常是以性的方式完成的[①]；事实上，警幻与兼美给予贾宝玉的“性启蒙”（sex initiation），也可以说是宝玉的启悟之始。

当然，既然这也是宁荣二公所指定的方式，其中就必然有家族的考虑在内。我们认为第一个考虑，是经过了这个启蒙仪式之后，男主人公就达到了性成熟，作为“成长”的必经步骤，“性成熟”的生理变化首先意谓着宝玉确定具备传宗接代的能力，足以承担家族传流、确保香火不息的基本任务。对这种上千人的世家巨族而言，“血脉传承”是最重要的一件事，而多子多孙更是必要，否则很难维持这么庞大的家务运作，并扩大家族的影响力。这也是何以贾家会产生“我们家的规矩，凡爷们大了，未娶亲之先都先放两个人伏侍的”（第六十五回）此一惯例的原因。尤其宝玉又是贾家子孙中唯一“略可望成”的人选，二公把所有的希望都放在他身上，如果他不能传宗接代，这个家族同样要走向灭亡，所以作为继承人，他的任务之一就是能够让世代延续。从这一角度而言，警幻所

---

① 见 Leslie A. Fiedler, “From Redemption to Initiation,”in *New Leader*, 41 (May, 1958), p. 22.

安排的“性启蒙”，使宝玉具备了继承人的基本资格，也是帮助宁荣二公培养宝玉的一大重点。

更重要的是，男孩“通过了性启蒙后，就变为成人”，在这个意义上，宝玉进一步象征性地“变成了父亲”，而拥有父亲的权力，如门德尔（Sydney Mendel）所指出的：“父亲的权力范围，可用几个不同层次来分析。例如，从文学层次来看，他简单地指出血肉之躯的父亲，可以享有财富、权力、名誉，和女人。”[①] 因此在启蒙仪式后，宝玉虽然还是少年，却给一群少女围绕着；他的“父亲”地位，更可从他认贾芸为干儿子（见第二十四回）来证明。由此，在接下来的大观园进驻仪式中，“作为园里唯一男性的住客，宝玉应被视为园的主人”，于是在担任这职位之前他要经过一个性的启蒙仪式。[②]

然而，若采取另一角度切入，性启蒙之所以关涉人的“成长”，还有其他的象征意义可供深入探究。

从普遍基型（archetype）而言，成长小说的主人公原型最早可以追溯到《圣经》中的人类祖先亚当和夏娃[③]，而正是在亚当和夏娃的故事中蕴含了一些重大主题，即：“原始朴真的消逝，死亡的

---

① Sydney Mendel, “The Revolt against the Father: the Adolescent Hero in *Hamlet and The Wild Duck*,”*Essays in Criticism* 14:2 (April, 1964), p. 177.

② 有关性启蒙与“父亲”权力的阐述，参陈炳良：《红楼梦中的神话和心理》，收入王国维等：《红楼梦艺术论》（台北：里仁书局，1984），页 319—320。

③ 芮渝萍：《美国成长小说研究》（北京：中国社会科学出版社，2004），页 111。

降临，以及对知识的首次有意识的体验。所有这一切都与性紧密相关。”[①] 据匈牙利心理分析人类学家吉扎·罗海姆（Géza Róheim, 1891—1953）所说：“在神话中，性成熟被视作一种剥夺了人类幸福的不幸，被用于解释尘世中为何会有死亡。”[②] 这恰恰解释了《红楼梦》中，把“情欲”与“死亡”“婚姻”与“不幸”结合为一的现象。

必须说，这种把“情欲”与“死亡”结合的情况，在《红楼梦》中普遍可见，例如第五回人物判词中，秦可卿的“秦”所谐音的“情”就与宁府的“淫”被彻底地放在一起，且又跟贾府的衰落相联系[③]，大观园的崩溃更是由绣春囊之入侵与暴露所揭发的性意识所启动；而宝玉对于女儿出嫁所表现出的强烈的忧心与抗拒，不也是因为与婚姻俱来的丧失童贞，注定会同时迫使“女儿”踏入“女人”那充满磨难的悲剧世界，从此在漫长的婚姻中受苦，甚至变成了死珠和鱼眼睛？而这种把“婚姻”与“不幸”相等同的逻辑，其实也和“性成熟”直接相关，因为在前现代时期，全世界普遍流行的做法，就是在女儿进入青春期之后不久就把她嫁出去[④]，则宝玉

---

① 〔美〕凯特·米利特著，宋文伟译：《性政治》，页 62。

② （匈）吉扎·罗海姆：《伊甸园》（Eden），载于《心理分析评论》（*Psychoanalytic Review*），第 27 卷，纽约，1940。引自〔美〕凯特·米利特著，宋文伟译：《性政治》，页 62—63。

③ 参〔挪威〕艾皓德（Halvor Eifring）著，胡晴译：《秦可卿之死——〈红楼梦〉中的情、淫与毁灭》，《红楼梦学刊》2003 年第 4 辑，页 252。

④ 〔美〕伊沛霞（Patricia Buckley Ebrey）著，胡志宏译：《内闱——宋代的婚姻和妇女生活》（南京：江苏人民出版社，2004），页 64。

如此之极力不愿意提到或想到女儿出嫁的话题，其实也是这种思维的反映。

换句话说，性成熟打破了儿童式的无知无识，宣告了童年原始朴真的死亡，而宝玉的性启蒙也确实让他脱离了真正无邪的童年乐园，进入一个承担成人的艰巨以及面临幻灭的痛苦的准备期。

当然，这个准备期很长，曹雪芹用数十万字来刻画整个过程，当最后“空结情色”的“空”来临之前，至少八十回以上的篇幅都是集中在“情欲声色”“饮馔声色”的各种经历上。而贾宝玉作为一个家族继承人，在沉重的压力下还要能当个“富贵闲人”，培养出“情痴情种”的独特性格，这就必须有其他的命运之神来协助，于是，神界的命运之神警幻随即交棒给俗界的命运女神，人间的大母神接着登场。

四、神俗二界命运女神的递接

可以说，第五回还是《红楼梦》这部宏伟的悲剧交响曲的序奏，警幻虽然打出了悲剧的讯号，但毕竟还有待于未来的验证，在每个人物的悲剧命运都实现之前，整部小说的重心还是集中在各式各样悲欢故事上。而这些故事，主要是青少年男女的故事，他们都还在成长中，也都还是在贵族家庭的羽翼之下受到庇荫。

至于有哪些母性人物展开温暖的双翼，护佑着他们，让他们享受着青春的美好？以闺阁世界来说，必然是握有某种权力的女家长，虽然她们身在男性中心的父权体制社会中，但并非注定只能扮演屈从的附属角色，由于文化的复杂性与权力的流动性，使得这些女家长在家庭内部拥有了治理权与决策权，成为稳定族群、维系家风甚至是主导发展的重要力量。从下一章开始，我们就要以年龄辈分为架构，逐一探索贾母、王夫人、元春这老、中、青三代的已婚女性，在贾府这个百年世家里各自以何种不同的力量发挥母神的功能，从而也对这三个受到严重忽略乃至负面苛评的人物重新加以认识，将其分所应得却不幸失落已久的母神桂冠还给她们。

第四章
贾母：爱与美的幸运之神

贾母是家族中的严君慈母，知识丰富，见闻广博，有眼光，有识见，品味超俗，展现出高度的贵族责任感。其风范影响了子子孙孙，维系百年的家风于不坠。

太虚幻境薄命司中，由警幻仙姑赐给了爱与美的少女们，在进入人间执行悲剧命运的初期时，首先是受到一位能够欣赏“美”、给予“爱”的大母神的庇护，从小获得健全的童年与欢乐的成长环境，在这短暂的美好时光中，得以葆有并培养那与生俱来的“天地山川之精秀”，从而焕发出璀璨的青春光采。这位大母神就是贾府中真正的大家长——贾母。

贾母是贾家这个百年家族的第二代，身为荣国公贾源的媳妇、贾代善的妻子，她来自贾、史、王、薛四大家族的史家，是史湘云的祖母级长辈，因此又称史太君。从她这一代开始，启动了贾、史二家的联姻关系，也交织出错综相连的家族集体命运。

作为贵族世家的第二代，贾母的青壮时期正当整个家族史中最辉煌的盛世，既可以免于第一代的筚路蓝缕、草创艰辛，家族的规模和运作方式又已经进入稳定期。若从世袭制度降等承爵的角度来说，更还在高官厚禄的初期阶段；而这时又还没有落入富不过三代的诅咒，可以说是最欣欣向荣的健全状态。接下来因为自身的修练，也因为上天的眷顾，使她能够长寿地迎接一代又一代的家族新成员，自己也逐步上升为晚辈所敬称的“老祖宗”，成为贾家的第一位母神。

当小说拉开序幕的时候，贾母一出场就是大约六十多岁的老人，因为过了几年到了第三十九回，贾母对刘姥姥问道：“老亲家，你今年多大年纪了？”刘姥姥忙立身答道：“我今年七十五了。”贾母便向众人道：“这么大年纪了，还这么健朗。比我大好几岁呢。”可见贾母这时应是七十出头的年纪。又经过数十回，时间过了几年，第七十一回写到“因今岁八月初三日，乃贾母八旬之庆”，于是举家为贾母筹办了盛大的八十寿庆。所以说《红楼梦》中的青春故事，都是在贾母大约七十岁到八十岁之间的晚年所展开的，而两者之间也确实具有直接的关系。

针对这一点，必须特别指出，贾母虽然是一位七八十岁的老人，但老人也是从年轻人逐渐累积岁月而形成的，没有谁一出生就是老人，也没有年轻人不会变成老人——除非他早死。一个老人也是一个人，一个独立的、特殊的个体，同样经历了童年的稚嫩淘气、少年的梦想憧憬，以及成年的奋斗历练，然后在这些经验的累积之下，再加上性格的自我塑造，才逐渐成为一个特定的老人——至于这个老人是怎样的人，如果说四十岁之后，人就必须为自己的长相负责，那么更应该说，一个老人的性格是可爱还是可厌，更是必须自己负责。

因此，虽然从青年到老人之间的距离，是由岁月所造成，但岁月是“拉开”青年和老人之间的距离，在双方之间造成隔阂、竖立屏障，还是因为有着一份过来人的懂得，因而更加慈悲与宽容，却要视各种情况而定，不能一概而论。也就是说，把老年人都当作是颟顸落伍保守的过去式遗迹，完全是一种简单到错误的成见，如同把年轻人一概视为纯洁、进步、理想的化身，是一种抽象到空洞的幻觉一样；事实是，年龄与心灵品质并不能画上等号，若有优良的心灵品质，一个人只会随着年龄日渐升华，人格愈加完善。成熟的、可爱的老人正是在岁月的淬炼下，累积经验与智慧，把年轻的飞扬转化为深厚沉稳，把炽热的燃烧沉淀为文火般持久的温暖，把追求扩张的版图变成绵延不息的力量，同样是推动世界运转的一分子。

如此优雅而睿智地老去，可以说是上天对一个人最大的祝福，而贾母就是这份祝福的绝佳体现。

一、昔日的少女

让我们完整地看一个人，从头说起。

（一）少女阶段：枕霞旧友

没有谁一出生就是老人，每一个人都是从儿童到青春年少然后成年，一路成长变化进入各个阶段，同样地，诞生在史家的贾母，当时并不是史太君而是史小姐、史姑娘，有着一段欢乐公主般的美好岁月。小说中一共有两次提到这段岁月中的少女故事，第一次是第三十八回记述众人到大观园中的藕香榭开办螃蟹宴，贾母向薛姨妈说道：

> 我先小时，家里也有这么一个亭子，叫做什么“枕霞阁”。我那时也只像他们这么大年纪，同姊妹们天天顽去。那日谁知我失了脚掉下去，几乎没淹死，好容易救了上来，到底被那木钉把头碰破了。如今这鬓角上那指头顶大一块窝儿就是那残破了。众人都怕经了水，又怕冒了风，都说活不得了，谁知竟好了。

这种死里逃生的惊险经验，正是少女的顽皮所导致，可见贾母也是从一个天真活泼爱玩的女孩子长大的。而即使因为这段家族典故，使得海棠诗社成立时，大家为史湘云取了“枕霞旧友”的别号，但真正的、第一代的“枕霞旧友”其实是贾母。

由于贾母出身于“阿房宫，三百里，住不下金陵一个史”（第四回），父亲是保龄侯尚书令史公，与贾府并列为护官符中的世家大族，因此她的顽皮溺水是发生在庭院深深的花园里，绝不是郊外的荒山野溪。实际上，成长于这样的家庭环境中，再如何的顽皮淘气，也都只是在各种规范下稍稍逾越而已，而在规范内的各种所见所闻，连声色娱乐都是高度艺术化的品味熏陶。例如第五十四回大家于元宵夜宴听戏时，贾母指湘云道：

> 我像他这么大的时节，他爷爷有一班小戏，偏有一个弹琴的凑了来，即如《西厢记》的《听琴》,《玉簪记》的《琴挑》,《续琵琶》的《胡笳十八拍》，竟成了真的了。

这段情节说明了少女时代的贾母，就已经在贵族世家的视野中见人所未见、闻人所未闻，因此培养出超凡脱俗的品评眼光，而这也成为她终其一生源源不断的美感来源，直到晚年，贾母都是一个懂得欣赏美、发现美的优雅女性。

当然，这样大家出身的少女，自非无拘无束的小家碧玉，最主要的教育化成还是女性品德的礼教涵养。正如同宝钗对黛玉所说的：

> 你当我是谁，我也是个淘气的，从小七八岁上也够个人缠的。我们家也算是个读书人家，祖父手里也爱藏书。先时人口多，姊妹弟兄都在一处，都怕看正经书。弟兄们也有爱诗的，也有爱词的，诸如这些《西厢》《琵琶》以及《元人百种》，无所不有。他们是偷背着我们看，我们却也偷背着他们看。后来大人知道了，打的打，骂的骂，烧的烧，才丢开了。（第四十二回）

同样地，这位“同姊妹们天天顽去”的史家小姐，在嫁入贾府当媳妇之前，应该就已经受到“打的打，骂的骂”的管束，而收敛顽皮的天性和淘气的生活，从稍稍逾矩到中规中矩，成为动静合宜的大家闺秀，为未来的婚姻做准备。这个大幅转变的过程，和宝钗乃至黛玉都是如出一辙。

（二）少妇阶段：凤姐的进阶

尤其在嫁入贾府后，这位从顽皮淘气到大家闺秀的史家小姐更加历练出治家的超绝干才，以最精明干练的凤姐作为参照系，我们就可以了解贾母的非凡才智。犹如第十三回贾珍谈到凤姐时，笑道："从小儿大妹妹顽笑着就有杀伐决断，如今出了阁，又在那府里办事，越发历练老成了。"然而这种透过办事所带来的"历练老成"，固然让凤姐成为小说中最具魅力的人物之一，但相较于同一年龄的贾母却是稍嫌逊色，贾母的干练可想而知。第三十五回说：

> 宝钗一旁笑道："我来了这么几年，留神看起来，**凤丫头凭他怎么巧，再巧不过老太太去**。"贾母听说，便答道："我如今老了，那里还巧什么。**当日我像凤哥儿这么大年纪，比他还来得呢**。他如今虽说不如我们，也就算好了。"

算起年龄来，从第六回刘姥姥所说："这凤姑娘今年大还不过二十岁罢了，就这等有本事，当这样的家，可是难得的。"可以推知凤姐这时是二十多岁，也吻合当时的婚嫁年龄。学者的研究指出，在盛清时代江南地区的精英家庭里，丈夫与妻子的平均年龄差距不大，大约三岁左右；精英家庭的女孩大多在十七到十八岁之间出嫁，男孩的婚龄则稍微晚一点，为二十或二十一。[①] 因此二十岁的王熙凤已经是生了一个女婴的少妇，由此也才有恰当的身份当家理事，并以卓越的能力成为王夫人的最大帮手。

但从贾母的说法来看，她二十出头的时候比起凤姐的聪慧干练已经是有所过之，在这个基础上，再经过三代、数十年之久的长期累积，那就更是到了炉火纯青的境界。第四十七回中贾母对自己在贾家的一生概括说道：

> 我进了这门子作重孙子媳妇起，到如今我也有了重孙子媳妇了，连头带尾五十四年，凭着大惊大险千奇百怪的事，也经了些。

"五十四年"远远超过凤姐的约略"五年"，所面对处理的"大惊大险千奇百怪的事"，也有很多是凤姐还一无所知的，这就难怪"凤丫头凭他怎么巧，再巧不过老太太去"。因此，我们又可以看到另一个例子，第四十回凤姐把银红色的"软烟罗"（又叫做"霞影纱"）的纱罗误认为蝉翼纱，贾母听了笑道：

> "呸！人人都说你没有不经过不见过，连这个纱还不认得

---

① Ted A. Telford, "Family and State in Qing China: Marriage in the Tongcheng Lineages, 1650-1880,"in Institute of Modern History, Academia Sinica, eds., *Family Process and Political Process in Modern Chinese History*, vol. 2. (Taibei: Institute of Modern History, Academia Sinica, 1992), p. 686.

> 呢，明儿还说嘴。”薛姨妈等都笑说：“凭他怎么经过见过，如何敢比老太太呢。老太太何不教导了他，我们也听听。”凤姐儿也笑说：“好祖宗，教给我罢。”贾母笑向薛姨妈众人道：“那个纱，比你们的年纪还大呢。怪不得他认作蝉翼纱，原也有些像，不知道的，都认作蝉翼纱。正经名字叫作‘软烟罗’。”凤姐儿道：“这个名儿也好听。只是我这么大了，纱罗也见过几百样，从没听见过这个名色。”贾母笑道：“你能够活了多大，见过几样没处放的东西，就说嘴来了。”

凤姐如此之见多识广，年纪轻轻就已经“纱罗也见过几百样”，固然是傲视群伦的杰出人才，使得评点家赞美道：“读之开拓无限心胸，增长无数阅历。”[①] 但一到了贾母面前，立刻就相形见绌，暴露出见识的不足。虽然这是年纪尚轻所造成的非战之罪，但也清楚显示年龄阅历对开拓视野增广见闻的相关性，经过三代、数十年之久的长期累积，鬼灵精的凤姐就只能瞠乎贾母之后了。

而宝钗所观察到的“凤丫头凭他怎么巧，再巧不过老太太去”，其实是众人的一致共识。第七十一回描写贾母生日时，族中子侄辈前来祝寿，贾母独见喜鸾和四姐儿生得又好，说话行事也与众不同，心中喜欢，因命凤姐留下喜鸾、四姐儿玩两日再去。不久忽想起一件事，忙唤来一个老婆子，吩咐她：“到园里各处女人们跟前嘱咐嘱咐，留下的喜姐儿和四姐儿虽然穷，也和家里的姑娘们是一

---

① （清）野鹤：《读红楼梦札记》，一粟编：《红楼梦资料汇编》，卷3，页287。

样，大家照看经心些。我知道咱们家的男男女女都是‘一个富贵心，两只体面眼’，未必把他两个放在眼里。有人小看了他们，我听见可不依。”鸳鸯亲自到大观园传达此训之后，

> 这里尤氏笑道：“**老太太也太想的到，实在我们年轻力壮的人捆上十个也赶不上**。”李纨道：“**凤丫头仗着鬼聪明儿，还离脚踪儿不远**。**咱们是不能的了**。”

李纨固然是赞美凤姐出类拔萃，所以还可以赶上贾母后面几步路，其他人都是望尘莫及，却也证明了贾母比起凤姐更胜一筹。因此，贾母虽已退位不问家务，却仍然对凤姐的性格与行事作风了若指掌，一再宣说“他是我们这里有名的一个泼皮破落户儿，南省俗谓作‘辣子’，你只叫他‘凤辣子’就是了”（第三回）、“凤丫头成日家说嘴，霸王似的一个人”（第四十四回），连凤姐偶尔要弄的小小心机都逃不过贾母的法眼。第三十五回就写了一段有趣的插曲，当时宝玉挨打后想喝制程烦琐费工费时的荷叶汤，凤姐便假公济私，吩咐厨房多做一些让大家品尝，借机做人情，贾母立刻当场加以点破，说道：“猴儿，把你乖的！拿着官中的钱你做人。”逼得凤姐承诺自掏腰包，也守住公款。如此一来，有一次凤姐说“老祖宗只有伶俐聪明过我十倍的”（第五十二回），便绝不只是单纯的奉承话而已。

贾母年轻时的精明干练比起凤姐更有过之，并且到了晚年也未曾随着身体的老化而减退，不但仍然宝刀未老，还因为更多的人生

体验而越发灵动通透，只不过在岁月的熟成之下已经不需要尖锐的锋芒处处显耀，而是“深水静流”，只在关键时刻绽放智慧。

最令人感动的是，这颗经历过“大惊大险千奇百怪的事”之后的心灵，并没有因此长出了厚茧而麻木不仁，却是打磨得更加玲珑剔透、收放自如；虽然不再是“当时年少春衫薄”的大喜大悲，却拥有了点滴在心的冷暖自知以及“何妨吟啸且徐行”的淡定。那波澜起伏的人生教会人们珍惜既有的，不强求无可奈何的，对于命运所给的一切能够坦然面对与豁达放下，在可以着力的地方用心尽力，其他的缺憾则还诸天地。也因此，当传来甄府抄家的噩耗时，更让贾母对当下的“中秋佳节”尽情把握：

> 贾母歪在榻上，王夫人说甄家因何获罪，如今抄没了家产，回京治罪等语。贾母听了正不自在，恰好见他姊妹来了，……贾母点头叹道：“咱们别管人家的事，且商量咱们八月十五日赏月是正经。”（第七十五回）

从表面上来看，对于来往亲厚的世交遭遇到抄家治罪的天大灾难如此之反应冷淡，似乎中秋赏月比起抄家治罪还要更重要，显得有违常理；实则这并不是无情，贾母只是懂得放下无法改变的，不作无益之悲，而及时地努力把握眼前手上既有的，近乎美国神学家尼布尔（Reinhold Niebuhr, 1892—1971）的《宁静祷文》（Serenity Prayer）所言：

“史太君”，《程甲本红楼梦》，中国国家图书馆藏品。

神啊，请赐给我宁静去接受我不能改变的；赐给我勇气去改变我能改变的；并且，赐给我智慧去分辨这两者。

而贾母的智慧自能清楚分辨“能改变”与“不能改变”的，也有足够平衡的心态去接受重大的打击甚至无可改变的灾难，因此很快地便泰然处之，脂砚斋也正是从这个角度说道：

贾母已看破狐悲兔死，故不改已（往），聊来自遣耳。（第七十五回批语）

贾母不让自己陷入一开始听到甄家事故时所产生的不自在中，而改变注意力，转向凝视中秋的皎洁月亮，以驱散满天的黑暗，这又和宝钗对尤、柳事件的反应如出一辙。

第六十七回载其事云：当尤三姐情困自刎而香消玉殒，柳湘莲情悟挥剑而去发出家之讯息传来时——

宝钗听了，并不在意，便说道：“俗语说的好，‘天有不测风云，人有旦夕祸福’，这也是他们前生命定。前日妈妈为他救了哥哥，商量着替他料理，如今已经死的死了，走的走了，依我说，也只好由他罢了。妈妈也不必为他们伤感了。倒是自从哥哥打江南回来了一二十日，贩了来的货物，想来也该发完了。那同伴去的伙计们辛辛苦苦的，回来几个月了，妈妈和哥哥商议商议，也该请一请，酬谢酬谢才是。别叫人家看着无理似的。”

这段情节的重点在于，死者不能复生，出家的人也是断线的风筝，个人的缘法决定了不同的道路，无人可以强求加以扭转，更不必跟着一起陪葬，于是把心力放在好好照顾活着的人，不亏待身边的亲友，也为他们创造更完善的缘法，这是一种超脱出单一对象而从群体大局的视野所作的处理。宝钗所服用的冷香丸，就隐含了这个象征意义，如同脂砚斋所说：

> **历看炎凉，知看甘苦，虽离别亦能自安**，故名曰冷香丸。（第七回批语）

所谓的“虽离别亦能自安”，恰恰呼应了宝钗所写《临江仙·咏柳絮》这一阕词所说的“万缕千丝终不改，任他随聚随分”，展现出历尽风霜之后对生离死别、沧海桑田的豁达稳定。而既然对于炎凉甘苦能有坦然面对的淡然，则性格中也就会有一种起伏如一的坚毅。虽然贾母受到举家上下的唯命是从，并没有太多机会表露出这一点，小说中却极为意味深长地让我们看到贾母既可以养尊处优，也能坚忍不拔的那一面。

第七十六回描写中秋夜贾府阖家于大观园赏月，直至夜半四更，相当于今天的凌晨一点到三点。王夫人劝贾母回房安歇，贾母还不肯信，说：

"那里就四更了？"王夫人笑道："实已四更，他们姊妹们熬不过，都去睡了。"贾母听说，细看了一看，果然都散了，只有探春在此。贾母笑道："也罢。你们也熬不惯，况且弱的弱，病的病，去了倒省心。只是三丫头可怜见的，尚还等着。你也去罢，我们散了。"

可见千金小姐大多"弱的弱，病的病"，禁不起风霜也不堪一击；而所谓的"你们也熬不惯"更显示出缺乏锻炼的韧性不足，比不上年事已高的贾母。由此说来，还在现场撑到最后一刻的探春，以及回家团圆缺席不在场的宝钗，就可以说是"熬得过"的砥柱人物。探春作为贾府末世的栋梁之才，与宝钗一起协理大观园能如此之有声有色，正是来自于这样的坚毅性格。

然而，纵使都是"历看炎凉，知看甘苦"，比起丧父的宝钗来，贾母毕竟经历过更多的离别沧桑，虽然在智慧的升华之下可以坦然自若，但在某些极少数的脆弱时刻仍然会触景伤情，而流露出沉埋心底的愁绪。同样在第七十六回阖家于中秋赏月时，贾母就很罕见地流露出这一面：

（贾母）因见月至中天，比先越发精彩可爱，因说："如此好月，不可不闻笛。"……只听桂花阴里，呜呜咽咽，袅袅悠悠，又发出一缕笛音来，果真比先越发凄凉。大家都寂然而坐。夜静月明，且笛声悲怨，贾母年老带酒之人，听此声音，不免有触于心，禁不住堕下泪来。众人彼此都不禁有凄凉寂寞之意，半日，方知贾母伤感，才忙转身陪笑，发语解释。

这些触景所生的伤感之情，来自于许许多多历历在目的往事如烟，有忘不掉的，也有以为已经忘掉的，那些消失的面孔，远去的微笑，无情的打击，断肠的悲哀，都一时涌上心头，在酒精的催化之下逼出了溃堤的眼泪。而最刻骨铭心的，就是失去终身伴侣了吧！所以第二十九回描述贾母带领全家到清虚观打醮的时候，张道士作为当日荣国府国公的替身，从宝玉身上看到了国公爷的翻版，而与贾母之间有一段共同追忆故人的感人情节：

（张道士）叹道："我看见哥儿的这个形容身段，言谈举动，怎么就同当日国公爷一个稿子！"说着两眼流下泪来。贾母听说，也由不得满脸泪痕，说道："正是呢，我养这些儿子孙子，也没一个像他爷爷的，就只这玉儿像他爷爷。"

这里的国公爷，指的应该是贾母的丈夫贾代善。从张道士接下来又向贾珍道："当日国公爷的模样儿，爷们一辈的不用说，自然没赶上，大约连大老爷、二老爷也记不清楚了。"则贾代善大约在孩子还小的时候就撒手人寰，所以才会连大老爷贾赦、二老爷贾政这两个儿子也记不清楚长相。如此说来，贾代善过世到这时已经至少四十年了，贾母也是七十岁的老人家，对于早已过世的伴侣仍然一碰触记忆就动容流泪，若非深情至极，怎能如此？她对夫婿贾代善的深厚感情，可以从这里清楚表露，而这正是曹雪芹所开创的"痴理”的表现——也就是“至情”完全不必用死来证明。曹雪芹透过每节烧纸钱奠祭已逝情人的藕官所说的：“只是不把死的丢过不提便是情深意重了。”（第五十八回）清楚告诉我们，《红楼梦》对真情、至情的认识是与众不同的，它认为人即使失去了最重要的、失去不起的挚爱，仍然应该好好活着——好好地记得他，把他放在心里一辈子；好好地完成他的心愿，把他的美好灵魂保留下去；并且，好好地继续体验人生，追求理想、创造幸福。这就是至情的最高境界。其他的相关意义，请看《大观红楼 1》中的第八章，此处不再赘述。

整体来看，贾母这样一位重情重义、富含人生经验的女性，从史家的枕霞旧友成长为贾家的老祖宗，其人生境界仿佛苏东坡《东栏梨花》这一首诗所说：“惆怅东栏一株雪，**人生看得几清明**。”而那看得清明的眼光，不只是与生俱来的天赋，也必须有赖于后天的培养。就像所有的人一样，性格特质都有天赋的成分，但单单天赋并不能完全造就一个人的性格，后天环境教育的影响其实更加重要，而贵族世家所培养的才德更是了解贾母的重要范畴。以下就先来看这一点。

二、世家才德

《尚书·洪范篇》：人生有“五福：一曰寿，二曰富，三曰康宁，四曰攸好德，五曰考终命。”可以说，贾母正是“五福兼具”的幸运者，只不过，“福、寿”这两项无庸置疑，也众所公认，但贾母的“才、德”也许就很容易被忽略。这是因为贾母已经从实际的理家位置上退出，以老封君或太上皇的地位作为家族的精神中心，一般并不直接展现才能，反而比较倾向于在人生的夕阳时分得乐且乐地享受生活。第三十九回中贾母和刘姥姥的一段对话，便表达出贾母自己的暮年心态：

> 贾母道：“老亲家，你今年多大年纪了？”刘姥姥忙立身答道：“我今年七十五了。”贾母向众人道：“这么大年纪了，还这么健朗。比我大好几岁呢。我要到这么大年纪，还不知怎么动不得呢。”刘姥姥笑道：“我们生来是受苦的人，老太太生来是享福的。若我们也这样，那些庄稼活也没人作了。”贾母道：“眼睛牙齿都还好？”刘姥姥道：“都还好，就是今年左边的槽牙活动了。”贾母道：“我老了，都不中用了，眼也花，耳也聋，记性也没了。你们这些老亲戚，我都不记得了。亲戚们来了，我怕人笑我，我都不会，**不过嚼的动的吃两口，睡一觉，闷了时和这些孙子孙女儿顽笑一回就完了**。”刘姥姥笑道：“这正是老太太的福了。我们想这么着也不能。”贾母道：“什么福，不过是个老废物罢了。”说的大家都笑了。

但是，真的是这样吗？其实大大不然，这只不过是一个成熟老人的自我解嘲罢了，她接受自己老去的事实，不无谓地感伤，让自己落入“只是近黄昏”的郁闷不乐；也不衍生出无谓的敏感，以致造成别人的负担。如此开朗地开自己的玩笑，其实是大智若愚，而这份大智，仍然在她的生活中处处表现出来，下文还可以一一看到。

必须注意的是，在对《红楼梦》十分了解的脂砚斋批语里，只有两个女性被特别提到是“世家明训之千金”，一个是宝钗，一个正是贾母。

第二十二回描写元宵假期阖家团圆猜灯谜，因为贾政在场而使得众人拘束不敢随兴，宝玉从往常的长谈阔论变得唯唯诺诺，素喜谈论的湘云也自缄口禁言，黛玉则是本性懒与人共，原不肯多话，于是只有宝钗表现得坦然自若，脂砚斋便说：

> 瞧他写宝钗，真是**又曾经严父慈母之明训，又是世府千金，自己又天性从礼合节**，前三人（案：指宝玉、黛玉、湘云）之长并归于一身。

指出宝钗的从容自在是受到天性、父母明训、世家环境的三重影响。就在同一段情节里，写到贾母也知道因为贾政在场的缘故，才使得大家游兴大减，于是要把贾政撵走，脂砚斋对于“贾母亦知因贾政一人在此所致”这一句评论道：

> 这一句又明补出**贾母亦是世家明训之千金也**，不然断想不及此。

身为“世家明训之千金”，当然不会只想到这一点，还会让她像宝钗一样，具备各种明透的判断力，并处处表现出得体大方的雍容风范。

（一）按品大妆

就此我们也不能忽略，随着夫婿国公爷的身份地位，贾母也是有册封爵位品级的，称为“诰命”，因此小说中有好几次描写到她必须配合朝廷礼仪“按品大妆”，与上朝的官员类似。例如：

- 元春封妃，“贾母等听了方心神安定，不免又都洋洋喜气盈腮。于是都按品大妆起来。贾母带领邢夫人、王夫人、尤氏，一共四乘大轿入朝。”（第十六回）
- 元宵节元妃省亲，“至十五日五鼓，自贾母等有爵者，皆按品服大妆。”（第十八回）
- 除夕当天，“贾母有诰封者，皆按品级着朝服，先坐八人大轿，带领着众人进宫朝贺，行礼领宴毕回来，便到宁国府暖阁下轿。诸子弟有未随入朝者，皆在宁府门前排班伺侯，然后引入宗祠。……至次日五鼓，贾母等又按品大妆，摆全副执事进宫朝贺，兼祝元春千秋。领宴回来，又至宁府祭过列祖，方回来。”（第五十三回）
- 八月初三日乃是贾母八旬之寿庆，亲友全来道贺，“至二十八日，两府中俱悬灯结彩，屏开鸾凤，褥设芙蓉，笙箫鼓乐之音，通衢越巷。宁府中本日只有北静王、南安郡王、永昌驸马、乐善郡王并几个世交公侯应袭，荣府中南安王太妃、北静王妃并几位世交公侯诰命。贾母等皆是按品大妆迎接。”（第七十一回）

这几段情节中所提到的“按品大妆”“按品服大妆”“按品级着朝服”，指的是有封诰的妇女依照朝廷的品级服饰妆扮。其中虽然没有详细描述具体的状貌，但可以参考金寄水对祖母——睿亲王之母的描述而得其大概：“祭完家庙，接着是一个更大的场面——辞岁。后说辞岁，先说服饰和布置。除夕正值隆冬，凡有品级者，无论男女或王府官员，均按其自身的品级穿戴。我家地位最高、身份最尊贵的是我祖母。她头戴‘钿子’，其状如戏曲舞台上萧太后所戴一样。因系孀居，原有的二十四根‘挑杆’只戴一半。内着蟒袍，外套八团四正四行的团龙补褂，胸挂朝珠，手握‘十八子’（即手串的一种），足穿‘八分底’云头二色棉履。”[①] 这段话正是小说第五十三回的补充。同样地，贾母是“有爵位”“穿朝服”，在重要节庆时必须进宫朝贺行礼的朝廷命妇，非比一般寻常的贵族女子。

也因此，即使她再溺爱宝玉，都绝不能逾越世家大族的底线，在“对外礼数”上完全不容打折扣。第五十六回贾母对甄家的管家娘子们说道：

> 可知你我这样人家的孩子们，凭他们有什么刁钻古怪的毛病儿，见了外人，必是要还出正经礼数来的。若他不还正经礼数，也断不容他刁钻去了。就是大人溺爱的，是他一则生的得人意，二则见人礼数竟比大人行出来的不错，使人见了可爱可怜，背地里所以才纵他一点子。若一味他只管没里没

---

① 金寄水、周沙尘：《王府生活实录》，页73。

外，不与大人争光，凭他生的怎样，也是该打死的。

可见“正经礼数”是这些大家出身的子弟从小熏陶的核心部分，日常生活中点点滴滴的耳濡目染，已经成为他们性格内容的一部分，绝不是现代人所以为的外力强迫之下的虚伪作假。不只是外在行为规范如此，生活惯习与意识形态上的礼法准则更是根深柢固，就此而言，贾母的“破陈腐旧套”一段可谓最精简扼要的表达。

（二）破陈腐旧套

贾母针对才子佳人故事的“破陈腐旧套”，最是“世家明训之千金”所思所想的展现。

第五十四回“史太君破陈腐旧套”所说之内容，其实与开宗明义的第一回中，作者借石头之语自述其创作《红楼梦》之宗旨全然一致，曹雪芹指出：

> 历来野史，皆蹈一辙，莫如我这不借此套者，反倒新奇别致，不过只取其事体情理罢了，又何必拘拘于朝代年纪哉！……**至若佳人才子等书，则又千部共出一套，且其中终不能不涉于淫滥**，以致满纸潘安、子建、西子、文君，不过作者要写出自己的那两首情诗艳赋来，故假拟出男女二人名姓，又必旁出一小人其间拨乱，亦如剧中之小丑然。且鬟婢开口即者也之乎，非文即理。故逐一看去，悉皆自相矛盾、大不近情理之话，……所以我这一段故事……亦令世人换新眼目，不比那

> 些胡牵乱扯，忽离忽遇，满纸才人淑女、子建文君红娘小玉等通共熟套之旧稿。……虽其中大旨谈情，亦不过实录其事，又非假拟妄称，一味淫邀艳约、私订偷盟之可比。

其中对于才子佳人小说，一般都只看到“千部共出一套”“通共熟套”的批判，但其实比起形式上千篇一律的美学缺陷，更重要的是内容思想上“其中终不能不涉于淫滥”的道德缺陷，也就是“淫滥”，这才是贵族世家真正最在意的地方。

这段话可以说是曹雪芹自己全面揭示的创作宣言，一方面是以小说家的身份，追求美学上的突破窠臼以取得创新的成就，方法则是“实录其事”，亦即如实反映亲身经历；另一方面则是以世家子弟的身份，致力于展现世家大族的真正面貌，而“实录其事”除如实反映亲身经历之外，也同时可以达到这个目标。

至于这两个要点，到了小说中则又归总于贾母进行更详尽的阐述，脂砚斋在第五十四回的回前总批就说：

> 首回楔子内云：古今小说“千部共成（出）一套”云云，犹未泄真，今借老太君一写，是劝后来胸中无机轴之诸君子不可动笔作书。

而由贾母担任“破陈腐旧套”的这个做法，可以说是最合情合理的安排，因为贾母正是最资深的“世家明训之千金”，最能参透世家大族的生活形态与意识形态，因此批判那些伪富贵小说叙事“假拟妄称”的歪曲不实也最是针针见血。脂砚斋在这一回的回末总评更明白说道：

> 会**读者须另具卓识，单着眼史太君一夕（案：席）话，将普天下不尽理之奇文，不近情之妙作，一齐抹倒**。是作者借他人酒杯，消自己傀（块）儡（垒）。

可见贾母的一席话是将“不尽理、不近情”的男女婚恋故事一齐抹倒的，也是读者必须具有“卓识”才能理解的，对于了解《红楼梦》的特殊性至关紧要。其中贾母指出：

> 这些书都是一个套子，左不过是些佳人才子，最没趣儿。……开口都是书香门第，父亲不是尚书就是宰相，生一个小姐必是爱如珍宝。这小姐必是通文知礼，无所不晓，竟是个绝代佳人。只一见了一个清俊的男人，不管是亲是友，便想起终身大事来，父母也忘了，书礼也忘了，鬼不成鬼，贼不成贼，那一点儿是佳人？……再者，既说是世宦书香大家小姐都知礼读书，连夫人都知书识礼，便是告老还家，自然这样大家人口不少，奶母丫鬟伏侍小姐的人也不少，怎么这些书上，凡有这样的事，就只小姐和紧跟的一个丫鬟？你们白想想，那些人都是管什么的，可是前言不答后语？……这有个原故：编这样书的，有一等妒人家富贵，或有求不遂心，所以编出来污秽人家。再一等，他自己看了这些书看魔了，他也想一个佳人，

> 所以编了出来取乐。何尝他知道那世宦读书家的道理！别说他那书上那些世宦书礼大家，如今眼下真的，拿我们这中等人家说起，也没有这样的事，别说是那些大家子。可知是诌掉了下巴的话。所以我们从不许说这些书，丫头们也不懂这些话。这几年我老了，他们姊妹们住得远，我偶然闷了，说几句听听，他们一来，就忙歇了。”

这一大段对传统才子佳人小说所批判的缺失疏漏，涉及很复杂的问题，不是这里可以详细说明的，请参考《大观红楼 1》中的第七章。简单地说，贾母代表曹雪芹所申论的“破陈腐旧套”，完全是针对“世宦书香大家小姐”而言的，重点有以下几个：

其一，世宦书香大家小姐都知礼读书，一出生就深受礼教熏陶，怎么可能这么容易地“只一见了一个清俊的男人，不管是亲是友，便想起终身大事来”？不可能的理由之一，是因为处在深闺内院中，缺乏与异性接触相处的机会，一见钟情的机率太低；二则是因为家庭教养的关系，女性在婚前只要涉及男女之情就是属于“淫滥”，因此从小就形成了难以跨越而根深柢固的心理禁忌，这一点是非世家大族出身、包括现代人在内的人很难理解的，于是构成了这类爱情小说“不尽理、不近情”的第一个现象。

第二，世宦书香大家“人口不少，奶母丫鬟伏侍小姐的人也不少”，身边随时有几十个丫鬟媳妇围绕，形成所谓的“千金小姐的体统”（第七十四回王夫人论贾敏），连王熙凤从王夫人处出来时，就是“约有一二十妇人，衣裙窸窣，渐入堂屋，往那边屋内去了”

(第六回)，可见随时、各处人群簇拥的状况，因此，这些世家女子固然是养尊处优，同时却也是缺乏行动自由，正所谓“大家势派，出入不易”(第六回脂批)。但是，在这些才子佳人恋爱故事中，却都只有“小姐和紧跟的一个丫鬟”，好像活在一个只有主仆两人而没有其他人际环境的社会真空里，以便任意地和一个陌生男人谈恋爱，这就完全不符合这类家族的生活形态。

这一点，我们可以参考第五十一回晴雯生病的例子。当时大夫是名正言顺地进到怡红院中，看诊的病人也还只是一个丫鬟，但整个过程就已经关卡重重、戒备森严，首先是由两三个后门口的老嬷嬷带进来，房中的其他几个丫鬟也都回避了，又有三四个老嬷嬷放下暖阁上的大红绣幔，晴雯从幔中单伸出手去，立刻就有一个老嬷嬷忙拿了一块手帕掩了，为的就是男女之防的回避原则。而这位新来的大夫不知贾府的规矩，误以为晴雯是贾家的小姐，老嬷嬷便悄悄笑道：

> “我的老爷，怪道小厮们才说今儿请了一位新大夫来了，真不知我们家的事。那屋子是我们小哥儿的，那人是他屋里的丫头，倒是个大姐，那里的小姐？**若是小姐的绣房，小姐病了，你那么容易就进去了**？”说着，拿了药方进去。

这段情节很清楚地展现出非大家出身者的无知，连到过贾府的大夫都可能发生这样的误会，那么，才子佳人小说的创作者更没有这种切身的成长经验，而以他们自己出身小康之家、一生贫寒潦倒的认知去移植编造的作品，看在大家出身的人眼中，就显出“不尽理”“不近情”的第二个破绽。贾母的“破陈腐旧套”便是对这类小说“真不知我们家的事”的如实批驳。

至于这类才子佳人故事之所以会有“前言不答后语”“诌掉了下巴的话”的歪曲情况，除了没有亲身体验所导致的无知之外，贾母也很有洞察力的提出其他几个原因：

首先，所谓“有一等妒人家富贵，或有求不遂心，所以编出来污秽人家”，正是指出一种酸葡萄心理，对这等富贵人家的羡慕变质为嫉妒，于是吃不到葡萄说葡萄酸，把端庄守礼的大家闺秀写成可以轻易得手的思春少女，而在把那些求之不可得的高门女性妓女化——也就是“污秽人家”的同时，满足了一种践踏的心理快感。

其次，所谓“再一等，他自己看了这些书看魔了，他也想一个佳人，所以编了出来取乐”，这几句话从另一个角度把握到创作者透过虚构来满足现实缺憾的补偿心理。纸上梦幻既然不花成本，更可以尽情地以笔墨做白日梦，充分满足富贵与美女兼得的渴望，因此小说中的佳人才会那么容易地对男主角（也就是小说家的化身）一见钟情，然后就不顾一切地待月西厢做春梦去了。

从上面贾母所说的这几点来看，确实是对穷酸文人的创作心理鞭辟入里的慧眼卓识，因此，很多人以为贾母的“破陈腐旧套”是曹雪芹的“反讽”，但其实应该恰恰相反，正如脂砚斋所说的，这是曹雪芹对第一回石头言说的进一步补充，是他对才子佳人小说的真正批判，用以告诉世人这些浪漫故事“假拟妄称”的荒谬所在。而这是喜爱才子佳人小说追求婚恋自主，甚至坚持《红楼梦》

也是追求婚恋自主因而加以模仿的现代读者所应该重新省思的。[①]

整体而言，贾母深明利弊轻重，严守分寸规矩，绝没有老年人常见的颟顸昏愦、一味取乐为尚。因此，对于第四代的贾琏饥不择食地偷腥过度，甚至在夫妻勃谿之际，竟然持刀动杖追杀妻子，就当面责骂道：

> 成日家偷鸡摸狗，脏的臭的，都拉了你屋里去。为这起淫妇打老婆，又打屋里的人，**你还亏是大家子的公子出身，活打了嘴了**。（第四十四回）

其中，“大家子的公子出身”才是所有责备的重点，无论是饥不择食还是对妻妾动粗，都完全违背了贵族的家教门风，因此让贾母感到匪夷所思，后来提到这件事，还无比愤慨地说：

> 我进了这门子作重孙子媳妇起，到如今我也有了重孙子媳妇了，连头带尾五十四年，凭着大惊大险千奇百怪的事，也经了些，**从没经过这些事**。（第四十七回）

可见对这位阅历丰富的世家千金来说，贾琏的所作所为失格离谱到了极点，是她一生“从没经过”的天大奇事。而这个现象所隐含的

---

① 详参欧丽娟：《〈红楼梦〉中的情／欲论述——以“才子佳人模式”之反思为中心》，《台大文史哲学报》第78期（2013年5月），页1—43。

意义是：这些超过她一生经历的咄咄怪事，正是贵族家庭到了末世的时候才会有的堕落，而在她一生中，史家与贾府都还在健全的阶段，因此不曾发生过这样离谱的情事，这也恰恰反证了这几家其实都是很好的贵族，再怎样“大惊大险千奇百怪的事”，也都不至于如此，因而单单只是贾琏的偶一为之，就足以引发老祖宗的震怒。

所以说，《红楼梦》写贾府的故事，非但不是反对或讽刺贵族，而是一方面赞扬贵族的美德，另一方面则为贵族走入末世而深深感慨，贾母的福寿才德和难得震怒，都是与贵族世家分不开的。

三、母权的施展

贵族世家所培养的才德，使贾母对贾琏的作为无比震怒，而这一场震怒也显示出贾母具备了传统所谓“严君”的地位。

虽然恩格斯（Friedrich Engels, 1820—1895）认为：“母权制的颠覆，乃是女性所遭受的具有全世界历史意义的失败。”[①] 但实际上人类文化的运作并非如此简单，在贾府内部这个以血缘关系建构起来的亲族世界中，位居于金字塔尖而握有无上权力的贾母，依然是母权制的实行者。而这和儒家注重孝道，因此母权高张是直接相关的。

首先是《易经》中“家人”卦的彖辞：“家人有严君焉，妇女之谓也。”母与父并称严君，其身份地位可以想见。张玉法曾简要

① 《马克思恩格斯文选（两卷本）》（北京：人民出版社，1958），第2卷，页215。

地点出：中国历史上的女权虽低，但母权却不低[①]，正因为子宫家庭或子宫制的存在，而导致了母权的形成与坐大。刘维开即从“子宫制”与“宗法制”的比较，解释中国母权势力的坐大和由来：“子宫制是以母系为中心所形成的一种非正式结构，所以母亲在这个结构中具有着权威性的地位。礼教是死的，人的运用是活的。前节提及母权的获得是由父权而来，当两者发生冲突时，父权是唯一最高的权力；但当父亲的母亲仍然存在时，这个家庭的母权就占了优势……母亲在子宫系统家庭中的权威性，显现出来了。”[②]

此外，李楯更从实际的法律去说明古代母亲的权力道：“被古代中国法律所确认的这种对子女的绝对的管教惩戒权，既为父掌握，也为母掌握——特别是为寡母掌握，虽然多数的母并不借助官府行使这一权力，但它确实是母的地位的一种法律保障。”[③]如此一来，母亲在家庭的重要性也影响了许多寡妇在政治上的地位，例如，武则天和慈禧太后都是在成了“寡妇”（那就是“太后”）之后才开始得到政治权力的。[④]

这都是因为中国传统文化独尊儒家思想，而儒家又特别注重孝道的缘故，使得母权也为之高张。虽然当母亲的丈夫还在世时，她

---

① 张玉法：《中国历史上的男女关系》，子宛玉编：《风起云涌的女性主义批评》（台北：谷风出版社，1988），页139。

② 刘维开：《传统社会下我国妇女的地位》，《社会建设》第36、37期合刊（1979年6月），页85。

③ 李楯：《性与法》（郑州：河南人民出版社，1993），页64。

④ Wilt Idema and Beata Grant, *The Red Brush: Writing Women of Imperial China* (Cambridge, Mass: Harvard University Asia Center, 2004), pp. 17-18.

的权力因“夫为妻纲”的指导原则而必须臣服于夫权之下，因此还深深受到节制与压抑；但是一旦丈夫过世，这位母亲成为寡母后，便从夫权的挟制中解脱出来，并独占了所有的亲权。对许多传统知识分子而言，当一个男性的父亲死去之后，母亲就成了他的“父亲”，她就会成为这个家庭的最高权威，是真正的一家之主。就神话学的隐喻而言，这是她从附属的配偶神又恢复了孤雌纯坤的大母神地位，成为整个家族金字塔尖的权力领袖。

这就说明了，何以到了父系社会以男权为中心的时代，女性依然可以获得权力。

《红楼梦》对这一点也有很精彩的呈现。在第三十三回“不肖种种大承笞挞”一节中，贾政依宗法制以父亲的身份伸张教育权，动用父权重打宝玉，却惊动了溺爱宝玉的贾母，就在贾母介入后，更以“父亲的母亲”此一至高无上的母权凌驾并挫顿父权，而且过程十分传神写照：

> 只听窗外颤巍巍的声气说道：“先打死我，再打死他，岂不干净了！”**贾政见他母亲来了，又急又痛，连忙迎接出来，**只见贾母扶着丫头，喘吁吁的走来。**贾政上前躬身陪笑**道：“大暑热天，母亲有何生气亲自走来？有话只该叫了儿子进去吩咐。”贾母听说，便止住步喘息一回，厉声说道：“你原来是和我说话！**我倒有话吩咐，只是可怜我一生没养个好儿子，却教我和谁说去！**”贾政听这话不像，**忙跪下含泪**说道：“为儿的教训儿子，也为的是光宗耀祖。母亲这话，**我做儿的如何禁得**

> **起？**”……贾母又叫王夫人道：“你也不必哭了。如今宝玉年纪小，你疼他，**他将来长大成人，为官作宰的，也未必想着你是他母亲了**。你如今倒不要疼他，只怕将来还少生一口气呢。”贾政听说，**忙叩头哭**道：“母亲如此说，贾政无立足之地。”

单单“可怜我一生没养个好儿子”“未必想着你是他母亲”这两三句话就意谓着对儿子不孝的致命指控，可以说是为人子的莫大罪行，只不过几句言词而已，却重如千钧，令人子承受不起，简直无立足之地，以致贾政完全从教育的前线上撤退，承诺“从此以后再不打他了”。宝玉从此豁免了父权的钳制以及宗法的束缚，更在贾母随后颁布的圣旨保障之下，“不但将亲戚朋友一概杜绝了，而且连家庭中晨昏定省亦发都随他的便了”（第三十六回），在在展现出儒家所崇奉之孝道对母权的提升作用。

尤其应该注意的是，母亲对儿子而言，不只是权力的代表，因此不得不在畏惧之下唯命是从；实际上母子之间还有一种非常特别的情感关系，如曼素恩（Susan Mann, 1943— ）所说的：“因为中国家族的结构……男人将自己最强烈的情感注入与母亲的终生连结中。”[①]这是因为儿子自出生后便与母亲日夜生活在一起，若是父亲早逝，孤儿寡母只有彼此相濡以沫，母子间的心灵连结就会越加紧密。从这一点而言，更能帮助我们了解贾政如此之卑屈，一再“躬

---

① 〔美〕曼素恩著，杨雅婷译：《兰闺宝录：晚明至盛清时的中国妇女》，页60。

身陪笑”“忙跪下含泪说道”“忙叩头哭道”“苦苦叩求认罪”等等，都和他“见他母亲来了，又急又痛”的反应是一致的，尽皆出于由衷赤诚的深切情感；而这种深切的情感应该与父亲贾代善早逝，连贾政也记不清楚长相，以至自幼与母亲更亲密的成长背景有关。尤其是贾政以一堂堂男子，妻妾子孙成群，却仅仅对母亲有如此强烈的情感表露，而完全不曾出现在贾政与其他女性的互动中，诚为一种极其特殊的现象，可见儒家伦理之下母子关系的独特性。

所以必须说，贾母一生确实“养个好儿子”，才会因为被母亲隐隐指责不是好儿子的时候就如此自责。至于养出好儿子贾政的贾母，也体现了严君的“母范”与“母道”，而这就是贵族家风的核心之一。

由于男主外、女主内的性别分工，这位与父亲并称严君的女性，更与子孙的教育、家风的形成密切相关。清朝人对这一点也有清楚的表述，如蓝鼎元（1680—1733）于《女学·自序》中说：

> 天下之治在风俗，风俗之正在齐家，齐家之道，当自妇人始。[1]

而“齐家”的妇人，包含了妻子与母亲，尤其是母亲，她的齐家之道就形成了“母范”，因此汪辉祖（1730—1807）的《双节堂庸训·

---

[1] （清）蓝鼎元编：《女学》，收入《近代中国史料丛刊续编》第41辑（台北：文海出版社，1977），页1。

自序》更说：

> 家世相承，兼资母范。[1]

可见一家之女主攸关家族的延续与成员的良窳，她用以齐家的“母范”决定了家世传承的力量。对这一点，学者进一步说明道：“封建家族有大宗（主支）、小宗（旁支）之分，按照不同场合，大宗分别统摄不同程度的小宗。……家庭中女性成员辈分最高、身份最贵者即是家庭之母，而依不同的礼仪场合，这位家庭之母也成为大小不同程度的家族之母。男性成员之至尊是父，女性成员之至尊是母。为母亲者到底也统摄了家族的另外一半人口，单靠温柔美德恐怕不足以维系数百年的家风于不坠。这是母亲称为‘严君’的原因。”至于远远超过“温柔”的“母范”或“母道”，则包括“教子”“政理”“智慧”“知礼”四端，而两千五百年前的季敬姜皆足以称道，她知识丰富，见闻广博，更可贵的是有眼光，有识见，能以理性导正私情，因此不但是孔子称赞过最多次的人，也是今本《列女传》所记一百零四人中，唯一被颂扬为“慈母”者。[2]

比较起来，贾母也是不遑多让。贾母受封诰命的当时正是贾府最为健全的年代，贾母本身也体现了由朝廷到贵族世家所最注重的

---

① （清）汪辉祖著，王宗志等注释：《双节堂庸训》（天津：天津古籍出版社，1995），页244。

② 参杜正胜：《古典的慈母——鲁季敬姜》，《历史月刊》第4期（1988年5月），页116—117、121。

女性美德，并且透过她的风范影响了子子孙孙，形成一种既严谨又宽厚的家风。其中的核心就包括一种“贵族道德责任感”(sense of noblesse oblige)，如贾政所认知的“自祖宗以来，皆是宽柔以待下人”，袭人的哥哥花自芳也认可“贾宅是慈善宽厚之家……贾府中从不曾作践下人，只有恩多威少的”(第十九回)。如此一来，必须说，贾母在崇高的母权之外更有满怀的母性，将宽柔待下的家风维系下去，而直接嘉惠众多家族成员。

四、少女的避风港

正如埃利希·诺伊曼从神话中所观察到的，“年轻的朝阳属于母性的夜空”，美丽的花王子总与大地联系在一起[①]，就因为贾母的母权与母性，使得宝玉和女儿们的青春故事与贾母有着直接的关系。

首先，于面对外人时严格要求礼数的贾母，在家中却主要是以情为重，往往弹性地网开一面。如第三十八回记载王熙凤要宝逗趣，众人都笑软了，贾母一方面笑道：“这猴儿惯的了不得了，只管拿我取笑起来，恨的我撕你那油嘴。……明儿叫你日夜跟着我，我倒常笑笑觉的开心，不许回家去。”一方面当王夫人说怕惯坏了她，以后会越发无礼时，却又说：“我喜欢他这样，况且他又不是那不知高低的孩子。家常没人，娘儿们原该这样。横竖礼体不错就

① 〔德〕埃利希·诺伊曼著，李以洪译：《大母神——原型分析》，页199。

罢，没的倒叫他从神儿似的作什么。”甚至这种不拘上下的弹性作风还扩及主仆之间，如第七十五回写贾母家常吃饭时，并不刻板地讲究阶级规矩，因此除了让鸳鸯、琥珀上大排桌与尤氏共餐之外，又指着尤氏的丫头银蝶道：“这孩子也好，也来同你主子一块来吃，等你们离了我，再立规矩去。”而贾母就负手看着取乐。

换句话说，对贾母而言，只要心中有着一把尺，知道高低轻重的界线，能够维持“礼体不错”，那么在没有外人的情况下放纵一些是无伤大雅的，好让一家女眷可以轻松和乐在一起，增进情感浓度，也提高快乐指数。至于这一群包括三代的女眷们，贾母最疼爱、也最愿意透过纵容她们而获得赏心乐事的，就属那些年轻美丽又聪明伶俐的少女们了。

萨孟武已注意到：“贾母除宝玉外，她爱女孩似比男孩多些，她尤爱品貌美、会说话的女孩。”[①] 其中，“品貌美”这个条件，可以说毋须赘言，小说既是写红楼之梦，自然是处处佳丽、笑语嫣然，人物风光带来视觉的美感，令人赏心悦目；至于“会说话”，则是一个人聪敏伶俐的外显特征之一，其谈吐可以切中重点、生动传神，甚至可以幽默诙谐，避免言语乏味的无趣甚至唐突，确实是贾母在深闺生活中得以享受情趣的另一个方式，因此她喜欢会说话的女性，包括王熙凤、林黛玉、晴雯等等，可以说是理所当然的。

由第三十五回贾母说道：“你姨娘可怜见的，不大说话，和木头似的，在公婆跟前就不大显好。凤儿嘴乖，怎么怨得人疼他。”

---

① 萨孟武：《红楼梦与中国旧家庭》（桂林：广西师范大学出版社，2005），页109。

再从宝玉接下来所评论的："若是单是会说话的可疼，这些姊妹里头也只是凤姐姐和林妹妹可疼了。"可见"会说话"确实是王熙凤、林黛玉之所以得宠的条件之一。至于晴雯，第七十七回写道：

> 那时晴雯才得十岁……贾母见他生得伶俐标致，十分喜爱。故此赖嬷嬷就孝敬了贾母使唤，后来所以到了宝玉房里。……晴雯虽到贾母跟前，千伶百俐，嘴尖性大，却倒还不忘旧。

其中的"伶俐""千伶百俐"，和"会说话"密切相关，只是晴雯的"会说话"失于"嘴尖"，正和黛玉如出一辙，也因此以重像的关系同获贾母的宠爱。

此外，贾母所宠爱的金钗中，会说话的还有其他几位，一个是第三十一回宝玉笑说湘云道："还是这么会说话，不让人。"这也是湘云得以三番两次反击黛玉的筹码之一。再者，第四十七回贾母说到鸳鸯这个贴身丫鬟时，也说："这会子他去了，你们弄个什么人来我使？你们就弄他那么一个真珠的人来，不会说话也无用。"可见鸳鸯形同贾母的亲孙女甚至分身代表，也与"会说话"脱不了关系。

以上提到的，都还是贾府中的常住人员，对那些偶尔来府中做客的女孩儿，贾母也同样是以这个标准取舍青睐的对象。如第七十一回写贾母八十寿庆，当时的场景是：

> 众族人中到齐，坐席开戏。贾母高兴，又见今日无远亲，

> 都是自己族中子侄辈，只便衣常妆出来，堂上受礼。当中独设一榻，引枕靠背脚踏俱全，自己歪在榻上。榻之前后左右，皆是一色的小矮凳，宝钗、宝琴、黛玉、湘云、迎春、探春、惜春姊妹等围绕。因贾瑞之母也带了女儿喜鸾，贾琼之母也带了女儿四姐儿，还有几房的孙女儿，大小共有二十来个。**贾母独见喜鸾和四姐儿生得又好，说话行事与众不同，心中喜欢，便命他两个也过来榻前同坐**。宝玉却在榻上脚下与贾母捶腿。首席便是薛姨妈，下边两溜皆顺着房头辈数下去。

如此之座位排序，明显独尊“品貌美、会说话”的女孩，围绕在贾母榻之前后左右的宝钗、宝琴、黛玉、湘云、迎春、探春、惜春姊妹等自不待言，首次现身的远房喜鸾和四姐儿也因为“生得又好，说话行事与众不同”而获得拔擢进入核心之列，更证明贾母的偏好所在。

当然，贾母并不只是欣赏“会说话”的优点而已，她同样可以欣赏拙于言辞者的朴实厚道，因此，第三十五回当宝玉质疑说：“若这么说，不大说话的就不疼了？”此时贾母就清楚区辨“会说话”和“不大说话”这两者各有利弊得失，不能一概而论，回答道：“不大说话的又有不大说话的可疼之处，嘴乖的也有一宗可嫌的，倒不如不说话的好。”宝玉笑道：“这就是了。我说大嫂子倒不大说话呢，老太太也是和凤姐姐的一样看待。”由此说来，贾母所喜爱的“会说话”绝不是油腔滑调，流于虚浮不实的花言巧语，而必须要有正派的品格为根底，心正则口正，口舌伶俐就会是对现实的升华而不是扭曲，不致沦为包裹着糖衣的毒药、装饰了鲜花的刀剑，也才会值得欣赏。这么一来，贾母对品貌美、会说话的女孩的喜爱甚至宠爱，其实已经涉及《世说新语》所反映的人物品鉴，也就是从“人物”身上去发现或欣赏性情的美感与价值，初步展现了贾母极其脱俗的审美情趣与生活雅兴，这一点在下面的第五节中更能充分显示。

基于贾母的崇高母权以及对人性品鉴的高度审美，使得她的宠爱直接创造了女儿们的避风港。

（一）一般金钗们

首先当然是自家亲孙女。贾府四春都是自幼跟在贾母身边的，第十八回说道：“当日这贾妃未入宫时，自幼亦系贾母教养。后来添了宝玉……且同随祖母，刻未暂离。”而元春能够入宫封妃，其品貌之杰出是理所当然的。至于年龄较小的堂妹们——迎、探、惜三春，也都是可圈可点，如第二回冷子兴所说：“便是贾府中，现有的三个也不错。政老爹的长女，名元春，现因贤孝才德，选入宫作女史去了。二小姐乃赦老爹之妾所出，名迎春；三小姐乃政老爹之庶出，名探春；四小姐乃宁府珍爷之胞妹，名唤惜春。因史老夫人极爱孙女，都跟在祖母这边一处读书，听得个个不错。”从三春在原生家庭中所遭遇到的烦难困扰而言，自幼到贾母身边就等于是脱离苦海，不仅在温暖的亲情中得到庇荫，也让人格得以正向发展不致扭曲，贾母可以说是四春的亲情泉源与精神导师！

对于寄住在荣国府的外姓少女黛玉、宝钗等，贾母的宠爱更是有过之而无不及。由于黛玉的受宠情况最丰富，也有一些常见的误解须特别澄清，下面再专门说明；至于宝钗，贾母曾当众说道："提起姊妹，不是我当着姨太太的面奉承，千真万真，从我们家四个女孩儿算起，全不如宝丫头。"王夫人也证明道："老太太时常背地里和我说宝丫头好，这倒不是假话。"（第三十五回）此所以宝钗的十五岁生日，就是由贾母出资办理的，理由正是"贾母自见宝钗来了，喜他稳重和平，正值他才过第一个生辰，便自己蠲资二十两，唤了凤姐来，交与他置酒戏"（第二十二回），这种由老祖宗亲自出面交办的荣宠，自然是极大的惠爱有加，也是对宝钗品格的高度赞美与肯定。

至于贾母本家的史湘云，虽不能长住贾府，也是把贾府当作她的避风港，急着来又舍不得回去。因为湘云自幼父母双亡，即使出身侯门却是备受压榨，受到比女仆还不如的劳工剥削，第三十二回就透过宝钗对袭人所说的一番话，表明其居家的辛酸：

> 我近来看着云丫头神情，再风里言风里语的听起来，那云丫头在家里竟一点儿作不得主。他们家嫌费用大，竟不用那些针线上的人，差不多的东西多是他们娘儿们动手。为什么这几次他来了，他和我说话儿，见没人在跟前，他就说家里累的很。我再问他两句家常过日子的话，他就连眼圈儿都红了，口里含含糊糊待说不说的。想其形景来，自然从小儿没爹娘的苦。我看着他，也不觉的伤起心来。……上次他就告诉我，在家里做活做到三更天，若是替别人做一点半点，他家的那些奶奶太太们还不受用呢。

因此，第三十六回描写史家派人来接她回去时，

> 那史湘云只是眼泪汪汪的，见有他家人在跟前，又不敢十分委曲。少时薛宝钗赶来，愈觉缱绻难舍。还是宝钗心内明白，他家人若回去告诉了他婶娘，待他家去又恐受气，因此倒催他走了。众人送至二门前，宝玉还要往外送，倒是湘云拦住了。一时，回身又叫宝玉到跟前，悄悄的嘱道："便是老太太想不起我来，你时常提着打发人接我去。"宝玉连连答应了。

事实上，贾母是把湘云放在心上的，第四十九回写道："保龄侯史鼐又迁委了外省大员，不日要带了家眷去上任。贾母因舍不得湘云，便留下他了，接到家中。"正是出于贾母舍不得湘云远去的怜爱，才能创造出让湘云脱离叔父婶母之魔掌的机会，如此便遂了湘云的心愿，可以长期留在大观园里，过着她所向往而求之不得的忘忧生活。

此外，第五十七回贾母欣然出面替邢岫烟定下薛蝌之亲事，并在邢夫人欲将岫烟接出大观园去住时加以阻止，理由是："这又何妨，两个孩子又不能见面，就是姨太太和他一个大姑，一个小姑，又何妨？况且都是女儿，正好亲近呢。"邢夫人听了方才作罢。这就保住了邢岫烟，可以继续留在大观园里，直接为邢岫烟免除另一场克扣迫害之灾。此所以在薛宝琴初来乍到的时候，心直口快的史湘云就对她好意建议道：

你除了在老太太跟前，就在园里来，这两处只管顽笑吃喝。（第四十九回）

可见贾母处和大观园具有同等的意义，都是少女们的避风港。贾母甚至为了顺应她们的洁癖而屈尊不加打扰，在领着刘姥姥一行人逛大观园时，于秋爽斋坐了一会儿后，贾母就对薛姨妈笑道：

咱们走罢。他们姊妹们都不大喜欢人来坐着，怕脏了屋子。咱们别没眼色，正经坐一回子船喝酒去。（第四十回）

完全没有倚老卖老，唯我独尊，反而对少女们怕脏的心性体贴入微，全力配合，可以说是以少女们的福祉为优先，甚至竟然到了不惜自贬为脏的地步，令人惊叹！

也因此，贾母会为了体恤当事人的辛劳，不想增加晚辈的负担或打扰了游兴，有时就轻车简从自行活动，也不要大家拘礼侍候她。如第五十回金钗们在大观园的芦雪庵赏雪联句吟诗，只见几个小丫鬟跑进来禀报：“老太太来了。”众人连忙出来迎接，笑道：“怎么这等高兴！”说着，远远见贾母围了大斗篷，带着灰鼠暖兜，坐着小竹轿，打着青绸油伞，鸳鸯、琥珀等五六个丫鬟也都打着伞，拥轿而来。李纨等忙往上迎，贾母命人止住说：“只在那里就是了。”来至跟前时，贾母笑道：“我瞒着你太太和凤丫头来了。大雪地下坐着这个无妨，没的叫他们来踩雪。”贾母坐下后，笑道：“你们只管顽笑吃喝。我因为天短了，不敢睡中觉，抹了一回牌，想起你们来了，我也来凑个趣儿。”又命李纨：“你也坐下，就如同我没来的一样才好，不然我就去了。”众人听了，方依次坐下。后来王熙凤找了来，披着紫羯褂，笑忻忻地走到跟前，口内说道：“老祖宗今儿也不告诉人，私自就来了，要我好找。”贾母见她来了，心中自是喜悦，便道：“我怕你们冷着了，所以不许人告诉你们去。你真是个鬼灵精儿，到底找了我来。以理，孝敬也不在这上头。”

在这一段行乐的过程中，试看贾母即使趁兴出来游玩，都不愿意以老祖宗的威权劳师动众，既体谅凤姐和王夫人，怕她们两人为了尽孝也跟着出来踩雪，在寒冬中冷着了，所以不许人告诉她们；到了游乐现场，也不要孙女们增加压力，一再吩咐“你们只管顽笑吃喝”“就如同我没来的一样才好，不然我就去了”，这里的“你们只管顽笑吃喝”，恰恰和史湘云对宝琴所说的“在老太太跟前……只管顽笑吃喝”如出一辙。可见在贾母的怀抱里，少女们是自由的、欢乐的，没有年龄的隔阂和威权的压迫，真正可以尽情展现自我。

这也难怪第二十二回写宝钗庆生，长幼三代女眷一起吃饭点戏时，贾母依序让寿星的宝钗先点，次命当家主事的凤姐点，“然后便命黛玉点。黛玉因让薛姨妈王夫人等。贾母道：‘今日原是我特带着你们取笑，咱们只管咱们的，别理他们。我巴巴的唱戏摆酒，为他们不成？他们在这里白听白吃，已经便宜了，还让他们点呢！’说着，大家都笑了，黛玉方点了一出。然后宝玉、史湘云、迎、探、惜、李纨等俱各点了”。从此一点戏的先后顺序，就清楚显示出这些身为晚辈的少女们越过了等级，位阶还在薛姨妈、王夫人等长辈之上。

于是一旦有少女落难，便会使贾母特别痛心，第八十回写迎春嫁后不幸，回贾府时哭诉不已，王夫人就特别吩咐宝玉："不许在老太太跟前走漏一些风声，倘或老太太知道了这些事，都是你说的。"意思是要求大家都守口如瓶，不敢让老太太知道了伤心，若是老太太会知道，一定是宝玉透露的，所以要他务必保密。

（二）林黛玉

关于贾母对林黛玉的态度，很多读者受到后四十回续书的影响，以致对贾母有严重的误解，以为她是支持金玉良姻，导致黛玉丧命的罪魁祸首。其实训练有素的读者，应该回归到确信为曹雪芹所作的前八十回中去观察，就会发现事实上黛玉始终都是贾母的心头宠儿，从一开始，黛玉与外祖母相见的那一刻起，就与宝玉一体并论，具有同等炙手可热的最高地位。

试看第三回写黛玉投奔贾府依亲时，与贾母初会的场景是：

> 黛玉方进入房时，只见两个人搀着一位鬓发如银的老母迎上来，黛玉便知是他外祖母。方欲拜见时，早被他外祖母一把搂入怀中，心肝儿肉叫着大哭起来。……贾母又伤感起来，因说："我这些儿女，所疼者独有你母，今日一旦先舍我而去，连面也不能一见，今见了你，我怎不伤心！"说着，搂了黛玉在怀，又呜咽起来。众人忙都宽慰解释，方略略止住。

所谓的“所疼者独有你母”，可见贾母对黛玉之母贾敏的情有独钟，加上爱女的早逝，使得万般不舍的贾母更加痛惜难忍，因此也才会在贾敏亡故后一心一意要把黛玉接来贾府亲自照料，这既是一种爱屋及乌的移情心理，也有代替女儿照养失怙孤女的意味，所以黛玉一来就被贾母安排住在自己房中，她把对女儿贾敏的钟爱完全转移到黛玉身上，处处生怕她受到委屈。读者只要实事求是，就可以发现林黛玉在贾府孙辈中地位的突出乃是显而易见的，所谓：“黛玉自在荣府以来，贾母万般怜爱，寝食起居，一如宝玉，迎春、探春、惜春三个亲孙女倒且靠后。”（第五回）书中更是处处可见大家长贾母以各种行动展示出这位外孙女的与众不同，前面已经看到第二十二回宝钗庆生时，贾母依序让寿星的宝钗先点戏，次命当家主事的凤姐点，“然后便命黛玉点”，接着才是宝玉、史湘云、迎、探、惜、李纨等，宝玉还排在黛玉的后面呢。因此，她可以为了宝玉生气、黛玉中暑，而执意不去打醮祈福的清虚观，并为了宝、黛不和而抱怨哭了（第二十九回）；又会出于“怕他劳碌着了”的理由，而一直纵容黛玉的懒于针线女红，所以袭人才会说：“他可不作呢。饶这么着，老太太还怕他劳碌着了。大夫又说好生静养才好，谁还烦他做？旧年好一年的工夫，做了个香袋儿；今年半年，还没见拿针线呢。”（第三十二回）

另外，当大家凑分子替凤姐庆生时，这位老祖宗除了自己捐资的二十两之外，“又有林妹妹宝兄弟的两分子”（第四十三回），平日用饭时多会特别赏赐，指着“这一碗笋和这一盘风腌果子狸给颦儿宝玉两个吃去”（第七十五回），一体怜爱守护的地位不言可喻；而当元宵节放炮仗时，还出现“林黛玉禀气柔弱，不禁毕驳之声，贾母便搂他在怀中”（第五十四回）这独钟一人的宝爱景象。不仅如此，贾母还将看顾黛玉的责任扩大到身边众人身上，特别叮嘱史湘云别让宝、黛二人多吃螃蟹，以免影响健康（第三十八回），而史湘云还是妹妹，竟然要帮忙照顾哥哥姐姐，已经有点颠倒长幼关系；贾母又千叮咛万嘱咐，托薛姨妈照管林黛玉，并且会因为看到黛玉与薛家母女之间亲如母子手足的胶漆之情而感到十分喜悦放心：

> 薛姨妈素习也最怜爱他的，今既巧遇这事，便挪至潇湘馆来和黛玉同房，一应药饵饮食十分经心。黛玉感戴不尽，以后便亦如宝钗之呼，连宝钗前亦直以姐姐呼之，宝琴前直以妹妹呼之，俨似同胞共出，较诸人更似亲切。**贾母见如此，也十分喜悦放心**。（第五十八回）

至于不时亲自探视疾病，则老早就成为理所当然的例行工作，所以紫鹃才会劝慰黛玉说：“老太太们为姑娘的病体，千方百计请好大夫配药诊治，也是为姑娘的病好。”（第六十七回）如此种种，才会不断助长了黛玉“禁不得一些委屈”（第四十五回）的娇惯个性。

这样时时与“人间龙凤”般之贾宝玉[①]相提并论，乃至被联名

---

① 第二十五回记赵姨娘嫉恨说道：“也不是有了宝玉，竟是得了活龙。”第四十三回亦述及水仙庵中“那老姑子见宝玉来了，事出意外，竟像天上掉下个活龙来的一般。”接着更描写玉钏儿见到宝玉回府后，便收泪说道：“凤凰来了，快进去罢。再一会子不来，都反了。”果然随后“宝玉忙进厅里，见了贾母王夫人等，众人真如得了凤凰一般。”

直呼“两个玉儿”（第四十回）的待遇，都足以证明贾母代替贾敏担任了黛玉的母亲，给予双倍甚至数倍的亲情，并且还进一步要把黛玉终身安顿在贾府，以给予万全的照护，这就等于是钦定黛玉为宝二奶奶。

一般人都感受到作者强烈预告的“金玉良姻”，也因此注意到元妃于端午节赐礼时所透露的暗示，却忽略这只是作者叙事中的一个面向而已，是在整体结构上对于“结局”的安排，属于盖棺定论式的预告或谶言；但在到达这个终极“结局”之前，故事的发展却可以有各式各样的情况，也存在着复杂曲折的变化，不见得相关的当事人都是有意要促成这个终极结局。而确实，只要我们实事求是，就会发现在宝玉的婚配对象上，贾府人员各方所反映出来的心态趋向，其实都只有林黛玉为不二人选，黛玉实际上是宝玉的潜在的新娘。

就宝玉的婚事而言，贾母唯独只有一次对宝琴开口意欲求婚，属于全书中“金玉良姻”的延伸和补充；但在此之外，贾母虽没开口却众所周知的宝二奶奶人选，始终都是林黛玉。小说中对这一点有不少清楚的表述：

- （王熙凤曾以当家理事者的身份，开了林黛玉这样的玩笑：）“你既吃了我们家的茶，怎么还不给我们家作媳妇？”同时指宝玉道：“你瞧瞧，人物儿、门第配不上，根基配不上，家私配不上？那一点还玷辱了谁呢？”（第二十五回）

- （薛姨妈出主意想把黛玉定与宝玉，认为：）“我一出这主意，老太太必喜欢的。”（第五十七回）
- （薛姨妈提及想出主意把黛玉定与宝玉时，潇湘馆中的婆子们也笑道：）“姨太太虽是顽话，却倒也不差呢。到闲了时和老太太一商议，姨太太竟做媒保成这门亲事是千妥万妥的。”（第五十七回）
- 兴儿对尤二姐评论府中诸位小姐时，亦指出黛玉才是宝玉预定的婚偶对象：“只是他已有了，只未露形。将来准是林姑娘定了的。因林姑娘多病，二则都还小，故尚未及此。再过三二年，老太太便一开言，那是再无不准的了。”（第六十六回）

无论是王熙凤、薛姨妈还是兴儿，显然都是揣摩上意，从贾母平日表露的意向作为判断依据，因此薛姨妈更是挑明了以贾母的“喜欢”为诉求。值得注意的是，续书者也清楚看到了这一点，因此第八十二回描写道：袭人见香菱受欺于正室夏金桂，同为姨娘身份便物伤其类，特意到黛玉处探口气；而一个从薛姨妈处来送蜜饯荔枝的婆子也一边注目黛玉的美貌，一边道：“怨不得我们太太说这林姑娘和你们宝二爷是一对儿，原来真是天仙似的。”如此一来，不仅袭人对宝二奶奶的认知人选是黛玉，薛家的婆子也等于是关键证人，证明薛姨妈在第五十七回说她想出主意为宝、黛说亲，确实是真心诚意的肺腑之言。连续书者都看出这一安排，可见前八十回中实际上是证据确凿，脂砚斋当然更是深知底蕴，第二十五回的批语就清清楚楚地说：

> 二玉事在贾府上下诸人，即看书人，批书人，皆信定一段好夫妻，书中常常每每道及。

了解这一点之后，贾母对林黛玉的宠爱至极就是顺理成章，也是前后一贯的，她其实是补偿黛玉的失母之苦，给予无限之爱的命运之神。

尤其是，让黛玉等于是钦定的宝二奶奶这一点，对于黛玉的幸福而言，最是意义重大。因为即使贾母在黛玉失母之后立刻亲自递补了母亲的角色，但最多也只能照顾黛玉到出嫁前为止；而十七八岁之后的归宿才是女子一生幸福与否的关键，于是在决定终身幸福的婚姻安排上，可以对容易落入未定之天的女性命运给予最完善的解决。犹如忠心耿耿的紫鹃为黛玉所“打”的如意盘算：“一动不如一静，我们这里就算好人家，别的都容易，最难得的是从小儿一处长大，脾气情性都彼此知道的了。”（第五十七回）如此一来，贾母关于二玉婚姻的这项安排，便可以让黛玉永远留在贾府受到亲人的照顾，堪称为最深谋远虑的做法。从这个角度来说，贾母对黛玉的爱，实在可以说是深重无限的，评点家即阐明道：“贾媪暮年，善于自娱，但情之所钟，未免烦恼。锁媪之眉者黛玉也，牵媪之肠者宝玉也。”[1] 可谓有得之见。

---

① （清）二知道人：《红楼梦说梦》，一粟编：《红楼梦资料汇编》，卷 3，页 88。

必须特别说明的是，若从整体来看，贾母最喜欢、最疼爱的少女，仍是中途来到贾府的薛宝琴莫属。第四十九回对这一群加入贾家闺阁阵容的少女们，有一段很长的描述：

> 邢夫人之兄嫂带了女儿岫烟进京来投邢夫人的，可巧凤姐之兄王仁也正进京，两亲家一处打帮来了。走至半路泊船时，正遇见李纨之寡婶带着两个女儿——大名李纹，次名李绮——也上京。大家叙起来又是亲戚，因此三家一路同行。后有薛蟠之从弟薛蝌，因当年父亲在京时已将胞妹薛宝琴许配都中梅翰林之子为婚，正欲进京发嫁，闻得王仁进京，他也带了妹子随后赶来。所以今日会齐了来访投各人亲戚。……袭人笑道："他们说薛大姑娘的妹妹更好，三姑娘看着怎么样？"探春道："果然的话。据我看，连他姐姐并这些人总不及他。"……贾母欢喜非常，连园中也不命住，晚上跟着贾母一处安寝。

这种超胜于园中众钗的美貌，使宝琴受到贾母非比寻常的宠爱，连宝钗、黛玉都瞠乎其后。也正因为出现了人品容貌都更出色、令她也更喜爱的人选，贾母动摇了原来的计划，一度有意向宝琴求亲。紧接着第五十回就提到：

> 贾母因又说及宝琴雪下折梅比画儿上还好，因又细问他的年庚八字并家内景况。薛姨妈度其意思，大约是要与宝玉求配。薛姨妈心中固也遂意，只是已许过梅家了，因贾母尚未明

> 说，自己也不好拟定，遂半吐半露告诉贾母道："……那年在这里，把他许了梅翰林的儿子，偏第二年他父亲就辞世了，他母亲又是痰症。"凤姐也不等说完，便嗐声跺脚的说："偏不巧，我正要作个媒呢，又已经许了人家。"贾母笑道："你要给谁说媒？"凤姐儿说道："老祖宗别管，我心里看准了他们两个是一对。如今已许了人，说也无益，**不如不说罢了**。"贾母也知凤姐儿之意，**听见已有了人家，也就不提了**。

从这段描述可见，贾母并不知道或没有留意宝琴是"欲进京发嫁"（第四十九回）才来到贾府，只是全心欢喜于几家亲戚一处上门的热闹，又全意惊艳于宝琴的绝色丰姿，于是毋须、也无暇细问个人来访的缘由；而在薛姨妈的委婉说明之后，贾母也就不再进一步谈论此一话题，此一横生的考虑便也戛然而止，在落入言语层次之前、还在心思酝酿的初期就被打消，等于是未曾提出，所以此后也不再成为一种干扰宝玉婚姻的可能性。而这类情况是极为正常的，毕竟在还未定案之前总会有意料之外的其他变数；至于一时动心也与后来是否冷落黛玉完全没有关联，因为念头初生便旋即打消，对现状也就毫无影响。

五、阳光普照、雨露均沾

就人的有限而言，固然都难免亲疏远近的等差之别，但事实上必须说，贾母的爱并不是偏私，而是如同阳光普照、雨露均沾。评点家二知道人有一段很精彩的看法：

> 贾媪生二子：曰赦，曰政；一女曰敏。赦之所出，媪爱其媳；政之所出，媪爱其子；敏身后只一女耳，媪则千里招来，视如性命。**媪之爱，公而溥矣**。中秋家宴，赦尚以父母偏爱之笑谈陈于膝下，是诬其母矣。[①]

当然必须补充的是，二知道人所说的“赦之所出，媪爱其媳”其实只说到了一半，完整的情况是“赦之所出，媪爱其子其媳”，贾母所爱的不仅是王熙凤，还包括凤姐之夫婿贾琏。第四十四回描述贾琏在凤姐庆生的大好日子里偷腥被撞破，与泼醋的凤姐口角之余还舞剑弄杖，杀到贾母跟前还口不择言，原因就是：“贾琏明仗着贾母素习疼他们，连母亲婶母也无碍，故逞强闹了来。”足见贾母的慈爱确实是普照均沾的，因此贾琏才会有恃无恐甚至恃宠而骄，胆敢演出一场脱轨至极的荒唐闹剧。

再看贾母对孙媳妇李纨，第四十九回有一段重要的描述：“贾母王夫人因素喜李纨贤惠，且年轻守节，令人敬伏，今见他寡婶来了，便不肯令他外头去住。那李婶虽十分不肯，无奈贾母执意不从，只得带着李纹李绮在稻香村住下来。”如此一来，寡居的李纨便有了来自娘家的亲人为伴，既能聊解日常的寂寞，同时也抚慰了

① （清）二知道人：《红楼梦说梦》，一粟编：《红楼梦资料汇编》，卷 3，页 87。

嫁女思家的心怀，这正是贾母对她的刻意补偿。不只如此，这种情感慰藉毕竟是短暂的、可遇不可求的，贾母对这位青春丧偶之孙媳的特别眷顾，还进一步表现在额外给予经济上长期的、实质的补偿。第四十五回凤姐对李纨笑道：

> 老太太、太太罢了，原是老封君。你一个月十两银子的月钱，比我们多两倍银子。**老太太、太太还说你寡妇失业的，可怜，不够用，又有个小子，足的又添了十两，和老太太、太太平等**。**又给你园子地，各人取租子**。年终分年例，你又是上上分儿。你娘儿们，主子奴才共总没十个人，吃的穿的仍旧是官中的。一年通共算起来，也有四五百银子。

由这篇精细的账目可知，原本李纨的月钱是十两，这已经比同为已婚身份的凤姐多了一倍，等于是将亡夫的那一份合并于一，本房已无损失；然而贾母、王夫人还担心这样不够，一方面再多加十两月钱，与贾府的最高长辈齐等，远高于凤姐的五两、宝玉等年轻未婚主子的二两，另一方面则给予别人都没有的园子地，更增加一笔取租的收入，再加上年终分年例的上上级，竟然一年的净收入高达四五百两，足可供刘姥姥一家人过二十年[①]，远远超乎一般人的想象。而这样的非凡优待，都来自于对李纨“寡妇失业”的怜惜，其

① 第三十九回刘姥姥对螃蟹宴的计算是：“这样螃蟹……再搭上酒菜，一共倒有二十多两银子。阿弥陀佛！这一顿的钱够我们庄家人过一年了。”

用意在于让李纨失去丈夫的终身依靠之后，未来的一生仍能确保无虞，诚然是深谋远虑。

由此种种，所谓的“媪之爱，公而溥矣”，这句话正可以作为贾母慈爱无边的总纲领。

进一步来说，这位出身高贵、雄踞金字塔尖的老祖宗，完全能够体恤塔底广大的卑微子民，了解他们的艰难，也给予体恤和帮助。一如第三十九回平儿对前来回礼答谢的刘姥姥所说：“我们老太太最是惜老怜贫的，比不得那个狂三诈四的那些人。”小说中这类的例子很多，诸如：第七十一回写贾母生日，族中子侄辈前来祝寿，因命凤姐留下喜鸾、四姐儿玩两日再去。不久忽想起一件事，忙唤来一个老婆子，吩咐她：“到园里各处女人们跟前嘱咐嘱咐，留下的喜姐儿和四姐儿虽然穷，也和家里的姑娘们是一样，大家照看经心些。我知道咱们家的男男女女都是‘一个富贵心，两只体面眼’，未必把他两个放在眼里。有人小看了他们，我听见可不依。”这是对家族中穷亲戚的尊重与体贴。

再看第四十回，在带领刘姥姥逛大观园的过程中，因为换窗纱的话题而提到了家中珍藏的高级布料，贾母命凤姐将库藏了几十年，连“如今的上用内造的”棉纱都比不上的“软烟罗”都拿出来，“送这刘亲家两匹，做一个帐子我挂，下剩的添上里子，做些夹背心子给丫头们穿，白收着霉坏了”。其中特别吩咐把剩下的布料做成背心给丫头穿，一方面是不浪费的表现，尽量物尽其用；另一方面也是把好东西分润给大家的意思，这也印证了袭人所说的，贾府“这个地方，吃穿和主子一样”(第十九回)，以及探春所提到的，“主子有一全分，他们就得半分。这是家里的旧例”（第五十六回），处处可见上位者的宽厚。

还有第四十四回，当贾母了解贾琏、凤姐夫妻勃谿，却都拿平儿出气的原委后，就主持公道说：“原来这样，我说那孩子倒不像那狐媚魇道的。既这么着，可怜见的，白受他们的气。”因叫琥珀来：“你出去告诉平儿，就说我的话：我知道他受了委曲，明儿我叫凤姐儿替他赔不是。今儿是他主子的好日子，不许他胡闹。”可见在主从贵贱的阶级之下，贾母并没有偏袒身兼主子和自家人的凤姐，更不曾牺牲身为奴妾的平儿以维护自家主子的尊严，反倒公正无私地权衡是非，知道平儿的委屈之后还命令凤姐过了生日就要向她道歉。果然第二天便命人去叫了平儿来，命凤姐和贾琏两个安慰平儿，贾琏还一再作揖赔罪，不但让平儿获得即时的公道，也挣足了尊严，真正被当作一个人来看待。比起用法律来强制执行公平正义和对人的尊重，贾母这种君子风范诚然是极为难能可贵的。

除自家中的各方人员之外，贾母对其他偶遇的陌生人也都一视同仁地以礼相待、以爱体恤，同样是令人印象深刻。诸如：第二十九回贾母领着众多女眷到清虚观打醮，道观中一个十二三岁的小道士负责照管剪各处蜡花，对簇拥前来祈福的贾府一行人藏之不迭，要躲出去时又不巧一头撞在凤姐怀里，被凤姐扬手一耳光打了一个筋斗，引起一阵骚动。贾母听说后，忙说：“快带了那孩子来，别唬着他。小门小户的孩子，都是娇生惯养的，那里见的这个势派。倘或唬着他，倒怪可怜见的，他老子娘岂不疼的慌？”一边哄他叫他别怕，见那孩子跪在地上乱战吓得说不出话来，还说“可怜见的”，又要贾珍给他些钱买果子吃，别叫人难为了他。这种“幼吾幼以及人之幼”的心量，连一般人都不容易做到，何况是终其一生高高在上的贵族？尤其是“倘或唬着他，倒怪可怜见的，他老子娘岂不疼的慌”这几句话，让人联想到陶渊明在遣送了一个仆人给儿子使唤时所特别对儿子叮咛的：

> 此亦人子也，可善遇之。[①]

这么一来，贾母的宽仁待下，真可以说是已经达到陶渊明这位大诗人的境界了。

也因此，第三十九回描写凤姐见刘姥姥合了贾母心意，便顺着贾母的邀请，欲将刘姥姥留下住个几天，却故意以过度客气的反话调侃她，说道：“我们这里虽不比你们的场院大，空屋子还有两间。你住两天罢，把你们那里的新闻故事儿说些与我们老太太听听。”贾母便立刻加以阻止，“笑道：‘凤丫头别拿他取笑儿。他是乡屯里的人，老实，那里搁的住你打趣他。’说着，又命人先抓果子与板儿吃。板儿见人多了，又不敢吃。贾母又命拿些钱给他，叫小么儿们带他外头顽去”。这种无微不至的细心体贴，若非善良的本性与良好的教养，实在不能呈现得如此自然细腻，因此令人备感温暖。

再则可以注意到的是，贾母一再表现出对居处社会底层之唱戏者（其中包括小孩与少女）的真切同情与理解。包括：第二十二回

---

① （唐）李延寿著：《南史》（北京：中华书局，1995），卷75，页1857。

记载贾母出面为宝钗庆生，不但置办酒席还听曲看戏，“至晚散时，贾母深爱那作小旦的与一个作小丑的，因命人带进来，细看时益发可怜见。因问年纪，那小旦才十一岁，小丑才九岁，大家叹息一回。贾母令人另拿些肉果与他两个，又另外赏钱两串”。

又第五十四回“史太君破陈腐旧套”一段中，先是元宵夜宴时，于上汤之后，又接献元宵来，贾母便命将戏暂歇歇：“小孩子们可怜见的，也给他们些滚汤滚菜的吃了再唱。”又命将各色果子元宵等物拿些与他们吃去；最后则连戏也不再开演了，理由是一方面嫌吵，打扰了大家的谈兴，一方面则是“那孩子们熬夜怪冷的，也罢，叫他们且歇歇”，于是改命贾府自家所养的梨香院十二个女戏子接手。当接手的众人于上演前晋见贾母时，贾母的第一句话也是充满了体贴不忍之情，说道：“大正月里，你师父也不放你们出来逛逛。”种种的小处着眼，都可以看出贾母的真心惠爱，才能如此之体贴入微。

总而言之，以上这些例子，都显示出贾母虽然位居高不可攀的金字塔顶，受到万众的尊崇礼敬，却能温柔地俯望、照看各等各方的下位者，真正达到了所谓“饱而知人之饥，温而知人之寒，逸而知人之劳”[①]的人格境界，最是难能可贵。

① 见《晏子春秋》载：“景公之时，雨雪三日而不霁。公被狐白之裘，坐堂侧陛。晏子入见，立有间，公曰：‘怪哉！雨雪三日而天不寒。’晏子对曰：‘天不寒乎？’公笑。晏子曰：‘婴闻古之贤君，饱而知人之饥，温而知人之寒，逸而知人之劳。今君不知也。’公曰：‘善！寡人闻命矣。’”《四部丛刊初编》史部（台北：台湾商务印书馆，1979），页11。

六、审美情趣与生活雅兴

贾母不仅欣赏少女之美，更欣赏艺术的精妙与大自然的风光景致，绝不是对大自然的美丽奥妙视而不见的一般俗人。那些为了生计而劳累工作的人已经没有力气看大自然一眼，至于暴发户也只懂得看金光闪闪的名牌珠宝，贾母则是在贵族世家的审美品味涵养之下，处处流露出高雅精致的美感情趣，甚至必须说，在贾府所有的成员里，贾母其实是最懂得欣赏各种美的一位。

（一）自然之美

正如罗丹（Auguste Rodin, 1840—1917）所说的，“美是到处都有的。对于我们的眼睛，不是缺少美，而是缺少发现”[①]。既然世界自古以来就从来没有失去过色彩，那么，只要保有优雅的心灵和清明的眼睛，无论在什么年纪都能发现美，甚至创造美。对于拥有优雅心灵的老人而言，看见春花时虽然不再痴迷，却更能超越花落的感伤而领受蓬勃的生机；同时也一样会雀跃地等待冬雪，感受晶莹剔透的纯洁与一尘不染的静谧。第三十九回就透过宝玉说道：

> **老太太又喜欢下雨下雪的**。不如咱们等下头场雪，请老太太赏雪岂不好？咱们雪下吟诗，也更有趣了。

---

① 〔法〕罗丹著，沈琪译：《罗丹艺术论》（北京：人民美术出版社，1987），页62。

喜欢下雨下雪的老太太，确实真是不多见啊！尤其下雨下雪的美似乎是专属于诗人的，无论是韩愈的“天街小雨润如酥”（《早春呈水部张十八员外二首》之一）、李贺的“依微香雨青氛氲”（《河南府试十二月乐词·四月》）、张志和的“斜风细雨不须归”（《渔父歌》）、杜牧的“多少楼台烟雨中”（《江南春绝句》）、温庭筠的“霏霏雾雨杏花天”（《阳春曲》）或柳宗元的“独钓寒江雪”（《江雪》）、李商隐的“如何雪月交光夜”（《无题》），雨和雪都因为诗人的笔触而留下幻梦般的画境，不再是造成不便的生活困扰。从这个角度来说，贾母简直拥有一颗不老的诗心，像个文艺少女一样对于周遭的美好无比敏感多情，不但喜欢下雨下雪，当她带领刘姥姥逛大观园时，一行人到达探春所居之秋爽斋，贾母隔着纱窗往后院内看了一回，因说道：“后廊檐下的梧桐也好了，就只细些。”（第四十回）可见贾母连对少有人懂得欣赏的树形树姿，都别有一番眼光，比起欣赏春花是更高一层，因为花朵的缤纷本来就比较能引起注目，被春花吸引其实并不特别。当然贾母更赏花爱花，因此当她瞒着凤姐突如其来，到了众人赏雪联句的芦雪庵，一进入室中，第一眼就先看到宝玉从妙玉栊翠庵求来的红梅花，并且立刻笑着赞美：“好俊梅花！你们也会乐，我来着了。”（第五十回）对于能够凑巧地躬逢其盛感到十分喜悦，显示出对红梅花的欣赏完全不亚于宝玉与金钗们。

如此一来，对于一年中最美丽的月亮当然不会错过，第七十五回写时序来到中秋月圆时，贾母认为“赏月在山上最好”，因命往那山脊上的大厅上去，众人随之到达凸碧山庄，举家团圆。山上视野开阔，中天皓月更可以精华尽现，朗照无边月色清光，这正是赏月的极致。

(二)音乐之美

当然，贾母所欣赏的美不只是大自然，更包括人为的艺术表现，尤其是音乐。小说中对这一点描写的例子也一样多，就在第七十六回阖家于中秋赏月时，

> 贾母因见月至中天，比先越发精彩可爱，因说："如此好月，不可不闻笛。"因命人将十番上女孩子传来。贾母道："音乐多了，反失雅致，只用吹笛的远远的吹起来就够了。"……只听那壁厢桂花树下，呜呜咽咽，悠悠扬扬，吹出笛声来。趁着这明月清风，天空地净，真令人烦心顿解，万虑齐除，都肃然危坐，默默相赏。听约两盏茶时，方才止住，大家称赏不已。……众人笑道："实在可听。我们也想不到这样，须得老太太带领着，我们也得开些心胸。"贾母道："这还不大好，须得拣那曲谱越慢的吹来越好。"……只听桂花阴里，呜呜咽咽，袅袅悠悠，又发出一缕笛音来，果真比先越发凄凉。大家都寂然而坐。

这里所表现的品味并非热闹恶俗之流，而是一种极简主义之下的纯净饱满，尤其在慢速的节奏下更让一缕笛音充分演绎，产生如泣如诉、如怨如慕的动人效果。并且贾母不只是让笛子的声音之美藉由

独奏的方式得以淋漓尽致地展现，更懂得利用其他的方式让音乐的美感收到加倍的效果，例如第四十回描写刘姥姥逛大观园时，贾母一行人至探春所居之秋爽斋，忽一阵风过，隐隐听得鼓乐之声，贾母闻知是家中梨香院的那十来个女孩子们演习吹打，便笑道："既是他们演，何不叫他们进来演习。他们也逛一逛，咱们可又乐了。"便命她们进来，"就铺排在藕香榭的水亭子上，借着水音更好听。回来咱们就在缀锦阁底下吃酒，又宽阔，又听的近"，众人都说那里好。接着第四十一回承所说，"不一时，只听得箫管悠扬，笙笛并发，正值风清气爽之时，那乐声穿林度水而来，自然使人神怡心旷"，果真所言不虚。贾母当然不了解这是物理学上的"声学"原理所致，但却从相关经验中学到了"借着水音更好听"的品位，使她懂得主动安排演奏场所，透过水音的清亮提升了音乐的审美效果，不愧为行家。

这样深厚的音乐素养与高雅的艺术品位，当然使贾母无法忍受嘈杂喧嚣的噪音。第五十四回写元宵夜宴听戏时，贾母因为"刚才八出《八义》闹得我头疼，咱们清淡些好"，因此建议"弄个新样儿的。叫芳官唱一出《寻梦》，只提琴至管箫合，笙笛一概不用"，再"叫葵官唱一出《惠明下书》，也不用抹脸。只用这两出叫他们听个疏异罢了"，通过改变艺术表现之媒介而产生前所未见的新味别趣，果然上台搬演之后让众人听得鸦雀无闻——

> 薛姨妈因笑道："实在亏他，戏也看过几百班，从没见用箫管的。"贾母道："也有，只是像方才《西楼·楚江晴》一支，

多有小生吹箫和的。这大套的实在少，这也在主人讲究不讲究罢了。这算什么出奇?”指湘云道：“我像他这么大的时节，他爷爷有一班小戏，偏有一个弹琴的凑了来，即如《西厢记》的《听琴》,《玉簪记》的《琴挑》,《续琵琶》的《胡笳十八拍》,竟成了真的了，比这个更如何?”众人都道：“这更难得了。”贾母便命个媳妇来，吩咐他们吹一套《灯月圆》。

由这段描写可见，贾母的音乐素养确实是从小培养出来的，而且是在贵族世家有经济能力、也有钻研兴趣的环境下，对艺术精益求精的结果。其中财富固然是不可或缺的条件，这些戏班的畜养所费不赀，一般的富裕人家根本养不起；但所谓的“富贵”，关键在于“贵”字，“贵”的精神涵养才能使富有不落入暴发户的浅俗喧哗，而能有一份优雅、精致、沉静所带来的脱俗，耐人寻味。

这种“豪华落尽见真淳”的淡雅品味，还表现在茶道上。第四十一回叙写贾母带着刘姥姥一行人到了妙玉的栊翠庵，与出面亲自待客的妙玉有一番对话：

贾母道:“我不吃六安茶。”妙玉笑说:“知道。这是老君眉。”贾母接了，又问是什么水。妙玉笑回：“是旧年蠲的雨水。”贾母便吃了半盏。

其中，产于安徽省六安霍山地区的六安茶，以茶香醇厚闻名，属于明清时期最为人所称道的六品之一，与虎邱茶、天池茶、阳羡茶、龙井茶、天目茶并列，“入药最效，但不善炒，不能发香而味苦，茶之本性实佳”[①]；但贾母所爱的却不是这些名品，反倒接受茶味较为高爽淡雅的“老君眉”，并且用以烹煮的是“旧年蠲的雨水”，在年月的沉淀净化之下水质更为甘醇，能与淡雅的“老君眉”相衬，于是才吃了半盏。剩下的便递与刘姥姥尝尝，刘姥姥一口吃尽后，心得是：“好是好，就是淡些，再熬浓些更好了。”贾母和众人都笑起来。可见这种茶是以“淡”为韵，必须细细品味始能感受其耐人寻味之美，不以强烈浓郁的感官刺激为重，因此不能为刘姥姥所领略，这也是“清淡些好”的“雅致”表现。

（三）色彩之美

在音乐审美上“清淡些好”“音乐多了，反失雅致”的淡雅之美，也同样体现在“又大方又素净”的居家布置上。第四十回写刘姥姥逛大观园一段，当众人来到宝钗所住的蘅芜苑时，贾母对其中“雪洞一般，一色玩器全无，案上只有一个土定瓶中供着数枝菊花，并两部书，茶奁茶杯而已。床上只吊着青纱帐幔，衾褥也十分朴素”的居家环境，摇头说：

“使不得。虽然他省事，倘或来一个亲戚，看着不像；二则年轻的姑娘们，房里这样素净，也忌讳。我们这老婆子，越

① 见（明）屠隆：《考盘余事》，卷3，收入《丛书集成新编》第50册（台北：新文丰出版公司，1986），页339。

> 发该住马圈去了。……有现成的东西，为什么不摆？**若很爱素净，少几样倒使得**。**我最会收拾屋子的，如今老了，没有这些闲心了**。他们姊妹们也还学着收拾的好，**只怕俗气，有好东西也摆坏了**。我看他们还不俗。**如今让我替你收拾，包管又大方又素净**。我的梯己两件，收到如今，没给宝玉看见过，若经了他的眼，也没了。”说着叫过鸳鸯来，亲吩咐道：“你把那石头盆景儿和那架纱桌屏，还有个墨烟冻石鼎，这三样摆在这案上就够了。再把那水墨字画白绫帐子拿来，把这帐子（案：即原来吊挂的青纱帐幔）也换了。”

遥想蘅芜苑重新布置后的场景，显然贾母并未破坏原来素净简单的基调，因此所增换之物项也都是以黑白为主色的装饰品，但却因为精细不俗的造型与质地，以及摆放位置能与周遭的整体均衡协调，便产生高贵雅致的美感，为空空如也的房间画龙点睛，创造出水墨画般的灵动气韵而不会流于累赘与俗艳，完全不同于暴发户“有好东西也摆坏了”的俗气。这也落实了贾母所自称“让我替你收拾，包管又大方又素净”的高雅境界，诚然并非夸口。

当然，贾母的美学品位是能淡雅也能娇艳，尤其在配色上，有黑白的淡雅也有红绿的娇艳。同样在第四十回中，贾母也为林黛玉的潇湘馆重新布置一番，其配色的观念十分新颖不俗，所谓：

> 这个纱新糊上好看，过了后来就不翠了。这个院子里头又没有个桃杏树，这竹子已是绿的，再拿这绿纱糊上反不配。

> 我记得咱们先有四五样颜色糊窗的纱呢，明儿给他把这窗上的换了。……那个软烟罗只有四样颜色：一样雨过天晴，一样秋香色，一样松绿的，一样就是银红的，若是做了帐子，糊了窗屉，远远的看着，就似烟雾一样，所以叫作“软烟罗”。那银红的又叫作“霞影纱”。如今上用的府纱也没有这样软厚轻密的了。……明儿就找出几匹来，拿银红的替他糊窗子。

这一幅新糊上的银红色“霞影纱”，就是将来宝玉作“芙蓉女儿诔”后所修改的“茜纱窗下，我本无缘”（第七十九回）这两句中的“茜纱”，以致让黛玉感到与宝玉无缘的不祥而变了脸色。至于原来潇湘馆的整体色彩，乃是一片绿色竹荫中配上绿窗纱，难免流于没有层次变化的单调，因此贾母才会说“竹子已是绿的，再拿这绿纱糊上反不配”，于是在没有红艳桃杏的衬托之下，就通过窗纱的颜色来创造立体层次，而因应竹子的绿选用了霞影纱的红，形成万绿丛中一点红的意境，也在清幽中增添了生气，在寒冷里加入了温暖。

小说中，红与绿这两种原色的组合，也鲜明地体现在怡红院的植物安排上，其庭院中“一边种着数本芭蕉；那一边乃是一颗西府海棠，其势若伞，丝垂翠缕，葩吐丹砂”，因此宝玉认为：

> 此处蕉棠两植，其意暗蓄“红”“绿”二字在内。若只说蕉，则棠无着落；若只说棠，蕉亦无着落。固有蕉无棠不可，有棠无蕉更不可。……依我，题“红香绿玉”四字，方两全其妙。（第十七回）

这样红绿兼备的色彩设计与命名原则，到了元妃回来省亲时，宝玉奉命为四大建筑作诗，在《怡红快绿》这一首里，仍然一再突显红绿的对比并存，说道：

绿蜡春犹卷，红妆夜未眠。

于是怡红院的蕉棠两植、红绿两全，就在“红香绿玉”的题名与“绿蜡红妆”的题诗上充分展露。不只如此，小说家的“物谶”设计中，有一组就是袭人的松花汗巾与蒋玉菡的大红色茜香罗，通过宝玉的牵引交换，用来缔结袭人与蒋玉菡的宿命姻缘，恰恰也是“松青大红”的红绿组合。

事实上，《红楼梦》中的红绿相配是很常见的视觉景象，尤其在衣饰上，诸如：第三回“穿红绫袄青缎掐牙背心的一个丫鬟”，第二十四回“鸳鸯穿着水红绫子袄儿，青缎子背心”，第二十六回袭人“穿着银红袄儿，青缎背心”，第四十五回宝玉“里面只穿半旧红绫短袄，系着绿汗巾子，膝下露出油绿绸撒花裤子”，第六十三回“宝玉只穿着大红棉纱小袄子，下面绿绫弹墨夹裤”，芳官“束着一条柳绿汗巾，底下是水红撒花夹裤”，又第七十回晴雯“只穿葱绿院绸小袄，红小衣红睡鞋”，芳官则是“红裤绿袜”。这些都和怡红院的“红香绿玉”“绿蜡红妆”类似，而与潇湘馆的“绿竹红纱”一样，展现出第三十五回所揭示的色彩美学：

莺儿道：“大红的须是黑络子才好看的，或是石青的才压的佳颜色。”宝玉道：“松花色配什么？”莺儿道：“松花配桃红。”宝玉笑道：“这才娇艳。再要雅淡之中带些娇艳。”

莺儿是巧手慧心的工艺配色专家，贾宝玉则是追求新雅不落俗套的审美专家，两人一致认可“大红配石青”“松花配桃红”的配色原则，正是因为由此能够达到“这才娇艳”的美感效果，在在可见全书中的配色原则与色彩美学。早在五代时期（9 世纪）荆浩就在《画说》中印证了这一点：

红间黄，秋叶堕。**红间绿，花簇簇**。青间紫，不如死。粉笼黄，胜增光。[1]

如此一来，岂非证实了贾母也同样具备画家的审美眼光，让潇湘馆的外观从平面化为立体，从单调变成娇艳？

也因为如此之逼近画家的敏锐，第五十回描写宝琴披着凫靥裘站在四面粉妆银砌的山坡上遥等，后面一个丫鬟抱着一瓶红梅的如画景象，贾母看了喜得忙笑道：

“你们瞧，这山坡上配上他的这个人品，又是这件衣裳，后头又是这梅花，像个什么？”众人都笑道：“就像老太太屋里

① 见（五代）荆浩：《画说》，收入（明）唐志契编著，王伯敏点校：《绘事微言》（北京：人民美术出版社，1985），卷 3，页 82。

> 挂的仇十洲画的《双艳图》。”贾母摇头笑道：“那画的那里有这件衣裳？人也不能这样好！”

这正是著名的“宝琴立雪”，这幅绝色图画融入了优美的诗歌意境，脱化自唐代元稹《酬乐天雪中见寄》所歌咏的：

> 石立玉童披鹤氅，台施瑶席换龙须。……
> 镜水遶山山尽白，琉璃云母世间无。

可以说是名副其实的诗情画意的具体呈现。可是，当时却也只有贾母以独特的镜头映现出来，提醒在场的其他人一起发现美，注意到这一幕非凡的人物风光，这岂非突显了她的独具慧眼？尤其是，宝琴立雪的美感更胜于明代仇十洲（仇英）所画的《双艳图》，原因就在于：仇英虽然名列“明四家”中，与唐伯虎齐名，也擅长人物画，特别是仕女图，可是他出身工匠，早年做过漆工，属于第二回贾雨村所谓“生于诗书清贫之族”的“逸士高人”，缺乏公侯富贵之家的阅历眼界，因此即使技艺高超，仍然画不出宝琴那有如仙子般不食人间烟火的脱俗之美，更画不出他所没有见过的珍贵超凡的凫靥裘，于是名画《双艳图》反倒大为失色了。

（四）创新形式

从前面那些“弄个新样儿”的种种例子中，其实已经展现出贾母不落入陈套的创新精神与脱俗品味，也因此她索性改良各种生活中的既定形式，以增加更鲜活风雅的生活情韵。

如第四十回，提到贾母和王夫人商量着给史湘云还席时，宝玉建议道："既没有外客，吃的东西也别定了样数，谁素日爱吃的拣样儿做几样。也不要按桌席，每人跟前摆一张高几，各人爱吃的东西一两样，再一个什锦攒心盒子，自斟壶，岂不别致。"贾母听了，说"很是"，随即便命依样置办酒席。

同样在第四十回中，又写到贾母这位配色专家充满了尝试创新的能动性，对府中所藏的十分轻软厚密的软烟罗，她说："先时原不过是糊窗屉，后来我们拿这个作被作帐子，试试也竟好。"而当刘姥姥认为糊窗子未免暴殄天物，应该用来做衣裳才不浪费时，贾母立刻又道："倒是做衣裳不好看。"显然是娴熟已极的经验之谈，而这些经验都来自于创新的尝试，把软烟罗的各种表现潜能都开发出来，所以才能知道用来做帐子很美，做衣裳则是黯淡无光，这么一来就能让软烟罗不仅物尽其用，也能物尽其美，在最恰当的用途上展现出最精彩的效果。

另外，第四十三回"闲取乐偶攒金庆寿"一段写凤姐过生日，贾母别出心裁想出另一种庆生方式，说道："我想往年不拘谁作生日，都是各自送各自的礼，这个也俗了，也觉生分的似的。今儿我出个新法子，又不生分，又可取笑。……我想着，咱们也学那小家子大家凑分子，多少尽着这钱去办，你道好顽不好顽？"这种扮家家酒式的乐趣，化解了一成不变的单调生活，把行礼如仪的常规融入游戏成分，不但是一种创意的表现，也使贵族家庭的呆板生活轻松活泼得多。

整体而言，贾母在世家才德、母权施展、慈悲宽柔、审美情趣与生活雅兴上，都达到了儒家的最高理想。可以说，贾母是“富而好礼”“守礼而仁”的最佳典型，因此在玉帛礼制的框架内往往以温暖的人情给予滋润；又完全达到“知乐而仁”的境界，让钟鼓齐发的时候，能有清畅悠然的性灵感动人心，是贵族之“贵”字所代表的精神性的高度体现者。如谷川道雄所强调，“贵族之所以为贵族的必要资格，在于其人格所具有的精神性”[①]，如此一来，贾母正是曹雪芹用来表彰贵族价值的人物典范。

七、识人之明与处事之智

经验决定阅历，而经验又来自时间的累积，贾母在五六十年的世家生活中所培养起来的，更重要的是治家理事的明智，因此才能成为统摄了整个家族而维系百年家风于不坠的“严君”。

在荣府这个“家里上千的人”（第五十二回）的大家族里，包含了“从上至下也有三四百丁”（第六回）与“上上下下，就有几百女孩子”（第五回），这些涉及三四代的众多人员，构成了日常活动的繁复运作，以致“虽事不多，一天也有一二十件，竟如乱麻一般”（第六回）。而这些乱麻般的事件所牵涉到的各方人等，彼此之间又往往具有盘根错节的复杂关系，包含心理上的情感向背与实质上的利益纠葛，如何处理得妥帖稳当，仰赖的是高度的识人之明与

① 参〔日〕谷川道雄著，马彪译：《中国中世社会与共同体》（北京：中华书局，2004），页206。

处事之智。有识人之明才能知人善任，让每一个人都被放在最适合的位置，发挥最大的功能；有处事之智才能洞察情弊、权衡得失，而轻重得宜，不偏不倚，让事故妥善解决，杜绝不良的后遗症。这些当然都不是单靠温柔纯真就能做到的。

（一）识人之明、知人善任

先以识人之明、知人善任来说，凡出自贾母房中的丫鬟都是能力与人品兼具的优秀人才。第三回写道："贾母见雪雁甚小，一团孩气，王嬷嬷又极老，料黛玉皆不遂心省力的，便将自己身边的一个二等丫头，名唤鹦哥者与了黛玉。"这个名叫鹦哥的二等丫头，到了黛玉身边后就改名为紫鹃，而其为人正如第五十七回的回目"慧紫鹃情辞试忙玉"中，作者所给"慧"的一字定评，可见其人是极聪慧、贤慧的，贾母也亲口对紫鹃说："你这孩子素日最是个伶俐聪敏的。"则将此一"素日最是个伶俐聪敏"的丫头拨给了黛玉使唤，岂非正表现出对黛玉的疼惜宠爱？而她的聪慧忠诚也果然深获黛玉的信赖，两人情同姊妹，焦孟不离，如紫鹃所说的："把我给了林姑娘使，偏生他又和我极好，比他苏州带来的还好十倍，一时一刻我们两个离不开。我如今心里却愁，他倘或要去了，我必要跟了他去的。"可见两人的情深义重。而这样完美的主仆关系，都是要追溯到贾母绝妙的人事安排才能造就。

和紫鹃之于黛玉一样，袭人也是宝玉的得力助手，第三回又写道："这袭人亦是贾母之婢，本名珍珠。贾母因溺爱宝玉，生恐宝玉之婢无竭力尽忠之人，素喜袭人心地纯良，克尽职任，遂与了宝玉。”而袭人确实面面俱到地照管着怡红院和宝玉，第三十九回李纨就指着宝玉说：“这一个小爷屋里要不是袭人，你们度量到个什么田地!”则心地纯良、克尽职任，诚然是袭人的人格定评。

值得注意的是晴雯。这个和袭人性格截然不同的大丫鬟，其容貌可以获得大观园的选美冠军，而女红手艺也无出其右，所以才会抱病织补烧破了一个洞的孔雀裘。她同样也是贾母赏给宝玉的，并且带有给宝玉做妾的用意，因此第七十八回贾母听了王夫人将晴雯撵出的报告后，点头道：“晴雯那丫头我看他甚好，怎么就这样起来。我的意思这些丫头的模样爽利言谈针线多不及他，将来只他还可以给宝玉使唤得。”所谓的“将来只他还可以给宝玉使唤得”，意谓以后只有她还可以留在宝玉身边侍候他，而这就非升格为姨娘不可得。可见贾母确实喜爱美丽伶俐、会说话的女孩，因此甚至有意把晴雯作为宝玉的姨娘，她的审美倾向极为鲜明。

上面所谈到的三个重要丫鬟，都是贾母给她的两个爱孙的礼物，因此都是百中挑一的上上之选。至于贾母自己的贴身丫头鸳鸯，那就更是出类拔萃，形同贾母的分身，第三十九回李纨道：“大小都有个天理。比如老太太屋里，要没那个鸳鸯如何使得。从太太起，那一个敢驳老太太的回，现在他敢驳回。偏老太太只听他一个人的话。老太太那些穿戴的，别人不记得，他都记得，要不是他经管着，不知叫人诓骗了多少去呢。那孩子心也公道，虽然这样，倒常替人说好话儿，还倒不依势欺人的。”惜春笑道：“老太太昨儿还说呢，他比我们还强呢。”平儿道：“那原是个好的，我们那里比的上他。”而第四十七回中，贾母对邢夫人说道：“有鸳鸯，那孩子还心细些，我的事情他还想着一点子，该要去的，他就要了来，该添什么，他就度空儿告诉他们添了。……我这屋里有的没的，剩了他一个，年纪也大些，我凡百的脾气性格儿他还知道些。二则他还投主子们的缘法，也并不指着我和这位太太要衣裳去，又和那位奶奶要银子去。所以这几年一应事情，他说什么，从你小婶和你媳妇起，以至家下大大小小，没有不信的。所以不单我得靠，连你小婶媳妇也都省心。我有了这么个人，便是媳妇和孙子媳妇有想不到的，我也不得缺了，也没气可生了。”可见鸳鸯的任用是识人之明与知人善任的绝佳表现。

对于其他人贴身使用的丫鬟，贾母也同样看得清清楚楚，没有一丝含糊。例如第四十四回一再说“平儿那蹄子，素日我倒看他好”“我说那孩子倒不像那狐媚魇道的”，这也的确完全合乎事实，平儿人品端良、公平公正，是王熙凤的得力助手，正如李纨揽着平儿笑道：“我成日家和人说笑，有个唐僧取经，就有个白马来驮他；刘智远打天下，就有个瓜精来送盔甲；有个凤丫头，就有个你。你就是你奶奶的一把总钥匙……凤丫头就是楚霸王，也得这两只膀子好举千斤鼎。他不是这丫头，就得这么周到了！……你倒是有造化的。凤丫头也是有造化的。”（第三十九回）然而拿着总钥匙的大总管却从不狐假虎威，借机弄权牟利，心性之高贵纯正可想而知。于是，宝玉心中的评断也是：“平儿又是个极聪明极清俊的上等女孩儿，比不得那起俗蠢拙物……又思平儿并无父母兄弟姊妹，独自一人，供应贾琏夫妇二人。贾琏之俗，凤姐之威，他竟能周全妥贴。”（第四十四回）其才干之卓绝、心思之聪明、人品之高洁，正是鸳鸯一类的杰出人物，都是宝钗所谓“百个里头挑不出一个来”（第三十九回）的佼佼者，由此也可见贾母的观察之精准。

不仅如此，连偶一所见的宁府丫鬟，贾母竟然也都一目了然，第七十五回写贾母家常吃饭时，指着尤氏的丫头银蝶道：“这孩子也好，也来同你主子一块来吃。”银蝶在小说中总共只出现这一次，曹雪芹对她的描写也只有这一段，正是贾母称赞她的根据：就在同一回中，尤氏主仆等人到了稻香村，趁便洗脸净一净，尤氏“一面说，一面盘膝坐在炕沿上。银蝶上来忙代为卸去腕镯戒指，又将一大袱手巾盖在下截，将衣裳护严。小丫鬟炒豆儿捧了一大盆温水走至尤氏跟前，只弯腰捧着。李纨道：‘怎么这样没规矩。’银蝶笑道：‘说一个个没机变的，说一个葫芦就是一个瓢。奶奶不过待咱们宽些，在家里不管怎样罢了，你就得了意，不管在家出外，当着亲戚也只随着便了。’尤氏道：‘你随他去罢，横竖洗了就完事了。’炒豆儿忙赶着跪下”。可见宁国府的管理松散导致仪节失度，人员散漫轻忽，银蝶却仍然能够知礼守礼，协助维持家风，诚所谓出污泥而不染。贾母既然不在现场，没有亲眼看到这一幕，但银蝶的为人自然是处处流露而有着类似表现，再加上贾母的一双慧眼，点滴都尽收眼底，于是给予破格拔擢的肯定。至此，贾母的精准识人又再添一桩。

贾母的这种识人之明，却很少用来批评别人，在整部小说中，我们完全没有看到她口出恶言，只有在她的长子贾赦与长媳邢夫人太过逾越分际，侵犯到她的底线时，才动怒批判一二。第四十六回描写到贾赦欲娶鸳鸯一事，贾母在震怒中固然不免一时冲昏了头，而错怪迁怒于王夫人，但出气的对象虽然不对，对这件事潜藏的动机与意义却是了若指掌而一语中的，所谓："你们原来都是哄我的！外头孝敬，暗地里盘算。我有好东西也来要，有好人也要，剩了这么个毛丫头，见我待他好了，你们自然气不过，弄开了他，好摆弄我！"从而对王夫人、邢夫人两人的判断是："你这个姐姐（案：即王夫人）他极孝顺我，不像我那大太太一味怕老爷，婆婆跟前不过应景儿。"这与同一回作者描写邢夫人是"禀性愚犟，只知承顺贾赦以自保，次则婪取财货为自得，家下一应大小事务，俱由贾赦摆布"，可以说是全然吻合。于是顺着情节下去，接着贾母见四下无人，就当面数落邢夫人："我听见你替你老爷说媒来了。你倒也三从四德，只是这贤慧也太过了！你们如今也是孙子儿子满眼了，你还怕他，劝两句都使不得，还由着你老爷性儿闹。"(第四十七回)这么平淡的三言两语就让邢夫人满面通红，可想而知，贾母平日的言语修养是何等的自制而含蓄了。

另外，第七十一回还有一段情节，展现出贾母对邢夫人之性格的切实掌握。当时贾母过生日，凤姐捆送了得罪宁府尤氏的两个看门婆子，邢夫人却故意在众人面前为她们讨情，使凤姐难堪以致羞愧哭泣。贾母对王熙凤处置失礼婆子的做法甚表赞同，并一眼洞穿邢夫人借机羞辱王熙凤的鄙吝心态，说道："这才是凤丫头知礼处，难道为我的生日由着奴才们把一族中的主子都得罪了也不管罢。这是太太素日没好气，不敢发作，所以今儿拿着这个作法子，明是当着众人给凤儿没脸罢了。"正说着，只见宝琴等进来，也就不说了。

如此种种，都清楚说明了为什么虽然邢夫人是大房长媳，贾母却违反嫡长法则，把理家大权越位交给二房媳妇王夫人的关键原因。她清明的眼光看到“咱们家的男男女女都是‘一个富贵心，两只体面眼’”，这份体认正合乎第八回作者所说的“那贾家上上下下都是都是一双富贵眼睛”，因此她要选一个没有“富贵心，体面眼”的继承人，以维系“富而好礼”的宽柔家风，王夫人就是因此雀屏中选。

至于对贾赦这个长子，贾母的偏心冷落是完全合情合理的。不像有的父母对孩子是因爱而盲目，凡事都是自己的孩子好，以致偏私到没有是非的地步；相反地，贾母对贾赦的性格缺失是洞若烛火，如第四十六回凤姐所转述：“平日说起闲话来，老太太常说，老爷如今上了年纪，作什么左一个小老婆右一个小老婆放在屋里，没的耽误了人家。放着身子不保养，官儿也不好生作去，成日家和小老婆喝酒。太太听这话，很喜欢老爷呢?”也因此，虽然在嫡长制度之下仍然必须由贾赦袭官，但却将实质的理家大权交给次子贾政与次媳王夫人，而让这一房住在“仪门内大院落，上面五间大正房，两边厢房鹿顶耳房钻山，四通八达，轩昂壮丽”的荣府核心“荣禧堂”（第三回）。后来贾赦为女儿迎春所安排的婚事，贾母也并不赞同，果然迎春惨嫁孙绍祖之后横遭折磨，竟至于短短一年就香消玉殒，从后果来推，贾母之所以不赞同这门亲事，也是对贾赦性格不端、不以女儿幸福为念的洞察所致。因此可以说，贾母把理家大权交给贾政与王夫人，正是明智的抉择。

（二）处事明智、深体时艰

卓越的识人之明，促进了高明的处事之智。这首先反映在因应不同的身份资产而分派得斤两悉称，能够恰如其分，达到打破齐头式平等的实质公平。

第四十三回贾母出面号召全府为凤姐祝寿，由大家出资筹办，贾母位高财丰，出二十两，以下依辈分逐级递减四两，到了管家赖大之母时，说："少奶奶们十二两，我们自然也该矮一等了。"也就是只出八两。但贾母听说后，便表示："这使不得。你们虽该矮一等，我知道你们这几个都是财主，分位虽低，钱却比他们多。你们和他们一例才使得。"众嬷嬷听了，连忙答应。可见贾母并没有落入贵贱等级的形式窠臼，而是依照他们的实质收益提高额度，与尤氏、李纨这类年轻少奶奶一体。既然凑分子筹办生日是出于人情，本就应该考虑各人的心意实力，而不是讲究虚名，如此才能达到真正的公平，则此一"实质公平"的裁量便充分显示出贾母因事制宜的明智。

此外，处事之智的这一点，因为贾母已经退居幕后、不问家务，主要是表现在严查赌博、洞悉弊端上。

第七十一回描写贾母生日时，凤姐捆送了得罪尤氏的两个看门婆子，邢夫人却故意在众人面前为她们讨情，使凤姐难堪以致羞愧哭泣。贾母对王熙凤处置失礼婆子的做法甚表赞同，道："这才是凤丫头知礼处，难道为我的生日由着奴才们把一族中的主子都得罪了也不管罢。"确立轻重主从，才能维持和谐井然的生活秩序，若是以贾母生日为借口，"由着奴才们把一族中的主子都得罪了也不管”，就会导致“乱为王”（第六十回）的脱序现象，迎春就是一个惨遭其害的最佳例子。第七十三回“懦小姐不问累金凤”一段，刁奴王住儿媳妇看准迎春好欺负，竟破坏规矩登堂入室，和两个捍卫主子正义的丫头大嚷大叫，甚至捏造假账要胁迎春，造成了严重的生活混乱与迎春的心绪不宁，由此一例，便可见一斑。必须说，在贵贱之别的阶级社会里，身份等差的各安其位就是维持秩序的最高原则，而贾母的主从轻重之分，正是权衡大局的应有分寸。

至于第七十三回所记载，有人入侵大观园，灯笼火把搜查拷问闹了一夜，却一无所获。贾母得悉之后，道：“我必料到有此事。如今各处上夜都不小心，还是小事，只怕他们就是贼也未可知。”当后来获知竟有开设赌局之事时，便对探春说道：

> 你姑娘家，如何知道这里头的利害。你自为耍钱常事，不过怕起争端。殊不知夜间既耍钱，就保不住不吃酒；既吃酒，就免不得门户任意开锁。或买东西，寻张觅李，其中夜静人稀，趋便藏贼引奸引盗，何等事作不出来。况且园内的姊妹们起居所伴者皆系丫头媳妇们，贤愚混杂，贼盗事小，再有别事，倘略沾带些，关系不小。这事岂可轻恕。

因此即刻下令查出头家赌家来，绝不含混；在盘查出赌家之后，更毫不留情地施加重罚严惩，不但烧毁所有赌具，赌钱全数没收入官分众，更将为首者每人四十大板并撵出不许再入，以昭迴戒。由于三个大头家中赫然有迎春之乳母在内，而乳母是“婢之贵者”，地位介乎主仆之间，往往还高过年轻主子，因此黛玉、宝钗、探春三人出面为之讨情，但这时贾母竟然一反常态地以严词拒绝徇情，毫无商量余地，理由十分入情入理：

> 你们不知。大约这些奶子们，一个个仗着奶过哥儿姐儿，原比别人有些体面，他们就生事，比别人更可恶，专管调唆主子护短偏向。我都是经过的。况且要拿一个作法，恰好果然就遇见了一个。你们别管，我自有道理。

由此可见，她对乳母仗势欺人的习性真可谓了若指掌，既呼应了先前宝玉之奶娘李嬷嬷私取豆腐皮包子、贪尝枫露茶（第八回）、强吃酥酪（第十九回）、排揎袭人（第二十回）等倚老卖老、仗势欺人的作为，又切合当前迎春之乳母一家偷卖累金凤、捏造假帐、威逼讨情的恶形恶状，因此最是切中肯綮。这正是长期处理家务所培养出来的犀利明智的洞察力，所以才会如此一针见血，也因此完全不假宽贷，所谓“我自有道理”的“道理”，就是要以儆效尤，杜绝后患。最后，贾母这样“拿一个作法”的严厉处置，与探春初初掌理大观园时，宝玉所谓探春“单拿我和凤姐姐作筏子禁别人。最是心里有算计的人，岂只乖而已”（第六十二回）二者之间，又相差几希？

探春在当家之初就一鸣惊人，正显示出她所具备的高度才智，既能够让王熙凤自认不如并有所忌惮，所谓：“他又比我知书识字，更厉害一层了。”平儿也说：“二奶奶在这些大姑子小姑子里头，也就只单畏他五分。”（第五十五回）那么合理地推测，如果让探春成长到凤姐的年龄，并且获得人妻的当家权力，那么她必然会更超胜于凤姐之上。就此而言，参照贾母所说的：“当日我像凤哥儿这么大年纪，比他还来得呢。”(第三十五回）则探春可以说是未来的贾母，对贾母的认识与评价，也可以从探春获得基本轮廓，难怪在贾母的宠儿名单里，后来又再加上了探春。当第七十一回南安太妃来为贾母祝寿时，要见她们姊妹，贾母便命凤姐去把史、薛、林带来，“再只叫你三妹妹陪着来罢”，与出类拔萃的湘云、宝钗、黛玉并列，比起原先的韬光养晦已不可同日而语，甚至鸳鸯直接对探春清楚指出“如今老太太偏疼你”，这真是探春完全由自己挣来的荣宠，值得令人赞叹。

此外，贾母的处事之智还以一种非常特殊的方式展现出来，那就是深体时艰，把自己当作家族共同体的一员，一起面对眼前的困境，并以不着痕迹的形式协助凤姐力挽狂澜。

贾府来到了末世，直接发生严重的经济难题，连黛玉都观察到：“咱们家里也太花费了……出的多进的少，如今若不省俭，必致后手不接。”(第六十二回）王熙凤更具体明确地指出：

> 家里出去的多，进来的少。**凡百大小事仍是照着老祖宗手里的规矩，却一年进的产业又不及先时**。多省俭了，外人又笑话，老太太、太太也受委屈，家下人也抱怨刻薄；**若不趁早儿料理省俭之计，再几年就都赔尽了**。（第五十五回）

确实在一般情况下，“凡百大小事仍是照着老祖宗手里的规矩”，理家的凤姐因此也面对了入不敷出的窘况。但其实贾母对“出的多进的少”是心知肚明的，因此在一些地方仍然可以看到贾母深体时艰，主动省俭用度，例如：第四十七回提到贾母对邢夫人说道：“凡百事情，我如今都自己减了。”又第七十五回描写中秋夜宴时，“贾母见自己的几色菜已摆完，另有两大捧盒内捧了几色菜来，便知是各房另外孝敬的旧规矩。贾母因问：‘都是些什么？上几次我就吩咐，如今可以把这些蠲了罢，你们还不听。如今比不得在先辐辏的时光了。’”果然随后便发生红稻米粥短缺之事，鸳鸯就此说道：“如今都是可着头做帽子了，要一点儿富余也不能的。”而贾母也体贴家下人的窘困，顺着鸳鸯的话开起玩笑道：“这正是‘巧媳妇做不出没米的粥’来。”众人都笑起来，化解了一场尴尬。

除主动省俭用度之外，贾母也暗中帮助凤姐渡过经济难关。第七十二回写贾府的经济情况因青黄不接到了完全无法解决的地步，于是无可奈何的凤姐与贾琏就向鸳鸯商讨偷借贾母的私房东西以应急；但这件事贾母其实是心知肚明而暗暗默许的，如第七十四回平儿所说：“鸳鸯虽应名是他私情，其实他是回过老太太的。老太太因怕孙男弟女多，这个也借，那个也要，到跟前撒个娇儿，和谁要去，因此只装不知道。纵闹了出来，究竟那也无碍。”换句话说，贾母绝不是一个会被蒙蔽的人，鸳鸯也绝不是一个会欺瞒如此信赖她的主子的人。贾母之所以睁一只眼闭一只眼，为的是避免引发后患，日后子孙们若都以此为口实要求援例办理的话，贾母岂非应付不完，而她的资产也势必如流水般迅速一空；若是不全部一体比照的话，却又必然引起子孙之间的怨怼计较，那更会造成家人之间的嫌隙不和，诚可谓后患无穷。因此脂砚斋也指出，这一段情节是：

> 奇文神文，岂世人相(想)得出者。前文云“一想(箱)子”，若是私拿出，贾母其睡梦中之人矣。盖此等事作者曾经，批者曾经，实系一写往是(事)，非特造出，故弄新笔，究经不记不神也。(第七十四回批语)

意思是贾母绝不是睡梦中的人任由欺瞒，她一方面让鸳鸯帮忙解决当前的燃眉之急，自己则“只装不知道”，确实是两全其美的最好做法。

由以上种种作为，可见贾母并不只是一味安富尊荣的人，在贾家面临难关的时候，就从女儿们的命运女神回到家族的救世母神，在末世的局势下，以弹性的做法补缺应急，维持局面，这也隐隐然召唤出女娲补天的身影。

(三)幽默诙谐、勇于认错

至于处事之智的再一种特殊方式，就是幽默诙谐，把一板一眼的照章行事转化为轻松有趣，让相关人等都如沐春风，也减轻了心理压力。

例如第五十回描写薛姨妈欲出资宴请贾母，贾母笑说等下雪时再破费不迟，凤姐便建议道：“姨妈仔细忘了，如今先秤五十两银子来，交给我收着，一下雪，我就预备下酒，姨妈也不用操心，也不得忘了。”贾母笑道：“既这么说，姨太太给他五十两银子收着，我和他每人分二十五两，到下雪的日子，我装心里不快，混过去了，姨太太更不用操心，我和凤丫头倒得了实惠。”凤姐将手一拍，笑道：“妙极了，这和我的主意一样！”众人都笑了。

再者，第五十三回也有一段类似的情节：于宁国府除夕祭宗祠之后，贾母未曾留下吃晚饭便打道回府，对百般挽留的尤氏诸人笑说道：“你这里供着祖宗，忙的什么似的。那里搁得住我闹。况且我每年不吃，你们也要送去的。不如还送了去，我吃不了留着明儿再吃，岂不多吃些。”说得大家都笑了。

另外，有一个比较特别的例子，是发生在第七十六回，当时中秋夜贾府阖家于大观园中赏月，

> 尤氏笑道：“我今日不回去了，定要和老祖宗吃一夜。”贾母笑道：“使不得，使不得。你们小夫妻家，今夜不要团圆团圆，如何为我耽搁了。”尤氏红了脸，笑道：“老祖宗说的我们太不堪了。我们虽然年轻，已经是十来年的夫妻，也奔四十岁的人了。况且孝服未满，陪着老太太顽一夜还罢了，岂有自去团圆的理。”贾母听说，笑道：“这话很是，我倒也忘了孝未满。可怜你公公已是二年多了，可是我倒忘了，该罚我一大杯。”

在这段对话中，贾母竟然开起孙媳妇的玩笑，还涉及“闺房性事”的话题，所谓的“团圆团圆”暗指男女交欢之举，虽然幽默诙谐却已经带有一点老不正经的意味，难怪尤氏听了会红了脸，赶紧用老

夫老妻的资历和守孝服丧的礼节来撇清对闺房性事的热衷，以免落入“太不堪”的人品。其中，尤其是守孝三年的礼节对注重孝道的这等人家而言，最是强而有力，因此贾母立刻承认错误，竟忘了尤氏的公公贾敬过世还不到三年的家族大事，并且因此开了一个不当的玩笑，陷孙媳妇于不孝，于是重罚自己一大杯。这可以说是贾母幽默稍过的一个独特例子，全书中也仅此一见。

在中秋夜开了“团圆”玩笑的这个例子上，同时也反映出贾母勇于认错的性格。承认自己有错已经是一般人都难以做到的，何况以贾母身为金字塔尖人人奉承的老祖宗，早已习惯于一言九鼎、一呼百诺，代表了贾府的金科玉律，从常情来说，更容易养成威权的高姿态；但令人赞叹的是，贾母却完全超越了这种人性弱点，没有倚老卖老、唯我独尊的大老心态，反而能够知过立改、勇于认错，最是难能可贵。

除前面所见自罚一杯的道歉之外，还有一段很具代表性的情节，出现在第四十六回，当贾母因贾赦欲娶鸳鸯而迁怒于王夫人时，情况是：

> **探春有心的人**，想王夫人虽有委屈，如何敢辩；薛姨妈也是亲姊妹，自然也不好辩的；宝钗也不便为姨母辩；李纨、凤姐、宝玉一概不敢辩；这正用着女孩儿之时，迎春老实，惜春小，因此窗外听了一听，便走进来陪笑向贾母道：“这事与太太什么相干？老太太想一想，也有大伯子要收屋里的人，小婶子如何知道？便知道，也推不知道。”犹未说完，贾母笑道：

> "可是我老糊涂了！……可是委屈了他。"……因又说道："宝玉，我错怪了你娘，你怎么也不提我，看着你娘受委屈？"宝玉笑道："我偏着娘说大爷大娘不成？通共一个不是，我娘在这里不认，却推谁去？我倒要认是我的不是，老太太又不信。"贾母笑道："这也有理。你快给你娘跪下，你说太太别委屈了，老太太有年纪了，看着宝玉罢。"

在这一段话里，探春作为"有心的人"，所"想"的涵盖了在场诸人碍于种种顾虑而不便出面的为难之处，包括王夫人、薛姨妈、宝钗、李纨、凤姐、宝玉等，使得场面甚僵，王夫人更含冤莫白；而在"这正用着女孩儿之时"，却又遇到"迎春老实，惜春小"的使不上力，因此探春"窗外听了一听，便走进来陪笑"，向贾母说明王夫人乃是无辜被错怪，以澄清王夫人的冤屈。而话犹未说完，贾母一点就透，立刻笑着承认自己是"老糊涂了！……可是委屈了他"，同时要宝玉代替自己向王夫人下跪陪不是。整个过程中，贾母完全没有因为被指出错误而恼羞成怒，反倒对自己的错误没有丝毫掩饰，更没有强词夺理，承认错误时也没有丝毫犹豫，没有因为面子上挂不住导致下不了台的尴尬，她就这么爽快自然地坦然认错，若非平日就是善于省察自我的谦谦君子，何能致此？而世上握有权力的各级主管们，能达到此一境地的人几希？

无独有偶，还有一段情节可以作为绝佳补充：第五十四回贾府上下正热闹地过除夕夜，宝玉下席出恭去了，贾母发现袭人没有跟着宝玉，便误会她是"如今也有些拿大了，单支使小女孩子出来"，也对王夫人以“母丧热孝不便前来”作为辩护不以为然，点头笑道：“跟主子却讲不起这孝与不孝。若是他还跟我，难道这会子也不在这里不成？皆因我们太宽了，有人使，不查这些，竟成了例了。”这时王熙凤连忙过来，解释除母丧守孝的原因之外，还有园中必须照看、防范火烛危险、预备宝玉回房就寝所需等等的各种考量，“所以我叫他不用来，只看屋子。散了又齐备，我们这里也不耽心，又可以全他的礼，岂不三处有益。老祖宗要叫他，我叫他来就是了”。贾母听后，忙说：“你这话很是，比我想的周到，快别叫他了。”甚至还体贴同样丧母的鸳鸯，让她去和袭人一起做伴，以互倾丧母之悲，又命婆子将些果子菜馔点心之类予她们两个吃去。整体来看，贾母并没有一味摆出主子的架式，只是认为主从之间还是要有一定的分际，不能以私害公，一旦了解到这确实是更好的做法，便公然承认王熙凤的人事安排比她自己想得周到。其中意义与上一段的情节正是异曲同工。

由此种种，可见贾母并没有被权力腐化，成为唯我独尊、作威作福的慈禧太后。参照黛玉观察探春当家理事后的表现，所谓：“你家三丫头倒是个乖人。虽然叫他管些事，倒也一步儿不肯多走。差不多的人就早作起威福来了。”这段话深刻把握到“权力”对人性的负面影响，只不过是“管些事”而已，就足以让普通人趾高气昂、目空一切，那么若是集权于一身，岂非就会变成独裁霸道的暴君？权力之腐蚀人性，威力可见一斑。而贾母却能在万人之上的地位，依然察纳雅言，反躬自省，能威严，也能幽默；临事处断明快，却也勇于认错，让一家人感到宽和可亲。她绝不是黛玉所谓的“差不多的人”，而堪称是贤德聪慧的女君子。

八、老年心理

当然，贾母毕竟上了年纪，在不同的人生阶段会有不同的关怀与人生安排，也不可能完全免于人性所必有的若干缺点。

以老年人较常见的生活关怀与人生安排而言，贾母所表现出来的主要倾向，便是“爱热闹、喜玩笑”。毕竟在“人生七十古来稀”的垂暮之年，生命终点遥遥在望，容易产生一种接近死亡的寂寞甚至恐惧，因而更加不喜欢孤独，比较喜爱人群围绕的热闹欢笑。小说中对这一点的描写是多处可见的，例如：第八回写宁府摆酒席演戏，“凤姐又趁势请贾母后日过去看戏。贾母虽年老，却极有兴头。至后日，又有尤氏来请，遂携了王夫人林黛玉宝玉等过去看戏。”又第十一回写王熙凤对贾珍道：“老太太昨日还说要来着呢，因为晚上看着宝兄弟他们吃桃儿，老人家又嘴馋，吃了有大半个，五更天的时候就一连起来了两次，今日早晨略觉身子倦些。因叫我回大爷，今日断不能来了，说有好吃的要几样，还要很烂的。”贾珍听了笑道：“我说老祖宗是爱热闹的，今日不来，必定有个原故，若是这么着就是了。”

另外，第二十二回也有所反映：

> 贾母因问宝钗爱听何戏，爱吃何物等语。宝钗深知**贾母年老人，喜热闹戏文，爱吃甜烂之食**，便总依贾母往日素喜者说

了出来，贾母更加欢悦。……只得点了一折《西游记》。贾母自是欢喜，然后便命凤姐点。凤姐亦知**贾母喜热闹，更喜谑笑科诨**，便点了一出《刘二当衣》。贾母果真更又喜欢，然后便命黛玉点。

后来阖家制灯谜玩乐时，贾政念了一个给贾母猜，谜题是："身自端方，体自坚硬。虽不能言，有言必应。"念完后悄悄将"砚台"之谜底告诉宝玉，让宝玉泄漏给贾母知道，以便一猜即中。当贺彩大盘小盘一齐送上来时，"贾母逐件看去，都是灯节下所用所顽新巧之物，甚喜，遂命：'给你老爷斟酒。'"

这种热闹，在第二十九回"享福人福深还祷福"一段达到了高峰，其中就描写了一次这样的盛况：当贾母听到王熙凤约宝钗、黛玉、宝玉等一起去清虚观打醮看戏时，不但自己要去，并鼓励大家都去：

向宝钗道："你也去，连你母亲也去。长天老日的，在家里也是睡觉。"宝钗只得答应着。贾母又打发人去请了薛姨妈，顺路告诉王夫人，要带了他们姊妹去。王夫人……因打发人去到园里告诉："有要逛去的，只管初一跟了老太太逛去。"这个话一传开了，别人都还可已，只是那些丫头们天天不得出门槛子，听了这话，谁不要去。便是各人的主子懒怠去，他也百般撺掇了去，因此李宫裁等都说去。贾母越发心中喜欢。

于是贾母率领着众女眷浩浩荡荡地出发，可谓盛况空前，此处不再赘引。再者，第三十八回记载王熙凤要宝逗笑，众人都笑软了，贾母笑道："明儿叫你日夜跟着我，我倒常笑笑觉的开心，不许回家去。"还有第五十三至五十四回的年节庆典上，筵席中穿插了唱戏演出，"却说贾珍贾琏暗暗预备下大簸箩的钱，听见贾母说'赏'，他们也忙命小厮们快撒钱。只听满台钱响，贾母大悦"。

就此而言，贾母常常找来孙子女们一处玩笑，或者亲自到园中探视孙女，都是从中获得情感慰藉的一种方式，在晚辈承欢的当下，可以忘记年老，可以冲淡寂寞，暮年的悲凉就在青春洋溢的欢快中消翳不存。也因为如此，她喜欢"看着多多的人吃饭，最有趣的"（第七十五回），又最爱节庆团聚的欢乐，因为这些时候都是她品尝浓郁亲情的美好时刻。试看第五十四回"史太君破陈腐旧套"一段中，贾母于元宵佳节的天伦团聚中即表示道："我正想着虽然这些人取乐，竟没一对双全的，就忘了蓉儿。这可全了，蓉儿就合你媳妇坐在一处，倒也团圆了。"可见"团圆"心理之浓厚。

到了第七十五回阖家于中秋夜到大观园中赏月时，在凸碧山庄厅前平台上列下桌椅，又用一架大围屏隔作两间，凡桌椅形式皆是圆的，特取团圆之意。上面居中贾母坐下，左垂首贾赦、贾珍、贾琏、贾蓉，右垂首贾政、宝玉、贾环、贾兰，团团围坐。只坐了半壁，下面还有半壁余空。贾母笑道："常日倒还不觉人少，今日看来，还是咱们的人也甚少，算不得甚么。想当年过的日子，到今夜男女三四十个，何等热闹。今日就这样，太少了。"也为了人少的缺憾，贾母打起精神努力延长团圆的时间，以求得放大团圆的感受，第七十六回就写她任性取乐，连邢夫人、王夫人等都已经“因夜深体乏，且不能胜酒，未免都有些倦意，无奈贾母兴犹未阑，只得陪饮”，后来鸳鸯劝慰夜深应歇，贾母又道：“偏今儿高兴，你又来催。难道我醉了不成，偏到天亮！”因命再斟酒说笑话，直熬到四更，始下令散伙。

可见对暮年的老人家来说，一家团聚热闹相守，是最重要、也最美好的人生境地，因此必须说，贾母虽喜欢热闹，却绝不流于喧嚣，相较于贾珍于宁府“这边唱的是《丁郎认父》《黄伯央大摆阴魂阵》，更有‘孙行者大闹天宫’‘姜子牙斩将封神’等类的戏文，倏尔神鬼乱出，忽又妖魔毕露，甚至于扬幡过会，号佛行香，锣鼓喊叫之声远闻巷外”，流于宝玉所感到的“繁华热闹到如此不堪的田地”（第十九回），贾母所爱的亲人团聚的“热闹”绝非粗俗恶赖的盈耳喧哗，而是生气勃勃的清欢有味。因此，一方面我们在第二十二回可以看到，当宝钗为投贾母之所好而点了一出《鲁智深醉闹五台山》时，此出戏乃是在热闹之中隐含了“排场又好，词藻更妙”“铿锵顿挫，韵律不用说是好的”的优点与深度，如此才足以真正达到迎合贾母的功能。而另一方面也如同宝玉般，出现贾母亦不堪热闹的情节，于第五十四回的元宵夜宴听戏时，贾母因为“刚才八出《八义》闹得我头疼，咱们清淡些好”，又第七十六回在凸碧山庄赏月闻笛时，指出：“音乐多了，反失雅致，只用吹笛的远远的吹起来就够了。”可见贾母所喜爱的热闹是苏轼所说的“人间有味是清欢”（《浣溪纱〔元丰七年十二月二十四日从泗州刘倩叔游南山〕》，因此温暖而有情韵。

从第二十二回所谓的“宝钗深知贾母年老人，喜热闹戏文，爱吃甜烂之食”，可以看到贾母也爱甜烂之食，“甜”是一般人都喜欢的口味，“熟烂”则是老人家受限于咀嚼能力的退化所形成的偏好。不过贾母虽喜甜烂之食，却不爱油腻之物，第四十一回记载大家用点心时，“那盒内一样是一寸来大的小饺儿……贾母因问什么馅儿，婆子们忙回是螃蟹的。贾母听了，皱眉说：‘这油腻腻的，谁吃这个！’那一样是奶油炸的各色小面果，也不喜欢”。这或许是因为平日已经饮食富足，难免感到厌腻，有时得以清淡调剂，但如果相较于贾母在其他艺术品位上的表现，必须说贾母应该还是以精致清雅的口味为主，对油腻的大鱼大肉不感兴趣。

另则，除爱热闹、喜玩笑、爱吃甜烂食物之外，贾母的“好吉利、尚迷信”也是老年人更为常见的心理特征。小说中对此也多处着墨：首先是第二十九回贾母率族人到清虚观打醮祈福，于神前拈戏时，戏码依序是头一本《白蛇记》，第二本《满床笏》，听到这一出富贵鼎盛的吉祥戏，贾母笑道：“这倒是第二本上？也罢了。神佛要这样，也只得罢了。”意思是神佛的旨意却之不恭，只得欣然接受，颇有一种欲迎还拒的谦逊意味；但当她又问第三本时，贾珍回答第三本是《南柯梦》，“贾母听了便不言语”。既然神前所拈的戏都是神佛的旨意，那么紧接着的南柯一梦就是否定了前面的“满床笏”，等于是对眼下的富贵的终结，不祥的意味清晰可感，于是领略到其中暗示的贾母便不再言语，从前面的欣然接受一变而为黯然接受，无言以对。

再者，第三十九回写刘姥姥来到荣国府，为了迎合贾家女眷而胡诌乡野故事，言及女孩儿雪地里抽柴草时，恰恰南院马棚里发生了小火灾——

> 忽听外面人吵嚷起来，又说："不相干的，别唬着老太太。"贾母等听了，忙问怎么了，丫鬟回说："南院马棚里走了水，不相干，已经救下去了。"**贾母最胆小的**，听了这个话，忙起身扶了人出至廊上来瞧，只见东南上火光犹亮。贾母唬的口内念佛，忙命人去火神跟前烧香。王夫人等也忙都过来请安，又回说"已经下去了，老太太请进房去罢。"贾母足的看着火光息了，方领众人进来。

而宝玉对眼前的危险毫不在意，一心只记挂着那个抽柴的女孩，只管追问后续故事，且忙着问刘姥姥："那女孩儿大雪地作什么抽柴草？倘或冻出病来呢？"这时贾母便说道："都是才说抽柴草惹出火来了，你还问呢。别说这个了，再说别的罢。"将"抽柴草"和"惹出火"之间建立出因果关系，正是一种常见的迷信式连结，贾母在此所呈现的，确然是一种出于对灾祸的恐惧而产生的非理性反应。

还有，第四十七回众女眷一起打牌时，贾母对薛姨妈说："我不是小器爱赢钱，原是个彩头儿。"也就是说，比起实质的赢钱，她更在乎的是好兆头。这一段情节最直接地表现出贾母对祸福吉凶的心念系之，因此处处留意生活中的各种偶然现象，把它们都当作一种上天有意安排的征兆。再参照第四十九回写邢夫人之兄嫂、凤姐之兄王仁、李纨之寡婶、薛蟠之从弟薛蝌共四路人马，各带着年轻少女进京，路上凑巧相遇一处来到贾府，贾母、王夫人都欢喜非常。贾母因笑道："怪道昨日晚上灯花爆了又爆，结了又结，原来应到今日。"

从而，在"过年"这个中国传统中最重要的时节里，阖家团圆迎接新的一年，除了避免负面的事务之外，还可以透过人为的刻意安排创造吉利的好兆头。第五十三至五十四回描写元宵当夜唱戏贺岁，唱《西楼·楼会》这出将终之时，贾母说了声"赏"——

> 早有三个媳妇已经手下预备下簸箩，听见一个"赏"字，走上去向桌上的散钱堆内，每人便撮了一簸箩，走出来向戏台说："老祖宗、姨太太、亲家太太赏文豹买果子吃的！"说着，向台上便一撒，只听豁啷啷满台的钱响。……贾珍贾琏暗暗预备下大簸箩的钱，听见贾母说"赏"，他们也忙命小厮们快撒钱。只听满台钱响，贾母大悦。

这种挥金撒钱的乐趣，除了满台清脆声响的热闹之外，更重要的是一种家道丰饶、财富满溢的具体表现，因此身为晚辈的贾珍、贾琏特别锦上添花，加强盛大盈余的富裕感，使得贾母心中大悦。

如此说来，以上种种现象显示出贾母对祸福吉凶的征兆确实非常敏感，甚至带有一些迷信而诉诸非理性的因果连结，这也是贾母晚年的一个性格特征。

另外应该注意的是，当我们高歌母神的伟大时，也不能忽略母神内涵中相反的另一面，也就是"恐怖女性"（Terrible Female）的阴暗内涵。

事实上，在原始神话中，从来就没有忽视过母性邪恶的一面。荣格对集体无意识的研究指出，母亲原型作为在远古神话和梦境中常常出现的原型（archetypes）中的一种，具有两组性质截然相反的属性[①]，这种极端冲突的矛盾性不断地被后来的学者所发挥。如乔瑟夫·坎贝尔即指出，单一的原因可以在这个世界的框架中产生善与恶的双重效应，同样地，生命之母等于死亡之母，存在于人类记忆的隐密空间中的不只是仁慈的"好"母亲，也有"坏"母亲的意象，并同时汇集于如月神黛安娜之伟大女神的根基中。[②]艾瑟·哈婷（Mary Esther Harding, 1888—1971）在追溯神话故事时，也提出了月母神（the Moon Mother）兼具两种正负特性的说法[③]，尤其值得注意的是，月母神负面、邪恶的一面，往往是针对男性而言，对女性却是同性相纳，手下留情，摆出善良的姿态，因此，作为月母神的儿子，在享受其养育恩泽之余，亦往往为其邪恶所颠覆伤害，成为牺牲品。[④]这种矛盾性，不仅见诸神话中的妇女形象，更

---

① Carl G. Jung, *The Collected Works of C. G. Jung*, Volume 9. Part I, p. 82. 亦可参〔德〕埃利希·诺伊曼著，李以洪译：《大母神——原型分析》，页 148—212。

② 参〔美〕乔瑟夫·坎贝尔著，朱侃如译：《千面英雄》，页 113—117、331。

③ 见 M. 艾瑟·哈婷著，蒙子、龙天、芝子译：《月亮神话——女性的神话》（上海：上海文艺出版社，1992），第 3 章，页 38—39。

④ M. Esther Harding, *Woman's Mysteries: Ancient and Modern* (New York: Harper & Row, 1976), pp. 106-206. 中文译介可参李仕芬：《女性观照下的男性》（台北：联经出版公司，2000），页 45。

是妇女心理学的恒常论题。[1]

在母性中，如此之扮演阻碍、禁止和处罚角色的“坏”母亲意象，便呈现出埃利希·诺伊曼在研究大母神时所指出的“恐怖女性”的负面基本特征：“恐怖女性（Terrible Female）是无意识的一种象征。……代表原型女性的黑白宇宙之卵，其黑暗的一半产生了种种恐怖的形象，这些形象表现了生命和人类心理黑暗的、深不可测的方面。正如世界、生命、自然和灵魂被经验为有生殖力的、赋予营养、防护和温暖的女性一样，它们的对立面也在女性意象中被感知；死亡和毁灭，危险与困难，饥饿和无防备，在黑暗恐怖母神面前表现为无助。这样，大地子宫变成了地下致命的、吞噬的大口，等同于受孕的子宫、防护的地洞与山涧、地狱的深渊、深藏的暗穴、坟墓和死亡吞噬的子宫，没有光明，一片空虚。”[2]

以这样的说法来衡量《红楼梦》中的母亲们，可以见出一定程度的契合之处。譬如贾母厌恶长子贾赦而多冷眼相待，也往往为了女孙辈的安乐自在而撵走次子贾政，以致贾政甚至向母亲委屈陪笑道：“何疼孙子孙女之心，便不略赐以儿子半点？”（第二十二回）似乎贾母对儿子并不像对孙辈那么的慈爱宽容。而薛姨妈则提供了另一种类型，她因薛蟠年幼丧父，“怜他是个独根孤种，未免溺爱纵容，遂至老大无成”（第四回），这种溺爱造成了对儿子正向成长的阻碍，本质上也具有破坏性的成分。但表现出恐怖女性和母神阴

---

① Janet Shibley Hyde, and B. G. Rosenberg, *Half the Human Experience: The Psychology of Women* (Lexington: Health, 1980), pp. 21-22.

② 〔德〕埃利希·诺伊曼著，李以洪译：《大母神——原型分析》，页 149。

暗面最为最典型的，应该是赵姨娘，赵姨娘因为过度阴微自私的心性，将贾环的人格发展导向扭曲劣化，如同凤姐对贾环的斥责所言："叫这些人教的歪心邪意，狐媚子霸道的。自己不尊重，要往下流走，安着坏心，还只管怨人家偏心。"（第二十回）以致沦为"实在令人难疼"的"燎毛的小冻猫子"（第五十五回），自私的母爱反倒教出了一个从本质腐烂的坏胚子，岂不令人怵目惊心？

赵姨娘确实完全符合恐怖母亲的定义，作为一个只有"阴微鄙贱的见识"（第二十七回）的奴妾，所作所为往往是"自己不尊重，大吆小喝失了体统""气的瞪着眼粗了筋，一五一十说个不清""行出来的事总不叫人敬伏……并不留体统，耳朵又软，心里又没有计算"（第六十回），一味的自私自利、挟怨嫉妒，她的爱本质上属于弗洛姆（Erich Fromm, 1900—1980）所说的"**二人份**的自私"[①]，于是把贾环变成一个没有是非的小人，扭曲到人格堕落的程度。因此当贾环和宝玉两兄弟同时站在一起，贾政一举目，"见宝玉站在跟前，神彩飘逸，秀色夺人；看看贾环，人物委琐，举止荒疏"（第二十三回），立刻呈现出鲜明的对比，也可见由内而外的气质具体表现出人格品质，无所遁形。有趣的是，当研究大母神的负面基本特征时，埃利希·诺伊曼指出："与恐怖母神有关的一个相应的形象，是壳上长着戈耳工的头的螃蟹；它也是深海中吞噬的巨怪。……螃蟹、蜗牛和乌龟都是隐藏在夜幕中缓慢运行的月亮常见

---

① 〔美〕弗洛姆著，孟祥森译：《爱的艺术》（台北：志文出版社，1984），页69。

的象征，黑夜常与负面象征有关。”[①] 而与“恐怖母神”有关的螃蟹意象，恰恰出现在赵姨娘与贾环这一对母子关系上，贾环的“人物委琐，举止荒疏”就直接和螃蟹意象相连结。

第七十回写众人放风筝，宝玉道：“也罢。再把那个大螃蟹拿来罢。”丫头去了，伙同几个人扛了一个美人并籰子来，说道：“袭姑娘说，昨儿把螃蟹给了三爷了。”既然给了贾环，螃蟹风筝就属于贾环，共同形成一种具有相关性的联想，“螃蟹”也就属于贾环人格的形象化比喻，而此一形象的象征意义，也符合宝钗《螃蟹咏》中所讽刺的“眼前道路无经纬，皮里春秋空黑黄”（第三十八回），恰恰是恐怖母亲赵姨娘对儿子所塑造出来的形象。可见母亲对孩子的深刻影响力，为人母者诚然必须反求诸己，不可不慎。

再者，这种破坏性的母爱，或许也出现在贾母、连带地包括王夫人对宝玉的爱上，亦即所谓的爱之适足以害之。李木兰（Louise Edwards）在分析《红楼梦》性别关系中的紧张时，特别将焦点放在母爱所具有的破坏潜能上，她把《红楼梦》形容成一部编年史，记录慈母取代严父的过程，慈母的关爱培育转变成恐怖的宠溺，因而毁了儿子的一生。[②] 这样的观察虽未必尽然，在一定程度上还是

---

① 〔德〕埃利希·诺伊曼著，李以洪译：《大母神——原型分析》，页 183。

② Louise Edwards, *Men and Women in Qing China: Gender in "The Red Chamber Dream"*(Leiden: E. J. Brill, 1994), pp. 113-129. 〔澳〕李木兰著，聂友军译：《清代中国的男性与女性：《红楼梦》中的性别》（北京：北京大学出版社，2014），页 141—156。唯其中对人物的许多观点属于常见的负面解读方式，与本书不同。本段概述出自〔美〕曼素恩著，杨雅婷译：《兰闺宝录：晚明至盛清时的中国妇女》，依序见页 241、215。

值得参考，整部小说中确实有不少这样的例子，不但薛姨妈宠坏了薛蟠，其实宝玉也是如此，书中多次写宝玉因“祖母又极溺爱，无人敢管”（第三回），“仗着祖母溺爱，父母亦不能十分严紧拘管，更觉放荡弛纵，任性恣情，最不喜务正”（第十九回），可见贾母的母权导致贾宝玉从此豁免了父权的钳制以及宗法的束缚，最后便丧失了复兴家业的能力。就这一点，评点家周春也说：

> 政老爷毒打宝玉，老太太说：“先打死我，再打死他！”吁！宝玉若非老太太护短，不至于此。[①]

便认为宝玉的失职，贾母是要负起主要责任的，而这也恰恰触及了母性内涵正反兼具的双重性。

不过平心而论，即使如此，贾母的溺爱其实还算是一般的人情之常，不但在贵族家庭里普遍有这种情况，如第二回贾雨村就提到：

> 去岁我在金陵，也曾有人荐我到甄府处馆。……**也因祖母溺爱不明，每因孙辱师责子**，因此我就辞了馆出来。

这位甄宝玉完全是贾宝玉的孪生反映，以镜像的方式折射并加强了贾宝玉的教养状态；甚至其他王府家也是如此，第十五回北静王水溶就对贾政说道：

---

① （清）周春：《阅红楼梦随笔》，一粟编：《红楼梦资料汇编》，卷 3，页 72。

> 令郎如是资质，想老太夫人、夫人辈自然钟爱极矣；但吾辈后生，甚不宜钟溺，钟溺则未免荒失学业。**昔小王曾蹈此辙**，想令郎亦未必不如是也。

可见更尊贵一级的王府之家也不能免于这种溺爱之弊，稍一不慎，便会抵消诗书传家的教育成果，而损害了心性，成为“不能守祖父之根基，从师长之规谏”（第二回）的败家子弟。扩大来看，除上层社会的贵宦家庭之外，当时的中上乃至一般人家就已经有很多是惯坏孩子的类型，如脂砚斋所批评的：

- 余最恨无调教之家，任其子侄肆行哺啜，观此则知大家风范。（第八回眉批）
- 想近时之家，纵其儿女哭笑索饮，长者反以为乐，其礼不法何如是耶。（第二十二回批语）

可见顺任小孩似乎也成为一般的社会风气，所以讲究世家礼法的脂砚斋才会以贾府为标准而给予鄙视。并且比起来，现代的父母家长们更是多属于顺任小孩的心态，可以说是有过之而无不及。相较来说，贾母的宠爱宝玉仍然在人情的范围内，因此第五十六回就提到，“这里贾母却喜的逢人便告诉，也有一个宝玉，也却一般行景。众人都为天下之大，世宦之多，同名者也甚多，祖母溺爱孙者也古今所有常事耳，不是什么罕事，故皆不介意”。

最重要的是，贾母的宠爱并非毫无底线，绝无平民或暴发户之类的“纵其儿女哭笑索饮”，因此前引第五十六回仍然划下最低标准：“见了外人，必是要还出正经礼数来的。若他不还正经礼数，也断不容他刁钻去了……若一味他只管没里没外，不与大人争光，凭他生的怎样，也是该打死的。”并且，贾母并不只是只看礼数这种表面功夫，对于孩子的人品习性仍然密切观察留意，有很深刻的了解掌握，第七十八回中贾母就说：

> 我深知宝玉将来也是个不听妻妾劝的。我也解不过来，也从未见过这样的孩子。别的淘气都是应该的，只他这种和丫头们好却是难懂。我为此也耽心，每每的冷眼查看他。只和丫头们闹，必是人大心大，知道男女的事了，所以爱亲近他们。既细细查试，究竟不是为此，岂不奇怪。想必原是个丫头错投了胎不成。

从贾母“为此也耽心，每每的冷眼查看他”“细细查试”，可见她对宝玉虽然极为溺爱却并没有放任不管，让宝玉走上淫邪之路，只是不解他喜欢和丫头亲近的特殊天性，因此才用“原是个丫头错投了胎”来加以解释。

再则，贾母实际上还是喜欢宝玉用功读书的，第七十回的一段情节最值得注意，当时贾政寄回的家信中提到即将返家，因此宝玉赶忙理书，预备父亲回家后的查考功课：

> 至次日起来梳洗了，便在窗下研墨，恭楷临帖。贾母因

> 不见他，只当病了，忙使人来问。宝玉方去请安，便说写字之故，先将早起清晨的工夫尽了出来，再作别的，因此出来迟了。贾母听了，便十分欢喜，吩咐他："以后只管写字念书，不用出来也使得。你去回你太太知道。"宝玉听说，便往王夫人房中来说明。王夫人便说："临阵磨枪，也不中用。有这会子着急，天天写写念念，有多少完不了的。这一赶，又赶出病来才罢。"宝玉回说不妨事。这里贾母也说怕急出病来。探春宝钗等都笑说："老太太不用急。书虽替他不得，字却替得的。我们每人每日临一篇给他，搪塞过这一步就完了。一则老爷到家不生气，二则他也急不出病来。"贾母听说，喜之不尽。

从贾母所吩咐的"以后只管写字念书，不用出来也使得"，明明白白将写字念书凌驾于大家族最注重的晨昏定省的孝道之上，可见"读书"仍然是对子弟的最高期望，甚至高过"百善为先"之孝；而贾母也并非一味放纵的昏庸祖母，只不过是怕功课压力太大以致"急出病来"，才会一再放松督课的要求，助长宝玉的"放荡弛纵，任性恣情，最不喜务正"（第十九回）。因此二知道人便说：

> **贾媪素明大义，洞悉人情，溺爱宝玉，亦大母之常事**。贾政若以箕裘为念，善诱其子，媪断无不期其孙之成立也。顾平居安肆日偷，养蒙无术，时而趋庭有训，无非一暴十寒，是直纵之浮荡耳。及其淫泆无度，习成自然，而后施以大杖，几置之死地，竟归咎于其母之溺爱也。**平心而论，宝玉之不肖，果**

贾媪之咎哉？[①]

其中对贾母“素明大义，洞悉人情”的性格，以及“断无不期其孙之成立”的用心，可以说是持平而深刻的公道之见。

但终究必须说，虽则贾母溺爱宝玉是在人情之常的范围内，只是问题在于，对这种大家族而言，子孙的管教非常重要，因为它涉及家风的维持和家族的延续，是故必须达到“守祖父之根基，从师长之规谏”的要求。尤其当贾家到了末世，必须在爵位制度“降等承袭”的情况下，通过科举考试来复兴家业，如林如海的家族就是如此，第二回交代林黛玉的家世背景时，说道：

> 这林如海之祖，曾袭过列侯，今到如海，业经五世。**起初时，只封袭三世**，因当今隆恩盛德，远迈前代，额外加恩，**至如海之父，又袭了一代；至如海，便从科第出身**。

清楚说明了世袭仅仅数代即告终绝，必须转由科举之路才能延续家业，而宝玉又是宁荣二公所说的“子孙虽多，竟无可以继业。其中惟嫡孙宝玉一人，禀性乖张，生情怪谲，虽聪明灵慧，略可望成”(第五回)，也就是全部的子孙都已经无法担任继承家业的任务，只剩下宝玉是略可望成的唯一寄托，肩负了贾府失去爵位之后起死回

① （清）二知道人：《红楼梦说梦》，一粟编：《红楼梦资料汇编》，卷3，页88。

生的复兴责任，那么，宝玉的培训更是至关紧要。因此，当贾政对宝玉督课甚严的时候，贾母却加以拦阻，放任宝玉“不能从师长之规谏”，也就“不能守祖父之根基”，造成了家族前途的重大隐忧。

这不能不说是贾母唯一没有看清楚的地方。

九、“成熟型”的老妇人

从小说的叙述情况来观察，诚如学者所言，“实际上史太君是一个独立的完整的艺术形象，有它自身性格的历史，有它独特的典型意义。单就篇幅而言，全书中有关史太君的描写也很可观，约略算来，前八十回贾母出场有将近一半回数，其中有重要描写或简直以她为主的约二十回上下，也算得一个基本上贯穿全书的人物”[①]。而我们要指出，造成这个现象的原因，一则在于贵族世家极为注重孝道，如同自幼成长于睿亲王府中，身为末代睿亲王之子的金寄水所说的，“我家地位最高、身份最尊贵的是我祖母”[②]，因此贾母这位年长而辈分最高的祖母，就成为全家族的精神中心，获得“老祖宗”的尊称。而“注重孝道”又是来自传统儒家文化的伦常观，以致母权高张；再则更重要的是，曹雪芹将这位贵族祖母刻画成一位完美的大母神，是爱与美的创造者与保护者，体现了伟大的慈悲与智慧。

---

① 吕启祥：《史太君形象及其他》，《红楼梦寻：吕启祥论红楼梦》（北京：文化艺术出版社，2005），页 268—269。

② 金寄水、周沙尘：《王府生活实录》，页 73。

如果从一般的老年人常态来看，罗宾诺（Isaac M. Rubinow, 1875—1936）为《社会科学词林》写“老年问题”这一条，提到老人心理的时候，说道：

> 老年人心理上的变迁，究属多少是由于生理状态的变化，多少是由于一种自觉，以为老年便是死亡与毁灭的前驱，现在心理学家的意见还未能一致。这一种自觉和老年人的某一种很可悲的态度，也许有些因果关系。这态度是什么呢？就是想从和小辈的关系里，逃避这种自觉所唤起的恐惧心理，而逃避的方法，不外，一面把永生不朽的欲望升化而寄托在小辈的身上，一面把早年对于家庭、部落以至于国家的经济结构的管理，仍然牢牢的握住不放。[①]

但贾母却完全没有这些现象，她根本不恋栈权力，把家庭的管理权充分交棒给下一代的女家长王夫人，以“不在其位，不谋其政”（《论语·泰伯》）的自制，不加干涉，由此也避免了权力分散、多头马车所导致的混乱；至于她和小辈的关系，也不是为了逃避死亡的恐惧心理，把永生不朽的欲望寄托在小辈的身上，而只是为了把握人生的本质，好好享受爱与美的精彩。甚至必须说，贾母并不畏惧死亡，如第五十二回凤姐奉承贾母道：“老祖宗只有伶俐聪明过我十

① 英文《社会科学词林》第11册，页453。中译参潘光旦：《祖先与老人的地位——过渡中的家庭制度之二》，潘乃谷、潘乃和选编：《潘光旦选集》第1卷（北京：光明日报出版社，1999），页162。

倍的，怎么如今这样福寿双全的？只怕我明儿还胜老祖宗一倍呢！我活一千岁后，等老祖宗归了西，我才死呢。”贾母听了笑道：

> 众人都死了，单剩下咱们两个老妖精，有什么意思。

说得众人都笑了。可见贾母所爱的，是家庭成员分享亲情的生活与共，活得长久却孤独对她毫无吸引力，因此绝不可能像贾敬一心求仙，不惜抛家弃子和道士胡掺，即使最后真的能求道成功，在她眼中也不过是没什么意思的老妖精而已。

因此，贾母不恋栈生命，就像不恋栈权力一样，坦然接受人生的变化，包括老去的事实和死亡的必然，而尽情把握生活中可以发现、可以创造的爱与美。这堪称是优雅而睿智地老去的最佳典范。

这种优雅睿智地老去的生命模式，其实是每一个人都可以努力做到的。

科学界已经透过心理实验证明，一般而言，液态智力（指人们对图形、物体、空间关系的感知、记忆等形象思维能力有关的智力）会随着年龄的增高而逐渐下降，而晶态智力（指人们对语言、文字、观念、逻辑推理等抽象思维能力有关的智力）较少退化，或相反地还会随着增龄而有所提高。[①]只是随着性格的不同与对老年期的适应程度的差别，老年人的性格类型及其特征又可以进一步分为成熟型、安乐型、自卫型、愤怒型、颓废型等五种类别：

① 张钟汝、范明林：《老年社会心理》（台北：水牛出版社，1997），页53。

安乐型的老人安于现实，在性格的情绪特征上经常处于安乐、满足的状态中，心境平和、稳定；在性格的理智特征上，他们懒于思考。

自卫型的老人在性格的情绪特征上经常处于紧张、戒备状态；在性格的理智特征上表现为谨慎，凡事力求稳妥、保险，追求完美。

愤怒型的老人则多抱有对立情绪，在性格的理智特征上以自我为中心，兴趣比较狭窄。

至于颓废型的老人在性格的情绪特征上表现为孤独、自卑、退缩；在性格的理智特征上，他们过于小心谨慎、敏感、无端生愁。[①]

贾田完全没有愤怒型老人的对立情绪、自我中心、兴趣狭窄，也没有颓废型老人的孤独、自卑、退缩、过于小心谨慎、敏感、无端生愁，更不是自卫型老人的紧张、戒备、谨慎、追求完美；虽然像安乐型老人般经常处于安乐、满足的状态中，心境平和、稳定，却又绝对没有懒于思考的负面性格。她符合成熟型老人的特点，既能够洞察社会，有独立见解，善于分析问题，富有创造力，尤其是经得起欢乐和忧愁的考验，使得她在欢乐中不会骄奢逸荡、张狂纵恣而乐极生悲，面对忧愁的时候也得以勇敢承担，不会失去平衡而流于戚戚哀苦，构成了积极健康的态度、意志、情绪、理智，由此才能以“教子”“政理”“智慧”“知礼”的“母范”或“母道”，成为家族的严君慈母，一如季敬姜般知识丰富、见闻广博，有眼光、

---

① 张钟汝、范明林：《老年社会心理》，页99—104。

有识见，能以理性导正私情，维系百年的家风于不坠。

因此，贾母不但通过种种修练让自己成为“五福兼具”的幸运者，完善了一段漫长的人生，如王希廉所说：“福、寿、才、德四字，人生最难完全。宁、荣二府，只有贾母一人，其福其寿，固为希有，其少年理家事迹，虽不能知，然听其临终遗言说‘心实吃亏’四字，仁厚诚实，德可概见；观其严查赌博，洞悉弊端，分散余赀，井井有条，才亦可见一斑，可称四字兼全。”[①] 也为家族确立了一位最好的接棒人选，培养出贾府的第二代母神，那就是她的好儿子贾政所娶的妻子王夫人，由她将母性的力量与宽柔的家风传承下去，在红楼梦境里继续演绎爱与美的颂歌。

---

① （清）王希廉：《红楼梦总评》，一粟编：《红楼梦资料汇编》，卷3，页149—150。

第五章
王夫人：给予“第二次出生”的双重母亲

王夫人对贾府的所有子孙，都以一视同仁的爱心加以容纳，超越各房之间的利益盘算，打破或超越了“子宫家庭”的自私，展现嫡母的无私胸襟。

王夫人是《红楼梦》中的第四位母神，也是在贾母之后的人间第二位母神。当贾母因为年事已高而放下家务重担之后，就由下一代的女家长来承接，她选择的不是嫡长子贾赦的正妻邢夫人，而是次子贾政的正配夫人、贾宝玉的亲生母亲王夫人。

在谈这个人物之前，首先要回顾一下红学中人物论的主流观点，并且思考造成这个观点的可能原因。简单地说，对于王夫人，常见的看法是负面的，她被判定是一个为了促成金玉良姻而破坏宝、黛爱情的罪魁祸首，并且残忍地抄检大观园，是驱逐晴雯等美好少女的刽子手，属于现实世界毁灭这个青春乐园的代表人物，因此许多苛刻的负面语词，例如封建、伪善、残酷、自私等等，就成为贴在她身上牢不可破的标签。但这样的成见是如何造成的？小说是否只能从这个角度来阅读？文本中是否还有其他的证据，被一心一意站在少女立场严词批判她的读者们视而不见？

关于“这样的成见是如何造成”的问题，答案应该至少包括两个：“对年轻（youth）的青春崇拜心理”，以及“世代对立的错觉”。

一、青春崇拜心理与世代对立的错觉

“青春崇拜”本来就是人类的心理常态，那是一种对已经失去的饱满天然之容颜精力以及单纯热情之心灵状态的乡愁，因此无论是身体还是心理的回春，都可以在各种文学艺术中得见。但必须说，相较之下，追求年轻的现象于现代尤烈，从20世纪晚期开始，迄今近几十年来，基于当代科学、医学以及资本主义文化的大众消费趋势，以至产生一种对“年轻”特别着迷的时代风气，连带地，回春冻龄的热潮也就方兴未艾。

尤其是近代的个人主义大兴，到了现代社会中，爱情特别成为人生至高无上的价值，不但是个人追求自我的一种重要方式，甚至有人认为它的力量足以推动革命，成为改造社会的强大活力，于是“爱情”这个词汇就变成了神圣的代名词。

一旦我们把爱情当作重心，连带地，凡是阻碍爱情的发展与开花结果的，就会被贬为邪恶的一方，是破坏真善美的罪魁祸首；更不幸的是，在人们的成长过程中，一定会遇到上一代与下一代之间的隔阂，以及角色、立场改变后所带来的差异。尤其是年轻一代在成长时，无论是否必要，往往会以否定或反抗既有的权威来展现自我，在这个追求自我实践的过程中，叛逆往往就变成一种通例。于是，在有关“年轻人的爱情”主题上，长辈也大多被派任阻碍者的角色，迂腐、保守、庸俗，在现实的长久污染消磨之下早已冥顽不灵，是纯洁爱情的绝缘体。这就是爱情小说极为常见的表述模式。

很多人把《红楼梦》当作爱情小说，《红楼梦》也确实写了很多年轻人的各种不同的爱情，于是《红楼梦》的意义就变成：青春爱情的追求与破灭。而这个过程充满酸甜苦辣，情人恋侣固然是刻骨铭心，读者也读得荡气回肠，《红楼梦》因此成为许多少年男女的爱情启蒙书。

由于“爱情”再加上“自我”的双重神圣性，使得任何压抑青春爱情的长辈都沦为负面人物，被当作爱情小说的《红楼梦》也没有逃过这个命运。贾母因为续书的关系曾经被严重误会，在上一章中已经有所厘清；至于她的下一代女家长王夫人，因为实际担任理家的权责，更是直接关涉于贾府中正在成长的玉字辈这一代，于是在青春爱情的课题上，王夫人也就首当其冲，成为宝、黛之恋的千古罪人。许多读者乐于从小说中找出一些片段文字，揣摩她的阴谋居心，认为她为了亲上加亲以成就二宝之间的金玉良姻，因此不惜迫害黛玉；连带地，因为对宝玉的自私保护，所以也对一切她认为可能勾引宝玉的年轻女婢严加防范，甚至残酷地置之死地。于是王夫人被视为贾府中的恐怖母亲，戴着封建礼教的面具，是青春女儿的杀手。

可以说，在习惯于“代间冲突”以反抗权威、追求自我的现代意识下，王夫人作为整个家族的长辈，注定要被定位为少年男女的敌对者与压迫者。因为我们只关心青春的悲喜，认为只有年轻的世界最光鲜迷人，热血、理想、希望、憧憬、奋斗、革命等等激昂澎湃的色彩都只属于这个生命阶段，中年以后的人生则乏善可陈，虽然握有权力，却只是衬托缤纷世界的黯淡阴影，甚或是阻挠年轻人奋进的反动恶势力。而不再青春的已婚妇人更被贾宝玉贬为“死珠”和“鱼眼睛”，仿佛她们只剩下变质后的暗沉腐朽。

但，真的是这样吗？

事实是，两代之间未必是对立冲突的，把上一代视为阻碍年轻人的恶魔与巫婆，本质上就是一种轻率的成见。最重要的是，凡是“天使与恶魔”的善恶对立观，都会严重地限制我们的思考，连带地也影响了我们观看文本的方式，以致对有些情节断章取义，对有些情节则是视而不见。于是《红楼梦》中的王夫人，就成为一个被极度扁平化的人物。

也许，我们可以不用再停留在这里，因为文本的幅员十分宽广，其中蕴含着其他的真相，我们没有必要画地自限，而是要从各式各样的成见中走出来，让文本告诉我们更多的、不同的理解，其中将会浮现出另一幅不折不扣的母神图像。

二、贾宝玉的“二重出生”

王夫人在一开场的时候，年龄是四十多岁，从第四回介绍其妹薛姨妈“今年方四十上下年纪”，以及第三十三回王夫人所自陈的“我如今已将五十岁的人”，与第三十四回对袭人所说的“我已经快五十岁的人”，可以得证。而在传统社会中，男性到了五十岁还可以继续走上人生的巅峰，在仕途上登上最高的官位，得到最大的成就；但女性到了这个年龄时，因为生育期即将结束，就已经算是初步进入晚年了。第四回写王夫人与薛姨妈多年后的聚首，作者便说“姊妹们暮年相会，自不必说悲喜交集”，可见在女性的生命历程中，四十多岁就是由中年进入晚年的标记。

先不谈年龄的问题，单单从一般的角度而言，女人是附属的、不具备独立的主体性的，所扮演的是各种伦理关系中相对性的角色，因此她的定位就是为人女、为人妻、为人媳、为人母等等，如圭索（Richard W. Guisso）所言：“《五经》在谈及女人时，很少视之为人，而几乎完全是以‘女儿’‘妻子’和‘母亲’等理想化之生命循环中的各种角色处理之。”[①] 换句话说，在儒家的观念里，女性不是“独立的人”，而是以“女儿”“妻子”和“母亲”等各种角色加以看待，也把这些角色视为女性理想化的生命实践。

更进一步地说，“一个女人是很多人的什么人：父母的女儿，丈夫的妻子，妯娌中的一个，等等。但是赋予她的各种关系里最主要的是她与孩子的关系”[②]。换句话说，一个女人唯有拥有孩子，尤其是有儿子，才能确立地位，得到稳固的保障，“母以子贵”的道

---

① Richard W. Guisso, “Thunder over the Lake: The Five Classics and the Perception of Woman in Early China,”in Richard W. Guisso and Stanley Johannesen, eds., *Women in China: Current Directions in Historical Scholarship* (Youngstown N.Y.: Philo Press, 1981), p. 48.

② 见〔美〕伊沛霞著、胡志宏译：《内闱——宋代的婚姻和妇女生活》，页165。

理最能说明这一点。而在情感关系上，女人与她的孩子之间情感最为紧密，甚至比夫妻关系还要来得亲近，下面就会清楚看到此一特殊现象。因此，“母子”可以说是一个女人生命中最紧密的人伦关系，尤其是对中晚年女性而言，那更是决定晚景的关键因素。

所以第三十三回“不肖种种大承笞挞”一节中，王夫人对贾政所苦求的“我如今已将五十岁的人，只有这个孽障……今日越发要他死，岂不是有意绝我”，后来对伤重的宝玉所哭诉的“这会子你倘或有个好歹，丢下我，叫我靠那一个”，以及第三十四回对袭人所说的“我已经快五十岁的人，通共剩了他一个，他又长的单弱……若打坏了，将来我靠谁呢”，因而对袭人的苦心设想充满感激，所谓：“难为你成全我娘儿两个声名体面，……我就把他交给你了，好歹留心，保全了他，就是保全了我。”如此种种，都再三强调了母子共生并存的命运连带关系。

尤其从话语中一再提及的“快五十岁的人”一说，更显示出王夫人强烈自觉到自己即将面临生育终结的转捩点，而进入人生历程最后之晚年阶段。[①] 对人类的生理变化情况，古代医书就有女性至四十九岁“地道绝而无子”的观察与总结，如《黄帝内经·素问》云：“七七（四十九岁），任脉虚，太冲脉衰少，天癸竭，地道不通，故形坏而无子也。”因此王夫人对无子绝后的可能性充满了潜在焦虑，

① 据曼素恩对晚明至盛清妇女的研究指出，不同于男性从五十岁开始的这十年标示着官场生涯的巅峰，五十岁则是女性停经以致生育岁月告终，并由此进入晚年的标记，因此对妇女的生命安排具有重要意义。〔美〕曼素恩著，杨雅婷译：《兰闺宝录：晚明至盛清时的中国妇女》，页154。

由此更转而表现为对贾宝玉的极度疼惜依赖，唯恐失去这孤苗单脉的唯一独子。由她不断诉说的“有意绝我”“叫我靠那一个”“将来我靠谁呢”，再加上忽又想起贾珠来，便叫着贾珠，哭道：“若有你活着，便死一百个我也不管了。”在在都呈现出母亲的未来乃系诸儿子身上的命运一体性。

基于母子一体的情感与命运，宝玉作为王夫人唯一的独子，是她的骨、她的血、她的未来，于是她的母性最主要也最强烈的施发对象，就是宝玉。

首先，王夫人的母神表现，是展示在她与贾宝玉的实质的母子关系上，王夫人是补天弃石来到人间的关口，是从仙界到贵族家庭的纽带，是她赐给了宝玉有血有肉的生命。第二回冷子兴对贾雨村介绍道：

> 这政老爹的夫人王氏，头胎生的公子，名唤贾珠，十四岁进学，不到二十岁就娶了妻生了子，一病死了。第二胎生了一位小姐，生在大年初一，这就奇了；不想后来又生一位公子，说来更奇，一落胎胞，嘴里便衔下一块五彩晶莹的玉来，上面还有许多字迹，就取名叫作宝玉。你道是新奇异事不是？

这种在神话中常见的“奇异的出生”，往往出现在伟大的人物身上，因此宝玉含玉诞生的特异情况更使得家长爱如珍宝，何况宝玉又是王夫人仅存的一个亲生儿子，因此成为集三千宠爱在一身的天之骄子。以亲生关系而言，在允许三妻四妾的男权中心体制下，这又会涉及一个构成传统大家庭的重要组成方式，与以父亲为中心的宗法制并存，并深刻影响到家庭内部的人际关系，那就是所谓的“子宫制”。

（一）血浓于水

所谓“子宫制”，是一种与以父权为中心的宗法制不同的家庭运作模式，是以母系为中心所形成的一种非正式结构。

人类学家 Margery Wolf 研究台湾农村中妇女与家庭的关系时，即指出在父系制度的架构下，存在母亲以自己为核心，以所生之子女为成员，以情感与忠诚为凝聚力量的“子宫家庭”（uterine family）。其中，母亲与儿子的关系尤其紧密，因为女儿在出嫁后会离开原生的“子宫家庭”，儿子则不同，他永远在母亲的身边，同时儿子娶的媳妇以及之后诞生的孙子女，也都是“子宫家庭”的一员；因此，母亲的未来寄望在儿子的未来，母亲与儿子的关系特别密切[①]，致使传统中国社会中，“在夫妻间的两性情感为礼仪所抑制的情况下，母子之情有了较多的表露机会”[②]。而通过以大量的明清文集、传记、年谱为史料探讨明清家庭的母子关系，学者更细密论证在中国性别文化的制约下，一个男子一生中最熟悉，

---

① Margery Wolf, *Women and the Family in Rural Taiwan* (Stanford: Stanford University Press, 1972). Wolf 考察女性内心对家庭的认同图像，提出“子宫家庭”的概念，打破仅存在“父系家庭”的思考方式，揭露出以母亲为主体的家庭认同，及母子关系对女性的重要。

② 李楯：《性与法》，页 63。

并且可以公开地、无所顾忌地热爱的唯一女性往往是他的母亲；同样地，一个女子一生中可以毫无保留地付出情感，又可以无所畏惧地要求他对自己忠诚、热爱和感激的唯一男性就是他的儿子。母子间的忠诚与情感建立在母亲对儿子的襁抱提携与牺牲奉献上，母亲且不时有意识地提醒儿子为母者对他的期望，加上儒家孝道允许并要求儿子永远对母亲保持绝对忠诚，因而通过母子共同吃苦患难的经验及母亲一再的灌输、耳提面命，母亲的价值观、完整性以及影响力会活在儿子的身上，并终身与之相随。[①]

以此衡量王夫人与宝玉的母子关系，正是典型的例证。如第二十三回写“王夫人只有这一个亲生的儿子，素爱如珍”，即使严父贾政当前，仍是拉了宝玉在身旁坐下，“摸挲着宝玉的脖项说道”；又第二十五回记宝玉从王子腾夫人的寿诞回来，“进门见了王夫人，不过规规矩矩说了几句，便命人除去抹额，脱了袍服，拉了靴子，便一头滚在王夫人怀里。王夫人便用手满身满脸摩挲抚弄他，宝玉也搬着王夫人的脖子说长道短的”；而第五十四回元宵节放炮仗时，因为爆竹声震耳欲聋，恐怕娇贵的少爷千金受到惊吓，也可见“王夫人便将宝玉搂入怀内”，在在皆如脂砚斋所言：“慈母娇儿写尽矣。”[②] 体现了母亲对独子亲昵在抱的舐犊情深。

---

① 熊秉真：《明清家庭中的母子关系——性别、感情及其他》，李小江等主编：《性别与中国》（北京：三联书店，1994），主要论点见页535—540。

② 第二十五回夹批。脂批中另有多处写及王夫人之为“慈母”，如第二十三回的“严父慈母”、第二十八回的“慈母前放肆了”、第三十三回的“为天下慈母一哭”与“慈母如画”、第三十六回的“写尽慈母苦心”，等等。

同样地，宝玉对母亲也回馈以真诚的敬爱。于第三十七回中，秋纹追述道：“我们宝二爷说声孝心一动，也孝敬到二十分。因那日见园里桂花，折了两枝，原是自己要插瓶的，忽然想起来说，这是自己的园里的才开的新鲜花，不敢自己先顽，巴巴的把那一对瓶拿下来，亲自灌水插好了，叫个人拿着，亲自送一瓶进老太太，又进一瓶与太太”，以至两位窝心至极的女性长辈欢喜非常，贾母是见人就说：“到底是宝玉孝顺我，连一枝花儿也想的到，别人还只抱怨我疼他。”而王夫人则是在王熙凤一旁凑趣夸赞的情况下，“当着众人，太太自为又增了光，堵了众人的嘴，太太越发喜欢了”；又第四十一回描写贾母领着众人与刘姥姥游大观园，于缀锦阁饮酒听乐时，“只见王夫人也要饮，命人换暖酒，宝玉连忙将自己的杯捧了过来，送到王夫人口边，王夫人便就他手内吃了两口”，就此一段，脂砚斋更批云：

妙极，忽写宝玉如此，便是天地间母子之至情至性。

如是种种，比起宝玉与黛玉隐晦曲折的爱情模式，以及宝玉对其他女性终究不免男女之防的身体距离与碰触禁忌，连一般馈赠都保有若干礼貌性的拘谨客套，这确实证明了男子可以公开地、无所顾忌地热爱的唯一女性乃是他的母亲；同时也显示出中国文化中的母子关系，虽然包含了亲近的感情乃至兼有一种依赖感，却总不会含示有“性”的因素，与西方文化中父、母、子三方具有“弑父娶母”

的紧张关系不同[①]，而毋须受到男女之防的限制，以至贾宝玉与王夫人如此毫无保留地亲密无间。

因此，在第三十三回“不肖种种大承笞挞”一节中，对宗法制下贾政所代表的父权伸张，为妻的王夫人也只能屈从地表示“必定苦苦的以他为法，我也不敢深劝”，而改以“老爷虽然应当管教儿子，也要看夫妻分上”以及“今日越发要他死，岂不是有意绝我”来动之以情，在夫妻情分与母子情分的双重柔性诉求下，乃中止了凌厉足以致命的父权之鞭，让贾政长叹落泪，向椅子坐了。

可见王夫人作为宝玉的生命之源，既给了宝玉生命，引领他到世界上来，也是在宝玉危急时出面挽救其性命的力量之一。母亲的爱保护着子女不受侵袭，展现出一种抵御死亡的强大屏障。

（二）二重出生

而必须特别指出的是，这种足以抵御死亡的母性力量，更彰示于宝玉遭魔法所祟而奄奄一息的生死交关之际。

第二十五回描述道，宝玉中邪后，先是忽然“嗳哟”了一声，说：“好头疼!”又大叫一声：“我要死!”将身一纵，离地跳有三四尺高，嘴里乱嚷乱叫，说起胡话来了，接着益发拿刀弄杖，寻死觅活的，闹得天翻地覆。家人百般医治祈祷，问卜求神，总无效验。到了次日，宝玉和凤姐叔嫂二人越发糊涂，不省人事，

---

① 有关中国母子关系之非性化，及其与西方“弑父娶母”之父、母、子三方关系的比较，参孙隆基：《中国文化的“深层结构”》（香港：集贤社，1985），页182。

睡在床上，浑身火炭一般，口内无般不说。到夜间，那些婆娘、媳妇、丫头们都不敢上前，因此把他二人都抬到王夫人的上房内，夜间派了贾芸带着小厮们挨次轮班看守。看看三日光阴，那凤姐和宝玉躺在床上，亦发连气都将没了，合家人口无不惊慌，都说没了指望，忙着将他二人的后世的衣履都治备下了。到了第四日早晨，贾母等正围着宝玉哭时，只见宝玉睁开眼说道："从今以后，我可不在你家了！快收拾了，打发我走罢。"正闹得天翻地覆时，忽然隐隐传来木鱼声响，一个癞头和尚与一个跛足道人前来救助，和尚请贾政取下宝玉颈项上的那块玉来，持颂持颂又摩弄一回，递回予贾政并交代一番话后，至晚间宝玉和凤姐二人竟渐渐地醒来，说腹中饥饿，至此灾难化解，全然复活无恙。

由这整个过程可见，宝玉赖以起死回生之助力固然主要是一僧一道所施展的超自然神力，但同时也必须依赖母性所具备的原始创生力量。早在他和凤姐发病疯魔之初，那些婆娘媳妇丫头都不敢近前，因此把二人都抬到王夫人的上房内，由贾母、王夫人等女性长辈守护，母性容纳承担的力量已经初步展现；接着一僧一道驾临，和尚将通灵宝玉持颂一番后，特别对贾政所叮咛的那一番话更是：

> 此物已灵，不可亵渎，悬于卧室上槛，将他二人安在一室之内，**除亲身妻母外，不可使阴人冲犯**。三十三日之后，包管身安病退，复旧如初。

随后病患便依言被安放在王夫人卧室之内，将玉悬在门上，由王夫人亲身守着，不许别个人进来，而当晚宝玉就渐渐醒来，效验神速。

其中很清楚地指出，在这个惊心动魄的存亡危急之秋，濒临死亡的宝玉一直都是被安顿在王夫人的卧房内，而这其实就是一种“母体复归”的展现。精神分析已经指出，“房子”乃是母亲意象的一个具体化身，搬到母亲的卧室更是有如回到母亲生养的子宫中，重新汲取生机，获得再生。而果然宝玉也确实因此渡过难关，在母性的护卫下躲开死神的追缉，可以说，这一场生死的拉锯战仰赖母神的生命力才得以获得胜利。就在这场母性救渡的神圣再生仪式中，母亲再度给予儿子第二次生命，可谓名副其实的“二重出生”，由此乃透显出母神带来生机的一面。

在这里，曹雪芹很微妙地触及“二重出生”这个普遍的文化母题与神话原型。作为一种神话学和比较宗教领域中常见的集体无意识表现或神秘体验，那是一个人被“重生出来”的再生思想，包括基督教的洗礼仪式、孩子的教父母制度，也表现在许多儿童幻想中，他们相信他们的父母不是他们真正的父母，而只是他们被交付给的养父母。[1]当然，曹雪芹是以他伟大文学家的灵视洞察到这样的幽微心理，而我们则是透过理论知识的指引掌握到这段情节的深层面，尤其《红楼梦》这段情节以“起死回生”的形态，又更切合“重生出来”的再生意义。

更值得注意者，一僧一道所特别叮咛的是“除亲身妻母外，不

---

① 参〔瑞士〕荣格著，王艾译：《集体无意识的概念》，叶舒宪编选：《神话—原型批评》（西安：陕西师范大学出版社，1987），页107—108。

可使阴人冲犯”，王夫人也严格遵照嘱咐亲身守着，不许任何人进来。且让我们对此一说法细心推敲：虽然在这个关键时刻可以接近宝玉，给他复活力量的人，是“亲身妻母”，但这时宝玉年纪轻轻尚未成婚，并没有妻子，因此唯一可以护卫宝玉的，就只有亲生母亲，所谓“不许别个人进来”的“别个人”，以及“不可使阴人冲犯”的“阴人”，就是指除王夫人以外的其他所有人，当然也包括了林黛玉在内。当王夫人守着卧室时，那一夫当关、万夫莫开的凛然态势，远远高于所有人之上，就像是神话中孤雌纯坤的大母神一样，守护着她所创造出来的生命，连宗法制中代表更高父权的贾政都得在此退位，因为对生命的本质而言，活下去的生存与救赎凌驾于社会伦理价值；林黛玉同样是不能进去，她也对宝玉的生死存亡无能为力，如果林黛玉为了爱情而要强行进入探望的话，就会是以“阴人”的身份而“冲犯”宝玉的生命，反而会对宝玉造成致命伤害。

换句话说，这段情节很清楚地告诉我们，**能够给宝玉疗救力量的，不是爱情，而是亲情；不是林黛玉，而是王夫人**；甚至于，“爱情”不但不能挽救宝玉，恐怕还适得其反。让我们再细看一僧一道所说的，那块通灵宝玉之所以会失去灵性与保护宝玉的力量，以致让他受到魔法作祟，原因就在于“粉渍脂痕污宝光，绮栊昼夜困鸳鸯”，意思是说，男女之间情念的纠葛、爱欲的缠缚，使他丧失了清明的灵智而陷溺于尘世中不得解脱。所以，“被魔法所祟”的情节安排其实不是迷信，而是一种对“迷妄”的象征性的说法，至于迷妄之可怕则是等同心智的死亡，若要从迷妄中解脱出来而免于“死亡”，就必须从“粉渍脂痕、绮栊鸳鸯”中脱困。而要做到这一点，这时的宝玉除了母亲的帮助之外，只能依靠一僧一道的非常法力，但未来当他成长以后，就必须靠自己的力量从温柔乡中大步离开，那时也就是他悟道解脱的时刻。整个由迷而悟的过程，就是前面第三章中所谈到的，宁荣二公所谓“先以情欲声色等事警其痴顽，或能使彼跳出迷人圈子，然后入于正路”，以及警幻仙姑所采取“令其再历饮馔声色之幻，或冀将来一悟”，完成了命运之神所指示的人生道路。

而在到达彼岸之前，宝玉还在红尘中匍匐前进时，一旦受创遇难而遭到生命危机，则必须仰赖母亲的力量才能恢复生机。从这个角度来说，母亲的地位是凌驾于情人之上的，连带地，亲情的伟大也高于男女私情，难怪宝玉对黛玉的爱情宣言说的也是：“我心里……除了老太太、老爷、太太这三个人，第四个就是妹妹了。”(第二十八回）这可以说是对母神的伟大赞颂！

三、“双重母亲”：“子宫家庭”的无私扩大

贾母所拥有的崇高母权，王夫人也同样具备，虽然有时仍不免因为丈夫贾政的夫权而受到压抑，但在家庭内部，很多时候她的母权施展其实比贾母更为直接而广泛。如果王夫人的母爱与母权只用在宝玉身上，那么，即使有舐犊情深的温馨，这种爱虽然深刻却毕竟太过狭窄，而且很容易变成血缘本位的盲目，还只能算是弗洛姆所说的一种“排他性、非普遍性”的“**二人份**的自私”。王夫人最可贵的地方，就在于把宗法制度中的“嫡母”身份展现到最理想的

境界，而打破或超越了“子宫家庭”的自私。

身为嫡母，她是所有同父异母的儿女们的正式母亲，也是唯一被法律所认可的母亲。学者指出：由历来法律判例所见，传统容许纳妾的中国旧家庭中，妾之子称父之正妻为“嫡母”，“嫡母”之权优于生母，如监护权、养育权、管理财产权、法定代理权，“至生母对其子女之各项权力，依现时判例则受嫡母优先权之限制，即抚养之权，原则上亦不得享有”，而庶母对嫡子则并无嫡母对庶子之权力。[①] 因此，在贾府的各级长辈中，王夫人最是直接涉及构成小说主体的玉字辈这一代。

当然，从现实上来看，名分上的嫡母未必都会对非亲生的子女视如己出，然而王夫人的难能可贵恰恰就在这里。实际上，不单单是宝玉而已，她对贾府的所有子孙，都是以一视同仁的爱心加以容纳，超越各房之间的利益盘算，展现出嫡母的无私胸襟。

（一）嫡母的角色与表现

1．贾环、贾瑞

首先，王夫人对于和宝玉最具有竞争关系的庶子贾环，都没有因为嫡庶情结而一味防避嫌斥。由第二十五回所描述：“王夫人见贾环下了学，便命他来抄个《金刚咒》唪诵唪诵。那贾环正在王夫人炕上坐着，命人点灯，拿腔作势的抄写。”其中有两个重点可

---

① 参赵凤喈著，鲍家麟编：《中国妇女在法律上之地位》（台北：稻乡出版社，1993），页104—106。

以看出她的平等博爱，一是命贾环哰诵《金刚咒》，这可以帮助他消灾祈福，是为贾环好；尤其是让贾环坐在炕上，更是一种无私的提拔。

要认识到这一点，必须先了解这种注重贵贱等级的大家族，在家庭生活中非常讲究座位伦理，好让众多人群可以各就各位，维持和谐有序的运作。而座位伦理是由各种高低不一的坐具所展现的，形成“炕—椅—小杌—脚踏—站立”的等差次序，在主人房中，炕或榻即为最尊崇的位置，是地位最高的人坐的；而没位置可坐的站着，便属最低下卑微的人了。因此，“贾环正在王夫人炕上坐着”，就是一种长辈对晚辈的提拔，等同于宝玉一样，可以和王夫人平起平坐，难怪这时贾环就作威作福，得意忘形起来；并且因为都坐在炕上的近水楼台，接下来贾环才有机会对宝玉下手，以热油烫伤宝玉。这也可以证明宝玉被烫伤后，王夫人对赵姨娘所骂的：“养出这样黑心不知道理下流种子来，也不管管！几番几次我都不理论，你们得了意，越发上来了！”所谓“几番几次我都不理论”的大量宽容，洵非虚言。

由此可以看出王夫人视贾环为一家子弟的宽爱之心，若非赵氏母子的鄙吝阴险委实太过，王夫人并非不能与之相容共处。

不只如此，连对远房别系的贾瑞，她也都尽心救助。当第十二回贾瑞病重，贾代儒向贾府寻求人参以熬制昂贵的独参汤时，王夫人即命王熙凤秤二两给他，对于凤姐以自家逢缺加以推托，依然谆谆提点至其他各处搜寻凑去，“就是咱们这边没了，你打发个人往你婆婆那边问问，或是你珍大哥哥那府里再寻些来，凑着给人家，吃好了，救人一命，也是你的好处”，因此脂砚斋留下一句“王夫人之慈若是”的批语。

2．巧姐儿

此外，王夫人的爱还纵向往下延伸，护佑到隔代的巧姐儿身上。

第二十一回写巧姐儿出痘时，凤姐与平儿就是随着王夫人日日供奉痘疹娘娘的。而痘疹娘娘，学者指出这是在旗人（尤其是在妇女间）的信仰中居有重要地位的娘娘神之一，由于出痘是人生一大关，必须过此一关，生命才算有了几分把握，因此众娘娘神中“痘疹娘娘”的地位最高。[①] 为了巧姐儿出痘而日日供奉痘疹娘娘的女性长辈中，凤姐是巧姐儿的亲生母亲，血浓于水，这种关爱是理所当然的；但巧姐儿并不是王夫人的亲孙女，不具有直系的血缘关系，王夫人却能够这般视如己出地忧心求祷，这更是爱屋及乌的表现。

3．迎春、探春、惜春

当然，因为性别与辈分的关系，探春等其他姊妹们最是直接受到王夫人的眷顾，一开始就因为贾母的疼爱而一并交由王夫人贴身照养。第二回借冷子兴之语指出：“因史老夫人极爱孙女，都跟在祖母这边一处读书。”而当时亲负提携教带之务的，理当是承贾母

---

① 刘小萌：《清代北京旗人社会》，页80—82。

授权而实任管家之责的王夫人，一如第六十五回兴儿所说：“四姑娘小，他正经是珍大爷亲妹子，因自幼无母，老太太命太太抱过来养这么大。”惜春之例足以概括其余。此外，第七回亦记述：“近日贾母说孙女儿们太多了，一处挤着倒不方便，只留宝玉黛玉二人这边解闷，却将迎、探、惜三人移到王夫人这边房后三间小抱厦内居住，令李纨陪伴照管。”评点家姚燮就因此归纳道：“未入园时，宝玉、黛玉住贾母处，李纨、迎、探、惜住王夫人处三间抱厦内。”[①] 可见三春虽然都不是王夫人所亲生，但从小就接手过来亲自照顾，培养了比血缘更为重要的实质母女关系。

从王夫人嘱咐初来贾府的林黛玉时所赞美的“你三个姊妹倒都极好”（第三回），可见她自始即对三春抱持接纳容受的抚爱之心，以至等到年龄稍长之际，这几位少女甚至不惜悖离血缘纽带之源头，表现出对王夫人强烈的情感认同。从小说文本中，可以清楚而具体地看到王夫人有如母神般给予这些贾家女儿的深厚大爱，单单以第七十七回所写到的，王夫人因为“邢夫人遣人来知会，明日接迎春家去住两日，以备人家相看；且又有官媒婆来求说探春等事”而“心绪正烦”，在在表现出有如女儿即将出阁的不舍，才会心绪烦乱，可见是把迎春、探春视如己出。若是个别来看，情况更为感人。

先以排行第二的迎春而言，迎春的生母已经过世，嫡母则是大房邢夫人，邢夫人的性格是“禀性愚犟，只知承顺贾赦以自保，

① 〔清〕姚燮：《读红楼梦纲领》，一粟编：《红楼梦资料汇编》，卷 3，页 171。

次则婪取财货为自得，家下一应大小事务，俱由贾赦摆布。凡出入银钱事务，一经他手，便克啬异常，以贾赦浪费为名，‘须得我就中俭省，方可偿补’，儿女奴仆，一人不靠，一言不听的”，乃一常“弄左性”而“多疑的人”（第四十六回），因此对迎春也是倍加冷落忽略。而迎春与王夫人的互动主要见于整个红楼故事的最后期，虽然只有这么一次，却是非常令人动容的充分展现：于第八十回记述迎春惨嫁中山狼孙绍祖之后，被贾府接回散心时，便是在王夫人房中倾诉委屈，说得呜呜咽咽，连王夫人并众姊妹无不落泪。王夫人为她心痛，更陪着她哭，诚为由衷疼惜的真情流露，是多年情同母女的自然反应。

从迎春归宁后直接到王夫人处，其实已经清楚表达出王夫人才是她的母家所在。在迎春的心中，也确实是将王夫人当作真正的母亲，所以当王夫人听了她的不幸，而以“我的儿，这也是你的命”来宽慰解劝时，迎春就哭着说：

> 我不信我的命就这么不好！**从小儿没了娘，幸而过婶子这边过了几年心净日子**，如今偏又是这么个结果！

可见只有到了王夫人身边，她才获得没有烦扰的安宁生活，并且，遭受婚姻不幸之后也是回到王夫人的怀抱寻求慰藉。尤其当迎春向王夫人泣诉委屈后，王夫人一面解劝，一面问她随意要在哪里安歇时，迎春道：“乍乍的离了姊妹们，只是眠思梦想。二则还记挂着我的屋子，还得在园里旧房子里住得三五天，死也甘心了。不知下次还可能得住不得住了呢！”王夫人便命人忙忙地收拾紫菱洲房屋，命姊妹们陪伴着解释，也就是加以开解释怀，让悲苦的迎春放宽心。这更显示出大观园中的居所有如提供安慰和凝聚私密感的柔情共同体，是一个被安全、温暖、和平所包围的庇护轴心，让迎春再度回到过去的时光，重温已然失去的幸福，而具备了巴舍拉（Gaston Bachelard, 1884—1962）在通过家屋来讨论母性时所指出的，“这儿的意象并非来自童年的乡愁，而来自于它实际所发生的保护作用”，以至呈现出“母亲意象”和“家屋意象”的结合为一①，更加强了王夫人之于迎春的再造之情。

更令人印象深刻的是，当迎春在大观园中住了三天而要往邢夫人那边去时，作者描写她与贾母、王夫人和众姊妹作辞，“更皆悲伤不舍。还是王夫人薛姨妈等安慰劝释，方止住了过那边去”（第八十回），整个场景简直有如生离死别，可见对迎春而言，离开王夫人就形同离开母亲，让受苦的心更加彷徨，以致如此之悲恸难舍。勾勒迎春归宁后的行动轨迹，可以看到是以王夫人为中心的离心过程：她回到贾府后，第一站是先回王夫人房中，倾诉心中的悲苦积郁；接着再到大观园住了三日，疗伤止痛，休生养息；最后才往邢夫人那边去，向嫡母尽一下形式上女儿的义务；而下一站、也是最后一站便是夫家的地狱，果然从此一去不返，短短不到一年就被夫家折磨到香消玉殒。对这位终身薄命、漂泊无依的红颜少女而

---

① 〔法〕巴舍拉著，龚卓军、王静慧译：《空间诗学》（台北：张老师文化公司，2003），页114—115。

言，王夫人给予她的是第二个生命，而且是可以好好活着、领受存在福祉的真正的生命，所以是她心灵的根。一旦失去了这个根，就面临悲剧与死亡。

至于探春，那更是母女关系缠绕纠葛的独特版本。简单地说，探春的生母是贾政所收纳的妾赵姨娘，而赵姨娘一味以赵家的利益为本位，不顾探春是贾家女儿的立场，不断以“我肠子爬出来”的孕生关系进行血缘勒索，要探春徇私给予赵氏集团逾越分际的特权与额外的好处，因此造成这位秉公守正的女君子极大的困扰与痛苦。就在赵姨娘的侵扰作践之下，让探春悲愤痛感“我一个女孩儿家，自己还闹得没人疼没人顾的，我那里还有好处去待人”（第五十六回），可以说，血缘上的母亲却造成她独特的地狱。相反地，嫡母王夫人却对她视如己出，因此王熙凤就说“太太又疼他”，探春自己更切身感到“太太满心疼我”（第五十五回），再加上从小养育提携的恩情，以及嫡母本来就是宗法制度下所有子女的正式母亲，于是在情、理、法的各种条件之下，探春对王夫人的认同也是必然而自然的，终于宣告：“我只管认得老爷、太太两个人，别人我一概不管。”（第二十七回）以彻底否决与亲生母亲赵姨娘的母女关系。

这个石破天惊的宣言，确实很容易让那些把亲子关系理想化，并且以为血缘的神圣性可以解决一切问题的人感到刺耳，因此往往把探春视为势利之辈，冷酷地背弃身份卑微的生母，趋炎附势倒向当权的嫡母。然而事实并非如此，让赵姨娘卑微的不是“法律上的奴妾身份”，而是“人格上阴微鄙贱的奴妾心灵”，使她只能在血缘的自私下，只看到赵家的现实利益而且不择手段地争取，以致利用马道婆的法术为工具，引发宝玉、凤姐被魔法作祟而差一点致死的大祸，这就是让她不只身份卑微、更严重的是人格低劣的原因。所谓“奴仆眼中无英雄”，这样的人，又怎能了解探春的“才自精明志自高”？又怎能了解探春所说的“我但凡是个男人，可以出得去，我必早走了，立一番事业，那时自有我一番道理。偏我是女孩儿家，一句多话也没有我乱说的”这番话中的高度睿智与深沉痛苦？一只渴望飞翔宇宙，连性别的限制都想要超越的凤凰鸟[①]，又怎能甘心被血缘的私心拉往污秽的泥泞而一起沉沦？

然而，生母赵姨娘所不能了解的，嫡母王夫人都了解，所谓“太太满心里都知道”（第五十五回），因此以其掌理家务的决策权把理家大任交托给探春，让她受困于女性身份而无法施展的才志能够发挥，获取一展才志的自我实践，等于间接给予她一种“父亲的补偿”。就这一点来说，王夫人已经不仅仅是一个“代母”（mother substitute）或“正式的母亲”——也就是宗法制度下的名义上的母亲，而更近似于“父亲”——也就是给予责任、权力的人，更可谓恩情最深。

所以，探春毅然决然的独立宣言，并不是来自嫡庶之争，而是

---

① 第四十回写到探春所住的秋爽斋中种有梧桐，象征寓意出自《庄子·秋水篇》中鹓雏（也就是凤凰）是“非练实（竹实）不食，非梧桐不栖，非醴泉不饮”，暗喻探春是栖息于梧桐上的凤凰；而第六十五回兴儿描述探春的性格时就说道：“玫瑰花又红又香，无人不爱的，只是刺戳手。也是一位神道，可惜不是太太养的，‘老鸹窝里出凤凰’。”直接以凤凰比喻探春；又第七十回写探春的风筝是凤凰造型，凤凰意象。

人格的保卫战，为了巩固自己的人格，势必就要否定血缘的价值，而宗法制度恰恰提供了合法合理的依据。在这场因为涉及天生血缘而特别艰苦的战争中，王夫人以深厚的情感给了她实践自我的最大力量，这是把血缘神圣化甚至无限上纲的人可以借重新反省的。

还有惜春，因为年纪太小的缘故，相关的情节很少，但仍然可以找到一段文本作为参考。第七十四回抄检大观园之后，对于风月情色本来就深恶痛绝的惜春终于表达出她对宁国府的厌恶，向尤氏公然声称："如今我也大了，连我也不便往你们那边去了。况且近日我每每风闻得有人背地里议论什么多少不堪的闲话，我若再去，连我也编派上了。……我清清白白的一个人，为什么教你们带累坏了我！"所谓"你们那边"，就是她的生身之地宁国府，第六十六回柳湘莲早已说过："你们东府里除了那两个石头狮子干净，只怕连猫儿狗儿都不干净。"换句话说，惜春极力杜绝与宁国府的来往，以免受到污染，这就犹如间接认同王夫人这边是干净的，是她可以安身立命的，在在显示出王夫人深受少女们之情感认同的母神地位。

就以上所言，特别是迎、探、惜这三春，如果以弗洛姆的说法来看，更足以显示王夫人身为"第二个母亲"所带给这些少女们的深刻意义。弗洛姆指出：母亲的爱是对儿童的生命和需要的无条件的肯定，而其肯定有两个层次，其一为"儿童生命的保持和生长所绝对需要的照顾与责任"，其二为"使孩子觉得：被生下来很好；它在儿童心中灌注了对生命的爱，而不只是活下去的愿望"。若以《圣经》中"流乳与蜜的地方"加以诠释，乳是第一层次的爱的象征，象征照顾和肯定；蜜则象征着生命的甜美与幸福，是为第二层次的爱的象征。[①] 从这个角度来看，王夫人既把“乳汁”给了这些女孩们，从小就亲自照顾她们长大，并且还给了她们“蜂蜜”，也就是生命的甜美与幸福。

所以应该说，王夫人在贾府的嫡亲女儿迎、探、惜三春身上，也同样具有“二重出生”尤其是“双重母亲”的原型意涵，而且一点也不神秘地通过真实世界的宗法基础与情感基础展现出来。王夫人与三春之间充盈着一种长期培养出来的真正的骨肉之亲与母女之情，在王夫人的羽翼庇护之下，三春获得无比慈柔怜惜的丰盈母爱，汲取原生家庭所欠缺的温暖祥和，那是她们一生中唯一宁静幸福的乐园岁月。王夫人以嫡母身份行使教母般的职能，使三春获取“二重出生”的机会，而在她这个“第二个母亲”的屏障之下得以免除原生家庭的掌控钳制甚至剥削欺诈，更获得心灵的平静、生活的安宁乃至人格的保障，可以说是她们人生中真正的母亲。

因此，当王熙凤提出减少丫头员额数目以撙节开销的建议时，王夫人就以过去黛玉之母贾敏为参照系，慨言道：

> 只说如今你林妹妹的母亲，未出阁时，是何等的娇生惯养，是何等的金尊玉贵，那才像个千金小姐的体统。如今这几个姊妹，不过比人家的丫头略强些罢了。……如今还要裁革了去，不但**于我心不忍**，只怕老太太未必就依。（第七十四回）

① 〔美〕弗洛姆著，孟祥森译：《爱的艺术》，页63—64。

故而加以否决。也是出于这种置少女之福祉于至高无上的心态，当王熙凤才一出言建议众姑娘直接在园子里吃饭，等天长暖和了再来回跑时，王夫人立刻表示同意，并进一步长篇申论道：

> 这也是好主意。刮风下雪倒便宜。吃些东西受了冷气也不好；空心走来，一肚子冷风，压上些东西也不好。不如后园门里头的五间大房子，横竖有女人们上夜的，挑两个厨子女人在那里，单给他姐妹们弄饭。新鲜菜蔬是有分例的，在总管房里支去，或要钱，或要东西；那些野鸡、獐、狍各样野味，分些给他们就是了。（第五十一回）

这一番话从理由、地点、方式等各方面都已考量得面面俱到，仿佛是长期酝酿所致，其体贴入微免除众姝委屈的心意焕然可见。

（二）其他少女们

王夫人不舍得受苦的“如今这几个姊妹”，固然包含了三春在内，加上前面所看到的贾环、贾瑞，都还是贾家的年轻成员，但实际上王夫人所羽翼惠爱的当然不受血缘所限，而是扩充到下一代的其他少女们。

1. 妙玉

首先，以性格最为孤僻高傲、比黛玉更加极端化的妙玉来看。在大观园落成之初，王夫人一开始刚听到管家林之孝家介绍妙玉是

“文墨也极通，经文也不用学了，模样儿又极好”时，不等回完，便立刻说：“既这样，我们何不接了他来。”可见得是极为欣赏；值得注意的是，显然林之孝家的看准了这位女家长的性格与心思，在王夫人发出接请过来的指令前，这位在府中办事办老了的资深管家大娘就已经率先提出邀请，结果则是完全符合主上的心向，这足以证明王夫人的性格确实是宽厚仁爱，素来为身边的下人所共知，因此才会事先代行。接着，听说这位“因不合时宜，权势不容”（第六十三回）的尼姑，傲然以“侯门公府，必以贵势压人，我再不去的”而拒绝了贾府的接请，王夫人也并不以为意，反倒认为“他既是官宦小姐，自然骄傲些，就下个帖子请他何妨”（第十七至十八回），始终抱持一片体恤包容之心态，并没有因为妙玉的骄傲而讨厌她或拒绝她，相反地，还愿意特别下个帖子邀请她，诚如刘姥姥所赞美的“倒不拿大”，也就是以侯门公府之尊，却没有以贵势压人，正所谓的富而好礼。

就此，必须注意到传统社会礼俗，才更能理解王夫人的体恤包容是何等难能可贵。在当时的社会礼仪中，“名帖”就相当于本人，上面必须书写正式的姓名，因此妙玉在宝玉生日时送来的名帖上署名别号“槛外人”，就被邢岫烟批评道：“从来没见拜帖上下别号的，这可是俗语说的‘僧不僧，俗不俗，女不女，男不男’，成个什么道理。”（第六十三回）所以，以贾府的地位，“下个帖子请他”就等同于王夫人亲自上门邀请，可谓隆重至极，因此才请动了高傲的妙玉来到贾府。

另外再参考小说中的类似描写，可以让我们更了解这个社会礼仪的重要性：第十回写贾珍为了秦可卿之疾症而焦心不已，一听说冯紫英幼时从学的先生，“姓张名友士，学问最渊博的，更兼医理极深，且能断人的生死。今年是上京给他儿子来捐官，现在他家住着呢。……我即刻差人拿我的名帖请去了。今日倘或天晚了不能来，明日想必一定来”。而张友士则以“大人的名帖实不敢当”，仍叫奴才拿回来了。另外，第十一回写贾敬生辰，“南安郡王、东平郡王、西宁郡王、北静郡王四家王爷，并镇国公牛府等六家，忠靖侯史府等八家，都差人持了名帖送寿礼来”。可见，贾珍的名帖对张友士的身份而言，实在太过隆重，因此承担不起，不敢接受；而贾敬的生日当天，几家与贾府同等级甚至更高等级的王爷与公侯也持了名帖送寿礼来，可见贾府的地位崇高。

从这两个例子，已清楚显示出王夫人对妙玉是如何的宽宏礼遇，并且不仅如此，下帖子请动了妙玉后，“次日遣人备车轿去接”，这更是倍加礼遇的进一步延续。因为从明代以来，轿子已经不只是一种交通工具，而是意谓着崇高的身份阶级，如学者经过种种讨论后所指出的：宋代出现轿子以后，渐渐地取代了骑马的地位，而在南宋曾流行一时，上层阶级常以之为代步的工具；明朝中期以后又复兴乘轿之风，并且持续到清代，必须说，“中国历史上乘轿的出现，并不仅仅是交通工具的变化，其实轿子还代表许多象征意义。……轿子本身与乘轿的行为，在明代已发展成为一种具有社会、政治与文化的象征，其实也就是权力的象征”[1]。如此一

---

① 见巫仁恕：《品味奢华：晚明的消费社会与士大夫》（台北：联经出版公司，2007），页67—68、115。特别是在婚礼上，“轿子一直是社会公认的把新娘接到她丈夫家的惟一合法的运载工具”，与迎亲队伍、对天地与丈夫家祖先的祭拜等（转下页）

来，无形中这也等于是贾府给予妙玉一种彼此平等的地位，孤身一人寄居贾府的妙玉成为可与贾府平起平坐的客卿，堪称宽宏礼遇之至。而当初这份宽宏礼遇也种下了妙玉得以住进大观园的远因，以至妙玉得以安居于大观园的屏障之下自成天地，把栊翠庵经营成一个小小的个人王国，让原本就“骄傲些”的性格更往极端化发展，形成“他这脾气竟不能改，竟是生成这等放诞诡僻”(第六十三回)。[①]换句话说，没有王夫人，妙玉就没有大观园的栊翠庵，也就没有雪水烹茶、白雪红梅、联句吟诗之类的诗意生活，就此说来，对妙玉而言，王夫人岂非发挥了母神般庇纳护卫的绝大力量?

2．林黛玉

另外，对于和妙玉同为玉字辈人物，也都具有高傲性格的林黛玉，一般论者多主张王夫人对她存有不满之意。但实际上这不仅缺乏明确内证，更与上述性格主调相抵触。

首先，当第三回黛玉初来乍到，依礼分别拜见母舅之时，到了王夫人房中，“黛玉便向椅上坐了。王夫人再四携他上炕，他方挨王夫人坐了”，可见黛玉谨守晚辈的分寸，只敢坐在低一等的椅子

(接上页）三样东西，一起保证了婚姻的合法性，参〔美〕杨懋春著，张雄等译：《一个中国村庄：山东台头》(南京：江苏人民出版社，2012)，页100—101。

① 有关因为环境之配合，使妙玉在出世之后反而走上“全性”之路，在与世隔绝的栊翠庵中建立个人王国，逐渐将情性发展到了“放诞诡僻”的极端地步，以致与人群社会更加格格不入的分析，可参欧丽娟：《〈红楼梦〉中的“红杏”与“红梅”：李纨论》，《台大文史哲学报》第55期（2001年11月），页339—374。

上，而王夫人则打破尊卑，再四让她与自己平起平坐，这显然是顺着贾母的心意给予非凡的特权，且隐隐然是一种建立母女关系的表示。从第二十五回王夫人也让庶子贾环在其炕上同坐抄写佛经，接着宝玉一放学进门便滚入王夫人怀里，可见座位的亲近一体是亲子之情的具体化，而王夫人一开始便是以女儿看待黛玉。

到了后来，点点滴滴的描述之间都不断闪耀出这一类的母爱光芒。例如第二十八回有一段有趣的情节，大意是说众人闲谈中提到药丸，宝玉说他有一帖奇特的药方，需花费三百六十两银子，并且用到头胎紫河车、人形带叶参、龟大何首乌、千年松根茯苓胆之类罕见的奇特药材，最令人瞠目结舌的主药材竟然是古坟里的珍珠，活人戴过的勉强可以替代。宝玉还说这副怪异的药方给过薛蟠。由于药材太过令人匪夷所思，药价也太过高昂，宝钗因为不知情，未曾听闻哥哥薛蟠的这件事，而不敢当场替宝玉作证，于是宝玉就被众人视为撒谎，还被林黛玉用手指在脸上画着羞他。幸好凤姐出面证实确有此事，为宝玉洗刷了冤屈。此时宝玉冤情昭雪，就向黛玉说道："你听见了没有，难道二姐姐也跟着我撒谎不成？"然而他脸望着黛玉说，却拿眼睛瞟着宝钗，黛玉就变成了替罪羊。于是黛玉便拉王夫人道："舅母听听，宝姐姐不替他圆谎，他支吾着我。"王夫人也道："宝玉很会欺负你妹妹。"这就很明显地是站在林黛玉这一边的，因为实际上大家都看得出来，在宝、黛的互动关系里，情况不但不是"宝玉很会欺负你妹妹"，而是恰恰相反，如同紫鹃所说的："我看他素日在姑娘身上就好，皆因姑娘小性儿，常要歪派他，才这么样。"（第三十回）如此说来，王夫人便等于是偏袒黛玉了。

更何况，第五十七回还写到“雪雁从王夫人房中取了人参来”，也可以见出王夫人对林黛玉的照拂不减。连带地，王夫人的妹妹薛姨妈也对黛玉照顾有加，第五十八回写道：“薛姨妈素习也最怜爱他的，今既巧遇这事，便挪至潇湘馆来和黛玉同房，一应药饵饮食十分经心。黛玉感戴不尽，以后便亦如宝钗之呼，连宝钗前亦直以姐姐呼之，宝琴前直以妹妹呼之，俨似同胞共出，较诸人更似亲切。贾母见如此，也十分喜悦放心。”这些都是读者在涉及金玉良姻时所不能忽略的，更不能因为金玉良姻的成见，而把这些情节都视为王氏姐妹的虚伪作态，否则不但冤枉了这两个人，也轻视了黛玉。

对于几段有关黛玉婚恋的情节，只要我们不带着成见去看，其实王氏姊妹并没有阴谋促成金玉良姻的痕迹，相反地，薛姨妈还表现出保护并促成二玉情缘的用心。历来读者总是因为薛姨妈两度表示“金玉良姻”，包括：

- 薛宝钗因往日母亲对王夫人等曾提过“金锁是个和尚给的，等日后有玉的方可结为婚姻”等语，所以总远着宝玉。（第二十八回）
- 薛蟠……也因正在气头上，未曾想话之轻重，便说道：“好妹妹，你不用和我闹，我早知道你的心了。从先妈和我说，你这金要拣有玉的才可正配，你留了心，见宝玉有那劳什骨子，你自然如今行动护着他。”（第三十四回）

因而便直觉地认定薛姨妈在此一图谋下，必然敌视黛玉为竞争对手，暗中离间陷害，也以虚情假意为笼络的手段，以致对第五十七回“慧紫鹃情辞试忙玉　慈姨妈爱语慰痴颦”这一段情节中的意义，或者忽略、或者误解，此处正可以加以澄清。

首先，薛姨妈两度表示的“金玉良姻”，乃是和尚的指示。这位秃头和尚既能够提供人间所无的海上方，对宝钗那“凭你什么名医仙药，从不见一点儿效”（第七回）的病症发挥疗效，自然获得了如天神般令人信服的权威，以致薛家对他言听计从，第八回清楚说明了“金玉良姻”正是出于和尚的神谕。当时宝钗赏鉴通灵宝玉，玉上刻有“莫失莫忘，仙寿恒昌”这两句“癞僧所镌的篆文”，莺儿听了，感觉到恰恰与金锁上錾的“不离不弃，芳龄永继”是一对，于是宝玉央求也要赏鉴宝钗的金锁：

> 宝钗被缠不过，因说道：“也是个人给了两句吉利话儿，所以錾上了，叫天天带着；不然，沉甸甸的有什么趣儿。”……宝玉看了，也念了两遍，又念自己的两遍，因笑问：“姊姊这八个字倒真与我的是一对。”莺儿笑道：“**是个癞头和尚送的，他说必须錾在金器上**……”宝钗不待说完，便嗔他不去倒茶，一面又问宝玉从那里来。

由此清楚可见，通灵玉的“莫失莫忘，仙寿恒昌”是“癞僧所镌的篆文”，金锁上“不离不弃，芳龄永继”的吉利话也“是个癞头和尚送的，他说必须錾在金器上”，还“叫天天带着”，足证宝钗不爱花儿粉儿的却愿意戴着金锁，全然是受命之下的不得不然；而在传统婚姻乃父母之命、媒妁之言的规范下，也可以推知薛姨妈所谓“金锁是个和尚给的，等日后有玉的方可结为婚姻”，同样是出于和尚的叮嘱，由第三十六回宝玉在梦中喊骂说：“和尚道士的话如何信得？什么是金玉姻缘，我偏说是木石姻缘！”更证明如此。这位癞头和尚如同月下老人一般，居间支配了两人的姻缘，分别给了“正是一对”的天意，薛姨妈只不过是遵从和尚的指示而已，之所以透露给薛蟠，是因为丧夫从子、长兄如父的伦理模式，女儿的终身大事须由寡母长兄主持之故。

当然，从薛姨妈也向王夫人透露此一神谕的作为，其心中未尝没有考虑到宝玉的意识，然则传统婚姻既是父母之命，即使薛姨妈有此一考量，又何罪之有？何况这还只是一种考虑，固然姊妹之间闲谈涉及儿女之事，晚辈宝玉也听说了“金玉良姻”，但彼此并没有说定之类的积极作为；再加上随着时间的演变，薛姨妈因为疼惜黛玉而改变主意，不但大有可能，事实也正是如此。第五十七回这一段情节中蕴含了丰富的意义，却被读者或者忽略、或者误解，必须一一推敲。

当紫鹃为了测试宝玉真心，谎称黛玉不久就要被接回苏州，远离贾府，而且注定不可挽回时，宝玉衡情度理，认知到此一结果诚属必然，于是在极痛巨悲之下登时发起狂病，失魂落魄，如同半死，“呆呆的，一头热汗，满脸紫胀……无奈宝玉发热事犹小可，更觉两个眼珠儿直直的起来，口角边津液流出，皆不知觉。给他个枕头，他便睡下；扶他起来，他便坐着；倒了茶来，他便吃茶。众人见他这般，一时忙起来”，急切请来奶娘李嬷嬷判断吉凶，却看了半日，问他几句话也无回答，用手向他脉门摸了摸，嘴唇人中上边着力掐了两下，掐得指印如许来深，竟也不觉疼，于是说了一声“可了不得了”，便搂着放声大哭起来。这便无异是宣告死刑，从而怡红院陷入愁云惨雾，众人皆哭，立刻通报贾母、王夫人。袭人赶忙到潇湘馆找来肇事者紫鹃，不料宝玉一见便嗳呀一声哭了出来，恢复神智，大家方都放下心来，细问才知是紫鹃说“要回苏州去”一句玩笑话引出来的，贾母流泪道：“我当有什么要紧大事，原来是这句顽话。”又向紫鹃道：“你这孩子素日最是个伶俐聪敏的，你又知道他有个呆根子，平白的哄他作什么?”这时，薛姨妈紧接着说了一番话，劝道：

> 宝玉本来心实，可巧林姑娘又是从小儿来的，他姊妹两个一处长了这么大，比别的姊妹更不同。这会子热剌剌的说一个去，别说他是个实心的傻孩子，便是冷心肠的大人也要伤心。这并不是什么大病，老太太和姨太太只管万安，吃一两剂药就好了。

这段话的至关重要，在于宝、黛双方所表现的生死以之的强烈反应，最容易被怀疑到男女之间的私情密恋，而这却是当时诗礼簪缨之族所深恶痛绝的“淫滥”，一种形同不贞的心灵出轨[①]，攸关

---

① 第一回曹雪芹借石头所批判的“佳人才子等书，则又千部共出一套，且其中终不能不涉于淫滥”，其中的“淫滥”便是指媒聘之前就已发生的男女私情，(转下页)

“性命脸面”（见第七十四回王夫人对园中捡着绣春囊之事所言），足以使当事人身败名裂。参照第九十七回写黛玉一听二宝联姻便忽焉致病，贾母即起了疑窦，明说道：“孩子们从小儿在一处儿顽，好些是有的。如今大了懂的人事，就该要分别些，才是做女孩儿的本分，我才心里疼他。若是他心里有别的想头，成了什么人了呢！……咱们这种人家，别的事自然没有的，这心病也是断断有不得的。”可见续书者虽然笔调刻露一无蕴藉，缺乏美感，却是把握到此一礼教精神的。

据此而言，当宝玉从失魂迷痴中苏醒，众人才刚刚从紧张担忧中回复理性，还没有余心查考宝玉的过度反应有违常情之际，薛姨妈于第一时间就将这段“非常情”的事由定调为青梅竹马的“深厚友情”所致，等于是在大家还没有机会产生怀疑之前，就把所有的思绪引导到正常合理的方向，免除了宝、黛之恋的一场重大危机，也为两人提供了绝佳的安全掩护。试看当事人林黛玉在事后的反应，便可以明白这一点：

> 黛玉不时遣雪雁来探消息，这边事务尽知，自己心中暗叹。**幸喜众人**都知宝玉原有些呆气，自幼是他二人亲密，如今紫鹃之戏语亦是常情，宝玉之病亦非罕事，因**不疑到别事去**。

（接上页）是违背礼教的心灵不贞，比今天专指色欲的用法更为严格。详参欧丽娟：《论〈红楼梦〉的“佳人观”——对“才子佳人叙事”之超越及其意义》，《文与哲》第24期（2014年6月），页116—129。

所谓“幸喜众人……不疑到别事去”，“别事”也者，即男女之间的私情秘恋，正清楚表示出黛玉对于大家没有怀疑到两人的私情，充满庆幸；而令大家不加怀疑的“自幼是他二人亲密，如今紫鹃之戏语亦是常情”的诠释，岂不正是薛姨妈一开始所采取的定调方向？换句话说，大家很可能发生的怀疑念头在还没有进入大脑意识之前，就被薛姨妈的一番话杜绝，也就是来不及动念就胎死腹中，诠释权就被“青梅竹马”的正当感情所独占，于是根本地解除了灾难的警报。必须说，无论是出于刻意的策略运用，还是来自善意的自然流露，薛姨妈在第一时间用来解释情由的一番话语，确确实实发挥了护卫宝、黛二人的绝大效果。

这也就顺理成章地进入接下来的故事发展。当黛玉感戴薛姨妈的疼爱，欲认她作娘，而宝钗出于姊妹的亲昵不避讳竟开起了黛玉的玩笑，笑道：“我哥哥已经相准了，只等来家就下定了，也不必提出人来，我方才说你认不得娘，你细想去。”说着，便和她母亲挤眼儿发笑。然而，薛姨妈却不愿这么做，理由是自己的儿子薛蟠太差，反而推荐黛玉心中所独钟的宝玉：

> 薛姨妈……又向宝钗道：“连邢女儿我还怕你哥哥遭塌了他，所以给你兄弟说了。别说这孩子，我也断不肯给他。前儿老太太因要把你妹妹说给宝玉，偏生又有了人家，不然倒是一门好亲。前儿我说定了邢女儿，老太太还取笑说：‘我原要说他的人，谁知他的人没到手，倒被他说了我们的一个去了。’虽是顽话，细想来倒有些意思。我想宝琴虽有了人家，我虽没

> 人可给，难道一句话也不说。我想着，你宝兄弟老太太那样疼他，他又生的那样，若要外头说去，断不中意。不如竟把你林妹妹定与他，岂不四角俱全?”……婆子们因也笑道：“姨太太虽是顽话，却倒也不差呢。到闲了时和老太太一商议，姨太太竟做媒保成这门亲事，是千妥万妥的。”薛姨妈道：“我一出这主意，老太太必喜欢的。”

从为邢岫烟说亲于薛蝌与拒绝将黛玉说给薛蟠这两件事，就足以证明薛姨妈虽然溺爱薛蟠，却不是不明是非的昏庸之辈，因此完全不愿意为了“素习行止浮奢”(第五十七回)、“气质刚硬，举止骄奢”(第七十九回）的儿子而糟蹋别人家的好女儿，因此“断不肯”将黛玉说给薛蟠为妻。薛姨妈若真有自私的心肠与阴险的城府，欲排除黛玉以免妨碍二宝的“金玉良姻”，大可如同宝钗所开的玩笑，早早利用她与王夫人的姊妹关系，以及“父母之命”的至高权力，直接为薛蟠向贾母求亲于黛玉，岂非更是直接了当？而且在父母之命的强制下更是确保无虞，何必拐弯抹角地舍近求远，收揽一个完全没有自主能力的少女的心？“虚情”之举既全无实用，还必须承担夜长梦多的变数干扰，真正的阴谋家当不屑为之；甚至也可以索性在宝玉呆病发作时，一开始就刻意引导大家往私情方向进行怀疑，岂不是更不费吹灰之力，就使黛玉灰飞烟灭？

公平地看，薛姨妈是真诚地爱护黛玉，不忍她孤苦无依，所谓“也怨不得他伤心，可怜没父母，到底没个亲人”，这便是以设身处地的真挚同情宽容了黛玉过分自溺的感伤悲凄，接下来第五十八回所写“薛姨妈素习也最怜爱他的，今既巧遇这事，便挪至潇湘馆来和黛玉同房，一应药饵饮食十分经心”，更完全是视如己出，亲如母女，正和先前的保护二玉是一以贯之的。因此，薛姨妈明说要向贾母出主意做媒保成二玉的这门亲事，实乃出于诚心而非虚情，续书者显然也看到了这一点，第八十二回写一个从薛姨妈处来潇湘馆送蜜饯荔枝的婆子，一边注目黛玉的美貌，一边道：“怨不得我们太太说这林姑娘和你们宝二爷是一对儿，原来真是天仙似的。”如此一来，薛家的婆子也等于是关键证人，证明薛姨妈说她想出主意为宝、黛作媒，确实是真心诚意的肺腑之言。

再从回目的拟定来看，既然回目中的人物性格描述用语，都是表里如一的据实反映而非表里不一的反讽，包括：

第二十一回“贤袭人娇嗔箴宝玉”的“贤”、“俏平儿软语救贾琏”的“俏”。

第四十七回“呆霸王调情遭苦打”的“呆”、“冷郎君惧祸走他乡”的“冷”。[①]

第五十二回“俏平儿情掩虾须镯”的“俏”、“勇晴雯病补雀金裘”的“勇”。

第五十五回“辱亲女愚妾争闲气”的“愚”、“欺幼主刁奴蓄险心”的“刁”。

---

① 第六十六回贾琏也说柳湘莲“最是冷面冷心的，差不多的人，都无情无义”，因此该回的回目便作“冷二郎一冷入空门”，与此呼应。

第五十六回“敏探春兴利除宿弊”的“敏”、“时宝钗小惠全大体”的“时”。

第五十七回“慧紫鹃情辞试忙玉”的“慧”与“忙”、“慈姨妈爱语慰痴颦”的“痴”。

第六十二回“憨湘云醉眠芍药裀”的“憨”、“呆香菱情解石榴裙”的“呆”。[①]

第六十八回“酸凤姐大闹宁国府”的“酸”。

第七十三回“痴丫头误拾绣春囊”的“痴”、“懦小姐不问累金凤”的“懦”。

每一个形容词都被普遍公认为曹雪芹对该人物的春秋定评，其客观性正如清代评点家姚燮所言：“红楼之制题，皆能因事立宜，如锡美谥。”[②]那么，与“慧紫鹃情辞试忙玉”并列的“慈姨妈爱语慰痴颦”就不应该独独例外；何况在传统修辞学之对仗法则所规范的平行结构下，“慈姨妈爱语慰痴颦”正与“慧紫鹃情辞试忙玉”上下一致，意指“慈爱的姨妈安慰痴情的颦儿”，“慈”正是对薛姨妈的一字定论。就此而言，第五十七回后半的情节安排，确实就是正面地描述

① 第四十八回宝钗也说香菱“你本来呆头呆脑的，再添上这个，越发弄成个呆子了”，脂批更明示曰：“今以呆字为香菱定评，何等妩媚之至也。”

② 姚燮《读红楼梦纲领》云：“红楼之制题，如曰俊袭人，俏平儿，痴女儿（小红也），情哥哥（宝玉也），冷郎君（湘莲也），勇晴雯，敏探春，贤宝钗，慧紫鹃，慈姨妈，呆香菱，酣湘云，幽淑女（黛玉也），浪荡子（贾琏也），情小妹（尤三姐），苦尤娘（尤二姐），酸凤姐，痴丫头（傻大姐），懦小姐（迎春），苦绛珠（黛），病神瑛之类，皆能因事立宜，如锡美谥。”一粟编：《红楼梦资料汇编》，卷3，页171。

“慈姨妈爱语慰痴颦”，写出薛姨妈对黛玉的慈爱温情，从宝玉的病因论及二玉亲事乃是一贯直下，前后相通。

至于薛姨妈有此意图却不急着为二玉提亲，原因诚如她对紫鹃所说的“急什么”。连宝玉的纳妾问题，大家长贾政都还认为此事不急，道：“我已经看中了两个丫头，一个与宝玉，一个给环儿。只是年纪还小，又怕他们误了书，所以再等一二年。”(第七十二回)则明媒正娶的终身大事更不可能匆促，这是贾府中各家长都还在观望斟酌的缘故。这么一来，也难免导致真正订亲前发生变数的可能，贾母的有意求配于宝琴，就是一个活生生的例子，而紫鹃之所以赶着趁薛姨妈一提出二玉结亲的想法，就立刻请求她开口向王夫人说定，也是因为这个考虑。

但是，紫鹃一片赤诚忠心，想要尽早订下婚约以免生变，固然是可爱至极，却也是操之过急，逾越了“丫头”的身份与“父母之命”的双重禁忌，黛玉骂她“又与你这蹄子什么相干?”就是出于此故。尤其紫鹃身为未婚少女却主动涉及婚姻议题，更属于不当行为，对照看第六十三回探春在掣花签时，抽到的签上有“得此签者，必得贵婿，大家恭贺一杯，共同饮一杯”的签词，便红了脸掷在地下，认为这是“混话”而执意要蠲弃此戏改换别的，可见婚恋议题实为闺阁禁忌。也因此，薛姨妈才会对紫鹃哈哈笑道：“你这孩子，急什么，想必催着你姑娘出了阁，你也要早些寻一个小女婿去了。”让紫鹃听了也红了脸，说出“姨太太真个倚老卖老的起来”这句话，便转身去了。这其实是用软钉子的方式让紫鹃知错而退，连黛玉见了这样，也笑起来说：“阿弥陀佛！该，该，该！也臊了一鼻子灰去了!”以至薛姨妈母女及屋内婆子丫鬟都笑起来。可见薛姨妈给了紫鹃软钉子碰，是出于紫鹃的不当逾矩，与她提出二玉姻缘的真诚与否并无关系。

由此而言，王氏姊妹对儿女婚事的主张并不能说是私心密谋，而是在传统的父母之命下合法的正当权力，甚且两人也都没有合谋二宝之金玉良姻的特定居心，因此在事态的发展与情感的变化下有所调整。只是在年龄未到，家长们也还在观望斟酌、彼此之间更互相尊重的顾虑之下，宝玉的婚事一直没有拍板定案，而整个过程中，王氏姊妹都对黛玉照顾有加，薛姨妈更是直接成为黛玉的第二个母亲，间接助成了王夫人的母神角色，令人深思。

3．史湘云、薛宝琴

正因为王夫人确确实实由衷疼爱这些少女，因此当薛宝琴初来乍到时，心直口快的史湘云就好意对她建议道：

> 你除了在老太太跟前，就在园里来，这两处只管顽笑吃喝。到了太太屋里，若太太在屋里，只管和太太说笑，多坐一回无妨；若太太不在屋里，你别进去，那屋里人多心坏，都是要害咱们的。（第四十九回）

由宝钗听后笑称“说你没心，却又有心；虽然有心，到底嘴太直了”的反应，可知史湘云所言不虚，连宝钗都间接加以认可，只是对她的口没遮拦表示啼笑皆非而已。可见在大观园与园外的对立状态中，王夫人本身实际上还是站在少女们这一边的，是仅次于贾母这位大母神的女家长，以至众少女可以“只管和太太说笑，多坐一回无妨”。

值得注意的是，中途才来到贾府的薛宝琴，因为出类拔萃的人品而受到贾母的非凡宠爱，甚至凌驾于宝玉和黛玉之上，第四十九回探春转述道：“老太太一见了，喜欢的无可不可，已经逼着太太认了干女儿了。老太太要养活，才刚已经定了。”如此一来，宝琴也变成了王夫人的女儿，实质上更受到两代母神的照护。尤其是贾母放着现成的大观园不用，却让宝琴直接和她同住，对她的宠爱明显更胜于其他包括宝玉、黛玉、宝钗等在内的所有晚辈，宝琴可以说是后来居上，是众女儿中的佼佼者。

贾母与王夫人两代女家长的母神地位，以及她们与众姝之间的亲密情分，更从脂砚斋的批语得到补充：第十七回说“诸钗所居之处只在西北一带，最近贾母卧房之后”，第五十九回则说“王夫人大房之后常系他姊妹出入之门”，可见距离上的亲近导致了或反映了这两代女性之间的密切互动，贾母与王夫人的两处上房是园中诸钗们出入最频繁的地方，也间接体现了护佑少女们的母神意涵。

四、宽柔待下的家风

进一步来看，王夫人对没有血缘关系或姻亲关系的外人妙玉的宽容，也同样地表现在对年轻女仆，尤其是所谓的大丫鬟身上。第七十四回提到，王善保家的批评园内大丫头之骄纵，说道：“这些女孩子们一个个倒像受了封诰似的，他们就成了千金小姐了。闹下天来，谁敢哼一声儿。”王夫人初听时的反应亦是善加体谅与宽容，故谓：“这也有的常情，跟姑娘的丫头原比别的娇贵些。你们该劝他们。”这和体谅妙玉“既是官宦小姐，自然骄傲些，就下个帖子请他何妨”简直是如出一辙，可见王夫人在一定程度上未尝不能容受大丫头恃宠而骄的“娇贵”。

（一）“贵族道德责任感”

这种宽柔待下的风范，其实是真正的贵族世家所严守的家风，也就是一种“贵族道德责任感”(sense of noblesse oblige)。贾政就以家族继承人的视野，自豪于“自祖宗以来，皆是宽柔以待下人”，因此不曾发生“暴殄轻生的祸患”，所以才会一听到家里有丫头投井自尽，就无比惊慌震怒，惊慌的是“若外人知道，祖宗颜面何在”，震怒的是“执事人操克夺之权，致使生出这暴殄轻生的祸患”（第三十三回）；而王夫人也是“宽仁慈厚的人，从来不曾打过丫头一下”（第三十回）。因此袭人就说过：“咱们家从没干过这倚势仗贵霸道的事。”袭人的哥哥花自芳更认可“贾宅是慈善宽厚之家……贾府中从不曾作践下人，只有恩多威少的”（第十九回），甚至想借此占贾家的便宜，连赎金都不用付就可以赎回卖断的妹妹，也许还附带赏银而人财两得呢！这都反映出贵族之家谦谨有礼的世代修持，而形成了所谓的“家风”。

如此一来，不但晴雯是“自幼上来娇生惯养，何尝受过一日委屈”（第七十七回），袭人也是“从来不曾受过一句大话的”，因此在阴错阳差的情况下，“今儿忽见宝玉生气踢他一下，又当着许多人，又是羞，又是气，又是疼，真一时置身无地”(第三十回)。同样地，第四十四回写贾琏偷情、凤姐泼醋，夫妻不好对打，便都把气出在贾琏收房的丫头平儿身上，凤姐打了几下，贾琏则踢骂几句，但事后平儿自述：“我伏侍了奶奶这么几年，也没弹我一指甲。”只因为“我们那糊涂爷倒打我”，说着便又委屈，禁不住落泪。还有第七十四回写邢夫人的陪房王善保家的，因为羞辱了探春而遭到反击，在挨了探春的一巴掌之后，于窗外只说：“罢了，罢了，这也是头一遭挨打。我明儿回了太太，仍回老娘家去罢。这个老命还要他做什么!”

由以上种种事例，可知这些仆婢们平日是如何受到尊重，个别波澜都只是一时的偶然，才会令乍然遇到轻微责打的当事人感到无比委屈。从而，这些波澜对于主仆如亲的关系并无丝毫影响，鬟婢的缺额甚至因为享有种种特权而被极力争取。例如，第三十六回写自金钏儿死后，凤姐忽见几家仆人常来孝敬她些东西，又不时地来请安奉承，自己倒生了疑惑，经由平儿的点拨，才知道原因在于：

> “他们的女儿都必是太太房里的丫头，如今太太房里有四个大的，一个月一两银子的分例，下剩的都是一个月几百钱。如今金钏儿死了，必定他们要弄这两银子的巧宗儿呢。”凤姐听了，笑道：“是了，是了，倒是你提醒了。我看这些人也太不知足，**钱也赚够了，苦事情又侵不着，弄个丫头搪塞着身子也就罢了，又还想这个**。”

可见王夫人房中的丫头都属于役轻钱多的肥差，即使是一个月几百钱的二等丫头，都是“钱也赚够了，苦事情又侵不着”，这实际上和女儿乐土的怡红院是一样的：第五十九回写小丫头春燕被分到怡红院后，“家里省了我一个人的费用不算外，每月还有四五百钱的余剩”；又第六十回写柳五儿急切央求芳官引介入园，以补上怡红院的缺额，所述原因除了“给我妈争口气”的荣誉感之外，其余两项皆属经济因素，包括“添上月钱，家里又从容些……便是请大夫吃药，也省了家里的钱”，三项即占其二，可谓开源节流一举两得。则利益所趋，诸婢进一步妄想金钏儿一两大丫头的“巧宗儿”，便不惜进行贿赂，争相补上这个缺额，于是才被凤姐批评为“太不知足”。

当然，王夫人的慈善宽厚是在身份等级制之下呈现的，也当然，王夫人对大丫头的娇贵的容忍并不是没有限度。而这两个问题攸关读者对王夫人的是非论断，在判断是非黑白之前，为了避免混淆了“权力／权利”与“义务”的差别，形成赏与罚的颠倒误判，于此必须多作说明。

首先，就“慈善宽厚”的标准或定义而言，我们必须先了解、也应该先同意的是，在封建等级制度下，主仆之间的第一个关系，就是主家拥有决定仆人之去留的完全权力。因为仆婢在法律上等同于物品，其人身归属完全为主家所有，也像物品一样可以转卖，婚配对象当然也是由主子决定。

以年轻丫鬟来说，她们的去留有一定的规范，书中几度述及年轻女奴的出路都是及龄配人，如第二十回李嬷嬷排揎袭人时怒道：“好不好，拉出去配一个小子。”又第四十六回邢夫人对鸳鸯的未来，也是说“三年二年，不过配上个小子，还是奴才”，凤姐当场也以“做个丫头，将来配个小子就完了”作为附和，固然这是为了避免婆婆怪罪而刻意表白，但所说的其实也是事实，因此到了第七十回鸳鸯就赫然列在“几个应该发配的”的丫头名单内。连鸳鸯这么重要，形同贾母之分身的女仆都不能豁免，其他的丫鬟又怎能例外？所以当大观园中发现绣春囊的时候，王熙凤就建议王夫人“不如趁此机会，以后凡年纪大些的，或有些咬牙难缠的，拿个错儿撵出去配了人”（第七十四回），可见在传统社会中，女仆的出路与婚嫁完全受制于主家。

在这样的时代背景下，一个具有管理权的大家长当然更可以决定女仆的去留，如果不满意某个丫鬟的人品作为，就可以撵逐出去，单单就这一点来说，并不涉及道德问题。必须公平地思考，即使在讲究人权平等的今天，一位主管都有权决定是否开除下属，雇主也不是花钱请佣人来享受福利，那么，在一个以等级制度为运作法则的传统时代中，权力更大、位阶更高的大家长，却被期望要以女仆的个人幸福作为人事安排的最高原则，不可以撵出她不喜欢的丫鬟，这是否为读者以自己的好恶来强人所难？

对封建等级制度下主仆之间的法律关系，现代人绝对要尊重和接受，因为这是当时人们生活与思想的基本规范，是整个社会赖以运作的基础，被视为天经地义。而也正因为主奴贵贱的等差之别是天经地义的，因此才更可以测试出上位者是否人品高尚。因为一般说来，有权力的人容易失去自我节制而傲慢滥权，连小厮茗烟都因为贴身侍候宝玉而狐假虎威，所谓“这茗烟无故就要欺压人的”（第九回)，那么真正大权在握的人，若缺乏高度的人格修养，就会像薛蟠一样，“人命官司一事，他竟视为儿戏，自为花上几个臭钱，没有不了的”(第四回)。

果然，从《金瓶梅》中就可以看出，西门庆一家所代表的当时社会上一般豪富之家的主仆关系乃是：豪富之家的仆人和丫头多半是以很低代价（其身价平均是十二两银子）买来的贫家子女，主人对于仆人丫头时有任意加以虐待欺压，甚至有动私刑的残酷暴行；一旦进了豪富之家当仆人或是写了卖身契的丫头，对主人没有任何权利，只有任由他人摆布压迫，买进来的丫头更随时可以转售或转赠给别人。[①] 而情况到了清代犹如此，《红楼梦》创作的盛清时代，学者对当时社会状况的研究就指出，清政府并未就女性奴婢的契约制订任何规范，尽管如此，国家的法律仍保障奴隶主对于女性奴隶具有强制力，因此，精英家庭中妇女虐待女婢，在当时仍是屡见不鲜的问题。根据康熙时代的一条法规，如果某个官员的妻子造成一名奴隶死亡的话，可以只接受缴纳罚金的惩处；这条法规终于在1740年废除，理由是它怂恿女奴的拥有者以残忍的方式对待奴婢。[②] 换句话说，女婢的生命是没有价值的，几乎不受法律保障，

① 王孝廉：《金瓶梅研究》，《神话与小说》（台北：时报文化公司，1987)，页189、206—207。

② 〔美〕曼素恩著，杨雅婷译：《兰闺宝录：晚明至盛清时的中国妇女》，页94—101。关于妇女虐待其仆婢或奴隶的后续情况，见Marinus Meijer, “Slavery at the End of the Ch’ing Dynasty,”in Jerome Alan Cohen, R. Randle Edwards, and Fu-mei Chang Chen, eds., *Essays on China’s Legal Tradition* (Princeton: Princeton University Press, 1980) , pp. 334, 348-352。

即使遭虐致死都有如一阵清风，掀不起任何波澜，在罚责如此轻微简直不费任何代价的情况下，就更难以阻止有权有势者的欺凌。

但真正的贵族世家不仅没有虐待伤害下人之事，连转卖以获利的情况都不容发生，在“若此时也出脱生发银子，自然小器，不是咱们这样人家的事”（第五十六回宝钗语）的大家原则下，展现出道德自制的极高风范。先看与贾府“联络有亲”而并称四大家族的薛家，同为“书香继世之家”（第四回），只有在薛蟠娶亲后发生妻子悍妒生波的重大烦扰后，气急败坏的薛姨妈无计可施，因命人来卖香菱，这时宝钗便温婉劝阻道：“咱们家从来只知买人，并不知卖人之说。妈可是气的胡涂了，倘或叫人听见，岂不笑话。”（第八十回）可见贩卖人口被视为违反书香世家之道的“笑话”，会受到社会舆论的鄙夷，有损门风，因此世代从无卖人之举；并且相较之下，在同时面临家族末世的局面时，薛姨妈尚且在气糊涂的情绪中偶然兴起了贩卖的念头，但仆婢更多的贾府却毫无该种心思，只用“开恩放出去”的方式减轻人口负担，正可以对比出贾府的难能可贵。由此便能进而体会到小说家真正的用心，那就是曹雪芹其实绝不是反对贵族的，相反地，他是要赞扬真正的贵族，也就是贾家“宽柔以待下人”的优美门风。

必须说，从古到今的任何制度都有阴暗面和光明面，在任何社会中都有幸运者和可怜人，有好人和坏人，更多的是有好有坏、不好不坏的人。即使民主制度再优越，也仍然处处可见投机的政客、盲从的愚民、滥权的主管、诈骗的奸商和各式各样侵犯人权的社会案件，更遑论充斥周边的倾轧、中伤、诬陷、欺压等卑劣人性的阴暗面。而曹雪芹笔下的荣国府所展现的，正是封建社会的光明面，以及优点远多过缺点的人，即使以今天的标准来看，王夫人对那些没有法律保障的女仆们，都比今天的主管更有良心，在撵逐她们的时候，不必动用到法律对员工的保障条款，就已经给予超越常理的资遣费，到达“恩典”的程度。这是不了解当时的制度就不容易正确把握的。

所谓超越常理的资遣费，第一个就是无条件解除卖身契约，让这些奴才重获自由，可以回到自己的家庭与亲人团聚，也可以自行聘嫁，单单这一点，就属于莫大的“开恩”。从小说中所提到的具体案例来看，诸如：管家林之孝对贾琏建议说：“把这些出过力的老人家用不着的，开恩放几家出去。”让用不着的老人家颐养天年，自是一种功德；而不只老人，甚至世袭两三代以后的家生奴才也有开恩放出的例子，如大总管赖大的儿子便是。赖大之母赖嬷嬷就对其孙子叹道：

> 哥哥儿，你别说你是官儿了，横行霸道的！你今年活了三十岁，**虽然是人家的奴才，一落娘胎胞，主子恩典，放你出来**，上托着主子的洪福，下托着你老子娘，也是公子哥儿似的读书认字，也是丫头、老婆、奶子捧凤凰似的，长了这么大。你那里知道那“奴才”两字是怎么写的！只知道享福。（第四十五回）

可见大总管赖大之子不仅一出生就被开恩放出来，脱离奴隶贱籍成为一般良民，并且自幼享有公子哥儿读书认字、婢仆围绕侍候的福利，甚至“到二十岁上，又蒙主子的恩典，许你捐个前程在身上。……如今乐了十年，不知怎么弄神弄鬼的，求了主子，又选了出来”，当上州县官成为地方父母，家里也有一个缩小版的大观园，启发了探春兴利除弊的措施，连一般平民都望尘莫及。所谓的“恩典”，莫此为甚！

对那些用得着的年轻丫鬟也是如此，就更属于天恩了。例如袭人是卖倒的死契，也就是终身卖断的意思，应该属于清代旗人契买奴婢的“红契”一类[①]，本来是一辈子不可能回家；但花家母兄有心要赎回袭人，“明仗着贾宅是慈善宽厚之家，不过求一求，只怕连身价银一并赏了这是有的事呢”，而袭人的认知也是“只怕连身价也不要，就开恩叫我去呢”（第十九回），可见这是众所公认的常态。果然这个原则在贾府中多所实践，王夫人“见彩霞大了，二则又多病多灾的，因此开恩打发他出去了，给他老子娘随便自己拣女婿去罢”（第七十二回），四儿是“把他家的人叫来，领出去配人”，芳官是“就赏他外头自寻个女婿去吧，把他的东西一概给他”，其他女戏子也是“令其各人干娘带出，自行聘嫁”，连偷渡绣春囊罪证确凿的司棋都是“赏了他娘配人”（第七十七回）。

---

① 清代旗人契买奴婢分为“红契”与“白契”，“红契”是经过官衙注册加盖印章的卖身契约，卖身者被载入“奴档”；“白契”则未曾经官用印，仅由买主和卖身人凭中签立，卖身者未曾登入“奴档”，有赎身的权利。参韦庆远等：《清代奴婢制度》，《清史论丛》第2辑（北京：中华书局，1980），页1—55；经君健：《清代社会的贱民等级》（杭州：浙江人民出版社，1993），页138—165。

至于鸳鸯，作为贾府世世代代为奴的“家生子儿”，“按清廷的规定，家生奴婢，世世子孙皆当永远服役，子女也不得赎身”[①]，虽然也列在“几个应该发配”的丫头名单内，但以她在贾家的地位，其实更有可能是开恩放出去，自行成家立业。因此想要强娶鸳鸯为妾的贾赦在碰壁后，就揣测鸳鸯是嫌弃他年老，“想着老太太疼他，将来自然往外聘作正头夫妻去”（第四十六回），固然这是误解了鸳鸯的心志，却也如实道出贾府的门风。难怪第六十回怡红院的小丫头春燕就向她的母亲何婆子说明这个天大的福利：“宝玉常说，将来这屋里的人，无论家里外头的，一应我们这些人，他都要回太太全放出去，与本人父母自便呢。你只说这一件可好不好？”她娘听说，喜得忙问：“这话果真？”春燕道：“谁可扯这谎做什么？”婆子听了，便念佛不绝。

同样地，为了元妃省亲所采买的十二个学戏的女孩子，在身份地位上比起家奴更为低下，学者指出：“唱戏在当时被认为是最下贱的职业，国家把娼（妓女家）、优（唱戏家）、吏（县衙书吏家）、卒（县衙差人家）列为四种贱民。即使贫寒的农户、工匠名义上也算‘清白之家’，社会地位比上述四种人高。这四种人的子孙是不能参加科举考试的，更无资格步入仕途，原因是家世‘不清白’。”[②]正因为如此，赵姨娘就很不满地指着芳官骂道：“小淫妇！你是我银子钱买来学戏的，不过娼妇粉头之流！我家里下三等奴才也比你

---

① 定宜庄：《满族的妇女生活与婚姻制度研究》（北京：北京大学出版社，1999），页86。

② 刘小萌：《清代北京旗人社会》，页702。

高贵些的!”(第六十回）然而，对这些身份最低下的人，贾府的家风也是多所尊重体恤，王夫人更充分体现了此一宽柔家风，对这十二个女伶同样是仁爱有加。第五十八回有一段非常重要的相关情节，描述当时因皇宫中的老太妃薨逝，于是——

> 各官宦家，凡养优伶男女者，一概蠲免遣发，尤氏等便议定，待王夫人回家回明，也欲遣发十二个女孩子，又说：“**这些人原是买的，如今虽不学唱，尽可留着使唤**，令其教习们自去也罢了。”王夫人因说：“这学戏的倒比不得使唤的，他们也是好人家的儿女，因无能卖了做这事，装丑弄鬼的几年。**如今有这机会，不如给他们几两银子盘费，各自去罢**。**当日祖宗手里都是有这例的**。咱们如今损阴坏德，而且还小器。”

比较起来，尤氏等是从成本考量，建议把用钱买来的这些人留着使唤，才比较划算，而王夫人的开恩做法就更显得宽宏大量，由“当日祖宗手里都是有这例的”这句话，可知这种宽宏慈善乃是百年家风的体现。尤其是这种宽宏并非出于阔绰者的漫不在乎，而是对女伶的处境充满了怜惜不忍，这才是令人感动的地方。因此在决定无条件放回这些女伶后，王夫人并没有直接交给管家草率办理，而是亲自将十二个女孩子叫来当面询问个人意愿，愿去者严格要求必须由父母亲自来领回去，以免有人顶名冒领出去后又转卖了，反而害了她们；不愿去者则留下来分散在大观园中，名义上是使唤，实际上则是过着“倦鸟出笼，每日园中游戏”的逍遥生活。如此种种，可见王夫人的做法始终全然是一片体恤尊重，在没有工作绩效的回馈下，连现代最好的主管都难出其右。

当时选择留下来的女伶，即使后来因为抄检大观园而真正被撵出，却仍然是“蒙太太的恩典赏了出去”（第七十七回），如王夫人对贾母的报告所说的：“那几个学戏的女孩子，我也作主放出去了。……他们既唱了会子戏，白放了他们，也是应该的。”（第七十八回）所谓的“白放”，也就是不用赎金、无条件地平白放了她们的意思，这和第一次的蠲免遣发完全一样，差别只在于第一次还让女伶们有选择留下来享受好生活的机会，而这次则是一概离开贾府自寻出路，这当然还是名副其实的“恩典”。

不仅如此，如果连这些花钱买来的人身所有权以及使唤权等等权利都不计较，其他的种种优惠就更多了。例如林黛玉首次遇到贾府中人，“所见的这几个三等仆妇，吃穿用度，已是不凡了”（第三回），何况更高等的仆婢？难怪贾府的丫鬟平日是“吃穿和主子一样，也不朝打暮骂”（第十九回袭人语），这和贾府的世交甄府如出一辙，从甄府派来贾府请安的四个仆妇，“那四个人都是四十往上的年纪，穿戴之物，皆比主子不甚差别”（第五十六回），可见同样属于同一贵族阶层与宽厚家风的门第。

尤其远远超过我们所想象的是，这些下人平日还可以分享主子的收益，获得额外的利润，如探春就提到：

> 这一年间管什么的，**主子有一全分，他们就得半分。这是家里的旧例，人所共知的**。（第五十六回）

也就是见者有份，利益均沾，并且这作为“家里的旧例”，可知是代代相传的常态。则可想而知，这些下人的生活水平该是何等优渥，早已超越一般的良民阶层，甚至高级仆人的实质收益还高于少奶奶们，如贾母所说的：“我知道你们这几个都是财主，分位虽低，钱却比他们多。”（第四十三回）所以，无论从任何角度来看，贾府的宽柔待下都已经是超时代的贵族家风。

就这一点而言，我们实在必须说，一个握有生杀大权的人，却不放任人性弱点去欺压那些连法律都不保护的弱势者，反而尽力善待，并形成一种家法常规，岂不是正如莎士比亚所说的：“有才者虚怀若谷，有力者耻于伤人。”这种“有力者耻于伤人”的宽厚，实在是富而好礼的贵族之家的最高典范，其中的深刻意义，正如米兰·昆德拉所言：“真正的人类美德，寓含在它所有的纯净和自由之中，只有在它的接受者毫无权力的时候它才展现出来。人类真正的道德测试，其基本的测试（它藏得深深的不易看见），包括了对那些受人支配的东西的态度，如动物。”[①] 而王夫人正是通过此一道德测试的母神人物，是荣国府这一代最称职的女家长。

因此奇特的是，这些奴才获得开恩放出去时，却简直有如遇到天大灾难般地极力抗拒，甚至抵死不从，和我们今天所以为的截然不同。例如袭人是“听见他母兄要赎他回去，他就说至死也不回去的”（第十九回），而晴雯则是在激怒了宝玉后，宝玉执意要去回王

① 〔法〕米兰·昆德拉著，韩少功、韩刚译：《生命中不能承受之轻》（台北：时报文化出版公司，1988），页316。

夫人，说晴雯也大了，好打发她出去，这时晴雯却哭着说：“为什么我出去？要嫌我，变着法儿打发我出去，也不能够。……只管去回，我一头碰死了也不出这门儿。”（第三十一回）至于那些被无条件放回还附送银子盘缠的女伶们，也是“有一多半不愿意回家的”，原因就包括“恋恩不舍”（第五十八回），也就是眷恋贾府的恩惠而不舍得离开。

由此可见，**在贾家为奴比回去当个自由的平民更好，在贾家比在自己家快乐幸福**，尤其是被称为“副小姐”（见第七十七回）或“二层主子”（见第六十一回）的高等大丫头，包括袭人、晴雯、紫鹃、鸳鸯、金钏儿、司棋等等，她们所享有的特权与优渥待遇，已经到了“平常寒薄人家的小姐，也不能那样尊重”（第十九回）的半主地位，晴雯更是如宝玉所说的，“自幼上来娇生惯养，何尝受过一日委屈”（第七十七回），完全颠覆了我们对女仆生活的一般想象。所以，“放出去”才会变成是一种剥夺她们既有福祉的惩罚，她们也才会对“放出去”表现得如此违反常理。

就此而言，撵出丫鬟的王夫人诚然是毫无过错，她已经尽到贵族最高的道德义务，做到一般人都做不到的无偿释放，何罪之有？这就值得我们好好警惕，是非对错不能只偏听、偏看一方，更不能忽略时代脉络架空地思考；若不全面地了解曲直而妄下判断，就会迷失真相甚至黑白颠倒了。

当然，任何人的慈善宽厚都不可能是毫无限制的，同样地，王夫人也自有她自己的临界点。王夫人对娇贵大丫头的容忍并不是没有限度而言，实际上也必须公平地说，作为一个人，她必然也有自己的底线，也必然会因为别人侵犯了这个底线而动怒。每一个人都有其最在意的地方，或对某些行为举止习惯作风特别难以忍受，由此形成一些主要来自于身边亲近者的“社交过敏元”(social allergens)，也因此产生一些最不能碰触的禁忌，这正是人与人在交往相处时，都应该互相理解与尊重的地方。例如有人非常敏感于别人是否尊重他（如林黛玉就是这一类），也有人极为厌恶色情淫秽（如惜春便是如此），王夫人也有她个人的底线，那就是“趫妆艳饰语薄言轻”，所谓：

- 见金钏儿行**此无耻之事，此乃平生最恨者**，故气忿不过。（第三十回）
- 我**一生最嫌这样人**……**素日这些丫鬟皆知王夫人最嫌趫妆艳饰语薄言轻者**，故晴雯不敢出头。（第七十四回）

包括过分的装扮（“趫妆艳饰”）与轻狂的言行（“语薄言轻”），尤其是涉及男女之间的情色挑逗，构成了王夫人“平生最恨”“一生最嫌”的两道底线。而且必须注意的是，因为王夫人“原是天真烂漫之人，喜怒出于心臆，不比那些饰词掩意之人”（第七十四回），这表里如一的性格使得这两道底线众所皆知，并不是以阴沉难测的方式设下圈套陷人于罪，丫鬟们也很容易避开。则金钏儿就在王夫人身边与宝玉打情骂俏，晴雯在“不敢出头……并没十分妆饰”的情况下，看在王夫人眼中还是“花红柳绿的妆扮”，其“钗軃鬓松，衫垂带褪，有春睡捧心之遗风”的容态更让王夫人一见即勾起火来，可见其平日盛装浓饰、风情洋溢的程度，两人都不免心存侥幸，算得上是咎由自取。

然而长期以来，《红楼梦》读者的偏袒护短过于极端，例如林黛玉和晴雯可以任性地迁怒乱发脾气，说话尖酸刻薄，对人直率无礼，却不容许别人指正；而王夫人只不过是施行她的基本权力，收回过去在宽厚之下所给出的优渥特权而已，却要遭受极其苛刻的批评，这又呈现出严重的双重标准。必须说，评论事件的时候，实不宜片面地以读者的标准、丫鬟的角度，而是应该以王夫人自己的个性与立场来处理她所遇到的事务。

再者，作为一个名正言顺的大家长，整顿人事本就属于她的当然权力，因此脂砚斋说：“王夫人从未理家务，岂不一木偶哉。”（第七十七回批语）当王夫人在合情、合理、合法的范围内，甚至以超越当时的高道德标准，动用她所拥有的权利／权力时，他人实在不应恶意批评，乃至加上道德谴责。尤其更必须注意的是，道德问题并不等于是非问题，一个人或一件事的对错根本不能直接用来证明道德的高低，很容易被无限上纲的道德问题，往往是反对者在成见之下对是非问题的混淆。心理学早已指出：“从当代人格及社会心理学之归因理论的观点来看，人们会有基本归因偏误（fundamental attribution error）：在解释他人行为时，人们会高估他人之内在特性对其行为的影响，低估情境因素对其行为的影响（Heider, 1958）。在现实生活中，世人总是从其道德观与价值观看人看事，对人对事皆有不同程度的社会赞许（social desirability）心向，几无中性之人与事可言。在基本归因偏误的倾向下，人们会将别人的善行善事与恶行恶事分别归因于其善心与恶意。”[①] 更何况只要实事求是，就会发现王夫人的处置没有对错问题，当然更没有道德问题，相反地，她在道德层面上甚至表现出罕见的贵族道德责任感。

以下将重新检讨几个特定人物与事件，对于我们把握王夫人的母神内涵会有更大的帮助。

（二）金钏儿事件

以金钏儿的事件来说，这件事的起因发生在第三十回，当时是一个夏天午后，王夫人在里间凉榻上睡着，作为贴身大丫鬟的金钏儿坐在旁边捶腿，也乜斜着眼乱恍。这时——

> 宝玉轻轻的走到跟前，把他耳上带的坠子一摘，金钏儿睁开眼，见是宝玉。宝玉悄悄的笑道：“就困的这么着？”金钏抿嘴一笑，摆手令他出去，仍合上眼。宝玉见了他，就有些恋恋不舍的，悄悄的探头瞧瞧王夫人合着眼，便自己向身边荷包里带的香雪润津丹掏了出来，便向金钏儿口里一送。金钏儿并不睁眼，只管噙了。宝玉上来便拉着手，悄悄的笑道：“我明日和太太讨你，咱们在一处罢。”金钏儿不答。宝玉又道：“不然，等太太醒了我就讨。”金钏儿睁开眼，将宝玉一推，笑道：“你忙什么！‘金簪子掉在井里头，有你的只是有你的’，连这句

① 见杨国枢、刘奕兰、张淑慧、王琳等：《华人双文化自我的个体发展阶段：理论建构的尝试》，《中华心理学刊》第52卷第2期（2010年6月），页117。

> 话语难道也不明白？我倒告诉你个巧宗儿，你往东小院子里拿环哥儿同彩云去。”宝玉笑道：“凭他怎么去罢，我只守着你。”只见王夫人翻身起来，照金钏儿脸上就打了个嘴巴子，指着骂道：“下作小娼妇，好好的爷们，都叫你教坏了。”宝玉见王夫人起来，早一溜烟去了。

在这段情节中，存在着几个应该思考的问题，第一，金钏儿是王夫人贴身的大丫头，如王夫人所说的“素日在我跟前比我的女儿也差不多”（第三十二回），与王夫人之间名虽主仆而情同母女，可谓关系亲昵且情感深厚，彼此也最互相了解。从人情之常来说，王夫人应该会给予特别的宽容，而金钏儿也应该最了解王夫人的好恶才是，那么，何以这件事会引发王夫人这么大的震怒，也成为整部小说中她的第一次发脾气，唯一一次动手打丫鬟？既然“素日这些丫鬟皆知王夫人最嫌趫妆艳饰语薄言轻者”，贴身侍候王夫人的金钏儿更不可能不知，却干犯禁忌，在王夫人身边做出其“平生最恨”的“无耻之事”，难道金钏儿没有责任，或者金钏儿其实才要负最大的责任？

固然宝玉也是罪魁祸首，主动挑逗金钏儿，而且肇事后便一溜烟地逃之夭夭，把残局丢给金钏儿一个人承担，实际上是难辞其咎；但也必须说，上述的这个角度让我们看到青春少女并不都是纯洁无辜的，首先，她回应宝玉的调情而打情骂俏，本来就是逾越分际，再加上她引用“金簪子掉在井里头，有你的只是有你的”这个歇后语，显示她认为自己终究会属于宝玉，而这在当时的环境里，就意谓着会成为宝玉的妾或者说姨娘。然而，这确确实实干犯了大忌——因为对于少爷收房纳妾的问题，只能由主家长辈决定，如第七十二回赵姨娘想要帮贾环讨彩霞为妾，趁机向贾政请求——

> 贾政因说道："且忙什么，等他们再念一二年书再放人不迟。我已经看中了两个丫头，一个与宝玉，一个给环儿。只是年纪还小，又怕他们误了书，所以再等一二年。"赵姨娘道："宝玉已有了二年了，老爷还不知道？"贾政听了，忙问道："谁给的？"

可见为少爷们收纳姨娘，是一件家族大事，只有尊长才有权力，并且严格来说，"为子择媳，儿子固不能违背母亲的意志，但父亲有最后的决定权"[①]。这才是真正的家长权，择妾亦然。再看薛蟠想要纳香菱为妾，还得不断央求薛姨妈，最后是由薛姨妈"摆酒请客的费事，明堂正道的与他作了妾"（第十六回），更证明不但少爷自己不能作主，丫鬟更是不能开口，如此一来，金钏儿已经犯了第一个大错。第七十七回王夫人在抄检大观园之后又第二次查阅众丫鬟，她之所以撵逐和宝玉同一天生日的四儿，就是因为获知她背地里说"同日生日就是夫妻"，理由同此。

其次，金钏儿接着对宝玉说："我倒告诉你个巧宗儿，你往东小院子里拿环哥儿同彩云去。"这话的意思是贾环和彩云正在东小

---

① 见瞿同祖：《中国法律与中国社会》（台北：里仁书局，1984），页18。

院子幽会偷情，宝玉一去就可以人赃俱获，拥有他们的把柄，就可以借此勒索得到好处——这和第十二回贾瑞想要染指凤姐，被贾蓉、贾蔷活逮后签下一百两欠据的情况，原理是一样的。于是金钏儿犯下第二个大错，也就是干涉情色，并鼓动宝玉去行伤风败俗之事，有害纯洁善良的心性，而这正是王夫人一生最厌嫌的底线，因此才会当场震怒到“照金钏儿脸上就打了个嘴巴子”，指着骂道：“下作小娼妇，好好的爷们，都叫你教坏了。”并在极度气愤之下将她撵出，这就是侵犯底线的后果。

值得好好推敲的是，被撵出去的金钏儿竟然会投井自杀，其实是出乎所有人的意料之外，“所有人”包括她自己的家人在内。当自杀消息传来，大家的反应都是大感意外而不敢置信，第三十二回描写道：

> 忽见一个老婆子忙忙走来，说道：“**这是那里说起！金钏儿姑娘好好的投井死了！**”袭人唬了一跳，忙问“那个金钏儿？”那老婆子道：“那里还有两个金钏儿呢？就是太太屋里的。**前儿不知为什么撵他出去，在家里哭天哭地的，也都不理会他**，谁知找他不见了。刚才打水的人在那东南角上井里打水，只见一个尸首，赶着叫人打捞起来，**谁知是他**。他们家里还只管乱着要救活，那里中用了！”**宝钗道：“这也奇了。**”袭人听说，点头赞叹，想素日同气之情，不觉流下泪来。宝钗听见这话，忙向王夫人处来道安慰。

应该特别注意，当金钏儿被撵之后哭天哭地的，非常伤心，家里的人竟然“也都不理会他”，可见这并不是什么了不起的事故，只当是一时的挫折，所以不须大费周章地安慰劝勉，因此更没有想到井里捞出的尸首会是她；而听到死讯的人，包括老婆子说的“金钏儿姑娘好好的投井死了”，宝钗所说的“这也奇了”，都清楚显示一个事实，那就是丫鬟被撵真的是无足轻重，为此而自尽实在令人费解。如果丫鬟被撵是一件生死大事，则金钏儿的家人在她哭天哭地时“都不理会他”，这才真的是冷漠无情吧！但从大家的反应来看，都显示出这并不是什么了不起的大事，更不可能严重到涉及人命，那么王夫人实在不须承担这个人命公案的罪责。

何况，常见的权贵傲慢是犹如薛蟠所体现的，“人命官司一事，他竟视为儿戏，自为花上几个臭钱，没有不了的”（第四回），连涉及法律保护的一般良民尚且如此，对于缺乏法律保障的仆婢贱民就更没有任何约束可言，虽有“人命”，却无“官司”，于是只剩下看不见的良心。然则，在王夫人身上所呈现的，却是她对金钏儿之死深深感到伤心愧悔，认为金钏儿投井而亡“岂不是我的罪过”，其中既有情同母女的不舍，亦复有“我不杀伯仁，伯仁因我而死”的高度道德感；并且伤心愧悔之余不但给予重赐厚殓，对凤姐所提出添补一个丫头的建请，更主张“不用补人，就把这一两银子给他妹妹玉钏儿罢。他姐姐伏侍了我一场，没个好结果，剩下他妹妹跟着我，吃个双分子也不为过逾了”（第三十六回），人死情犹在，感念之心诚笃深重，乃至爱屋及乌，泽被其亲，可谓厚道至极。宝钗说王夫人“姨娘是慈善人”，实属的论。

（三）抄检大观园

王夫人第二次撵逐女仆，发生在抄检大观园之后的第七十七回，这件事的后果是撵出犯下风化重罪的司棋，以及晴雯、芳官、四儿等怡红院的三个女仆。

对抱持着少女崇拜的读者而言，这些都是用以归咎王夫人的罪状，似乎只要是拂逆宝玉心愿的人都是坏人，即使有理都免不了邪恶；只要是宝玉喜欢的人都是好人，即使犯错都是情有可原。但本书已经一再说明，宝玉的立场和观点极其主观有限，甚而是过于偏狭的，世界并不是、也不应该完全照他的意愿来运转，更不是、也不应该完全用他的标准来判断。

以司棋的下场而言，其实是咎由自取，贾母早已借戒赌一事提到：“园内的姊妹们起居所伴者皆系丫头媳妇们，贤愚混杂，贼盗事小，再有别事，倘略沾带些，关系不小。”（第七十三回）正因为涉及情色的“别事”只要“略沾带些，关系不小”，远比贼盗更严重得多，因此退居幕后的贾母才会罕见地动用刑罚，以杜绝后患；而当王夫人拿到绣春囊的时候，也才会惊恐气怒交加，前所未有地“气色更变”“泪如雨下，颤声说道”“又哭又叹”，至于肩负管家职责的凤姐在受到责备后，同样是“又急又愧，登时紫涨了面皮，便依炕沿双膝跪下，也含泪诉道”（第七十四回）。由此可见，司棋明知故犯，只顾遂一己的情欲而不顾家规门风、不顾小姐的“性命脸面”，可以说是非常自私；加上此举属于“大不是”（第七十七回迎春语）的罪无可逭，没有被杖打严惩而只是被撵逐出去，只能说是宽柔家风下的从轻发落。

再以四儿来说，她之所以被撵逐的原因，就是因为干犯了少爷纳妾的禁忌。当时王夫人问：

> “谁是和宝玉一日的生日？”本人不敢答应，老嬷嬷指道：“这一个蕙香，又叫作四儿的，是同宝玉一日生日的。”……王夫人冷笑道：“这也是个不怕臊的。他背地里说的，同日生日就是夫妻，这可是你说的？”

姑且不论这是主仆之间私下毫无避忌的玩笑话，只要存有此心，并有口头表达，听在主子耳中就是过分僭越。前面在讨论金钏儿事件时，已经看到少爷们收纳姨娘是一件家族大事，所谓的“父母之命”，只有尊长才有权力决定，不但少爷自己不能作主，丫鬟更是不能开口。如此一来，四儿可以说是犯了大错，因此也遭受和金钏儿一样的待遇。

再者，可以特别提醒的是，在王夫人查阅的这段对话中，是老嬷嬷指出“这一个蕙香，又叫作四儿的，是同宝玉一日生日的”，连一个无名无姓的老嬷嬷都对四儿改名的来龙去脉（见第二十一回）以及私下的玩笑话这样了若指掌，可见怡红院几乎没有秘密可言，来往进出的各方仆婢、守夜坐更的本处婆子，或有心或无意，都可以洞悉房中的言谈举止。因此，宝玉对王夫人的查阅情报所怀疑的“谁这样犯舌？况这里事也无人知道，如何就都说着了”“咱们私自顽话怎么也知道了？又没外人走风的，这可奇怪”，这些问题根本就是来自他自己的无知。事实上，知道“这里事”包括“咱们私自顽话”而可以走风的外人很多，单单无名无姓的老嬷嬷已经不在少数，与老嬷嬷有亲友关系的无名之辈就更多了，早就形成一个四通八达的情报网。第六十一回中，守门的小厮对大观园中专管厨房的柳嫂子说道：“别哄我了，早已知道了。单是你们有内牵，难道我们就没有内牵不成？我虽在这里听哈，里头却也有两个姊妹成个体统的，什么事瞒了我们！”可以说是绝佳说明。这也证明了提供给王夫人情资的“犯舌”之人算得上是屈指难数，并不是读者所想当然耳的袭人之类，而是大有其人。[①]

至于晴雯、芳官等的撵逐情况，以下就从另一个角度重新检证，加以说明。

1. 晴雯

以晴雯来说，她之所以被撵逐出府，首先就是侵犯了王夫人的底线。但在说明这个问题之前，必须特别注意的是，王夫人对晴雯其实一直是毫无成见，因为她对这个丫鬟本人甚至是全无概念，直到第七十四回还显示出她并不认识晴雯：

> 上次我们跟了老太太进园逛去，有一个水蛇腰、削肩膀、眉眼又有些像你林妹妹的，正在那里骂小丫头。我的心里很看不上那狂样子，因同老太太走，我不曾说得。后来要问是谁，又偏忘了。今日对了坎儿，这丫头想必就是他了。

---

① 详参欧丽娟：《〈红楼梦〉中的“灯”：袭人“告密说”析论》，《台大文史哲学报》第62期（2005年5月），页229—275。收入《红楼梦人物立体论》，页309—374。

从下文描写晴雯被唤到跟前，“形容面貌恰是上月的那人”，可知王夫人见到晴雯骂人的“上次”乃是不久前的“上月”，加上王夫人又说：“宝玉房里常见我的只有袭人麝月，这两个笨笨的倒好。”足见五年多来她都不认得晴雯，也不知道晴雯是在怡红院当差。如此一来，既不认得，又何来好恶？所以说，关于宝玉之姨娘的竞争关系，在王夫人这里根本就是一直不存在的。至于晴雯真正被王夫人认识的时候，也就是完全被褫夺姨娘的可能甚至被逐出贾府的时候，而原因也与她的骄狂性情密不可分。

王夫人虽然非常宽容少女们的骄纵高傲，如前面所提到的，既体谅妙玉“他既是官宦小姐，自然骄傲些，就下个帖子请他何妨”，又在王善保家的批评园内大丫头骄纵时说道：“这也有的常情，跟姑娘的丫头原比别的娇贵些。你们该劝他们。”但晴雯的骄傲娇纵已经达到非比寻常的程度，其脾气之暴烈众所公认，诸如平儿说她是“爆炭”（第五十二回），凤姐也说：“若论这些丫头们，共总比起来，都没晴雯生得好。论举止言语，他原有些轻薄。”（第七十四回）连宝玉都说晴雯是“素习好生气，如今肝火自然盛”（第五十一回），因此动辄打骂小丫头，对人说话则是常常夹枪带棒。第七十四回所提到的王夫人随着贾母逛大观园时，正好目睹晴雯骂小丫头的一幕，此事显然绝非偶然的巧合，反倒适足以说明晴雯当众不留情面地骂人乃是家常便饭，否则以王夫人并不常来大观园的稀客身份，如何能够如此凑巧地躬逢其盛，亲眼目睹？

既然如前文所言，贾家以宽柔为家风，王夫人便是“宽仁慈厚的人，从来不曾打过丫头们一下”，因此不仅袭人“从来不曾受过一句大话”，平儿“也没弹我一指甲”，晴雯自己更是“自幼上来娇生惯养，何尝受过一日委屈”，然则当她以副小姐的姿态对待更下等的女婢时，却是盛气凌人、不留余地，例如第七十三回对那些熬夜而忍不住打瞌睡的小丫头骂道：“什么蹄子们，一个个黑日白夜挺尸挺不够，偶然一次睡迟了些，就装出这腔调来了。再这样，我拿针戳给你们两下子！”因此她比主子更凶狠地“骂小丫头”才会被王夫人称为“狂样子”。也正因为晴雯平常的“狂样子”已经在王夫人脑海中留下了恶劣的印象，又符合王善保家的所说“能说惯道，掐尖要强，一句话不投机，他就立起两个骚眼睛来骂人”的描述，谗言才能趁隙而入，产生重大的杀伤力。就这一点来说，晴雯从不控制自己的脾气，往往以自我为中心的性格，再加上对人不假辞色的任性作为，实在是并不值得鼓励的恃宠而骄，也必须自负其责，不能完全归咎于别人；关键是这种性格又恰恰触犯了王夫人“我一生最嫌这样人”的底线，于是一发不可收拾。

应该注意的是，王夫人“平生最恨”“一生最嫌”的底线之一是“语薄言轻”，其二是“趫妆艳饰”，比起“语薄言轻”的“狂样子”来，晴雯的“趫妆艳饰”也不遑多让，在王善保家的描述里，便包括“那丫头仗着他生的模样儿比别人标致些，又生了一张巧嘴，天天打扮的像个西施的样子……妖妖趫趫，大不成个体统”。同样地，这番描述也在王夫人心中留下恶感，不幸的是，当晴雯被点名来到王夫人面前时，“及到了凤姐房中，王夫人一见他钗亸鬓松，衫垂带褪，有春睡捧心之遗风，而且形容面貌恰是上月的那人，不觉勾起方才的火来”。于是前后吻合，加强了原先“很看不上那狂样子”的嫌恶程度，晴雯被逐的命运也就此获得判决。

其中值得思考的是，晴雯和其他所有的丫鬟一样，“素日这些丫鬟皆知王夫人最嫌趫妆艳饰语薄言轻者，故晴雯不敢出头”，但即使“今因连日不自在，并没十分妆饰，自为无碍”，其衣着看在王夫人眼中却还是“花红柳绿的妆扮”，则平日之“十分”盛装浓饰可想而知。问题是，晴雯既已深知王夫人的这一底线，平日却依然故我，若非心存侥幸，便是有恃无恐，又或是轻忽不以为意，无论是哪一种，都必须说，引发撵逐的导火线是晴雯自己造成的，王善保家的虽然趁机加以利用，却并没有捏造事实诬赖她，而公开画下底线的王夫人也没有构陷她，或以双重标准对她特别严苛。

王夫人之所以“最嫌趫妆艳饰”，原因在于贵族世家对礼教的要求非常严格，未婚子弟的贞操问题尤为其最，稍有不慎便有可能门风尽毁，当事人也身败名裂，正如贾母所谓的“倘略沾带些，关系不小”，也无怪乎袭人错听宝玉对黛玉的心迹剖白时——

> 吓得魄消魂散，只叫“神天菩萨，坑死我了！”……自思方才之言，一定是因黛玉而起，如此看来，将来难免不才之事，令人可惊可畏。想到此间，也不觉怔怔的滴下泪来。（第三十二回）

则王夫人肩负教养宝玉及其他姑娘的重责大任，对此一攸关“性命脸面”的范畴更是戒慎恐惧，因此，对于丫鬟之展现女性风情甚至带有性诱惑力便完全无法接受，这也正是王夫人之所以斥责晴雯

“你天天作这轻狂样儿给谁看”“我看不上这浪样儿”的原因，“轻狂样儿”“浪样儿”都是用来形容举止放荡、不守妇道的女子。故脂砚斋对晴雯“钗亸鬓松，衫垂带褪，有春睡捧心遗风”的批语是：“想无挂心之罢（态），更不入王夫人之眼也。”

必须说，晴雯的日常言行多所逾越分际，并不是纯然无辜的；再加上她第一次被王夫人认识的时候，偏偏又是王夫人很看不上的骂小丫头的“狂样子”，不到一个月还在记忆犹新之际，更遇到绣春囊的出现，王夫人急痛攻心之下，雷厉风行地进行抄检大观园与相关的人事整顿工作，于是晴雯平日干犯王夫人两种底线的“趫妆艳饰”“语薄言轻”一并爆发，注定了被逐的命运。

另外，更值得进一步深思的是，固然晴雯确实没有勾引宝玉，因此第七十七回临终前对宝玉抱屈道：“只是一件，我死也不甘心的：我虽生的比别人略好些，并没有私情密意勾引你怎样，如何一口死咬定了我是个狐狸精！我太不服。”但话虽如此，并不代表晴雯真的不会勾引宝玉，她的性格里其实存在着不稳定的因子。试看她和宝玉的最后一面，整段对话内容中，“担了虚名”一共就出现了三次，可见晴雯最在乎的是这件事，而重点在于“虚”字；换句话说，如果让她被撵出的狐狸精之名是“实”，那么她就不会如此之后悔了，因此她才会说：“不是我说一句后悔的话，早知如此，我当日也另有个道理。”而其中所谓的“另有个道理”，其实就是“私情密意勾引你”，因此也才接着和宝玉交换贴身信物，做出“论理不该如此”的举动，这就是要把虚名坐实的“私情密意勾引”的做法。从而二知道人也认为：

> 观晴雯有悔不当初之语，金钏儿有金簪落井之言，则二人之于宝玉，是非之情，不可以相谰已。王夫人俱责而逐之，杜渐防微，无非爱子。[①]

就此来说，袭人揣摩王夫人的思考逻辑，所谓："太太只嫌他生的太好了，未免轻佻些。在太太是深知这样美人似的人必不安静，所以恨嫌他。"这并不是凭空诬陷的欲加之罪，二知道人正是从晴雯有悔不当初之语，见出其中的"是非之情，不可以相谰已"，才会认为王夫人的责而逐之是杜渐防微的预防措施，那么晴雯所担的"虚名"也不算是对她过分冤枉。

此外，第七十八回写到，晴雯虽然被撵逐出去，但一方面这是一种不求偿的解除买卖契约，如王夫人对贾母所报告的："若养好了也不用叫他进来，就赏他家配人去也罢了。"以贾府的应有权利而言，其实是一种开恩；再者，当她的死讯传来，"王夫人闻知，便命赏了十两烧埋银子"，剩下来的遗物则包括"衣履簪环，约有三四百金之数"，而这笔数目有多大呢？

参考第五十三回所说"一百两金子，才值了一千两银子"的汇兑比例，"三四百金"约略是"三四千两银子"，这应该是不可能的；此处所反映的比较是明清时期称银子一两为"一金"的用法[②]，则

① 〔清〕二知道人：《红楼梦说梦》，一粟编：《红楼梦资料汇编》，卷3，页97。

② 可参考张季皋主编：《明清小说辞典》（石家庄：花山文艺出版社，1992），页402。

“三四百金”指的是“三四百两银子”，即使如此，这笔数目仍然足以令人震惊。试看刘姥姥第一次到贾府来打秋风，得到“二十两赏银”就千恩万谢，而第三十九回也提到，那一顿螃蟹宴“一共倒有二十多两银子。阿弥陀佛！这一顿的钱够我们庄家人过一年”，那么算一算，晴雯从十岁进入贾府到十六岁病逝[①]，短短不到六年的时间就累积了可以让庄家人过十多年的财产，还不包括日常生活中无法成为遗产的玉食珍馐，可见贾家平日对这些高等大丫头是何等优渥。尤其是王夫人撵逐晴雯时，并没有苛扣贾家几年来赏给她的高价物品，犹如芳官也是“把他的东西一概给他”，这实在不能不算宽厚已极。

如此也难怪，许多的次等丫鬟都想晋升为大丫鬟，享受副小姐与二层主子的各种特权；而已经是副小姐与二层主子的大丫鬟则死都不肯出去，实在是其来有自。

最后可以补论的是，关于宝玉的侍妾人选问题。贾母个人是属意于晴雯，所以在王夫人逐出晴雯后，贾母惋惜道：“晴雯那丫头我看他甚好……我的意思这些丫头的模样爽利言谈针线多不及他，将来只他还可以给宝玉使唤得。”（第七十八回）便证明她将晴雯赏赐给宝玉的潜在用意。而第七十七回晴雯临终前对宝玉所说的：

① 晴雯进贾府的年龄，在第七十七回曾提到：“这晴雯当日系赖大家用银子买的，那时晴雯才得十岁，尚未留头。因常跟赖嬷嬷进来，贾母见他生得伶俐标致，十分喜爱。故此赖嬷嬷就孝敬了贾母使唤，后来所以到了宝玉房里。”至于晴雯病逝的年龄，从第七十八回宝玉奠祭晴雯的《芙蓉女儿诔》可知，其中说：“女儿自临浊世，迄今凡十有六载。……亲昵狎亵，相与共处者，仅五年八月有畸。”

“不料痴心傻意，只说大家横竖是在一处。不想平空里生出这一节话来。”也透露出她自己也了解这番用意，因此具有一种“准姨娘”的自觉意识，也助长了骄纵任性的性格。

不过如果全面地看，必须说，与晴雯同为贾母所赐的袭人也有类似的可能。第六回写宝玉神游太虚幻境后，强迫袭人同领警幻所训云雨之事，当时“袭人素知贾母已将自己与了宝玉，今便如此，亦不为越礼，遂和宝玉偷试一番”，足证贾母初期为宝玉的妾所安排的储备人选，事实上是包括袭人、晴雯两个，而她们二人也确实都是丫鬟中出类拔萃的佼佼者。

随着时间的进展，开始有了一些变化。袭人因为“其言语志量深可敬爱”而受到宝钗的注意（第二十一回），又以其“有这个心胸，想得这样周全”（第三十四回）、“性情和顺举止沉重……行事大方，心地老实”（第七十八回）而让王夫人特别欣赏、看重，早在第三十六回就先拔擢为姨娘等级，吩咐凤姐道：“明儿挑一个好丫头送去老太太使，补袭人，把袭人的一分裁了。把我每月的月例二十两银子里，拿出二两银子一吊钱来给袭人。以后凡事有赵姨娘周姨娘的，也有袭人的，只是袭人的这一分都从我的分例上匀出来，不必动官中的就是了。”唯这一做法并未明朗化，也没有造册公告，成为正式的姨娘，可以说是“有实无名”的奇特个案。

在贾母的部分，她对于晴雯、袭人这两位候选人的取舍，要到很后来的第七十八回才有了说明，所谓：“晴雯那丫头我看他甚好……我的意思这些丫头的模样爽利言谈针线多不及他，将来只他还可以给宝玉使唤得。”换句话说，到了这时，两个人选已经只剩下晴雯一位。这可能是因为“袭人本来从小儿不言不语，我只说他是没嘴的葫芦”，以致在这几年中被喜欢伶俐美貌的贾母默默淘汰出局。不过必须注意到，贾母的这番心意是在王夫人表明“舍晴取袭”的主张之后才作的一种全无坚持之意的补述，之前毫无迹象，因此当王夫人清楚表示自己的决定之后，贾母也尊重王夫人身为治家大家长的权力，以及婚姻之事上“父母之命”的权力，完全接受王夫人的定夺。

就此应该说，王夫人未经贾母许可，将贾母拨予宝玉使唤的晴雯先行撵逐再禀告贾母，其实并不算是逾越规矩，因为王夫人才是目前当家的女家长，本来就有婚姻上“父母之命”的权力，何况只是妾而已。再看第七十二回，道理就更明显了，当时贾政说：“我已经看中了两个丫头，一个与宝玉，一个给环儿。”可见贾政也有为子选妾的权力，与王夫人两人之择选正是“父母之命”的实践。只是在世家大族特别注重孝道之下极为尊重母亲，王夫人撵逐来自贾母所赐的晴雯时才必须敬谨禀报；而一旦王夫人表明自己的选择时，贾母便反过来尊重她，如同第七十九回贾赦作主将迎春许给孙家时，“亦曾回明贾母”，贾母虽不同意却也没有反对，原因就是“他是亲父主张，何必出头多事”，道理一样。至于王夫人给袭人加成姨娘份例，本就完全符合贾母最初把袭人拨给宝玉的隐含用意，并且当时也根本不认识晴雯，因此始终都谈不上是选妾之角力。

同样地，关于宝玉正妻之人选，除宝琴是稍有表露之外，一直都没有明朗化，连黛玉的钦定地位也是大家从贾母的态度揣摩出来的。这是因为各人都还有其斟酌观望之处，也有对其他家长的尊重礼让，如贾母会尊重儿媳的女家长权力，王夫人则敬崇贾母的威严，至于贾政虽是一家之主，却也要考量母亲与妻子的意见，因此每个人都不便直接作主。此所以当贾政听说宝玉已有了二年时，连忙问是谁给的，就是要确认对象以便进行调整，包括可能的礼让。其复杂含糊之处，并不是来自一般人所以为的“角力”。

总而言之，有关宝玉之妻妾的竞争关系，在贾母与王夫人之间根本就一直不存在，用角力、斗争等负面概念来看《红楼梦》中的人际关系，是现代人常见的思维模式，容易忽略或掩盖其中正常甚至温暖的实情，落入买椟还珠的皮相之见。

2. 芳官等女伶们

对于芳官等被逐后执意出家的女伶们，前面已经说明王夫人是白放她们的，而且对于这类身份比奴仆地位更低的贱民，王夫人连她们被放出去以后的处境都加以考虑，此处可以不再赘述。必须补充的是，甚至在芳官、藕官、蕊官三人出家一事上，王夫人也是慈悲为怀的，第七十七回描述道：

> 王夫人原是个好善的，先听彼等之语不肯听其自由者，因思芳官等不过皆系小儿女，一时不遂心，故有此意，但恐将来熬不得清净，反致获罪。

换句话说，王夫人一开始之所以不顺任她们的心愿让她们出家，乃是担心她们都只是人生经验不足的年轻女孩子，容易因为一时的挫折就承受不了，以出家来处理不遂心的事，但这种出家并不是来自彻悟的智慧，很容易在熬不惯空门的清寂时，发生不合清规的事，反而让她们获罪。这一点在小尼姑智能儿身上已经有前车之鉴，所以才不允许她们出家，其中实在是包含了为她们的未来设想的一片好意。

随后王夫人虽然带有“今日家中多故……心绪正烦，那里着意在这些小事上”的漫不经心，但也并非完全听任两个尼姑拐子的花言巧语而强硬作主，反而十分尊重当事人的主体意志，所谓：

> 王夫人问之再三，他三人已是立定主意，遂与两个姑子叩了头，又拜辞了王夫人。王夫人见他们意皆决断，知不可强了，反倒伤心可怜，忙命人取了些东西来赍赏了他们。

可见自始至终，王夫人处处都是尊重与善意的表现。整体说来，从第五十八回到第七十七回，王夫人让这些女伶们在大观园中多过了几年一般人求之不得的富贵生活，在这些人终究必须离开的情况下，于整顿大观园的时机提前放出去，又关心她们的出路给予赍赏，无论从任何角度都必须说，王夫人已经是仁至义尽。

（四）刘姥姥

最后还必须提到刘姥姥，以为参照。也正是因为王夫人的温厚性格，所以第六回刘姥姥在女婿家计艰困时，构想出前往贾府寻求赈济以求脱困之策，除了凭借与金陵王家连过宗的古早因缘之外，其提高或确保赈济的直接可能性，主要即系诸王夫人的好善乐施，所谓：

> 想当初我和女儿还去过一遭。**他们家的二小姐着实响快，会待人，倒不拿大。如今现是荣国府贾二老爷的夫人。听得说，如今上了年纪，越发怜贫恤老，最爱斋僧敬道，舍米舍钱的**。如今王府虽升了边任，只怕这二姑太太还认得咱们。你何不去走动走动，或者他念旧，有些好处，也未可知。

届时果然也因为王夫人交代“今儿既来了瞧瞧我们，是他的好意思，也不可简慢了他”，才使得势利的王熙凤拨给二十两银予以济助，渡过寒冬年关的困境，也因此引发了刘姥姥第二次进荣国府以为答谢的机缘。此处必须注意的是，王夫人对一个上门求助乞讨的远方穷亲戚，不仅没有鄙夷傲慢，竟说“既来了瞧瞧我们，是他的好意思”，表现出念旧重情的温厚而毫无施舍者的高姿态，真正是富而好礼的谦谦风范；尤其是到了刘姥姥二进荣国府时，第四十二回写刘姥姥留住几天后准备辞行，这时贾家上下又给了更多的银两礼物，“堆着半炕东西”，包括：

> 王熙凤：青纱一匹，一个实地子月白纱，两个茧绸，两匹绸子，一盒子各样内造点心，一个口袋的两斗御田粳米，一条口袋的园子里果子和各样干果子，一包八两银子

王夫人：两包银子，每包五十两，共一百两

贾　母：一个包袱的几件衣裳，一盒子的面果子，一包的药，各装有一个金银锞子的两个荷包

宝　玉：一个成窑钟子

平　儿：几套衣服

其中，平儿只是仆妾，几套衣服的馈赠已是诚意十足；宝玉送的是妙玉嫌脏不要的茶杯，算是借花献佛，但以他身为“虽然有钱，又不由我使”（第四十七回）的贵公子，能主动想到这个处置方式而为贫婆创造福利，也属难能可贵。就贾母、王夫人、凤姐这三位女家长来说，以王夫人的出手最大方，不仅所给的并非府中现成的物资而是完全自掏腰包，对刘姥姥的帮助所考虑的也是治本而不只是治标，因此送的是一大笔银两。平儿交代说：

> 这两包每包里头五十两，共是一百两，是太太给的，叫你拿去或者作个小本买卖，或者置几亩地，以后再别求亲靠友的。

如此则是在“救急”之后更进一步“救穷”，希望彻底改变刘姥姥一家看天吃饭的不安定命运，以后便能够自给自足，不用再忍受向人求乞的屈辱，以及面对困窘的恐惧；也就是既给他鱼吃，又给他钓竿，是真正的慈善境界。而由此所种下的善因，将来也在巧姐儿身上结出了善果，可见慈悲没有敌人，慈悲更可以拯救世界。

以上种种，在在可见王夫人所展现出的贾府的温厚家风以及高

度的贵族道德责任感。据此而言，王夫人“三月初一”的生日（见第六十二回）既正处在“蟠桃庙会”的节庆期间，再加上“王”的姓氏，其取义内涵诚然可以解读为“作者信手拈来，喻她为西王母”。[①] 所以说，整部小说一再称扬王夫人的慈善，例如“怜贫恤老”（第六回）、“宽仁慈厚的人”（第三十回）、“慈善人”（第三十二回）、“那么佛爷似的”（第三十九回）、“是个好善的”（第七十七回），脂砚斋也有“王夫人喜施舍”[②] 之批语，这些都不是出于为长者讳的虚饰之词，而是确有其客观依据的持平之说；绝不是所谓的明褒暗贬的反讽，而是如实确切的春秋定评。

五、才德与母教

从贾母把理家大权越位授予二房的王夫人，而不是采用嫡长子的传统做法，交给大房长媳邢夫人，就可以看出以贾母的处世智慧和识人之明，实是明智的用人策略。而王夫人诚有过人之处，也确实比邢夫人适任得多，必须说，与一味克扣徇私的邢夫人相比，简直判若云泥。前面我们已经看到王夫人的博爱无私，其他还有不少优点，首先，一如贾母所洞见的，王夫人“极孝顺我，不像我那大太太一味怕老爷，婆婆跟前不过应景儿”（第四十六回），相对于贾赦与邢夫人这对嫡长夫妻的荒疏鄙吝、虚应欺伪与贪好财货，王夫

---

① 见杜景华：《〈红楼梦〉人物生辰补谈》，《红楼梦学刊》1995 年第 3 辑，页 199—200。

② 甲戌本第七回批语，页 165。

人与贾政性格上的诚厚笃实与正直朴善[①]，乃成为贾母越位交付治家大权的关键原因。

其次，这位贾家的现任女家长，在辅助贾政从事上层阶层繁复的礼尚往来之余，私人生活是非常简单朴实的。以日常的住所来看，第三回提到：“原来王夫人时常居坐宴息，亦不在这正室，只在这正室东边的三间耳房内。……于是又引黛玉出来，到了东廊三间小正房内。正面炕上横设一张炕桌，桌上磊着书籍茶具，靠东壁面西设着半旧的青缎靠背引枕。王夫人却坐在西边下首，亦是半旧的青缎靠背坐褥。见黛玉来了，便往东让。黛玉心中料定这是贾政之位。因见挨炕一溜三张椅子上，也搭着半旧的弹墨椅袱，黛玉便向椅上坐了。”这些家具布织品都是半旧的，全无奢华之气。

对于世家而言，生活并不是表演，而是教养的体现；不是外表的妆点，而是内蕴的气度，只有暴发户才会为了表演给别人看，以取得虚荣心的满足，而把家居环境变成张扬炫耀的展示场。所以真正的贵族即使讲究各种用物的品质，一则是阶级上必要的礼仪配备，不能粗制滥造、因陋就简而有失身份；二则是在真正的精品中涵养鉴识的眼光，并且通过代代相沿的持久使用而产生家族传承的历史感，积淀成为一种安稳宁定的风范。

于此，我们可参考出身睿亲王府的小王爷金寄水所说的：“因母亲房中布置淡雅，案头陈设，多属文玩，架上图书，无非古籍。

① 第四十七回于“王夫人笑道，可不只四个”一段有脂批云：“老实人言语。”足证王夫人性格之笃实不伪。

由于耳濡目染，故对于纸笔墨砚，有了一些鉴别能力。”[①]可知好的贵族对自我要求是极高的，在这种以身作则的身教之下，贾府中家居的衣着用品往往都是在岁月中长期使用，而不是暴发户式的喜新厌旧，即使是三千宠爱在一身的宝玉，也不是天天金碧辉煌，家常所穿的衣裳多是半旧不新的。例如第三回写他“身上穿着银红撒花半旧大袄”，第四十五回写他“脱了蓑衣，里面只穿半旧红绫短袄”，而第五十回于雪下咏诗时，“袭人也遣人送了半旧的狐腋褂来”，这就是贵族世家百年修持的一面。另外，第四十回写黛玉房中“窗上纱的颜色旧了”，第八回写宝钗房中“吊着半旧的红细软帘”，身上穿的棉袄棉裙也是“一色半新不旧，看去不觉奢华”；同样地，第五十一回平儿从凤姐房里拿出来的冬大衣，一件是半旧大红猩猩毡的，一件是半旧大红羽纱的。在在可见这等世家大族绝非一味追求珠光宝气，落入暴发新荣的浮夸炫耀。

连带地，王夫人也不讲究排场。早在第三十六回时，金钏儿死后，凤姐向王夫人建请添补一个丫头，王夫人却认为：“依我说，什么是例，必定四个五个的，够使就罢了，竟可以免了罢。”足证其并非骄奢浮夸者流。之后虽因凤姐的劝说而依旧保留这个份例，却是为了给其妹玉钏儿吃双份作为补偿，可见她确实并不是浮夸虚荣讲究排场的人。也因此到了第七十四回，王熙凤提出减少丫头员额数目以撙节开销的建议，王夫人因不忍这几个姊妹受苦而加以反对，但最难得的是，为了共体时艰，她愿意以身作则率先俭省，说：

① 金寄水、周沙尘：《王府生活实录》，页88。

如今我宁可省些，别委屈了他们。以后要省俭先从我来倒使的。

就此，脂砚斋批云：

所谓“贯(观)子(于)海者难为水”。俗子谓王夫人不知足，是不可矣。

很显然，脂砚斋已经遇到批评王夫人不知足的读者了，但他认为批评得并不公道，于是写了这段批语提醒大家，经过大富贵的人往往很难忍受简朴度日，“观于海者难为水”这句引言的意思就是“由奢返俭难”，但王夫人竟然做到了一般人所难以做到的，足见人品之高尚。而竟然还有批评她不知足的俗人，实在是颠倒是非的成见了。

从而也可以看到，王夫人的性格基本上是清净朴实、不慕荣利。第八回写贾母领军至宁府看戏，至晌午便回来歇息了，而“王夫人本是好清净的，见贾母回来也就回来了”，对于耳目之娱的享乐一无兴趣也就毫不恋栈，此处有脂砚斋的批语特别说：“偏与邢夫人相犯。”这不仅指出王夫人不喜热闹享乐的单纯性格，也同时点示其与邢夫人的迥然有别，绝非沆瀣类聚的同一等人。因此，她对佛教的信仰才能如此虔诚，小说中就常常写到她清淡吃斋的情况，例如：第二十八回王夫人对宝玉道：“罢，罢，我今儿吃斋，你正经吃你的去罢。”又第七十五回王夫人笑道：“不过都是家常东西。今日我吃斋，没有别的。那些面筋豆腐老太太又不大甚爱吃，只拣了一样椒油纯齑酱来。”

虽然这是传统妇女到了这个年龄阶段的常见情况，但王夫人出身于富贵之家、终身处在膏粱锦绣之中，却能以“好清静”为心灵修持与生活理想，并通过虔诚的佛教信仰而更加坚定，这不能不说极为难能可贵。

而这样的清净生活，也表现在没有妻妾之间的争风吃醋上，比起王熙凤，王夫人诚然宽宏大量得多。她和贾政的关系，属于传统社会中“相敬如宾”的理想形态，从曹雪芹对于贾政和妻妾相处的描写，可以略窥一二，以下举一个有趣的例子作为比较参考。

整部小说中，只有写到一次王夫人与贾政同室共商家务的情节，第二十三回写元妃颁布入园令，家长对孩子们给予行前训话，“贾政在王夫人房中商议事情……宝玉只得挨进门去。原来贾政和王夫人都在里间呢。赵姨娘打起帘子，宝玉躬身进去。只见贾政和王夫人对面坐在炕上说话”。比起这种正经商量家务的情况，小说中在同样只有一次写到贾政与赵姨娘时，则完全不同，第七十二至七十三回叙述贾政在赵姨娘房中，提到为宝玉、贾环纳妾的事，却被窗外的一声巨响打断，“赵姨娘骂了丫头几句，自己带领丫鬟上好，方进来打发贾政安歇”。从这一段描述可知，贾政是在赵姨娘处过夜的。

小说中虽然对贾政的婚姻生活着墨很少，这两段情节还是可以透露一些端倪，让我们窥见王夫人不只是一位无私的嫡母，还是一位无私的嫡妻，并没有“卧榻之侧岂容他人酣睡”的嫉衾妒枕，堪称贤淑的极致。

（一）将将之才

当然，王夫人就和众少女，以及包括你我在内的所有人一样，具有身而为人所不可避免的缺点与不足之处，这就是《红楼梦》让人感到写实而生动传神的地方。但她的缺点并不是一般所以为的道德缺陷，而只是很普通的“迷糊健忘”。如果把这个小缺点当作罪恶的话，那么我们每一个人就等于是每天都在犯罪了。

可以注意到，当王夫人在书中第一次现身、读者对她还一无所知时，作者即以“记错”的事件来描述之；而这包含在第一次描述中容易被忽略的性格特征，随后便不断通过“我忘了”这一句话反覆皴染，通过四次的重复出现，“我也忘了”几乎已经变成王夫人的口头禅，而所忘之事包括：

- 熙凤道：“月钱已放完了。才刚带着人到后楼上找缎子，找了这半日，也并没有见昨日太太说的那样的，想是**太太记错了**？”王夫人道：“**有没有，什么要紧**。”（第三回）
- 王夫人见了林黛玉，因问道：“大姑娘，你吃那鲍太医的药可好些？”林黛玉道：“也不过这么着。老太太还叫我吃王大夫的药呢。”………王夫人道：“**前儿大夫说了个丸药的名字，我也忘了**。”……宝钗抿嘴笑道：“想是天王补心丹。”王夫人笑道：“是这个名儿。**如今我也糊涂了**。”宝玉道：“太太倒不糊涂，都是叫‘金刚’‘菩萨’

支使糊涂了。"（第二十八回）

- 袭人道："我也没什么别的说。我只想着讨太太一个示下，怎么变个法儿，以后竟还教二爷搬出园外来住就好了。"………王夫人听了这话，如雷轰电掣的一般，正触了金钏儿之事，心内越发感爱袭人不尽，忙笑道："我的儿，你竟有这个心胸，想的这样周全！**我何曾又不想到这里，只是这几次有事就忘了**。你今儿这一番话提醒了我。"（第三十四回）
- （王善保家的趁机告了晴雯，）王夫人听了这话，猛然触动往事，便问凤姐道："上次我们跟了老太太进园逛去，有一个水蛇腰、削肩膀、眉眼又有些像你林妹妹的，正在那里骂小丫头。我的心里很看不上那狂样子，因同老太太走，我不曾说得。**后来要问是谁，又偏忘了**。今日对了坎儿，这丫头想必就是他了。"（第七十四回）
- （迎春婚后不幸，）"惟有背地里淌眼抹泪的，只要接了来家散诞两日。"王夫人因说："我正要这两日接他去，只因七事八事的都不遂心，**所以就忘了**。"（第八十回）

小自缎子放的地方、大夫所说丸药的名字，还有将苦命侄女迎春接回宽慰，大至心肝儿子起居规划的顾虑，以及其身边丫头的姓名形貌，都一体葬送于遗忘的深渊里，可见王夫人的健忘是让她不够精明的原因之一。也因此，对于琐碎小事就难免漫不经心，包括：

- （袭人对王夫人道：）“俗语又说‘君子防不然’，不如这会子防避的为是。**太太事情多，一时固然想不到**。我们想不到则可，既想到了，若不回明太太，罪越重了。”（第三十四回）
- 麝月道：“那瓶得空儿也该收来了。老太太屋里还罢了，**太太屋里人多手杂**。别人还可以，赵姨奶奶一伙的人见是这屋里的东西，又该使黑心弄坏了才罢。**太太也不大管这些**，不如早些收来正经。”（第三十七回）
- （探春赞美彩霞道：）“外头老实，心里有数儿。**太太是那么佛爷似的，事情上不留心**，他都知道。凡百一应事都是他提着太太行。连老爷在家出外去的一应大小事，他都知道。太太忘了，他背地里告诉太太。”（第三十九回）
- 众人都笑道：“奶奶……成年家大手大脚的，替太太不知背地里赔垫了多少东西，真真的赔的是说不出来，那里又和太太算去？……”凤姐儿笑道：“**太太那里想的到这些**？究竟这又不是正经事，……”（第五十一回）

这些现象，构成了王夫人性格上的一大特点，也确实让身边的小人有机可趁，不但赵姨娘一伙人可以在她屋里使黑心弄坏宝玉房中的东西，而不怕被追究，甚至第六十一回王夫人房中爆发玫瑰露被偷的事件，贼犯彩云就说：“偷东西原是赵姨奶奶央告我再三，我拿了些与环哥是情真。连太太在家我们还拿过，各人去送人，也是常事。”可见王夫人确实因为不够精明，使得门户管理有了很多的漏洞。但这种种健忘的事迹，只不过是一般人的常态，似乎也是情有可原，谈不上是大缺点，更没有道德问题；而且放在王夫人那非比寻常的忙碌状态来看，就会发现她的忙碌已经超过了正常人的极限，因此也容易导致忽略琐碎小事，形成了所谓的“贵人多忘事”。

事实上，一般以为贵族都是有钱有闲，此乃与事实完全相反的错误认知。宝玉这个“富贵闲人”其实是罕见的例外，所以宝钗就对宝玉说：

> **天下难得的是富贵，又难得的是闲散，这两样再不能兼有**，不想你兼有了，就叫你“富贵闲人”也罢了。（第三十七回）

从“这两样再不能兼有”来看，富贵者往往难以闲散，闲散者则缺乏富贵，以王夫人为例，这位贵族女家长在礼尚往来、繁文缛节的上层社会中，平常要负担多少公私应酬：第四回说她“事情冗杂”，这些冗杂之事一方面是大家族的家务事，而这又是来自众多人口所致，第六回一开始便清楚交代说：“荣府中一宅人合算起来，人口虽不多，从上至下也有三四百丁；虽事不多，一天也有一二十件，竟如乱麻一般。”将这“三四百丁”加上宝玉所说的“单我家里，上上下下，就有几百女孩子”（第五回），全部便是麝月所总和的“家里上千的人”（第五十二回），难怪每天至少也有一二十件事，既如乱麻一般，也日复一日没完没了。虽然后来有了王熙凤的协助，“如今太太竟不大管事，都是琏二奶奶管家了。……如今太太事多心烦，有客来了，略可推得去的就推过去了，都是凤姑娘周旋迎待”(第六回)，但这其实也只是减轻家务的繁重程度而已，整体说来仍然是“事多心烦”。

尤其是除内部的家务事之外，还有对外礼尚往来的种种正式场合，都必须由她这位嫡夫人出面代表贾家，因此无可推卸，不是王熙凤所能代劳的。所谓“连日有王公侯伯世袭官员十几处，皆系荣宁非亲即友或世交之家，或有升迁，或有黜降，或有婚丧红白等事，王夫人贺吊迎送，应酬不暇”(第五十五回)，于是往往处于公务应酬中，而忙得不可开交，分身乏术的王夫人势必需要助手以协理家务。

其次，除了上述的实际需要之外，原则上，一个主管本来就不需要、也不应该凡事亲力亲为，因为一个人的时间精力是有限的，群体事务透过分层负责的运作模式，反而可以更顺畅、更有效率；而主管所要负担的就是大方向的拟定与重要事项的决策，至于细节与执行方式则交由干练可靠的属下承担即可。

于是，在这些现实处境与职场原理的因素下，王夫人发挥了独特的才能，这种才能不是处理事务上的“干才”，也不是文艺创作上的“诗才”，而是真正杰出的领导者所拥有的“用人之才”，足以抵消她性格中“迷糊健忘”这个最大的缺点。必须说，王夫人不只是贤淑而已，作为一个称职的女家长，固然没有王熙凤的精明干练，却也不是无能之辈，尤其她所拥有的是一个非常罕见的优点，那便是“知人善任”。

王夫人所选任的第一员大将，就是无人能及的王熙凤。作为

“脂粉队里的英雄”（第十三回），王熙凤本就是无出其右的最佳人选，凭借着“男人万不及一”（第二回）之雄才，在贾府百年的末世中撑持局面于不坠，王熙凤的理家已达“合族上下无不称叹”(第十四回）的境界，成为末世的栋梁之才。王熙凤自己便说：“若不是我千凑万挪的，早不知道到什么破窑里去了。”（第七十二回）同样地，第六回写王熙凤将王夫人给丫头作衣裳的二十两银子施舍予刘姥姥之事，脂砚斋也批云：

> 凤姐能事在能体王夫人的心，托故周全，无过不及之蔽（弊）。

从整体来衡量，凤姐对贾府的贡献实功多于过。因此，曹雪芹还给她“裙钗一二可齐家”（第十三回回末诗）的赞美。

必须说，与王熙凤一起持家的夫婿贾琏，其实也是堪当理家大任的人，他的人品值得多作一些探讨。虽然他确实性好渔色，但却具备不少其他难能可贵的优点，首先是，在家务上能够拿捏轻重，分寸得宜，因此井井有条，不偏不倚，如第二十二回提到薛宝钗生日到了，凤姐与贾琏商议要如何筹办，贾琏回答说：“往年怎么给林妹妹过的，如今也照依给薛妹妹过就是了。”对这种援例办理的做法，脂批说：

> 此例引的极是，无怪贾政委以家务也。

因此在筹建大观园这件浩大工程上，贾琏便承担了重责大任，与贾珍、几位大管家分工合作，对诸多繁杂的事项指挥若定，其他对外所承办的各种事务更是不在话下。这种处事干才比起王熙凤来固然是“倒退了一射之地”（第二回），但仍然属于超出一般以上的高才，确实是贾政常年在外任官时，可以放心委任的家庭助手。

其次，贾琏也同样秉持了宽柔待下的家风，从来没有仗势欺人的作为。例如第七十二回，旺儿媳妇要娶彩霞为子媳而遭拒，为此一事，旺儿媳妇仗势向王熙凤求情说亲，贾琏虽然同意作主，却也特别交代道：

> 我虽如此说了这样行，到底也得你姑娘打发个人叫他女人上来，和他好说更好些。**虽然他们必依，然这事也不可霸道了**。

连对婚姻大权操之在我的丫鬟，都没有以主子的威势随意指派，而能够以尊重的态度、商量的语气，取得同为仆人身份的父母的同意，可见这种“不可霸道”的宽柔家风已经深深内化成为他处事的根本原则；尤其是贾琏作主后又得知旺儿之子品行不端，“岂只吃酒赌钱，在外头无所不为”，这时他不但有意收回成命，还生气地说：“我竟不知道这些事。既这样，那里还给他老婆，且给他一顿棍，锁起来，再问他老子娘。”这就显示出一种导正族中人员的大家长风范。

更值得大书特书的是，第四十八回描写贾赦看上了平民石呆子的家传骨董扇子，贾琏奉命出高价收购。但当石呆子抵死不愿出卖祖传扇子时，贾琏并没有使出不正当、不道德的手段逼他就范，只能束手无策；反倒是贾雨村听说了这件事，为了讨好贾赦，竟然以非法手段讹诬石呆子拖欠官银，抄来扇子孝敬贾赦，文人无行，莫此为甚！被骂无能的贾琏只说了句："为这点子小事，弄得人坑家败业，也不算什么能为!"贾赦听了就生了气，"这是第一件大的。这几日还有几件小的……所以都凑在一处，就打起来了"。打了个动不得，脸上打破了两处。

由此可见，贾琏虽然也难免纨裤习气，但除好色之外，其实各方面都还是维持了良好的家风，并没有仗势欺人，尤其是他对贾雨村的残酷做法深表不以为然，足见品性良善；相比之下，唯一的、真正的恶棍是贾雨村，这个读书人贪赃枉法、鱼肉百姓，简直是侮辱了孔门，只能称作小人儒了。因此公平地说，贾琏、凤姐这对夫妻一里一外，成为这一代的家庭支柱，确实是贾政、王夫人理家的好助手。

再回到王夫人的知人善任上。第五十五回记述凤姐流产休养后，接替治理大观园的人选更是青出于蓝，在王熙凤独撑大局之后打的是团体战，所谓：

> 王夫人便觉失了膀臂，一人能有许多的精神？凡有了大事，自己主张；将家中琐碎之事，一应都暂令李纨协理。李纨是个尚德不尚才的，未免逞纵了下人，王夫人便命探春合同李纨裁处。……园中人多，又恐失于照管，因又特请了宝钗来，托他各处小心。……他二人便一日皆在厅上起坐，宝钗便一日

> 在上房监察，至王夫人回方散。每于夜间针线暇时，临寝之先，坐了小轿带领园中上夜人等各处巡察一次。他三人如此一理，更觉比凤姐儿当差时倒更谨慎了些。因而里外下人都暗中抱怨说：“刚刚的倒了一个‘巡海夜叉’，又添了三个‘镇山太岁’，越性连夜里偷着吃酒顽的工夫都没了。”

在这场人事调度上，实在表现出王夫人的明智决策，先是令伦理辈序上身为长嫂的李纨挂帅，以获取宗族体制中名正言顺的合法性；又深知李纨缺乏理事才干的缺点，再安排探春与宝钗从旁辅佐之，而此二人一如脂砚斋所评：

> 探春看得透，拏得定，说得出，办得来，是有才干者，故赠以“敏”字。宝钗认的真，用的当，责的专，征〔待〕的厚，是善知人者，故赠以“识”字。“敏”与“识”合，何事不济。（第五十六回）

正因为“敏识合一”，才收到了立竿见影的整顿效益。而除了敏识合一的相乘效应之外，此处用人之精妙，还在于一方面善用了探春身为自家人而得以直接处断的血缘优势，以及性格上“虽然叫他管些事，倒也一步儿不肯多走。差不多的人就早作起威福来了”（第六十二回林黛玉评）的秉正不阿与有为有守，另一方面则借助宝钗之为外姓亲戚而提供间接缓冲的特点，以及性格上适切周全的圆融思维，所谓“这个孩子细致，凡事想的妥当”（第三十八回贾母语），从而在刚柔并济的左右辅助之下，以探春之“理”维系纲纪并破釜革新，以宝钗之“情”怀柔诸方而凝聚向心力，共同补强了李纨在合法性之外的执行力与改革力，终于形成面面俱到的铁三角，复加以园中内部近距施展的切中要害，从而超越了凤姐的治理成绩。

因此，传统评论中认为“王夫人败家的最根本原因，是任人唯亲”①，这样的看法是不能成立的，并且事实刚好相反，王夫人不但没有“败家”，堪称善尽职责，克勤克俭；从用人的角度来说，更显示出王夫人所具备的是“将将之才”，实为统帅大将的领袖。犹如《三国志·吴书·张温传》载将军骆统所言：

> 古人有言，欲知其君，观其所使，见其下之明明，知其上之赫赫。②

由此说来，王夫人之用人已不仅只是切当得宜，更堪称高明神妙之极，可以说是刘邦之属的“将将者”。事实上，一个真正的大将并不需要身先士卒、事必躬亲，而只要善于用人，就是最大的长才，“将将之才”正是王夫人的才能，也确实达到理家的最高境界。

至于王夫人抄检大观园这一段饱受批判的情节，读者也应该设

---

① 曹芸生：《王夫人论》，《红楼梦学刊》1990年第1辑，页175。而清末西园主人《红楼梦论辨》早已有此说：“王夫人之罪，偏护私家，信任奸凤，以致两府俱败。”一粟编：《红楼梦资料汇编》，卷3，页204。其余不一一列举。

② （晋）陈寿撰，（刘宋）裴松之注，陈乃乾校点：《三国志》（北京：中华书局，1982），卷57，页1332—1333。

身处地多方面理解这个措施的意义。脂砚斋就从王夫人的身份以及全书的情节结构着眼，认为这才是合情合理的安排，第七十七回批云：

> 一段神奇鬼讶之文，不知从何想来。**王夫人从未理家务，岂不一木偶哉**。且前文隐隐约约已有无限口舌，漫（浸）阔（润）之潜（谮），原非一日矣，**若无此一番更变，不独终无散场之局，且亦大不近乎情理**。

这段话有三个重点，第一，王夫人是真正的女家长，王熙凤只能算是执行长，一切都必须向王夫人负责，或者请示，或者报备，或者承担赏罚，王夫人才是真正有权力的决策者。如此一来，她当然可以直接出面，亲自执行自己的决策，否则就会沦为一个虚设的木偶。抄检大观园的意义就是女家长的一次权力展现。

其次，导致抄检的原因是严重的风化问题，加上“前文隐隐约约已有无限口舌”，意味着这是一个长期累积已达引爆点而必须尽快解决的大问题，尤其园中出现绣春囊的严重性，是到了攸关“性命脸面”的程度，如王夫人又哭又叹，对王熙凤所斥责的：

> 倘或丫头们拣着，你姊妹看见，这还了得。不然有那小丫头们拣着，出去说是园内拣着的，外人知道，这性命脸面要也不要？（第七十四回）

这就是为何绣春囊会引起如此滔天巨浪的原因。学者说得很清楚：在这类的精英家庭中，对女儿的调教是非常重要的，而“贞操是这个调教过程的焦点。要维持一个女儿的贞操，确保没有一点捕风捉影的谣言可以玷污她的名声，需要高度的警戒，其程度不下于为了让她的兄弟接受古典学术训练而付出的心血”。[①] 这更帮助我们理解，导致抄检大观园之原因的严重性与处置的急迫性。一味歌颂司棋个人的爱情追求或情欲自主，忽视她对别人造成的严重影响甚至致命伤害，实在是过分偏颇的角度。

至于脂砚斋这段话的第三个重点，就是从整部小说结构来指出抄检大观园的必要性。人世间终有“*散场之局*”，这是所有的存在物都必须面对的无常，也因此，从人事的范畴就产生了“天下无不散的筵席”这一句俗谚，而这一句俗谚也很罕见地在小说中出现两次，而且都出自丫鬟之口，如小红曾说：“谁守谁一辈子呢？不过三年五载，各人干各人的去了。那时谁还管谁呢？”（第二十六回）司棋也说：“再过三二年，咱们都是要离这里的。”（第七十二回）更不约而同地引用了“千里搭长棚，没有个不散的筵席”这句歇后语，可见丫鬟们自己也知道终有离开大观园的时刻，并且那个时刻只要短短数年就会来临。

既然终究是要离开的，那么，王夫人对众丫鬟的处置不过是在时间上稍稍提前实施，在方式上带有愤怒情绪而已；而贾宝玉想要

---

① 〔美〕曼素恩著，杨雅婷译：《兰闺宝录：晚明至盛清时的中国妇女》，页137。

天长地久地大家永远在一起，就像他不愿长大、希望女孩儿都不要出嫁一样，本来就是不可能实现的一厢情愿。何况被撵逐的丫鬟其实并没有损失，损失的是贾家给她们的特权和优渥待遇，因此这不但完全谈不上凌压下人，其实还算是厚道开恩。从这个角度来说，王夫人也属于才德兼备的母神人物。

（二）优良的母教

这位才德兼备的母神承接了上一代的任务，以她淳厚的性格所施行的母教，也确实都让她一手带大的女儿们个个正派出色。第二回冷子兴就说：“便是贾府中，现有的三个也不错。……因史老夫人极爱孙女，都跟在祖母这边一处读书，听得个个不错。”第三回王夫人自己也对黛玉说：“你三个姊妹倒都极好。”而能够“个个不错”“都极好”，王夫人的母教可以说是最大因素。因为在这种大家族中，幼儿的教育主要是由母亲负责的，女儿尤其如此。

在传统的历史环境里，母教典范的建立以至家庭内外的种种客观条件，造成了“训诲之权，实专于母”[①] 的现象，这是因为男性家长做官在外，公务繁忙，如贾政就是经年累月地长期不在家。单单第七十回就提供了一个绝佳例子：春天三月时，“贾政书信到了。宝玉请安，将请贾母的安禀拆开念与贾母听，上面不过是请安的话，说六月中准进京等语。……可巧近海一带海啸，又遭塌了几

① （唐）宋若莘（一作若华）、（唐）宋若昭等：《女论语》，收入王相：《新增女子四书读本》（上海：文盛书局，1914），页7。

处生民。地方官题本奏闻，奉旨就着贾政顺路查看赈济回来。如此算去，至冬底方回”。算起来至少将近一年没有回家。再由宝玉听说贾政要回家时，连忙准备赶工补齐功课以备查考，袭人帮忙整理统计应有的作业量，说道：“你昨儿不在家，我就拿出来共算，数了一数，才有五六十篇。这三四年的工夫，难道只有这几张字不成。”则贾政恐怕已经是三四年不在家，或者期间即使回家也是蜻蜓点水，无暇考查宝玉的功课，这就难怪贾母有骨肉分离的遗憾，也因此子女的教育主要都是由妻子负责。就此而言，清初汪辉祖便说“父严不如母严”：

> 家有严君，父母之谓也。自母主于慈，而严归于父矣。**其实，子与母最近，子之所为，母无不知，遇事训诲，母教尤易**。若母为护短，父安能尽知？**至少成习惯，父始惩之于后，其势常有所不及**。慈母多格，男有所恃也。故教子之法，父严不如母严。[①]

尤其女儿因为性别认同的关系，更可以透过直接的模仿传承而吸收母亲的妇德女教，母女之间在成长过程中关系更为密切，女儿的养成教育可以说唯母亲是问。

因此从汉代班昭编《女诫》这本书之后，历代的相关作品很多，明代皇后甚至也参与其中，仁孝文皇后所作的《内训》更与《女诫》、

① （清）汪辉祖著，王宗志等注释：《双节堂庸训》，卷5，页151。

唐代宋若莘的《女论语》及《女范捷录》合称为“女四书”。清代陈弘谋在他所编撰的《教女遗规·序》中就说：“盖欲世人之有以教其子，而更有以教其女也。夫在家为女，出嫁为妇，生子为母。有贤女然后有贤妇，有贤妇然后有贤母，有贤母然后有贤子孙。”[①] 可见母教的重要。

以清代历史上的实例来看，上层阶级中的精英家庭都是非常注重母教的。就儿子的教育而言，出身江南望族的恽珠嫁给内务府世族完颜氏，恽珠对子女的教育甚严，《恽太夫人传》中写道：“夫人为儒雅世族……教子以严且正。”她对儿子的交友与阅读范围均有严格规定：“绝燕游，戒奢傲，不许杂览‘不经之书’，择师择交，防范无余力。”[②] 同样地，出身睿亲王府的小王爷金寄水也说：“回到里边，因母亲督课甚严，起居应对，往往以每日所习的功课作为提问，有时还涉及到器皿、文物和鸟兽草木之学。”[③] 其要求远远超乎一般的想象。至于母女之间，则可以举曾国藩家中的情况为证，曾国藩的幼女曾纪芬（晚号崇德老人）曾回忆幼年如何受教于母亲，并请人绘成图画，由画中可见其母欧阳夫人教导女儿纺织、烹饪、制衣作鞋等情景。[④]

---

① 见（清）陈弘谋辑：《五种遗规》（台北：中华书局，1984），第2册，页1。

② 详参刘小萌：《清代北京旗人社会》，页568。

③ 金寄水、周沙尘：《王府生活实录》，页88。

④ 参林维红：《妇道的养成——以晚清湘乡曾氏为例的探讨》，收入黄克武主编：《第三届国际汉学会议论文集历史组：性别与医疗》（台北：“中央研究院”近代史研究所，2002），页105—125。

从这些例子可以看到，这种贵族世家的教育其实是非常严格的，《红楼梦》中的荣国府也不例外。王夫人对长子贾珠的教育就十分严格，第三十四回王夫人自己说得很清楚：

> 我何曾不知道管儿子，先时你珠大爷在，我是怎么样管他，难道我如今倒不知管儿子了？只是有个原故：如今我想，我已经快五十岁的人了，通共剩了他一个，他又长的单弱，况且老太太宝贝似的，若管紧了他，倘或再有个好歹，或是老太太气坏了，那时上下不安，岂不倒坏了，所以就纵坏了他。

可见王夫人并非一开始就是一个溺爱儿子的母亲，在长子贾珠身上，她完全是训子甚严的严君，是具有优良母教的贵族女家长。而这段话也明白指出，何以到了宝玉身上，王夫人的教育方式却一百八十度转变为溺爱，一个原因是前文所说的，在子宫家庭制之下，母亲与儿子共享了未来的人生而成为命运共同体，王夫人年已五十却只剩一个独子，因此便产生了危机感，怕管坏了他而丧失未来的依靠。至于另一个也许是最主要的原因，即老祖宗贾母的关系，以致在唯母是从的孝道之下不敢插手，正和贾敏曾对林黛玉所说的“外祖母又极溺爱，无人敢管”（第三回）相一致，而这一点就是上一章所谈到的母性中的破坏性那一面。

不过，相较于对宝玉、薛蟠等独子的教育失败，王夫人和贾母一样，对女儿们的母教却是十分成功，连溺爱薛蟠宠出败家子的薛姨妈，也都是值得表彰的模范母亲。第四十五回描写宝钗“至母亲房中商议打点些针线来……每夜灯下女工必至三更方寝”，脂批云：

> “商议”二字，直将**寡母训女多少温存**活现在纸上。

就是因为母教对女儿特别重要，因此，第三回贾母将丧母的林黛玉接去贾府，理由便如黛玉的父亲林如海所言：

> 因贱荆去世，都中**家岳母念及小女无人依傍教育**，前已遣了男女船只来接。

同样地，林如海督促黛玉前往荣府依亲的理由之一，也是考虑她“上无亲母教养，下无姊妹兄弟扶持”，可见母亲不只是照顾养育，给予情感的慰藉而已，更重要的是“教育”，在提携互动的过程中耳濡目染，给予大家闺秀的基本培训。

由此以观第四十五回一段黛玉对自身之成长过程，以及此种成长过程何以影响其性格的自述自省，就掌握林黛玉早期性格之养成及其后来之转变而言，堪称提供了一把切中肯綮的钥匙。她对宝钗说道：

> 细细算来，**我母亲去世的早**，又无姊妹兄弟，**我长了今年十五岁，竟没一个人像你前日的话教导我**。

这也显示了黛玉之所以特别有个性，也比较露才扬己因而受到读者的喜爱，若以贵族世家的眼光来说，其实很可能只是缺乏母教所产生的任性而已。

必须说，贾母将三春都交给王夫人照管，确实保证了优良的母教，而最出类拔萃的是“三春争及初春景”，也就是这三位姊妹都比不上的元春。第二回冷子兴道：“政老爹的长女，名元春，现因贤孝才德，选入宫作女史去了”（第二回），以清代选秀女制度的背景，当时元春年满十三岁；后来她更“晋封为凤藻宫尚书，加封贤德妃”（第十六回），成为皇室的一员。元春身为王夫人的长女，将以尊贵的出身、良好的母教所培养出来的高尚品德，以及封妃后所具有的崇高皇权，进一步强化对这些少女们的关照守护。可以说，元春是王夫人和贾母联手培养出来的下一代的母神，也就是下一章的主角。

第六章
贾元春：大观天下的家国母神

元春身处荣华富贵，却长保心灵的质朴，始终珍视人伦亲情，从而展开宽厚的羽翼，庇荫大观园的青春儿女，让他们在磨难重重的人间暂时获得幸福。

在贾母与王夫人这老、中两代女家长的联手培育之下，诞生了贾家的第三代母神，也就是贾元春。虽然元春从小说一开始就入宫去了，唯一的一次现身是在封妃后的回府省亲，此外便很少有关于她的故事情节，但是，她的重要性并不因此而降低，相反地，如果没有她，就没有大观园，也没有让宝玉和少女们自成一格的别有天地，如此一来，《红楼梦》的青春叙事必然会大为逊色。

元春因为封妃的缘故，还拥有皇权，因此权力更大、地位更高。当她展开母神的羽翼时，其翼若垂天之云，对宝玉与众金钗的庇荫更有过之，比起贾母、王夫人更宽阔、也更彻底，因为她动用皇权，将大观园分享给她们，使大观园成为一处最美丽忘忧的青春乐园。其中的奥妙值得一一探索，而这一切都要从元春的成长背景与人格特质说起。

一、“枝头第一春”：命名与意义

首先从命名来看，乍看之下难免从俗的“元春”二字，其实大有深意。在第二回“冷子兴演说荣国府”一段中，冷子兴对贾雨村说明道：

> “第二胎生了一位小姐，生在大年初一，这就奇了，……政老爹的长女，名元春，现因贤孝才德，选入宫作女史去了。……”贾雨村道：“更妙在甄家的风俗，女儿之名，亦皆从男子之名命字，不似别家另外用这些‘春’‘红’‘香’‘玉’等艳字的。何得贾府亦乐此俗套？”子兴道：“不然。只因现今大小姐是正月初一日所生，故名元春，余者方从了‘春’字。上一辈的，却也是从弟兄而来的。现有对证：目今你贵东家林公之夫人，即荣府中赦、政二公之胞妹，在家时名唤贾敏。不信时，你回去细访可知。”

可见这乍看之下未免流于俗艳的从春之名，其实意义深长，来自罕见而特殊的生日。“生日”对一个人来说实为重要，不但是自己在世界上赖以定位的一个基本座标，其中还隐含了许多关于人生的讯息密码，因此忘记生日或没有生日的人通常是不幸的、漂泊无依的，香菱就是一个典型的例子。相反地，特殊的生日往往联系到特殊的人，元春就是这一类的典型。

首先，从为人之始以观之，元春之出生即带有浓厚的圣诞意味，故由此“名元春”。这种带有特殊意义的生日，被小说家用来寄托极为重要的象征，尤其是就一个女孩子而言，婚姻可以说是终身幸福所系的人生大事，而婚姻的缔结又与生日有关，如第五十回贾母有意求亲于宝琴，做法就是向薛姨妈“细问他的年庚八字并家内景况”；又第五十七回宝钗提到哥哥薛蟠还没有定亲，黛玉揣测的原因便包括“或是属相生日不对”；而第七十二回贾琏也提到“前儿官媒拿了个庚帖来求亲”，这是因为两家议婚的时候需要拿庚帖合配男女双方的八字，那代表着上天的超越性的指令，因此也带着预兆的作用。学者就指出：“在清朝的上流社会，几乎所有的年轻女子预期自己将成为别人的妻子。打从女儿出生开始，父母便进入了一个高度紧张的过程，不仅必须调教女儿、使她为婚姻做好准备，还得准备嫁妆。就连她的生日也具有预兆的性质，因为在挑选未来夫婿的时候，必须将两人的出生年、月、日、时拿来比对。”[①]于是，小说家就利用元旦这个特殊生日来寄托至关紧要的象征，从婚配的角度来说，便暗示了元春的夫婿会是极尊贵的人，而后来证明了这个极尊贵的人正是至高无上的皇帝，第十六回传来入宫为女史的元春“晋封为凤藻宫尚书，加封贤德妃”，从此就由元春变成了元妃。以世俗价值观而言，晋封贵妃之荣幸当然是福大之至的盛事，因此探春在谈到家人的生日时，也说道：

倒有些意思，一年十二个月，月月有几个生日。人多了，

① 〔美〕曼素恩著，杨雅婷译：《兰闺宝录：晚明至盛清时的中国妇女》，页137。

便这等巧，也有三个一日，两个一日的。大年初一日也不白过，大姐姐占了去。怨不得他福大，生日比别人就占先。又是太祖太爷的生日。（第六十二回）

这即是第五回判词中所说“三春争及初春景”之意，“争及”是“怎及”“岂及”“哪里比得上”的疑问否定词，整句诗意指迎春、探春、惜春（也代表了其他的所有金钗）都比不上元春的繁花盛景。而元春领先群伦之地位就隐含在诞生于大年初一的时序中，由于大年初一是宇宙循环的开端，大地更新、万物死而复生，普天同庆，春回人间，在远古时代的原始社会中，一年一度的新年仪式便是对创世神话的象征性重演，因此生日在这一天的人便属于“神圣诞生”的特殊人物。

其次，更值得注意的是，和她同一天生日的还有“太祖太爷”，亦即为贾府创建百年富贵基业的荣国公贾源（见第三回，第五十三回则作贾法）。所以可以说，大年初一不但是全国性最重要的节日，还更是贾府自家所专属的圣诞节，贾源作为擘创家族富贵基业的伟大祖先，他的生日就等于是所有族人的共同生日，因此是举家同庆，元春恰恰出生在这一天，既是巧合，更是命中注定。因为出生在同一天的人似乎有某一种特殊的联系，姑且不谈命理学、占星术的神秘说法，单单以文学的象征手法而言，小说家就充分利用了这种关联性，为他笔下的人物之间建立某种呼应关系。例如第七十七回王夫人在抄检大观园之后，又特来亲自阅人，从袭人起以至于极小作粗活的小丫头们，个个亲自看了一遍，因问：“谁是和宝玉一日的生日？”本人不敢答应，老嬷嬷指道：“这一个蕙香，又叫作四儿的，是同宝玉一日生日的。”王夫人冷笑道：“这也是个不怕臊的。他背地里说的，同日生日就是夫妻，这可是你说的？”固然这是主仆之间私下毫无避忌的玩笑话，却的确反映出同一天生日的特殊联想。而事实上，与宝玉同一天生日的薛宝琴，正是贾母唯一开口为宝玉提出婚配的人选，虽然因为宝琴已经订婚而作罢，若从象征意义来说，二宝仍算是“潜在的夫妻”。

当然，元春和创业祖先同一天生日有其他意义，是建构在百年家族命运薪火相传上，为家族建功立业的继承关系。荣国公贾源加官晋爵创造了贵族世家，元春则是入宫封妃，由贵族进一步提升为皇亲国戚，更是光耀门楣，把宁、荣国公一手打造的贾家带到登峰造极，所以有资格和祖先共享同一天生日。如此一来，元春也就等同于晋身为家族的母神了。这是元春身为母神的第一个象征。

在封妃之前，元春首先是“因贤孝才德，选入宫作女史去了”，这是入宫的第一步，正是当代旗人社会中“选秀女制度”的反映。

“选秀女”是一种为皇室后宫提供年轻女性，作为指婚对象（妃嫔）和服务人员（宫女）的选拔制度。清代所选的秀女都是来自旗人，而随着外八旗与内三旗的两个不同系统，清代的选秀女制度也分成两种管道，按《国朝宫史》所言：

凡三年一次引选八旗秀女，由户部奏请日期。届日，于神武门外豫备，宫殿监率各该处首领太监关防，以次引看毕，引出。……凡一年一次引选内务府所属秀女，届期，由总管内务府奏请日期，奉旨后，知会宫殿监。宫殿监奏请引看之例同。[①]

明确可见两者分属不同的系统，彼此互不相干。然而，除阅选的频率不同外，两个管道所选出的秀女也有不同的用途，这才是最大的差别，学者对此有进一步的说明："其一，八旗满、蒙、汉军正身女子，年满十三岁至十七岁者，每三年一次参见验选，选中者，入宫为皇帝嫔妃或备王公贵族指婚之选，验选前，不准私相聘嫁。其二，内务府三旗佐领、内管领下女子，年满十三岁亦选秀女，选中者，留作宫女，余令父母择配。可见，同样是选'秀女'，八旗女子和内务府女子中选后的境遇却大相径庭。内务府女子被选入宫，多充当杂役，满二十五岁才能遣派出宫。[②]为皇室无偿服役十余年，按当时标准，出宫时已是十足的'大龄青年'，谈婚论嫁谈何容易？内务府女子不乐入选，乃人之常情。"[③]

从这两种差别来说，元春的"选入宫作女史"，似乎并不是八旗系统的为皇帝嫔妃或备王公贵族指婚之选；再参照宝钗的情况就更清楚了，第四回写到宝钗之所以来到贾府，便是因为：

---

① （清）鄂尔泰、张廷玉等编纂：《国朝宫史》（北京：北京古籍出版社，1987），上册，卷8，"选看秀女"，页149。

② 本书补注："凡选宫女，于内府三旗佐领内管领下，女子年十三以上，造册送府，奏交宫殿监督领侍等引见，入选者留宫，余令其父母择配。其留宫之女，至二十五岁遣还择配。"（清）允祹等奉敕撰：《钦定大清会典》，卷87，《文津阁四库全书》史部政书类（北京：商务印书馆，2006），第620册，页215。

③ 详参刘小萌：《清代北京旗人社会》，页535—536。另可参定宜庄：《满族的妇女生活与婚姻制度研究》，页236。

> 因今上崇诗尚礼，征采才能，降不世出之隆恩，**除聘选妃嫔外**，凡仕宦名家之女，皆亲名达部，**以备选为公主郡主入学陪侍，充为才人赞善之职**。

这段话可以说是元春入宫的进一步补充。而同样地，宝钗的“为公主郡主入学陪侍，充为才人赞善之职”，是在“聘选妃嫔外”的另一个不同的管道与功能，并不是作为皇子王公的指婚，这说明元春与宝钗的入宫是属于内务府包衣三旗的选秀女系统，较偏向宫女性质。再者，以元春的入选条件是“贤孝才德”，宝钗所应选的是“公主郡主入学陪侍的才人赞善之职”，都属于以才学和贤德为重的高等女官，所以元春刚入宫时的职任就雅称为“女史”，绝不是捧茶递水之类的女仆。如此一来，元春封妃的际遇可能是历史记录中，由内务府三旗所选出的秀女晋升为妃嫔的少数例子，如学者所指出：“有清一代，内务府三旗女子通过选‘秀女’晋身嫔妃者代不乏人，其母家一跃而为皇室戚畹，父兄子弟多跻身枢要。”[①] 但也可能是融合了外八旗与内三旗这两种管道的虚构，无论何者，以元春封妃强化贾府的荣盛等级，这是小说文类的虚构本质所允许的，而“十三岁”应该就是元春入宫时的年纪。

特别应该注意的是，所谓的“凡仕宦名家之女，皆亲名达部”，“凡”与“皆”这两个用字，清楚指出“选秀女”是所有相关家庭都必须遵守的义务，不是个人意志所能选择决定，违逆不得，也谈

① 刘小萌：《清代北京旗人社会》，页543。

不上争取；而贾、薛两家的闺女都属于内务府包衣三旗的选秀女系统，较偏向宫女性质，入宫的目的并不是指婚为嫔妃，已见上述。从这两点来看，元春的封妃属于非比寻常的机遇，是意料之外的荣宠，所以脂砚斋说这是“泼天喜事”（第十六回眉批）；而宝钗的入京待选也完全谈不上存有追求飞黄腾达的野心，只不过是遵行朝廷规定的义务而已。这是我们应该先了解的基本历史知识，对于正确理解人物的性格至关重要。

被明熹宗选定为皇后的张嫣，其容态是：“厥体颀秀而丰整，面如观音，色若朝霞映雪，又如芙蓉出水；鬓如春云，眼如秋波，口如朱樱，鼻如悬胆，皓齿细洁，上下三十有八。丰颐广颡，倩辅宜人；领白而长，肩圆而正，背厚而平。行步如轻云之出远岫，吐音如流水之滴幽泉。不痔不疡，无黑子创陷诸病。”[1] 清代遴选后妃的标准虽不中亦不远矣，元春既得以封妃，诸如此类的美貌自不待言。而除容貌外观之外，选秀女的主要标准更是才德与门第，元春本身必然都具备这些入宫封妃的重要条件。其中，国公世袭家族已经先天地满足了门第的要求，另外，才德的条件当然也不可或缺，所以才会先是担任女史，再后又封为贤德妃，而“才德”也确确实实是元春之所以能成为贾府第三代母神的最伟大之处。

因此，判词中的“三春争及初春景”不只是从世俗的身份权位

---

① 见（清）纪昀：《明懿安皇后外传》，收入王德毅主编：《丛书集成三编》史地类第 86 册（台北：新文丰出版公司，1997），页 3—4，总页 510—511。有关明清采选秀女之制度，详参朱子彦：《后宫制度研究》（上海：华东师范大学出版社，1998），页 116—126。

而言，也意味着元春的品格才德超过了三春，甚至可以说，通过了皇宫的严苛考验，她的完美性格较诸宝钗更胜一筹。

宫廷采选秀女之严格制度，使得妃嫔们都是经过无情淘汰之后的精华上乘，无论在身心各方面都是合乎最高标准的一时之选。至于选秀女的标准，我们可以从客观的历史实况来把握，清纪昀《明懿安皇后外传》便描述其规模道：从最初之五千人历经数道程序，以至范围缩小到"入选者仅三百人，皆得为宫人之长矣。在宫一月，熟察其性情言论，而汇评其人之刚柔、愚智、贤否，于是入选者仅五十人，皆得为妃嫔矣"[①]。这里所说的虽然是明朝的选妃状况，但由于明清两代都有采选秀女的制度，多少有近似性，若以此一准则衡量《红楼梦》所根植的社会环境状况，应可提供一个合理的参照系。则元春既然是"因贤孝才德，选入宫中作女史"，随后又进一步"晋封为凤藻宫尚书，加封贤德妃"，所有的遴选条件都聚焦在"贤孝才德"上，浓缩简称的"贤德"甚至是她的正式封号，可见其封妃的主要条件就是"贤德"。

然而，"贤德"又是什么？从字面来看，就是沉静贤良之妇德，以及由此所产生的雍容华贵之气度。但言及贤良的妇德，现代读者很可能又从抽象的成见联想到迂腐、死板、僵化、三从四德之类的封建标签，其实却全非如此，元妃的贤德来自于崇高的人格与智慧的体现，是融合了先天资质与后天修为所形成的一种内在涵养。其

---

① （清）纪昀：《明懿安皇后外传》，收入王德毅主编：《丛书集成三编》史地类第86册，页3，总页510。

“元春”,《程甲本红楼梦》, 中国国家图书馆藏品。

贤德的表现之一，就是“富贵不能淫”的人格厚度。

（一）富贵不能淫

《孟子·滕文公下》载：“富贵不能淫，贫贱不能移，威武不能屈，此之谓大丈夫。”如果不拘泥于性别，而单就人格判准来看孟子对“大丈夫”的定义，这三种境界都能产生难能可贵的伟大人格，一般人也都不容易达到。但若一定要强分出难易程度，或许“富贵不能淫”才是最大的挑战，原因是“贫贱不能移，威武不能屈”这两项都有特定的对象，最关键的是其性质也都属于外来的压力，在目标明确的情况下，既容易察觉，也比较容易集中心力进行对抗，只要咬紧牙根、立定脚跟“不移”“不屈”，就可以守住人格阵线。

但“富贵”的性质却和“贫贱”与“威武”截然不同。如果说“贫贱”与“威武”对人所造成的是高度的紧张压迫感，那么“富贵”所带来的却是极度的愉悦舒适感，它并不是外来的压力，也没有集中在特定范围，而是一种顺着人性让人通身遍体都极其舒畅的感受，只要放松就可以享受各种权力快感与物质满足。然而，一个人要如何对抗时时遍布于千万毛细孔中的熏风暖意？要如何处处防范围绕于身边所有人事物的友善笑容，以及鼻之所嗅的芬芳气息、耳之所闻的动听声语、口之所尝的膏腴滋味与眼之所见的华丽光芒？而“淫”字所意指的“过度”，其界线又该如何划分？既然不知不觉中得寸进尺、变本加厉乃人之常情，以致产生19世纪英国史学家兼政治家阿克顿爵士（Lord Acton, 1834—1902）于《自由与权力》一书中所说“权力使人腐化，绝对的权力使人绝对腐化”的现象，“富贵”

对人性的影响亦然，因此才会有“由俭入奢易，由奢返俭难”的深切观察。则若要守住恰如其分的界线，就必须“时时、处处”省思觉知，以免稍有松懈不察便有所逾越堕失，因此道德自觉与自我克制在时间上更持续、在深度上更沉厚、在幅度上更广延，等于是随时随地的精神修炼。就此而言，所动员到的心理能量和道德力量便相对大增，通过考验的难度也随之相对提高。这就是“富贵不能淫”才是最大挑战的原因。

衡诸元春的人格表现，正堪称是“富贵不能淫”的女中大丈夫。试观她在“白玉为堂金作马”（第四回）的贾家中诞生成长，并没有落入“富不过三代”的魔咒而眼高于顶、骄奢任性，如《颜氏家训》所说：“古人云：‘膏粱难整。’以其为骄奢自足，不能克励也。”[①]反而谦逊温厚又朴实真诚，可见成熟大度、稳重和平早已是她内蕴之品格。再看她飞入帝王家，荣获帝王宠幸，晋升为皇妃而恩遇正隆之际，也并未得意忘形地不可一世，利用权势恣意纵情于挥霍享乐之中，反而依然以人伦亲情为贵，以朴实俭约为重。由她含泪对父亲贾政所说的：

> 田舍之家，虽齑盐布帛，终能聚天伦之乐；今虽富贵已极，骨肉各方，然终无意趣！（第十八回）

可知在元春人生价值的天秤上，富贵荣华乃是轻如鸿毛，骨肉亲情

---

① （北齐）颜之推撰，王利器集解：《颜氏家训集解》（台北：明文书局，1982），卷7，页504。

则是重于泰山，所看重的正是人生中最本质性的价值。也因此，她在回府省亲时，“看此园内外如此豪华，因默默叹息奢华过费”，并一再劝请“以后不可太奢，此皆过分之极”“倘明岁天恩仍许归省，万不可如此奢华靡费”，恰如在游园题撰中，众清客都说的“贵妃崇节尚俭，天性恶繁悦朴”，全然没有一般骄奢之辈的作威作福。单单一门一户的理家权力，就足以使“差不多的人就早作起威福来了”（第六十二回黛玉语），元春身为天下第一人身边的宠妃，却完全没有被权力腐化，身在绝顶富贵荣华之中更能长葆心灵的朴实无华，真正展现出“富贵不能淫”的淳厚人格，可以说已经达到崇高的君子品性。

除此之外，宫廷位于皇城的森严禁地中，与世隔绝，乃是“不得见人的去处”，因此入宫为妃的元春除了返家省亲之外，与贾府的联系只能等待少数宫中会面的机会，如《国朝宫史·宫规》所记载：“内庭等位父母年老，奉特旨许入宫会亲者，或一年，或数月，许本生父母入宫，家下妇女不许随入。其余外戚一概不许入宫。”[①] 反映在小说里，则是借由皇帝推己及人的悲悯，“启奏太上皇、皇太后，每月逢二六日期，准其椒房眷属入宫请候看视”，可见这些可以直接见面的情况是少之又少，且入宫时现场禁锢重重，势必无法随兴尽情；即使蒙恩获准回府省亲，也是偶一为之的蜻蜓点水。整体而言，无论相会之地在于何处，都难以在父母手足的天伦中获得家庭的温暖，以致元春才会伤心悲叹“骨肉各方，终无意趣”（第十八回）。

---

① （清）鄂尔泰、张廷玉等编纂：《国朝宫史》，卷 8，页 139。

"皇恩重元妃省父母",《增评补像全图金玉缘》(清光绪己丑年［1889］沪上石印本),台湾大学图书馆藏。

元春大约于十三岁时入宫，她就这样一个人在后宫孤独地度过二十年，从少女到中年，在没有亲人的支援系统之下长期独自面对复杂的生活，若无坚忍不拔的韧性，如何能够承担？身在绝顶富贵荣华之中，而长葆心灵的朴实无华，始终固守着生命中最珍贵的初衷，不离不弃，这是贤德的另一个深厚内涵。

（二）二十年来辨是非

元妃虽然是高贵的君子，却不是迂腐乡愿、可以欺之以方的呆板君子。从她长期生活在宫中“那不得见人的去处”犹能夷然自处，更必然内蕴一种圆融通透的智慧。

从情理上来看，一个在后宫如此竞争激烈的复杂环境中生活的人，怎么可能是天真无邪的？宫中的真实生活并不是缤纷花园的甜美牧歌，即使是贾府这样的一般贵宦之家，其间利害得失之尖锐险恶，都已经如探春所说：“咱们倒是一家子亲骨肉呢，一个个不像乌眼鸡，恨不得你吃了我，我吃了你！”（第七十五回）而元春居处在后宫中，政治环境的恶劣情况更有过之，正如王维所描述的“人情翻覆似波澜，白首相知犹按剑”（《酌酒与裴迪》），连相知到老的朋友都不能信任，何况其他！利之所在，必然驱使各方人马合纵连横，人际关系暗潮汹涌，而且不需要什么恩怨是非、深仇大恨，只要是别人往上爬的绊脚石，就会被视为潜在的敌人而欲除之为快，各种陷阱地雷遍布周遭，只等着趁隙而入以便取而代之。即使我不犯人，人却要犯我，我虽无伤人之意，却必须提防人要伤我，这是一个尔虞我诈的人性杀戮战场，因此单单是为了自保，这种防不胜防的情况就同样少不了眼观四面、辨是察非，时时刻刻不敢掉以轻心。

于是，判词中所说的“二十年来辨是非”，就暗示了元春自入宫以后的二十年间都处在“辨是非”的步步为营中。在波诡云谲、机关算尽的皇宫生涯里，终日面对的皆是恩怨纠缠、敌友难分而是非混淆的复杂关系，既有朝不保夕的兢兢业业，亦复有唯恐一失足成千古恨的小心翼翼，自不免日日勾心斗角，“辨是非”乃成为在宫廷中立足时不可或缺的基本求生能力。

所以，元春在这二十年中，要辨认敌友，要回避陷阱，要化解暗箭，更要防患未然，正如庄子所说的：“其寐也魂交，其觉也形开，与接为构，日以心斗。缦者，窖者，密者。小恐惴惴，大恐缦缦。其发若机栝，其司是非之谓也。”[①] 真的是辛苦万分！但最难能可贵的是，她在这样的环境中并没有同流合污，养成杀伐奋进、踩着别人往上爬的尖锐性格，更没有把娘家贾府也整合成图谋权势利益的外戚集团，反而把“辨是非”的现实需要与心智锻炼加以转化，升华为圆融的智慧，聪慧而不机诈，智谋而不阴谋，而得以在孤独却复杂的环境中安顿自己，并进而安顿其他的少女。这真是一个聪明睿智又坚忍不拔的贤德君子。

（三）高度判断力

这样的杰出人物，在皇宫如此特殊的环境要求下，自然不会有

① （清）郭庆藩辑：《庄子集释》（北京：中华书局，2004），页 51。

她的母亲王夫人“健忘”的缺点，但这对母女确实又有一个共同的特色，就是欠缺高度的文艺才华，王夫人唯一的一次表现，连差强人意都谈不上，比起刘姥姥都还不如。第四十回写贾母领着众人在大观园中游乐，筵席上行酒令的时候，鸳鸯说明行令的方式道：“如今我说骨牌副儿，从老太太起，顺领说下去，至刘姥姥止。比如我说一副儿，将这三张牌拆开，先说头一张，次说第二张，再说第三张，说完了，合成这一副儿的名字。无论诗词歌赋、成语俗话，比上一句，都要叶韵。错了的罚一杯。”整个过程中，参与者都一一行令，连刘姥姥都即席运用乡野知识依样画葫芦，虽然本色却也合令，只有“至王夫人，鸳鸯代说了个”，可见是和诗词风雅完全绝缘。

元春的情况虽不至于此，但文艺才华也确实不高，从一般的标准来看，元春并不具备黛玉之辈在创作上的“诗才”。

第十八回中，元春于回府省亲时曾向诸姊妹坦承笑道：“我素乏捷才，且不善于吟咏，妹辈素所深知。今夜聊以塞责，不负斯景而已。”因而自谦仅有“微才”。而的确，于第二十二回中，元妃制作了一个灯谜差人送出宫外，令贾府内大家都猜，“宝钗等听了，近前一看，是一首七言绝句，并无甚新奇，口中少不得称赞，只说难猜，故意寻思，其实一见就猜着了”。而反过来，元春对姊妹们所作的灯谜，则是“也有猜着的，也有猜不着的”。由此种种端倪，可见元春的确不擅于诗词创作，故脂砚斋评论其大观园诗就说：

诗却平平。盖彼不长于此也，故只如此。（第十八回批语）

但是，元春所不擅长的只是诗词创作而已，若就此遽以论断元春资质平庸、乏善可陈，便恐怕不甚得当。如清人涂瀛就批评元春是平凡的庸才，认为：

> 元春品貌才情，在公等碌碌之间，宜其多厚福也，然犹不永所寿，似庸才亦遭折者。说者谓其歉于寿，全于福矣，使天假之年，历见母家不祥之事，伤心孰甚焉！天不欲伤其心，庸之也。越于史氏多矣。[①]

但这段话大有问题，实际上，元春的品貌必然是出类拔萃的，否则达不到入宫的基本条件，前面已经有所说明；而就才情来说，元春所具备的乃是创作之外的另一种“别才”，诚有其洞明开通之处，远不是一般女性所能望其项背。

首先，即使仅就诗歌创作的范畴而言，于传统诗论中，也曾区分出“创作”与“批评”的不同层次，而提出一种“吟咏创作”与“鉴赏分析”彼此有别乃至于彼此互斥不得兼备的观点。如南朝刘勰、钟嵘这两位分别以《文心雕龙》《诗品》辉耀千古的诗评家，却都缺乏一诗传世的偏颇现象，正是此中之典型代表；而李白、杜甫这两位旷古大诗人都缺乏严谨的诗论体系，也是出于同一道理。

这是因为创造的范畴，需要的是灵动敏锐的感发品悟与巧妙脱俗的语言表达，属于个人才性的部分，其中天赋的禀性气质占绝对

① （清）涂瀛：《红楼梦论赞·贾元春赞》，一粟编：《红楼梦资料汇编》，卷3，页133。

的优势，所以贾政才会说“我自幼于花鸟山水题咏上就平平”（第十七回）；而“鉴析”却属于评论的范畴，需要的是客观分析的理性能力和综合比较的宽广眼光，有赖后天兼涉博览的学养与宏阔包容的胸襟始能造就。二者彼此不但未必相容，反而还常常具有排他性而发生互斥的现象，使人往往不能一身兼具“善作”与“善评”这两种性质不同的能力。如清代诗论家吴乔便提出类似的看法：

> 读诗与作诗，用心各别。读诗心须细，密察作者用意如何，布局如何，措词如何，如织者机梭，一丝不紊，而后有得。于古人只取好句，无益也。作诗须将古今人诗，一帚扫却，空旷其心，于茫然中忽得一意，而后成篇，定有可观。[①]

此外，清人陈仅更进一步透过历史经验，归纳出“鉴析”与“创作”这两种能力非但彼此性质不同，尚且具有排挤互斥的关系，认为一人往往不能兼容善作与善评的才性：

> 问：“钟嵘《诗品》为千古评诗之祖，而记室之诗不传，岂善评诗者反不能诗乎?”“非特善评者不能诗，即善吟诗者多不能评诗。……因知人各有能不能也。”[②]

① （清）吴乔：《围炉诗话》，卷4，收入郭绍虞编选，富寿荪校点：《清诗话续编》（台北：木铎出版社，1999），页591。

② （清）陈仅：《竹林答问》，收入郭绍虞编选，富寿荪校点：《清诗话续编》，页2250。

由此可见，元妃这种“不善作却善评”的情形完全没有矛盾，传统诗论家不但加以认同，还提出理论性的解释，更是合乎历史事实的现象。

《红楼梦》中，除元春之外，还有李纨是另一个类似的例子。曹雪芹所塑造的李纨是有德无才的，她在“女子无才便有德”“只以纺绩井臼为要”（第四回）的价值观之下成长，本身也确实是如她所自谦的“不会作诗”“不能作诗”，先前在元妃省亲时众人赋诗志庆的场合中，也仅仅只能“勉强凑成一律”而已（第十八回）。但另一方面，她在诗艺上却并非一无是处，虽然素乏创作上的诗才，却无碍于诗社盟主的担当，而且最具有掌坛的资格，根本的原因乃是宝玉所指出的：

> 稻香老农虽**不善作却善看，又最公道**，你就评阅优劣，我们都服的。（第三十七回）

由随后众人对此话的应和，所谓众人都道“自然”可知，李纨品第评阅的眼光与客观公正的态度早已受到众人一致的认可，因此众望所归，成为海棠诗社的掌坛盟主，具有威服众人、一言九鼎的权威。

同样地，元春显然与李纨一样，都属于“虽不善作却善看，又最公道”的文学批评家，虽无创作的才华，却无碍于品评鉴析的高度眼识。她的评鉴能力，使她在省亲时，对众人所作的诗一眼就看出其中的才华，先是赞美“终是薛林二妹之作与众不同，非愚姊妹可同列者”，继而又能在不知情的情况下，从诸诗中慧眼拔擢林黛玉之作品，指出黛玉作枪手替宝玉代笔的《杏帘在望》一诗“为前三首之冠”，完全合乎宝玉所认为的“此首比自己所作的三首高过十倍”的评价，以至元妃甚至不惜出尔反尔，特别因为黛玉的这首诗而将御制的“浣葛山庄”改名为“稻香村”（第十八回），可见她对黛玉诗才的把握乃是同样精准，展现出合乎情实的真知灼见。据此，清人青山山农的一段话十分值得注意，他指出：

> **元春才德兼备，足为仕女班头，惟是仙源之诗，知赏黛玉**；香麝之串，独贻宝钗。后此之以薛易林，皆元春先启其端也。世无宝玉，其谁为颦儿真知己哉？[①]

很显然，青山山农虽然还是不免囿于右黛左钗的传统成见，而认为元春是“以薛易林”的始作俑者，并判断元春并非黛玉之知己，但已难能可贵地注意到元春“仙源之诗，知赏黛玉”的一面，准确把握到元春“虽不善作却善看，又最公道”的鉴赏才能。

何况进一步来说，“诗才”并不只是创作上的才能，还包括鉴赏评论的眼光；更必须说，诗才也不过是人类各种才性能力中的一种而已，评价一个人的才能本就不必限定在文艺表现上。从这个角度而言，元春的“才”就和王夫人的“将将之才”一样，都不是一般意义下如王熙凤的干才或林黛玉的诗才，容易引人注目，而是一

① （清）青山山农：《红楼梦广义》，一粟编：《红楼梦资料汇编》，卷3，页211。

种海纳百川的包容力与穿透复杂的洞察力，并且和贾母、王夫人一样，拥有高度的识人之明。

以“鉴赏评论的眼光”“海纳百川的包容力”而言，小说中一再写到：“贾妃见宝、林二人亦发比别姊妹不同，真是姣花软玉一般。”“贾妃看毕，称赏一番，又笑道：‘终是薛、林二妹之作与众不同，非愚姊妹可同列者。’”对于宝钗的容貌丰美、鲜艳妩媚以及诗风的雍容典雅，和黛玉的纤细飘逸、风流袅娜以及诗风的清新脱俗，都给予毫不保留的赞美，既不偏好宝钗，也没有独重黛玉，这已经显露出一种兼美并善的宽广视野，由此对于为两人量身订做的潇湘馆、蘅芜苑二处，元妃也同样表示最大的喜爱，其中自有一贯的道理。然而其胸襟并不仅仅如此，试看她对大观园的各个重要景点所作的表示：

> 此中“潇湘馆”“蘅芜苑”二处，我所极爱，次之“怡红院”“浣葛山庄”，此四大处，必得别有章句题咏方妙。

这段话所隐含的重要意义，在于元妃的审美光谱无比宽广，她的心灵所能够回应的频率或弹奏的音域是没有局限的，因此对风格截然不同的四处场所兼容并蓄；相较起来，其他的人物则各有所偏，因此也都难以处处见美。例如性情最为偏至的林黛玉仅独沽一味，当入迁大观园时即表示潇湘馆是她的唯一选择，笑道：

> “我心里想着潇湘馆好，爱那几竿竹子隐着一道曲栏，比

> 别处更觉幽静。”宝玉听了拍手笑道：“正和我的主意一样，我也要叫你住这里呢。我就住怡红院，咱们两个又近，又都清幽。”（第二十三回）

而宝玉显然是除怡红院之外，也只喜欢潇湘馆，尤其对稻香村最是敬谢不敏，还一反平素畏父如畏虎的怯懦，在贾政面前高谈阔论，以潇湘馆为典范，发挥了一大段对稻香村的批评：

> 此处置一田庄，分明见得**人力穿凿扭捏而成**。远无邻村，近不负郭，背山山无脉，临水水无源，高无隐寺之塔，下无通市之桥，**峭然孤出，似非大观**。争似先处有自然之理，得自然之气，虽种竹引泉，亦不伤于穿凿。古人云“天然图画”四字，正畏非其地而强为地，非其山而强为山，虽百般精而终不相宜。（第十七回）

此中显示出宝玉对于真正的、全面的“大观精神”认知不足，所以才以他个人的偏狭理解对稻香村的设置有所非议，这一点请参本章第四节“大观园的擘建与意义”的相关分析。至于蘅芜苑，连贾政的评论都是：“此处这所房子，无味的很。”（第十七回）而贾母也期期以“雪洞”般的布置风格为不可（第四十回），应该是更不得二玉的欢心。可见每一个人都处在某一种或某一些特定的框限里，各有所见，也各有所限。然而，元妃却是远远超越了众人的好恶取舍，对潇湘馆、蘅芜苑、怡红院、稻香村这四处一体赏爱，虽不免稍有甲乙之别，却都在“所爱”的范围内而名列前茅，如此一来，岂非正证明了元妃的审美光谱和心灵音域最是兼赅全备，能够与世间的各种美、各种价值相共鸣、相应和？

因此，第十八回当元妃看毕众钗的应制之作后，除评比高下之外，“又命探春另以彩笺誊录出方才一共十数首诗，出令太监传与外厢。贾政等看了，都称颂不已”。不仅如此，接着于第二十三回“话说贾元春自那日幸大观园回宫去后，便命将那日所有的题咏，命探春依次抄录妥协，自己编次，叙其优劣”，并进一步“又命在大观园勒石，为千古风流雅事”，将这些诗作刻在石碑上，永远留存于大观园中辉映增光。可见元妃对省亲时姊妹们所作的大观园题咏极其珍爱，视之为“风流雅事”且足以与金石同其不朽，对这些诗篇只有纯粹的欣赏、无私的赞美，则其心怀中的一段性灵不也是盈溢焕发？她虽不是一流的杰出诗人，却是诗人们最大的知己与保护者。

事实上，元春“善看又最公道”的能力于识人之明上更显突出，“善看”的眼力、洞察力，让她一则是欣赏优秀的女性，如宝钗、黛玉、龄官等；二则是知人善任，在宝二奶奶的人选上由宝钗雀屏中选。

首先，对于宝钗、黛玉、龄官之类优秀女性的欣赏，主要是表现在省亲之时。她特别称赞说“宝、林二人亦发比别姊妹不同，真是姣花软玉一般”“终是薛、林二妹之作与众不同，非愚姊妹可同列者”；对于龄官，则更是谕令说“龄官极好”，并给予额外恩赏，这和宝玉“闻得梨香院的十二个女孩子中有小旦龄官最是唱的好”（第三十六回）是一致的。更值得注意的是，从元妃在省亲现场与回宫后的两次处理大观园题咏，一次是现场“命探春另以彩笺誊录出方才一共十数首诗”，一次是回宫后“命将那日所有的题咏，命探春依次抄录妥协”，都是将她珍爱至极的诗篇交给探春抄写誊录，可见对探春的信赖倚重，并且符合探春房中“案上磊着各种名人法帖，并数十方宝砚，各色笔筒，笔海内插的笔如树林一般”(第四十回）的习性与专长。而元春既无暇一一叙旧，此际也还是探春韬光养晦的沉潜时期，未及绽放理家时的光芒万丈，却能够知人善任、量能尽才，必然也是看到探春“俊眼修眉，顾盼神飞，文采精华，见之忘俗”(第三回)的不凡内蕴，诚亦属识人之明的高度展现。

至于在宝二奶奶的人选上，更是关系重大、牵涉甚广，比起文艺才华的高下还要复杂得多。钗、黛取舍的结果，必然涉及元春之价值观与鉴识力等问题，而价值观与鉴识力都出于个人之才性气质，彼此又往往具有连带关系，价值观之偏向、鉴识力之高低、才性气质之清浊，都会直接影响其判断与决策的结果，必须进一步深入说明。

（四）“舍黛取钗”的原因

就宝二奶奶人选上钗、黛取舍的课题，“以薛易林”确实是明显存在的事实。整部《红楼梦》前八十回中，可以寻绎出元春对钗、黛取舍之倾向者，约有隐显不等的三处情节。

依序来说，第一次、也是最奥妙的一次，却又一般较不受注意的安排，乃是第十八回元妃省亲时，将宝玉所偏爱的“红香绿玉”改作“怡红快绿”，又删除“绿玉”并偏取“怡红”一词，即名曰“怡红院”这一项施为。要了解其中的奥妙，必须溯及宝玉为怡红院命名的过程，当时大观园刚落成，贾政带领众人游园题撰，原本宝玉题曰“红香绿玉”，乃是着意于院中同时植有海棠、芭蕉，认为必得如此命名“方两全其妙”(第十七回)。也因此，在元春省亲之际，宝玉应皇妃之命赋诗志庆时，于《怡红快绿》这首诗中就一再反覆加以强调，说道：

> 绿蜡春犹卷，红妆夜未眠。
> 凭栏垂绛袖，倚石护青烟。

在此四句之下，脂砚斋各自批以“是蕉”“是海棠”“是海棠之情”“是芭蕉之神”之评语，可见其双全兼备的苦心；并且诗句中分别穿插绿、红、绛、青的色泽，在在可见得力于律诗之对仗法则，宝玉不畏冗赘地一再强调红绿相间、蕉棠两植的二元衬补思维。而此中隐含的价值观，又直接呼应第五回神游太虚幻境时所遇到的一位“其鲜艳妩媚，有似乎宝钗，风流袅娜，则又如黛玉”的女子，其“兼美”之名恰恰与此处“两全其妙”之说相对应。这都意味着宝钗、黛玉这两种不同人格特质的兼备两全，才是最均衡完美的生命境界，也才是宝玉所追求的理想形态。

然而，这样两全其妙的兼美理想却遭到了片面的否定。元春将“红香绿玉”改名为“怡红快绿”，使得代表宝、黛共有的“玉”字初步遭到删除；接着又进一步化约简称为怡红院，则连用以展现芭蕉痕迹的“绿”字都渺不可寻，导致海棠红香一枝独大的局面。后来宝玉受命应景作诗时，于有关怡红院的草稿中再度使用“绿玉”一词，恰巧宝钗转眼瞥见，便趁众人不理论，急忙回身悄推他道：

> 他（案：指元妃）因不喜“红香绿玉”四字，改了“怡红快绿”；你这会子偏用“绿玉”二字，岂不是有意他争驰了？况且蕉叶之说也颇多，再想一个字改了罢。……你只把“绿玉”的“玉”字改作“蜡”字就是了。（第十八回）

从字句之间，我们已可以觉察到，宝玉之所以二度使用“绿玉”一词，并非偶然糊涂所重蹈的覆辙，而似乎是一种自觉或不自觉表露出来的情感取向，因为所谓的“绿玉”者，实即“黛玉”也。“黛”本是一种深绿色的染料，其色近黑，妇女可以之代为画眉之用，第三回宝玉杜撰的《古今人物通考》中亦有“西方有石名黛，可代画眉之墨”之语，则“绿玉”与“黛玉”便具有颜色相近与成分相通的性质，而指向于“玉石”所禀赋的神性层次。如此一来，宝玉在有关怡红院的命名和题咏上一再偏好于“绿玉”一词的现象，就似乎隐喻着对“黛玉”的执着偏爱。[①]

当然，宝玉无论如何都不可能对贵妃姐姐有所不满，因此这段巧妙的情节毋宁是曹雪芹在幕后的刻意安排，用来展现出元春与宝玉的品位差异，以及两人不同的性格取向及其所必然产生的不同选择。

第二次的“舍黛取钗”，是第二十三回元妃决定将大观园开放予众女儿迁入时，所下的谕令乃是以“宝钗”为总提，所谓“命宝

---

① 此段所论，参欧丽娟：《〈红楼梦〉论析——“宝”与“玉”之重迭与分化》，《国立编译馆馆刊》第28卷第1期（1999年6月），页215—220。增订版收入《红楼梦人物立体论》，页1—41。

钗等只管在园中居住”，隐隐然可以见出宝钗代表众钗、领袖群伦的优势地位。

至于第三次，也是最明显、最重要的一次，则是表现在赐礼的落差上。先前在第十八回元春初次省亲时，所赏赐的赠礼中尚且将宝钗、黛玉、宝玉与诸姊妹列为同等，给予完全相同的品项；但到了第二十八回的端午节赐礼时，独独只有宝钗的节礼项目与宝玉一样，而黛玉所得的品项则降了一等，仅仅与诸姊妹同级，使宝玉不免疑惑道：“怎么林姑娘的倒不同我的一样，倒是宝姐姐的同我一样！别是传错了罢?”（第二十八回）至此，“金玉良姻”的现实基础已经明显浮现，其取舍的旨意已是十分明确。

这一“以薛易林”的明确表示，让许多读者自然地认定元妃对黛玉孤高不驯的性格感到不悦甚至厌弃，以致在遴选宝二奶奶的取舍中将黛玉淘汰出局。不过问题并非如此简单。固然以元妃犀利精准的识人之明，于当场察言观色的过程中，应该会对黛玉“安心今夜大展奇才，将众人压倒”的高傲心态，与“不想贾妃只命一匾一咏，倒不好违谕多作，只胡乱作一首五言律应景罢了”的敷衍态度，以及“未得展其抱负，自是不快”的愤懑情貌都看在眼里，黛玉之争强好胜与任性骄妒都堪称历历在目。既然对于黛玉素来“孤高自许，目无下尘”（第五回）、“本性懒与人共”（第二十二回）的性格，连脂砚斋都毫不讳言“此是黛玉缺处”（第五回夹批），元春自当心知肚明，但是，要判断她是否因此而产生成见或反感，则必须参照书中其他的相关情节才能获得更坚实的论断基础。就此而言，龄官的例子提供了一个极佳的参考座标，足以进行同质性的比较，而提供有力的解答。

客观地说，龄官的种种人格特质，包括容貌、才情、性格、痴情、孤弱、多病等方面，都与林黛玉差相仿佛，从“眉蹙春山，眼颦秋水，面薄腰纤，袅袅婷婷，大有林黛玉之态”的形貌身姿，“模样儿这般单薄，心里那里还搁的住熬煎”（第三十回）的柔弱禀性，以及多心歪派、折磨贾蔷的苦恋形态（第三十六回），在在都呈现出与林黛玉高度叠合的现象，因此在小说中被设定为黛玉的重像之一。清人涂瀛就说：

> 龄官忧思焦劳，抑郁愤懑，直于林黛玉脱其影形，所少者眼泪一副耳。[1]

而这两人也都毫不掩饰地直接表露自我，旁人要掌握她们的性格实为轻而易举，对元妃而言更是一目了然，当下立判。然则，龄官这位骄傲的女伶以她的精湛演出与高傲性格，却深获元妃额外的欣赏甚至鼓励，而不是嫌厌不喜，特别值得注意。

首先是第十八回元妃省亲时，在伶人搬演诸戏之后的一段情节，作者描述道：

> 一太监执一金盘糕点之属进来，问：“谁是龄官？”贾蔷便知是赐龄官之物，喜的忙接了，命龄官叩头。太监又道：“贵

---

① （清）涂瀛：《红楼梦论 · 龄官赞》，一粟编：《红楼梦资料汇编》，卷3，页138。

> 妃有谕，说‘龄官极好，再作两出戏，不拘那两出就是了’。”贾蔷忙答应了，因命龄官作《游园》《惊梦》二出。龄官自为此二出原非本角之戏，执意不作，定要作《相约》《相骂》二出。贾蔷扭他不过，只得依他作了。贾妃甚喜，命“不可难为了这女孩子，好生教习”，额外赏了两匹宫缎、两个荷包并金银锞子、食物之类。

由这段描述可知，元春具有对艺术品鉴的非凡眼光与对秀异人才的高度洞视力，在短暂有限的演出时间与为数众多的十二个女戏子中，辨识出龄官超凡绝伦的优异才华，因此特别加以赏赐，赋予她一种几近于御笔钦点般的无上荣耀。其次，元春不但以“再作两出戏，不拘那两出”之御旨，赋予龄官自由发挥的宽阔空间，甚至当龄官随后应命演出，却坚持己见，对于贾蔷以主管的权威所指派的《游园》《惊梦》这两出，因非本角之戏而执意不作，定要执着己长，演出《相约》《相骂》，贾蔷扭他不过，只得依他作了。从作者紧接着就写“贾妃甚喜，‘命不可难为了这女孩子，好生教习’”，可以推知元春对于这段曲折显然完全知悉，且对如此叛逆抗命的表现非但不以为忤，相反地，她所产生的竟是“甚喜”的反应，因此特别谕令不可为难了她，同时更加以额外的赏赐。

且此事并非孤立发生，随后在元春回宫之后又重演了一次。根据第三十六回的记载，龄官对央求她唱戏的宝玉正色拒绝道：“嗓子哑了。前儿娘娘传进我们去，我还没有唱呢。”将这两件事加以并观，可见龄官当着权贵之面勇于抗旨违命，不迎合也不谄媚之性格十分一致，足为其人格构成的一个主要表征。但是，这固然显出龄官率真任情、不同流俗的一面，却也同时表现出矫奇傲岸、唯我独尊的骄纵习性，如脂砚斋即批云：

按近之俗语云：“能（宁）养千军，不养一戏。”盖甚言优伶之不可养之意也。大抵一班之中，此一人技业稍优出众，此一人则拿腔作势，辖众恃能，种种可恶，使主人逐之不舍，责之不可。虽不欲不怜，而实不能不怜，虽欲不爱，而实不能不爱。余历梨园子弟广矣，各各皆然。……今阅石头记，至“原非本角之戏”，“执意不作”二语，便见其恃能压众，乔酸姣妒，淋漓满纸矣。复至“情悟梨香院”一回，更将和盘托出，与余三十年前目睹身亲之人，现形于纸上。（第十八回批语）

而元春既然对龄官的高傲倔强都能够加以欣赏，并且护惜有加，使之不受压抑束缚地充分展现自己的个性与才华，那么同理可推，对素来“孤高自许，目无下尘”“本性懒与人共”的林黛玉，也该当如此。

如此一来，其实并不能推衍出元春敌视或贬抑黛玉的论点，从元春对黛玉之重像龄官多方欣赏、包容、鼓励的现象，甚至应该得到相反的论证。那么，对元妃最后作出了舍黛取钗的选择，唯一合理的解释就在于：元春所具备的乃是一种情理兼备而公私分明的性格，在无关大局的情况下，她可以顺任主观的情之所钟，由衷对鲜明寡合之个性倍加欣赏爱护，因为深知这种人格情态在现实世界中的稀有与特殊；但一旦涉及公众群体之利害关系时，便会发挥自我节制的理性力量，抽离个人的主观偏好而选择客观所需，从整体性的长远持久与平衡稳定着眼。这两种态度并不矛盾，也毫不冲突，理由就在于，她的欣赏包容是出于“自然的理想主义”的角度，对受之于天的禀性气质加以了解与认同，属于个人之主观范畴；而她的淘汰舍弃则是出于“理性的现实主义”的角度，寻求社会运作机制的维持与促进，属于群体之客观层次。两者并不相混。因此比较其前后两次的赐礼所呈现出来的落差，可见发生变化的关键并非元春个人的主观好恶，而是在个人主观好恶之外攸关大局的客观考量。

至于所谓“客观考量”，无非就是以家族利益、团体和谐、人际调节、族群延续等群体需要的角度所作的判别，而以和谐为纲领。因为对中国人而言，“和谐”乃是最重要的社会追求[①]，以致“中国所讲求的社会秩序，其重心在于‘和谐’(harmony)，而不在于‘整合’(integration)”[②]。这可以说是中国人对世界本性的独特认证，表现在思维方式的特征上，乃呈现出一种强调和谐与统一(unity)的“和谐化的辩证观”。[③]也正因为如此，以“稳重和平”

---

① 可参考黄曬莉：《人际和谐与冲突：本土化的理论与研究》(台北：桂冠图书公司，1999)。

② 邹川雄：《拿捏分寸与阳奉阴违——一个中国传统社会行事逻辑的初步探索》(台北：台大社会研究所博士论文，1995)，页133。

③ 成中英认为，“和谐化的辩证观”乃是儒、道两家传统思考方式的代表，中国哲学的本体论、宇宙论、时间思想及自然哲学都奠基于“和谐”此一根本价值观念；而所谓“和谐化的辩证观”即和谐化的方法论，其内涵在阐明如何化解生命不同层次所遭遇的矛盾与困难，实现生命整体与本体的和谐。参成中英：《知识与价值——和谐、真理与正义之探索》(台北：联经出版公司，1986)，“序言”及页8—17。

为人格表征的薛宝钗势必会脱颖而出，成为贾母、元春、下人们的众望所归，故脂砚斋就针对“稳重和平”说：“四字评倒黛玉。”（第二十二回批语）而早在第五回，书中即借由众人之口对钗、黛取舍下了定论，所谓：“来了一个薛宝钗，人多谓黛玉所不及。”这就足以代表当时普遍的客观评价，因而脂砚斋亦批云：

> 此句定评，想世人目中各有所取也。

将这些说法比照元妃的种种作为来看，可知元春既能欣赏“宝、林二人亦发比别姊妹不同，真是姣花软玉一般”的秀异风格，却又因为“世人目中各有所取”的客观需要，而以“人多谓黛玉所不及”之“定评”作为取舍的依据，此乃着重点不同之故。

尤其当元春初见黛玉时，所见所闻的就是她种种“恃能压众，乔酸姣妒”的性格表现，一直到第二十八回借端午节赐礼而明确展示其“以薛易林”之取舍为止，这段时间都还属于林黛玉性格发展中较不成熟的前期阶段，元春并没有机会看到林黛玉性格上成熟化的转变。后期经历了成长通过仪式（the rites of passage）之后的林黛玉，虽然逐渐回归封建传统而大大趋近于宝钗[①]，可惜定局已成，再也难以翻案，黛玉自己的病势更积重难返，不足以承担繁重的家务，甚至活不到举行婚礼的年纪。这或许也是一桩错失了时间

① 有关林黛玉价值观的转变情形，详参欧丽娟：《林黛玉立体论——“变／正”“我／群”的性格转化》，《汉学研究》第20卷第1期（2002年6月），页221—252，收入《红楼梦人物立体论》，页49—118。

点的无奈憾事。

持平而论，整个世界的运作乃是多元共生的复合模式，牵连甚广而涵盖万端，各种生命价值乃如复调（polyphony）般以同等的重要性并世共存，宝、黛爱情关系并非思考现象的唯一角度，更不是解决问题的唯一判准，单单以宝、黛爱情之圆满发展为关切焦点，甚至据以强分人物优劣，毋宁是狭隘化的偏执而流于专断与排他。则明智如元春者，对二人的态度也只能说是“钗黛取舍”，而非“钗黛优劣”。既然“宝二奶奶”乃是家族社群结构中的产物，本身即是一种世俗身份与社会标签，所发挥的也是现实世界的处事功能，故舍个人取向之黛玉而取群体取向之宝钗，实有其合情切实的必然之理。王国维曾分析道：“第一种之悲剧，由极恶之人，极其所有之能力以交构之者。第二种，由于盲目之运命者。第三种之悲剧，由于剧中之人物之位置及关系，而不得不然者，非必有蛇蝎之性质，与意外之变故也。”[①] 则元春对钗、黛取舍之结果若促进了宝、黛爱情悲剧，也一如王夫人的抄检大观园般，都是属于其中“不得不然”的第三种。

二、“元春”阶段：家庭代母

可以说，元春既然深陷于阴暗人性的杀戮战场中“辨是非”，则由此培养出一眼洞穿人心的非凡眼力，乃是势有必然的结果。而

---

① 王国维：《红楼梦评论》，收入王国维等：《红楼梦艺术论》，页 14—15。

这种善于观察、精确判断的洞察力，就和“富贵不能淫”的高贵品格，以及坚忍不拔的韧性、圆融剔透的智慧，共同构成了母神的必要内涵。

以上所提到的种种优点，总称为“贤孝才德”，都是元春得以入宫并且进一步晋封为皇妃的人格特质。因此，当贾琏的小厮兴儿向尤二姐介绍贾府中的几位姑娘，提到元春时就说：“我们大姑娘不用说，但凡不好也没这段大福了。”（第六十五回）而追本溯源，让元春入选并进而获得这段大福的“好”，必须归功于贾母与王夫人的优良母教。从第十八回所追记的往事可知：

> 当日这贾妃未入宫时，自幼亦系贾母教养。后来添了宝玉……且同随祖母，刻未暂离。

可见元春跟随在祖母身边直接受到贾母的教养，直到入宫前为止；而贾母所展现的母教，则是来自于贵族世家的深厚家风，一如贾雨村知悉女学生黛玉是荣国府贾敏的女儿后，拍案笑道：

> 怪道这女学生读至凡书中有“敏”字，皆念作“密”字，每每如是；写字遇着“敏”字，又减一二笔，我心中就有些疑惑。今听你说的，是为此无疑矣。怪道我这女学生言语举止另是一样，不与近日女子相同，度其母必不凡，方得其女，今知为荣府之孙，又不足罕矣。（第二回）

对于林黛玉自幼即表现出“言语举止另是一样，不与近日女子相同”的特殊风范，年仅五六岁就由衷彻底地遵奉避讳的传统礼教，身为塾师的贾雨村就是以“度其母必不凡，方得其女，今知为荣府之孙，又不足罕矣”加以解释，断定为贵族血统以及由贵族家风所产生的优良母教所致。换句话说，林黛玉的与众不同，是因为“其母不凡”的母教，而其母贾敏又是承袭了贾母的母教，所以才会说林黛玉的出众是来自于“荣府之孙”的代代相传，可见贾母的调教能力。

也因为贾母的培育教导，使得元春在入宫前具备了贤孝才德的优异禀赋，于母亲王夫人生了相差十岁的小弟弟宝玉之后，便负起了照顾和教育的责任。上引第十八回所追记之往事，完整的陈述是：

> 当日这贾妃未入宫时，自幼亦系贾母教养。后来添了宝玉，贾妃乃长姊，宝玉为弱弟，贾妃之心上念母年将迈，始得此弟，是以怜爱宝玉，与诸弟待之不同。且同随祖母，刻未暂离。那宝玉未入学堂之先，三四岁时，已得贾妃手引口传，教授了几本书、数千字在腹内了。其名分虽系姊弟，其情状有如母子。自入宫后，时时带信出来与父母说：“千万好生扶养，不严不能成器，过严恐生不虞，且致父母之忧。”眷念切爱之心，刻未能忘。

从中可见姐弟之间有一段年龄差距，可以推算如下：宝玉当时是三四岁，若元春是在十三四岁时入宫，两人正相差十岁，这个年龄距离已经足以产生“姊弟有如母子”的情况。再参照元妃回府省亲时，特别问：

> “宝玉为何不进见?”贾母乃启：“无谕，外男不敢擅入。”元妃命快引进来。小太监出去引宝玉进来，先行国礼毕，元妃命他进前，携手拦于怀内，又抚其头颈笑道：“比先竟长了好些……”一语未终，泪如雨下。

可见仅仅数年没有谋面，宝玉就比幼时长高了不少，看在元妃眼中竟恍如隔世，又喜又悲，笑中带泪。整个场景不像一般的姐弟相见，而比较接近于母子久别重逢，是非常传神写照的一段描绘，令人动容。

对元妃而言，宝玉既是她的弟弟，又是她的儿子，因此情感非常深厚；同时又是她的学生，因此元妃肩负了教养培育的责任。就这一点来说，元春入宫前在家庭中所扮演的角色，有如一个“代母”(mother substitute)，这也正反映了传统大家族内部的教育形态。

以明清社会的家庭实际状况而言，学者的研究指出：“士人家庭中实际上负责亲自指导幼儿学业的亲长，一般以父亲的角色最为重要，其次是祖父和母亲，再其次才是父系其他长辈，及家中其他的男性长辈，甚或是有能力又有闲暇的年长家人。整体而言，父亲自课幼龄之子，被视为最是理所当然，只要父亲在家，或能携子弟于身侧，多择亲自指引督促幼儿学习。”然而情况也不是没有例外，“男性长辈之外，家中的女性亲长亦可替代母职，担负起教导幼儿之责。受过教育的祖母，甚至年长的姐姐，都是常见参与幼蒙的女性亲属，而且不少儿童是由多位亲长交替共同指导完成各个阶段的启蒙教育”。[①] 到了和曹雪芹和《红楼梦》的时代，也就是“到了十八世纪，一名男孩最早可以在四岁（相当于西方算法下的三岁）的年龄，便由某一位家庭成员个别指导，开始接受正式的古典教育；担任指导者的通常是母亲，尤其是在男孩的父亲离家、或已经去世的情况下”[②]。而宝玉的幼儿启蒙教育，于父亲贾政长年不在家的情况下，正是由祖母贾母和年长的姐姐元春所共同负担的；并且宝玉的启蒙年纪比一般的四岁更早一些，“三四岁时，已得贾妃手引口传，教授了几本书、数千字在腹内”，称得上是天纵英才的神童了。

就在长姐如母的教导护持之下，宝玉获得了早年初步的智识启蒙，而元春不仅是宝玉的启蒙者、照顾者，更是他成长过程中的引领者与指导者，期望宝玉可以长大成器，因此，不但自入宫后时时带信出来与父母说“千万好生扶养”，眷念切爱之心刻未能忘；回

---

① 熊秉真：《童年忆往：中国孩子的历史》（台北：麦田出版公司，2000），页101、107。

② 见熊秉真：《好的开始：近世士人子弟的幼年教育》，中央研究院近代史研究所编：《近世家族与政治比较历史论文集（上）》（台北：中央研究院近代史研究所，1992），页203—238。“古典文本中有特别指出，六到十岁的男孩在离家接受正式学校教育之前，应该先在家里接受良好行为与正当举止等方面的预备教育；虽然如此，熊秉真却发现，明清时代的男孩经常从四岁起，便开始在家里接受阅读方面的正式训练。她认为造成这种趋势的原因，是因为父母承受了相当的压力，必须教养出能够在科举考试中金榜题名的子孙。”参〔美〕曼素恩著，杨雅婷译：《兰闺宝录：晚明至盛清时的中国妇女》，页169。

府省亲时，贾政之所以采用宝玉所题之联额，为的也是“更使贾妃见之，知系其爱弟所为，亦或不负其素日切望之意”。果然当贾政启奏：“园中所有亭台轩馆，皆系宝玉所题。”元妃听了宝玉能题，便含笑说：“果进益了。”接着更特别交代：

> 且喜宝玉竟知题咏，是我意外之想。此中“潇湘馆”“蘅芜苑”二处，我所极爱，次之“怡红院”“浣葛山庄”，此四大处，必得别有章句题咏方妙。前所题之联虽佳，如今再各赋五言律一首，使我当面试过，方不负我自幼教授之苦心。

也就是给宝玉一份额外的功课，比别的姊妹只要各自题“一匾一诗”还要多出数倍，目的便是当面测试宝玉是否真的有所进益，而不负其自幼教授的苦心。从这个角度来说，元妃又不仅是一个“代母”，也是一个代父（father substitute），实际上也的确比父亲贾政更有权威，因为她拥有了比父权更高的皇权。所以第二十三回下谕让宝玉住进大观园时，便是由贾政转达道：“娘娘吩咐说，你日日外头嬉游，渐次疏懒，如今叫禁管，同你姊妹在园里读书写字。你可好生用心习学，再如不守分安常，你可仔细！”脂砚斋在批语中特别提醒“禁管”一词，说道：“写宝玉可入园，用‘禁管’二字得体理之至。”而学者则认为，元春在命令中用“禁管”二字，这表示她在施行父亲的权力。[①] 在此同时，元妃对宝玉的护佑力量也更为强大，在莫

① 陈炳良：《红楼梦中的神话和心理》，收入王国维等：《红楼梦艺术论》，页318。

大的宠惜怜爱之下，宝玉也就取得日后进住大观园的性别特权，开启了乐园受享层次最高的崭新阶段。

不只宝玉，其他的少女们更都共享了这一独特的恩赏，她们生命中最美好的大观园阶段，让短暂的青春更加灿烂夺目，归根究柢完全是由元妃所赐予。一如野鹤所指出："《红楼梦》无形中一重要人物手造许多风流艳话。或问为谁？曰元妃。"[①] 而元春之所以能够如此宏大地延伸母神的膀臂，又与她的皇权密不可分。

三、"元妃"阶段：大观天下

"元春"阶段所施展的代母职能，到了封妃后的"元妃"阶段，因为加入了最高的皇权之故，就发挥得更广大、更彻底：庇荫的范围从宝玉一人扩大到其他金钗，此之谓"更广大"；庇荫的方式则是索性让她们搬入大观园，此之谓"更彻底"。而母神元春之所以能够展开如此宽厚的羽翼，一切都要从"封妃"谈起。

（一）封妃：石榴楼子花

早在第五回宝玉神游太虚幻境时，在元春的图谶上所看到的，是画着一张弓，弓上挂着香橼，有一首歌词云：

> 二十年来辨是非，榴花开处照宫闱。

① （清）野鹤：《读红楼梦札记》，一粟编：《红楼梦资料汇编》，卷 3，页 286。

> 三春争及初春景，虎兕相逢大梦归。

其中的“弓”“橼”与“初春”都暗示了入宫为妃的元春。第二回说元春“因贤孝才德，选入宫作女史去了”，到了第十三回秦可卿的亡魂托梦于王熙凤时，又预告了元春的地位更上一层楼，所谓：“眼见不日又有一件非常喜事，真是烈火烹油、鲜花着锦之盛。”也就是锦上所添之花、烈火再加之油，更为富丽旺盛，这便是第十六回的“晋封为凤藻宫尚书，加封贤德妃”。

不过，封妃的莫大荣耀，是在举家忐忑不安的情况下确认的。第十六回对这个过程有很详细的描写：

> 一日正是贾政的生辰，宁荣二处人丁都齐集庆贺，闹热非常。忽有门吏忙忙进来，至席前报说：“有六宫都太监夏老爷来降旨。”唬的贾赦贾政等一干人不知是何消息，忙止了戏文，撤去酒席，摆了香案，启中门跪接，只见六宫都太监夏守忠乘马而至，前后左右又有许多内监跟从。那夏守忠也并不曾负诏捧敕，至檐前下马，满面笑容，走至厅上，南面而立，口内说：“特旨：立刻宣贾政入朝，在临敬殿陛见。”说毕，也不及吃茶，便乘马去了。贾赦等不知是何兆头，只得急忙更衣入朝。
>
> 贾母等合家人等心中皆惶惶不定，不住的使人飞马来往报信。有两个时辰工夫，忽见赖大等三四个管家喘吁吁跑进仪门报喜，又说“奉老爷命，速请老太太带领太太等进朝谢恩”等语。那时贾母正心神不定，在大堂廊下伫立，那邢夫人、王夫

> 人、尤氏、李纨、凤姐、迎春姊妹以及薛姨妈等皆在一处，听如此信至，贾母便唤进赖大来细问端的。赖大禀道："小的们只在临敬门外伺候，里头的信息一概不能得知。后来还是夏太监出来道喜，说咱们家大小姐晋封为凤藻宫尚书，加封贤德妃。后来老爷出来亦如此吩咐小的。如今老爷又往东宫去了，速请老太太领着太太们去谢恩。"贾母等听了方心神安定，不免又都洋洋喜气盈腮。于是都按品大妆起来。贾母带领邢夫人、王夫人、尤氏，一共四乘大轿入朝。贾赦、贾珍亦换了朝服，带领贾蓉、贾蔷奉侍贾母大轿前往。于是宁荣两处上下里外，莫不欣然踊跃，个个面上皆有得意之状，言笑鼎沸不绝。

从"惶惶不定""心神不定"等等反应，尤其是，即使六宫都太监夏守忠来宣旨时是"满面笑容"，大家仍然还是"不知是何兆头"而惶惶不定；又当管家回来报喜，并说"奉老爷命，速请老太太带领太太等进朝谢恩"后，也还不敢放心，要叫进来细问清楚才能转忧为喜。这就显示了凡与皇室有关之事，都是祸福难料，所谓天威难测，天堂与地狱很可能就在一线之隔。幸而这次传来的是喜讯，因此上下里外都是一片欢腾，成为脂砚斋所说的"泼天喜事"。

至于元春封妃的"泼天"之喜，构成了"三春争及初春景"，也就是迎春、探春、惜春等所有金钗都比不上的繁花盛景，便表现在石榴花的楼子花上。这真是小说家无比巧妙又意味深长的精心设计。

如同《红楼梦》中的重要女性往往都有一种代表花，来映衬她们的人格特质与命运，元春也有专为她量身选用的代表花。从判词中的“榴花开处照宫闱”，已经清楚指出元春的代表花是石榴花。

探究曹雪芹作此安排的原因，有人认为是取“石榴多子”的象征，而找到《北齐书·魏收传》的典故，其中记载北齐高延宗皇帝与李妃到李宅摆宴，妃母献石榴一对，取榴开百子之意以为祝贺，并就此推论道：“凡此，都是把元春的荣辱与贾府的盛衰结合在一起写的。这首‘诗谶’当然也是如此。”[①] 所谓元春个人之荣辱与贾府全体之盛衰是结合为一的生命共同体，这个说法确实是合理的；但对于该史事的概述却过于简化且失误连连，史书上的原文如下：

> 安德王延宗纳赵郡李祖收女为妃，后帝幸李宅宴，而妃母宋氏荐二石榴于帝前。问诸人莫知其意，帝投之。收曰：“石榴房中多子，王新婚，妃母欲子孙众多。”帝大喜。[②]

说的是安德王高延宗纳李祖收之女为妃，后来安德王的叔叔文宣皇帝高洋到李宅赴宴，李妃的母亲献上两个石榴，但皇帝与众人皆不明所以，于是魏收解释其用意是因为安德王高延宗新婚，取“石榴房中多子”以祝福“子孙众多”；由于高洋与高延宗并非一般叔侄关系，而是如父对子般的溺爱，因此这番吉祥话大大取悦了文宣皇帝高洋。而李妃是安德王高延宗的妃子，并不是文宣皇帝高洋的妃

---

① 张锦池：《红楼十二论》（天津：百花文艺出版社，1995年修订版），页287。

② （唐）李百药撰：《北齐书》（北京：中华书局，1995），卷37，页490。

子，与元春的皇妃身份完全不同，难以比附。[①] 此其一。

其次，以石榴的“多子”作为元妃的象征，这恐怕不是小说家的用意所在，因为石榴花与石榴果并不相同，固然花果是同出一源，彼此不免有相关之处，但细论起来究竟是分属二物，不能直接画上等号。《北齐书·魏收传》中所写的是作为“果实”之石榴，因此以“一对”为单位，其用意也只取“百子”之祝贺意旨；但元春的判词中则明明白白说的是“榴花”，而且花光照耀之处不是娘家故宅而是皇室宫闱，至于多子之义更是付诸阙如，《红楼梦》中元妃始终无子，与多子的这个特点相去甚远，因此《北齐书·魏收传》实际上并非小说家取典之所在。既然元春的判词中明明白白说的是“榴花”，而不是“石榴果”，所以重点还是在石榴花上。

另外，有学者检索出曹寅《楝亭诗别集》卷二中的《榴花》与《残榴》两首诗，认为其中所描写的红火与遭妒、燠与凉、荣与枯的双重特点，触发了曹雪芹的灵感，兼涉其被选入宫中而湮灭无闻甚至早逝的二姑与大姐，于是取其中“未了红裙妒，空将绿鬓疏”作为宫禁生活与皇廷斗争的隐喻，而元妃卷入宫闱斗争并且失宠失势的结局，可能即本此而来。[②] 就这一点，以对祖父孺慕甚深的曹雪芹来说，家学渊源虽然多方提供了创作素材，但追踪蹑迹，曹寅的《榴花》与《残榴》这两首诗作中所歌咏的重点都不出源远流长

① 这段对学界解读《北齐书·魏收传》之讹误辨证至详至确，见张季皋：《怎样理解“榴花开处照宫闱”》，《红楼梦学刊》1985 年第 1 辑，页 238—240。

② 丁淦：《元妃之死——“红楼探佚”之一》，《红楼梦学刊》1989 年第 2 辑，页 196—197。

的书写范围，并非曹寅个人所独创，因此家学渊源并非绝对的唯一出处；再加上这种探佚之学往往有拘狭坐实之虞，造成家学与家世的外缘干扰，而忽略小说文本的独立性和优先性，造成了反客为主的歧误解读。因此有关榴花的象征意义与诠释方向，都应回归咏物传统与小说文本，才能对小说的内涵进行比较客观而坚实的内缘论证。

我们的看法认为，比配于元春的何以是此花，原因有好几个。首先，判词中已经有明确的表示，“榴花开处照宫闱”的“照”字，说明花朵的艳光四射，这是来自唐朝韩愈的《题张十一旅舍三咏·榴花》一诗：

> 五月榴花照眼明，枝间时见子初成。
> 可怜此地无车马，颠倒苍苔落绛英。

首句的“五月榴花照眼明”正可作为这类作品之代表，而与元春判词中的“榴花开处照宫闱”一句相呼应，可见石榴花的浓艳硕大，盛开时十分抢眼炫目。此外，历代诗人尚有众多歌咏榴花之诗句，纷纷以“燃灯”“似火”“如霞”“绛囊”“红露”“赤霜”“猩血”“琥珀”“胭脂”“灯焰”“丹砂”“旭日”“曙光”等词汇加以比喻，诸如：

- 涂林（案：即石榴）未应发，春暮转相催。
  然灯疑夜火，连珠胜早梅。（梁元帝《咏石榴》）

- 千房万叶一时新，嫩紫殷红鲜曲尘。……日射血珠将滴地，风翻火焰欲烧人。（白居易《山石榴寄元九》）
- 委作金炉焰，飘成玉砌霞。……琥珀烘梳碎，燕支懒颊涂。
  风翻一树火，电转五云车。绛帐迎宵日，……朝光借绮霞。（元稹《感石榴二十韵》）
- 深色胭脂碎剪红，巧能攒合是天公。（施肩吾《山石榴花》）
- 似火山榴映小山，繁中能薄艳中闲。
  一朵佳人玉钗上，只疑烧却翠云鬟。（杜牧《山石榴》）
- 紫府真人饷露囊，猗兰灯烛未荧煌。
  丹华乞曙先侵日，金焰欺寒却照霜。（陆龟蒙《奉和袭美病中庭际海石榴花盛发见寄次韵》）
- 猩血谁教染绛囊，绿云堆里润生香。
  游蜂错认枝头火，忙驾熏风过短墙。（张弘范《榴花》）
- 天付炎威与祝融，海波如沸沃珍丛。
  飞将宝鼎千重焰，炼就丹砂万点红。（朱之蕃《榴火》）

从中可以看到诗人对榴花往往引发火的联想比喻，又如元稹《杂忆五首》之四的“山榴似火叶相兼”、温庭筠《海榴》的“海榴开似火”等等。此外，诗人用以比喻呈现的，还包括绛囊、红露、赤霜、金焰、猩血、胭脂红、千炷灯、枝头火、火光霞焰、火齐满枝、日射血珠、风翻树火的喻词，以及嫩紫殷红、红绽锦窠、琥珀燕支、晔晔煌煌之类的形容语，都具备一种红艳抢眼的通性，甚至足以产生“欲烧人”“烧夜月”“烧却翠云鬟”的错觉。是故朱之蕃便索性以“榴火”称之，直接让“榴”与“火”统并为一同义复合体，则榴花本身即等于烈火，可见其灿烂逼人、炙手可热。

至于“照眼明”此一特点的象征功能，主要是用以彰显元春封妃的绝顶荣华，正可以与“榴花开处照宫闱”之炙手可热相对应；而所谓“烈火烹油、鲜花着锦”的逼人炫目，也恰恰可借以具象表出元春封妃后不可逼视的尊贵地位。无怪乎白居易就把石榴花视为无与伦比的国色天香，所谓“此时逢国色，何处觅天香”，接着便赞颂道：

> 恐合栽金阙，思将献玉皇。
> 好差青鸟使，封作百花王。（《山石榴花十二韵》）

诗中的“栽金阙”“献玉皇”等用语，都将石榴花提升到了皇室帝王的尊贵地位，而“封作百花王”更明显点出其超凡绝俗的神圣之姿，正与元春入宫封妃的情节发展若合符契。则小说中所谓“三春争及初春景”（第五回元春判词）的无上荣耀，便通过“榴花更胜、一春红”[①]的自然现象与文化认知而获得具体表征。

---

① 句见（宋）刘辰翁《乌夜啼・初夏》：“犹疑熏透帘栊，是东风。不分榴花更胜、一春红。”其中的“不分”为不意或不料之意。

有趣的是，这朵红艳照人的石榴花辉映宫闱，实际上则是生长在大观园里，并且将封妃后超越了“史、王、薛”三大家族而更上一层楼的富贵等级，以一种极为特殊的形态给予象征性的表达。

第三十一回描写湘云和她的贴身丫鬟翠缕在园中品评各类奇花异草，两个人有以下这番对话：

> 翠缕道：“这荷花怎么还不开?”史湘云道：“时候没到。”翠缕道：“这也和咱们家池子里的一样，也是楼子花?”湘云道：“他们这个还不如咱们的。”翠缕道：“他们那边有棵石榴，接连四五枝，真是楼子上起楼子，这也难为他长。”史湘云道：“花草也是同人一样，气脉充足，长的就好。”翠缕把脸一扭，说道：“我不信这话。若说同人一样，我怎么不见头上又长出一个头来的人?”

在这段对白中，牵涉到荷花和石榴花这两种植物，而且开花的形态都是楼子花。其中包含几个重点，必须一一加以说明：

第一，所谓的“楼子花”，又称为“重台花”，本是实有其事的植物界现象。以史家开出的荷花楼子花为例，早在唐代就已经出现过，称之为“重台莲花”，晚唐皮日休《木兰后池三咏·重台莲花》歌咏道：

> 敧红婑媠力难任，每叶头边半米金。
>
> 可得教他水妃见，两重元是一重心。

而此种重台开花的现象又不独莲花为然，重台石榴花也存在于自然界中，其气派声势更是不遑多让，如明朝王象晋《广群芳谱》中所说，在各色各样的石榴种类中，燕中“单瓣者比别处不同，中心花瓣，如起楼台，谓之重台石榴花，头颇大，而色更深红”[①]，“中心花瓣，如起楼台”的特色导致头大色红，更为引人注目。

理所当然地，这类的楼子花会比正常的花朵更大、也更重，但它不同于并蒂花或丛聚型的花朵集合，而是花心中又长出一朵完整的花。从皮日休所谓的“两重元是一重心”，尤其是翠缕所说的“头上又长出一个头来”，可见这种重台花应该是“花上花”的形态，园艺上较常见的“花上花”是雄蕊（花）瓣化所致，如下图的朱槿（或称扶桑）。但此处所描写的，似乎比较接近另一种“台阁起源”者，也就是原本下一层花心中的花蕊变成了花梗，支撑了上层的另一朵花，“实际上是由于花枝极度压缩而成为花中花，通常是花开后又有一朵花开放”，两花上下重叠，并且上、下位花都发育完全，花型才会像起楼台一样，现代植物学称之为台阁花（Prolifera）。[②]一般而言，这是基因突变所造成，因此并不常见；若其性状稳定遗传，则成为变种。其造型如下页图。

第二，虽然史家的荷花和贾家的石榴同样都开出了“楼子

① （明）王象晋著，（清）康熙敕编：《广群芳谱》（台北：商务印书馆，1968），卷28，页672。

② 参赵印泉、刘青林：《重瓣花的形成机理及遗传特性研究进展》，《西北植物学报》第29卷第4期（2009年3月），页832—841，引文见页833。承蒙台湾大学园艺暨景观学系张育森教授提供专业的宝贵资料，谨此致谢！

花”，但两家花朵的重台程度仍是有差别的。史家的荷花是“花上开花”，有如双层重台，虽然罕见，但尚且在植物生态的可能性之中；而贾府大观园里的石榴花则是“接连四五枝，真是楼子上起楼子”，是一般楼子花的更上三层楼，已经是超过地球生态法则的非常奇观，在自然界是不可能存在的。因此，这种令人叹为观止的奇迹式盛况明显是一种艺术虚构的表现，小说家透过“花草也是同人一样，气脉充足，长的就好”的天人感应思维，运用夸张的虚构来象喻贾家的“气脉充足”更超过了史家，而与锦上所添之花、烈火再加之油相呼应。“烈火烹油，鲜花着锦”“楼子上起楼子”之间的对应关系，以及与两府之间的对比关系，可表列如下：

史家——荷花——楼子花——富贵（烈火，华锦）

贾家——石榴花——楼子上起楼子（接连四五枝）——富贵加贵（烈火烹油，鲜花着锦）

这棵“接连四五枝，楼子上起楼子”的石榴花，正是对元春封妃的形象化比喻，元春的封妃使得贾府跃升为王室的皇亲国戚，超越了与它齐名并称的“史、王、薛”三大家族的富贵等级而更上一层楼，达到极致；它又恰恰长在大观园中，显示了石榴楼子花与元妃、大观园之间的密切关系。也就是说，石榴楼子花是元春封妃的同步反映，而大观园则是元春封妃的直接派生物，因此石榴楼子花就根植于大观园中，合而为一。

朱槿

“木头”网友提供，摄于马来西亚。

金塔朱槿

“轻吟细语”网友提供，摄于中国深圳市仙湖植物园。

（二）省亲：君恩王道

大观园不但是元春的娘家，更是元春的精神家园。但说大观园是元春封妃的直接派生物，其实并不够精确；元春封妃后还要再加上获准省亲，才是大观园之所以创生的关键因素。也就是说，元春封妃后本必须限居于宫禁中，竟得以步出宫门回府省亲，与家人短暂团聚一偿思亲之情，这绝不是一种理所当然的现象，从清代历史来看，甚至更可以说是绝无仅有，曹雪芹根据当时的历史条件进行合乎写实逻辑的虚构，实为“事之所无，理之可能”的伟大创造。

尤其是，这一场空前盛事正是“圣君王道”的高度实践，元妃之所以得以回府省亲，关键因素在于“当今至孝纯仁，体天格物”而“贴体万人之心”，故“大开方便之恩”的仁德之举。第十六回透过贾琏之口长篇大论地说明道：

> 如今当今贴体万人之心，世上至大莫如“孝”字，想来父母儿女之性，皆是一理，不是贵贱上分别的。当今自为日夜侍奉太上皇、皇太后，尚不能略尽孝意，因见宫里嫔妃才人等皆是入宫多年，抛离父母音容，岂有不思想之理？在儿女思想父母，是分所应当。想父母在家，若只管思念儿女，竟不能见，倘因此成疾致病，甚至死亡，皆由朕躬禁锢，不能使其遂天伦之愿，亦大伤天和之事。故启奏太上皇、皇太后，每月逢二六日期，准其椒房眷属入宫请候看视。于是太上皇、皇太后大喜，**深赞当今至孝纯仁，体天格物**。因此二位老圣人又下旨意，说椒房眷属入宫，未免有国体仪制，母女尚不能惬怀。竟

> **大开方便之恩**，特降谕诸椒房贵戚，除二六日入宫之恩外，凡有重宇别院之家，可以驻跸关防之处，不妨启请内廷鸾舆入其私第，庶可**略尽骨肉私情、天伦中之至性**。此旨一下，谁不踊跃感戴？

这段话的重点在于，在不违背国体礼制的大前提之下，对既有的规令给予弹性调节以成全人情，而此一改革创新都源自于柔软的推己及人之心，泽被众多椒房嫔妃，确属于“至孝纯仁，体天格物”的仁君表现。

因此，虽然大观园的乐园性质无庸置疑，很多对于大观园的讨论也都是从这一点来发挥，但是，就如同我们容易忽略大观园的基础其实是皇权一样，既然连天上的太虚幻境都没有免于贵贱阶级的秩序，作为太虚幻境之人间投影的大观园，本质上更完全是依照君臣之道，为了满足父子的人伦之情所打造的。这和大观园之所以被元妃取名为“大观”，都是一种“王道”的展现。

曹雪芹这样的安排，非但没有违反他的时代，更可以说是完全符合构成其时代的所有传统要素，也就是包涵君臣之道在内的儒家伦理价值观。就此而言，必须说，作者和他笔下的人物完全不必当一个革命家，以符合现代读者的期望，读者也不应用“革命”与否作为对作家或小说人物的价值判断标准，毋须在作者不与后世之当今同调时，就批评他落后保守、盲目无知，那是强人所难；也切莫为了提高一个人或一部书的价值，就宣称他看到时代的弊病并且超越时代，那也是言过其实。尤其是当我们批评封建时，所用的都是现今这个时代的价值观，从未来的角度来看，我们也一样没有违反或超越我们自己所处的时代，借用王羲之《兰亭集序》的话来说，所谓“后之视今，亦犹今之视昔也”，本质上是五十步和一百步之别而已。事实是，小说家和小说人物都是历史中的行动者，当他们要展现真善美的价值时，就是从他们的时代里挖掘出最好的部分，去绽放那个时代最灿烂的光芒，而完全不用去迎合未来的时代——也就是现代的读者。

换句话说，小说家和小说人物的最高境界不是违反时代、超越时代，而是走到时代的巅峰，曹雪芹正是走到时代的巅峰，让他笔下的元妃在那个时代里达到帝制的最高境界，也就是“王道”，而这就展现在大观园的一切设计里。

四、大观园的擘建与意义

首先，太上皇、皇太后为了满足人伦亲情，于是恩准妃嫔省亲，而建造别墅。元春身为皇族而有后妃之尊，大观园之兴建既是来自于省亲所需，便等于贵妃临时居住的行宫，一切的规划设计当然都必须遵守礼制规范。因此必须说，大观园本质上其实是一座缩小版的皇城，这是了解大观园的首要知识。

（一）缩小版的皇城

一般都把大观园视为一座乐园，与 paradise 这个西方词汇相应。然而微妙的是，从字源学的观点来看，paradise 这个字也有皇囿（the royal park）的意思[①]，这正是大观园的真正本质，尤其特别体现在“居中的正殿”与“南北的中央大道”这两个规划上，构成了大观园最主要的空间骨干与存在性质。

1．居中的正殿

整座大观园的核心，是位在全区中心的正殿。根据第十七回所描述，贾政带着宝玉与众清客由蘅芜苑出来后——

> 行不多远，则见崇阁巍峨，层楼高起，面面琳宫合抱，迢迢复道萦纡，青松拂檐，玉栏绕砌，金辉兽面，彩焕螭头。贾政道：“这是正殿了，只是太富丽了些。”……一面说，一面走，只见正面现出一座玉石牌坊来，上面龙蟠螭护，玲珑凿就。

而此一正殿的位置，则如脂砚斋所点示的“此殿在园之正中”（第十七回批语），完全是古代尚中思想的实践。“中”的地理方位本就具有神圣的象征，如伊利亚德（Mircea Eliade, 1907—1986）即指出，“中”是整个世界体系的核心，在中心和正中央那里，空间便成了神圣的，因而也成了最真实的，此所以中国统治地区的首都便是位于世界的中心上。[②]先秦时代，《孟子·尽心》说：“中天

① 见 A. Bartlett Giamatti, *The Earthly Paradise and the Renaissance Epic* (Princeton, N.J.: Princeton University Press, 1966), p. 11。

② 见〔罗〕伊利亚德著，杨素娥译：《圣与俗——宗教的本质》（台北：桂冠图书公司，2001），页 86—94。

下而立，定四海之民。”[1]《荀子·大略》也从礼制观点指出：“欲近四旁，莫如中央，故王者必居天下之中，礼也。”[2]

正殿承载了如此严肃的方位象征，是“至中”以统御四方的皇权体现，因此是大观园各方据以辨识方位的中位所在，为全园区的轴心。

另外，这座居中的正殿必然是坐北朝南的座向，并且除了雕梁画栋之外，体积还庞大而十分宏伟。在元春赐名时，就提到整座正殿是由三个部分所组成：

> 正楼曰“大观楼”，东面飞楼曰“缀锦阁”，西面斜楼曰“含芳阁”。

作为元妃省亲时驻跸的所在，正楼再加上另外的两座东西配楼，整体构成了皇家森严礼仪下的典制空间，因此第十八回写得很清楚：

> 一时，舟临内岸，复弃舟上舆，便见琳宫绰约，桂殿巍峨。石牌坊上明显“天仙宝镜”四字，贾妃忙命换“省亲别墅”四字。于是进入行宫。……贾妃乃问：“此殿何无匾额？”随侍

---

① 见（汉）赵岐注，（宋）孙奭正义：《孟子注疏》，《十三经注疏》，卷13上，页233。

② 见《荀子·大略第二十七》，李涤生集释：《荀子集释》（台北：台湾学生书局，1988），页599。

> 太监跪启曰："此系正殿，外臣未敢擅拟。"贾妃点头不语。礼仪太监跪请升座受礼，两陛乐起。礼仪太监二人引贾赦、贾政等于月台下排班，殿上昭容传谕曰："免。"太监引贾赦等退出。又有太监引荣国太君及女眷等自东阶升月台上排班，昭容再谕曰："免。"于是引退。

这段描写显示两个重点：其一，当大观园各处都是由宝玉及黛玉等晚辈初拟的名称时，只有正殿是完全不容染指的，因为正殿代表了最高君权，臣子乃至平民的命名就等于是一种以下犯上的亵渎，所以必须由代表君权的元妃亲自命名，才能相称。其二，这是元妃执行君臣之礼的地方，以君权接受臣子跪拜行礼，只因臣子们是家族长辈，所以才特别谕令免礼，以成全父子之道。由这两点来看，正殿是何等神圣不可侵犯的空间，连有爵位官衔的贾赦、贾政、史太君等都只能于月台下排班，等候到殿前陛下觐见，那么，安放着受礼之龙座的正楼如何可能被用来当作娱乐性质的戏楼？连外臣的命名都不容许，又如何可能让身份低下的戏子进入搬演，沦为娱乐用途的剧场？把大观楼认定为戏楼，实为常见的严重误解。

尤其是元妃将它命名为大观楼，与大观园的名称一致，用意正是与皇权直接相关。该词汇出自《周易・彖传・观》所说：

> 彖曰：**大观在上**，顺而巽，**中正以观天下**。观，盥而不荐，有孚颙若，下观而化也。观天之神道，而四时不忒。**圣人**

以神道设教，而天下服矣。[①]

所谓的“大观”，有学者认为应有两个意义，一是人间之“王道”，二是天地间之“神道”；而所谓的“大观在上”，乃是“神道”显现并应用于现实之中的“王道”。[②] 简单地说，“大观”意谓着权力与道德的完美结合，位居中正“德位兼隆”的明圣君王顺应自然之理以教化人民，实践了大中至正的王道而达到“天下服矣”的太平境界。即使被视为魏晋时代“越名教”之代表人物的阮籍，其《通易论》仍说道：

> **大人得位，明圣又兴**，故先王作乐荐上帝，昭明其道以答天贶。于是万物服从，随而事之，**子遵其父，臣承其君，临驭统一，大观天下**，是以先王以省方观民、设教，仪之以度也。包而有之，合而舍之。[③]

其中的“大观天下”还特别清楚挑明“子遵其父，臣承其君，临驭统一”的伦理表述，可谓对《周易·彖传·观》更进一步的回应。

---

① 见（魏）王弼、韩康伯注，（唐）孔颖达等正义：《周易正义》，《十三经注疏》，卷 3，页 59—60。

② 参赵宗来：《〈周易·观卦〉与“神道设教”》，德教会资讯（News of DE JIAO HUI），网址：http://www.dejiaohui.org/2011-05-31-07-45-22/2011-09-12-07-25-43/239-2011-09-12-07-15-41.html，检索日期：2015 年 4 月 30 日。

③ 陈伯君：《阮籍集校注》（北京：中华书局，2004），卷上，页 111。

于是，“大观楼”作为正殿之正楼，更直接体现了“中正以观天下”此一原初用法，而元妃为正殿所写的一副对联，也正是：

> 天地启宏慈，赤子苍头同感戴；
> 古今垂旷典，九州万国被恩荣。

这就完全呼应了“圣人以神道设教，而天下服矣”之义，也就是王道的实践。

再看正殿的东面飞楼缀锦阁，这座东楼里所储藏的东西，真正称得上是洋洋大观。据第四十回描写刘姥姥游大观园的情节中所提到，里面收藏着至少有围屏、桌椅、大小花灯、舡上划子、篙桨、遮阳幔子之类五彩炫耀、各有奇妙的众多种种品物，以及连贾母最疼爱的宝玉都没见过的石头盆景儿、纱桌屏、墨烟冻石鼎，和水墨字画白绫帐子等等稀有珍宝，从日用品到艺术品应有尽有，其空间庞大可想而知。至于西面斜楼“含芳阁”，虽然自第十八回以后就没有再出现过，但是从建筑结构上均衡对称的原理来说，也应该和缀锦阁一样，于是，整座正殿的宏伟就不言可喻了。

2．南北的中央大道

至于正殿因为坐北朝南，南端就是一条大道出殿门，直接通到大观园的正式入口，而这座园门的规模是“正门五间，上面桶瓦泥鳅脊；那门栏窗槅，皆是细雕新鲜花样，并无朱粉涂饰；一色水磨群墙，下面白石台矶，凿成西番草花样。左右一望，皆雪白粉墙，下面虎皮石，随势砌去，果然不落富丽俗套”，同样是宏伟壮观。则这一条连结正殿与园门的大道，自也是意义非比寻常。

首先，这条大道出现在第十七回中，当时游园者从怡红院的后院出来后，“直由山脚边忽一转，便是平坦宽阔大路，豁然大门前见”，显然大门连结着一条“平坦宽阔大路”以直通正殿。于此，脂砚斋也特别提醒：

> 想**其通路大道，自是堂堂冠冕气象**，无庸细写者也。后于省亲之则，已得知矣。

这正是“全园的南北主要轴线”，并且也和道路两端的正殿和园门一样，展现出“堂堂冠冕气象”。而作为中国古代建筑布局的一个突出特点，中轴线恰恰是“中”的变体，是线状中心，“这种空间结构特点为皇权利用，皇权与中轴线结合，形成最高权力的几何空间形象，所谓‘唯我独尊’”[①]，所以这条中央大道也是皇权建筑规划上的必要元素。而如此重要的规划之所以“无庸细写”，是因为《红楼梦》的最初读者都清楚了然，点到即可，以至当读者如脂砚斋等都属同一个亲友团体时，曹雪芹的写作便不必多费笔墨，大家自然心领神会。

中央大道作为正统伦理空间的必要规划，同样出现在京城与各

① 唐晓峰：《从混沌到秩序：中国上古地理思想史述论》（北京：中华书局，2010），页95。

级府邸宅第中。以荣国府为例，第三回林黛玉初到贾府时所见的荣国府正房荣禧堂，其形制即是：

> 向南大厅之后，仪门内大院落，上面五间大正房，两边厢房鹿顶耳房钻山，四通八达，轩昂壮丽，比贾母处不同。黛玉便知这方是**正经正内室，一条大甬路，直接出大门的**。

此一“正经正内室，一条大甬路，直接出大门”，岂非正是大观园中那一条“平坦宽阔大路，豁然大门前见”的复制？而此两者其实都是六朝建康城的“御道”、隋唐长安城的“朱雀大街”、明清北京城的中央大道之类的京都中轴线的再现。所以说，大观园的正殿与中央大道所形成的基本格局，其实是贾府的宅邸的翻版，而贾府的宅邸又是皇城的具体而微，这才是大观园的主要骨干，是皇权的体现。

因此，大观园和陶渊明笔下的桃花源是截然不同的：桃花源被构设在人迹所不到的山谷田野中，王安石说其中是“虽有父子无君臣”[①]，也就是有父子之间血浓于水的脉脉亲情，如“黄发垂髫，并怡然自乐”所反映者，却没有君臣之间的政治规范，是一个“帝力于我何有哉”的化外之地，所以更自由。但大观园的本质即为君臣之道的产物，是君臣之道在臻至“王道”的境界时，特别用来满

① （宋）王安石：《桃源行》，《临川先生文集》，卷4，收入《四部丛刊正编》（台北：商务印书馆，1979），页79。

足父子之情，让宫中的嫔妃可以回娘家省亲，所以说是“有君臣又有父子”。尤其是元春，运用皇权把她十三岁以后就失去的自由、温情加倍转移给家中的其他少女，让她们能够获得比一般情况下更多的自由欢乐，更是对“父子之情”的扩大。如此一来，塑造出大观园的君臣之道更普及、更升华，确为所有传统文人都追慕渴望的“王道”的体现。

此外，在如此严整典正的制式框架中，还容许具有浪漫性质的花园和各种大异其趣的房舍。而这些带有院子的独立房舍，与坐北朝南的正殿并不相同，除了将来惜春所住的暖香坞确定是朝南的座向（见第五十回）之外，其他的院落都是方位不拘的，从第十七回贾政等游园一段的描写来看，宝玉的怡红院甚至是坐南朝北，或者是东北—西南、西北—东南的方向。这种“礼制”与“自由”“伦理”与“个人”并存的情况，在元妃为大观园的赐名中最能展现。

（二）命名：“伦理”与“自我”的合一

潇湘馆、蘅芜苑、怡红院、稻香村等等，这些我们耳熟能详的院落不但各有特色、大异其趣，也与住进来的人相得益彰，足以体现屋主的独特精神品格。例如潇湘馆的竹林精舍犹如上等书房的幽静优雅，蘅芜苑的芳香怡人又简约素净，怡红院近乎小姐绣房般的富丽精致，稻香村一洗富贵气息的田园风味，房屋确确实实是屋主自我的延伸以及外显表征，是他们内在精神气韵的具体化。但除此之外，体现屋主的独特精神品格的，不只是这些屋舍院落的设计安排，还包括这些屋舍院落的命名，形成了“屋名＝屋舍＝屋主”三者之间的等同关系与绝妙组合。

值得注意的是，潇湘馆、蘅芜苑、怡红院等都是由元妃所命名的，这些名称又与屋主的性格特质和审美偏好完全吻合，有如量身订做。可见元春的品味与各个金钗的灵魂是一致的，这正是殊堪玩味的奥妙之处，详见后文。

1. 初拟者

一般都以为，宝玉与金钗等是大观园的主人，因此大观园的命名是由他们来主导；但这其实是一种严重的误解。细察大观园的命名过程，其实并不是某一个人物（尤其不是一般所以为的宝玉）直接拍板定案，而是在折衷的考虑下，漫长而曲折地分为两个阶段，从初拟到定名，前后达数个月之久。

就命名的第一个阶段而言，即是大家最熟悉的第十七回。贾政在大观园落成后、启用前，带领众人入园品题拟定各处的匾额，从当时贾政说：“且喜今日天气和暖，大家去逛逛。”又园中景致处处可见落花，可见应是暮春时节。而这一阶段的命名，是由于小说家在整体设计上，大观园将是宝玉与众钗未来几年的栖身住所，彼此最为亲密相关，因此也特别安排他们以“主要的居住活动者”身份，担任园中各处名称的初拟者。而宝玉所草拟的名称，包括“有凤来仪”“杏帘在望”“蘅芷清芬”“红香绿玉”等等，其实都只是暂定的，后来也都被删改，因此并没有成为读者所熟悉的正式定名。

更有甚者，即使容让宝玉作为初拟的主力，宝玉的命名也仍然谨守分寸而始终不脱礼制诉求，未曾落入“纵其哭笑索饮”的率性任意。试看众人在游园途中登上压水而成之石亭时，贾政认为可用欧阳修“泻出于两峰之间”的“泻”字为名，以偏于水题方称，一清客亦附和道：“是极，是极。竟是‘泻玉’二字妙。”然而随即贾政笑命宝玉也拟一个时，宝玉连忙回道：

> “老爷方才所议已是。但是如今追究了去，似乎当日欧阳公题酿泉用一‘泻’字则妥，今日此泉若亦用‘泻’字，则觉不妥。况**此处虽云省亲驻跸别墅，亦当入于应制之例，用此等字眼，亦觉粗陋不雅**。求再拟较此蕴藉含蓄者。……有用‘泻玉’二字，则莫若‘沁芳’二字，岂不新雅?”贾政拈髯点头不语。

就在“当入于应制之例”的主张下，宝玉建议以“新雅”的“沁芳”二字代之，此举乃受到贾政“拈髯点头”的无言赞许。接着来到了未来的潇湘馆一地，宝玉亦道：

> **这是第一处行幸之处，必须颂圣方可**。……莫若“有凤来仪”四字。

这两段宝玉所说的话已经表达很清楚，大观园的命名都必须以皇权为最高指导标准，宝玉等等的初拟并不能例外，而初拟者的人也自觉地完全遵守“当入于应制之例”“必须颂圣方可”的基本原则，绝没有漫无限制地作性灵抒发的自由任性。因此，在题名过程中，对于一处水声潺湲泻出石洞的景点，众人笑道：“不然就用‘秦人旧舍’四字也罢了。”宝玉更强烈反对道：

> 这越发过露了。“秦人旧舍”说**避乱之意，如何使得**？莫若“蓼汀花溆”四字。

由此种种，可见宝玉反倒是所有游园者之中最严格意识到“应制”“颂圣”的根本原则，也是最彻底加以遵守的一位。

更进一步来说，所谓的“应制”“颂圣”的终极诉求就是皇权，亦即回府省亲的元妃，因此，元妃才是真正为大观园命名的人，也是大观园的真正的主人。

2．裁定者

实际上，第十七回一开始贾政就明白表示：“论理该请贵妃赐题才是。然贵妃若不亲睹其景，大约亦必不肯妄拟。”所以众清客才建议道：“各处匾额对联断不可少，亦断不可定名。如今且按其景致，或两字、三字、四字，虚合其意，拟了出来，暂且做灯匾联悬了。待贵妃游幸时，再请定名，岂不两全？”可见大观园的命名权自始即属于元妃，这也是皇权至上、大观园实同于贵妃行宫的必然逻辑所致。

在“暂拟”的折衷考量之下，宝玉之所以获得命名的机会，并且被采用刻写在各处的匾额对联上，则都是贾政所给予的，目的也是为了取悦元妃。第十八回说得很清楚：

> 前日贾政闻塾师背后赞宝玉偏才尽有，贾政未信，适巧遇园已落成，令其题撰，聊一试其情思之清浊。其所拟之匾联虽非妙句，在幼童为之，亦或可取。即另使名公大笔为之，固不费难，然想来倒不如这**本家风味**有趣。**更使贾妃见之，知系其爱弟所为，亦或不负其素日切望**之意。因有这段原委，**故此竟用了宝玉所题之联额**。

从“本家风味”是出于贵妃省亲的考虑，而这又是贾政以君臣之道所作的裁决，足见元春才是这一切的根源力量。至于第一阶段的拟名者，其实不只宝玉，还包括黛玉等众姊妹，她们负责比较次要的景点，也就是宝玉当天来不及题撰的地方。第七十六回林黛玉对史湘云说明这个因由，提到：

> 因**那年试宝玉，因他拟了几处，也有存的，也有删改的**，也有尚未拟的。这是后来我们大家把这没有名色的也都拟出来了，注了出处，写了这房屋的坐落，**一并带进去与大姐姐瞧了**。**他又带出来，命给舅舅瞧过**。谁知舅舅倒喜欢起来，又说：“早知这样，那日该就叫他姊妹一并拟了，岂不有趣。”所以凡我拟的，一字不改都用了。

可见黛玉及众钗们也参与了大观园理想世界的营造过程，并且作为大观园的居住者及主要活动者，同样获取为此一乐园共同命名的机会，黛玉所拟的凸碧山庄、凹晶馆等便得到贾政的欣赏许可，而在元春的授权之下照单全收。但这也清楚显示了黛玉等姊妹的拟名和宝玉的一样，都是受到贾政与元妃的首肯才能作为定名，父权与君权仍然是终极的裁决者。

更何况，宝玉对主要景点的命名只是昙花一现，很快就被删改了，删改的正是元妃，而删改后的名称才是大家所熟悉的，所以大观园第二阶段的命名更为重要。第十八回清楚而详细地展示了这个过程：当时是次年的元宵节，到府游园之后的元妃乃命传笔砚伺候，亲搦湘管择其几处最喜者赐名，其书云：

- “顾恩思义”匾额
- “天地启宏慈，赤子苍头同感戴；古今垂旷典，九州万国被恩荣。”此一匾一联书于正殿
- “大观园”园之名
- “有凤来仪”赐名曰“潇湘馆”
- “红香绿玉”改作“怡红快绿”，即名曰“怡红院”
- “蘅芷清芬”赐名曰“蘅芜苑”
- “杏帘在望”赐名曰“浣葛山庄”（——→“稻香村”）
- 正楼曰“大观楼”，东面飞楼曰“缀锦阁”，西面斜楼曰“含芳阁”；更有“蓼风轩”“藕香榭”“紫菱洲”“荇叶渚”等名；又有四字的匾额十数个，诸如“梨花春雨”“桐剪秋风”“荻芦夜雪”等名，此时悉难全记。又命旧有匾联俱不必摘去。

从这个现象而言，犹如在《圣经·创世记》中，上帝即通过命名而开创世界的光明与秩序，所谓："神说，要有光，于是这个世界就有了光。"同样地，从《尚书·吕刑》中所谓的"禹平水土，主名山川"，可见命名是大禹在治水之外的另一项伟大功绩，而能命名者通常必须具有超常的知识或预卜能力，等同为祭司长或巫师长。[①]如此一来，通过命名的创造，元春就隐然获得了肖似神的主体性，也合乎皇权的至高地位。

然则，这个皇权的施展并不是冷酷的、霸道的，而是温暖的、体恤的。因此，元妃虽然以至高无上的皇权径行删改取舍，但在定名之后，却又命宝玉等初拟的旧有匾联俱不必摘去，堂堂与元妃之赐名并存，可见元妃赐名的意义绝不仅是彰扬君权裁夺一切的赫赫威势而已。由此一"题撰并存"如同"命他们进去居住"都是出于皇妃所"命"的恩赐，可知生杀予夺的君权仍可与宽仁慈德的包容惠爱相融兼蓄，正是"抒下情"的王道体现。

3. 赐名的意义

进一步地说，除了消极地保留既有的拟名以为维护之外，元妃赐名的积极意义，更在于她的命名完全与众女儿的内在心灵相契如一，有如自我命名般的灵魂赐予者。

文化研究早已指出，"名字从来就不是无关紧要的东西"而与其所有者密切相关，一如卡西尔（Ernst Cassirer, 1874—1945）论及

---

① 参叶舒宪：《〈山海经〉与禹、益神话》，《海南大学学报（社会科学版）》第15卷第3期（1997年9月），页45—51。

姓名与人的本质的关系时所说：

> 在神话思维中，甚至一个人的自我，即他的自身和人格，也是与其名称不可分割地联系着的。这里，名称从来就不单单是一个符号，而是名称负载者个人属性的一部分；……名称，当它被视为一种真正的实体存在，视为构成其负载者整体的一部分时，它的地位甚至多多少少要高于附属性私人财产。这样，名称本身便与灵魂、肉体同属一列了。[①]

而这并非初民时代神话式的原始思维才有的专利，荷兰学者格罗特（J. J. M. de Groot, 1854—1921）便指出，中国人“有一种把名字与其拥有者等同起来的倾向”[②]，实际上也果然正是如此，到现在还有不少人用姓名来算命，认为其中藏有命运的密码，甚至借由改名来改变命运。最值得注意的是，这些由元妃为屋舍所赐的命名，比起宝玉之初拟，还更切近于这几处住屋的“场所精神”[③]，由此也连带契合于各个屋主的心灵特质与精神风貌。由元春根据各屋舍专属的特有氛围而定名，后来各人入住则是根据自己的性格特点与屋

---

① 〔德〕恩斯特·卡西尔著，于晓译：《语言与神话》（台北：桂冠图书公司，2002），页45。

② *The Religious System of China*, p. i, 212. 引自〔法〕列维－布留尔著，丁由译：《原始思维》（台北：商务印书馆，2001），页49。

③ “场所精神”此一概念详参〔挪威〕诺伯舒兹（Christian Norberg-Schulz）著，施植明译：《场所精神——迈向建筑现象学》（台北：田园城市文化事业公司，2002），页58。

舍的特质来选择相匹配者，于是元春的品味就与少女的个性贯通为一，形成了“屋舍＝屋名＝屋主”三者之间的等同关系，因此也都成为少女的别号，等于是她们的另一个名字，足以作为与她们自身等同的绝佳象征。

据小说所描述，第三十七回大观园中海棠诗社成立后，众金钗为了和诗翁身份相衬，各自拟定专用的别号以求脱俗，包括稻香老农、潇湘妃子、蘅芜君、怡红公子，以及探春最初为自己所拟的秋爽居士等等。而这些别号都是“室名别号”，直接取自元妃所赐的室名，并且都以隐逸恬淡的世外情趣取得众人的雅好欣领，有如出于屋主之自命般，致使“个人的志趣、寄托、才调、业绩、癖好、居处、收藏、形貌，多可见其大概，甚至心坎深处的隐衷，也自此处流露”[①]。正因为如此，探春才能当众宣告她以“极当的美号”为黛玉取了“潇湘妃子”之称，并且也果然受到黛玉的默认深许；而李纨声言“早已想了个好的”，赠封薛宝钗为“蘅芜君”，同样被探春笑赞“这个封号极好”，可见“潇湘”“蘅芜”都是极为美好而恰当的名称。如此一来，就清楚显示出元妃这位赐名者的美学品味与心灵趋向的卓越不凡，甚至可以说，“赐名”者，就是给予名字／灵魂者，“赐”这个字既显示出命名者的权威，更寓指元妃乃是各处居所的灵魂赐予者！

---

① 另取别名雅号的风气在汉代以后已颇有所见，于宋代以后的士大夫阶层中尤盛，在传统文化中形成了一门很独特的命名艺术；而因别字别号皆出于自命，所以有此意义。参金良年：《姓名与社会生活》（台北：文津出版社，1990），页100—101。

（三）赐住：王道的体现

大观园这样一处有如人间乐土的所在，同时也是元妃获得与家人短暂团聚的家园。元春终年幽居在深宫那“不得见人之去处”，因而感慨“今虽富贵已极，骨肉各方，然终无意趣”，大观园就成为她唯一可以返家重获亲情，以女儿身份享有天伦之乐的地方，是少小离家之后念念不忘的心灵原乡。就此而言，用来代表元春的石榴花也表征了另一层民俗含义。

原来“五月榴花照眼明”的季节风物，让五月有了“榴月”的别称，而“榴月”中最重要的端午节，又有“女儿节”的别名，明代《帝京景物略》记载：

> 五月一日至五日，家家妍饰小闺女，簪以榴花，曰女儿节。[①]

而这种将端午称为女儿节的习俗至清代犹然，并且在打扮小女孩的习俗之外，又增加了新的习俗，如《帝京岁时纪胜》进一步说道：

> 饰小女尽态极妍，已嫁之女亦各归宁，呼是日为女儿节。[②]

换句话说，女儿节中的“女儿”从未出嫁的小闺女扩及于嫁出去的

---

① （明）刘侗、于奕正：《帝京景物略》（北京：北京古籍出版社，2001），卷 2，页 68。

② （清）潘荣陛：《帝京岁时纪胜》（北京：北京古籍出版社，2001），页 21。

女儿，当天她们可以回娘家归宁与亲人团聚。道光十五年（1835）的进士王蕴章，于《幽州风土吟·女儿节》中便歌咏道：

> 女儿节，女儿归，要青去，送青回。球场纷纷插杨柳，去看击鞠牵裾走。红杏单衫花满头，彩扇香囊不离手。谁家采艾装絮衣，女儿娇痴知不知？

所形容的就是端午归宁的女儿们，向马球场奔去的欢乐情景。[①]如此一来，榴花也可以成为嫁女思亲时，触景生情的起兴之物，如河南的一首歌谣云：

> 石榴花，溜墙托。……井台高，望见娘家柳树梢。闺女想娘谁知道？娘想闺女哥来叫。[②]

如此与悠久深厚的民俗传统相配合之后，于《红楼梦》中便连结形成“石榴花—端午节—女儿节—嫁女思亲归宁—大观园—元春”之意义脉络，借由大观园之中介作用，使元春与石榴花之间的关系更为扩延而丰富。据此而言，小说家以石榴花作为元春的代表花，除前面所提及与封妃的烜赫呼应之外，第二个象征意义就是借以透

---

① 引自罗时进：《中国妇女生活风俗》（西安：陕西人民出版社，1994），页270。

② 1939年河南省《禹县志》，丁世良、赵放主编：《中国地方志民俗资料汇编·中南卷》（北京：北京图书馆出版社，1997），页202。

显出嫁的女儿思亲之情。

从而可以说，生长着石榴楼子花的大观园，不折不扣地正是元春的娘家，榴花正是元春那颗思亲之心的具体意象；甚至可以说，对元春而言，大观园的意义不仅是一种“感性家园”，一处亲人栖居相守、凝结着温暖回忆的具体所在，还更是一种“精神家园”，亦即出于“对沉沦的抗拒，对自由的诉求”，而欲引领自我回归本体时，所找到的一个绝对的存在之域，其中实蕴含着一份对存在的诗意化沉思。[①] 从而元春在回宫以后，才会特别下谕让众钗入园居住，以取得某种程度的替代性的心理补偿。

众所周知，大观园乃是太虚幻境的人间投影，又与金钗们密切相关，如脂砚斋指出：

> 大观园系玉兄与十二钗太虚玄境，岂不（可）草索（率）。（第十六回夹批）

而民国初年时，王梦阮也认为：“太虚幻境，与大观园是一是二，本难分晰。”[②] 则元春作为大观园的擘建者与护卫者，便类同于太虚幻境的领导者与主宰者警幻仙姑，而在现实人间执掌了支配与控管

---

① 两种家园的语汇与部分解说，参考畅广元主编：《文学文化学》（沈阳：辽宁人民出版社，2000），页229。唯对两种家园的其他定义，与用于《红楼梦》的诠释时，此处与之有所不同。

② 王梦阮、沈瓶庵：《红楼梦索隐》，第十七回，页209。也可参余英时：《红楼梦的两个世界》（台北：联经出版公司，1996），页45。

的定命功能，大观园在省亲后的处置就是最主要的一环。一如脂砚斋所言：

> 大观园原系十二钗栖止之所，然工程浩大，故借元春之名而起，再用元春之命以安诸艳，不见一丝扭捻。（第二十三回眉批）

所谓“元春之名”“元春之命”，在在都指出元春所禀赋的至高无上的皇权正是大观园之所以能够被创建的契机，也是她能够“安诸艳”的权力所在。透过皇妃至上的尊贵身份，借由省亲而顺理成章成为大观园的催生者，进而又主动将皇苑禁地改造为女儿乐园，直接成为女儿们无上的护卫者。

就这一点来说，元春确实形同西王母在人间的化身，而小说家对此也给予极为巧妙的暗示。第十八回元妃省亲时，李纨所作《文采风流》一诗的后半篇便说：

> 珠玉自应传盛世，**神仙何幸下瑶台**。
> 名园一自邀游赏，未许凡人到此来。

“神仙何幸下瑶台”一句自是以“神仙”颂美元妃的皇室身份，“瑶台”也是对皇宫的雅称，全诗都是颂圣文章的写法。但必须注意到，在传统的仙话传说里，“瑶台”恰恰正是西王母的居处所在，《登真隐诀》云："昆仑瑶台，是西母之宫，所谓西瑶上台。"[1]因此，李白也以杨贵妃类比于西王母，其《清平调词三首》之一歌咏道："若非群玉山头见，会向瑶台月下逢。"可见元春封妃后所取得的君权使她成为人中之凤，而她又将此一君权转化为护佑少女的力量，化身为西王母般的家国母神。

因此必须说，大观园这座女儿国与温柔乡完全是由君权所打造的，也必须注意到，以大观园的进驻而言，宝玉并非第一优先人选，反而是附带的跟班。小说中交代得很清楚：

> 如今且说贾元春，因在宫中自编大观园题咏之后，忽想起那大观园中景致，自己幸过之后，贾政必定敬谨封锁，不敢使人进去骚扰，岂不寥落。况家中现有几个能诗会赋的姊妹，何不命他们进去居住，也不使佳人落魄，花柳无颜。却又想到宝玉自幼在姊妹丛中长大，不比别的兄弟，若不命他进去，只怕他冷清了，一时不大畅快，未免贾母王夫人愁虑，须得也命他进园居住方妙。想毕，遂命太监夏守忠到荣国府来下一道谕，命宝钗等只管在园中居住，不可禁约封锢，命宝玉仍随进去读书。（第二十三回）

可见元妃之所以下令让宝钗等金钗住进大观园，最主要的考虑，正是"现有几个能诗会赋的姊妹，何不命他们进去居住，也不使佳人

---

① 见（宋）李昉等奉敕纂：《太平御览》，卷660，页2918。

落魄”，换句话说，“能诗会赋”的佳人有了这么一个园地，才不会落魄失色，而更焕发光采。如此一来，这些红粉佳人透过诗词所展现的“灵秀”“清淑之气”，不正是由元妃所充分开显的吗？正是元妃，才给了这些青春儿女更灿烂的生命的光亮。那么，元妃就算因为缺乏文艺才华而不能算是“乾坤清淑之气”，但她却超越了“乾坤清淑之气”而更高一层，是“乾坤清淑之气”的根源，也就是“乾坤之母”。如此一来，大观园也就从皇室禁地转化为一种“母性空间”，带给这些少女们充满温暖、保护和丰饶的乐园生活。

但元妃所保护宽容的少女，并不只限于自家姊妹，而是扩及其他的优秀女性，就如同贾母、王夫人一样。最有趣的是，一如王夫人对骄傲的妙玉可以多方包容，骄傲的女伶龄官也以她的精湛演出与高傲性格深获元妃额外的欣赏甚至鼓励，显示出元春对特立独行之优秀女性的巨大包容力，与真心爱才、惜才的智慧雅量，这一点在前面的“钗黛取舍”中已经有所说明。进一步来说，会有这种现象存在，固然是因为元妃成熟大度，所以在欣赏少女们优点的同时，对于她们的缺点就只有宽容而没有计较；除此之外，是否还有一种可能，那就是对于龄官、黛玉这类偏向自我中心主义而孤高自许之性格，其实不仅是包容而已，因为“包容”是一种比较消极式的忍耐，还更是一份知己般的了解与肯定，因此才会给予比较积极式的鼓励，在龄官抗命后以“甚喜”的心情特别谕令不可为难了她，并加以额外的赏赐。

若果如此，那么元妃之所以百般保护宽容这些特立独行的少女，其中或许存在着一种替代性的补偿心理，让元春自己幽禁于宫中饱受压抑的自由性灵，得以借由转嫁之心理机制而间接在龄官、黛玉身上获得满足；同时也因为处身于丧失自我的皇宫内院中，而更加了解并珍惜个性的可贵，因此才尽可能地加以包容和鼓励，在最大限度内给予最多的自由。夏志清在分析人物与环境的关系时，也认为："当然这个园子是为元春所盖，但奉元春之命这大观园成了贾府的孩子们的住宅，她要他们能享受她在宫闱中被夺去的那种友情和温暖。因此大观园可以象征地被看做受惊恐的少年少女们的天堂。"①

这就充分说明了元妃何以愿意特地把皇家禁地开放给其他人居住，原因纯然是不要辜负青春花朵的美好，让诗歌与佳人都可以在美丽的花园里尽情绽放美丽的光芒，而毫无自私的成分在内。这位无私的大母神在解除神圣之封印，将大观园向洁白清净之女儿们开放的同时，又以其皇室之尊划分了入园的资格与条件，杜绝了贾环、赵姨娘之类卑琐人物的悠悠之口，并摒除闲杂人等的干扰，由此便使得大观园作为女儿乐土的存在条件获得了坚实的保障。故有学者认为，元春以长姐、贵妃、教母这三种身份引领和保佑着宝玉。②

这样宽宏无私的结果，就是为世界创造更多的真、善、美。不但宝玉"自进花园来，心满意足，再无别项可生贪求之心"（第

① 夏志清：《〈红楼梦〉里的爱与怜悯》，《现代文学》第27期（1966年2月）；引自胡文彬、周雷编：《海外红学论集》（上海：上海古籍出版社，1982），页130。

② 李劼：《历史文化的全息图像——论〈红楼梦〉》（上海：东方出版中心，1996），页164—175。

二十三回），李纨以寡妇的身份也获得了大观园的美好生活，使得丧夫后的寂寞稍稍有所缓解，黛玉的性灵更是发展到最诗意的极限，潇湘馆的岁月可以说是高度审美的意境。于是，其他少女们也都渴望可以住进大观园里，如第三十六回写史湘云暂住一段时间后必须回去，告别时眼泪汪汪的，缱绻难舍，众人送至二门前，宝玉还要往外送，湘云虽拦住了他，一时回身又叫宝玉到跟前，悄悄地嘱咐道："便是老太太想不起我来，你时常提着打发人接我去。"

至于住进大观园的意义，在身世最悲惨的香菱身上显示得最充分。第四十八回写香菱入园，是因为薛蟠出门做买卖后，宝钗便对薛姨妈说道："妈既有这些人作伴，不如叫菱姐姐和我作伴去。我们园里又空，夜长了，我每夜作活，越多一个人岂不越好。"目的就是为了要满足香菱的心愿，因此香菱感谢宝钗道：

> "我原要和奶奶说的，大爷去了，我和姑娘作伴儿去。又恐怕奶奶多心，说我贪着园里来顽；谁知你竟说了。"宝钗笑道："我知道你心里羡慕这园子不是一日两日了，只是没个空儿。就每日来一趟，慌慌张张的，也没趣儿。所以趁着机会，索性住上一年，我也多个作伴的，你也遂了心。"香菱笑道："好姑娘，你趁着这个工夫，教给我作诗罢。"

从香菱如愿进住大观园后的第一个期待就是作诗，可见大观园是一个可以尽情吟诗作赋的地方，免除现实杂务的烦琐消磨，让灵魂可以优美地苏醒，以审美眼光重新看世界、看生命，人就可以真正地

“生活”，而不只是“生存”。

在这样的审美生活里，情感和物质是双重盈溢（surplus）的，爱与物质的充分给予，甚至到了纵容与浪费的程度。单单以那些身为副小姐的大丫头们来说，“就是跌了扇子，也是平常的事。先时，连那么样的玻璃缸、玛瑙碗不知弄坏了多少，也没见个大气儿”，尤其更借由晴雯加以突显，她的“撕扇子作千金一笑”，作为宠爱之下恣性取乐而被视为“造孽”的浪费行为（第三十一回），最是深受宠爱以致娇生惯养的具体例证。而在“拣衣挑食”上，也有一段很令人印象深刻的例子：晴雯临终时“渴不择饮”，用带有油膻之气的粗糙大碗所装的“并无清香，且无茶味，只一味苦涩，略有茶意而已”的粗茶，晴雯却如得了甘露一般，一气都灌下去了，连目睹这一幕的宝玉，心下都还忍不住感慨暗道：“往常那样好茶，他尚有不如意之处；今日这样。看来，可知古人说的‘饱饫烹宰，饥餍糟糠’，又道是‘饭饱弄粥’，可见都不错了。”（第七十七回）足证晴雯在怡红院中的日子，诚然是一般人梦寐以求的欢乐畅快，无比尽情恣意。

正因为如此，一旦园中人被迫离开，往往等于是失乐园的到来，人生就落入挣扎求生的困境，晴雯临终时的“渴不择饮”，便是一个强烈的对照。至于从乐园的赞美诗到失乐园的哀歌的这个过程中，敲响了最嘹亮震耳的丧钟的，就是迎春。

第八十回写迎春遭受婚姻不幸，归宁时向王夫人泣诉委屈后，王夫人一面解劝，一面问她随意要在哪里安歇时，迎春道：“乍乍的离了姊妹们，只是眠思梦想。二则还记挂着我的屋子，还得在园里旧房子里住得三五天，死也甘心了。不知下次还可能得住不得住了呢!”这座让迎春魂牵梦系，在受苦时渴望回归以抚平伤痛的园里旧房子，就是紫菱洲，而紫菱洲也是元妃为众姊妹擘创出来的安乐窝之一。如此说来，“房子”乃是母亲意象的一个具体化身，而又再度呈现出“母亲意象”和“家屋意象”的结合为一[①]，回到房子里就如同回到母亲生养的子宫中，重新汲取生机，获得再生，这也正是“母体复归”的另一个体现。

从这个角度而言，如果说大观园是太虚幻境的人间投影，那么创造大观园的元妃就形同太虚幻境的警幻仙姑，让爱与美在此安顿。然而，两人之间唯一不同、却也是极大差别的是，警幻所主宰的是“引愁”“度恨”之类的薄命悲剧，在她麾下的女儿们都要受苦才能偿恩还债，以死得到解脱；而元妃则是主导了欢乐、安全、温暖与庇护，让女儿们能够在磨难重重的人间暂时得到幸福，领受到存在的丰盈与喜悦。因此，这座大观园可以说是元妃的祝福，是她所许诺的“流乳与蜜”的一片梦土。

由此可见，元春显然是《红楼梦》这部彰扬女神崇拜心理的作品中，一位不可或缺的女神之一，她可以属于“少女崇拜”意识中的“母亲型”女性，也可以被划归为具有温暖、保护、创造等功能的“母神崇拜”中的命运之神，堪称为贾府第三代、也是最杰出的一位母神。在贾母、王夫人、元妃这老、中、青三代母神的护佑之下，宝玉、三春以及其他的同辈女性享有了乐园生活，尤其是元春，把她十三岁以后就失去的自由、温情加倍转移给这些少女，可

① 〔法〕巴舍拉著，龚卓军、王静慧译：《空间诗学》，页114—115。

以说比仙界的警幻仙姑更伟大、更慈悲。

值得思考的是，这位杰出女子不但有丈夫，这位丈夫还是全世界最有权力的人，不是母神们常见的孤雌纯坤；而且她身处皇宫中，是现实界最复杂的地方之一，但却完全没有沦落为宝玉嗤之以鼻的死珠和鱼眼睛，无形中开启了女性价值的另一种可能。更令人玩味的是，宝玉用来赞美未出嫁的女儿的“凡山川日月之精秀只钟于女儿”这句话，竟然也被曹雪芹用在元妃身上，这更暗示了宝玉的少女崇拜是偏狭的，是孩子气的，是不成熟的，因此才会反过来限制了女性的伟大。当元妃省亲时，其父亲贾政启奏道：

> 今贵人上锡天恩，下昭祖德，此皆山川日月之精奇、祖宗之远德钟于一人，幸及政夫妇。

虽然这段话表面上不脱朝廷上颂圣颂德的官样文章，但其中仍含有真挚的父女之情与切实的人格判断。也就是说，元春之所以能成为贵妃，确实是因为具备了门第与才德的这两个重要条件，其中，“门第”来自于祖宗，而“才德”则是来自天赋与家教，家教同样是源于祖宗家法的熏陶，这就是所谓的“祖德”；至于天赋则为“山川日月之精奇”所钟，因此，贾政才会说元春是“山川日月之精奇、祖宗之远德钟于一人”的那一人，是先天禀赋与家族环境共同造就的完美成果；具备这些条件后再加上“天恩”，亦即皇帝的恩宠，于是元春便成为“贵人”了。

进一步分析这段话中的意涵，可以发现“上锡天恩，下昭祖德”

的说法，在《红楼梦》开卷的作者自序中就已经出现过，由曹雪芹所云“已往所赖天恩祖德，锦衣纨袴之时，饫甘餍肥之日”的自忏剖白，可见“天恩祖德”诚然是创造家族荣耀的必要条件；其次，在第一章中所谈到的，宝玉以及许多明清文人用来推崇女性、尤其是赞美少女的“山川日月之精秀”这句话，也被用在身为皇室高级成员的元春身上，这已经是一种巧妙的置换，隐微地告诉我们，握有世俗大权的成年女子仍然可以是“山川日月之精奇所钟”，展现出女性的美好力量，也就是把力量用在创造“美好”上，所以小说家才会无比推崇地说“三春争及初春景”。

由此，甚至应该说，元春的“山川日月之精奇”比起未婚少女的“山川日月之精秀”要更可贵、更有意义。因为未婚少女的“山川日月之精秀”，只是一种天然而然的气质，在缺乏历练与考验的情况下所形成的单纯心灵，只要顺其自然，毋须费力就可以达到，也很容易在进入现实社会后就快速地消失殆尽，沦为宝玉所不齿的“死珠”和“鱼眼睛”；但元春的“山川日月之精奇”却是千锤百炼之后的不忘初衷，是“造次必于是，颠沛必于是”的终极坚持，属于经过严酷考验之后的炉火纯青，所以她的内涵更丰富也更有力量，从而提升为创造真善美的大母神。

五、母神的悲歌：石榴楼子花的哀愁

只可惜，在下一代的母神还来不及培育之前，贾家就已经走入百年的末世而面临崩塌，元妃自己也受到环境的波及而丧命，个人与家族同时进入毁灭的终局。而这又和石榴楼子花的其他生物特性互相呼应，取得巧妙的象征。

（一）“失落佳期”的终身孤独

前面所引述的韩愈诗“五月榴花照眼明”，其中的“五月”其实已经隐含了时序上迟来晚到的特征，也就是一反百花争妍于春天的集体繁华，石榴花独自盛开在夏季五月的成长常轨。这原本只是石榴在历经千万年的演化之后所形成的自然现象，但在中国古典文学传统中却被赋予一种迟来晚到而错失佳期的叹惋，如晚唐子兰《千叶石榴花》诗中便说：

> 一朵花开千叶红，开时又不藉春风。

而这一点，比起“红艳灿烂”此一其他红色花朵（如牡丹、芍药、蔷薇、桃花、杜鹃等）也都不缺乏的形貌特征，更是石榴花专属的独有特性，也因此是文士比附于人事时最关键的重要象征所在。

就这一点来说，最早的典故是出自《旧唐书》所记载的监察御史孔绍安的故事：

> 高祖（案：指李渊）为隋讨贼于河东，诏绍安监高祖之军，深见接遇。及高祖受禅，绍安自洛阳间行来奔，高祖见之甚悦，拜内史舍人。……时夏侯端亦尝为御史，监高祖军，先绍安归朝，授秘书监。绍安因侍宴，应诏咏《石榴诗》曰：“只

为时来晚，开花不及春。”时人称之。[①]

故事是说，当李渊尚未开国建立大唐而屈就于隋朝之时，受命前来监军的御史先后有孔绍安、夏侯端二人。其中，孔绍安就此一因缘际会而与李渊最为相得，情谊也更长久深厚，但在李渊起兵称帝后，叛隋前来归附的行动却稍迟一步，因此品秩官职反倒较抢先来归的夏侯端为低。论情分，甚至论才能，孔绍安理应近水得月、拔得头筹，无奈在瞬息万变的政治场中，唯有洞烛机先的人才能捷足先登、先驰得点，因此心有不平的孔绍安便借着石榴花来寓托自己的咄咄不甘之意。原来在“地利”“人和”兼具的情况之下，独缺“天时”就足以将一切机缘抹煞，则地利之培养酝酿与人和之费心努力，都会因为错过时机而徒然付诸流水。就此，李商隐也曾抒发同样的悲慨而凄楚更有过之，于《回中牡丹为雨所败二首》之二的首句，劈头即毫不留情地揭发这残酷的事实：“浪笑榴花不及春，先期零落更愁人。”其“榴花不及春”之句正恰恰与孔绍安《侍宴咏石榴》的“只为时来晚，开花不及春”如出一辙。

对诗人而言，石榴花绽放盛开于夏日时节乃是无法弥补的致命缺陷，虽然也得到王安石所给予的“万绿丛中红一点”[②]的赞美，

---

① （后唐）刘昫等撰：《旧唐书》（北京：中华书局，1995），卷190，页4983。

② 《王直方诗话》记载：“荆公作内相〔时〕，翰苑中有石榴一丛，枝叶茂盛惟发一花。公诗云：‘秾叶万枝红一点，动人春色不须多。’”参郭绍虞：《宋诗话辑佚》（北京：中华书局，1980），页3。其中“秾叶万枝红一点”一句，至明清引述时已作“万绿丛中红一点”，较为今人所熟知，见（明）王象晋著，（清）康熙敕编：《广群芳谱》，卷28，页673。

但事实上最美的春天已拱手让人，既然得不到百花的衬托，便只有以时不我予的一树独秀苦苦追赶那永远错失的佳期，所谓：

岁芳摇落尽，独自向炎风。（晏殊《西垣榴花》）

则在夏日炎风的吹袭之下，那一树“照眼明”的秾华艳姿所呈现的便不是挥洒自如、睥睨群芳的昂扬奔放，而是一味声嘶力竭，却有如强弩之末般无能为力的徒劳无功。其花开之炫丽灿烂，在夏日“众花皆卸，花神退位”（第二十七回）而四顾无花的浓绿景致中，不免显出胜之不武的凄凉寂寞；而其孤芳自赏的身姿，也不免染上“夕阳无限好，只是近黄昏”的迟暮之感。韩愈《题张十一旅舍三咏·榴花》在第一句“五月榴花照眼明”之后，末联又更说道：

可怜此地无车马，颠倒苍苔落绛英。

这种四顾无花的凄凉寂寞，恰恰体现了元春独自一人幽居于皇室内院“那不得见人的去处”的孤寂处境，这朵一枝独秀的石榴花虽然灿烂辉煌，却是无比的孤独寂寞，因此元妃才会有“今虽富贵已极，骨肉各方，然终无意趣”的感叹。

内务府三旗系统下选上秀女，要满二十五岁才能遣派出宫，蹉跎了十多年宝贵的青春岁月，但至少二十五岁之后还能够回归家族，“终能聚天伦之乐”，与亲人相守终身，过着正常人的生活；并且以旗人家庭文化来说，未出嫁的小姑受到家族的尊重，也拥有较大的理家权力，仍然拥有自我实践的机会，但“封妃”之后却注定要老死宫中，晋身皇妃的虚荣浮华又完全不能使元春获得满足，反而造成了终身不能回家团聚的悲哀，这就是特属于元春的人生悲剧。

（二）“末世”的加剧与加速

更重要的是，花开太晚所造成的失时迟暮的特性，更隐喻了末世封妃对贾府所造成的负面作用。元春在贾家已经走入百年末世的时候封妃，只带给贾家表面上的虚荣，却附带了实质上非常沉重的经济压力，对入不敷出的贾家而言，其实是雪上加霜，甚至加速了贾府的败落。

固然元春封妃乃是贾府“烈火烹油，鲜花着锦”的第一大事，也将贾府声势引领到如日中天的空前高潮。然而，正如其代表花——石榴花一般，在百花已然透支了所有的春意与生机之后，迟开晚花的石榴那如血般的红艳，开得太美、太绝、太不遗余力，似乎并不是青春之际勃发畅旺的无限生机，而是一种临死之前奋力一搏的回光返照，源自于病体中酝酿的骚动躁乱所逼现的非常红晕，将仅存的所有能量倾泄一空，化为昙花一现式的满天烟火。因为随代降等袭爵、却又一味安富尊荣的缘故，宁荣二府的百年基业早已落入“外面的架子虽未甚倒，内囊却也尽上来了”（第二回）的窘境，有如“虽未成灰，然已成了朽糟烂木，也无性力”（第七十七回）的百年人参，呈现出“百足之虫，死而不僵”（两见于第二回冷子兴之说、第七十四回探春之语）的败絮其内。

贵为皇妃的元春却根本无法为贾府带来实质的经济支援，反倒加速扩大了贾府之财务赤字。就这一点，贾蓉曾经对那些雾里看花而想当然耳的平民百姓说明过：

> 娘娘难道把皇上的库给了我们不成！他心里纵有这心，他也不能作主。岂有不赏之理，按时到节不过是些彩缎古董顽意儿。纵赏银子，不过一百两金子，才值了一千两银子，够一年的什么？这二年那一年不多赔出几千银子来！头一年省亲连盖花园子，你算算那一注共花了多少，就知道了。再两年再一回省亲，只怕就精穷了。（第五十三回）

而覆按书中相关情节，可见情况确是如此，如第二十八回记载元春打发夏太监出来，送了一百二十两银子，用于打平安醮和唱戏献供，此外便是数十样应时的赐礼，额外分润贾府的经济支援实在所剩无几，显见此言不虚。除此之外，贾府原本就存在着家庭内部必须日常支应“三四百丁”（第六回）、“上上下下，就有几百女孩子”（第五回）、“家里上千的人”（第五十二回）、“人口太重”（第七十二回）、“日用排场费用，又不能将就省俭”（第二回）的庞大用度。以最寻常微小的鸡蛋为例，第六十一回厨娘柳家的说道：

> 不知怎的，今年这鸡蛋短的很，十个钱一个还找不出来。昨儿上头给亲戚家送粥米去，四五个买办出去，好容易才凑了二千个来。

即使以最便宜的价格计，聚沙成塔，二千个鸡蛋都是一笔数目，何况此时行情飙高到一个十钱，二千个就是两万钱，若再加上其他林林总总的各种食材，单单一日三餐就所费不赀，何况吃饭之外还有数不尽的开销？清代周春就说："柳家的鸡蛋开销十个钱一个，即此一端，宜十年而花百万也。"[①] 另外姚燮则对贾家的日用排场费用做过一番整理，历历可见各种支出十分惊人：

> 两府中上下内外出纳之财数，见于明文者，如芹儿管沙弥道士每月供给银一百两；芸儿派种树领银二百两；给张材家的绣匠工价银一百二十两；贵妃送醮银一百二十两；金钏死，王夫人赏银五十银；王夫人与刘老老二百两；凤姐生日凑公分一百五十两有余；鲍二家死，琏以二百两与之，入流年账上；诗社之始，凤姐先放银五十两；贾赦以八百两买妾；度岁之时，以碎金二百五十三两六钱七分，倾压岁锞二百二十个；乌庄头常例物外缴银二千五百两，东西折银二三千两；袭人母死，太君赏银四十两；园中出息，每年添四百两；贾敬丧时，棚杠、孝布等共使银一千一百十两；尤二姐新房，每月供给银十五两；张华讼事，凤姐打点银三百两，贾珍二百两，凤又讹尤氏银五百两；金自鸣钟卖去银五百六十两；夏太监向凤姐借银二百两；金项圈押银四百两……无论出纳，真书中所云如淌海水者。宜乎六亲同运，至一败而不可收也。

① （清）周春：《阅红楼梦随笔》，一粟编：《红楼梦资料汇编》，卷3，页74。

元妃宠时，其所载赏赐之隆，不一而足，至贾母八十生寿，其赏赐及王侯礼物亦可谓富盛一时。至酬赠如甄家进京时，送贾府礼，叙上用妆缎蟒缎十二疋，上用杂色缎十二疋，上用各色纱十二疋，上用宫绸十二疋，官用各色纱缎绸绫二十疋；贾敬死时，甄家送打祭银五百两：举此二端，凡所酬赠者可知。至礼节如宝玉行聘之物，叙金项圈金珠首饰八十件，妆蟒四十疋，各色绸缎一百二十疋，四季衣服一百二十件，外羊酒折银，举此一端，其他之婚丧礼节可知。殆所谓开大门楣，不能做小家举止耶？①

日常开销已经是“开大门楣，不能做小家举止”，一旦元春封妃之后，又直接带来更多的巨额花费，省亲活动中造园筑景、人事物资的挥霍耗损固不必提，其他官场之间日常应酬往来、婚丧喜庆都是不可或缺的礼数，长期下来日积月累更是一大负担。如先是在第五十三回由贾珍隐隐约约地提到：

（荣府里）这几年添了许多花钱的事，一定不可免是要花的，却又不添些银子产业。这一二年倒赔了许多。

剖析这几句笼统含糊的说词，所谓“这几年添了许多花钱的事”“这

① （清）姚燮：《读红楼梦纲领》，一粟编：《红楼梦资料汇编》，卷3，页165—166。

一二年倒赔了许多”，所涉及的时间理当是元春封妃后的“这几年”“这一二年”，正可以对应于上引贾蓉所谓“这二年那一年不多赔出几千银子来”之说；而这段时间中所添加的“许多花钱的事”又之所以“一定不可免是要花的”，从其花费之庞大规模与不得不然之强制性质，可以推知原因必然与宫廷有关。

果然到了第七十二回，书中就清楚地以具体事例点明所谓“添了许多花钱的事”，一方面是官场之间应酬往来、婚丧喜庆之开销，如贾琏所谓：

> 明儿又要送南安府里的礼，又要预备娘娘的重阳节礼，还有几家红白大礼，至少还得三二千两银子用，一时难去支借。

可见仅仅不过数日之内，就额外添加“三二千两银子”的巨额用度，若以第六十四回贾敬过世时甄家送来打祭银的五百两为参照额度，可以推知其中单单是几家红白大礼这一项即高达一二千两，因此才会紧迫到一时难去支借的地步。另一方面，那所添的“许多花钱的事”还包括宫中太监三不五时的打抽丰、揩油水，其名为借，其实总是有去无回，而贾府碍于元春的地位、门面，以及必须打点关系、疏通人脉等等顾虑，在投鼠忌器的情况下，只能任其予取予求而难以回绝。第七十二回就大篇幅地描写道：

> 人回：“夏太府打发了一个小内监来说话。”贾琏听了，忙皱眉道：“又是什么话，一年他们也搬够了。”凤姐道：

> “你藏起来，等我见他，若是小事罢了，若是大事，我自有话回他。”贾琏便躲入内套间去。这里凤姐命人带进小太监来，让他椅子上坐了吃茶，因问何事。那小太监便说：“夏爷爷因今儿偶见一所房子，如今竟短二百两银子，打发我来问舅奶奶家里，有现成的银子暂借一二百，过一两日就送过来。”凤姐听了，笑道：“什么是送过来，有的是银子，只管先兑了去。改日等我们短了，再借去也是一样。”小太监道：“夏爷爷还说了，上两回还有一千二百两银子没送来，等今年年底下，自然一齐都送过来。”凤姐笑道：“你夏爷爷好小气，这也值得提在心上。我说一句话，不怕他多心，若都这样记清了还我们，不知还了多少了。只怕没有；若有，只管拿去。”因叫旺儿媳妇来，“出去不管那里先支二百两来。”旺儿媳妇会意，因笑道：“我才因别处支不动，才来和奶奶支的。”凤姐道：“你们只会里头来要钱，叫你们外头算去就不能了。”说着叫平儿，“把我那两个金项圈拿出去，暂且押四百两银子。”

如此才勉强应付掉一场吸血的灾难。然则奇特的是，何以贾府作为堂堂的皇亲国戚，有受宠的皇妃在宫中为支柱，却竟然必须任由被鄙视为“阉竖”的太监如此之予取予求，乍看之下实在是匪夷所思；如若加以深入探究，其中所涉及“权力”的多向、流动本质，其奥妙则堪称令人感慨万千。

有关“权力”（power）的问题，据福柯（Michel Foucault,

1926—1984）所提出的权力多向论指出，权力不可能为人们获取或分享，“权力的运用来自无数方面，在各种不平等与运动着的关系的相互影响中进行”，并且“权力来自下面，从权力关系根源上说，也就是统治者与被统治者之间不存在全面彻底的两元对立”，因此，一个所谓“拥有权力”的人经常会在别处受制于人，反之亦然[①]，足见人与人之间的权力关系其实是十分错综复杂的。就太监的特殊身份处境而言，虽然身份低下，却是随侍在皇帝身边的贴身之人，被称为“天子脚下无品官”，并因为“去性”（de-genderized）的结果而得以出入后宫，近水楼台之下，对皇帝与妃嫔之间的承幸关系往往发挥关键作用，既能借机推荐侍夜陪寝的人选，使某人取得飞上枝头的可能性，也能透过三言两语的不实谮言，导致某人被打入冷宫[②]，所以才会成为后宫贿赂的对象，也是妃嫔及其家属

① Michel Foucault, “The Deployment of Sexuality,”*The History of Sexuality: An Introduction* (New York: Random House, 1978), I: 94-97. 引文见〔法〕米歇尔·福柯著，Robert Hurley 英译，谢石、沈力中译：《性史》（台北：结构群文化公司，1990），页84—85。

② 这一点可以参考《战国策·楚策四》所记载的故事：“魏王遗楚王美人，楚王说之。夫人郑袖知王之说新人也，甚爱新人。衣服玩好，择其所喜而为之；宫室卧具，择其所善而为之。爱之甚于王。王曰：‘妇人所以事夫者，色也；而妒者，其情也。今郑袖知寡人之说新人也，其爱之甚于寡人，此孝子之所以事亲，忠臣之所以事君也。’郑袖知王以己为不妒也，因谓新人曰：‘王爱子美矣。虽然，恶子之鼻。子为见王，则必掩子鼻。’新人见王，因掩其鼻。王谓郑袖曰：‘夫新人见寡人，则掩其鼻，何也？’郑袖曰：‘妾知也。’王曰：‘虽恶必言之。’郑袖曰：‘其似恶闻君王之臭也。’王曰：‘悍哉！’令劓之，无使逆命。”（西汉）刘向辑录：《战国策》（台北：里仁书局，1982），卷17，页553—554。亦可见诸《韩非子·内储说下》。而太监完全可以扮演故事中王后郑袖的角色，发挥类似的作用。

不敢得罪的原因。如此一来，妃嫔便形同宫中的人质，虽然表面风光，可以差遣太监传谕办事，但同时其命运却也牵动于太监之手，因而王熙凤和贾琏面对太监们的勒索，只能有求必应，甚至表面上王熙凤还必须故示慷慨，对登门借款的太监一再声称“有的是银子，只管先兑了去”“若有，只管拿去”这样的大方话。其结果就是如无底洞般“一年他们也搬够了”，以致掌管财务的王熙凤不免“日间操心，常应候宫里的事”，其被强取豪夺之忧虑甚至深深固结于潜意识中，到了夜梦纠缠的地步。

然则恶梦会醒，现实的艰难却终究日甚一日，夏太监在已经借去一千二百两而尚未归还的情况下，又派人来借二百两；而贾琏接着也说“昨儿周太监来，张口一千两，我略应慢了些，他就不自在”，比起夏太监更是狮子大开口。是以贾琏只得感叹道：“这一起外祟何日是了！”甚至还由此推论，进一步预言道：

> 将来得罪人之处不少。这会子再发个三二百万的财就好了！

换言之，太监的勒索被视为“外来的邪祟”，像鬼魅一样纠缠不已，其实是无从了局，得要靠“发个三二百万的财”才有办法化解，但这对经济窘迫的贾府来说又是难如登天，因而“将来得罪人之处不少”的感叹就不幸一语成谶，为贾府未来的厄运埋下伏笔。贾府在金钱供给上应候不周的“得罪人”之处，穷根究柢，都将归报在元春身上，一旦宫中事变，欠缺奥援的元春势必会更艰辛、更坎坷，终究面临“虎兕相逢大梦归”（第五回人物判词）的不幸结局。而贾府作为与元春扶持照应的命运共同体，必然也就同时面临崩解惨败的下场。

是以元春之封妃，实际上所发挥的并非锦上添花、鱼水帮衬的加乘效果，可以通过殷实之财力广结人脉、拉抬家业；相反地，一如重台花朵难免“敧红婑媠力难任”的过度负担，石榴花接连四五枝楼子上起楼子的沉坠难持，更象征了皇族贵戚之身份对已经左支右绌、寅吃卯粮的贾府而言，所带来的只是徒有其表的虚张声势，却在实质经济上加速了入不敷出，使得寅吃卯粮、挖肉补疮的窘况雪上加霜，而终致颓败。这就是元春封妃不得其时所导致的后果。

由此，又可以推出元春/石榴人花一体的另一重象征意义。依照生灭循环的自然常轨，盛夏之后随即秋风掩至，红艳逼人的全开盛放之后便是满目惨伤的凋零萎落，重台石榴花所呈现的正是此种物极必反的逻辑，用以强化其从鼎盛到败灭的高度反差，正恰恰呼应第二十二回元春所作灯谜诗之谶意：

能使妖魔胆尽摧，身如束帛气如雷。
一声震得人方恐，回首相看已化灰。

当时贾政看了，心内沉思道：“娘娘所作爆竹，此乃一响而散之物。”因此感到不祥而烦闷不已。而早在第十三回，秦可卿之魂灵将遗愿托梦于王熙凤时，就已接连引述“乐极悲生”“盛筵必散”“月满则亏”“水满则溢”“登高必跌重”等五个俗话谚语，通过同义词反复强化的方式而明白表露此一认知。作为曹雪芹的代言人，秦可卿先是将元春之封妃描述为“一件非常喜事，真是烈火烹油、鲜花着锦之盛”，其炙手可热之威势恰恰与“榴花开处照宫闱”之判词，以及“接连四五枝，真是楼子上起楼子”之榴火花光相互映衬，正显示出贾府“赫赫扬扬，已将百载”的登峰造极；然而如同秦可卿的预先告诫，此一鼎盛豪奢之后立刻就会急转直下，“要知道，也不过是瞬息的繁华，一时的欢乐”，则当夏日的炎赫光灿一旦消褪，那楼子上起楼子的硕大头重的石榴花，其坠落的速度与撞击地面的力道自然强过于其他众芳，而出现“石榴红重堕阶闻”的惨痛情景，至于其光彩炫目的红艳色泽，在凋萎的过程中也势必加倍地怵目惊心，造成更加不忍卒睹的残败荒凉。

第五回《红楼梦曲·虚花悟》中曾预告道：“天上夭桃盛，云中杏蕊多。到头来，谁把秋捱过？……春荣秋谢花折磨。”就此，都是以类似“开到荼蘼花事了”[①]和“此花开尽更无花”[②]等诗句所蕴蓄的道理，暗示在元春／石榴花的全盛时期之后，紧接着便是“食尽鸟投林，落了片白茫茫大地真干净”（第五回《红楼梦曲·收尾》）的一片空无。因此石榴花虽然撷取了盛夏勃发的烜赫炫目，但其怒放挥洒之势不仅带来入不敷出的透支耗竭，其辉煌灿烂更有如回光返照般直接引出坏空与消亡，当其重重堕地之后，不但元春个人必须承受“虎兕相逢大梦归”的惨剧，也同时为春生夏长的群花众芳敲响了荒寒凄怆的秋冬挽歌。

---

① 出自（宋）王淇：《春暮游小园》诗。

② （唐）元稹：《菊花》。

至此，可以把与元春有关的判词、灯谜诗与石榴花之象征意涵相对照，表列以观之：

判词		灯谜诗		榴花意涵
二十年来辨是非	——	能使妖魔膽尽摧	——	恐合栽金阙
榴花开處照宫闱	——	身如束帛气如雷	——	封作百花王
三春争及初春景	——	一声震得人方恐	——	榴花更勝一春红
虎儿相逢大梦归	——	回首相看已化灰	——	石榴红重墮階闸

可见三者之间存在着相应一贯的平行结构，于“由盛而衰”的意脉上颇有类通之处，而榴花与元春之命运遭际的对应关系，也是若合符契。

（三）“石榴楼子花”的陨落

不幸的是，“回首相看已化灰”的不只是贾府，还包括元妃。就在贾家苦撑的时候，又发生元妃死亡的灾难，从判词所说的“二十年来辨是非，榴花开处照宫闱。三春争及初春景，虎兕相逢大梦归”，可以推出几个重点：

第一，既然元春大约是在十三岁的时候入宫，经过二十年的孤独奋斗，则死亡时得年仅三十三岁左右；高鹗在第九十五回说元妃“存年四十三岁”，与前八十回所反映的各种现象不符。

第二，导致元妃“大梦归”，也就是死亡的原因，是“虎兕相逢”。[1]而“虎兕”作为凶猛的野兽，在传统文献中往往指的就是政治恶势力，“虎兕相逢”暗喻两派政治势力之恶斗，甚至涉及宫廷政变，则元春的“大梦归”乃死于非命，而关涉于贾府之抄家，应该与宫廷斗争有关。如此一来，元春的死就不是自然疾病所致的寿终正寝，而是突如其来的意外猝死。

前面我们已经看到，对贾府这等富贵人家而言，封妃的莫大荣耀，竟是在举家忐忑不安的情况下确认的：第十六回描写贾家面临宫中太监来颁布御旨时，第一反应都是“惶惶不定”“心神不定”，即使管家回报的是要女眷“进朝谢恩”，也仍然不敢放心，还要叫进来细问清楚才能转忧为喜，这便显示了凡与皇室有关之事，都是祸福不定，所谓天威难测，有时“谢恩”就等于“谢罪”，天堂与地狱往往是在一线之隔，所以才会有这样忧喜难辨的反应。基于同一道理，当时传来的是封妃的喜讯，而后来就有可能是贵妃薨逝的凶讯。

由于宫斗实在惨烈无比，即使以元春的仁德与睿智，结果还是面临“虎兕相逢大梦归”的悲剧结局，在宫廷恶斗中以死收场。而她的心声就在《红楼梦曲》中具体地表露出来：

---

① 此句甲戌本等多作“虎兔相逢大梦归”，各家诠解不一，包括已被推翻的“卯年寅月薨逝”之说，见高鹗在第九十五回所言：“是年甲寅年十二月十八日立春，元妃薨日是十二月十九日，已交卯年寅月，存年四十三岁”；而高阳则认为意指“过了虎年、兔年，大限即到”，见高阳：《曹雪芹以“元妃”影射平郡王福彭考》，周策纵编：《首届国际〈红楼梦〉研讨会论文集》（香港：中文大学出版社，1983），页143。但从词汇的考证而言，应作“虎兕”为是，参林冠夫：《辨“虎兔相逢”》，《红楼梦研究集刊》第10辑（上海：上海古籍出版社，1983），页405—412。

〔恨无常〕喜荣华正好，恨无常又到。眼睁睁，把万事全抛。荡悠悠，把芳魂消耗。望家乡，路远山高。故向爹娘梦里相寻告：儿命已入黄泉，天伦呵，须要退步抽身早！

在“荣华正好”中来到的“无常”，导致“大梦归”的命入黄泉，瞬息之间就翻转命运，被迫放下一切。“无常”便是“虎兕相逢”的惨烈斗争，这也就是元春在一缕芳魂远逝前，特地托梦于爹娘，谆谆嘱咐“须要退步抽身早”的原因，并与秦可卿在死前托梦王熙凤，面授“于荣时筹画下将来衰时的世业”以“永保无虞”的做法相对应。这两种做法的差别在于：元妃是劝告避开朝廷的派系牵连，而可卿则是因应败落后的补救之法，因应的情况与具体做法都有所不同。

然则，政治场中的复杂残酷，又岂是可以进出自如，容许人们轻易“退步抽身”？陈年的恩怨随着人脉的纠葛，早已编织成强韧的蜘蛛网，遍及于周边的各个角落，在永不淡忘的仇恨记忆中一触即发，不放过任何假想敌，也不在乎殃及无辜，而下手之重都是见骨致命。陷身其中长达百年的贾家，既脱身不得也注定性命交关，尤其是亲密来往的世交亲友已经纷纷涉入重罪，多年的鱼水帮衬转化为连坐的藤蔓纠缠。世交如甄府，已经先一步惨遭抄家的厄运，第七十四回探春感慨道：“你们今日早起不曾议论甄家，自己家里好好的抄家，果然今日真抄了。咱们也渐渐的来了。”显然在朝廷抄家之前，也有类似抄检大观园之类的“自己家里好好的抄家”；而甄府被朝廷抄家以及与贾府的牵连，紧接着在下一回就有所描述：

> 尤氏从惜春处赌气出来，正欲往王夫人处去。跟从的老嬷嬷们因悄悄的回道："奶奶且别往上房去。才有甄家的几个人来，还有些东西，不知是作什么机密事。奶奶这一去恐不便。"尤氏听了道："昨日听见你爷说，看邸报甄家犯了罪，现今抄没家私，调取进京治罪。怎么又有人来?"老嬷嬷道："正是呢。才来了几个女人，气色不成气色，慌慌张张的，想必有什么瞒人的事情也是有的。"（第七十五回）

甄府既已因犯罪被抄没家私，却还"有些东西"被送来，收受的贾府便等同于一体犯罪。《大清律例》于"隐瞒入官家产"律明文规定：

- 凡抄没人口、财产，……若隐瞒财物、房屋、孳畜者，坐赃论，各罪止杖一百，所隐人口财产并入官，罪坐供报之人。若里长同情隐瞒，及当该官吏知情者，并与同罪，计所隐赃重者，坐赃论，全科。
- 条例第五条：照《坐赃律》分别定拟：……一百两，杖六十，徒一年，每一百两加一等；五百两至一千两，满徒；一千两以上，罪止杖一百、流三千里。[1]

据此来看，贾府的"同情隐瞒"已注定为自身招来无穷祸患，若是

① （清）徐本、三泰等奉敕纂：《大清律例》，卷12，收入故宫博物院编：《故宫珍本丛刊》（海口：海南出版社，2000），第331册，页201—202。

再有朋党交通的共谋罪证，如连老嬷嬷都认定“想必有什么瞒人的事情”，则未来命运已经不言可喻。

至于蒙贾府之力复职的贾雨村，重返官场后一路长袖攀缘直上青云，荣登“补授了大司马，协理军机参赞朝政”（第五十三回）的仕途高峰。但也因为品行不端，终究落得再度降职，第七十二回写道：

> 林之孝说道：“方才听得雨村降了，却不知因何事，只怕未必真。”贾琏道：“真不真，他那官儿也未必保得长。将来有事，只怕未必不连累咱们，宁可疏远着他好。”林之孝道：“何尝不是，只是一时难以疏远。如今东府大爷和他更好，老爷又喜欢他，时常来往，那个不知。”贾琏道：“横竖不和他谋事，也不相干。你去再打听真了，是为什么。”

贾琏所担忧的“将来有事，只怕未必不连累咱们”，果真一语成谶。以甄府的情况来说，抄家治罪后还偷偷送来一些东西，其间的“作什么机密事”“想必有什么瞒人的事情”，日后追究起来必然连累贾家。荣府之暗中收受机密物件固然是愚不可及，却也是人情之累，既然不忍心离弃世代故交，便难以撇清拒绝；至于居官贪酷的贾雨村，种种劣迹更是罄竹难书，滥施权力讹榨石呆子的扇子（第四十八回）不过是冰山一角，朝廷在降职之后若再继续查勘，其势必定是一败涂地，则与之臭味相投的贾珍、贾赦，也等于是引狼入室，贾府之受到连累便算是咎由自取。种种外力相加，厄运的召唤逐渐紧锣密鼓，荣华中的“无常”已是呼之欲出。

这种在“荣华正好”时突然面临“无常”的巨大变化，小说家也透过其他的谶语加以暗示。如第二十二回元宵节元妃自己所作的灯谜诗，借由爆竹的声势逼人、震耳欲聋，但短暂的燃放之后就化为一片灰烬，变化突然又落差巨大，正是对元春由封妃到死亡的贴切象征；此外，爆竹从爆炸到化灰的过程，既是元春由封妃到死亡的比喻，又是贾家由盛而衰的写照，元春的封妃把贾家的地位带到顶峰，元妃的“化灰”同时也带来贾家最后的“落了片白茫茫大地真干净”。关于元妃与贾府构成了命运共同体这一点，小说家更利用“戏谶”的特殊设计给予了暗示，第十八回元妃省亲时所点的四出戏，分别是：

> 第一出，《豪宴》；第二出，《乞巧》；
> 第三出，《仙缘》；第四出，《离魂》。

依照脂砚斋的说法，此四出乃分别伏“贾家之败”“元妃之死”“甄宝玉送玉”“黛玉死”等四事，“乃通部书之大过节、大关键”，据此而言，四出戏就是零散的拼凑，不成系统地分别涉及家族与个人。另外，话石主人则慧眼洞见“省亲四出应元妃全局”[1]，至于如何照应，惜未明言；徐扶明的解释虽然与脂砚斋的说法不同，但

---

① （清）话石主人：《红楼梦本义约编》，一粟编：《红楼梦资料汇编》，卷3，页183。

从戏曲特点提出精细的诠释，似乎更值得参考：单数的《豪宴》与《仙缘》交错地成为一组，以昆曲老生为重，乃用以预言贾府必将由盛而衰；双数的《乞巧》与《离魂》也交错地成为一组，以昆曲五旦为重，则是用以预示元春必将由得宠而夭折，两组剧目之间互有联系，使元春之宠夭与贾府之盛衰息息相关。[①]

可以说，元妃与贾家是命运共同体，双方的命运互为一体、彼此交织，元春是家族的荣耀，却也和家族同归于尽。在无常来到的那一天，她对家族女性的庇荫也就戛然而止，少女们于是重新被警幻仙姑接管，执行那些早已注定的悲剧命运，而元春自身也缔造了另一种特殊的女性悲剧类型。

当贾家的最后一代母神退位后，群龙无首，另一位来自贾家以外的母神前来接替，既挽救贾家最年幼的一个女儿，也为贾家的故事留下一个慈悲的结局，让灰烬中出现光的闪耀，那就是拯救巧姐儿的刘姥姥。作为整部《红楼梦》的最后一位母神，刘姥姥将在下一章进行讨论。

---

① 徐扶明：《红楼梦与戏曲比较研究》（上海：上海古籍出版社，1984），页82。

第七章
刘姥姥：大地之母

如果说女娲是抟土造人，那么刘姥姥则是“抟土助人”，用土地的力量让受苦受难的巧姐儿在乡野中获得新生，是真正的大地之母。

在贾母、王夫人、元妃这老中青三代母神的护佑下，宝玉、三春及其他同辈少女们享有了温暖而健全的成长。尤其是元春入宫封妃后，借由皇权施展了母神的力量，让贾府中的少女们进入乐园阶段，获得更多的自我安顿以发展个性，并保障了较独立的主体性。

但“无常”是一切人事物的本质，“逝者如斯，不舍昼夜”，时间是流动的，青春是短暂的，大观园是脆弱的。就在这一代的少女还来不及成长、下一代母神还来不及培育之前，贾家就已经走入百年的末世而面临崩塌，同时，三代母神也因为急遽的变化失去了生命与力量，群龙无首、四分五裂，仓皇扰攘之下，所有的金钗都遭遇到空前的灾难，进入失乐园的粗粝磨折中。有如第二十三回黛玉在大观园里对宝玉所说的：

> 你看这里的水干净，只一流出去，有人家的地方脏的臭的混倒，仍旧把花遭塌了。

这种象征性的说法，落实为女儿们的不幸遭遇，可以说是“每个人都有她的地狱”，而各种悲剧的具体情况都在第五回太虚幻境人物判词的命运预言中有所暗示。以薄命司中的正册人物而言，除第十三回就已经自尽的秦可卿之外，从探佚学的考察结果，可知贾府在八十回以后的情节中，抄家前后开始有各式各样的离散悲剧发生，香消玉殒的有元妃、黛玉、迎春、李纨，很可能还包括被休之后的凤姐；另外有婚后守寡的宝钗、湘云，以及远嫁天涯的探春、断然出家的惜春、流落风尘的妙玉和巧姐儿。

然则必须说，这些幸免于死、流落在外的女性们，虽然面临守寡、远嫁、出家这几种遭遇，导致终身贫穷、寂寞，或者贫穷、寂寞兼具，但比较起来，妙玉和巧姐儿的流落风尘应该算是最悲惨不堪的，属于“脏的臭的混倒，仍旧把花遭塌了”的极端类型。尤其巧姐儿是贾府的最后一代女性，也是正册十二金钗中最年幼、最柔弱无辜的，可以说是从大观园流出去之后最被现实糟蹋的一朵花。就这一点，曹雪芹出于绝大的同情，也为了彰示善有善报的天道好还，在巧姐儿惨遭不幸之后，特别安排了一位母神的眷顾，将这位贾家的嫡系子孙从污泥中拯救出来，那就是刘姥姥与巧姐儿的特殊缘分。

这位刘姥姥，在《红楼梦》中的母神系列里，是唯一名副其实、百分之百的“大地之母”，曹雪芹在她身上灌注了极其奥妙的巧思，蕴藏了无比耐人寻味的深意，以展现出大母神最原始的形象与力量。也因此，她从故事一开场到最后的谢幕，全程参与了贾府的盛衰过程。

一、巧姐儿的救赎

首先，当小说拉开序幕的时候，曹雪芹作了一个非比寻常的设计。如果说前五回是整部小说的楔子，有如音乐的前奏曲，对整个故事奠定基础框架，也对一些人物和背景进行基本交代，让读者掌握到简单的轮廓，那么第六回其实才是故事真正的开始。

然而，在前五回的铺陈之后，照理一般应该是继续发挥，让前面蜻蜓点水的线索得到进一步发展，也安排其他来不及出现的重要人物持续登场，但《红楼梦》的做法却并非如此。曹雪芹在宝玉神游太虚幻境，既呈现各种人物的命运预告，令人充满好奇，急着想一窥究竟，又在宝玉接受性启蒙并与袭人初试云雨，令人产生无限遐想之后，却突然完全离题地掉转笔锋，紧接着在第六回一开始去谈一个完全与前五回不相干的人物事件，所谓：

> 按荣府中一宅人合算起来，人口虽不多，从上至下也有三四百丁；虽事不多，一天也有一二十件，竟如乱麻一般，并无个头绪可作纲领。正寻思从那一件事自那一个人写起方妙，恰好忽从千里之外，芥豆之微，小小一个人家，因与荣府略有些瓜葛，这日正往荣府中来，因此便就此一家说来，倒还是头绪。

必须说，这个叙事安排乍看之下十分奇怪，因为贾府作为整部小说的主要舞台，其中的人物何其众多，事务又何其复杂，有一些更是将来的重大事件，完全不缺乏叙写的题材；何况这时还有许多重要人物来不及出现，例如史湘云、晴雯等等，未尝不是另一个展开叙事的线索。然而小说家却认为这些重要的人事物是“竟如乱麻一般，并无个头绪可作纲领”，反倒全部放弃不写，另外聚焦在一个遥远的、卑微的、不相干的小人物——也就是刘姥姥身上，借由她的行动由远而近地切入贾府，并且在刘姥姥来到贾府之前，又大费笔墨地铺陈她的身世背景与生活现况，包括她被女婿接来一起过活，女婿家与贾府之间好几代的关联，然后促成了到贾府求助的机缘。整段描述无论是篇幅长度或详细程度，都不亚于第二回“冷子兴演说荣国府”对贾府与林黛玉、薛宝钗等家族人员的介绍，颇有舍近求远、另起炉灶的意味。

对于这种突兀的安排，脂批说是《红楼梦》的惯用技法，第二回的回前总评曾借由“贾夫人仙逝扬州城”的情节指出：

> 未写荣府正人，先写外戚，是由远及近、由小至大也。若使先叙出荣府，然后一一叙及外戚，又一一至朋友、至奴仆，其死板拮据之笔，岂作十二钗人手中之物也。今先写外戚者，正是写荣国一府也。……盖不肯一笔直下，有若放闸之水、燃信之爆，使其精华一泄而无余也。

但这是就一般性的普遍通则而说的，所以通用于黛玉等外姓亲戚，并非刘姥姥所独具；若单就刘姥姥的人物安排，应该是另有特殊用意。只不过脂砚斋对此一安排的特殊用意，也只是预告说："略有些瓜葛，是数十回后之正脉也。真千里伏线。"（第六回批语）这个说法仍然还是显得笼统，并未点出成为小说正脉的具体情节又是什么，不减突兀与悬空之感。清末评点家张新之便提出类似的疑问，并且在提问之后给予解答：

> 闲人初读《石头记》，见写一刘老老，以为插科打诨，如戏中之丑脚，使全书不寂寞设也。……但书方第六回，要紧人物未见者正多，且于宝玉初试云雨之次，恰该放口谈情，而乃重顿特提，必在此人，又源源本本，叙亲叙族，历及数代，因而疑转甚。……试指出刘老老，一纯坤也，老阴生少阳，故终救巧姐。①

这段话中所提到的"插科打诨，如戏中之丑脚，使全书不寂寞"，是所有读者都一致感受到的人物特点，但那是后来第三十九回所发生的事，与第六回的出场设计无关；张新之真正慧眼看出的奥妙，在于全书结构上如此重要的"第六回"所展开的方式。他注意到曹雪芹对刘姥姥的出场采取了"重顿特提，必在此人，又源源本本，叙亲叙族，历及数代"的隆重介绍，显得比重上极不相称，这确实是一个值得思考的特殊现象，也可见刘姥姥实质上的重要性。而张

① （清）张新之：《红楼梦读法》，一粟编：《红楼梦资料汇编》，卷3，页157—158。

新之的解答，是这位一开始看似不相干的小人物，到了最后闭幕的时候会担当“终救巧姐”的重责大任，因此才回过头来获得了揭幕的特权。这是非常精细的观察与正确的解答。

不过，更值得深入探索的是，在“拯救巧姐”这一点上，刘姥姥的表现并不只是最后的拯救行动而已。曹雪芹特别苦心设计了许多微细却深刻的情节，既是对“拯救巧姐”的铺垫与预示，也进一步使得刘姥姥本身的母神内涵更加充实饱满，让整部小说丰沛的艺术能量令人赞叹不已。

在最后的拯救行动之前，刘姥姥以母神姿态“拯救巧姐”的相关情节与其中的寓意，可以先强调的是“命名”这一点。

（一）命名：命运的改造

正如同元妃为大观园中各处屋舍命名一样，“命名”是形同给予生命、创造秩序甚至赋予灵魂的展现，刘姥姥为巧姐儿的命名也体现出这些意义。

并不寻常的是，巧姐儿从出生以后一直并没有正式名字，连小名也付诸阙如，大家只叫她“大姐儿”，原因到了刘姥姥第二次进荣国府时才有所说明。第四十二回写刘姥姥逛大观园后，贾母和巧姐儿都生病了，凤姐对刘姥姥笑道：“你别喜欢。都是为你，老太太也被风吹病了，睡着说不好过；我们大姐儿也着了凉，在那里发热呢。”这时刘姥姥提醒小孩儿家可能是撞客（也就是遇见不干净的阴神鬼魂）所致，一语提醒了凤姐，于是命人找出祟书本子《玉匣记》令彩明来念，然后依书上所说，“命人请两分纸钱来，着两个人来，一个与贾母送祟，一个与大姐儿送祟。果见大姐儿安稳睡了”。这样神速的效验证明了刘姥姥的人生智慧，更获得了凤姐的信赖，因此凤姐随即谈起她对这个多病多灾的小女儿的担心：

> 凤姐儿笑道：“到底是你们有年纪的人经历的多。我这大姐儿时常肯病，也不知是个什么原故。”刘姥姥道：“这也有的事。富贵人家养的孩子多太娇嫩，自然禁不得一些儿委曲；再他小人儿家，过于尊贵了，也禁不起。以后姑奶奶少疼他些就好了。”凤姐儿道：“这也有理。我想起来，他还没个名字，你就给他起个名字。一则借借你的寿；二则你们是庄家人，不怕你恼，到底贫苦些，你贫苦人起个名字，只怕压的住他。”刘姥姥听说，便想了一想，笑道：“不知他几时生的？”凤姐儿道：“正是生日的日子不好呢，可巧是七月初七日。”刘姥姥忙笑道：“这个正好，就叫他是巧哥儿。这叫作‘以毒攻毒，以火攻火’的法子。姑奶奶定要依我这名字，他必长命百岁。日后大了，各人成家立业，或一时有不遂心的事，必然是遇难成祥，逢凶化吉，却从这‘巧’字上来。”凤姐儿听了，自是欢喜，忙道谢，又笑道：“只保佑他应了你的话就好了。”

可见刘姥姥对大姐儿多病的解释，正是所谓的“贵命难养”“贵格难熬”，在一种兼具总量管制与均衡原则的思维下，认为福寿的关系是互相牵制的，过多的福气会减损寿命，而“少疼他些”就可以细水长流，延长寿命。凤姐听了十分受用，认为“有理”，于是进一步请托刘姥姥帮助她的女儿。从接下来的对话中可以看出几个重点，第一是凤姐非常疼爱这个女儿，因此恳请刘姥姥继续护佑她的掌上明珠，而将通常是家长才有的命名权交给了这位农妇村妪；其次，此一非比寻常的举动也显示出她对刘姥姥的高度信赖，这种信赖不只是效验神速的生活智慧而已，还包括“借寿”和“借贫苦”的用意。借寿是分享长寿，而“借贫苦”则是用来平衡过度富贵，压制“贵命难养”“贵格难熬”的诅咒，目的都是为了让巧姐儿平安长大、幸福一生，凤姐这份为人之母的苦心实在非常令人动容。

尤其是，巧姐儿之所以一直迟迟没有命名，就是因为她的生日令人为难，深怕命名不当的话，不但不能消灾解厄甚至反遭其害，所以家长才会在苦恼之下一再迁延。从凤姐所谓“正是生日的日子不好呢，可巧是七月初七日”，可见当时有一种认知，以为这种生日会带来厄运，参考五月五日出生的孟尝君曾被预告会不利于父母，或许就可以理解，七月七日似乎也有类似的负面象征；更有可能是因为这一天与玄宗、贵妃的爱情悲剧有关，连带地也与唐代发生安史之乱的国家悲剧有关。因此面对巧姐儿出生的日子不好，亲长们才会一直回避不敢取名。

令人意外并深思的是，刘姥姥果然值得大大佩服，她不但贡献出长寿与贫苦人的坚毅力量，更以宝贵的人生智慧采用“以毒攻毒，以火攻火”的法子，勇敢地正面迎战厄运，不闪躲不逃避，反而赢得“遇难成祥，逢凶化吉”的转机。这份大无畏的勇气正是母神最令人赞叹的表现。

何以“巧”这个字是正面迎战的用语？因为七月七日晚间即

是七夕，由牛郎织女的故事而衍生出一些民俗仪式，包括妇女们的“乞巧”。这是唐代就已经在全国十分盛行的节庆活动，如《开元天宝遗事》载：“帝与贵妃，每至七月七日夜，在华清宫游宴。时宫女辈陈瓜花酒馔，列于庭中，求恩于牵牛织女星也。又各捉蜘蛛，闭于小合中。至晓，开视蛛网稀密，以为得巧之候：密者言巧多，稀者言巧少。民间亦效之。”[①] 又云：“宫中以锦结成楼殿，高百尺，上可以胜数十人，陈以瓜果酒炙，设坐具，以祀牛女二星。嫔妃各以九孔针、五色线，向月穿之，过者为得巧之候。动清商之曲，宴乐达旦。士民之家皆效之。”[②] 唐代诗人林杰《乞巧》一诗便说：

> 七夕今宵看碧霄，牵牛织女渡河桥。
> 家家乞巧望秋月，穿尽红丝几万条。

可见“巧”这个字是指女红上的手巧、技巧，在注重三从四德的传统社会中，这可以帮助女性受到重视与提升地位，因此成为女性争相追求的能力，甚至达到乞求神灵赐予巧手技艺的迷信程度。

不过，刘姥姥（以及曹雪芹）为巧姐儿命名时所取的这个“巧”字，与女红并无关系，而包含了其他几个层次的含义：一是与七夕有关的“乞巧”习俗，可以发挥“以毒攻毒，以火攻火”的化解作用，而“乞巧”的女性活动也适合作为女孩子的名字；再者，巧姐

① （五代）王仁裕纂：《开元天宝遗事》（北京：中华书局，1985），卷下，“蛛丝人巧”条，页16。

② （五代）王仁裕纂：《开元天宝遗事》，卷下，“乞巧楼”条，页24。

儿后来遇到灾难时也果然“遇难成祥，逢凶化吉”，受到了刘姥姥的搭救，整个过程与“巧”字所暗示的因缘凑巧有关。第五回太虚幻境薄命司的人物判词中，巧姐儿的图谶是：后面又是一座荒村野店，有一美人在那里纺绩。其判云：

> 势败休云贵，家亡莫论亲。
> 偶因济刘氏，巧得遇恩人。

“势败”“家亡”指的都是贾府的抄没败亡，“休云贵”“莫论亲”则是指过去的尊崇地位荡然无存，连亲人也丧失情分而落井下石，是世事无常而人性凉薄的极端遭遇。配合《红楼梦曲》的相关歌词来看，所谓：

> 〔留余庆〕留余庆，留余庆，忽遇恩人；幸娘亲，幸娘亲，积得阴功。劝人生，济困扶穷，休似俺那爱银钱忘骨肉的狠舅奸兄！正是乘除加减，上有苍穹。

可见“莫论亲”的“亲”指的是“爱银钱忘骨肉的狠舅奸兄”，也就是王仁与贾环。[①] 至于“偶因济刘氏，巧得遇恩人”与“幸娘亲，

① 王仁是王熙凤的胞兄，见第十四回，是为巧姐的“狠舅”；至于“奸兄”，依照同一辈分的伦理关系来说，应该是草字辈的堂兄弟，包括出身二府的贾蓉、贾兰，以及第十三回完整提到的旁支贾蔷、贾菖、贾菱、贾芸、贾芹、贾蓁、贾萍、贾藻、贾蘅、贾芬、贾芳、贾菌、贾芝等等，究竟是谁，因书稿迷失已无确证。（转下页）

积得阴功”都是指王熙凤对刘姥姥的济助所积留的余庆阴功，最后反馈到不幸的女儿身上，“巧得遇恩人”的“巧”字既是点出巧姐之名，也双关了她落难时在机缘巧合的情况下遇到刘姥姥的救援，这也和《留余庆》中“忽遇恩人”的“忽”字相一致。而“巧”这个名字果然改变了巧姐儿的命运，体现了刘姥姥所施展的母神力量。

（二）“佛手”的慈悲引渡

“巧得遇恩人”与“忽遇恩人”暗示了巧姐落难时在机缘巧合的情况下遇到刘姥姥的救援，当时的具体情况可以从脂批中略窥一二。就在刘姥姥解释何以要取名为巧姐的原因，是想让她“或有一时不遂心的事，必然是遇难成祥、逢凶化吉，却从这‘巧’字上来”这一段，脂砚斋批云：

> 应了这话固好，批书人焉能不心伤！狱庙相逢之日，始知“遇难成祥”“逢凶化吉”实伏线于千里。哀哉伤哉。此后文字，不忍卒读。（第四十二回）

“狱庙相逢之日”中的“狱庙”，在脂批中出现过几次，全名是“狱

(接上页) 其中，贾兰品性端良，自不可能；贾蓉虽为纨袴，却也不至于此；贾蔷对龄官一片痴情，亦无大恶之处，似乎难以对应；据第二十四回脂批的预告，贾芸“此人后来荣府事败，必有一番作为”，更应排除在外；贾环虽然辈分不合，性格作为却最有可能。另外，有人主张贾蔷、贾蓉在“奸兄”之列者，见张宏雷：《从巧姐结局说到“奸兄”》，《红楼梦研究集刊》第 10 辑，页 363—371。

神庙”，都是指贾家被抄后族人被监禁的地方，则“狱庙相逢之日”应该是指刘姥姥闻讯后赶到狱庙来探监，受到凤姐的托孤而有了拯救巧姐的下一步。

至于巧姐儿虽然幸运获救，却是无家可归，因此刘姥姥救人救到底，让巧姐儿嫁给板儿，成为一家人之后就可以名正言顺地照顾终身。关于这一点，小说中也安排了一段非常巧妙的设计，当刘姥姥带着板儿跟随大家逛大观园的时候，中途来到了探春所住的秋爽斋，第四十回描写：

> 左边紫檀架上放着一个大观窑的大盘，盘内盛着数十个娇黄玲珑大佛手。右边洋漆架上悬着一个白玉比目磬，旁边挂着小锤。那板儿略熟了些，便要摘那锤子要击，丫鬟们忙拦住他。他又要佛手吃，探春拣了一个与他说：“顽罢，吃不得的。”

这段板儿的故事随后就中断了，直到第四十一回才又有了后续的发展：

> 忽见奶子抱了大姐儿来，大家哄他顽了一会。那大姐儿因抱着一个大柚子玩的，忽见板儿抱着一个佛手，便也要佛手。丫鬟哄他取去，大姐儿等不得，便哭了。众人忙把柚子与了板儿，将板儿的佛手哄过来与他才罢。那板儿因顽了半日佛手，此刻又两手抓着些果子吃，又忽见这柚子又香又圆，更觉好顽，且当球踢着玩去，也就不要佛手了。

这并不只是小孩子之间无关紧要的细节，脂砚斋就清楚指出其中的暗示，他在“忽见板儿抱着一个佛手，便也要佛手”这两句批云：

> 小儿常情，遂成千里伏线。

接着在“又忽见这柚子又香又圆，更觉好顽，且当球踢着玩去，也就不要佛手了”一段，又批曰：

> 抽（柚）子即今香团之属也，应与缘通。佛手者，正指迷津者也。以小儿之戏，暗透前后通部脉络，隐隐约约，毫无一丝漏泄，岂独为刘姥姥之俚言博笑而有此一大回文字哉。

可见作者有意透过小孩子的心性，安排两人在玩物上发生接触与交换，佛手这种装饰性的果实从板儿的手中来到了巧姐儿的手中，而柚子也同样反向地转移，从“谶”的角度来说，就有如信物交换一般；再加上柚子“又香又圆”的“圆”谐音于缘分的“缘”，这便是将来两人联姻的“千里伏线”。所以这一大回逛大观园的长篇文字，绝不只是要通过刘姥姥的俚俗制造笑料而已，更是为了让巧姐最后嫁给板儿的刻意安排，诚可谓用心良苦。

不过，到底巧姐儿受到怎样的灾难，嫁给板儿的安排又为何是刘姥姥答谢贾家恩情的报答，都还应该多作推敲。在第六回写刘姥姥初入荣国府时，对王熙凤“忍耻”开口求助一段，脂批云：

老妪有忍耻之心，故后有招大姐之事，作者并非泛写。

那么所谓的“忍耻之心”就不只是当下开口向人求助时的心理障碍而已，既然“忍耻之心”又和后来“招大姐之事”有关，可见巧姐身上带有“耻”的烙印，据此可以推论贾家败落后，巧姐儿应是沦落风尘，符合第一回《好了歌注》所谓的“择膏粱，谁承望流落在烟花巷”，“忍耻”之说正暗示了巧姐儿沦落风尘的身份。换句话说，巧姐儿最终虽为刘姥姥所搭救，毕竟已不是黄花闺女的清白之身，兼且家势沦丧失去依靠，很难找到良家子弟接受她，更是谋婚不易，注定要花朵飘零。而这样的悲惨命运只有一个方法可以改变，那就是由属于良民阶层的王家收留，并且以婚姻的方式终身收留，可以说，让巧姐儿与板儿成亲实为刘姥姥对贾府数次济助之恩情的回报。虽然从此以后巧姐儿就过着在荒郊乡野中纺绩的贫苦生活，然而能够拥有正常而安定的归宿，不致飘零一生，已经算是不幸中的大幸。

由此推测，作者之所以安排佛手此一装饰性果品以为媒介，盖欲就字面取其象征含义：所谓“佛”者，慈悲也；“手”者，牵引也；“佛手”即为拯救于苦海劫难中的慈悲引渡者。而刘姥姥所伸出的援手就仿佛是“佛手”，牵引着巧姐儿从地狱走回人间，在她所给予的慈悲庇护下，让生命不那么痛苦而值得继续下去。

当然必须说，刘姥姥所伸出的这一双佛手是来自她感恩图报的良善品格，但若没有“施恩”，又何来的“报恩”？追本溯源，也正是因为贾府中，主要是贾母、王夫人宽柔待人的温厚性格，才能创造出这份绵延三代的善缘。如前所述第六回写刘姥姥在女婿家计艰困时，构想前往贾府寻求赈济以求脱困之策，除了凭借与金陵王家连过宗的古早因缘之外，赖以提高或确保赈济的可能性的，主要就是王夫人的好善乐施，所谓：

> 想当初我和女儿还去过一遭。他们家的二小姐着实响快，会待人，倒不拿大。如今现是荣国府贾二老爷的夫人。听得说，如今上了年纪，越发怜贫恤老，最爱斋僧敬道，舍米舍钱的。如今王府虽升了边任，只怕这二姑太太还认得咱们。你何不去走动走动，或者他念旧，有些好处，也未可知。

届时，果然也因为王夫人交代说："今儿既来了瞧瞧我们，是他的好意思，也不可简慢了他。"才使得势利的王熙凤拨给银两予以济助。尤其是，当刘姥姥第二次进荣国府以答谢时，贾家上下又给了她许多银两礼物，其中以王夫人的出手最大方，对刘姥姥的帮助也是治本而不只是治标，平儿交代说：

> 这两包每包里头五十两，共是一百两，是太太给的，叫你拿去或者作个小本买卖，或者置几亩地，以后再别求亲靠友的。（第四十二回）

这就比较根本地解决了刘姥姥一家看天吃饭、靠人救济的处境，而能够自给自足，甚至奠定了累积财富的基础。由此所种下的善因，将来也在巧姐儿身上结出了善果，可见慈悲可以助人，也可以自救。

因此《留余庆》这一支曲的曲文里，就一再强调人们应该要有济困扶穷的仁心善举，诸如“留余庆”“积得阴功”“劝人生，济困扶穷”“乘除加减，上有苍穹”，都是苦口婆心谆谆致意：天道好还，终究是恩恩相报，而人与人之间善意的良性循环可以让世界变得更美好。从王夫人到刘姥姥再到巧姐儿，就是母神慈善光辉的美丽绽放。

二、非“刘姥姥”不可

刘姥姥这个人物的安排，乍看之下确实很像王昆仑所说的热心老妇人，他发现：“在中国的小说、弹词和民间故事中，常有各种老妇人典型之提出。她们之中的正派人物，就以丰富的经验，广博的知识，充任着一般家庭和亲戚邻里间的生活指导员或人事纠纷的排解者。”并认为刘姥姥正属于这一种。[①] 但应该注意的是，贾府并不是一般的市井人家，小说、弹词和民间故事中所出现的这一类老妇人，不可能像邻居日常串门子一样地随时为贾府提供热情、担任顾问助手，或为其排难解纷。如何让乡下老妪和贵族世家的两条平行线得到交会，又交会得合情合理，堪称是创作上的一大考验。并且，《红楼梦》的人物设计也不像一般小说是为需要而需要，可以

① 王昆仑：《红楼梦人物论》（台北：里仁书局，2000），页 111。

用随机性的偶然凭空虚构出来，以应付无法解决的难题，犹如脂砚斋所指出的：

> 通部中假借癞僧跛道二人点明迷情幻海中有数之人也。非袭西游中一味无稽，至不能处便用观世音可比。（第三回眉批）

也就是说，连带有神话色彩的一僧一道都是在合乎情理逻辑之下的安排，不是在小说家面临“不能处”——也就是不能用小说本身的力量加以处理的地方时，就诉诸超现实的方式找来观世音帮忙解决，以致失去了逻辑性而成为“无稽”之谈；同理，从写实原则的角度来说，刘姥姥之所以能够与贾府发生这样深刻的关联，处处都是合乎人情事理，才会如此之顺理成章、自然而然。

首先，这位母神是一位人生历练丰富的年长女性。在第三十九回第二次进荣国府时，贾母问刘姥姥道：“老亲家，你今年多大年纪了？”刘姥姥忙立身答道：“我今年七十五了。”这时距离第六回第一次进荣国府，已经过了几年的时间，换算起来，刘姥姥一出场就是大约七十岁的老妇人。而她与贾府沾亲带故的关联，可以说是曲折又写实的，第六回作了一番详尽的说明：

> 恰好忽从千里之外，芥豆之微，小小一个人家，因与荣府略有些瓜葛，这日正往荣府中来，因此便就此一家说来，倒还是头绪。你道这一家姓甚名谁，又与荣府有甚瓜葛？且听细讲。
>
> 方才所说这小小之家，乃本地人氏，姓王，祖上曾作过小

> 小的一个京官，昔年与凤姐之祖王夫人之父认识。因贪王家的势利，便连了宗认作侄儿。那时，只有王夫人之大兄凤姐之父与王夫人随在京中的，知有此一门连宗之族，余者皆不认识。目今其祖已故，只有一个儿子，名唤王成，因家业萧条，仍搬出城外原乡中住去了。王成新近亦因病故，只有其子，小名狗儿。狗儿亦生一子，小名板儿，嫡妻刘氏，又生一女，名唤青儿。一家四口，仍以务农为业。因狗儿白日间又作些生计，刘氏又操井臼等事，青板姊妹两个无人看管，狗儿遂将岳母刘姥姥接来一处过活。这刘姥姥乃是个积年的老寡妇，膝下又无儿女，只靠两亩薄田度日。今者女婿接来养活，岂不愿意，遂一心一计，帮趁着女儿女婿过活起来。

这就是张新之所说的“源源本本，叙亲叙族，历及数代”，其中涉及三层亲属关系，首先是王夫人之父与王成之父这两个王家的联宗，有了同姓一家的情谊；随着王夫人嫁入贾府，于是王成家又与贾家有所关联；最后是刘姥姥的女儿嫁给了王成之子王狗儿，于是刘姥姥以岳母的身份住到女婿家，这才在家中陷入经济困难时发生作用。在这三层关系里，必须特别说明的是刘姥姥与女儿一起住的情况。和我们一般所以为的不同，其实母亲住到女婿家并不是奇怪甚至可耻的做法，在清朝的社会风俗中，依女为生并非违逆男权中心体制的罕见现象，据学者的研究指出：在有女无子的老年父母家庭里，立嗣养老是主流，同时，依靠女儿养老也不断见诸史籍，可见也是清代家庭中的一种养老方式。[①]就此来说，王狗儿将岳母刘姥姥接来一处过活，帮忙照看两个孩子，实属合情合理的安排。

值得注意的是，刘姥姥之所以能够在女儿女婿一家遇到经济困境时，一肩担负起死回生的任务，是因为她“是个积年的老寡妇”，其中寡妇的身份使她不必受到夫权的压抑，并获得女婿的接养，如此才能充分发挥自己的能力与智慧，这正合乎所谓“孤雌纯坤”的母神特质。至于“积年的老寡妇”中的“积年”，等于第三十九回贾母所说“积古的老人家”的“积古”，都是指累积了较多的年岁，具备丰富的阅历见识，深谙人情世故而成熟练达，更重要的是，女性在上了年纪之后就比较不用受到男女之别的限制，而拥有开阔的空间可以斡旋施展，因此可以争取更多的机会，也可以有较多方面的表现。试看刘姥姥提出到贾府向王夫人求助的建议后，之所以亲自出马的原因，就是出于年龄与性别的双重考虑，她对女婿王狗儿说：

> 你又是个男人，又这样个嘴脸，自然去不得；我们姑娘年轻媳妇子，也难卖头卖脚的，倒还是**舍着我这付老脸去碰一碰**。果然有些好处，大家都有益；便是没银子来，我也到那公府侯门见一见世面，也不枉我一生。（第六回）

其中的道理在于，王狗儿是一家之主，具有男性的尊严不容卑躬屈

---

① 赵全鹏：《清代老人的家庭赡养》，收入《明清人口婚姻家族史论——陈捷先教授、冯尔康教授古稀纪念论文集》（天津：天津古籍出版社，2002），页 314—315。

膝，加上穷酸落魄的形貌更是面上无光，不宜露脸；而女儿作为年轻女子，也不好抛头露面；只剩下没有这些顾虑的刘姥姥最适合担当此一任务，“老女人”的身份处境反倒成为困境突围的一大优势。于是就此计议定案，第二天刘姥姥便带了外孙板儿去贾府找王夫人的陪房周瑞，也果然打通了一条出路。

可见“积年的老妇人”不但是经验与智谋的泉源之一，也是破除性别之防、人际藩篱的一种方便法门，既免于男性的自尊问题，也没有年轻妇女不宜抛头露面的禁忌，于是可以大步走出家门，尽力开拓出路以获得生机。这就是小说家的巧妙安排之一。

（一）为什么是“姥姥”

但是，小说家的巧妙安排不仅如此而已。刘姥姥那“积年的老寡妇”的身份，非但让她可以走出家门，开启贾府的门路，获得救急的二十两银子渡过难关，更让她穿门踏户，深入贾府门禁森严的闺阁内院，由此更加充分展现自己的机智心术，又获得足以救穷的数百两银子，翻转贫困的宿命。而这些都是来自“姥姥”的基本前提——只有“姥姥”这种兼具了“女性的性别”和“亲戚的身份”的人物，才能深入贾府内部，与深闺女性亲近互动，而创造出这份善缘。

1.“防闲内外”的突破

在生活空间上，“防闲内外”是传统家庭的重要课题。而内外之别，也就是男女之别。学者的研究指出：

> 就两性与空间而言……传统中国居室有内外之别：以堂屋后楣四分之一以后或后来的中门来划分内外，内则为女子活动范围而成为女性空间，外则为男子活动范围而为男性空间。但小孩不受此限制。一旦开始受到此限制时（八岁），男女的性别也开始有了意义。因此，男女性空间的存在本身也构成了男女性别在文化区辨上的基础之一。[①]

对于贾府这种贵宦世家而言，深宅大院兼且门禁森严，尤其是女眷起居的闺阁，外人实难以一探究竟。金寄水便说："王府处处讲求礼法，在关防院内除王府成员和小苏拉外，根本见不着男人的影子，出出进进只有太监们。虽然，在过年过生日也有至亲中的男子前来拜贺，也都只能到殿堂里为止，不得进入卧室，惟有医生（当年王府上下一律称'先生'）可以进入卧房，这在《红楼梦》里面写到看病就有描述。"[②] 从小说的描写中可以看到，能够进入贾府女眷生活中的男性，确实只有看病诊疗的医生，并且即使是名正言顺，看诊的过程都还是重重防备，戒护的情况堪称是如临大敌。试举几段情节来看。先以贾母为例，第四十二回描写她身体不适，一时婆子回："大夫来了。"老妈妈请贾母进幔子去坐——

> 一时只见贾珍、贾琏、贾蓉三个人将王太医领来。王太

① 黄应贵主编：《空间、力与社会》（台北："中央研究院"民族学研究所，1995），页11。

② 金寄水、周沙尘：《王府生活实录》，页207。

> 医不敢走甬路，只走旁阶，跟着贾珍到了阶矶上。早有两个婆子在两边打起帘子，两个婆子在前导引进去，又见宝玉迎了出来。只见贾母穿着青皱绸一斗珠的羊皮褂子，端坐在榻上，两边四个未留头的小丫鬟都拿着蝇帚漱盂等物；又有五六个老嬷嬷雁翅摆在两旁，碧纱橱后隐隐约约有许多穿红着绿戴宝簪珠的人。王太医便不敢抬头，忙上来请了安。

贾母是上了年纪的老太太，如前面所说的，可以比较不受男女之别的限制，因此贾母在大夫进来前就说："我也老了，那里养不出那阿物儿来，还怕他不成！不要放幔子，就这样瞧罢。"可见做法可以稍为宽松一些。但即使如此，也只是不用放幔子，允许当面诊视，至于其他的门禁戒护仍然丝毫没有打折扣，现场连婆子带丫鬟，至少就有十多个女仆，王太医也还是不敢抬头直视贾母的脸面。

一旦病人是未婚少女时，那就绝无弹性可言了，我们可以参考第五十一回晴雯感冒的例子。当时医生先由两三个后门口的老嬷嬷带进来，怡红院房中的其他几个丫鬟都回避了，又有三四个老嬷嬷放下暖阁上的大红绣幔，然后晴雯才从幔中单伸出手去，那大夫见这只手上有两根指甲，足有三寸长，尚有金凤花染得通红的痕迹，便忙回过头来，立刻就有一个老嬷嬷忙拿了一块手帕掩了。而这位新来的大夫不知贾府的规矩，误以为晴雯是贾家的小姐，老嬷嬷便悄悄笑道：

> 我的老爷，怪道小厮们才说今儿请了一位新大夫来了，真

> 不知我们家的事。那屋子是我们小哥儿的，那人是他屋里的丫头，倒是个大姐，那里的小姐？若是小姐的绣房，小姐病了，你那么容易就进去了？

说着，拿了药方进去。试看在这个过程中，大夫是名正言顺地进到怡红院房中，看诊的病人也还只是一个丫鬟，但整个过程就已经是关卡重重、多方戒备，而且连手都不能露，大夫也不敢直视而连忙回头避看，何况脸面！这种男女之防的回避原则，放到真正的大家闺秀上，戒备森严的程度就可想而知了。由这些情节可以清楚看到，才子佳人小说中可以轻易发生男女接触的设计，是完全不符合这种家族的真实情况的，所以曹雪芹也才会特别通过贾母来“破陈腐旧套”，这一点请参考本书第四章的分析说明，此处就不再重复。

另一方面，同样基于防闲内外的原则，外人既难以进入深宅内院，这些大家闺秀也难以出门接触外界，只有极少数的宗教活动才能创造外出透气的机会，借以打破终年闭关在家的沉闷。第二十九回“享福人福深还祷福”一段就描写了一次这样的盛况，当时因为端午节元妃出资作法事，贾母便率领着众女眷到清虚观打醮，真可谓是盛况空前：

> 王夫人……打发人去到园里告诉：“有要逛的，只管初一跟了老太太逛去。”这个话一传开了，别人都还可已，只是那些丫头们天天不得出门槛子，听了这话，谁不要去。便是各人的主子懒怠去，他也百般的撺掇了去，因此李宫裁等都说去。

贾母越发心中喜欢……

单表到了初一这一日，荣国府门前车辆纷纷，人马簇簇。那底下凡执事人等，闻得是贵妃作好事，贾母亲去拈香，正是初一日乃月之首日，况是端阳节间，因此凡动用的什物，一色都是齐全的，不同往日。少时，贾母等出来。贾母坐一乘八人大轿，李氏、凤姐儿、薛姨妈每人一乘四人轿，宝钗、黛玉二人共坐一辆翠盖珠缨八宝车，迎春、探春、惜春三人共坐一辆朱轮华盖车。然后贾母的丫头鸳鸯、鹦鹉、琥珀、珍珠，林黛玉的丫头紫鹃、雪雁、春纤，宝钗的丫头莺儿、文杏，迎春的丫头司棋、绣橘，探春的丫头待书、翠墨，惜春的丫头入画、彩屏，薛姨妈的丫头同喜、同贵，外带着香菱、香菱的丫头臻儿，李氏的丫头素云、碧月，凤姐儿的丫头平儿、丰儿、小红，并王夫人两个丫头也要跟了凤姐儿去的是金钏、彩云，奶子抱着大姐儿带着巧姐儿[①]另在一车，还有两个丫头，一共又连上各房的老嬷嬷奶娘并跟出门的家人媳妇子，乌压压的占了一街的车。贾母等已经坐轿去了多远，这门前尚未坐完。这个说“我不同你在一处”，那个说“你压了我们奶奶的包袱”，那边车上又说“蹭了我的花儿”，这边又说“碰折了我的扇子”，咭咭呱呱，说笑不绝。周瑞家的走来过去的说道：“姑娘们，这是街上，看人笑话。”说了两遍，方觉好了。前头的全副执

① 大姐儿与巧姐儿为同一人，“带着巧姐儿”五字疑为衍文，因“巧姐儿”之名要到第四十二回始由刘姥姥所命。

事摆开，早已到了清虚观了。

这种如同搬家般的浩浩荡荡，正是因贾府女眷包含主仆倾巢而出所造成，其排场从家门口绵延直达目的地，的确是令人大开眼界。而这样的盛况，就是因为“天天不得出门槛子”所长期累积的沉闷而一次爆发。

可见在“防闲内外”的强大禁制之下，由深闺跨界出轨的机会少之又少，上层妇女的日常生活极少有变化的刺激，于是“外来者”就成为最受欢迎的调剂品，而形成另一种反向的变形，由外来的妇女进入闺中，为幽居深宅大院的女眷带来新鲜空气。当然，并不是免于性别上的男女之防，外界的女性就可以自由进出，有进府机会的只限定在某些特殊身份的妇女。一般说来，可以合法进入闺阁的外来女性，主要就是三姑六婆，而在《红楼梦》中，三姑中的尼姑、道姑出现的次数最多，可以作为这一类人物的代表。

除尼姑、道姑之外，曹雪芹还安排了刘姥姥这个与荣国府“略有瓜葛”的年长女性，在合情合理的条件下进入荣国府，又在第二次进荣国府时进一步踏入与世隔绝的大观园，与老少四代的众女眷激荡出胜于清虚观打醮的欢乐高潮。也就是在这个时候，刘姥姥等于是负担了三姑六婆再加上清客的多重功能，而她也确实非常称职地扮演好了这些角色。以下就从三姑六婆谈起。

2. “三姑六婆”的升华

虽然《红楼梦》的续书者在描述王熙凤与探春讨论如何处置盗

贼时，曾借外人之口大声嚷道：“我说那三姑六婆是再要不得的，我们甄府里从来是一概不许上门的。”（第一一二回）但与甄府不同的是，贾府中实际可见尼姑、道婆不时穿门踏户而来，频繁地在荣国府的深闺内院中出入，甚至掀起灾难之狂飙，第二十五回“魇魔法姊弟逢五鬼”即是最鲜明的典型例子。

在这一回中，马道婆与贾母坐谈之后，“又往各院各房问安，闲逛了一回”，全无门禁可言，不但诳取丰厚之香油钱，还接受赵姨娘的贿赂而黑心作法，几乎祟死王熙凤与贾宝玉；至于尼姑部分，除水月庵的智能儿乃是“自幼在荣府走动，无人不识”（第十五回）之外，宝玉也曾提及“这水仙庵的姑子长往咱们家去”（第四十三回），而有一次当尤氏进大观园时，亦遇到“袭人、宝琴、湘云三人同着地藏庵的两个姑子正说故事顽笑”，此日庆生的贾母除了让两个姑子拣佛豆之外，并“歪着听两个姑子又说些佛家的因果善事”（第七十一回），在在可见往来之频繁。以致第七十七回“美优伶斩情归水月”一段，描写水月庵之智通与地藏庵之圆心这两位尼姑来送供尖，被王夫人挽留于贾府中住两日，恰巧遇到芳官等三人执意出家，二尼“听得此信，巴不得又拐两个女孩子去作活使唤”，于是假公济私，借由冠冕堂皇之说词哄得王夫人听其自由随同出家。在这种门户之防较为宽松的情况下，贾母会款待刘姥姥住几天，也就不足为奇了。

所谓“‘三姑六婆’大致上属于年纪稍长的妇人，她们走遍千家万户，阅历甚深，是故多呈现巧言利口、精明老成的形象”[①]，如果心术不正有所图谋，很容易就造成诱拐妇女的危害。因此明代黄标特别谈到“禁止六婆”的重要：

> 礼别嫌疑，莫重闺阃，而或者能禁男子之往来，不能禁妇人之出入。不知妇人中有所谓六婆者，其人虽微，其害甚大，所当严为拒绝者也。夫六婆者，大抵皆无依之妇，或为饥寒所苦，不得已各执其业以为生者，妇人至此，廉耻已尽绝矣。日走百家之门，巧为逢迎之计，而主人慢不觉察，恒以为妇人也，而忽之。……莫若峻往来之防，明出入之禁，庶几家庭无事，阃范常端矣。齐家君子，用志斯言。[②]

其中说的虽然是“六婆”，其实也适用于“三姑”，三姑所造成的危害并不遑多让，例如芳官等人执意出家，希望王夫人同意时，水月庵之智通与地藏庵之圆心这两位尼姑“听得此信，巴不得又拐两个女孩子去作活使唤”，“拐”这个动词就是对她们以慈善为名却行诱拐之实的伪善的春秋笔法；尤其马道婆施展魔法作祟杀人敛财，几乎造成荣国府的崩溃，更是一个血淋淋的例子。这些都可以证明世家大族“禁止三姑六婆”实有其道理。

① 参衣若兰：《三姑六婆——明代妇女与社会的探索》（台北县板桥市：稻乡出版社，2002），页19。

② （明）黄标：《庭书频说·禁止六婆》，收于（清）张伯行辑：《课子随笔钞》（台北：广文书局，1975），卷3，页166—167。

然而，一方面是人多事杂，闺阁门户“能禁男子之往来，不能禁妇人之出入”，本就不可能滴水不漏；再加上贾府对三姑的门户之防较为宽松，当府中的女眷想要解闷时，因缘际会来到府中的刘姥姥便得以循着三姑六婆的足迹进入大观园，摹仿男性世界的“清客”发挥助兴的效果。所以第三十九回刘姥姥在二进荣国府致赠谢礼时，“竟投了这两个人的缘了”，于准备告辞回乡之际，先是被王熙凤留住一晚，继而恰巧被贾母听见，问刘姥姥是谁，由于“我正想个积古的老人家说话儿，请了来我见一见”，遂形成一“想不到天上缘分”。这种“想个积古的老人家说话儿”的解闷需要，正是在性别空间的规禁之下所产生的心理空缺，尊爵贵显如贾府者，平日也只有请来女说书人才能稍稍减轻常态生活中行礼如仪的呆板单调，因此，一开始留下刘姥姥时，鸳鸯等人便是存心要捉弄她来取乐，鸳鸯说：“天天咱们说外头老爷们吃酒吃饭都有一个篾片相公，拿他取笑儿。咱们今儿也得了一个女篾片了。”(第四十回)“篾片”喻指专门趋奉凑趣、图沾余润的门客，被当作女篾片的刘姥姥正是男性空间中之清客篾片在女性空间中的替代品，是非专职的另类女说书人，让禁足于深闺里的女性增广见闻并满足对外界的好奇心，并在刘姥姥的机智之下酿成浪潮迭起的欢乐宴会。

衡量刘姥姥的言语、举止、作为等等形象特点来看，除了职业完全无涉，动机也非一味贪取财货以遂私利之外，其他表现都与三姑六婆的特性十分吻合。其实当刘姥姥第一次来到荣国府之际，即使在这个初初露脸的时刻，刘姥姥就已经展示出“虽是个村野人，却生来的有些见识，况且年纪老了，世情上经历过的”(第三十九回)

之老练世故，例如刘姥姥先是往王夫人的陪房周瑞之处接头，周瑞家的问道："今日还是路过，还是特来的?"刘姥姥便说："原是特来瞧瞧嫂子你，二则也请请姑太太的安。若可以领我见一见更好，若不能，便借重嫂子转致意罢了。"对这一番说词，脂砚斋有一批语云：

> 刘婆亦**善于权变应酬**矣。（第六回批语）

到了第三十九回刘姥姥二进荣国府，初次见到贾母时，忙上来陪着笑，福了几福，口里说："请老寿星安。"就此，脂砚斋的双行夹批又说：

> 更妙，贾母之号何其多耶。在诸人口中则老太太，在阿凤口中则曰老祖宗，在僧尼口中则曰老菩萨，在刘姥姥口中则曰老寿星者，却似有数人，想去则皆贾母，难得如此各尽其妙，**刘姥姥亦善应接**。

所谓的"善于权变应酬""善应接"一再告诉我们，刘姥姥绝不是一个单纯朴拙的乡下人，而是一个能够见风转舵、投其所好、逢迎谄媚的非常机灵的人，如第三十九回即称：

> 刘姥姥吃了茶，便把些乡村中所见所闻的事情说与贾母，贾母益发得了趣味。……那刘姥姥那里见过这般行事，忙换了

> 衣裳出来，坐在贾母榻前，又搜寻些话出来说。彼时宝玉姊妹们也都在这里坐着，他们何曾听见过这些话，自觉比那些瞽目先生说的书还好听。**那刘姥姥虽是个村野人，却生来的有些见识，况且年纪老了，世情上经历过的，见头一个贾母高兴，第二见这些哥儿姐儿们都爱听，便没了说的也编出些话来讲**。

首先，她编出一个十七八岁极标致的小姑娘在大雪地里抽柴草的故事，中途被小火灾打断后，宝玉仍然穷追不舍，拉了刘姥姥细问那女孩儿是谁。刘姥姥只得编了告诉他，说这位姑娘死后父母盖庙塑像，日久成了精，宝玉信以为真，又问地名庄名，来往远近，坐落何方，刘姥姥便顺口胡诌了出来。

其中，宝玉还建议刘姥姥道："我们老太太、太太都是善人，合家大小也都好善喜舍，最爱修庙塑神的。我明儿做一个疏头，替你化些布施，你就做香头，攒了钱把这庙修盖，再装潢了泥像，每月给你香火钱烧香岂不好？"刘姥姥道："若这样，我托那小姐的福，也有几个钱使了。"可见这些香火钱等于直接进入尼姑等香头的口袋，借宗教之名行营利之实，刘姥姥也并不讳言可以从中得利，则贾宝玉直接以此劝使刘姥姥担任香头，正是"利诱"的世故做法。可见宝玉绝不是一个单纯的人物，他在许多地方表现出对人情世故的洞察与务实，是我们应该注意的，这段利诱刘姥姥来达到对青春女儿的崇敬与怜惜，就是他复杂性格的一个例证。

由此也体现了曹雪芹在开卷第一回中，让第一组真假对照的甄士隐与贾雨村都住在"十里街"中的"仁清巷"的苦心——要到"仁清巷”必得经过“十里街”才能转进去，而从“仁清巷”一出来就是“十里街”。从脂砚斋所提示的“十里”是谐音“势利”，“仁清”是谐音“人情”，那么这个安排就是在暗示“势利”与“人情”互相依倚交织的关系：真正的人情必须通过势利的考验，否则只不过是小人之交甜如蜜，或鱼帮水、水帮鱼的互惠互利，只要一受到考验很快就会变得势利；而势利若有品德作根柢，则聪明机智、手腕灵活之类的心机未尝不可以变成正面的帮助，让人更懂得体贴而促进人情的温暖。必须指出，把代表世俗世界的葫芦庙坐落在“十里街”中的“仁清巷”，这不能不说是曹雪芹的深刻体认与微妙暗示。

换言之，对人性而言，真与假、势利算计与人情道义之间其实只有一线之隔，孰是孰非并不是可以简单断定的。即使是势利算计、权变应酬，也不一定就是十恶不赦，关键在于本性良善、知恩图报，只要心术端正，就不怕流于小人，刘姥姥就是一个绝佳的例证。再参考第四十回的一段情节：

> 刘姥姥看着李纨与凤姐儿对坐着吃饭，叹道：“别的罢了，我只爱你们家这行事。怪道说‘礼出大家’。”凤姐儿忙笑道：“你可别多心，才刚不过大家取笑儿。”一言未了，鸳鸯也进来笑道：“姥姥别恼，我给你老人家赔个不是。”刘姥姥笑道：“姑娘说那里话，咱们哄着老太太开个心儿，可有什么恼的！你先嘱咐我，我就明白了，不过大家取个笑儿。我要心里恼，也就不说了。”鸳鸯便骂人“为什么不倒茶给姥姥吃”。

可见鸳鸯、凤姐一开始的利用与捉弄后来可以变成真诚的感谢与尊重，而刘姥姥出丑卖乖的心机和权变应酬的手腕，也可以和诚心诚意对别人好是同时并存的。

由此也必须说，刘姥姥是三姑六婆的升华，有其利而无其弊，纯粹将她的知识、口才、机智、权变用来促进局势，皆大欢喜，而不只是用来图利自己甚至伤害别人，因此才会是一个可爱可敬的人。这也提醒我们，“水能载舟，亦能覆舟”，凡事都有正反两面，关键是存乎一心的不忘初衷、心地善良、动机纯正，这就是所有人都该尽力维护的一片灵明。

（二）为什么是“刘”姥姥

解答了为什么是“姥姥”的问题之后，接着还要继续追问：为什么是“刘”姥姥的问题。

虽然小说所叙写的对象特性，必须有一个姥姥级的人物才能担任以上所说的重要功能，但刘姥姥这个一表三千里的老妇人，与贾府的关系其实是一种偶然的连结，不像她的女婿狗儿，因为要与金陵王家联宗，所以必须姓王；并且她的女儿嫁入王家后就必须改姓，娘家的本姓根本不受限制，因此，刘姥姥的姓氏本来是具有较大的自由度可以选用，称谢姥姥、康姥姥、陈姥姥，甚至曹姥姥、郭姥姥都可以。那么，曹雪芹为什么要把她命名为“刘”姥姥？这确实是一个有趣也有深度的问题。

首先，清末评点家已经注意到，《红楼梦》是一部精心运用人物的姓氏以寄托象征寓意的小说。如周春指出：

> 此书每于姓氏上着意，作者又长于隐语廋词，各处变换，极其巧妙，不可不知。[①]

洪秋蕃也认为：

> 《红楼》妙处，又莫如命名之切。他书姓名皆随笔杂凑，间有一二有意义者，非失之浅率，即不能周详，岂若《红楼》一姓一名皆具精意，惟囫囵读之，则不觉耳。[②]

从这个原则来说，曹雪芹为什么把这位乡下老妪命名为“刘”姥姥，确实是应该仔细分析推敲的问题。就这一点而言，评点家王希廉的诠释最为精彩扼要：

> 甄士隐、贾雨村为是书传述之人，然与茫茫大士、空空道人、警幻仙子等俱是平空撰出，并非实有其人，不过借以叙述盛衰，警醒痴迷。刘老老为**归结巧姐之人**，其人在**若有若无**之间。盖全书既**假托村言**，**必须有村妪贯串其中**，故发端结局皆用此人，所以**名刘老老**者，若云家运衰落，平日之爱子娇妻，美婢歌童，以及亲朋族党，幕宾门客，豪奴健

---

① （清）周春：《阅红楼梦随笔·红楼梦约评》，一粟编：《红楼梦资料汇编》，卷3，页73。

② （清）洪秋蕃：《红楼梦抉隐》，一粟编：《红楼梦资料汇编》，卷3，页238。

仆，无不云散风流，**惟剩者老妪**收拾残棋败局，沧海桑田，言之酸鼻，闻者寒心。[①]

这段话中提到了几个重点：

一、所谓“刘老老为归结巧姐之人”，点出刘姥姥的功能，与张新之所说的“终救巧姐”一致，这一点也是读者很容易把握到的共识。

二、所谓“其人在若有若无之间”，则是看出刘姥姥在小说中出现的形式是间歇式的。刘姥姥于第六回出现过后，便销声匿迹，当读者已经把她淡忘的时候，第三十九回才又突然再度现身，然后到第八十回结束之前都不见踪影，可见这两次出现的间距甚长，形成藕断丝连、神龙见首不见尾的样态。

三、至于所谓“盖全书既假托村言，必须有村妪贯串其中，故发端结局皆用此人”，这更是看出“村妪”的身份非常重要，因为《红楼梦》所写的是贵族家庭盛衰的故事，局中人在败落之后的椎心泣血无从倾诉，只有午夜梦回的历历在目；而旁观者却是津津乐道，于是贵族家庭的盛衰就成为人们口耳相传的传奇。而这也就重新理解了“假语村言”的意义。

事实上，作者的开卷前言说得很清楚：

“虽我未学，下笔无文，又何妨用假语村言，敷演出一段故事来，亦可使闺阁昭传，复可悦世之目，破人愁闷，不亦宜

① （清）王希廉：《红楼梦总评》，一粟编：《红楼梦资料汇编》，卷3，页148。

乎？”故曰“贾雨村”云云。

脂砚斋对贾雨村的命名寓意又进一步说明道：

> 雨村者，村言粗语也。言以村粗之言，演出一段假话也。（第一回夹批）

可见所谓的“假语村言”，其实是和传述故事有关，而且传述故事时用的是乡野的“村言粗语”。但一般都以为“假语村言”和“假语存”一样，只是贾雨村这个姓名的谐音，用以和“真事隐”相对并列，作为小说家无论是为了避祸还是为了艺术本质而进行虚构的表白，请读者不要对号入座。然而贾雨村是仕宦家族出身，自己也是饱读诗书的科举进士，更跃登庙堂之上为朝廷的顾命大臣，何以会用到这个与他的身份不符的谐音？而他和“假语村言”又有什么关系？这些问题并没有受到注意。从王希廉的诠释来说，便可以离析出其中不同层次的指涉系统，应该是：

> 贾雨村——得“假语村言”之名
> 刘姥姥——得“假语村言”之实

也就是说，贾雨村虽然得到“假语村言”的谐音之名，但刘姥姥才是真正可以“假语村言”的那位村妇，而她的“村言粗语”所演绎的，就是作者所要昭传于世的这番盛衰故事。对这一点而言，另一位评点家二知道人推论得很好：

> 刘老老在荣府中谈乡村事，在乡村中自必谈荣府事。始而谈其繁华气象，既而谈其衰飒光景，是又一春梦婆矣。[①]

换句话说，随着贾府的故事走到终点，贾家的成员也从贵族阶层下降为平民百姓，名副其实地流落民间；而刘姥姥从小说的一开始到最后，亲身经历且见证了贾府的兴衰，并且收留了贾府的最后一代女性成员，很有第一手的资料与第一线的感情回首前尘往事，成为讲述京华烟云与贵族传奇的乡野说书人，在贾府崩溃、小说结束后延续着这些人与那些人的事迹，正是贾家故事的传播者。曹雪芹的笔墨停止在贾府“落了片白茫茫大地真干净”的时刻，虽然贾府的历史结束了，小说也合上了最后一页，可地球仍然在运转，别人的故事也还在继续发生，刘姥姥便代替作者延续小说的世界，让贾府的故事不断在人们的口耳相传中重生，这就是“村妪贯串其中，故发端结局皆用此人”的用意。此一看法真是深刻万分！

四、最发人深省的，是王希廉破解了命名的奥妙，所谓“所以名刘老老者，若云家运衰落，平日之爱子娇妻，美婢歌童，以及亲朋族党，幕宾门客，豪奴健仆，无不云散风流，惟剩者老妪收拾残棋败局”，清楚指出这位村野老妪之所以姓“刘”，就是用来谐音“留”，意味着在一切相关人物都流散殆尽之后，剩下、留下一个姥

① （清）二知道人：《红楼梦说梦》，一粟编：《红楼梦资料汇编》，卷3，页99。

姥来收拾残棋败局，也就是拯救巧姐。就此而言，曹雪芹命名的巧思真是令人更加赞叹!

三、母神递接的“钟漏型”结构

从刘姥姥个人的故事来说，固然是王夫人给她的实质帮助最多，包括第一次进荣国府时交代王熙凤“不可简慢了他”，所以才获得凤姐给予二十两银子的资助，渡过寒冬年关的困境，属于“救急”的善良；以及第二次进荣国府时，出手最大方地给予一百两，让她“拿去或者作个小本买卖，或者置几亩地，以后再别求亲靠友的”，治本而不只是治标，在前一次的救急之后更是进一步“救穷”，希望彻底改变刘姥姥一家看天吃饭的不安定，能够自给自足，真正是慈善的最高境界。不过，就整部小说的结构来说，与刘姥姥形成母神递接系统的，必须说是贾母，也正是因为贾母，刘姥姥才会有逛大观园的机会，为贾府内部的闺阁生活以及整部小说的叙事发展创造高潮，再加上年龄相当，更有对比和互补的效果。

从这个角度来说，刘姥姥与贾母的关系实至关紧要。

已经有学者注意到，一百二十回中刘姥姥五进荣国府的角色变化，是由最初的求救者身份，逐渐经由道谢者身份而一步步提升，最终完成“救世者”的意义：

> 第六回：一进——►求救者（包羞忍耻）
>
> 第三十九至四十二回：二进——►道谢者以及贾府内部的审视者
>
> 第一百一十三回：三进——►贾府悲剧见证者（贾母病逝，

凤姐病危托孤）

第一百一十九回：四进、五进——➤救世者（救巧姐，使之有终身归宿）①

而我们要进一步指出，刘姥姥在小说中的地位，不仅仅是由低下到崇高的上升，与贾母接续完成“母神崇拜”的循环架构；她与贾母之间的互动关系也不只是单线的进展与承接，而是具备更细致、更幽微的交错形态。

弗斯特（E. M. Forster, 1879—1970）对小说艺术的分析指出，小说情节的人物关系与叙事模式存在着种种抽象之“图式”，这种对图式的掌握与抉发，乃“诉诸我们的美感，它要我们将一本小说做为一个整体去看”②，而在这种“整体”的观照之下，小说的叙事结构基本上可以分为“长链型”与“钟漏型”这两种图式：

1.“长炼型”（the shape of grand chain）乃是将人物与故事编织成一条前后相承的炼子，将书中许多散乱的小事件串联在一起。

2.“钟漏型”（the shape of an hour-glass）则是两个人物互相 接近、交会、再分开，并相互换位。③

① 梅新林：《红楼梦哲学精神：石头的生命循环与悲剧指归》，页 184—189。

② 〔英〕弗斯特著，李文彬译：《小说面面观》（台北：志文出版社，2002 修订新版），页 195。

③ 〔英〕弗斯特著，李文彬译：《小说面面观》，页 193—196。

则以此衡量《红楼梦》的叙事全局，可以说，《红楼梦》大体的叙事图式正是依时间先后顺序铺排的“长炼型”，在这个大框架下支撑了全书庞大而杂多的繁复内容；而“钟漏型”则是在曹雪芹的匠心妙手之下，于长炼铺陈的过程中进行进一步的细部设计，在环节与环节衔接之际，将人物连线穿梭交错织就精密图样。这尤其体现在贾母与刘姥姥的互动关系上。

具体地说，贾母与刘姥姥原本处于一贵一贱的对立位置，一个是雄踞在金字塔尖享尽尊荣的贵族大家长，一个则是匍匐于金字塔底衣食不继的村野老妪，俩人原本是判若霄壤的平行线；但通过那微妙难测的“天上缘分”的牵引，竟然在刘姥姥第二度进荣国府时彼此交会，也互相激荡，开拓了对方的生活视野。第三十九回描写刘姥姥带着田地里出产的新鲜瓜果野菜，长途迢迢来到贾府谢恩，以“千里送鹅毛，礼轻情意重”的方式表达真诚的感激，就在谢礼送达之后，因天色将晚而准备告辞，周瑞家的替她去向王熙凤禀报——

> 半日方来，笑道：“可是你老的福来了，竟投了这两个人的缘了。”平儿等问怎么样，周瑞家的笑道：“二奶奶在老太太的跟前呢。我原是悄悄的告诉二奶奶，‘刘姥姥要家去呢，怕晚了赶不出城去。’二奶奶说：‘大远的，难为他扛了那些沉东西来，晚了就住一夜，明儿再去。’这可不是**投上二奶奶的缘**了。这也罢了，偏生老太太又听见了，问刘姥姥是谁。二奶奶便回明白了。老太太说：‘我正想个积古的老人家说话儿，请

> 了来我见一见。' 这可不是**想不到天上缘分**了。" 说着，催刘姥姥下来前去。

所谓意想不到的"天上缘分"，可以有两种意涵，一方面指的是天意如此、命中注定的珍稀机缘，可遇而不可求，所以无法预料，这两位老妇人也确实一贵一贱天差地别，原本是毫无交会的可能；一方面指的是这个缘分非常美妙难得，有如上天赐予的礼物般令人惊喜，毕竟能受到贾母的青睐是所有贾家成员求之不得的荣宠。果然因为这样的因缘际会，让"老太太最是惜老怜贫"的慈善与刘姥姥的机智互相成就，在这三四回中，创造出《红楼梦》里罕见的高峰经验（peak experience）。[1] 尤其一伙人逛完大观园后，凤姐对刘姥姥说道：老太太"从来没像昨儿高兴。往常也进园子逛去，不过到一二处坐坐就回来了。昨儿因为你在这里，要叫你逛逛，一个园子倒走了多半个"。正显示两大母神欣然交会互相激荡所产生的加乘作用，才进而在诗情画意的大观园中，碰撞出具有爆炸性效果的翻腾笑浪，将荣国府的繁华激荡到欢乐的顶峰，也成为整部《红楼梦》最具喜剧性的一段情节，令读者过目难忘。

但是，在这两大母神的"交会"之后，双方"换位"的准备便逐渐浮显。从接下来的故事中，作者的叙写重心已经从宝、黛的爱

---

① 相对于疾病、罪恶、死亡这类雅斯贝尔斯（K. Jaspers）所谓的界限经验（boundary experience），存在心理学家马斯洛（A. H. Maslow）则提出"高峰经验"，用以概括成功、胜利、得意等自我完成的经验范畴。参沈清松：《生命情调与美感》，《解除世界魔咒：科技对文化之冲击与展望》（台北：时报文化出版公司，1984），页157。

情转移开来，聚焦在贾府的内部纷争与外部压力上，瓦解的局势越来越严重，最终是贾家获罪被抄，身为全族“命运之神”的贾母病逝，同时凤姐病危，就在举目荒败零落的情况中，前来吊唁的刘姥姥便取代了贾母的位置与功能，受到凤姐的临终托孤后，以无比智勇忠毅的义举扭转了巧姐坠落深渊的不幸命运。值此之际，已死的贾母摆荡到了刘姥姥原本艰困无依的处境，只能在阴间坐视徒悲、爱莫能助；而原本一筹莫展的刘姥姥却移居到贾母护佑子孙的地位，见义勇为、当机立断地伸出援手，成为提供保护、温暖的大地之母，而终于彻底完成了换位，也清晰完整地展现出“钟漏型”的互动结构。以下绘图为示：

贾母（命运之神）	刘姥姥（世俗人间）		第六回
	交会（天上缘分）		第三十九至四十二回
刘姥姥（救世之神）	贾母（死亡退位）	换位	第一百一十三、一百一十九回

图示中之交会点，正是第三十九回所谓的“天上缘分”。

值得进一步说明的是，检视刘姥姥五进荣国府的情况，可以发现前两次的间距甚长，往往在读者已然将之淡忘的时候，才又忽然迸现出场，形成藕断丝连之伏脉。如第一次入府是在第六回，第二次则是在第三十九回以道谢者的身份出现，然后便在曹雪芹前八十回的手稿中完全消失，因此王希廉才会有“其人在若有若无之间”

的说法；一直到第一百一十三回时刘姥姥才又赫然现身，距离她逛游大观园已长达七十多回；最后又在短短六回之后的第一百一十九回集中出现两次，并画下最后的句点。

由此可见，刘姥姥入荣国府的频率乃是由缓而急、由疏而密，其出现的频率与次数越到后来就越频繁、越密集，彼此间隔的时间也越来越短，似乎映照着贾家到后来已仿佛一个生命垂危的重症病患，在临终之际呼吸急促、喘息加剧，全身不由自主地痉挛抽搐，在愈趋繁密的节奏中生命力急速抽离，传达了生命力快速消失的征兆。而另一方面，或许也可以这么解释，亦即唯独在母神交接替代的重要时刻，两位母神才有需要频繁交会，以完成交接仪式并传承母神的功能任务，故当前期贾母健在，稳居贾府最高权力中心的时候，刘姥姥的“母神”身份便未及表露而隐沦不彰，同时为免混淆与僭越，尚且只以卑微粗鄙之乡下老妪的形象趋近而来；等到原母神退位、群龙无首之际，这才以母神之气魄与力量挺身而出，在贾母留下的遗缺上，一肩挑起“保护、温暖、繁衍、创造、丰饶”的功能，对贾母以及其他贾府女家长都无能为力给予佑助的巧姐儿伸出援手。

这也是对小说伊始女娲补天神话的再现，在小说结束的时候落实了“救世”的主题，首尾呼应，完成了人间两大母神递接的完整系统。

四、“大地之母”的内涵与表现

极为独特的是，虽然同为母神崇拜的对象，但刘姥姥和出身贾府的贾母、王夫人、元妃等大异其趣，小说家在她身上展现出与贵族女性不同的特质，那就是一种具有原始生命力的大地气息。

刘姥姥可以说是真正的大地之母，她来自真正的土地，也确实完成了神话中母神的气魄与力量。如果说女娲是抟土造人，那么刘姥姥则是“抟土助人”，用土地的力量让受苦受难的巧姐儿在乡野中获得新生。

这种大地之母的展现，除最后拯救巧姐儿的功能之外，其实还体现在一些较少被注意到的小小情节中。这些小小情节寓意深长，都是大地之母的母性内涵的精彩表现。

（一）“母体复归”

就赎救巧姐的功能而言，第六回写刘姥姥随着周瑞家的引路初进荣国府时，入院进了正房堂屋之后，随即“来至东边这间屋内，乃是贾琏的女儿大姐儿睡觉之所”，而这就是刘姥姥正式安身会见凤姐的第一个所在，脂砚斋批云：

> 不知不觉先到大姐寝室，岂非有缘？（第六回夹批）

这一处王熙凤住所中的“东边这间屋”，又出现在第七回周瑞家的送宫花一段，当时周瑞家的“蹑手蹑足往东边房里来，只见奶子正拍着大姐儿睡觉呢”。而刘姥姥到大姐儿寝室的情节，就和刘姥姥的醉卧怡红院一样，呈现出异曲同工之妙，那时大观园已经落成并开放给宝玉和金钗们等入住，刘姥姥则是第二次来到贾府道谢，被贾母带去逛园子，过程中刘姥姥一度脱队如厕，出来后却不幸迷路，一路摸索的过程中恰巧闯进了宝玉的怡红院。第四十一回描写道：

> 刘姥姥又惊又喜，迈步出来，忽见有一副最精致的床帐。他此时又带了七八分醉，又走乏了，便一屁股坐在床上，只说歇歇，不承望身不由己，前仰后合的，朦胧着两眼，一歪身就睡熟在床上。……袭人一直进了房门，转过集锦槅子，就听的鼾齁如雷。忙进来，只闻见酒屁臭气，满屋一瞧，只见刘姥姥扎手舞脚的仰卧在床上。

精神分析早已指出，“房子”乃是母亲意象的一个具体化身，搬到母亲的卧室更是有如回到母亲生养的子宫中，重新汲取生机，获得再生，如同宝玉被魔法所祟之后，是搬到王夫人房中才得到起死回生的力量；同样地，刘姥姥两次到荣国府来，一次是进入巧姐儿睡觉的寝室，一次是醉卧宝玉起居的怡红院，无形中都转化了这两个地方，使之成为母性的空间。从神话学的角度来说，这两段情节都可以说是“母体复归”的变化形态，也暗示了刘姥姥对贾家子孙的庇佑功能。

其中，刘姥姥之进入巧姐儿寝室与醉卧怡红院，是为了迁就贵族成员不可能降尊纡贵到村野农舍中，于是倒转方向，让来自大地的母性人物进入贾府的深宅大院里。但无论是受保护者搬到母神房中，还是母神进入受保护者的卧室，方式略有不同，本质上却是一样的，都蕴含了“母体复归”的象征意义。

“刘姥姥醉卧怡红院”，《增评补像全图金玉缘》，台湾大学图书馆藏。

（二）“污泥生殖”

关于大观园中有没有厕所？这是一个没有人会去想的问题。不是这个问题不存在，而是以大观园的圣洁美丽、少女们的美丽圣洁，让人根本不会去想这个问题。特别是宝玉和这些少女们，都以嫌脏怕脏来建立自己的高洁，如雪雁就因为黛玉的洁癖，怀疑她的熏香是因为“老婆子们把屋子熏臭了，要拿香熏熏”（第六十四回）；宝玉到天齐庙还愿时，也是命李贵等出去散散，为的是“这屋里人多，越发蒸臭了”（第八十回）；至于比黛玉还极端的妙玉，更因为昂贵的成窑茶杯被刘姥姥用来喝茶，便嫌脏不要了。于是既了解又疼惜这些女孩儿的贾母，在带着刘姥姥一行人到秋爽斋时，就笑向薛姨妈道：“咱们走罢。他们姊妹们都不大喜欢人来坐着，怕脏了屋子。咱们别没眼色，正经坐一会子船喝酒去。”说着大家起身便走（第四十回）。

连身为人的老婆子都被视为一种脏臭的污染物，而导致严重过敏，那么，“厕所”以及与厕所相关的污秽，对于大观园本身以及生活其中的少女们更有如一种亵渎。

虽然从写实的角度来说，大观园中必然是有厕所的，因为《红楼梦》写的是一个人间的故事；但小说家根本可以不必触及，就像其他的很多作者们一样。事实上也几乎确实是如此，《红楼梦》再怎么写实细腻，几乎不曾涉及生命活动与日常生活中的排污现象，尤其对那些少女们更是如此。但其中有两个例外，并且都和母神有关：

第一次是贾母。第十一回王熙凤对贾珍道：“老太太昨日还说要来着呢，因为晚上看着宝兄弟他们吃桃儿，老人家又嘴馋，吃了有大半个，五更天的时候就一连起来了两次，今日早晨略觉身子倦些。”指的就是半夜起来拉肚子。但在这段情节里，贾母的腹泻只是点到为止，甚至含蓄到用语上都没有提到相关字眼，后来却特别在刘姥姥身上放大描写，像凸透镜一样，把相关的具体活动与大观园中一直隐藏不见的这一面突显出来。第四十一回描述道：

> 一时又见鸳鸯来了，要带着刘姥姥各处去逛，众人也都赶着取笑。一时来至“省亲别墅”的牌坊底下，刘姥姥道：“嗳呀！这里还有个大庙呢。”说着，便爬下磕头。众人笑弯了腰。刘姥姥道：“笑什么？这牌楼上字我都认得。我们那里这样的庙宇最多，都是这样的牌坊，那字就是庙的名字。”众人笑道：“你认得这是什么庙？”刘姥姥便抬头指那字道：“这不是‘玉皇宝殿’四字？”众人笑的拍手打脚，还要拿他取笑。**刘姥姥觉得腹内一阵乱响，忙的拉着一个小丫头，要了两张纸就解衣**。众人又是笑，又忙喝他“这里使不得！”忙命**一个婆子带了东北上去了**。那婆子指与地方，便乐得走开去歇息。
>
> 那刘姥姥因喝了些酒，他脾气不与黄酒相宜，且吃了许多油腻饮食，发渴多喝了几碗茶，**不免通泻起来，蹲了半日方完**。**及出厕来**，酒被风禁，且年迈之人，蹲了半天，忽一起身，只觉得眼花头眩，辨不出路径。……（凑巧闯进怡红院之后）身不由己，前仰后合的，朦胧着两眼，一歪身就睡熟在床上。且说众人等他不见，板儿见没了他姥姥，急的哭了。众人

> 都笑道：“**别是掉在茅厕里了**？快叫人去瞧瞧。”因命两个婆子去找，回来说没有。众人各处搜寻不见。
>
> 袭人掇其道路：“是他醉了迷了路，顺着这一条路往我们后院子里去了。……我且瞧瞧去。”……袭人一直进了房门，转过集锦槅子，就听的**鼾齁如雷**。忙进来，只闻见**酒屁臭气**，满屋一瞧，只见刘姥姥扎手舞脚的仰卧在床上。袭人这一惊不小，慌忙赶上来将他没死活的推醒。……忙将当鼎内贮了三四把百合香，仍用罩子罩上。

在这一大段描写中，清清楚楚地第一次出现了“茅厕”，而且地点是在省亲别墅的东北方，与正殿相距不远。从地点来说，由于刘姥姥的腹泻是急性发作，在等不了也忍不住太久的情况下，“忙的拉着一个小丫头，要了两张纸就解衣”，这对神圣的正殿而言简直是不堪到犯罪的地步，于是众人连忙喝斥“这里使不得”，而“忙命一个婆子带了东北上去了”。

但值得注意的是，刘姥姥恣意通泻的“东北”之地，不但依然处于大观园内部，更精确地说，是在园中象征青春之泉、女儿之美的沁芳溪的总源头沁芳闸附近。如第十六回所描述，大观园的基址乃是拆除东侧宁府会芳园墙垣楼阁，直接入荣府东大院中所形成的，其中位处东侧之宁府的“会芳园本是从北拐角墙下引来一股活水，今亦无烦再引”，而此处就是第十七回所说：“至一大桥前，见水如晶帘一般奔入。原来这桥便是通外河之闸，引泉而入者。……此乃沁芳泉之正源，就名‘沁芳闸’。”以整个大观园来度量其方位，正是“东北”之地，这里也是宝、黛共读《西厢记》的地点。[1]第二十三回说明道：

> 那一日正当三月中浣，早饭后，宝玉携了一套《会真记》，走到沁芳闸桥边桃花底下一块石上坐着，展开《会真记》，从头细玩。正看到“落红成阵”，只见一阵风过，把树头上桃花吹下一大半来，落的满身满书满地皆是。宝玉要抖将下来，恐怕脚步践踏了，只得兜了那花瓣，来至池边，抖在池内。那花瓣浮在水面，飘飘荡荡，竟流出沁芳闸去了。

如此一来，纯净清澈的沁芳溪就和附近厕所里的污水合流，互相渗透，这岂不是暗示了沁芳溪是不可能绝对纯净的？且溷秽归处与清溪源头并存一地，相随而顺流俱下者，遂及于大观园之全幅所在，受污染的又何独怡红院一处？

进一步来看，甚至于刘姥姥通泻半日出厕之后，迷路乱闯以致醉卧怡红院时，更满屋都是她所散发的“酒屁臭气”，这样一种来自人体消化系统排污自清的作用所产生的有形废物与无形恶臭，仿佛是对这女儿的圣地净土最直接而强烈的亵渎与污染。连第六回提到女婿一家与金陵王家的疏远，刘姥姥也用了身体排泄作比喻，对王狗儿说：

---

① 有学者也指出，宝、黛“读西厢的地点，是在沁芳闸的上游，在大观园的东北隅。地点偏僻，很适合偷读小说的心情”。见葛真：《大观园平面图的研究》，俞平伯等著：《名家眼中的大观园》（北京：文化艺术出版社，2005），页153。

> 当日你们原是和金陵王家连过宗的，二十年前，他们看承你们还好；如今自然是**你们拉硬屎，不肯去亲近他**，故疏远起来。

以致与刘姥姥之村野形象相连结的，便是这种种浊污不堪的秽物意象，而呈现出一种“溷秽恶臭的视境”(scatological-fetid vision)。如此一来，刘姥姥确实在大观园里上演了一出去神圣化的“脱冕仪式”[①]，冲击了纯净圣洁等等大观园被极力彰显的价值，赤裸裸地展现出生命存在的另一面。

为了活着，身体运作过程中会产生各种代谢后的废弃物，那是令人嫌恶的污秽，是我们不愿意承认的另一面。现代文明中所发展出来的各种卫生设备，都是为了尽量驱逐它们而设计的，好让我们所面对的一切都是洁净的，创造出一种污秽并不存在的假象。

但事实是，无论宝玉和这些少女们再怎样的嫌脏怕脏，只要是人，都不能免除生命要存在延续的基本活动与必要条件，大观园绝无可能祛除与吃食相结合而来的排泄污染。以至我们可以发现，《红楼梦》一书在刘姥姥上厕所这件事的之前之后，都曾经不着痕迹地

---

① 借巴赫金对欧洲传统中“狂欢节”的文化诠释，他指出：“狂欢节上主要的仪式，是笑谑地给狂欢国王加冕和随后脱冕。……国王加冕和脱冕仪式的基础，是狂欢式的世界感受的核心所在，这个核心便是交替与变更的精神、死亡与新生的精神。”详见〔俄〕巴赫金著，白春仁、顾亚铃译：《陀斯妥耶夫斯基诗学问题》，收入《巴赫金全集》第5卷，页163。刘姥姥在大观园中种种的粗鄙行为，类似于巴赫金所谓“狂欢式的世界感受的四个范畴”之一的“将神圣脱冕”，在这里，等级被废除，神圣、权威被“脱冕”“降格”。

触及类似的生理排污现象：

一、在此之前，是第二十七回描述小红听令办事后，欲回原处向王熙凤覆命时，却发现王熙凤已经不见人影。在一路寻找的过程中，“见司棋从山洞里出来，站着系裙子”。此时离大观园后期司棋与表哥偷情的绣春囊事件相距尚远，山洞里的卸裙之举所为何来，不言可喻。

二、在此之后，则是身为“绛洞花主”的贾宝玉也是直接就地小解。于第五十四回记载元宵夜宴喝酒唱戏之际，他中途离席回怡红院去，因怕打扰屋内闲谈说体己话的袭人和鸳鸯二人，于是悄悄地出来，“宝玉便走过山石之后去站着撩衣，麝月秋纹皆站住背过脸去，口内笑说：‘蹲下再解小衣，仔细风吹了肚子。’后面两个小丫头知是小解，忙先出去茶房预备去了。”这已经说得清楚不过。

三、更后来的第七十一回，又记述鸳鸯办事后独自一人从大观园出来，刚至园门前，“偏生又要小解，因下了甬路，寻微草处，行至一湖山石后大桂树阴下来。刚转过石后，只听一阵衣衫响，吓了一惊不小。定睛一看，只见是两个人在那里……趁月色见准一个穿红裙子梳鬅头高大丰壮身材的，是迎春房里的司棋。鸳鸯只当他和别的女孩子也在此方便，见自己来了，故意藏躲恐吓着要”。显然园中就地小解已是各房婢女的惯常习性，既有鸳鸯之自身实例为证，亦复有同理相推的间接表示。

四、在前述各情节的参照支持下，第五十一回提到麝月要宝玉与晴雯“两个别睡，说着话儿，我出去走走回来”，当时是“出去站一站，把皮不冻破了”的冬夜三更，独自特地开了后门出去而不加明言的行径，目的恐怕并非为了欣赏大好月色，而应是解决内急的迫切需要，这也才合理解释了随后麝月被“黑影子里，山子石后头，只见一个人蹲着”的错觉吓一大跳的现象。

五、同样地，第六十三回宝玉对众人说：“我出去走走，四儿舀水去，小燕一个跟我来罢。”走至外边，因见无人，便问小燕有关柳五儿进来怡红院的事，说毕复走进来，故意洗手。这更显然是借如厕以避开众人的障眼法。

值得参考的是，满文中的“我往外头去”即是指“出恭”，而麝月所说的“我出去走走回来”和宝玉所说的“我出去走走”，恰恰又都有出恭的意思。从这个角度来说，“出去走走”不只是汉文的委婉说法，也可能是满文的直接表示，这应该可以算是旗人文化背景的一个反映，同时也泄漏了大观园在生命底层上属于生物性的那一面。甚且还必须注意到，聚容众人排污之秽物的地方，并不是厕所之类的特定所在而已，更是园子里的庭院中、草丛间、山石后，遍及于各地的隐蔽处，这与刘姥姥的随地解放又相差几希？

或许可以说，曹雪芹之所以特别在刘姥姥身上安排这些情节，就是要警示那些高洁的公子金钗以及读者们，其实，污秽是真实存在的，即使看不见或故意忽略，它们依然时时刻刻藏在我们的身体里，是驱除不了的内容物，因为它们与生命活动同时存在；甚至应该说，粪尿直接来自于生命的活动，把食物的能量转化为生命的动力，本质上它们也是生命存在的基础，唯有摄取食物、排出污物的整个过程，才能产生动力，让生命存活，因此可以说，没有这些污秽，就等于没有生命。更何况，这些我们避之唯恐不及的污秽物，壤中孕育的新生命获得滋养，能够壮硕蓬勃、欣欣向荣，构成了生机的完美循环。

再从神话学的角度来说，这些溷秽的物质意象也具有高度的母性意义。它们可以和柏拉图所说的丰产巫术有关，所谓："在多产和生殖中，并不是妇女为土地树立了榜样，而是土地为妇女树立了榜样。"[①] 这又属于瑞士人类学家和法学家巴霍芬（J. J. Bachofen, 1815—1887）所说的"污泥生殖"（Sumpfzeugung），也就是"污泥"提供了"生殖"的动能，"污泥"就是孕育生命的摇篮。因此，在巴赫金的狂欢诗学中，"粪尿总是意谓着肥沃的土地，与之紧密相连的，是再生、丰产与生机勃勃的生命形象。……脏物和污秽的粪尿形象是暧昧和双重的，'它们制造下贱，制造毁灭，同时又孕育新生，再创生命。它们既是祝福，又是羞辱'"[②]。更有甚者，从精神分析的角度来看，法国学者克里斯蒂瓦（Julia Kristeva, 1941— ，又译克莉丝蒂娃）认为，污秽是从社会理性和逻辑秩序所构成的"象征系统"中逃逸出来的东西，尤其粪便与经血一样都属于母性和（或）女性，而母性便是它们真正的载体。[③]

从这些象征意义来看，刘姥姥在大观园中排放种种粪溺污物及酒屁臭气的描写，就和醉卧怡红院一样，都是母性内涵的特殊

---

① 引自朱狄：《原始文化研究：对审美发生问题的思考》，页287。

② 刘康：《对话的喧声——巴赫汀文化理论述评》（台北：麦田出版公司，1995），页284。

③ 〔法〕克莉丝蒂娃著，张新木译：《恐怖的权力：论卑贱》（北京：三联书店，2001），页103。

展现。

由于“排泄”与“吃食”是直接相关的生理活动，因此连带地也必须涉及刘姥姥的“吃食”现象。

有如在身体排污上，对刘姥姥的刻意放大和金钗们的讳莫如深呈现出极端的对比，连饮食吃喝这种维持生命的基本活动，刘姥姥和金钗们之间也存在着巨大的对照。第四十回描写凤姐和鸳鸯作弄了刘姥姥之后，贾母等都往探春卧室中去说闲话，李纨则与凤姐对坐着吃饭，凤姐便拉鸳鸯坐下一起用餐，鸳鸯坐下了，婆子们添上碗箸来，三人吃毕。对眼前这一幕，刘姥姥看了以后的感想是：

> 我看你们这些人都只吃这一点儿就完了，亏你们也不饿。怪只道风儿都吹的倒。

其中，凤姐确实一直都吃得很少，在第六回描写刘姥姥第一次来到贾府打秋风时，就有这样的一幕：

> 刘姥姥屏声侧耳默候。……听得那边说了声“摆饭”，渐渐的人才散出，只有伺候端菜的几个人。半日鸦雀不闻之后，忽见二个人抬了一张炕桌来，放在这边炕上，桌上碗盘森列，仍是满满的鱼肉在内，不过略动了几样。

连事务繁忙也不讲究文雅的凤姐都只是略动了几样菜，其他的闺秀女儿更可想而知。林黛玉就不用说了，她“平素十顿饭只好吃五顿”

(第三十五回)，甚至带有少食、厌食的精神取向，其他金钗们也像李纨、凤姐、鸳鸯三人一样，“都只吃这一点儿”，因此和刘姥姥一起用餐时，差异就非常明显。第四十一回说道：

> 别人不过拣各人爱吃的一两点就罢了；刘姥姥原不曾吃过这些东西，且都作的小巧，不显盘堆的，他和板儿每样吃了些，就去了半盘子。

看在斯文秀气的金钗们眼里，刘姥姥“每样吃了些，就去了半盘子”已经接近于秋风扫落叶的猛吃海喝，这也就是她被林黛玉比喻为母蝗虫的原因。

吃食和排泄加起来，就被追求精神性的人们贬低为动物性的表现，也果然，刘姥姥的人物造型确实混合了不少动物的影像，展现出母神造型的另一个巧妙设计。

(三)“动物造型”

由于“吃食”“排泄”被视为生命最底层的本能需要，因此在“万物之灵”的物种骄傲之下，自认为存在价值超越了生命本能的人类也往往把“吃食”“排泄”等活动直接等同于动物性。于是，有着大地般强韧生命力的刘姥姥，无论是在小说家的笔下，还是在讲究精致高雅的贾府人们的眼中，就常常映现出动物的造型或联想，刘姥姥的人物形象即隐隐浮现了人与动物、昆虫的综合体，而通向一种人体的怪诞造型，虽然丑陋可笑，却也充满强韧的生命力。

统观小说中，不但刘姥姥自己的言语常牵涉到动物，别人对她的形容更直接以动物作譬喻，再加上作者的描写也有不少是动物形象的具体化投射，都很频繁地引发动物形体的想象，简直可以组合出一座动物农庄。

先看刘姥姥自己的言语表达。在第六回中，刘姥姥听到凤姐要给他二十两，喜得又浑身发痒起来，说道：“嗳！我也是知道艰难的。但俗语说的：‘瘦死的骆驼比马大’，凭他怎样，你老拔根寒毛比我们的腰还粗呢！”而第四十回逛大观园的筵席中，动物们更是大举列队游行，出现了“老刘，老刘，食量大似牛，吃一个老母猪不抬头”“大火烧了毛毛虫”的比喻，全部所涉及的动物便包括骆驼、马、牛、母猪、毛毛虫等五种。

至于其他人对她的形容，有林黛玉所讥讽的“如今才一牛耳”与“母蝗虫”，而妙玉既然宣称“一杯为品，二杯即是解渴的蠢物，三杯便是饮牛饮骡”，在她眼前大口喝茶的刘姥姥正是活生生的一头“饮牛饮骡”，于是与刘姥姥相关的动物又增加了蝗虫、骡子，总共到达七种之多。

不只如此，除各种清楚提到的昆虫、动物名称之外，刘姥姥的肢体动作与面目表情，也都常常引导出昆虫动物的形象联想。例如第六回被凤姐请吃一顿客饭，“刘姥姥已吃毕了饭，拉了板儿过来，舔舌咂嘴的道谢”，其中的“舔舌咂嘴”正呼应了老母猪的特征；而后来“听见给他二十两，喜的又浑身发痒起来”，“浑身发痒”又对应于毛毛虫。还有第四十一回刘姥姥醉卧怡红院时，袭人一进房门所目睹的，是“只见刘姥姥扎手舞脚的仰卧在床上”，所谓“扎手舞脚的仰卧”岂非和仰倒的昆虫一模一样？再加上她的“猛吃”被类比于母蝗虫，“海喝”被嘲讽为饮牛饮骡，还有吃酒之后闻乐起舞被贾宝玉与林黛玉所讥嘲的样态：“当日圣乐一奏，百兽率舞，如今才一牛耳。”各种动物成分一再地组构、交织，彼此反复皴染、互相迭映，而在刘姥姥的人形上汇融出一种反常的“怪诞”形象。

当然，曹雪芹不只是透过动物造型来传达刘姥姥的农村妇女形象，直接显露出生活底层的面目而未经文饰，更重要的是通过动物造型呈现出强大的原始生命力，也就是在这里，呼应了大母神女娲的形象特征。如同在第二章中，我们提到的女娲“蛇身”“肠”“蛙（或蟾蜍）”的混合造型，刘姥姥人物图像中的动物成分更多，也具有同样的象征意义，那就是这种人类与动物形体交融、重组而共存于一身中的怪异现象，本身就是一种高度生命力的创造性想象，初民相信如此一来就能使动物的力量与人的力量相结合。此一思维方式同样出现在源于15世纪末的欧洲，考古所发现的罗马装饰图案中，将人、动物、植物各种成分精巧地交织、组合在一起，随后更逐渐发展成一种综合性的怪诞绘画风格。对巴赫金而言，这种怪诞风格大胆打破了生命的界限与习见的静止感，因为这些形体互相转化、仿佛彼此产生，展现出异类存在之间流动生发的变换过程。[①]

于是，生命的存在就是永远的进行式，没有终止，绵延不息。而凤姐不正是向刘姥姥借寿给巧姐儿吗？张新之所谓的“老阴生少阳，故终救巧姐”，不也可以说是一种生命转化的表现？刘姥姥把

---

① 参〔俄〕巴赫金著，李兆林等译：《弗朗索瓦·拉柏雷的创作与中世纪和文艺复兴时期的民间文化》，收入《巴赫金全集》第6卷，页38。

原本生长在公侯富贵之家的小女孩移植到农村大地，这和女娲炼造玉石让宝玉入世投胎于公侯富贵之家，又是一组方向相反却都同样展现母神力量的设计，也因此这两位母神都具有人与动物的混合造型，令人赞叹。

五、嘉年华式的“狂欢精神”

只不过，刘姥姥这种大地之母的形象形态，虽然和女娲形成了神、俗二界的呼应，但又注定了和贾母在本质上有所不同。

比起贾母是优雅而睿智地老去，刘姥姥则是顽强而睿智地老去的另一种类型。她和贾母一样睿智、坚毅、慈悲，唯一缺乏的就是精英文化的艺术涵养，包括举手投足、言语谈吐的优雅气质，她那大地之母的形态，使其生活实用性较强，几乎是欠缺审美能力。例如贾母喜欢下雨下雪，而下雨下雪对刘姥姥来说，很可能只是造成麻烦；贾母欣赏梧桐的树姿之美，但看在刘姥姥眼里，梧桐最大的功能大概是用来当木柴、做家具；妙玉用旧年蠲的雨水所烹煮的银针茶“老君眉”，刘姥姥一口吃尽后的反应，是笑说：“好是好，就是淡些，再熬浓些更好了。”贾母众人听了都笑起来。而其他有关“软烟罗”、《双艳图》、雀金呢、凫靥裘之类高度艺术化的精品，刘姥姥更是闻所未闻、见所未见，更谈不上相关知识的养成了。

再和林黛玉作比较，从两人对落花的反应就更可以清楚看出截然不同的心灵向度。林黛玉对落花是感伤的、悲哀的，她看到的是美的凋零、生命的死亡、价值的毁灭，在悲剧感的心理投射之下，落花所负载的便是一种大化同归于尽的宇宙共感，所谓“试看春残花渐落，便是红颜老死时。一朝春尽红颜老，花落人亡两不知”，《葬花吟》就是最典型的写照；而刘姥姥看到落花所想到的却是另一种完全不同的自然规律，开花、结果彼此循环并存的关系，使得花落意味着丰收，在她所行的酒令里便清楚说：“花儿落了结个大倭瓜。”（第四十回）果实是落花的赠礼，花落是丰收的必经仪式，因而看到落花便充满期待和喜悦。

很显然，林黛玉和刘姥姥的生命态度与观照方式判然有别：一个是悲剧的，一个是喜剧的；一种是审美的，一种是实用的。这两种不同的态度，在李叔同（弘一大师）的《落花》这首词中有清楚的反映：

> 花满庭，花满庭，怎奈风声又雨声。
> 也可喜，也可惊，一样看花两样情。
> 有人但惜好花落，有人且喜结果成。

很明显，林黛玉是“有人但惜好花落”的这一种，而刘姥姥则是“有人且喜结果成”的那一种，果然是“一样看花两样情”。林黛玉的悲观郁结和刘姥姥的乐观开朗，呈现出截然不同的对比。

当然，也因为刘姥姥这种大地之母的顽强形态，使她可以通过原始形象扮演小丑，插科打诨，制造笑料，在第四十回“史太君两宴大观园”的那一幕最是脍炙人口。作者描述道：

> 凤姐儿偏拣了一碗鸽子蛋放在刘姥姥桌上。贾母这边说声“请”，刘姥姥便站起身来，高声说道：“老刘，老刘，食量大似牛，吃一个老母猪不抬头。”自己却鼓着腮不语。众人先是发怔，后来一听，上上下下都哈哈的大笑起来。史湘云撑不住，一口饭都喷了出来；林黛玉笑岔了气，伏着桌子嗳哟；宝玉早滚到贾母怀里，贾母笑的搂着宝玉叫“心肝”；王夫人笑的用手指着凤姐儿，只说不出话来；薛姨妈也撑不住，口里茶喷了探春一裙子；探春手里的饭碗都合在迎春身上；惜春离了坐位，拉着他奶母叫揉一揉肠子。地下的无一个不弯腰屈背，也有躲出去蹲着笑去的，也有忍着笑上来替他姊妹换衣裳的。

再加上第四十一回的“众人笑弯了腰”“众人笑的拍手打脚”等等，这真是刘姥姥非常成功的一次演出，让大家一块儿来点疯狂，连优雅矜持的千金小姐也平生第一次、很可能也是唯一的一次出现这么脱序失控的身体语言，而全场便出现了一种较平等自由、无分贵贱的开放气息，具备一种突破富贵簪缨之家繁文缛节的“反规范性”；这种反规范性、脱离体制随即促进了热烈欢快的气氛，以及集体情绪的昂扬高张，可以说是贾府空前绝后的一次“嘉年华会”。

对这场嘉年华会，我们或许可以从平民的角度声称其中带有一种对贵族礼教的讽刺。例如，第四十九回的一段情节提到：芦雪庵诗社活动开始前，史湘云与贾宝玉要来生鹿肉自己烧着吃，仿佛野炊般一地的火炉铁叉，群聚围凑的众人皆卷袖攘臂赤手取食，宝琴不免辞让道：“怪脏的。”而黛玉更是讥嘲大嚼烧肉的一群人，笑道：

“史太君两宴大观园”，《增评补像全图金玉缘》，台湾大学图书馆藏。

> 那里找这一群花子去！罢了，罢了，今日芦雪庵遭劫，生生被云丫头作践了。我为芦雪庵一大哭！

所谓的“芦雪庵遭劫”恰恰与“怡红院劫遇母蝗虫”共一“劫”字，其出于正统、精英、精神的洁净立场如出一辙，以至领头又玩又吃的史湘云就毫不客气地冷笑反击道：

> 你知道什么！“是真名士自风流”，你们都是假清高，最可厌的。我们这会子腥膻大吃大嚼，回来却是锦心绣口。

相对之下，黛玉的嘲讽显露出一种对食物厌憎的斥弃心理。所谓的“斥弃”（abjection），是法国精神分析学者克莉丝蒂娃所提出的理论，意味着种种因身体无法超越食物、秽物或性别差异所引起的强烈拒斥、嫌恶的反应，是个体在划定自我疆域上必然涉及的过程。[①] 而洁癖成性的黛玉自然斥弃过甚，这一宣示就被史湘云反唇相讥为“假清高”，便有如另一场狂欢诗学具体而微的体现。参照史湘云身上也被作者皴染了动物造型，在“打扮成个小子的样儿”之后“越显的蜂腰猿背，鹤势螂形”，而被黛玉谑称为“孙行者”，可见黛玉与形下世界的对立是一贯的，呈现出精神性与动物性或物质性的某种争辩；史湘云的反击则是消弭精神性与动物性的界线，将形而上的“锦心绣口”与形而下的“腥膻大吃大嚼”融合为一，与黛玉的

① 〔法〕克莉丝蒂娃著，张新木译：《恐怖的权力：论卑贱》，页97—146。

偏执大异其趣，所以才会称之为“假清高，最可厌”。

另外，第四十一回刘姥姥醉卧怡红院时，在这一副最精致的床帐上扎手舞脚地仰卧，睡得鼾齁如雷、酒屁臭气满屋的场景，除展现母体复归的神话思维之外，也不免带有一种微妙的讽刺。脂砚斋即批评道：

> 此回栊翠品茶，怡红遭劫。盖妙玉虽以清净无为自守，而怪洁之癖未免有过，老妪只污得一杯，见而勿用，岂似玉兄日享洪福，竟至无以复加而不自知。故老妪眠其床，卧其席，酒屁熏其屋，却被袭人遮过，则仍用其床其席其屋。亦作者特为转眼不知身后事写来作戒，纨袴公子可不慎哉。

话语中所潜藏的寓意，就是妙玉判词中所说的“欲洁何曾洁，云空未必空”，过度的偏执就容易落入虚矫和虚伪。因此可以说，过度洁癖的人拒绝承认自己必然也有污秽的成分，对体内随时存在的污秽视而不见，把它当作和自己完全无关的陌生人；但刘姥姥的出现即是园中人自我之内的那个“驱逐不尽的陌生人”的巨大显形，是园中生活被压抑、被忽视、被升华，但又真实确切、根深柢固的那一面的堂堂揭露。而在金钗们与刘姥姥互动的过程中，一方面彰示了园中人身为“水作的骨肉”，为追求干净合宜之身体想象所引发的斥弃心理，一方面更显豁“干净合宜”之身体毕竟只是想象中的虚影，这就逼使园中人面对污秽终究无法袪除的深沉恐惧，而这种恐惧即变形为贱视刘姥姥的精神胜利，把刘姥姥贬低为昆虫或动物，与自己所属的“人类”断绝关系。

不过，当我们颂扬农妇村姑如同大地之母一般的强韧生命力时，也千万不要矫枉过正，以为文明与精致文化只是不堪一击的虚伪和假清高。必须说，强韧的生命力可以延续生机，克服现实险阻，让人在“生存”的层面上充满力量，但却不能提升生命品质，在“生活”的层面上发展精神性、艺术性。

对这一点而言，妙玉主张的“一杯为品，二杯即是解渴的蠢物，三杯便是饮牛饮骡”固然是太过极端，但其中所提到的差异确实是存在的。因此，嘉年华会的另一面，就是刘姥姥虽然具有大地的力量，却无缘于风雅精致的文化境界，犹如宝钗所说的：“不拿学问提着，便都流入市俗去了。”（第五十六回）如此一来，巧姐儿虽然幸运获救也得到终身归宿，但她过着“荒村野店，有一美人在那里纺绩”的生活，将全部心力用在维持基本生存上，即使有良好的血统与天赋，却也只会像香菱一样，无法读书、不会写字，更没有能力作诗，与艺术风雅绝缘，以致被宝玉感叹：“我们成日叹说可惜他这么个人竟俗了。”（第四十八回）“俗”的结果虽是非战之罪，却是理所必然。幸而香菱还有进入大观园拜师学诗的机会，成为第四十八回回目中“慕雅女雅集苦吟诗”所说的“雅女”；但“荒村野店”的纺绩生活，很容易便落入刘姥姥所说的“成日家和树林子作街坊，困了枕着他睡，乏了靠着他坐，荒年间饿了还吃他，眼睛里天天见他，耳朵里天天听他，口儿里天天讲他”（第四十一回）的贫困粗俗，连带地对心灵的影响则如《四琏子格言》所说：

谚曰："乡间柴火贱，只怕子孙愚。"居住乡村所见所闻，无非种田事业，衵褐课程，习惯自然，城中街坊大道，衣冠束带，不失斯文之体。[①]

则巧姐儿将很难像黛玉、宝钗、湘云、探春等等阿姨、姑妈们一样，结社吟诗、品茶赏雪，被春花秋月所触动，于是那一份"只钟于女儿"的"山川日月之精秀"，也终将葬送在为结了倭瓜而喜、为冬事未办而愁的现实人生里。

于是，林黛玉批评刘姥姥说："他是那一门子的姥姥，直叫他是个'母蝗虫'就是了。"就是对这一种市井的"俗"的反感。从大家听了都笑起来看，显然金钗们也都是心有戚戚，以笑表示默认和同意。而先前第四十一回作者所拟的回目"栊翠庵茶品梅花雪　怡红院劫遇母蝗虫"，足见曹雪芹也认可"母蝗虫"的比喻，视刘姥姥的醉卧是怡红院"遇劫"，和"栊翠庵茶品梅花雪"的优美雅致相比，诚然是天壤之别。所以，刘姥姥之来到贾府，其实也是一种精神的提升，让她看到精致文化所可以达到的高度和审美程度，见识到贵族世家超越了生存层次的"有教养的生活"。[②] 而实际上，刘姥姥自己也是这么认为的，第六回姥姥前往荣国府求助之前，就

---

① 见《荥阳郑氏大统宗谱》，卷 3。引自冯尔康：《顾真斋文丛》（北京：中华书局，2003），页 37。

② 此乃德国人恩金于 1932 年撰文盛赞《红楼梦》与《金瓶梅》之不同时所言，而周汝昌也认为"这话重要极了，教养就是中华文化的最美好的表现，其品格风调，方是人类最高的境界"。见周汝昌：《红楼小讲》，页 167。

对于此举的成败结果有一些盘算，包括：

> 果然有些好处，大家都有益；便是没银子来，**我也到那公府侯门见一见世面，也不枉我一生**。

换言之，即使没有得到财物的实质帮助，但能够接近公府侯门增广见识，仍然是无形的收获，足以让人不虚此生。而这种可以让人不虚此生的高雅精致文化，确实是贵族世家能够提供的，所以在第四十回刘姥姥逛大观园时，就不断提到这一点，例如她看着李纨与凤姐对坐着吃饭，便叹道："别的罢了，我只爱你们家这行事。怪道说'礼出大家'。"

另外，到了沁芳亭时，贾母倚柱坐下，命刘姥姥也坐在旁边，因问他："这园子好不好？"刘姥姥念佛说道：

> 我们乡下人到了年下，都上城来买画儿贴。时常闲了，大家都说，怎么得也到画儿上去逛逛。想着那个画儿也不过是假的，那里有这个真地方呢。谁知我今儿进这园里一瞧，竟比那画儿还强十倍。怎么得有人也照着这个园子画一张，我带了家去，给他们见见，死了也得好处。"

后来行酒令时，鸳鸯宣布游戏的法则是："如今我说骨牌副儿，从老太太起，顺领说下去，至刘姥姥止。比如我说一副儿，将这三张牌拆开，先说头一张，次说第二张，再说第三张，说完了，合成这一副儿的名字。无论诗词歌赋、成语俗话，比上一句，都要韵。错了的罚一杯。”刘姥姥听了众人的实际操作后，便说道：“我们庄家人闲了，也常会几个人弄这个，但不如说的这么好听。”

由此可见，雅俗之间确实是存在着巨大差别的。就这一点来说，刘姥姥以外的平民的反应也可以作为参考印证，第十五回便通过一般平民的眼睛描述道：

> 那些村姑庄妇见了凤姐、宝玉、秦钟的人品衣服，礼数款段，岂有不爱看的？

宝玉等人优雅精致的形貌举止深深吸引了村姑庄妇的目光，那是一种物质文明和文化涵养所形成的优美；而除人品衣服、礼数款段之外，其余如诗词吟咏、丝竹书画的精致文化，以及品花票戏、奇玩古珍的游艺癖好，都莫不是奠基于大量的财富基础上。但精致文化却又不只是大量财富就能造就，而要有精神涵养作为核心力量，这在传统社会中，就有赖于贵族来达到。诚如牟宗三先生所指出的，“贵族有贵族的教养，当然他不是圣人，但是有相当的教养，即使他的私生活也不见得好。……贵族有其所以为贵的地方。……贵是属于精神的（spiritual），富是属于物质的（material）……由此可知，贵是就精神而言，我们必须由此才能了解并说明贵族社会之所以能创造出大的文化传统。周公制礼作乐，礼就是 form（形式），人必须有极大的精神力量才能把这个 form 顶起来而守礼、实践礼”，以之振拔生命并有所担当。因而“我们不能轻视贵族社会，斯宾格勒

（Oswald Spengler, 1880—1936）就知道这个道理。他认为一切能形成一大传统（great tradition）的文化都是贵族社会的文化”。[①]

因此，我们必须平衡地、从各方面来认识刘姥姥这位母神的真正价值，不要套上意识形态给予过度赞扬或过度贬低，从而便可以发现其中仍然有着令人赞叹的复调精神。

六、“母神”的复调旋律

回到人间母神的范畴来看，刘姥姥与贾母在叙事结构上具有交会与换位的关系，彼此同中有异、异中有同，相同的地方互相辉映，而不同的地方则是相辅相成，让我们看到即使差异如此之悬殊的人，都可以各自成就出美好的人生。

首先，如同贾母一样，那波澜起伏的人生教会刘姥姥珍惜既有的，不强求无可奈何的，对于命运所给的一切能够坦然面对与豁达放下，在可以着力的地方用心尽力，其他的缺憾则还诸天地。于是两人相同的共通点，便是贾母的成熟型老人特质也体现在刘姥姥的性格上。成熟型老人的性格特征，就是对现实生活的态度、意志、情绪、理智等等方面均表现得积极，处于健康状态；经得起欢乐和忧愁的考验，具备自觉性、果断性、坚持性、自制性等意志品质；洞察社会，有独立见解，善于分析问题，富有创造力。[②] 而年龄已

① 牟宗三：《中国哲学十九讲：中国哲学之简述及其所涵蕴之问题》（台北：学生书局，1983），页 160—164。

② 张钟汝、范明林：《老年社会心理》，页 100—101。

逾古稀的刘姥姥明显是属于“成熟型”的老妇人，这在她的种种表现上都可以获得印证。

例如她对巧姐儿的命名，就属于“有独立见解，善于分析问题”的表现；而能够随机应变，根据现场气氛和众人心理编出投其所好的乡野故事，甚至当下依样画葫芦，立刻掌握到酒令的复杂原则，跟着大家行出本色的作品，更是“富有创造力”的证明；在面临家计困顿时，不陷入愁云惨雾、一筹莫展的恐慌中，而是善用过去的经验冷静地谋划对策，并且果断地付诸实行，在在呈现出态度、意志、情绪的健康状态，经得起欢乐和忧愁的考验，而具备自觉性、果断性、坚持性、自制性等意志品质。种种优点中所透显的“洞察社会”的眼力和判断力更是可圈可点，如此才能把握到女婿家与王家联宗的亲故关系，拟出有效的救急方案，更在第二次进荣国府时，创造出非凡的惊人效果。评点家徐瀛说得好：

> 刘老老深观世务，历练人情，一切揣摩求合，思之至深。出其余技作游戏法，如登傀儡场，忽而星娥月姐，忽而牛鬼蛇神，忽而痴人说梦，忽而老吏断狱，喜笑怒骂，无不动中窾要，会如人意。因发诸金帛以归，视凤姐辈真儿戏也。而卒能脱巧姐于难，是又非无真肝胆、真血气、真性情者。殆黠而侠者，其诸弹铗之杰者与！[1]

---

① （清）徐瀛：《红楼梦论赞·刘老老赞》，一粟编：《红楼梦资料汇编》，卷3，页136。

来自乡野的刘姥姥拥有对人情世故的娴熟练达，因此身处优雅严谨的大观园中却能游刃有余，甚至反客为主地驱遣自如，像指挥若定的导演一样，让每一个场面都绽放出饱满的戏剧张力，幕幕精彩令人目不暇给；虽是仰人济助的食客，却又有雪中送炭的侠义心肠与临危应变的才智，因此被视为埋没于红尘中的豪杰，有如孟尝君门下的冯谖。这段话可以说是对刘姥姥之性格的至高赞美与绝佳总结。

其中最值得欣赏的，是这样的人可以用客观的眼光看自己，坦然接受自己的本来面貌，并且和别人一样面对自己的种种缺点，把它当作自己专属的特色，而不是不如人的痛处。因此当别人碰触到这些缺点时，不自卑，不恼怒，不生气，反而跟着别人一起笑，一起用趣味的眼光来看自己，还看得津津有味，这样的心态就是成熟的、智慧的。举例言之，在第四十回逛大观园的过程中有一段情节：

> 碧月早捧过一个大荷叶式的翡翠盘子来，里面盛着各色折枝菊花。贾母便拣了一朵大红的簪于鬓上。因回头看见了刘姥姥，忙笑道："过来戴花儿。"一语未完，凤姐便拉过刘姥姥来，笑道："让我打扮你。"说着，将一盘子花横三竖四的插了一头。贾母和众人笑的了不得。刘姥姥笑道："我这头也不知修了什么福，今儿这样体面起来。"众人笑道："你还不拔下来摔到他脸上呢，把你打扮的成了个老妖精了。"刘姥姥笑道："我虽老了，年轻时也风流，爱个花儿粉儿的，今儿老风流才好。"

这种坦然的心态，把别人对自己的嘲笑转化成为一种自信和自得其乐，结果反而获得了某种智慧的高度，甚至让人联想到晚唐杜牧《九日齐山登高》所云："尘世难逢开口笑，菊花须插满头归。"杜牧心之所欲却未敢付诸行动的滑稽做法，就在这里获得了落实。刘姥姥善于利用"村野人"（第三十九回）的特点，以和大观园之情趣大相径庭的言行举止，冲撞出一种与清新优美截然不同的粗俗趣味，在高反差的效果衬托下，便创造了大观园中未曾有过的欢乐高潮，这绝不是一个自卑的、不懂得幽默的人所能做到的。

"幽默"，诚为人生的芳香剂与心灵的解药。参照弗洛伊德的心理学观察，就更能了解刘姥姥的"幽默"的价值：嘲弄自己是"幽默"（humour），嘲弄别人则是"玩笑"（joke），重大的关键就在于其机制有别：玩笑是一种无意识的表现，其目的往往不仅在于从语言游戏的精省或经济（economy）中获取乐趣，更常被"用于侵犯之途"（in the service of aggression）[①]，以进一步谋取宰制性的快感。这就是林黛玉式的玩笑，因此她被称为"说出一句话来，比刀子还尖"（第八回）、"嘴里又爱刻薄人"（第二十七回）、"忙中使巧话来骂人"（第三十七回）与"再不放人一点儿，专挑人的不好……见一个打趣一个"（第二十回）。但是，刘姥姥的"幽默"则迥然不同，她欣然接受自己的角色并且充分地善加利用，由嘲弄自己来造福别人，皆大

① Sigmund Freud, "Humour,"in *The Standard Edition of the Complete Psychological Works of Sigmund Freud,* Vol. 21 (London: The Hogarth Press and The Institute of Psycho-Analysis, 1961), pp. 163-165.

欢喜，所以事后对捉弄她而向她道歉的鸳鸯笑着说：

> 姑娘说那里话，咱们哄着老太太开个心儿，可有什么恼的！你先嘱咐我，我就明白了，不过大家取个笑儿。我要心里恼，也就不说了。（第四十回）

可见刘姥姥具有强健的理智和自足的心灵，清楚地认知到：**别人眼中的自己并不等于真正的自己，一个人的价值完全不是由别人来定义，而是由自己作主**。因此扮演小丑不等于本质就是小丑，当别人认定自己是小丑时，也就不会觉得受到轻视而生气，甚至一旦有需要扮演小丑时，还可以快快乐乐地演得出神入化，同时自己也从中享受到表演的乐趣，为能够让别人开怀大笑而心满意足。也因为如此，刘姥姥并不因为贫穷而自卑，只是把贫富差距当作一个事实，而不是人生价值的判断标准，因而在面对富贵时可以如此自在地呈现自己的本色，也在本色中建立自己的尊严。

必须说，人类心理上最在乎的贫富差异感，因为牵涉最广，处处牵动到尊卑、高下、得失、顺逆等等的敏感心理，所以“嫌贫爱富”就成为人性弱点之一。然而，一个成熟的人会超越这种人性弱点，了解贫穷或困境是事实，接受它，面对它，带着微笑坦然承担并且尽力改善，才能把它转化为帮助生命往前走的力量；而不是逃避它，拒绝它，让它变成阻挡我们前进的障碍，更不是怨天尤人，用眼泪或诅咒把自己困死。

哭泣和抱怨并不能解决问题，眼泪只能淹死自己，怨言更是心灵的腐蚀剂，都于事无补。就像面对巧姐儿出生的日子不好，因此贾府一直回避难题不敢取名，要等到遇见刘姥姥，才用“以毒攻毒，以火攻火”的法子，正式获得巧姐儿的名字，这样正面迎战厄运，不闪躲、不逃避的坦荡，反而赢得“遇难成祥，逢凶化吉”的转机。

更重要的是，对于别人得天独厚的幸运，不用羡慕乃至嫉妒，只要理解认清事实并且坦然接受，然后在自己的世界里尽力，总能发挥一点功能，也为自己的人格建立真正的尊严，成就自我的存在价值。试看第六回刘姥姥对女婿王狗儿的劝说，就是：

> 咱们村庄人，那一个不是老老诚诚的，守多大碗儿吃多大的饭。你皆因年小的时候，托着你那老家之福，吃喝惯了，如今所以把持不住。有了钱就顾头不顾尾，没了钱就瞎生气，成个什么男子汉大丈夫呢！

所谓“老老诚诚的，守多大碗儿吃多大的饭”，正是一种不贪心、不妄求的知足。有了这种知足的心态，人就能够健全地面对生活现状，珍惜已经拥有的，免除被损害、被剥夺的错觉，也不会有“由奢返俭难”的“把持不住”，更不会为了得到自己没有的而不择手段，以致丧失人格，可以说同样达到了“富贵不能淫，贫贱不能移”的人格境界。

其实仔细体会，可以发现**刘姥姥对于贾府的富贵不但没有嫉妒，甚至也没有羡慕，她只是在拥有亲近富贵的时候充分享受其中**

的乐趣，时间一到，便毫不恋栈地回到自己的世界，并且对于能有这样大开眼界的机会充满感恩的心，这就是真正均衡而健全的人格。因此第三十九回刘姥姥才会对贾母笑道：

> **我们生来是受苦的人，老太太生来是享福的**。**若我们也这样，那些庄稼活也没人作了**。

这话说得真好！人生道路本来就不同，每一个人的命也不一样，有的人诞生在富贵场中涵养高雅文化，过着精致的生活，延续或提升文明的成果；有的人则立足在田地里耕作出养育所有人的粮食，一步一脚印地付出劳力，成为稳定世界的根基。各自有不同的使命与对世界的贡献，毋须比较，更毋须因为比较而失去心理平衡。也就是说，享福的人不必自以为优越甚至嚣张傲慢，必须知道得之于人者多过自己的努力，其中更少不了运气成分，所以毋须狂妄自大，同时更要意识到享福也会有限，这么一来就会像贾母一般的宽柔慈善，形成“富而好礼”的谦和风范；没有享到福的人也不必自怨自艾，陷溺在被剥夺的痛苦中，以致产生愤懑嫉妒、失去心灵的均衡与平静，而应该“穷而不酸”、懂得知足常乐，自己创造幸福。因此，第四十二回刘姥姥带着板儿来见凤姐准备辞行时，就说道：

> 明日一早定要家去了。虽然住了两三天，日子却不多，把古往今来没见过的，没吃过的，没听见过的，都经验了。难得

> 老太太和姑奶奶并那些小姐们，连各房里的姑娘们，都这样怜贫惜老照看我。我这一回去后没别的报答，惟有请些高香天天给你们念佛，保佑你们长命百岁的，就算我的心了。

可见刘姥姥是何等知足而懂得感恩的人！所谓的羡慕、尤其是嫉妒，都是一种心理缺陷的反映，在嫉妒的情绪中时，灵魂其实是被囚禁在地狱里受到毒蛇的啃噬，被摧毁得最彻底的是自己；而一个自足的人，只会珍惜并安于已有的，对于所有的美好经验感到充实和感谢，绝不是计较有无甚至想要更多，导致失落不甘而心灵扭曲。

刘姥姥生来受苦，却懂得珍惜自己的菜园，辛勤地耕耘，而不是看着别人的花园，觉得上天不公、世界亏欠了她，以致怨天尤人；在受到帮助时，也不认为是世界应该补偿她的，是理所当然的，因此懂得感恩图报。这就是真正健全的、快乐的人。西方有句话说得好："成功"是得到你所想要的，"幸福"则是始终喜爱你所拥有的（Success is to have what you want, happiness is to want what you have）。刘姥姥正是值得拥有幸福的可敬可爱的这一种人。

由此可以体证到，**复调的精神，就是每一个人、每一条人生道路在存在价值上都是平等的**。贾母和刘姥姥代表了两个世界的交会，碰撞出炫目耀眼的光亮，因而告诉我们：两个不同的世界不必然是敌对的或互斥的，而是可以互相欣赏、彼此包容，并且相辅相成的——刘姥姥为贾府带来前所未见的乡野气息，调剂了贵族世家规律化的沉闷生活，使之享受到只有出门才能见识到的野趣和平民式的欢乐；贾府则让刘姥姥置身于不可思议的梦幻仙境中，并给予物资金钱的资助而减轻其现实的压力。双方都是把自己盈余很多的东西给予有所欠缺的对方，使对方变得更圆满、更丰富。并且，每一个人无论是处在怎样的环境里，都可以成为善良的好人。

这就是《红楼梦》中的母神系列，从神界到俗界、从贵族到平民的最大意义。

第八章
结论：健妇持门户，亦胜一丈夫

“女儿”势必长大，更必须走出花园，踏入世界，迎向宇宙；不再只是受保护之下天真无邪的纯洁性灵，而是足以承担万物的无畏大地。

在前面的七章里，阐述了“母神”的概念与象征意义，并就《红楼梦》中从神界到俗界、从贵族到平民的母神系列，展现她们各自所具备的风貌与内涵。整体而言，从神话学来看，这些母神们也都巧妙地体现了“母体复归”的崇拜心理。

犹如第一章中所提到的，“回归母体”的地母崇拜并不是原始初民的专利，也不单单存在于丧葬活动上。作为一种心理原型的反映，事实上一直到今天，“回归母体”主题都还普遍存在于各种文化艺术中，并且以形形色色的许多变化，巧妙表达出人们寻求保护救赎以及疗伤止痛的心理需要。在《红楼梦》中，具有“母体复归”意识的情节，一共至少有四处，包括：

一次是宝玉被魔法作祟，被搬往王夫人的卧室寻求重生，参见第五章。

另外有两次都和刘姥姥有关，一次是刘姥姥到荣国府打秋风，被引到东屋这个巧姐儿睡觉的地方；再者是刘姥姥为了答谢，第二次来到荣国府，在逛大观园的过程中醉卧怡红院，参见第七章。

第四次则是迎春遭受婚姻不幸后，于归宁时表示：“乍乍的离了姊妹们，只是眠思梦想。二则还记挂着我的屋子，还得在园里旧房子里住得三五天，死也甘心了。”而回到紫菱洲这座旧居休生养息、抚平伤痛。那紫菱洲正位于元妃为金钗们所一手擘创的母性空间中，参见第五章、第六章。

固然在传统的性别规画下，“女正位乎内，男正位乎外”（《易经·家人卦》）、“男不主内，女不主外”与“男子居外，女子居内”（《礼记·内则》）造成了女性之生活空间与才能发展的严重局限，诚如探春所感慨的：“我但凡是个男人，可以出得去，我必早走了，立一番事业，那时自有我一番道理。”（第五十五回）便深刻道出其中委屈。然而，一则是作为“历史中的人”，在无法改变既定事实的情况下，如何找到突破的可能性与实践自我的积极性，仍然是才智之士可以努力的；二则是即使处在性别上有所限制的局面中，“观念”与“原则”这些抽象概念并不完全等于实际上的具体处境，尤其再加上权力的流动性与复杂性，也使得女性的待遇可以有很大的差异，不能用“受压迫者”一概而论。正如西蒙·波伏娃所指出的：

> 在整个历史过程中都会碰到的一个很重要的事实：抽象的权利不足以限定女人的现实具体处境；这种处境在很大程度上

取决于她的经济作用；而且，抽象的自由和具体的权力往往呈反比例变化。[①]

因此在了解《红楼梦》以及其他的古典作品时，我们同意高彦颐所建议的，以“三重动态模式”来取代五四时代“父权压迫的二分模式”去认识妇女史。所谓三重动态模式，是指中国传统妇女的生活为三种层面——理想化理念、生活实践、女性视角的总和，三个层面有时是被难以逾越的鸿沟所分开而不一致，有时则是完全相合的。[②]

当我们从小说的写实笔法中追步这些妇女们的生活实践后，已经足以充分地看到，宝玉的女儿崇拜是片面而偏颇的成见，毋宁说，曹雪芹的作者视角和他笔下的男主角并不一致，通过其他的女性角色塑造，极为有力地推翻了贾宝玉所说“女人个个是坏的”“老女人是鱼眼睛”的振振有词。因此，小说家在卷首中极力推崇的：“当日所有之女子，一一细考较去，觉其行止见识，皆出于我之上。何我堂堂须眉，诚不若彼裙钗哉?”所谓的“当日所有之女子”，参照第十三回回末诗所总评的“裙钗一二可齐家”，可知必然包括具有“齐家”之补天才干的女性，而她们“出于我之上”的行止见识，也绝不只是如花似水的山川灵气之类。因此在第五回的人物判词中，王熙凤与贾探春这两位女子都出现了“才（干才）”和“末世”

① 〔法〕西蒙·波伏娃著，陶铁柱译：《第二性》，页106。

② 〔美〕高彦颐著，李志生译：《闺塾师：明末清初江南的才女文化》，页9。

的结合，此一现象绝非偶然。无怪乎脂砚斋清楚地表示：

> 余为宝玉肯效凤姐一点余风，亦可继荣宁之盛，诸公当为如何？（第二十回批语）

足见曹雪芹所谓“出于我之上”的行止见识，并不只是“只钟于女儿”的“山川日月之精秀”，还包括入世的、实务的甚至是政治上的干才。对于传统知识分子而言，“齐家、治国、平天下”形成了人生实践之最高理想的同心圆结构，“齐家”与“治国”分享了相同的本质，此所以第十三回以回末诗“金紫万千谁治国，裙钗一二可齐家”来赞美这些齐家的女性，清楚说明了“齐家”是女性的最大价值。

一、婚姻：大母神的培训摇篮

所谓的“齐家”，既说明了这些人间母神的主要功绩，也说明了这些功绩都必须在婚姻中才有发挥的可能，不仅本书所讨论的贾母、王夫人、元春、刘姥姥这四位人间母神是如此，连王熙凤也没有例外。以另一位体现出“才”和“末世”相结合的贾探春来比照，更说明了“婚姻”对培养人间母神的关键性。

当探春接替生病休养的凤姐暂代理家之务后，虽然通过“兴利除宿弊”等多项改革措施而有声有色，但她的处理范围却因为未婚的闺女身份而大大受限，无法全面施展治家才华，凤姐也因此难以置身事外，好好养病。凤姐对前来探病的宝玉说道：

> 老太太、太太不在家，这些大娘们，嗳，那一个是安分的，每日不是打架，就拌嘴，连赌博偷盗的事情，都闹出来了两三件了。虽说有三姑娘帮着办理，**他又是个没出阁的姑娘**。**也有叫他知道得的，也有往他说不得的事**，也只好强扎挣着罢了。总不得心静一会儿。别说想病好，求其不添，也就罢了。（第六十四回）

可见“往他说不得的事”就是碍于“是个没出阁的姑娘”所致，从该等人家的女性伦理教养来推测，自是近似于绣春囊之类的情色事件，这种限制对理家的表现而言，固然是非战之罪，但也确实在客观上降低了治家的成绩。从这个角度来说，第十三回回末诗赞美的“裙钗一二可齐家”，所针对的首要之人仍推王熙凤，这不仅是探春在当时还没有表现的机会，即使到了第五十五回她接受王夫人的委托，站上了王熙凤的位置，却因为未婚身份而限缩了表现的空间，并不能达到“齐家”的最高标准。由此一层面来看，在母神们发挥“齐家”大能之前，“婚姻”是必要的前提。

有趣的是，这一点恰恰与宝玉的信念大相径庭，甚至是适得其反。在宝玉这一方，无论是第五十九回所宣称的：

> 女孩儿未出嫁，是颗无价之宝珠；出了嫁，不知怎么就变出许多的不好的毛病来，虽是颗珠子，却没有光彩宝色，是颗死珠了；再老了，更变的不是珠子，竟是鱼眼睛了。分明一个人，怎么变出三样来？

或是第七十七回所定义的：“只一嫁了汉子，染了男人的气味，就这样混账起来，比男人更可杀了！”在在都清楚说明了对宝玉而言，“婚姻”正是由“女儿”变成“女人”的邪恶关卡，也是女性由幸福到不幸的分界线。但作者却通过贾府数代以及其他几家的已婚妇女来彰显“裙钗一二可齐家”的伟大女性，再度证明了宝玉的看法并不能代表《红楼梦》的全部宗旨，那只不过是一个拒绝长大的男孩，对女性带有审美偏执甚至隐含性别歧视的性别论述而已。

在传统社会里，“婚姻”是女性发挥“齐家”大能的必要前提，也是女性自我实践的唯一管道，主要是因为在儒家的家庭建构中，良家妇女并没有独身的余地，到了清代依然如此。如曼素恩所指出的：“对于盛清时代精英阶层的中国妇女来说，除了婚姻之外，并不存在其他受人尊重的选择。在现代早期的西欧，比例相当大的女性保持独身，而且有许多进入宗教的修道院中。与这种情况成对比的是，18 世纪的中国没有为妇女提供任何庇护；尼庵被认为是贫穷女孩最后的求助对象。”[1] 然而只有“受人尊重”才能获取权力，这就是婚姻攸关于女性自我实践的原因。尤其是，在进入婚姻之后，由于儒家重视孝道的关系，母权变成为妇女获得更高权力的主要方式，甚至影响了许多寡妇在政治上的地位。因此，要解开《红楼梦》中的大母神的秘密，关键还是要从“婚姻”说起。

大体而言，在女性的成长过程中，一生中最重要的时间就是成

---

① 〔美〕曼素恩著，杨雅婷译：《兰闺宝录：晚明至盛清时的中国妇女》，页137。

人和结婚的日子，因此对女性来说，从童年向青少年的过渡没有任何社会意义，而表现出一种“不在年龄中生活”的模糊性。① 汉学家对中国社会中的性别研究亦指出，相较于男性通过取得新名号、新角色、新关系与新特权来加以标划的生命周期，妇女的生命则维持着模糊暧昧的情形②，标志着人生重大转折的主要就是婚姻。

一般情况下，女孩会在及笄后的几年内出嫁，而曹雪芹与《红楼梦》所处的18世纪，作为“历史上和平与繁荣的巅峰”，清朝统治达到了鼎盛，学者称之为“盛清”（High Qing），认为是 the era of *pax sinica*，即“中国的太平时期”③，这个时代的精英家庭里，丈夫与妻子的平均年龄差距不大，大约三岁左右；精英家庭的女孩大多在十七到十八岁之间出嫁，男孩的婚龄则稍微晚一点，为二十或二十一。④ 在正常的情况下，女儿们在进入婚姻之前，确实是比较无忧无虑的，如敦煌出土的《崔氏夫人训女文》中所描述的：

---

① 这个现象也表现在罗马时期的社会中，参〔法〕让－皮埃尔·内罗杜（Jean-Pierre Néraudau）著，张鸿、向征译：《古罗马的儿童》（桂林：广西师范大学出版社，2005），页21—39。

② 参 Rubie S. Watson, "The Named and the Nameless: Gender and Person in Chinese Society," *American Ethnologist* 13(1986) : 619-631.

③ Ho Ping-ti, *Studies on the Population of China*, 1368-1953 (Cambridge, Mass.: Harvard University Press, 1959), p. 214.

④ Ted A. Telford, "Family and State in Qing China: Marriage in the Tongcheng Lineages, 1650—1880," in Institute of Modern History, Academia Sinica, eds., *Family Process and Political Process in Modern Chinese History*, Vol. 2. (Taibei: Institute of Modern History, Academia Sinica, 1992), p. 686. 引自〔美〕曼素恩著，杨雅婷译：《兰闺宝录：晚明至盛清时的中国妇女》，页124—125。

好事恶事如不见，莫作本意在家时。

在家作女惯娇怜，今作他妇信前缘。[①]

很显然，相对于出嫁后为了避免卷入纠纷而装聋作哑，导致对好恶是非都视若无睹以求明哲保身，在父母羽翼庇护下的在室少女则是可以随心所欲地臧否批评，无所顾忌地率性而为，一个“惯”字正说明了“娇怜”乃是女子出嫁前在娘家时一直保有的状态，而显示出父母宠惜呵护的疼爱之情。这一首唐代的诗，到了清代仍然适用，《红楼梦》也是如此，如第十九回宝玉到袭人家探望她，一见袭人的堂妹后也万分欣赏，出于对少女的偏爱，想要一并收集到自己的女儿国来，袭人便说道：

他虽没这造化，**倒也是娇生惯养的呢，我姨爹姨娘的宝贝**。如今十七岁，各样的嫁妆都齐备了，明年就出嫁。

作为“娇生惯养”的“宝贝”，可见出嫁前过着的是偏向于纯洁可爱的天真生活，这也是宝玉之所以赞扬“女儿是水作的骨肉”“女孩儿未出嫁，是颗无价之宝珠”的现实原因。

这承欢父母膝下时天真快乐的短暂岁月，将随着婚礼的举行而发生重大转折，“婚姻”可以说是女性生命史上的“通过仪式”（the

① 引文见郑阿财：《敦煌写本“崔氏夫人训女文”研究》，中兴大学《法商学报》第19期（1984年7月），页325。

rite of passage)，造成根本性的人生变化。根据法国人类学家范·热内普（Arnold van Gennep, 1873—1957）的界定，“通过仪式”包含了三个阶段：

> 1. 分离：个人从原先的生活脉络中分离出来。
>
> 2. 过渡（转变）：个人发生最戏剧性的身份地位变化。
>
> 3. 再统合（并入）：个人以新身份加入新的地位团体成为其成员。①

举行婚礼的那一天，就是女性的人生分水岭，从此进入一个截然不同的生命阶段。然而，被视为真正的终身归宿的夫家，有陌生而复杂的人际关系要面对，有柴米油盐的繁重家务要处理，还有生儿育女的辛劳要承担，从前一天还是“在家作女惯娇怜”的掌上明珠乍然成为满载责任与义务的人妻人媳，并不是十七八岁的娇怜少女所能承受的。

于是我们可以看到，“门当户对”在帮助家族巩固并维持特权和财富的功能之外对女性所具有的另一种正面的意义，一方面是让她们可以在近似的生活模式、言行习性和思想价值观上有所衔接，较顺利地渡过这场巨大变化。就此，迎春便提供了负面的反证，第七十九回贾赦作主将她许给“并非诗礼名族之裔”的孙家，贾母并

---

① 〔法〕阿诺尔德·范·热内普著，张举文译：《过渡礼仪》(北京：商务印书馆，2010)。庄英章等编：《文化人类学》下册（台北：空中大学，1992），页80—81。

不十分称意，贾政更是极力反对，劝谏过两次却没能改变决策，果然暴发户的孙家就成了葬送迎春的地狱。此外，门当户对也比较能够保障夫妻双方的尊严，如第七十二回凤姐听了贾琏的刺心话，便翻身起来，说："我有三千五万，不是赚的你的。……我们王家可那里来的钱，都是你们贾家赚的。别叫我恶心了。你们看着你家什么石崇邓通，把我王家的地缝子扫一扫，就够你们过一辈子呢。说出来的话也不怕臊！现有对证：把太太和我的嫁妆细看看，比一比你们的，那一样是配不上你们的。"贾琏笑道："说句顽话就急了。"于是化解了一场剑拔弩张的紧张气氛。由此可见，在现实生活里，平等的尊严必然有助于维系彼此的感情，而这又往往和家世背景有关。

不仅如此，在门当户对之外，凤姐、黛玉、宝钗等"亲上加亲"的做法，属于从宋代到清代这段期间所流行的表亲联姻[①]，宋代的袁采甚至说："人之议亲，多要因亲及亲，以示不相忘，此最风俗好处。"[②]这也是能进一步减少婚姻对少女所带来的心理冲击的方式。曼素恩说得好："在某个程度上，异姓表亲间的联姻减轻了婚姻生活的压力，特别是对于妇女来说。一名与表亲结婚的女儿，嫁入的是她父母所熟悉的家庭，因此他们可以运用亲戚关系来关照

---

① 瞿同祖：《中国法律与中国社会》，页119—120。其中举例讨论了相关状况，说明姑表舅表姨表兄弟姊妹在唐代是不禁为婚的，明清律始列专条禁姑表两姨姊妹为婚，但事实上多弛废此禁，可见中表婚俗之普遍，若不经仇家告发，便可相安无事。

② （宋）袁采：《袁氏世范》（北京：北京图书馆出版社，2003），卷11"睦亲"，页21。

她的命运，并保护其权益。至于在女儿这方面，嫁给表亲意谓着进入一个她所认识的妇女网脉，即使她只是听说过她们而已。”[1]就这一点而言，王熙凤又提供了绝佳的例子，第十三回贾珍要请她帮忙筹办秦可卿的丧事，就提到“从小儿大妹妹顽笑着就有杀伐决断”，第五十四回凤姐自己也说：“外头的只有一位珍大爷。我们还是论哥哥妹妹，从小儿一处淘气了这么大。”可见两人是从小就互相认识的，有如兄妹。贾、王两家既是如此亲密往来，夫家便等于是母家的延伸，出嫁就比较不会造成太大的适应问题，也让王熙凤的才能更发挥得淋漓尽致。

因此必须说，从女性生命史的角度而言，在不能改变父权体制的婚姻形态之下，“门当户对”“亲上加亲”其实是具有正面意义的，并不只是为了扩大与巩固家族利益的现实考虑而已。这也可以说是贾、史、王、薛四大家族彼此联络有亲的另一个温暖面向。

二、母教：大母神的力量来源

当然，从女儿到女人、从少女到母亲，实为一段艰巨的过程。“门当户对”和“亲上加亲”只是减少心理压力的外在助缘，少女在出嫁成为女人之后，如何在这漫长的时光中不被耗损为“死珠”和“鱼眼睛”，仍然还是一个重大的课题。

---

① 〔美〕曼素恩著，杨雅婷译：《兰闺宝录：晚明至盛清时的中国妇女》，页147。

在第一章的总论里，曾经遗憾地指出，小说家并没有告诉我们，女性的人生如何从“水作的骨肉”不落入“死珠”和“鱼眼睛”的魔咒，而能蜕变为“大母神”。但实际上，小说中还是隐藏了一些迹证，提供了解答的钥匙，其答案便是：除了天赋之外，关键在才智的养成，而才智的养成依靠的就是教育以及人生历练的智慧与韧性。至于女性的教育，最主要的便是婚前所领受的“母教”，那是与“在家作女惯娇怜”并存的另一面向。

从刘向《列女传》来看中国传统的理想母爱，必须指出，“母爱的表现主要不在对子女的抚爱或衣食呵护，而在如何将忠孝仁义的道德灌输在子女的身上。所谓‘善于教化，成其令名’，似乎才是母爱最成功的表现”。[①] 母亲因为闺阁空间的一体性与性别认同的亲密关系，直接担任了女儿的教育导师，于是形成母女之间授受传承的“内训”或“母教”。如前引敦煌遗书的《崔氏夫人训女文》中，就叙写母亲对于临嫁之女儿的提点训示，所谓“教汝前头行妇礼，但依吾语莫相违”“若能一一依吾语，何得翁婆不爱怜”[②]，闺帷之内母女面对面叮咛之情景宛然可见。一旦母亲早逝，在女儿的成长过程中不幸缺席时，为父者就不免会忧虑闺训不足，嫁后将产生不晓妇道的种种问题，如唐代韦应物作于大女儿出嫁临行之际的《送杨氏女》一诗，全篇即畅言其忧悲交集之情与殷殷嘱咐之女训：

---

① 田夫（邢义田）：《〈从列女传〉看中国式母爱的流露》，《历史月刊》第4期（1988年5月），页108。

② 敦煌遗书P.2633、S.4129等卷子，引自程蔷、董乃斌：《唐帝国的精神文明：民俗与文学》（北京：中国社会科学出版社，1996），页246—247。

> 永日方戚戚，出门复悠悠。女子今有行，大江泝轻舟。
> 尔辈况无恃，抚念益慈柔。幼为长所育，两别泣不休。
> 对此结中肠，义往复难留。自小阙内训，事姑贻我忧。
> 赖兹托令门，仁恤庶无尤。贫俭诚所尚，资从岂待周。
> 孝恭遵妇道，容止顺其猷。别离在今晨，见尔当何秋？
> 居闲始自遣，临感忽难收。归来视幼女，零泪缘缨流。

其中的“自小阙内训”一句，就清楚点出母教对女性的重要性。对此，曹雪芹是十分认可的，试看薛蟠所娶的夏金桂，第七十九回的描述是：

> 这夏家小姐今年方十七岁，生得亦颇有姿色，亦颇识得几个字。若论心中的邱壑经纬，颇步熙凤之后尘。只吃亏了一件，从小时父亲去世的早，又无同胞弟兄，寡母独守此女，娇养溺爱，不啻珍宝，凡女儿一举一动，彼母皆百依百随，因此未免娇养太过，竟酿成个盗跖的性气。爱自己尊若菩萨，窥他人秽如粪土；外具花柳之姿，内秉风雷之性。在家中时常就和丫鬟们使性弄气，轻骂重打的。

可见夏金桂兼具多方的优越资质，宝玉见过后的感想也是：“举止形容也不怪厉，一般是鲜花嫩柳，与众姊妹不差上下的人，焉得这等样情性，可为奇之至极。”(第八十回）因此心下纳闷。但其实夏金桂之所以会养成这种盗跖般的风雷之性，一点也不奇怪，独生女在寡母的过分溺爱之下塑造出唯我独尊的霸王，可以说是自然也必然的，因此小说家明白指出，“母教不彰”正是这位天之骄女唯一“吃亏”的地方，这才使她从“天地山川之精秀”沦为凶残暴戾的盗跖，令人震骇不已。

如此一来，“母教”对少女的重要性可想而知。从这个思考角度而言，第四十五回“金兰契互剖金兰语”中，那一段黛玉对自身之成长过程，以及此种成长过程何以影响其性格的自述自省，更反映出《红楼梦》一直被严重忽略的女性观。当时黛玉对宝钗叹道：

> 从前日你说看杂书不好，又劝我那些好话，竟大感激你。往日竟是我错了，实在误到如今。**细细算来，我母亲去世的早，又无姊妹兄弟，我长了今年十五岁，竟没一个人像你前日的话教导我**。

这正呼应了第三回其父林如海所说的“汝多病，年又极小，上无亲母教养，下无姊妹兄弟扶持”，因此把幼小的黛玉送到贾府给祖母照养，也是出于一种替代性母教的考虑。只不过由于贾母过度宠爱，反倒失于训诲，从第四十五回所描述的：

> 众人都体谅他病中，且素日形体娇弱，禁不得一些委屈，所以**他接待不周，礼数粗忽，也都不苛责**。

最足以证明这一点，于是导致黛玉都已经长到了及笄之年，“竟没一个人像你前日的话教导我”。值得注意的是，林黛玉的“母亲去世的早，又无姊妹兄弟”，恰恰和夏金桂的“父亲去世的早，又无同胞弟兄”如出一辙，而唯一的亲长都没有发挥教育的功能，以致处于备受娇养的溺爱处境里，培养出任性恣情的自我中心性格；差别在于林黛玉楚楚柔弱且不失善良，诗歌与眼泪更使她优雅动人，夏金桂则是粗暴野蛮，令人无法恭维，但“竟没一个人像你前日的话教导我”以致“接待不周，礼数粗忽”却是一样的。换句话说，林黛玉之所以特别有个性、自我意识特别强烈，也因为比较露才扬己而受到读者的喜爱，若以贵族世家的眼光来说，其实很可能只是缺乏母教所产生的任性而已。而小说中处处写到黛玉对父母的眷恋追思，其实也是一种对所缺乏的母爱与母教的向往，因此才会一听到宝钗的训诲便由衷产生了醍醐灌顶般的强烈感动。

曼素恩对清朝精英家庭的母女关系，曾给予以下的描述：对女儿而言，母亲的努力和典范深植于情感联系的核心，其力量是如此强大，女儿的“承母教”便构成一种带有依恋的孝顺的表现；而对某些妇女来说，教导女儿是一种充满慈爱与喜悦的行为，假以时日，便能为自己培养出一名女性友伴。[①]只不过，这种情况并不只是在她所讨论的诗歌创作为然，更主要的是在妇德方面尤其如此，《红楼梦》就借由薛宝钗呈现这一点。第四回描述道：

> 比薛蟠小两岁，乳名宝钗，生得肌骨莹润，举止娴雅。

① 〔美〕曼素恩著，杨雅婷译：《兰闺宝录：晚明至盛清时的中国妇女》，页220。

> 当日有他父亲在日，酷爱此女，令其读书识字，较之乃兄竟高过十倍。**自父亲死后，见哥哥不能依贴母怀，他便不以书字为事，只留心针黹家计等事，好为母亲分忧解劳**。

也因此，薛氏母女之间出现了一幕温馨动人的画面：

> （宝钗）一面说，一面伏在他母亲怀里……薛姨妈用手摩弄着宝钗，叹向黛玉道："你这姐姐就和凤哥儿在老太太跟前一样，有了正经事就和他商量，没了事幸亏他开开我的心。我见了他这样，有多少愁不散的？"（第五十七回）

这样一个完美的女儿，脂砚斋就一再提点指出正是来自于"母训"，所谓：

- 瞧他写宝钗，真是又**曾经严父慈母之明训**，又是世府千金，自己又天性从礼合节，前三人（案：指宝玉、黛玉、湘云）之长并归于一身。前三人向有捏作之态，故惟宝钗一人作坦然自若，亦不见逾规踏矩也。（第二十二回批语）
- "商议"二字，直将**寡母训女多少温存**活现在纸上。（第四十五回批语）

由此必须说，宝钗的贤淑固然是来自天资聪颖又"天性从礼合节"，但与后天获得的“严父慈母之明训”“寡母训女多少温存”也是密不可分。因此吊诡的是，母亲对爱女的温情反倒可以促进母教的深入内化，塑造出一个完美的女儿。

这个完美的女儿，当然是传统妇德的体现者，宝钗“依贴母怀”的结果，便是“不以书字为事，只留心针黹家计等事”，而其最重要的人生任务便是成为完美的媳妇，唐代诗人韦应物对女儿所说的“自小阙内训，事姑贻我忧”，正显示出母教对女儿学习婚后事姑之道的重要性。因此，即使是才媛母亲的课女内容，仍都是归结于三从四德，如清代梁兰漪在《课女》这首诗里所抒写的一般：

> 琐琐小儿女，窗前初训诂。乍啭如莺簧，低吟类鹦鹉。
> 摹书笔犹涩，见人羞不语。汝母薄命人，偿尽诗书苦。
> 四德与三从，殷殷勤教汝。婉顺习坤仪，其余皆不取。[①]

其中所写的最后一节，总结了许多“承母教”的才女所承继的遗产。[②]这样一个在优良母教下培养出来的完美的女儿，将来便有很大的机率会成为完善的妻子、完善的母亲，然后再把良好的教育传给下一代。

是故荣国府中，几代的女性都出落得个个极好，成了母亲之后

① （清）完颜恽珠辑：《国朝闺秀正始集》（麻州剑桥：哈佛燕京图书馆，影清刻本），卷 12，3b。

② 〔美〕曼素恩著，杨雅婷译：《兰闺宝录：晚明至盛清时的中国妇女》，页 222。

也都能完成齐家的责任，形成了“贾母—➤王夫人—➤元春”代代相传的母教。

三、母神的共同特质

必须进一步说，“贾母—➤王夫人—➤元春”代代相传的母教，归本溯源，都来自于贾母所奠定的优良传统。第二回冷子兴说：“因史老夫人极爱孙女，都跟在祖母这边一处读书，听得个个不错。”第十八回也写道：“当日这贾妃未入宫时，自幼亦系贾母教养。后来添了宝玉……且同随祖母，刻未暂离。”便证明了这一点。尤其是贾母所奠定的优良传统中，还包含一种真正的贵族世家所严守的家风，也就是一种“贵族道德责任感”(sense of noblesse oblige)。对这种世家大族而言，贵族道德责任感是他们的社会义务，也是他们自出生以后所受到的基本教养。以《金瓶梅》和《红楼梦》相对照，最能突显这一特质的关键性。

固然这两部小说都是刻画“人情”“世情”的伟大作品，但其实具有本质上的迥然之别，杨懋建便说《红楼梦》是“后来居上”：

> 《红楼梦》《石头记》出，尽脱窠臼，别开蹊径，以小李将军金碧山水楼台树石人物之笔，描写闺房小儿女喁喁私语，绘影绘声，如见其人，如闻其语。……《红楼梦》叙述儿女子事，真天地间不可无一，不可有二之作，……正如**《金瓶梅》极力摹绘市井小人,《红楼梦》反其意而师之，极力摹绘阀阅大家，**

如积薪然，后来居上矣。[①]

这一段话最重要的是，他看出两部小说所描写的对象截然不同，《金瓶梅》极力摹绘的是市井小人，《红楼梦》则是极力摹绘阀阅大家，西门庆的“暴发户”完全不等于“诗礼簪缨之族”，其实比较接近贾政所厌恶的孙绍祖家（见第七十九回）。因此，两部小说所写的虽然都是尘俗人间的“世情”或“人情”，但思想感受、精神风貌、生活方式、价值理念、意识形态等等，都判然二分。

由此可以注意到，杰出评点家张竹坡有一段说法非常值得重视，他指出《金瓶梅》中的女性问题：

> 今止为西门不读书，所以**月娘虽有为善之资，而亦流于不知大礼**，即其家常举动全无举案之风，而徒多眉眼之处。盖写**月娘，为一知学好而不知礼之妇人也**。**夫知学好矣，而不知礼，犹足遗害无穷**。[②]

可见《金瓶梅》所极力摹绘的市井小人中，即使月娘天性淳厚拥有为善的资质，但因缺乏后天的教养而流于“不知大礼”，结果就成为一个“知学好而不知礼之妇人”，仍然是“遗害无穷”。换句话说，

① （清）杨懋建：《梦华琐簿》，一粟编：《红楼梦资料汇编》，卷4，页364—365。

② （清）张竹坡：《批评第一奇书金瓶梅》，黄霖编：《金瓶梅资料汇编》（北京：中华书局，2004），卷2，页72。

单单“知学好”是不够的，努力为善却“不知礼”还是会造成无止尽的祸患，则“礼”的重要性不言可喻，绝对不是徒具形式、压抑人性的吃人工具。所谓“富贵而知好礼，则不骄不淫”[①]，“礼”是提升性灵高度与思想深度的力量，这对于我们理解《红楼梦》中的女性并给予正确的分析评价，实至关紧要。

正因为贾府及其同一阶级出身的女性多是“知学好”更“知礼”，因此在为人之女时，都极为孝顺，由衷至诚地敬爱父母。以王夫人而言，贾母便说他“极孝顺我”（第四十六回），元春则是“心上念母年将迈，始得此弟，是以怜爱宝玉，与诸弟待之不同”，入宫后殷殷嘱咐对宝玉的家教不要过严，原因也是“过严恐生不虞，且致父母之忧”（第十八回），而赐住大观园的人选中之所以包括宝玉，同样是因为“若不命他进去，只怕他冷清了，一时不大畅快，未免贾母王夫人愁虑，须得也命他进园居住方妙”（第二十三回），在在都是出于体贴父母长辈的用心，由此才会“因贤孝才德，选入宫作女史”，并且后来“加封贤德妃”。

其实，这种知礼重孝的表现，都来自于贵族世家耳濡目染的家教门风，是女性自幼所熏习的品德核心，再看其他还未嫁作人妇的少女们，无论如何之性格殊异，在“孝道”的根本要求上也都是完美无缺：不仅宝钗是“见哥哥不能依贴母怀，他便不以书字为事，只留心针黹家计等事，好为母亲分忧解劳”，而素以率性着称的黛

---

① （清）孙希旦撰，沈啸寰、王星贤点校：《礼记集解》（台北：文史哲出版社，1990），卷1“曲礼上”，页12。

玉，同样是对父母充满孺慕之情。第二回“冷子兴演说荣国府”记述年仅六七岁的林黛玉，小小年纪就懂得避讳之理并奉行如仪，为避母亲“贾敏”之名讳，因此念书时凡遇敏字皆念作“密”，书写时凡遇敏字皆故意减一二笔，同时采行了“更读”与“缺笔”这两种源远流长的避讳手法，其心态属于出自尊敬和亲近之感情所产生的“敬讳”类型。[①] 因此当父母双亡、寄居贾府后，即使受到百般宠爱仍然时时眷念父母，就此严格说来，黛玉在“泪尽而逝”的宿命过程中，有很多时候泪水并不是为爱情而是为亲情才流的，例如她或感伤“父母双亡，无依无靠”而滚下泪珠（第二十六回），或“感念宝钗，一时又羡他有母兄……不觉又滴下泪来”（第四十五回），或“想起众人皆有亲眷，独自己孤单，无个亲眷，不免又去垂泪”（第四十九回），或于秋祭时“私室自己奠祭”父母而泪痕斑斑（第六十四回），或“触物伤情，想起父母双亡，又无兄弟，……不觉的又伤起心来”（第六十七回），或因宝钗姊妹回家母女兄弟自去赏月而“不觉对景感怀，自去俯栏垂泪”（第七十六回）。因此清人周春也指出：

> 黛玉幼居母丧，克尽孝道，其心地极明白者。故其死也……若专以为相思病，亦不谅其苦心也。此书发乎情，止乎礼义，颇得风人之旨，慎勿以《金瓶梅》《玉娇梨》一例视之。[②]

---

① 有关避讳的型态与形式，详参王新华：《避讳研究》（济南：齐鲁书社，2008），页 32、180—183、190—191。

② （清）周春：《阅红楼梦随笔》，一粟编：《红楼梦资料汇编》，卷 3，页 76。

如若单单把黛玉当作爱情的化身，以爱情作为生命的全部，实属严重以偏概全的视角，无法掌握她身为贵族少女的全貌与基本精神。

整体而言，从人品性格的内涵来说，贾母赞美宝钗道："大凡一个人，有也罢，没也罢，总要受得富贵，耐得贫贱才好。你宝姐姐生来是个大方的人，头里他家这样好，他也一点儿不骄傲，后来他家坏了事，他也是舒舒坦坦的。"（第一百零八回）实则"受得富贵，耐得贫贱"更是她自己连同王夫人、元春、刘姥姥等人间母神的共通品质，是她们得以跃升为母神发挥力量的人格条件；当然，这其实是不分性别的所有人都应该追企的人格境界，男性借此而成就其君子之道，女性也同样由此而清明可敬。归根究柢，"人格"毕竟才是为人者最重要的核心价值，是维系天地、完善世界的主要力量。

另外，有趣的是，这些母神等级的女性人物还有一个共通点，那就是缺乏文艺才能，不以"灵秀"的诗文见真章。

回顾在第一章"总论"中所看到的，明清时期常见的用来表彰女性价值的性别论述，主要还是侧重于妇女的诗才表现，所谓"乾坤清淑之气不钟男子，而钟妇人""海内灵秀，或不钟男子而钟女人，其称灵秀者何？盖美其诗文及其人也"，可见其重点是认为：天地、乾坤、海内的灵秀清淑之气都汇集于女性身上，并延伸到女性的诗文创作上，以其较少雕琢的自然天性而保留清新诗性来给予赞美；但宝玉的主张则是在这个基础上加以调整，声称"山川日月之精秀只钟于女儿"，把女儿成长之后的"女人"排除在灵秀的范围之外，至于明清妇女论述中的诗文才华，则是被宝玉完全接纳，成为少女崇拜的一个重点。试看香菱在薛蟠出远门之后搬入大观园居住，“近日学了诗，又天天学写字”（第六十二回），对于此一变化，宝玉感慨道：

> 这正是“**地灵人杰**”，**老天生人再不虚赋情性的**。**我们成日叹说可惜他这么个人竟俗了**，谁知到底有今日。可见天地至公。（第四十八回）

可见在宝玉眼中，“学诗写字”才是令人不俗的条件，不懂“吟诗作赋”便会“虚赋情性”，流于世俗。

然则，犹如米兰·昆德拉所说：

> 抒情诗—革命—青春，这个三合一的意义是什么？作一个诗人，又是什么意思？……诗人是个被母亲引导在世界面前炫耀自己，但是却无能进入这个世界的年轻人。[①]

就此而言，贾母、王夫人、元妃、刘姥姥这些女人们，就实实在在地推翻了宝玉的主张，是小说家对宝玉那有限的见识的嘲讽。也就是女儿虽然必定很快地会变成女人，却未必就一定会沦为“死珠”和“鱼眼睛”；而女性“不虚赋情性”的方式，也未必只能凭借“吟诗作赋”的文艺才华。姑且不论已经在贾府的末世中绽露母神锋芒

---

① 〔法〕米兰·昆德拉著，尉迟秀译：《小说的艺术》（台北：皇冠文化出版公司，2004），页43。

的“准母神”王熙凤和贾探春，两人都不以诗歌才艺见长，如元妃省亲时命题赋诗，“迎、探、惜三人之中，要算探春又出于姊妹之上，然自忖亦难与薛、林争衡，只得勉强随众塞责而已”（第十八回），王熙凤甚至只略略识字而完全不懂诗词，一生中只应景口述了“一夜北风紧”的一句粗话（第五十回），连才学等高于黛玉的宝钗，也完全不把诗词文艺当作重要的价值，已可窥见此一特殊现象。再就贾母、王夫人、元妃、刘姥姥这些母神等级的女性人物来看，她们既都不是闺阁内的单纯女子，也都不具备诗词的才华，元妃、刘姥姥两人甚至经历了不亚于男人的世态炎凉与艰辛奋斗，算得上是饱经沧桑，只不过元妃的场域是在宫廷里，刘姥姥的世界是在农村中，但所遭遇的现实历练却都和男性一样严酷甚至凶险，也锻炼出精明世故的一面，而仍然可以是“山川日月之精奇”，并且进一步升华、超越了“乾坤清淑之气”，更高一层地转化为“乾坤清淑之气”的根源，也就是“乾坤之母”——培育出下一代、下下一代的“海内灵秀”“乾坤清淑之气”！

甚至必须说，如果天假以年，黛玉能够改变未嫁而逝的宿命，正常地走完女性的人生，那么，她也必然会面临才学女性的转型问题。犹如学者们所发现的：明清时代以诗歌才华绽放光芒的才女们，一旦进入婚姻成为人妻、人母，往往便借由教子来承继父训，经由这种方式转变成为敦促儿子研习经典的端庄女教师，从而由“咏絮”的谢道韫化身为“慈训”的班昭。[①] 而事实上，黛玉也确实

① 参〔美〕曼素恩著，杨雅婷译：《兰闺宝录：晚明至盛清时的中国妇女》，尤其是页 214。

在后期就已经表现出对传统妇德的回归[①]，为其将来的人生发展提前完成了转型，这可以说是“准母神”的另一类型。

进一步言之，这些不以文艺才华为重的“准母神”与母神人物，明显地都是以“家族贡献”为最显著的共通表现，这也是她们可以晋身为母神的最重要标准。据此，脂砚斋有一段批语很值得思考：

> 尤氏亦可谓有才矣。论有德比阿凤高十倍，惜乎不能谏夫治家，所谓人各有当也。（第四十三回批语）

可见宁国府的贾珍之妻尤氏其实是才德兼备，并不逊色于王熙凤，然而她之所以不能晋级为母神，与贾母、王夫人、元妃、刘姥姥、王熙凤、贾探春等量齐观，关键就在于缺乏“谏夫治家”的能力与表现。而“谏夫治家”正是传统妇德的最高境界，《世说新语》中，对这类以超卓的聪慧、智谋、才干贡献给丈夫、儿子，帮助男性家人功成名就，也凝聚家族和谐运作、甚至存亡绝续的女性，可谓载述斑斑，并专门立篇以“贤媛”之名给予赞美，都是绝佳的例证与注脚，正是曹雪芹所称赏的“裙钗一二可齐家”。从这一点来看，《红楼梦》也继承了传统儒家的女性伦理观，固然从今天的视野而言，少女的未来难免狭隘受限，只能以“妻子”和“母亲”等属于家内符码（domestic code）的角色实践自我；然而一沙一世界，壶中天

---

① 可参周蕙：《林黛玉别论》，《文学遗产》1988 年第 3 期（1988 年 6 月），页 86—94；欧丽娟：《林黛玉立体论——“变 / 正”“我 / 群”的性格转化》，《红楼梦人物立体论》，页 49—118。

地仍然可以开展出斡旋乾坤的宽广，其智慧才干的发挥仍足以令人炫目。

必须说，少女的美是来自天赋神授，是对自然之光的折射；而老去的女子则可以蜕变成伏尔泰所说的“老去的年华因苏醒的智慧而闪耀的女人”，其本身就是光亮之源。换句话说，深受宝玉推崇的青春少女们，“自我”就等于“全世界”，只要小池塘的一片落叶飞花就足以激荡出起伏不定的涟漪；但嫁作人妇之后的成熟女性，则是航行在大海中面对汹涌波涛，却仍然可以履险如夷、云淡风轻，对自我驾驭自如，也进一步参与了整个世界那宏大的存在。此所以曹雪芹通过贾政之口，让身为人妇又素乏捷才的元春同样属于“山川日月之精奇”所钟，这不能不说是对宝玉的偏执之见的反拨。

随着岁月历练的增长，成人以后的宝玉应该也会又一次地感到今是昨非，在龄官身上领悟到“昨夜说你们的眼泪单葬我，这就错了，我竟不能全得了”之后，再次承认：

> 我昨晚上的话竟错了，怪道老爷说我是“管窥蠡测”。（第三十六回）

从而，“金紫万千谁治国，裙钗一二可齐家”的另一个说法便是“健妇持门户，亦胜一丈夫”[①]，这应该更是曹雪芹的真正赞叹。

---

① 语出汉乐府古辞《陇西行》：“好妇出迎客，颜色正敷愉。伸腰再拜跪，问客平安不？请客北堂上，坐客毡氍毹。清白各异樽，酒上玉华疏。酌酒持与客，客言主人持。却略再拜跪，然后持一杯。谈笑未及竟，左顾敕中厨。促令办粗饭，（转下页）

因此，《红楼梦》不只是一部青春纪事，更是一阕母神的颂歌；它既热烈地宣扬了少女之美，却也庄严地礼赞着母性力量。她创造生命，从无到有，由始至终，广延大地，延续未来，在和平的时空里抚育，给予温暖、保护、丰饶；也在破坏中重建，在伤害后修补，在灭绝时复生。母神就是在废墟中辟建花园、又在花园化为废墟后固守幼苗的力量，她隐身在百花盛开的背后，却是百花赖以植根的那片沃土，化作春泥更护花。

“女儿是水作的骨肉”虽然清新动人，却只能在小小的花园里感春伤秋，以“婴儿女神”的姿态被膜拜；青春花朵必然迅速凋谢，“女儿”必须长大，走出花园，踏入世界，迎向宇宙，不只是受保护之下天真无邪的纯洁性灵，而是足以承担万物的无畏大地，以慷慨付出的慈悲与智慧，跃升为推动生命之轮的力量来源，在磨难中坚毅，在动荡里镇定，在恐惧时勇敢。“大母神”是“婴儿女神”更宽广的未来，是女性成长的更高展望。

（接上页）慎莫使稽留。废礼送客出，盈盈府中趋。送客亦不远，足不过门枢。取妇得如此，齐姜亦不如。健妇持门户，亦胜一丈夫。”见逯钦立辑校：《先秦汉魏晋南北朝诗》（台北：木铎出版社，1983），“汉诗”卷 9，页 267—268。

跋

时间总是站在青春这一边，所以容易不顾一切地执着于看不到的东西；青春因此是空灵的，唯有当时间殒逝，漂浮于空中的梦幻逐渐落脚于土地上，终于明白了泥泞、粗沙、砾石的尖锐沉重，这时还能仰望星辰的人，才有足够强大的心志坚信“理想是现实的蓝图”，让那些“看不到的东西”——真、善、美能够真正拥有力量。

力量必须千锤百炼，在“造次必于是，颠沛必于是”的打磨铸造中成形，才能使梦幻变成理想，而这需要时间的考验。圣·埃克苏佩里（Antoine de Saint-Exupéry）说：“只有灵魂在黏土上吹一口气，才能创造出人类。”灵魂不是与生俱来，更不会不请自来，必须唤醒、激发、雕琢，因此只会降临在努力耕耘灵魂事业的人身上。女娲所造的黏土之躯，并不等于真正的人，青春也只是即将“成人”的开始，如何赋予灵魂，不让黏土变干变硬，实为人们终其一生的课题。这便是本书所希望传达的思考。

一本书的完成，固然是作者竭尽生命能量的心血，但也要通过许多人才能具体成型。《大观红楼 2》得以从我的脑海中走到读者眼前，一路上有赖于双秀、瑞竹、俊婕、馥伦、子程的协助，感谢你们和我一起努力。